UNION GÉNÉRALE D'ÉDITIONS
8, rue Garancière-PARIS VIe

dans la série « Fins de siècles »

dirigée par Hubert Juin

Georges DARIEN
La Belle France / Les Pharisiens Le voleur
Bas les cœurs! Biribi.

Hubert JUIN
Lectures du XIXe siècle, T. 1.
Lectures du XIXe siècle, T. 2.

Karl HUYSMANS
Marthe Les sœurs Vatard En ménage
A vau l'eau A Rebours Le Drageoir aux épices
L'art moderne Certains En rade
Un dilemme Croquis parisiens.

Octave MIRBEAU
L'Abbé Jules Sébastien Roch / La 628-E8
Les vingt et un jours d'un neurasthénique.

Hugues REBELL
La Nichina Les nuits chaudes du cap français
Le magasin d'auréoles Femmes châtiées La câlineuse.

Raymond ROUSSEL
Comment j'ai écrit certains de mes livres.

à paraître :

Joris-Karl HUYSMANS
Sainte Lydwine de Schiedan.
Trois églises et trois primitifs.

Edmond de GONCOURT
La fille Elisa La Faustin.

Edmond et Jules de GONCOURT
Manette Salomon Germinie Lacerteux.

Jean LORRAIN
La Maison Philibert Le Vice errant Le Tréteau.

Octave MIRBEAU
Le Calvaire Dingo Un gentilhomme
Chez l'illustre écrivain.

Joséphin PELADAN
Le vice suprême Curieuse.

Marcel SCHWOB
Cœur double / Le Roi au masque d'or
Les vies imaginaires Le livre de Monelle.

L'ÉPAULETTE

PAR

GEORGES DARIEN

Postface d'AURIANT

10|18

Série « Fins de siècles »
dirigée par Hubert Juin

ISBN 2-264-00886-5

I

Le colonel Gabarrot racontait de belles histoires.

Il disait que les Russes étaient des coquins, que les Prussiens étaient des bandits, et que les Anglais valaient encore moins. Quelquefois, il me montrait sa croix d'officier de la Légion d'honneur qu'il avait gagnée à grands coups de sabre, et qu'il gardait dans une belle boîte noire; si je voulais en avoir une pareille, quand je serais grand, je n'aurais qu'à tuer beaucoup de Russes, beaucoup de Prussiens, et surtout beaucoup d'Anglais.

— Malheureusement, disait-il, on ne tue plus guère, à présent; on est devenu sentimental.

Et il ricanait.

Mon père lui faisait observer qu'on tuait encore pas mal. La Crimée, par exemple. Le colonel avouait que la Crimée, c'était très bien. Tuer des Russes, rien de mieux; on n'en éventrerait jamais assez. Mais pourquoi s'allier avec les Anglais? Sans doute, l'Empereur avait eu ses raisons, et des bonnes; quand on est un Napoléon, on a une cervelle sous son chapeau; mais enfin, il n'aurait pas dû oublier que les Anglais, c'est des Anglais, et qu'ils avaient empoisonné son oncle. Mon père haussait les épaules; et le colonel éclatait.

— Tonnerre de Brest! commandant Maubart, je ne souffrirai jamais!... Ils l'ont empoisonné à Sainte-Hélène, je vous dis! Sans ça, il serait revenu, mille bombes! Je l'ai connu, moi, et depuis la campagne d'Égypte, encore!

Et je puis vous le dire, qu'il serait revenu, et qu'il ne nous aurait pas laissés en panne, les bras ballants, à nous manger le sang en demi-solde, sous des gueux de Bourbons qui n'avaient jamais vu le feu qu'au bout des cierges! Il serait revenu, pour sûr, si les Anglais ne l'avaient pas empoisonné!

Mon père faisait semblant d'admettre la chose, et parlait de la campagne d'Italie.

Le colonel avouait que l'Italie, c'était très bien. Tuer des Autrichiens, rien de mieux; on n'en éventrerait jamais assez.

— Quoique, à vrai dire, ce ne soit pas la mer à boire que de donner une raclée aux Autrichiens; nous leur avons flanqué une telle volée à Wagram que, depuis ce temps-là, ils ont le foie plus blanc que leurs tuniques; vous avez vu, il y a deux ans, comment ils se sont fait battre par les Prussiens. Qu'est-ce que vous voulez? Quand un peuple se laisse vaincre par des Prussiens, des vagabonds, des cosaques manqués, il n'y a plus qu'à prononcer son *de profundis*.

Mon père prenait la défense des Prussiens, fort à la mode en 1868; mais le colonel tenait bon. Il connaissait les Prussiens, et très bien.

— Je n'ai pas été à Iéna pour le roi de Prusse, peut-être! Tenez, je vais vous dire ce qu'ils savent faire, les Prussiens : ils savent vous tirer dans le dos pendant que vous bourrez votre pipe. C'est tout. Et pour leur fameux fusil à aiguille, voici mon opinion : avec ce fusil-là, on n'a pas à déchirer la cartouche, et c'est rudement commode pour des gens qui n'ont jamais pu regarder l'ennemi sans claquer des dents.

Nous aimions beaucoup le colonel Gabarrot; il avait été l'ami intime de mon grand-père, le colonel Maubart; après avoir fait les dernières guerres de la République et celles de l'Empire, jusqu'à Waterloo, ils n'avaient repris du service, ensemble, qu'en 1830, lorsque le drapeau tricolore remplaça le torchon blanc dans lequel les traîtres de l'Émigration avaient empaqueté leurs goupillons et leurs poignards, avant de quitter Coblentz. Il y avait bien un coq au lieu d'un aigle, à la hampe de ce drapeau-là; et Gabarrot, pas plus que mon grand-père, n'aimait « les oiseaux qui se laissent manger ». Mais enfin, les couleurs y étaient; et, sous ces couleurs, ils combattirent en Algérie pendant plusieurs années; puis, mon grand-père étant mort, frappé d'une balle arabe, le colonel Gabarrot ne tarda pas à prendre sa retraite. Je le vois encore, très distinctement. Un grand vieillard, sec, et droit malgré ses quatre-vingt-neuf ans, avec un nez mince et courbé comme une lame de yatagan, une longue moustache blanche et pendante, et des yeux couleur de noisette. Oh! oui, il raconte de belles histoires. Il sait toutes les guerres de Napoléon, toutes ses batailles et tous ses généraux, et beaucoup de choses encore, qui ne seront jamais écrites dans les livres, parce qu'il faudrait trop de place pour écrire tout; peut-être aussi, parce qu'elles feraient trop peur aux femmes. Ma mère s'est effrayée, à plusieurs reprises, aux récits du colonel; une fois, elle s'est évanouie. De sorte que l'on invite très rarement M. Gabarrot, à présent.

— Ses habitudes sont tellement extraordinaires! dit ma mère. Il pourrait bien en faire le sacrifice lorsqu'il dîne hors de chez lui.

Mais le colonel ne veut faire aucun sacrifice; il a sa façon de manger, et il mange à sa façon, chez lui, et hors de chez lui; qu'on l'invite ou non, ça lui est égal; mais qu'on ne s'attende jamais à le voir se servir d'une assiette, d'un verre, ou d'une fourchette. C'est dans une écuelle de terre grossière qu'on doit lui apporter son repas : de la soupe aux légumes noyant un morceau de bœuf bouilli; il mange la soupe d'abord avec une cuiller d'étain, la viande ensuite avec un couteau. L'écuelle vidée, il y verse une bouteille de vin, qu'il avale en deux ou trois coups. L'extrême simplicité du système déplaît fortement à ma mère; pas à moi. Je m'arrange de façon à me faire retenir à déjeuner ou à dîner, chaque fois qu'on m'a mené voir le colonel ou qu'il est venu me chercher pour une promenade. J'ai mon écuelle, une vilaine écuelle de terre brune, si jolie — défense d'en parler à la maison — et quand j'ai fini ma soupe, M. Gabarrot y verse un verre de vin, très suffisant pour mes sept ans. Je n'aurai droit à la bouteille que plus tard.

— Dans treize ou quatorze ans, dit le colonel, quand tu porteras ta première épaulette, sacré mâtin, et que je ne serai pas là pour te voir, sacré mâtin de sacré mâtin!

Malheureusement non, il ne sera pas là.

— Ce pauvre vieux Gabarrot baisse rapidement, disait mon père, l'autre soir.

Le fait est qu'il semble s'affaiblir de jour en jour; le corps se tasse, se voûte; les jambes raidies se refusent au coup de talon, sec, autoritaire. Le colonel avait une autre vigueur, l'année dernière, quand il m'a mené porter une couronne à la Colonne, le 5 mai; il était droit comme un i dans sa longue redingote; on le saluait à cause de la rosette à sa boutonnière, moitié rouge et moitié verte, Légion d'honneur et médaille de Sainte-Hélène; et comme sa main serrait la mienne! Comme sa voix tonnait, au défilé des Vieux de la Vieille dans leurs uniformes d'Austerlitz!

— Vive la France! Vive l'Empereur!

Il semblait fort, indestructible, aussi, le jour de la grande revue de Longchamp, à laquelle assistèrent les souverains étrangers; et lors de nos nombreuses visites à l'Exposition, où il me donnait, jamais fatigué, toutes les explications que je lui demandais, et même davantage. Mais c'est surtout vers la fin de l'hiver dernier, deux ou trois jours avant Noël, qu'il m'apparut comme un être d'une puissance et d'une énergie surhumaines, fait pour durer éternellement. C'était dans notre salon, après dîner; quelqu'un se mit à parler d'un discours prononcé au Corps Législatif, dans l'après-midi, par Jules Simon. Le colonel Gabarrot, peu au courant des affaires politiques, demanda des informations. On lui lut la partie d'un journal qui reproduisait le discours. Alors il se leva.

— Est-ce dans une cellule du Mont-Valérien ou dans un cachot de Vincennes qu'on a logé le nommé Jules Simon? demanda-t-il d'une voix qui fit sursauter mon père en grande conversation avec Mme de Lahaye-Marmenteau, et le général de Rahoul très empressé auprès de ma mère.

Mon père, en riant, répondit qu'on ne gardait plus que des araignées dans les cachots de Vincennes et que les procédés auxquels faisait allusion le colonel étaient peu compatibles avec la clémence de l'Empereur.

— L'Empereur a tort d'être clément, reprit M. Gabarrot d'une voix vibrante. Il a tort. Si je me permets de juger Sa Majesté, ce n'est pas à la légère, croyez-le. Mais je suis convaincu, profondément convaincu, qu'il est très mauvais pour la France que des propos comme ceux qu'on vient de citer puissent être impunément tenus à la tribune. Comment! voilà un paroissien qui ose venir déclarer qu'il nous faut *une armée qui ne soit à aucun degré une armée de soldats, qui ne soit imbue, à aucun prix, de l'esprit militaire, qui soit hors d'état de porter la guerre au-dehors, en un mot une armée qui n'en soit pas une!* qui réclame *sans ambages l'abolition de l'armée permanente!* Et on le laisse dire!... Mais c'est absolument comme si l'on permettait à ce drôle de bâillonner la France, de lui lier pieds et poings et de la livrer au couteau de l'étranger. Il y a des choses qu'il ne faudrait point oublier, voyez-vous : c'est, d'abord, qu'il n'y a rien de plus dangereux pour une nation que les utopies sentimentales, les fadaises humanitaires; on n'est libre que lorsqu'on est respecté, et l'on n'est respecté que lorsqu'on est fort. C'est, ensuite, qu'il y a toujours, même chez le peuple le plus brave, un grand fonds de couardise; il ne faut pas lui donner d'excuses; ou, autrement, ça va loin. Quand un coquin qui mérite d'être envoyé au bagne n'est pas coiffé du bonnet vert, il y a de grandes chances pour que la lâcheté publique, après un cataclysme, aille le chercher afin d'en faire un ministre. La France n'est pas invincible, après tout, et il n'est pas bon qu'elle soit vaincue; parce que... Je l'ai vue après Waterloo. Plus on tombe de haut, plus on s'aplatit. Je n'aime pas à dire ça, mais c'est la vérité. Quand on supprime le bruit de l'acier dans les camps, on entend trop le bruit de l'or dans les arrière-boutiques — dans toutes les arrière-boutiques. Pour conserver le sentiment de sa dignité, un homme doit savoir tenir une épée; une nation doit avoir une armée, et s'en servir. L'humanité! un prétexte à toutes les défaillances qu'on cherche à justifier, à toutes les trahisons qu'on prémédite. Nous aussi, les grognards, nous avons travaillé pour l'humanité, avec nos sabres; nous n'en disions rien; mais les Anglais comprenaient ce que ça voulait dire, quand nous criions : « Vive l'Empereur! » Du reste, je n'admets pas cette opposition qu'on aime à établir entre la plume et l'épée; l'une est le complément de l'autre. Le penseur va clouer l'infamie de son époque, comme un hibou, sur les portes du Futur; mais elles ne s'ouvrent pas, ces portes-là ; et il faut que le soldat vienne, et les enfonce à coups de canon!

*
* *

Je me souvenais de cette soirée, avant-hier, pendant que je m'étonnais de la lenteur avec laquelle M. Gabarrot montait la rue du Bac, où il demeure, et où demeurent aussi mes parents, pour me conduire aux Tuileries. Il ne m'a pas grondé, comme d'habitude, quand je me suis arrêté, d'abord au coin du Pont-Royal pour admirer la Frégate, puis sur l'autre quai afin de regarder s'il ne venait pas des soldats du côté de la place de la Concorde. Mais c'est le matin que passent les soldats, vers dix heures, pour aller relever la garde du château; qu'ils arrivent, avec, en tête, les sapeurs si terribles, le scintillement de l'énorme hache sur l'épaule, caparaçonnés de tabliers de cuir blanc, coiffés de bonnets velus comme des ours, hauts comme des tours et fleuris de plumets écarlates; alors, la canne merveilleuse du tambour-major s'élance vers le ciel, telle une étrange flèche d'or, tournoie, paraît planer, retombe dans la main du colosse qui suit les sapeurs et dont la tête empanachée domine leurs bonnets à poils; alors, la canne décrit des moulinets épiques, sa grosse pomme étincelle ainsi qu'une boule de feu; elle vibre, elle frémit, elle semble vivante; et alors, elle jaillit de nouveau, glorieuse, si haut cette fois qu'on ne s'attend plus à la voir redescendre. Le géant se retourne vers ses tambours dont les doigts se crispent sur les baguettes, leur donne un ordre, fait volte-face, et, juste à temps, sa main se ferme sur la canne qui retombe et dont le bout brillant, au lieu de toucher la terre, se met à voltiger ainsi qu'un papillon. Les tambours frappent les caisses qui résonnent à vous faire trembler, les sonneries des clairons déchirent l'air, et le bataillon passe dans l'éclat des uniformes et des armes, comme au milieu d'un poudroiement de gloire.

Avant-hier, il était beaucoup trop tard pour voir ça; trois heures après midi au moins. M. Gabarrot était venu longtemps après déjeuner ; il est un peu souffrant ; un rhume qu'il a pincé le 1er janvier, dit-il, parce qu'il a mis un pardessus, et dont il n'a pu se guérir encore quoique nous soyons aux derniers jours d'avril. Il toussait; et bien qu'il se fut redressé pour passer devant le factionnaire qui lui portait les armes — un voltigeur du régiment de mon père — on eût dit que sa haute taille se courbait de plus en plus sous la pression d'une invisible main. Il s'est mis à causer avec le gardien en chef du jardin, un vieil officier d'Afrique qui est son ami; moi, je poussais mon cerceau; et lorsqu'il m'arrivait de passer à côté des deux vieux guerriers, je les entendais parler du col de Mouzaïa, ou dire qu'Abd-el-Kader était un rude lapin. Quand j'ai été fatigué de courir, j'ai examiné la terrasse du bord de l'eau, où l'on a installé un chemin de fer pour le petit prince, un si joli petit chemin de fer, sur lequel j'aurais bien voulu aller encore faire un tour; j'avais eu cette chance il n'y avait pas très longtemps, un jour que mon père était de service au château et que le prince conduisait lui-même la locomotive. Ah! quelle joie! Et j'ai regardé tristement le palais où le petit prince travaillait, sûrement, peut-être dans ce pavillon central sur le toit duquel je voyais flotter le drapeau tricolore.

Le colonel, qui avait quitté son ami, est venu me rejoindre et m'a demandé si je me souvenais du départ de la cour pour Saint-Cloud, auquel j'avais assisté, avec lui, l'été précédent. Si je me souvenais! Les piqueurs dorés, les chevaux fringants aux harnais de glace sonore, les calèches attelées à la Daumont et pareilles à des bateaux de laque, l'Empereur qui saluait en souriant, et l'Impératrice, plus belle qu'une fée, les jolies dames et les généraux empanachés, la soie des toilettes et l'or des uniformes, les dentelles, les Cent-Gardes, les plumes et les diamants, les reflets des ombrelles et l'éclat des lames de sabre! Oh! si je me souvenais! Comme si l'on pouvait oublier cela, comme si ce défilé prestigieux, quand on l'a vu avec des yeux d'enfant, ne devait pas rester à jamais dans la mémoire, pour ternir et ridiculiser, du pouvoir seul de son évocation, les parades chaotiques des saltimbanques libérâtres! Et j'ai avoué à M. Gabarrot que j'avais pensé, souvent, qu'il me serait peut-être donné un jour de figurer en bonne place dans un pareil cortège.

— C'est très possible, répondit-il; tu peux devenir général, ministre, tout ce que tu veux. Il s'agit seulement de faire ton devoir, et tout ton devoir.

J'ai demandé ce que c'était, exactement, que faire son devoir. Le colonel a réfléchi un instant et a répondu :

— C'est bien servir l'Empereur.

Mais, peu après, il s'est repris :

— Non. C'est bien aimer la France, toujours; même quand il n'y a plus d'Empereur. Seulement, alors, il y a des fois que c'est bougrement difficile!

Le soleil baissait; il faisait presque froid sous les jeunes frondaisons des vieux arbres. Nous avons été nous asseoir, un instant, près du mur de l'autre terrasse, dans ce coin abrité qu'on appelle la petite Provence. J'ai demandé au colonel de me raconter une histoire, et il m'en a raconté une, superbe; la plus belle, je crois, qu'il m'ait jamais dite. C'était une histoire de Russes. L'Empereur Napoléon Ier avait battu les Russes et poussait leur armée vers une rivière. (Je ne sais plus quelle rivière c'était, mais ça ne fait rien.) Il avait donné l'ordre au régiment de dragons du colonel Gabarrot de passer la rivière à gué, en amont, et d'aller attendre l'ennemi sur l'autre bord.

— Nous arrivâmes, dit le colonel, juste au moment où les premiers de ces coquins qui s'étaient jetés à la nage afin d'échapper aux boulets français commençaient à sortir de l'eau; nous les tuâmes sans miséricorde. Après quoi, ayant mis pied à terre, nous descendîmes sur la berge pour attendre les autres qui approchaient en grand nombre, portés par les eaux du fleuve. Et quand ils touchaient le rivage et cherchaient à saisir, pour se hisser sur le sol, des touffes d'herbes et des branches d'arbustes, nous, à grands coups de sabre, nous coupions les mains!

Depuis avant-hier je n'ai pas cessé de voir ce que j'ai perçu, ainsi qu'à la lueur d'un éclair, du récit du colonel : les lames des dragons s'abattant sur les poignets qu'elles tranchent; les yeux révulsés des nageurs, blancs dans les faces, où la bouche qu'ouvre un cri suprême n'est plus qu'un grand trou noir; les corps, les têtes disparaissant sous les flots, au-dessus desquels, un instant, s'agitent des moignons écarlates; les eaux du fleuve, dans la pâleur froide du crépuscule, rougies comme par les rayons d'un invisible soleil; et gisant sur la berge, fermées, ouvertes, ou bien agrippées aux branches, crispées aux herbes, désespérées et blêmes, frangées d'éclats de chairs et de caillots sanglants, des mains, des mains...

Ah! c'était une fameuse histoire, pour sûr! Et j'ai obligé M. Gabarrot à me la répéter trois fois.

***

Et aujourd'hui, on m'apprend que le colonel va mourir. Avec mon père et ma mère, je vais lui faire une dernière visite.

Il est assis devant le feu dans son grand fauteuil, une couverture sur les genoux; il n'a pas voulu se coucher, disant qu'il n'était pas assez malade pour ça. Je le regarde attentivement pour voir quelle figure ont les hommes qui vont mourir. Leur figure n'a rien d'extraordinaire; elle est pâle et fatiguée, simplement. Ils semblent aussi avoir une grande difficulté à parler. Malgré les exhortations de ma mère, je prie M. Gabarrot de me faire encore une fois le récit qu'il m'a fait avant-hier. Il commence, d'une voix pâteuse et sourde; mais une quinte de toux l'interrompt presque aussitôt. Ma mère s'empresse auprès de lui, et mon père me prend par la main, pour m'emmener hors de la chambre. Mais, comme nous sommes sur le seuil, j'entends la voix du colonel, très basse, mais impérative, qui me rappelle.

— Jean!

Je me retourne. Il est assis, le buste d'aplomb, les yeux grands ouverts et brillants, le bras droit levé comme pour un terrible coup de taille; et au bout de ce bras il me semble voir une lame qui descend, en sciant, sur un poignet tendu.

— Jean!... Nous... coupions... les... mains...

Le colonel s'affaisse dans le fauteuil, et sa tête se renverse sur le dossier.

*
* *

Mes parents vont à l' enterrement, et Lycopode (c'est ma bonne, qui s'appelle Victoire, mais qu'on appelle Lycopode) me conduit jeter de l'eau bénite sur le cercueil. Les épaulettes du colonel, son épée et sa croix, sont placées sur le drap noir. Il y a des soldats rangés en bataille, avec des tambours voilés de crêpes et un drapeau déployé à la hampe duquel l'aigle a crispé ses serres; un groupe nombreux d'officiers en grand uniforme; et des curieux innombrables, hommes qui passent chapeau bas, femmes qui saluent en se signant...

Lycopode me ramène à la maison par le chemin des écoliers; pour me distraire, me dit-elle, mais je crois que c'est afin de passer par la rue de Lille, où sont casernés les turcos. Lycopode aime les turcos; elle dit que c'est pas vrai; mais c'est vrai. Moi aussi, j'aime les turcos. Mais Jean-Baptiste ne les aime pas. Il dit qu'ils sont vilains comme le diable, qu'ils se débarbouillent dans le pot à cirage, qu'ils mangent trop de réglisse, et toutes sortes de bêtises comme ça. Lorsque je parle de leurs beaux uniformes, de l'éclat de leurs dents blanches et des grands yeux qui éclairent si étrangement leurs faces noires, Jean-Baptiste hausse les épaules. Tout ça, c'est parce qu'il est jaloux de Lycopode, et parce qu'il sait que Lycopode pense comme moi au sujet des turcos, sans pourtant oser l'avouer. Une belle fille, Lycopode, grande et forte, avec de grosses joues rouges sur lesquelles les baisers claquent, un gros chignon de cheveux noirs et, sur la poitrine, des boîtes à lait numéro un, comme dit Jean-Baptiste.

Jean-Baptiste est l'ordonnance de mon père, l'ordonnance en titre, l'homme de confiance. Il aura fini son congé dans un an environ, à l'automne de 1870, mais peut-être qu'il restera au régiment; ça dépend de Lycopode; si elle veut lui promettre de se marier avec lui, Jean-Baptiste reprendra du service, remplacera un homme appelé sous les drapeaux. Jusqu'ici, Lycopode n'a rien voulu promettre; elle prétend que Jean-Baptiste est beaucoup trop jeune pour elle; en réalité, il aura bientôt vingt-sept ans et elle n'en a pas encore trente. La différence n'est pas considérable, et il me semble que Lycopode pourrait bien passer là-dessus, d'autant plus que Jean-Baptiste est son *pays*, qu'il est né en Bourgogne, comme elle. A l'occasion, je fais mon possible pour la décider; car je regretterais le départ de Jean-Baptiste. Sait-on qui le remplacerait? Une ordonnance modèle, capable de donner toute satisfaction, non seulement à son officier, mais au fils de cet officier, et à sa famille en général, ne se trouve pas tous les jours dans l'armée.

Avant Jean-Baptiste, mon père a eu bien des ordonnances qui ne valaient pas cher. Le brosseur qui a précédé Jean-Baptiste, par exemple, était un Alsacien qui hachait de la paille à bouche que veux-tu, et qui m'appelait monsieur Chan. Mon père ne l'a pas gardé longtemps, heureusement; il déplaisait à tout le monde. On aime si peu les Alsaciens! On les méprise tellement! Ils sont si gauches, si lourds, si maladroits! Ils manquent à un tel point du tact le plus élémentaire! Ce sont de faux Allemands et ils ne seront jamais Français. On n'aime pas les amphibies, en France, les êtres qui ne sont ni chair ni poisson. Il faut être, catégoriquement, l'un ou l'autre. Un franc Allemand, un Cosaque bon teint, même, ne déplaisent point; au contraire. C'est ainsi qu'on admire les Prussiens ouvertement, et même tapageusement. Déjà, il y a deux ans, en 67, ils ont été les héros d'une réception offerte à l'occasion de l'Exposition; le roi Guillaume et Bismarck ont reçu un de ces accueils qui engagent les gens à revenir. On s'est extasié sur la bonne mémoire du roi qui, d'un faubourg de Paris, avait désigné sans hésitation l'endroit où il avait campé, en 1814, auprès de Romainville.

— Il y a un fort là, aujourd'hui, avait expliqué le général français qui accompagnait Sa Majesté.

Et le roi avait souri, avait demandé des renseignements sur le fort, renseignement qui lui avaient été obligeamment fournis. Pourquoi pas? Est-ce que la France pourrait avoir quelque chose à redouter de la Prusse? Les Français ne sont pas des Autrichiens, Dieu merci! et les Sadowa ne sont pas faits pour eux. Aussi, lorsque le général de Moltke, l'année dernière, a visité incognito la frontière de l'Est, étudiant les positions et prenant des notes, on s'est bien gardé de le gêner; on l'a fait suivre par quelques agents auxquels la plus grande discrétion avait été recommandée, et voilà tout. La Prusse n'existe que parce que nous permettons son existence, tout le monde le sait; Jean-Baptiste me le disait encore hier.

Car Jean-Baptiste me tient au courant de la politique, des affaires militaires, de beaucoup de choses dont les conversations dont je suis l'auditeur quelquefois indiscret ne me donnent qu'une vague idée, et que je suis curieux d'approfondir. Il n'est ni ignorant, ni bête, Jean-Baptiste; tant s'en faut; et il serait au moins caporal, et peut-être même sergent, s'il n'avait préféré être ordonnance, entrer au service de mon père au départ de l'Alsacien. C'est à cause de Lycopode qu'il a renoncé à tout espoir de conquérir les galons de laine et la sardine. Quelquefois, il dit qu'il a peut-être eu tort, et que les femmes sont bien trompeuses; ça doit être vrai, mais je ne sais pas. Du reste, Jean-Baptiste ne soupire pas trop; généralement, il est très gai et chante comme un pinson; il m'intéresse et m'amuse; et j'aime bien les histoires qu'il me raconte, même les histoires pacifiques de son village, lorsqu'il me mène à la promenade.

Ça ne vaut pas les récits du colonel Gabarrot, tout de même. Depuis la mort du colonel, je n'ai plus d'amis; j'ai bien des amis de mon âge, des enfants avec lesquels il m'est agréable de jouer; mais on ne peut pas jouer tout le temps, et l'on sent souvent le besoin d'amis sérieux, d'un âge variant entre cinquante et quatre-vingt-dix ans, qui ont vu la vie, qui connaissent l'existence, et qui peuvent vous parler de choses intéressantes, de choses qu'ils ont vues ou qu'ils ont faites. C'est un ami comme ça qu'il me faudrait; j'ai essayé de le trouver dans un vieil officier en retraite qui demeure presque en face de chez nous, et qui vient à la maison de temps en temps. J'ai été le voir plusieurs fois; il a de beaux livres avec des images de batailles, mais il est triste comme tout. Je sais pourquoi il est triste : c'est parce que son fils, qui était sous-lieutenant, a déserté pendant la campagne du Mexique; c'était un jeune homme d'avenir, dit mon père, mais il s'est pris d'un malheureux amour pour une Mexicaine qui l'a déterminé à passer du côté de Juarez; de sorte que, ayant abandonné son drapeau, il sera fusillé sans merci s'il revient jamais en France.

Quelquefois je songe à ce jeune homme, que je n'ai jamais vu, et je me dis qu'il n'est peut-être pas malheureux au Mexique, surtout si la Mexicaine est jolie. Mais le vieil officier ne pense pas comme moi; il déclare que son fils l'a déshonoré, et que c'est le dernier des bandits; s'il le tenait, dit-il, il le tuerait. Dernièrement, même, il m'a fait assister à une scène étrange. C'était l'anniversaire de la naissance du jeune homme dont un grand portrait, qui le représente en uniforme, est accroché dans le salon; ce portrait était percé de cinq petits trous ronds; mais je ne savais pas pourquoi.

— C'est aujourd'hui l'anniversaire du traître, m'a dit le vieil officier en me conduisant au salon; tu vas voir comment je traite les déserteurs.

Il avait à la main un pistolet. Il s'est placé en face du portrait de son fils, a tiré, et la balle a creusé, à la place du cœur, un sixième petit trou. Tous les ans, à pareille époque, il passe le portrait par les armes. Voilà une chose amusante; il est seulement malheureux qu'elle ne se reproduise pas plus souvent; à mon avis, c'est tous les huit jours que le vieil officier devrait exécuter son fils en effigie; ça ne ferait pas de mal au jeune homme, et ça me divertirait.

J'ai grand besoin d'être diverti, mais le vieil officier ne s'en doute pas. Il parle toujours de la patrie, de l'honneur, du devoir sacré, et d'un tas d'autres choses qui sont très belles, mais qui m'embêtent. Je lui ai demandé de me faire des récits de combats, de campagnes, mais il ne veut pas; il prétend que je suis trop petit. Mais peut-être qu'il ne sait rien; peut-être qu'il n'a jamais été à la guerre. Je finis par croire que c'est un vieux Riz-pain-sel, et je refuse d'aller le voir davantage. A quoi bon?... Ah! il n'y avait encore que le colonel Gabarrot pour me raconter de belles histoires — des histoires comme celle des Russes auxquels les dragons coupaient les mains.

*
* *

Mon père compte, bien entendu, quelques amis qui n'appartiennent point à l'armée; mais j'ai peu de goût pour ces *civils;* je suis sûr que mon père, lui-même, ne les estime que modérément.

— Les pékins, disait-il l'autre jour à deux officiers de son régiment, les pékins pleurent de temps en temps parce que les militaires les méprisent. Nous ne les mépriserons jamais autant qu'ils nous aiment. Dans nos rapports avec eux, ne nous gênons donc pas.

Les deux officiers ont souri, en signe d'assentiment.

Toute ma vie, je me suis souvenu de la phrase de mon père et du sourire de ses amis. Aujourd'hui, ces deux officiers, en retraite, vivent en province; et j'ai eu l'idée, lorsque j'ai pris la détermination d'écrire ce livre, de leur demander de vouloir bien faire appel à leurs souvenirs et de retracer l'existence de mes parents durant les quelques années qui suivirent immédiatement ma naissance. Ils l'ont fait, l'un et l'autre, en style de rapport et, je crois, avec un grand souci de la vérité. Sur mon père, par exemple, le premier officier s'exprime ainsi :

« M. Maubart (Paul-Frédéric-Eugène) naquit à Paris en 1828. Il sortit de Saint-Cyr en 1849. Il prit part, comme sous-lieutenant, à la répression des troubles des premiers jours de décembre 1851. Il fut promu lieutenant en 1852. C'est en cette qualité qu'il fit, au 91e régiment d'infanterie de ligne, la campagne de Crimée. Le 8 septembre 1855, il fut blessé par l'explosion d'une poudrière, dans la courtine qui flanquait la redoute Malakoff, à droite. Il fut fait, à cette occasion, chevalier de la Légion d'honneur. Revenu en France, et à peine guéri de sa blessure, il se maria, dans les derniers jours de cette même année 1855, à Mlle von Falke (Cécile-Augusta). Il fut nommé, en 1858, capitaine au 18e régiment de voltigeurs. Il se fit remarquer, à plusieurs reprises, en 1859, pendant la campagne d'Italie; une aventure galante, qui fit quelque scandale à Milan, l'empêcha seule d'obtenir l'avancement que méritait sa belle conduite. De retour en France, cependant, il obtint de passer avec son grade dans la Garde Impériale (voltigeurs). En 1862, naquit son fils (Jean-Edmond-Louis), aujourd'hui capitaine d'infanterie. En 1865, le capitaine Paul Maubart fut nommé chef de bataillon (voltigeurs de la Garde); en 1867, il fut créé officier de la Légion d'honneur. Physiquement, M. Maubart (Paul-Frédéric-Eugène) était un fort bel homme, d'une taille sensiblement au-dessus de la moyenne, et d'irréprochables proportions; ses yeux bruns étaient fort vifs; son nez, assez fortement accentué; sa bouche, parfaitement dessinée et laissant voir des dents superbes; il était blond, d'un blond tirant sur le roux, et portait la moustache longue et effilée, ainsi que l'impériale. Au point de vue intellectuel, nous ne saurions faire un éloge immodéré de M. Maubart; nous ne pouvons, d'autre part, sans altérer la vérité, lui dénier certaines qualités mentales; telles, par exemple, qu'une compréhension rapide des circonstances et une perception vive, presque intuitive, du caractère des personnages avec lesquels il se trouvait en contact. Ses aptitudes étaient nombreuses; et ses facultés naturelles, étendues; il avait négligé de les cultiver, pourtant, et avait sacrifié toute étude sérieuse au développement de talents de société qui lui assuraient des succès mondains. En cela, il n'avait fait qu'imiter la plupart des officiers de l'armée française, avant 1870, au sujet desquels le général Thoumas écrivait les lignes suivantes : « La lecture de l'*Annuaire* et le calcul de leurs chances d'avancement formaient la base de leur instruction militaire. L'étude était en défaveur, le café en honneur. Les officiers qui seraient restés chez eux pour travailler auraient été suspectés comme vivant en dehors de leurs camarades. Pour arriver, il fallait avant tout avoir un beau physique et une tenue correcte, affecter un grand mépris pour les connaissances techniques; être, surtout, recommandé. » M. Maubart possédait les qualités requises pour « arriver »; il fut, à différentes reprises, chaudement recommandé; et le souci de l'exactitude nous oblige à dire que de puissantes influences féminines ne furent pas étrangères à ces recommandations.

« Cela nous amène à déclarer que M. Maubart, du point de vue moral, et même aux yeux d'hommes sans étroitesse d'esprit, n'était point irréprochable. Qu'on nous pardonne cette expression un peu risquée : c'était un homme à femmes. Avant l'expédition de Crimée, il avait eu plusieurs liaisons tapageuses, non seulement avec des personnes du demi-monde, mais avec des femmes mariées; un duel, dans lequel il blessa mortellement son adversaire, avait été la conséquence d'une de ces liaisons. Lorsqu'il revint de Crimée, blessé et avec la croix d'honneur, il ne tarda pas à faire la connaissance de Mlle Cécile von Falke, jeune fille accomplie, d'origine allemande. Cette jeune fille s'éprit d'un violent amour pour M. Maubart, qui l'épousa peu de temps après; elle possédait une belle fortune, ses parents étaient riches, et l'on pouvait espérer que ce mariage, qui donnait à M. Maubart une situation stable et enviable, obligerait ce brillant officier à mettre un frein à ses débordements blâmables. Malheureusement, il n'en fut rien. Pour excuser jusqu'à un certain point M. Maubart, on peut dire qu'il avait des appétits irréguliers, fort violents; qu'il était sprirituel, gai, et aimait à faire apprécier son esprit et sa gaieté, ainsi, du reste, que ses avantages physiques; que, s'il brava souvent les lois les plus élémentaires de la morale courante, il fit sans doute de louables efforts pour mettre une certaine réserve dans les manifestations de son tempérament primesautier, trop instinctif. Ces efforts, d'ailleurs, restèrent vains. Nous avons déjà dit quelques mots de la regrettable affaire dont furent cause, à Milan, en 1859, ses relations avec une dame de l'aristocratie italienne; nous ne reviendrons pas sur ce pénible sujet, et nous ne ferons qu'une allusion fort discrète aux rumeurs — corroborées, hélas! par des faits significatifs — qui attribuèrent longtemps à M. Maubart une place spéciale dans les affections de Mme de

L.-M., la femme d'un des généraux qui, à l'heure actuelle sont à la tête de l'armée française. La naissance de son fils, en 1862, n'attacha pas plus sérieusement M. Maubart au foyer conjugal. Bien qu'on ne puisse lui reprocher d'avoir usé d'aucun mauvais traitement à l'égard de sa femme, on peut avancer qu'il la faisait beaucoup souffrir, indirectement. L'incorrigible légèreté de M. Maubart, ses infidélités constantes et trop peu dissimulées, avaient assombri l'esprit de Mme Maubart, et peut-être même porté atteinte à ses facultés mentales. Cela seul suffirait à expliquer la mort soudaine de cette dame, mort demeurée toujours quelque peu mystérieuse, qui offrit toutes les apparences du suicide, et... »

J'interromps ici la citation, car le second officier a justement écrit, au sujet de la mort de ma mère, quelques lignes qui ne sont point sans intérêt. Les voici :

« La mort de Mme Maubart, survenue vers la fin de 1869, a été le sujet de bien des discussions, d'ailleurs parfaitement oiseuses. Cette dame s'est donné la mort, s'est empoisonnée. Le fait est hors de doute. Il ne fut point constaté officiellement, c'est certain, et l'autopsie ne fut même pas ordonnée; mais tout cela ne prouve rien. La situation du mari, l'intérêt de la famille, exigeaient qu'on fît, autour de ce malheureux événement, le moins de bruit possible. Quant aux raisons qui poussèrent Mme Maubart à mettre elle-même un terme à son existence, on s'est accordé à les trouver dans la continuelle inconstance de son époux. Mme Maubart, en somme, se serait donné la mort parce qu'elle était jalouse de son mari; par jalousie impuissante. Telle n'est point mon opinion. Que Mme Maubart ait été jalouse de son mari, je ne le nie point; qu'elle ait souffert de son inffidélité, je l'accorde. Pourtant, elle avait supporté pendant des années les écarts de son conjoint; ces écarts devenaient de moins en moins nombreux; les expansions extra-conjugales de M. Maubart se concentraient, si j'ose m'exprimer ainsi, dans sa liaison presque avouée avec Mme de Lahaye-Marmenteau; cette liaison avait déjà assagi, devait assagir de plus en plus, moraliser en quelque sorte, la vie de M. Maubart. Le général de Lahaye-Marmenteau, en effet, était à cette époque fort malade; il était condamné par les médecins qui l'avaient envoyé passer l'hiver à Nice, sans aucun espoir de l'en voir revenir. On pouvait présumer que Mme de Lahaye-Marmenteau, devenue veuve, obligerait son amant à la plus grande réserve, et que ce dernier serait enfin forcé de mener entre sa femme et sa maîtresse, une existence non pas irréprochable sans doute, mais superficiellement correcte. Mme Maubart, qui avait accepté un partage indéfini, pouvait admettre un partage défini, au moins en désespoir de cause. Je ferai observer, à ce sujet, qu'elle continuait à fréquenter Mme Lahaye-Marmenteau. Donc, à mon avis, ce n'était point la jalousie en elle-même, dont l'acuité avait été émoussée par le temps, qui aurait pu conduire Mme Maubart à attenter à ses jours. Il faut, pour bien juger les faits, se rendre un compte exact de la situation domestique de cette dame.

« Mme Maubart avait, en fait, toujours vécu isolée, complètement à part soit dans sa famille, soit dans la société qu'elle fréquentait; son existence était admise, tolérée plutôt, mais à condition qu'elle ne s'affirmât point. Elle se trouvait dans la situation d'une esclave dont on n'exige rien, qu'on laisse libre, mais qui ne cesse de se sentir esclave; dont les chaînes sont remplacées par d'énormes étendues d'égoïsme, par d'immenses solitudes d'âmes où ne jaillit la source d'aucune affection, où ses cris d'angoisse vont se perdre sans trouver d'écho. Mme Maubart était une nature sentimentale et tendre; s'il en eût été autrement, elle n'aurait pas eu la force d'endurer ce qu'elle eut à souffrir. Elle désirait être aimée, certes; mais ce qu'elle aurait voulu surtout, ce qu'elle souhaitait ardemment, c'était de faire accepter entièrement son amour à elle, l'affection sans bornes qu'elle avait vouée à l'homme qu'elle avait choisi. Et elle sentait que cet homme n'acceptait pas son amour, n'en agréait que des bribes, par-ci par-là; ne le considérait point comme une chose précieuse entre toutes, bien au-dessus de tous les sentiments et de toutes leurs expressions. Plus encore; elle sentait que, l'amour complet dont elle lui faisait offrande, l'homme qu'elle avait choisi ne pouvait point l'accepter. Elle le sentait, lui, blasé, fatigué et comme soûlé d'hommages de toutes sortes, d'admirations innombrables qui semblaient naturelles à son inconsciente vanité. Tel un dieu, dans l'or et le chatoiement de son uniforme, il attirait à soi tous les enthousiasmes et toutes les déférences; il les acceptait en bloc, comme son dû, sans faire la moindre attention à la qualité de l'encens qu'on lui brûlait sous le nez, et s'inquiétant peu du zèle ou de la foi des thuriféraires, pourvu qu'ils fussent en nombre. Mme Maubart avait rêvé d'être la grande-prêtresse de l'idole; et la divinité se suffisait à elle-même, préférait l'extension du culte à son affinement, ne voulait point d'intermédiaire entre sa toute-puissance et ses adorateurs. Toutes les admirations, toutes les obéissances, toutes les flatteries, allaient au mari; les plus hautes et les plus humbles, celles des puissances et celles des domestiques; celles aussi, de son enfant. Et, dans ce concert de louanges et d'exclamations ravies, la voix de l'épouse ne se distinguait pas. Son admiration totale, son amour complet, que rien n'avait pu entamer, ne comptaient guère, leur valeur toute spéciale restant inappréciée, insoupçonnée, perdue dans l'énorme et continuel tribut d'adulations qu'on déposait aux pieds du maître... Il arriva, et il devait arriver, que cette situation de femme incomprise ou dédaignée qui était celle de Mme Maubart, fut soupçonnée, devinée; et que des gens peu scrupuleux cherchèrent à l'exploiter à leur avantage. Je ne dirai pas combien de fois Mme Maubart, dont la beauté était encore dans tout son éclat lorsqu'elle mourut, à l'âge de trente-neuf ans, eut à se défendre contre les entreprises de personnages qui lui apportaient, en même temps que l'expression de leur compassion, l'offre de consolations possibles. Je ne dirai pas comment elle réussit à écarter ces sympathies intéressées. Il advint pourtant qu'elle ne put parvenir à décourager les tentatives d'un homme fort bien en cour, mais que la brutalité de son caractère et le peu d'urbanité de ses manières laissaient insensible aux mille artifices de la diplomatie féminine. Cet homme, le général de Rahoul, poursuivit pendant longtemps Mme Maubart de ses obsessions; un jour même, oubliant toute retenue, il fut près de la compromettre. Mme Maubart crut devoir avertir son mari et lui demander d'intervenir.

Le commandant Maubart, soit qu'il ne crut pas qu'on pût lui réserver l'affront qu'il avait infligé à tant d'autres, soit qu'il eut quelques raisons particulières de ménager le général de Rahoul, soit pour toute autre cause, ne jugea pas à propos de s'émouvoir. Mis par sa femme en demeure d'agir, il refusa net. C'est alors que Mme Maubart, placée brutalement en présence de la réalité, voyant s'évanouir les dernières illusions qui masquaient l'inutilité de son existence, prit le parti d'en finir avec la vie... On peut croire que la mort de Mme Maubart fut fâcheuse pour son mari... »

* * *

Elle le fut surtout pour moi. Je suis certain que ma mère si elle avait vécu, aurait fait tous ses efforts pour m'empêcher d'entrer dans l'armée, et sans doute aurait-elle réussi. Le souvenir qui m'est resté d'elle n'est qu'un souvenir de réverbération, pour ainsi dire; mais je comprends, même en laissant à part les témoignages de personnes qui l'ont bien connue et qui confirment mes suppositions, combien il lui aurait été douloureux de voir son fils choisir un genre d'existence qu'elle avait appris à haïr et auquel elle imputait tous les déboires, toutes les humiliations et toutes les souffrances qui rendirent sa vie misérable. Elle fut peut-être parvenue, aussi, à m'inculquer quelques-uns de ces sentiments humains dont l'or d'une paire d'épaulettes compense mal la privation; et dont l'absence fit de ma vie, en dépit des apparences, quelque chose d'aussi discordant, instable et tourmenté que les éléments peu cohérents qui constituent mon caractère. Ces sentiments, il me fut impossible, à moi comme à beaucoup d'autres, de les acquérir plus tard.

Bien des gens ont passé dans mon existence, et j'ai traversé l'existence de bien des gens. Ils entrèrent dans ma vie comme on pénètre dans un monument dont la structure ou la réputation vous intéresse, et où l'on n'ose point rester parce que la température n'y est pas normale, parce qu'il y fait trop froid ou trop chaud, parce qu'on y redoute une bronchite ou une attaque d'apoplexie. J'entrai dans la leur par désœuvrement; par curiosité narquoise et défiante, probablement; plutôt (bien que la comparaison ne me plaise point) comme le serpent qui se glisse dans une habitation par besoin de chaleur et de bien-être, et demeure prêt à mordre s'il est dérangé — peut-être parce que sa digestion et son sommeil sont les seules manifestations possibles de sa gratitude et de son affection. Il y a des êtres à sang froid pour lesquels l'indifférence est un état naturel que solidifient encore de rares crises d'émotion, et qui ne peuvent se charger longtemps du faix des sentiments. Pour moi, je me suis toujours vu forcé de me débarrasser rapidement de ce fardeau; de poser ça là, avec un ouf! de délivrance, comme le troupier, à la halte, jette sac à terre et envoie dinguer son fourniment.

Les êtres au cœur tendre souffrent de l'insensibilité des êtres au cœur dur. Certainement. Mais pourquoi existe-t-il des âmes sentimentales et délicates dans notre monde de bêtes brutes? Qu'est-ce qu'elles viennent faire dans notre abattoir, ces brebis? Si elles n'accouraient point sans cesse pour présenter à nos couteaux leurs gorges bêlantes, peut-être que nos couteaux se rouilleraient, ou que nous serions contraints d'en briser les lames sur notre armure d'indifférence. Voilà ce que j'ai pensé chaque fois qu'il m'est arrivé, malgré moi ou non, de froisser ou d'écraser une de ces pauvres petites âmes qui sont si gentilles et si naïves, qui sont comme ces fleurs qui s'en viennent pousser innocemment sur le talus d'un rempart, auprès des gueules des canons; chaque fois, aussi, que je me suis pris à songer à cette nuit de décembre 1869 où mourut ma mère, et dont le souvenir, quelquefois, se présente à ma mémoire comme à travers une brume.

*
* *

Des cris me réveillent dans la petite chambre, contiguë à celle de ma mère, où je viens de m'endormir.

— Monsieur! Monsieur!... Pour l'amour de Dieu, venez vite!... Jean-Baptiste!... Dites à Jean-Baptiste de courir chercher le docteur. Vite! Vite!... Ah! mon Dieu! Mon Dieu! Ah! mon Dieu!...

Qu'y a-t-il? Je me lève et, à tâtons dans l'obscurité, je me dirige vers la porte que j'essaie d'ouvrir. Elle est fermée. Je voudrais crier, mais je ne peux pas; quelque chose m'en empêche et je reste là, haletant, prêtant l'oreille. Je ne distingue plus rien que des bruits confus, des chuchotements.

Le froid me gagne. Je retourne à mon lit, bien décidé à rester éveillé; mais le sommeil, naturellement, a bientôt raison de ma volonté. Je ne sais pas combien de temps je dors, plusieurs heures sans doute, mais un grand cri tout à coup me réveille; d'autres cris; les cris d'une femme; puis des sanglots. Et puis, je perçois une voix d'homme, une voix lourde, lente, comme voilée, la voix de mon grand-père.

— Ma pauvre Cécile! Ma pauvre Cécile!...

Au matin, on me fait rhabiller rapidement et l'on me conduit chez une dame qui me retient près d'elle sous des prétextes variés et qui ne me reconduit à la maison que le lendemain dans l'après-midi. J'ai été trés calme chez cette dame; je suis resté sombre, seulement, et taciturne. Mais quand Lycopode, tout de noir vêtue, vient ouvrir la porte, je me jette dans ses bras et j'éclate en sanglots; j'ai une terrible crise qui dure encore quand mon père, un crêpe à la manche, et mon grand-père, vêtu de deuil, entrent dans le salon où l'on m'a transporté.

Maman! Maman! Où est maman?

Mon père me fait des réponses vagues. Mon grand-père aussi bégaie des phrases à travers ses larmes; il essaie de me calmer, me caresse, me propose de m'emmener chez lui, à Versailles. Mais je ne veux pas. Oh! je ne veux pas m'en aller. Et j'ai une nouvelle crise de larmes, tout mon corps secoué de frissons, ma tête enfouie dans les coussins du divan. Mon père, brusquement, me saisit par les bras, m'enlève, me met sur mes pieds.

— Jean! Veux-tu être un homme? Veux-tu être un soldat?

Alors, une force intérieure me raidit tout entier. Mes larmes se sèchent et je réponds :

— Oui!

— Alors, mon enfant, il faut aller avec ton grand-père.

Le fiacre qui nous conduit à la gare, mon grand-père et moi, ne va pas très vite à cause de la neige qui s'est mise à tomber à gros flocons; elle a déjà recouvert les rues d'une épaisse couche blanche et enfarine les passants. Je regarde par l'une des portières, mon grand-père par l'autre.

— Grand-papa, est-ce que tu étais tout blanc de neige comme ces gens-là pendant la retraite de Russie?

— Oui, mon enfant.

— Mais il y avait plus de neige que ça?

— Oui, mon enfant; beaucoup plus.

Silence. Mon grand-père a pris ma main qu'il garde dans la sienne. Tout à coup, il me demande de sa voix lente, dont l'accent allemand n'a jamais complètement disparu :

— Jean, as-tu pensé à ce que tu veux faire quand tu seras grand?

— Oui; je veux être officier, comme papa.

Mon grand-père regarde par la portière, longuement, très loin. Et je l'entends qui murmure :

— Ma pauvre Cécile! Ma pauvre Cécile!...

II

Les premiers jours que je passe à Versailles ne sont pas gais; les visites se succèdent, visites de condoléance au cours desquelles je suis forcé de faire mon apparition, vêtu de noir, et avec des remerciements plein la bouche pour les personnes compatissantes qui viennent de s'apitoyer sur mon infortune. Des messieurs et des dames, aux faces indifférentes, viennent assurer mon grand-père et ma grand-mère de la part qu'ils prennent à leur douleur; me déclarent qu'ils me plaignent beaucoup; que mon sort est bien cruel; que rien ne remplace une mère, etc. Je sens très bien que leur sympathie est toute superficielle; elle m'énerve; et j'aspire au moment où tous les amis et connaissances de mes grands-parents auront défilé dans la maison, emportant chaque jour avec leurs figures de circonstance un peu de la douleur vraie que j'ai ressentie, et que m'arrache chacune de leurs consolations banales, de leurs phrases de convention.

Ce jour vient. Mais c'est la fin de l'hiver qui ne vient pas. Il est terriblement froid, et l'on ne me permet que rarement de sortir de la maison, de courir dans le jardin. Ce jardin est grand, avec beaucoup d'arbres, qui détachent leurs squelettes sur la blancheur de la neige; et je me rappelle comme il y faisait bon, sous ces arbres, pendant les chaleurs de l'été dernier. C'est à cette époque que mon grand-père avait acheté cette grande villa, une des plus jolies de l'avenue de Villeneuve-l'Étang; il espérait que ma mère et moi nous viendrions y vivre; mais mon père se déclara contraint à habiter Paris et ma mère ne put se résoudre à le laisser seul. Auparavant, mes grands-parents habitaient une maison plus petite, rue de Clagny, à côté de la propriété qui appartient au maréchal Bazaine. Cette maison est maintenant à louer.

Ma grand-mère regrette beaucoup sa petite maison. C'est une vieille femme de soixante-quinze ans environ, qui semble regretter beaucoup de choses, qui semble toujours regretter quelque chose. Elle n'est pas toute petite, ainsi que beaucoup de dames âgées, mais les années l'ont un peu courbée; et elle est mince, les mains sèches et la face pâle, pâlie encore par d'épais bandeaux de cheveux blancs. Elle a de grands yeux noirs qui ne sont pas vieux du tout, très profonds et pensifs; des yeux qui ont vu beaucoup de choses, de grandes et de petites choses, joyeuses et tristes, plutôt tristes, et qui maintenant semblent regarder comme à travers un voile de fatigue, dans les gestes des gens et l'affirmation des faits, une sorte de réflexion d'actes et d'êtres abolis depuis longtemps, et vivants tout de même. Je crois que toutes les choses qu'elles a vues ont laissé une petite marque dans ses yeux et que c'est pour cela qu'ils parlent tant. Ce sont surtout ses yeux qui parlent; car elle est généralement silencieuse, et j'ai cru pendant longtemps qu'elle ne m'aimait pas beaucoup.

Mais maintenant, je sais qu'elle m'aime. Depuis quelques jours elle m'a parlé sérieusement, comme à un homme. Elle m'a parlé de ma mère, m'a raconté ma mère quand elle était petite, quand elle était jeune fille. Oh! c'est si gentil de penser de ma mère comme une petite fille! Ma grand-mère m'a dit que je devais ne jamais perdre la mémoire de ma mère, me la rappeler surtout quand je serais grand, lorsque j'aurais l'âge de me marier; et ne pas oublier qu'il ne faut point épouser une femme si l'on n'est pas absolument sûr de la rendre heureuse.

C'est bon. Je me souviendrai. Mais pour le moment, l'image de ma mère, telle que je l'ai connue, et telle que je la voyais, il y a quelques semaines à peine, s'efface malgré moi de mon esprit; c'est comme une enfant que je la vois, pas beaucoup plus grande que moi, en robe courte et avec ses cheveux dénoués; et j'ai rêvé plus d'une fois de grandes parties que nous faisions ensemble; elle m'est apparue, dans mon sommeil, comme une amie qui partageait mes jeux, comme une sœur; il y a beaucoup de choses que je sens confusément, que je ne m'explique pas à moi-même, et que je dirais à une sœur; et que peut-être, alors, je comprendrais.

Il y a tout plein de choses que je voudrais savoir et que je n'ose pas demander aux grandes personnes parce que, sans doute, elles se moqueraient de moi. Ces choses-là sont peut-être expliquées dans les livres. C'est dommage que je n'aie pas le droit de lire les livres. Je me suis bien hasardé, l'autre jour, à entrouvrir deux ou trois des gros volumes qui s'alignent sur les rayons des bibliothèques, dans le cabinet de mon grand-père; mais mon grand-père m'a surpris pendant l'opération. Il m'a assuré qu'il n'y avait rien là qui pût m'intéresser; je ne suis pas encore assez grand. (C'est toujours la même chose.) D'ailleurs, il y a peu de livres français; presque tous ses livres sont allemands. Mon grand-père lui-même est allemand. Un grand vieillard, très droit, très sec, avec des yeux d'un bleu très pâle, pleins de bonté, comme d'une bonté un peu fatiguée, mais qui n'a pas dû être sans énergie, autrefois; la fatigue, l'amertume aussi, ont mis leurs marques aux coins des paupières et aux commissures des lèvres; le front est large et haut, le nez droit et mince, et une longue cicatrice, qui a laissé sa marque profonde sur la joue droite, raye la face pâle et calme, soigneusement rasée. La blessure qui n'apparaît plus que comme un sillon, tantôt blanc, tantôt bleuâtre, fut produite par le furieux coup de sabre d'un Russe, en 1812.

*
* *

Mon grand-père, Ludwig von Falke, naquit à Karlsruhe, en 1790. En 1808, il entra comme sous-lieutenant au régiment des Grenadiers-gardes-du-corps de Bade. En 1812, ce régiment fit partie d'une brigade de troupes badoises, commandée par le général Markgraf Wilhelm von Baden, et qui contribua à la formation du neuvième corps de la Grande Armée, placée sous les ordres du maréchal Victor Au cours de la campagne, mon grand-père se prit d'une grande amitié pour un officier de dragons français, à peu près du même âge que lui, et qui se nommait Henri Delanoix. Les deux jeunes gens se rendirent de mutuels services pendant la désastreuse retraite. Après avoir échappé à bien des périls, ils furent blessés l'un et l'autre, le 12 décembre, à Kowno; Henri Delanoix à l'épaule gauche, et mon grand-père à la tête. Ce fut grâce aux efforts surhumains de mon grand-père que l'officier français put franchir la frontière; mais il restait peu d'espoir de sauver sa vie lorsque, avec l'arrière-garde de la Grande Armée, il arriva à Königsberg. Son père, fournisseur des troupes, se trouvait dans cette ville; il avait avec lui ses deux autres enfants, une fille, Marthe, âgée de dix-sept ans, et un fils, Ernest, qui n'en avait que douze. M. Delanoix tenta l'impossible pour arracher à la mort son fils aîné. Mais tout fut inutile et le pauvre garçon expira dans les premiers jours de 1813. Je ne dirai pas combien mon grand-père fut affligé de la mort de son camarade, ni comment il conçut un attachement de plus en plus vif pour Mlle Marthe Delanoix, dont les bons soins contribuèrent puissamment à sa rapide guérison; ni comment, dégoûté de la guerre par les horribles scènes dont il avait été témoin, il prit le parti de quitter l'armée et épousa peu de temps après la sœur de son ami défunt. Mes grands-parents, après avoir longtemps vécu à Karlsruhe, vinrent habiter la France; ils eurent deux enfants : un fils, Karl, né en 1825, qui est officier dans l'armée prussienne et que j'ai vu rarement; et une fille, Cécile-Augusta, née en 1830, qui épousa mon père, et qui mourut récemment.

***

Mon père, le voici justement qui arrive. Je le vois descendre d'une voiture qui s'arrête devant la grille, tandis que Jean-Baptiste, qui était assis à côté du cocher, en lapin, suit à distance respectueuse avec un gros paquet sous le bras. Je sais ce que contient le paquet : des cadeaux. C'est demain Noël; et en nous réveillant, c'est au coin de la cheminée que nous allons voir ce que nous allons voir. En attendant, je suis rudement content de voir mon père; ça manquait d'uniformes dans la maison. Rien comme les uniformes pour égayer l'existence. Mon père, certes, n'est pas joyeux, outre mesure; il est en deuil, et il n'oublie pas qu'il a un crêpe à sa manche; mais il est amusant tout de même et parvient de temps en temps à faire sourire mes grands-parents.

— Sacrédié! grand-maman, qu'est-ce que vous lui donnez donc à manger, à ce galopin-là? Il a encore grandi de deux pouces depuis la semaine dernière! Il faut le mettre à la demi-portion, vous savez; autrement, on le flanquerait dans les grenadiers, et je ne l'aurais pas sous mes ordres!... Arrive ici, toi, garnement, que je te regarde. Demi-tour!... par principes, nom d'un petit bonhomme! Demi-tour! A la bonne heure! Ça ne te va pas, le noir, mon garçon... Allons, qu'est-ce que je dis!... Enfin! Des couleurs il ne faut pas discuter. Dites donc, grand-papa, j'ai rencontré le petit Noël, en route... Veux-tu te sauver, toi? Est-ce que ça te regarde, ce que disent les grandes personnes? Va donc demander des nouvelles du petit Noël à Jean-Baptiste.

J'y vais. Ah! quel bon garçon, ce Jean-Baptiste! Et comme nous nous amusons bien ensemble! Nous avons fait un grand bonhomme de neige dans le jardin, et mon père dit qu'il ressemble tout à fait à un Autrichien qu'il a tué; seulement, l'Autrichien avait une longue moustache.

— Attendez un peu, mon commandant, dit Jean-Baptiste, on va lui en mettre une aussi, de moustache, au bonhomme. On va en faire un homme à poil.

Mon père reste plusieurs jours à la maison; ou plutôt, il va et vient entre Paris et Versailles; et Jean-Baptiste l'accompagne généralement. Mais voilà que les fêtes de Noël et du Jour de l'an sont passées, et les voilà partis; voilà le dégel venu; voilà le bonhomme de neige qui est pris d'une faiblesse et s'affaisse ignominieusement sur sa base; voilà l'année 1870 commencée, an de grâce, comme d'habitude; et me voilà avec un gros rhume de cerveau. Donc les sorties me sont interdites et je reste en tête à tête avec les jouets dont on vient de me faire présent, et les livres qui les accompagnent. Livres verts comme des lézards et jaunes comme des omelettes, rouges comme des homards et bleus comme le chapeau à Lycopode, brillants et chargés d'or comme les uniformes de mon père sortant des mains de Jean-Baptiste. Ils sont pleins d'images et débordent de beaux sentiments; des Robinsons Suisses très Suisses, des aventures de Robert-Robert et des Histoires d'Enfants Célèbres. Mais les deux plus intéressants, à mon humble avis, m'ont été apportés hier par l'aumônier du régiment de mon père, qui est venu me faire une visite. L'un des livres dont il m'a fait présent est une histoire de Henri IV qui fait voir clairement combien il fut heureux pour la France que ce grand roi abjurât les erreurs de sa jeunesse; l'autre est intitulé *Michel le Réfractaire* et raconte les aventures d'un honnête jeune homme qui, appelé au service en 1814, se cacha dans un souterrain pendant que les étrangers envahissaient la France et n'en sortit qu'après l'abdication de l'Empereur, pour acclamer Sa Majesté Louis XVIII enfin remise en possession du trône de ses aïeux. Le livre, édité par Mame, qui exalte en termes dithyrambiques la sagesse et la piété du jeune réfractaire, produit sur moi une impression bizarre. Je ne sais vraiment que penser de la conduite du réfractaire, et je me décide à aller demander, à ce sujet, l'opinion de mon grand-père.

Il est précisément en train de jouer aux échecs avec un vieil officier anglais qui est notre voisin, M. Freeman, lorsque j'entre dans le salon. J'expose l'objet de ma visite. M. Freeman ne me laisse pas achever, m'arrache des mains le livre que j'ai apporté, et en parcourt quelques feuilles à la hâte. Alors il jette violemment le livre sur la table et s'écrie :

— Vraiment! C'est une indignité! Voilà un livre qui prêche ouvertement la trahison, la désertion, le mépris de la France et la haine de la liberté, qui calomnie lâchement l'empereur Napoléon! Et c'est un prêtre, un aumônier de régiment, qui apporte ce livre au fils d'un officier! Il mérite d'être fusillé. Voilà mon avis!... Falke, dit-il à mon grand-père, gardez ce livre et ne laissez pas cet enfant le lire davantage. Je parlerai de la chose à son père. Quant à moi, veuillez m'excuser pour aujourd'hui. Je suis tellement indigné que j'ai besoin de prendre l'air.

Il sort, rouge comme la veste d'un horse-guard, mâchant des jurons anglais; et je reste seul avec mon grand-père, un peu contrarié de voir sa partie d'échecs interrompue.

— M. Freeman est le meilleur des hommes, dit-il au bout d'un instant, mais il est un peu vif. Il est plus Français que la France et plus bonapartiste que Napoléon. La France et Napoléon sont ses deux idoles. Ces Anglais sont vraiment bien curieux. Du reste, il avait complètement raison. Ce livre est un très mauvais livre, et il ne faut pas que tu le lises.

C'est aussi l'avis de M. Curmont, un autre voisin qui vient d'entrer et qui propose à mon grand-père de remplacer sa partie d'échecs par une partie de piquet. M. Curmont, que je vois pour la première fois, me semble peu sympathique; sa démarche est hésitante, sinueuse; ses épaules ont l'air inquiètes et ses derrières mal assurés; il semble redouter une attaque de flanc, et exécute, avant de prendre place sur la chaise que vient de quitter M. Freeman, un mouvement tournant des plus compliqués. Ses grosses lèvres remuent d'une façon singulière quand il parle; mais c'est pour la frime, car je vois très bien que c'est avec son nez qu'il s'exprime; il prononce les voyelles avec la narine gauche et les consonnes avec la narine droite.

Ses yeux humides, des yeux qui semblent avoir fait naufrage, paraissent curieux de ce qui se passe derrière les oreilles en colimaçon; et le front, qu'envahissent des cheveux vainement refoulés en arrière, retombe sur ces yeux-là comme la visière d'un casque. Je ne parle pas du menton; on n'en voit point; une longue barbe, une de ces horribles barbes que j'ai su depuis être des barbes à principes, semble avoir pour mission de dissimuler la hideur de la mâchoire.

Si je n'ai pas, jusqu'ici, vu M. Curmont, j'ai entendu parler de lui plusieurs fois. C'est un républicain, un républicain austère, qui n'a pas d'autre désir que celui de se sacrifier au bien-être de son pays. Il a un fils, pourtant, qui, bien que républicain comme son père, a des ambitions; mais ses ambitions sont légitimes, car c'est un jeune homme du plus grand avenir. Il a fait son droit, ce qui est beau, et vit à Paris avec d'autres personnages qui ont aussi fait leur droit et qui feront bien autre chose avant peu. Il y en a un, dans la bande, qui s'appelle Léon et dont M. Curmont fait le plus grand éloge. Il est fier, d'ailleurs, de recevoir ces messieurs chez lui, de temps à autre; ils lui sont amenés par son fils. Ce fils, ayant d'aussi belles relations, dépense beaucoup d'argent. M. Curmont n'est pas bien riche, et ne pourrait pas fournir cet argent. Heureusement, Mme Curmont est une musicienne hors ligne; en donnant des leçons du matin au soir et en jouant dans les concerts, autant que possible, du soir jusqu'au matin, elle parvient à subvenir aux besoins de son fils. Je voudrais bien voir, pour mon compte, ce jeune homme à grand avenir; je voudrais bien voir, aussi, ses amis; d'autant plus que mon père, dernièrement, en a parlé devant moi en termes peu flatteurs.

— Des vauriens, a-t-il dit. Des piliers d'estaminets, des avocats sans cause, des poches à bave. Si l'Empereur faisait fusiller ces gaillards-là, ce serait un grand bien pour lui et pour la France. C'est grâce à cette sale clique que nous n'avons pas d'armée de seconde ligne. Malgré tout, on pourrait encore se tirer d'affaires, si ces gredins n'étaient pas là pour empoisonner le public.

M. Freeman, à qui s'adressait mon père, a trouvé que les moyens préconisés par lui étaient plutôt excessifs. Il pense que toutes les opinions doivent être libres, au moins jusqu'à un certain point. Mais ce qu'il n'admet pas, c'est qu'on vilipende la France et la mémoire du Grand Empereur. Et il a parlé à mon père du livre que m'avait apporté l'aumônier. Mon père a haussé les épaules.

— Oui, oui, vous avez raison. Mais qu'est-ce que vous voulez? Nous sommes entre deux feux. La calotte d'un côté, le spectre rouge de l'autre. Les pékins sont las de gagner de l'argent; l'empire les a gavés; et maintenant, ils ont une indigestion. Qu'est-ce que vous voulez faire à ça? Quant à la propagande des oiseaux noirs, quant aux bouquins qu'ils distribuent, ça ne produit pas plus d'effet qu'un cautère sur une jambe de bois. L'influence du livre, c'est de la blague. Il n'y a qu'une chose qui ait une influence: c'est ça.

Et, du plat de la main, il a frappé son épée.

— Vous n'avez peut-être pas tort, a dit M. Freeman; cependant l'esprit public devrait être mis à l'abri...

— Il n'y a pas d'esprit public en France, a répondu mon père. La Dette publique nous suffit.

M. Curmont, lui, croit à l'existence de l'esprit public. Il croit à l'Opinion, à l'Histoire, aux Principes et au jugement de la postérité! Il a des convictions profondes... Il a surtout une petite fille qui s'appelle Adèle et qui est la plus charmante petite fille que j'aie jamais vue. A vrai dire, elle n'est pas toute petite; elle est même plus grande que moi. Elle a douze ans, et je n'en ai que huit. Mais elle est si mignonne, si délicate et si fraîche! Avec ses grands yeux bruns, les longues boucles mordorées de ses cheveux soyeux, et sa petite bouche rose à la moue pensive, elle donne l'idée d'une de ces poupées qu'on expose dans les magasins luxueux, à l'époque des étrennes. Elle est presque aussi rose qu'une poupée; pas triste, mais pas bruyante; très raisonnable et très instruite aussi. Elle joue du piano presque aussi bien que sa mère. Je l'ai entendue jouer et j'ai été honteux de ne rien savoir, ni musique, ni autre chose; j'ai regretté qu'on ne m'eût rien fait apprendre. La musique aussi m'a ému profondément, a remué en moi beaucoup de choses qui doivent être très embrouillées. Je songeais que ma mère, si elle vivait encore, aimerait, Adèle plus qu'elle ne m'aimait; je ne suis demandé, aussi, si ma mère m'aimait réellement, et si j'avais eu pour elle une affection profonde; ou bien, plutôt, si je n'avais jamais pu parvenir à aimer ou à me faire aimer. J'ai pensé qu'Adèle, qui est si savante, pourrait m'expliquer beaucoup de choses que je ne comprends pas; et je me suis décidé à lui exposer, ainsi que j'avais rêvé si longtemps de le faire à une sœur, tout ce que je ressens.

Elle m'écoute avec attention, un doigt sur les lèvres et la tête un peu penchée. Quand j'ai fini, elle me regarde longtemps, silencieuse, avec des yeux pleins de surprise.

— Je ne sais pas, dit-elle à la fin. Oh! je t'assure que je ne sais pas. Je n'ai jamais pensé à tout ce que tu me dis. J'aime mon père, j'aime ma mère, j'aime mon frère, j'aime tout le monde. Je crois bien que tout le monde m'aime aussi. Personne ne me le dit jamais, mais c'est parce qu'on n'a pas le temps. Papa lit son journal et parle politique toute la journée; maman travaille continuellement, et Albert ne vient de Paris que de temps en temps, et ne reste que quelques heures, juste le temps de prendre l'argent qu'on a mis de côté pour lui. Tu vois qu'ils sont tous très occupés. Mais je suis sûre qu'ils m'aiment beaucoup. Pourquoi ne m'aimeraient-ils pas? Toi, tu m'aimes bien... Je ne comprends pas beaucoup ce que tu m'as dit. Je ne sais pas...

Ce sera toute l'histoire sentimentale de ma vie, cela. Aux questions que je ne poserai plus jamais, mais qu'elles comprendront, les femmes que je rencontrerai répondront toutes, par le silence : « Je ne sais pas. »

— Pour la musique, continue Adèle, je ne comprends pas qu'elle t'émeuve autant. Moi, ça ne me fait rien. Mais si tu savais comme c'est fatigant, surtout au commencement! Toujours les doigts sur les touches... Je n'ai jamais eu le temps de m'amuser beaucoup. Mais nous jouerons à toutes sortes de choses ensemble, n'est-ce pas? lorsqu'il fera beau temps, lorsque le printemps sera venu.

***

Le printemps est venu. Les feuilles commencent à crever l'enveloppe des bourgeons, et si les fleurs ne se montrent pas encore en pleine terre, il y en a déjà de jolies dans la serre, au bout du jardin. Mon père en a fait faire plusieurs fois des bouquets, qu'il a envoyés à la maréchale Bazaine.

J'ai vu souvent la maréchale passer en voiture; c'est une bien belle femme. M. Curmont raconte d'horribles histoires sur son compte, affirme que le maréchal a fait au Mexique massacrer toute la famille de sa femme. Mais je ne crois pas un mot de tout cela. Comment un maréchal de France pourrait-il être coupable de tels actes?

Pourtant, dernièrement, j'ai assisté à une scène curieuse. Comme je passais dans la rue de Clagny, j'ai vu un rassemblement devant la propriété du maréchal. La grille était ouverte et, dans le jardin, devant la maison, se tenait un monsieur bien vêtu, au teint basané et à la moustache noire, qui criait à tue-tête :

— Voleur! Canaille! Traître! Assassin!

Et il tendait son poing crispé vers quelqu'un qui devait se trouver dans la maison, derrière les volets d'une fenêtre. Le garde de Clagny, qu'on avait été chercher, est accouru, son sabre au côté. Il a mis la main sur l'épaule du monsieur, qui s'est décidé à le suivre après une dernière bordée d'injures et s'est dirigé, accompagné par le garde, vers la station du chemin de fer. On disait dans la foule que c'était un parent de la maréchale qui était venu lui emprunter de l'argent, et qui, ne pouvant avoir cet argent, se vengeait par des grossièretés.

M. Curmont dit que ces grossièretés sont des vérités absolues. Mais mon père assure que ce sont d'odieuses calomnies. Il me défend, d'ailleurs, de répéter à qui que ce soit ce que j'ai vu et entendu. Mon père vient très souvent à Versailles, à présent. Fréquemment, des officiers de ses amis l'accompagnent. Mes grands-parents tiennent, pour ainsi dire, table ouverte. Mon grand-père est présenté à ces messieurs comme un Vieux de la Vieille, ce qui lui attire tous les respects.

— Voilà un homme, messieurs, dit mon père, qui fut l'un des compagnons du Grand Empereur. Il était à la Bérésina, messieurs!

— La Bérésina! disent en chœur les officiers. Terrible affaire! Le froid! La glace! Effroyable désastre! Le plus épouvantable épisode de la grande retraite...

Mon grand-père, chaque fois, ébauche un geste de contradiction et essaie de dire quelque chose. Mais, comme il parle très lentement, on lui coupe toujours la parole aux premiers mots; et il n'insiste pas. Du reste, il paraît s'affaiblir depuis quelque temps; il se casse, ses mains tremblent beaucoup, et il semble prendre pour toutes choses une indifférence de plus en plus grande.

Je soupçonne mon père d'avoir profité de cet état pour engager le vieux, comme il l'appelle, à louer, pour un prix très bas, sa maison de la rue de Clagny au général de Rahoul. Ma grand-mère a paru très peu satisfaite de la transaction; mais mon père compte beaucoup sur le général de Rahoul, qui est devenu son ami intime et son commensal ordinaire. Je n'aime pas le général de Rahoul, et ma grand-mère le hait.

— Vous voudrez bien m'excuser, a-t-elle dit à mon père qui s'est mis à sourire d'un sourire forcé, lorsque vous jugerez à propos d'inviter ce monsieur.

Ma grand-mère n'est pas au courant des affaires militaires, et des conditions dans lesquelles s'opère l'avancement. Mais mon père sait à quoi s'en tenir; il n'a pas pour rien quatre galons sur la manche. Il n'ignore pas que le général de Rahoul, en sa qualité d'ami intime du maréchal Bazaine, peut lui être fort utile; et il le traite en conséquence.

Le général est donc venu s'installer dans la maison de la rue de Clagny. Jusqu'ici, je l'avais cru veuf ou célibataire. Mais il est marié. Il a épousé, lorsqu'il était lieutenant, et pour son argent, une femme dont on dit qu'elle n'est pas méchante mais d'une désespérante vulgarité. Cette femme est sequestrée par son mari; quoiqu'elle se porte fort bien et qu'elle pèse au moins cent kilos, elle doit se prétendre continuellement malade, ne voir et ne recevoir personne. En somme, elle a disparu du monde. Son mari, qui la zèbre de coups de cravache, l'appelle son Panari. Je tiens ces détails et bien d'autres de Jean-Baptiste. Mme de Rahoul ne doit jamais se montrer en public et prend l'air à la dérobée, une fois la nuit tombée, comme un pensionnaire de lazaret. Quelquefois, quand il fait noir, je m'échappe et je cours jusqu'à la rue de Clagny. A travers les grilles du jardin, j'aperçois quelque chose de sombre qui va et vient dans les allées, comme une grosse boule noire qui roule silencieusement. C'est le Panari qui se promène.

Jean-Baptiste a toujours une bonne histoire à me raconter. Mais ce matin il m'a apporté une bien mauvaise nouvelle. Mon grand-père a été pris d'une faiblesse hier soir, vers onze heures, et le médecin, qui est déjà venu trois fois, a dit qu'il ne fallait plus conserver aucun espoir. On m'habille à la hâte et l'on me conduit dans la chambre de mon aïeul, où se trouvent déjà ma grand-mère et mon père. Le vieillard est étendu dans son lit, immobile, les yeux clos.

— Il a perdu toute connaissance, murmure mon père.

Je m'agenouille devant le lit, ému d'une émotion toute physique que je ne puis analyser, car il me semble que j'ai la tête vide. Et tout d'un coup, comme on me fait sortir de la chambre, le souvenir du colonel Gabarrot s'empare de moi; il me hante, ne me quitte point, ni vers le soir, lorsqu'on annonce la mort de mon grand-père, ni le lendemain pendant qu'on procède aux préparatifs des funérailles; ni même le surlendemain matin, tandis que les employés des pompes funèbres viennent tendre de noir la porte de la maison.

***

Mon grand-père est mort le 7 mai, et c'est aujourd'hui, le 9, à midi, qu'on l'enterre. Hier, le 8 mai, a eu lieu le Plébiscite; mais ce matin, naturellement, on n'en connaît pas encore le résultat. Mon père est venu un moment dans ma chambre pour jeter un coup d'œil sur les journaux; mais il est interrompu dans sa lecture par l'arrivée des membres de la famille qu'il se hâte d'aller recevoir. Ils sont venus de loin, pour la plupart.

D'abord, M. Xavier Delanoix, un neveu de mes grands-parents, le fils d'Ernest Delanoix, frère cadet de ma grand-mère. C'est un homme de quarante ans, légèrement bedonnant, d'une taille au-dessus de la moyenne, avec des favoris qui inspirent confiance, et des petits yeux vrillonnants. Il est entrepositaire dans le nord de la France, non loin de la frontière belge, et présente l'aspect d'un homme qui fait de bonnes affaires. J'ai eu l'occasion de le voir déjà deux ou trois fois, à Paris. Mais il a amené avec lui sa fille, une jeune personne de dix-huit ans que je ne connais pas encore. C'est une jolie blonde, avec de grands yeux bleus et des dents pareilles à des perles; dans ses vêtements de deuil, je ne sais pourquoi, elle me donne l'idée de Marie Stuart quittant la France. J'entends qu'elle s'appelle Estelle.

Puis, c'est mon oncle Karl qui arrive, le major Karl von Falke, de l'artillerie prussienne. Je crois que mon grand-père, lorsqu'il avait quarante-cinq ans, c'est-à-dire l'âge actuel de mon oncle, devait présenter la même apparence Un homme droit, sec, dont les yeux ont un regard direct et franc, et dont la voix claire donne aux phrases françaises une précision particulière. J'ai peu vu mon oncle jusqu'ici, mais je me sens une grande affection pour lui. Je regrette seulement qu'il ait revêtu des habits civils; j'aurais bien voulu le voir dans son uniforme. J'ai tellement envie de voir des officiers prussiens! Ça viendra peut-être, si je suis sage.

Un peu avant onze heures, arrive un monsieur que personne ne semble connaître. Il se présente comme un parent, et décline à mon père ses nom et prénoms : Séraphus-Gottlieb Raubvogel, de Mulhouse.

Il donne des explications : il est le fils d'une sœur cadette de mon grand-père, qui naquit vers 1800 et qui se maria, se trouvant en de mauvais termes avec sa famille, avec M. Gustave Raubvogel, honorablement connu. Il est, lui, Séraphus-Gottlieb Raubvogel, l'unique fruit de ce mariage. Et, bien que sa mère eût cessé, durant toute sa vie, d'entretenir aucun rapport avec sa famille, il a pris sur lui de renouer des relations avec ses parents. Il s'est enquis de leur adresse, sachant seulement qu'ils habitaient Versailles; et comme réponse, a reçu de l'agence à laquelle il s'était adressé un télégramme lui annonçant le déplorable décès de son oncle.

— Je regrette bien vivement, dit-il, qu'un événement aussi malheureux soit la cause de notre première rencontre. C'est une si grande joie pour moi, de lier enfin des nœuds de parenté réelle avec une famille dont le sort m'a tenu injustement éloigné, et à la tête de laquelle je suis heureux de voir maintenant un des plus distingués officiers de notre glorieuse armée!

M. Raubvogel s'incline légèrement en prononçant ces derniers mots, et mon père, visiblement flatté, lui tend la main.

Pourtant, quelques instants après, comme je me trouve

dans la chambre de ma grand-mère, avant le départ du convoi, mon père entre rapidement, s'approche d'elle et lui demande à voix basse :

— Avez-vous connaissance d'un certain Séraphus - Gottlieb Raubvogel, de Mulhouse?

— Non, dit ma grand-mère, pas du tout.

— Il est en bas, dit mon père; il est venu pour l'enterrement. Il se dit votre neveu, le fils d'une sœur de votre mari.

— Ah! oui, dit ma grand-mère, je me rappelle. Mon mari avait une sœur qui quitta brusquement la famille, à Karlsruhe, peu de temps après notre mariage. Elle partit avec un acteur qui, je crois, l'épousa.

— Vous n'avez jamais eu d'autres renseignements sur elle?

— Jamais. Ludwig n'a jamais pu retrouver ses traces.

— Et vous ne savez pas si cet acteur qui l'épousa se nommait Raubvogel?

— Non. C'est-à-dire... peut-être... Je ne me souviens pas.

Mon père redescend au rez-de-chaussée et je le suis. Je considère attentivement Raubvogel qui, dans un coin du salon, cause avec Delanoix. C'est un homme de vingt-cinq ans environ, de taille moyenne, aux épaules larges, aux yeux vifs et souriants, au nez recourbé en bec d'oiseau, à la bouche ironique et à la chevelure châtain clair. Cette couleur est aussi celle de la barbe. J'admire cette barbe. Elle n'est pas longue; elle n'est pas épaisse; elle n'est même pas belle si l'on veut. Mais elle est quelque peu diabolique, avec sa petite pointe effilée qui se recourbe en crochet, et elle donne à toute la physionomie un caractère original! Quelle peut bien être la profession de M. Raubvogel?

C'est précisément la question qu'adresse mon père, à demi-voix, au général de Rahoul qui vient d'arriver.

— Écoutez, répond le général, voici ce que je vais faire : je vais charger le service secret du ministère de la Guerre de prendre des renseignements sur le personnage. Vous les aurez par retour du courrier et vous saurez à quoi vous en tenir. Je dois dire que sa figure ne me déplaît pas.

A moi non plus. Il est certainement le premier civil qui ait eu mon admiration pleine et entière. Jusqu'ici, je n'ai jamais eu pour les pékins une large place dans mon cœur. Mais je dois dire que Raubvogel, s'il ne porte pas l'uniforme, est digne de le porter. J'établis un parallèle entre lui et les nombreux officiers présents dans le salon; il ne perd pas à la comparaison. Et pourtant il y a là trois généraux, le colonel du régiment de mon père et un officier d'ordonnance du maréchal Bazaine...

— Messieurs de la famille...

Mon père me prend par la main; je dois marcher derrière le cercueil, entre mon oncle Karl et lui. Avant de sortir du salon, je jette un dernier coup d'œil d'admiration sur la barbe de Raubvogel.

III

Les funérailles terminées, nous sommes revenus à la maison, mon oncle Karl, mon père et moi. Ma grand-mère souffrante et en proie à la plus grande douleur, ne quitte pas sa chambre. Les rapports de mon oncle et de mon père ne sont pas des plus cordiaux, et leur conversation est plutôt froide, toute de surface. Ce n'est guère amusant. Après dîner, heureusement, M. Delanoix vient nous faire une visite.

M. Delanoix est un homme tout d'une pièce, rond en affaires, qui ne mâche pas ce qu'il a à dire et n'y va point par quatre chemins. Du moins, il l'affirme.

— Moi, je suis franc comme l'or. Je pense qu'il n'y a rien de tel que de parler pour s'entendre.

Cependant, c'est à l'aide de nombreuses tournures circonlocutoires qu'il expose à mon père l'objet de sa visite. Des sentiments de vénération profonde l'ont poussé à venir à Versailles pour assister aux funérailles de son oncle; il aurait même pris le premier train et serait arrivé un peu plus tôt, c'est-à-dire le 8, si ses devoirs de citoyen ne l'avaient retenu chez lui ce jour-là : il lui fallait, en effet, voter, et ajouter son humble voix à toutes celles des vrais Français qui ont affirmé leur loyauté à la dynastie impériale.

— Car, pour moi, le résultat du Plébiscite d'hier, bien que nous ne le connaissions pas encore d'une façon certaine, ne peut pas faire l'objet d'un doute.

Mon père incline la tête en souriant, et Delanoix continue :

— Je dois dire pourtant que des considérations d'un ordre plus matériel m'ont engagé à entreprendre mon voyage. Les affections de famille sont les plus sures et lorsqu'on a l'honneur et le bonheur de compter parmi ses parents des personnes qui occupent dans la hiérarchie sociale une place prééminente, et auxquelles leurs glorieux états de service assurent l'oreille des pouvoirs établis, je crois qu'il est permis, sans présomption, de compter sur leurs conseils, et même, à l'occasion, sur leur appui.

Mon père s'incline encore, un peu plus grave. Delanoix alors, sans transition, déclare que la fourniture du fourrage à l'armée, dans la région du Nord, est à renouveler avant peu; il a l'intention de soumissionner. Il est bien certain que c'est une entreprise importante. Pourtant, ce sont moins les bénéfices qu'elle pourrait lui rapporter qu'il ambitionne, que le titre de fournisseur de l'armée. Sa fille, en effet, Estelle, va bientôt être en âge de se marier, et...

Mon père interrompt, brusquement.

— Je vois; ce sont des recommandations qu'il vous faut. Eh bien! c'est une affaire à débattre...

Mon oncle se lève, priant mon père de l'excuser. Il désire aller passer quelques instants avec sa mère. Je demande à l'accompagner.

Ma grand-mère est assise dans son fauteuil, la tête baissée, les yeux fixés sur les braises ardentes. Elle se redresse à notre entrée et essaie de sourire; et ses yeux, tout d'un coup, se remplissent de larmes. Mon oncle vient s'asseoir à côté d'elle, prend une de ses mains dans les siennes; et, pendant quelques instants, pas un mot n'est prononcé. C'est mon oncle qui rompt le silence.

— Maman, avez-vous pensé à ce que vous allez faire maintenant? Avez-vous l'intention de rester à Versailles? Ou bien...

Ma grand-mère regarde mon oncle, qui continue d'une voix plus rapide :

— Oui, j'avais pensé que vous n'aimeriez pas demeurer ici. Pour beaucoup de raisons. Je crois inutile de les détailler. J'avais pensé aussi que peut-être vous voudriez m'accompagner quand je retournerai en Allemagne.

Ma grand-mère m'attire à elle et pose sa main sur ma tête.

— J'y avais pensé, dit-elle, mais je ne puis abandonner cet enfant-là. Je suis sa mère, à présent.

— C'est précisément pourquoi j'avais songé à vous faire l'offre que je vous fais, reprend mon oncle au bout d'un instant. Jean est très jeune, et vous êtes âgée. Les circonstances peuvent devenir difficiles pour vous. Il peut se produire des événements, des événements graves, qui mettraient vos forces à une trop rude épreuve. L'horizon est noir...

Et mon oncle se met à parler bas, en allemand. Je ne comprends que quelques mots, de temps en temps : *Krieg*, guerre, par exemple.

— Je crois que tu as raison, Karl, répond ma grand-mère; les choses dont tu parles me semblent, à moi aussi, inévitables. Mais c'est justement pourquoi je ne puis accepter ton offre, dont je te remercie de tout mon cœur. Cet enfant est Français. Et pour moi, bien que mon mariage avec ton pauvre père m'ait faite légalement Allemande, je ne puis oublier que je suis née Française. N'insiste pas, mon cher enfant.

*
* *

Le lendemain matin, j'ai une grande joie. De la fenêtre de ma chambre, je vois poindre, au coin de la grille, la barbe de M. Raubvogel. Je descends quatre à quatre, et je rencontre sur le perron l'heureux propriétaire de cette barbe.

— Bonjour, mon cousin! s'écrie-t-il. (Oui, il m'appelle son cousin, comme ça!) Bonjour, mon cousin! Comment vous portez-vous, ce matin? Vous avez l'air plus éveillé qu'une portée de souris. Voilà comme j'aime les enfants! Ah! quel fier luron vous ferez avant peu!

Très flatté et très ému, je bégaie une phrase quelconque.

— Je me porte très bien, monsieur, et j'espère...

— Monsieur! s'écrie Raubvogel, monsieur! Ah! pas de

Monsieur entre nous, s'il vous plaît. Nous sommes cousins. Appelez-moi votre cousin.

— Oui, mon cousin.

— C'est curieux, vraiment, dit Raubvogel à mon père qui vient de lui serrer le bout des doigts; c'est curieux, mon commandant. (Il appelle mon père : mon commandant! Ah! j'avais bien deviné que le cousin Raubvogel n'était qu'un demi-pékin!) C'est curieux comme votre cher fils ressemble à ma mère quand elle était jeune : en plus mâle, bien entendu. Il y a déjà en lui quelque chose qui annonce le guerrier sans peur et sans reproche, qui montre qu'il sera le vrai fils de son père. Mais j'ai une miniature de ma mère, peinte lorsqu'elle avait une dizaine d'années...

M. Delanoix et sa fille Estelle succèdent au cousin Raubvogel. Puis arrive le général de Rahoul, accompagné de l'officier d'ordonnance du maréchal. Il est midi, et, quelques instants après, mon oncle Karl ayant présenté les excuses de ma grand-mère, trop souffrante pour quitter sa chambre, on passe dans la salle à manger. Ce n'est pas un repas de circonstance, mais un simple déjeuner de famille entre parents et amis, réunis par un pieux devoir, et que les nécessités de l'existence vont bientôt de nouveau éloigner les uns des autres. Pourtant, mon père a tenu à bien faire les choses. Il a adjoint à la cuisinière de ma grand-mère, jugée insuffisante pour la circonstance, un chef tenu en haute estime à Versailles. Ce chef a confectionné des plats dont les noms rappellent les endroits où s'illustrèrent les Français et les hommes dont s'honore la France : Crécy, Soubise, etc. Le service est fait par Jean-Baptiste et par l'ordonnance en second de mon père, soldat-valet irréprochable. Malgré l'abondance, la diversité et la qualité des vins (car mon grand-père avait une excellente cave), le ton des convives est plutôt calme jusqu'au dessert. Mais alors, l'officier d'ordonnance ayant assuré que le maréchal, à la communication du résultat complet du Plébiscite, avait donné libre cours à la joie la plus intense, tout le monde se met à parler à la fois. C'est un débordement d'enthousiasme. Le général de Rahoul déclare que ce sera une leçon pour ces bougres de républicains, et que cela leur fera voir d'où le vent souffle. Mon père affirme que, malgré le deuil qui l'a frappé, il n'a pas manqué d'aller porter son bulletin l'un des premiers. Delanoix assure qu'il a décidé par son exemple plusieurs de ses compatriotes, qui hésitaient, à voter *oui.*

— Messieurs, dit alors Raubvogel, en caressant sa barbe, je regrette vivement qu'il ne m'ait point été donné d'imiter votre patriotisme. Mais, nouvellement installé à Mulhouse et n'y jouissant pas encore des droits électoraux, je n'ai pu déposer dans l'urne le suffrage que mes traditions de famille me faisaient un devoir d'y apporter. Cependant, messieurs — et ici Raubvogel pose la main sur son estomac —, cependant, je puis vous l'affirmer sur l'honneur : j'ai voté de cœur!

Des applaudissements saluent les derniers mots de Raubvogel. Mon père se lève et s'écrie, son verre à la main :

— Messieurs, je vous propose de boire à la santé de S. M. Napoléon III et à la prospérité de son règne.

Les acclamations se croisent; les verres s'entrechoquent; c'est comme si la phrase prononcée par mon père avait insufflé une nouvelle vie aux convives, leur avait permis de donner carrière à une exubérance que, jusqu'à présent, ils avaient difficilement contenue. Le général de Rahoul, particulièrement, semble plein d'un entrain tout militaire. Ses yeux d'ardoise luisent dans sa face de brique. On dit qu'il est un dur-à-cuire ; mais il a l'air cuit. Il est à la gauche d'Estelle, sur le flanc droit de laquelle on m'a posté. Et, soit parce qu'il n'aime pas le voisinage des femmes, soit qu'il manque d'air et ait besoin de place (car il est excessivement rouge), il la pousse continuellement du genou; de sorte qu'Estelle, en demoiselle réservée, appuie ses réserves de mon côté et que son aile gauche est sur le point de déborder dans mon assiette, où Jean-Baptiste accumule les petits fours.

Ma position devient de moment en moment plus dangereuse, mais personne ne semble s'en apercevoir. La conversation roule maintenant sur les ressources militaires de la France. On les déclare énormes, inépuisables. L'officier d'ordonnance sollicite à ce sujet l'opinion de mon oncle Karl, qui approuve, brièvement, les opinions émises. Là-dessus, on admet que l'armée prussienne est très forte aussi. L'événement a prouvé que l'alliance française, recherchée par la Prusse avant Sadowa, ne lui était pas nécessaire pour vaincre l'Autriche.

— Il est vrai, dit mon père, que l'Autriche avait été terriblement affaiblie par Napoléon, et que la neutralité de la France a été d'un grand secours à la politique de Bismarck. Mais de l'Autriche à l'Empire français, il y a un pas. L'affaire du Luxembourg, il y a deux ans, a d'ailleurs prouvé que la Prusse ne recherchait pas une lutte avec la France. Le fusil à aiguille est une arme sérieuse, mais le chassepot lui est évidemment supérieur...

— Moi, s'écrie le général de Rahoul, en opérant en avant un mouvement qui entraîne la jambe d'Estelle, j'étais partisan de l'adoption du fusil Plumerel.

— Le fusil Plumerel avait de bons côtés, assure Delanoïx en regardant avec inquiétude du côté de sa fille.

— Ah! mon cousin, dit Raubvogel en cherchant évidemment à concentrer sur lui l'attention de Delanoix auprès duquel il est assis, vous paraissez avoir de profondes connaissances en balistique. Tire-t-on toujours à l'arc, dans votre pays?

— Plus que jamais! répond Delanoix, se tournant complètement vers Raubvogel qui semble très désireux d'être mis au courant des coutumes du Nord de la France.

Le cousin Delanoix donne au cousin Raubvogel toutes les explications qu'il réclame. Pendant quoi Estelle s'enquiert auprès de moi de mes facultés d'absorption, les petits fours étant en cause. Pendant quoi, aussi, le général de Rahoul, ayant retrouvé son aplomb, déclare que tout ce qu'on raconte au sujet de la supérioitré de l'artillerie allemande est une simple farce.

— Si la France le voulait, dit-il, elle aurait aussi des pièces à fermeture de culasse. Le général Treuil de Beaulieu en a inventé une dernièrement. Mais le maréchal Le Bœuf, président du comité d'artillerie dont je fais partie, a donné l'ordre de ne pas accepter cette bouche à feu. Nous sommes du même avis : tout ça, c'est de la ferraille.

— Il est bien certain, dit à son tour l'officier d'ordonnance, que la Prusse, malgré sa puissance que je suis le premier à admettre, n'aurait aucune chance de succès dans une lutte contre la France. Je voudrais vous dire, continue-t-il en riant sardoniquement, combien le maréchal Bazaine s'est amusé à la lecture d'un mémoire rédigé en mai 1867 par le général Frossart et qui lui fut communiqué l'autre jour. Ce précepteur du prince impérial prévoit dans son mémoire la défense de la frontière de l'Est, jusqu'à ce que l'armée ait reculé à Langres. On n'a pas idée de choses pareilles!...

***

Je me suis échappé de la salle à manger au milieu de l'inattention générale, afin de descendre à la cuisine pour voir le chef. Il est si beau, tout en blanc, tablier blanc, bonnet blanc. avec des grands couteaux dans sa ceinture. Et Jean-Baptiste, qui vient de siffler deux ou trois verres de champagne est tellement amusant!

— Avez-vous vu le général de Rahoul, monsieur Jean? En voilà un chaud de la pince! S'il n'a pas mis le feu à votre cousine, c'est pas de sa faute. Le général de Rahoul, c'est un homme à poil!

— Jean!

C'est mon oncle qui m'appelle. Il a pris congé des convives avant le café, afin de faire une promenade à pied, et il me demande de l'accompagner. Nous voilà partis; mon oncle, l'air triste et soucieux; et moi, persuadé qu'il a quelque chose de très important à me dire. Mais je me trompe; mon oncle ne me parle que de choses fort ordinaires. Il me demande ce que je sais, ce qu'on m'a appris. Je n'ai pas de mal à lui répondre; il me dit que je dois chercher à m'instruire; que je ferais bien, par exemple de demander à ma grand-mère de m'apprendre l'allemand.

— Cela te servira beaucoup, plus tard; et puis cela occupera ta grand-mère, lui fera prendre de l'intérêt à l'existence. Il faut bien aimer ta grand-mère, et l'écouter toujours. Elle t'aime de toutes ses forces; et si tu savais, mon petit

Jean, comme elle a été bonne pour nous, pour ta mère et pour moi, quand nous étions enfants...

— Oncle, raconte-moi quand tu étais enfant, quand maman était petite.

Mon oncle me prend par la main et se met à raconter. J'écoute — oh! j'écoute avec tant de joie, et je voudrais tant que mon oncle pût me parler toujours...

Nous marchons, nous marchons. Nous sommes sortis de la ville par la grille de l'Orangerie, nous avons longé la pièce d'eau des Suisses et nous montons une route qui serpente au milieu du bois que le printemps a paré de jeunes feuilles. A un dernier détour de la route apparaît l'immensité d'un plateau presque nu, avec des bâtiments à toits rouges, à gauche. C'est le plateau de Satory.

— Revenons par ici, dit mon oncle, après avoir jeté un regard devant lui.

Et il indique un chemin qui descend, à gauche, après avoir contourné un massif d'arbres.

Au pied d'un de ces arbres, un colporteur est assis sur l'herbe, sa balle à côté de lui; il mange un morceau de pain et lève les yeux sur nous comme nous passons. Son regard croise celui de mon oncle, qui tressaille et s'arrête une seconde. Cependant, il se remet en marche; et il a fait deux ou trois pas lorsque son nom, prononcé d'une voix sourde, le force à se retourner tout d'un coup. Le colporteur s'est levé et s'approche.

— Falke!

— Holzung! C'est vous?

Le colporteur est tout près de mon oncle, à quelques pas de moi, et je ne puis entendre ce qu'il lui dit. Il parle pendant quelques minutes; pas en français, je crois; puis mon oncle vient me rejoindre. Sa figure a une expression singulière; et je sens que sa main, qui prend la mienne, tremble très fort,

— Connais-tu cet homme, mon oncle?

— Non, non... c'est-à-dire... non, dit mon oncle, en rougissant un peu. Il croyait me reconnaître... il s'est trompé. Malgré tout, ne parle pas de cela à la maison.

Je n'en parlerai pas, certainement. Mais je n'oublierai pas non plus le nom de l'homme : Holzung.

Des officiers passent sur la route, à cheval, chamarrés d'or.

— Toi aussi, tu seras officier, me dit mon oncle. C'est une profession qui a sa noblesse, quoi qu'on en dise; mais à condition qu'on recherche moins les avantages qu'elle peut rapporter que la satisfaction de servir bien sa patrie. Et la patrie exige de nous non seulement des actions dangereuses et éclatantes, mais aussi des actes plus périlleux encore et sans gloire — sans gloire...

***

Mon oncle a encore passé la journée d'hier à Versailles. Nous avons été ensemble au cimetière où nous nous sommes longtemps agenouillés sur la tombe de mon grand-père. Et ce matin, il est parti.

C'est dommage. S'il était resté deux heures de plus, il aurait appris ce que c'est que Raubvogel. Il n'avait pas l'air d'en faire beaucoup de cas, mais il aurait vu que le cousin n'est pas le premier venu, et que c'est, comme dit Jean-Baptiste, un homme à poil.

Le général de Rahoul vient justement d'arriver avec le rapport qu'il avait demandé au service secret du ministère de la Guerre de lui fournir sur Raubvogel. Il a tenu à lire, lui-même, de sa grosse voix, le rapport à mon père; et, comme je n'étais pas loin, j'ai tout entendu.

« Le nommé Raubvogel (Séraphus-Gottlieb) se donne comme originaire de Strasbourg; mais malgré toutes nos recherches, il nous a été impossible de vérifier le fait. Un informateur allemand à notre service le croit originaire de Mayence; mais cette supposition ne repose sur aucune base sérieuse. La présence du personnage a été signalée, à plusieurs reprises, sur le territoire français; il est à présumer pourtant qu'il a principalement habité l'Allemagne. On ne lui connaît, de façon précise, aucun parent. Au point de vue de la fortune, il est à croire qu'il vit d'expédients. Il a des hauts et des bas très sensibles. Bien qu'il ne soit âgé que de vingt-cinq ans environ, son existence doit avoir été mouvementée. Rien ne donne à penser qu'il s'occupe de politique ou d'espionnage. Aucun fait précis à relever contre sa moralité. Il a fait son apparition, il y a deux mois environ, à Mulhouse; voici dans quelles conditions : Un habitant notable de la ville, M. Isidore Raubvogel, propriétaire de l'hôtel des *Trois Cigognes*, avait été frappé d'une attaque d'apoplexie. Il était veuf et sans enfants; et, comme il restait peu d'espoir de le sauver, ses amis et le personnel de l'établissement ne savaient qui prévenir de son état. M. Isidore Raubvogel, très réservé au sujet de ses affaires de famille, n'avait jamais parlé d'aucun parent; et comme il avait perdu connaissance, on n'en pouvait tirer le moindre renseignement. Quelques parents de sa femme, habitant Mulhouse, essayèrent de pénétrer auprès du mourant. Mais le personnel de l'hôtel, les sachant en très mauvais termes avec lui, refusa de leur permettre l'accès de l'appartement. C'est alors qu'arriva un soir le nommé Raubvogel (Séraphus-Gottlieb) qui fait l'objet de ce rapport, et dont personne n'avait jamais entendu parler à Mulhouse. Il se donna comme le neveu du moribond; parvint, soit par force, soit par corruption, à gagner l'accès de sa chambre, dans laquelle il resta seul avec lui, et dont il n'ouvrit la porte que lorsque M. Isidore Raubvogel fut près de rendre son dernier soupir. M. Isodore Raubvogel étant mort, le prétendu neveu fit procéder aux funérailles. Pendant plusieurs jours, on ne put trouver aucun testament. Cependant, après bien des recherches, on finit par découvrir un morceau de papier, signé de M. Isidore Raubvogel sur, lequel il déclarait, au crayon, léguer tous ses biens, meubles et immeubles, à son neveu Séraphus-Gottlieb. Bien qu'un domestique, du nom de Gédéon Schurke, ait déclaré avoir vu M. Isidore Raubvogel, quelques jours avant sa mort, écrire quelque chose au crayon sur cette feuille de papier, beaucoup de gens se refusent à croire à l'authenticité du testament. Les parents de Mme Raubvogel, susmentionnés, en poursuivent l'annulation. Cependant, Séraphus-Gottlieb Raubvogel s'est installé en maître à l'hôtel des *Trois Cigognes*. Il est juste de dire que son habileté commerciale et ses manières affables ont augmenté la clientèle de l'établissement, et lui attirent la sympathie d'une grande partie de la population. Invité à présenter au magistrat compétent des preuves de sa filiation, Séraphus-Gottlieb Raubvogel a donné de compendieuses explications verbales, mais n'a pu fournir aucune pièce confirmant ses dires. Il se prétend allié aux familles Delanoix, von Falke et Maubart, si honorablement connues. Il est parti récemment pour Paris, afin d'engager les membres de sa famille à témoigner de la véracité de ses assertions. Durant son absence, l'hôtel des *Trois Cigognes* est géré par Gédéon Schurke, qui, pour des motifs d'intérêt sans doute, est dévoué, corps et âme, au nommé Raubvogel (Séraphus-Gottlieb). »

Quand le général de Rahoul a fini sa lecture, mon père reste silencieux. Il ne sait que penser, évidemment. Pour mon compte, je suis porté à croire que le rapport n'est guère sérieux. J'ai toujours cru que Raubvogel, s'il n'était pas tout à fait officier, touchait à l'armée par quelque point. Quant à admettre que Raubvogel soit un simple hôtelier, ça, jamais! Le malheur des temps, ou quelque raison d'ordre supérieur, peut-être son respect pour la mémoire de l'oncle qu'il vient de perdre, l'ont poussé à exercer cette profession pendant quelque temps; mais voilà tout. Mon père, cependant, remercie le général, et se déclare bien embarrassé.

— Si ma belle-mère n'était pas aussi souffrante, je la mettrais en face du paroissien, et elle ne tarderait pas à savoir si, oui ou non, il appartient à la famille. Elle me disait hier que l'individu avec lequel se maria la sœur de son mari, après avoir quitté le toit paternel, s'appelait bien Raubvogel. Mais ce n'est pas une preuve. Le Raubvogel qui nous est apparu l'autre jour est-il le fils de l'autre Raubvogel? D'ailleurs, la mémoire des vieilles gens est sujette à caution. En vérité, je suis contrarié. Mais je crois que ce que j'ai de mieux à faire, est de l'envoyer promener. Vous retiendrai-je à déjeuner, mon général?

— Mille fois merci, mais je ne pourrais accepter. Mon Panari est malade; j'espère que c'est pour le bon motif, cette fois. Vous comprenez qu'il faut respecter les convenances. Quant à votre Raubvogel, je ne sais quel conseil vous donner. Attendons un peu; nous en recauserons.

— Oui, c'est le mieux. En attendant, je vais demander

l'avis de Delanoix. C'est un homme de jugement sûr; et comme il doit venir déjeuner... justement le voici.

Et mon père désigne du doigt, par la fenêtre, Delanoix qui descend de voiture avec Estelle. Le général de Rahoul se rejette un peu en arrière et semble réfléchir un instant.

— Après tout, dit-il, mon Panari m'attendra bien pour passer l'arme à gauche. Faites-moi donc mettre un couvert.

Pendant le déjeuner, le cas de Raubvogel est exposé à Delanoix qui opine pour le bannissement perpétuel. Estelle, consultée, rend le même verdict que son père; et le général de Rahoul, qui la couve des yeux, se range sans difficulté à son opinion. Mon père déclare donc qu'il signifiera à Raubvogel, qui doit venir le voir demain, qu'il ne veut avoir rien de commun avec lui. Là-dessus, on passe à d'autres sujets de conversation. Le général de Rahoul raconte des histoires gaillardes, qui permettent à Estelle de montrer ses jolies dents. Et le temps passe si bien que Delanoix s'aperçoit tout d'un coup qu'il est deux heures moins un quart. Et mon père qui a promis de le présenter au maréchal à deux heures! Et le maréchal qui va attendre!

— Nous avons le temps, dit mon père. Je boucle mon ceinturon, pendant que vous mettez votre chapeau, et nous partons.

— Je ne vous accompagne pas, dit le général de Rahoul. Il ne faut point avoir l'air de forcer la main au maréchal. Je vous attends ici en sirotant un petit verre de chartreuse.

Mon père et M. Delanoix partis, le général m'engage à aller m'amuser au jardin. C'est excellent pour mon âge. J'y vais. Mais, au bout d'une demi-heure environ, je m'y ennuie; et je reviens dans la salle à manger. Elle est vide. Où sont passés Estelle et le général de Rahoul?

Dans le salon, dont la porte est fermée, j'entends comme un piétinement, un bruit de voix. Des bouts de phrases parviennent à mes oreilles.

— Non, non, laissez-moi...

— Voyons, voyons, ma petite, ma chérie...

Puis, il y a un grand bruit comme celui que ferait un corps qu'on renverse, et je perçois des cris de femme, à demi étouffés. Je ne sais que croire... Mais j'entends la grille s'ouvrir. Ce sont mon père et Delanoix qui reviennent. Je me précipite au-devant d'eux pour leur dire qu'il se passe quelque chose d'étrange dans le salon. Ils se hâtent; et, dans le vestibule, ils se trouvent nez à nez avec le général de Rahoul, rouge comme une pivoine, qui va sortir de la maison.

— Que s'est-il passé? interroge Delanoix qui pénètre dans la salle à manger et se dirige vers le salon, tandis que mon père, qui sait sans doute à quoi s'en tenir, dit au général :

— Vraiment, mon général, vraiment, je n'aurais jamais cru...

— Allons, allons, commandant, ne faites pas l'enfant; vous savez bien qu'on n'est pas de zinc. Et puis, voulez-vous que je vous dise? continue-t-il plus bas. J'ai été volé; elle avait vu le loup.

Le général sort; et Delanoix, un moment après, arrive.

— Réellement, dit-il, pendant que les sanglots d'Estelle, toujours dans le salon, ponctuent les paroles de son père, réellement c'est scandaleux, horrible, monstrueux...

— Allez! dit mon père froidement, en croisant les bras. Allez! continuez! Donnez-vous-en à cœur joie! Seulement, souvenez-vous que si vous mettez le général contre vous, votre fourniture est dans le lac.

Delanoix laisse tomber ses bras et se mord les lèvres. Mon père, au bout d'un instant, ajoute à voix basse :

— Allez consoler votre fille et tranquillisez-la. Je trouverai moyen de tout arranger au mieux de nos intérêts communs. Je vous le promets. J'ai une idée.

***

Je n'ai pas l'intention de vous apprendre quelle est l'idée de mon père. Je vous informerai seulement de ce fait : qu'il vient d'avoir une longue entrevue avec le cousin Raubvogel. Je l'appelle encore cousin, parce que, en dépit des déterminations prises au déjeuner d'hier, il a été résolu d'admettre définitivement Séraphus-Gottlieb Raubvogel comme membre de la famille. Je n'ai pas été témoin, bien entendu, de l'entretien de mon père et de Raubvogel; et je n'essaierai point de vous faire croire que j'étais derrière la porte et que j'ai écouté, par le trou de la serrure, tout ce qu'ils se sont dit. Mais, par la connaissance des résultats qu'elle a donnés, je puis aisément reconstituer le sens de leur conversation. Les expressions que je place dans leur bouche ne sont sans doute pas celles dont ils firent usage, et les choses ne se sont peut-être point passées exactement comme je les représente. Mais qu'est-ce que ça fait? Voici, donc, le dialogue :

MON PÈRE. — Enfin, M. Raubvogel, vous venez me parler de vos affaires. Permettez-moi une question : vous êtes à Versailles depuis huit jours, pourquoi ne l'avez-vous pas fait plus tôt?

RAUBVOGEL. — Mon commandant, je voulais vous laisser le temps de prendre des informations sur mon compte.

MON PÈRE. — Vraiment! Et ces informations, croyez-vous que je les possède actuellement, et complètes?

RAUBVOGEL. — Si vous ne possédiez pas, le service des renseignements du ministère ne vaudrait pas grand-chose.

MON PÈRE. — Hum!... Vous prétendez donc être le fils d'un M. Gustave Raubvogel qui épousa la sœur de feu M. Ludwig von Falke, et qui était, lui-même, le frère du sieur Isidore Raubvogel, de son vivant propriétaire de l'hôtel des *Trois Cigognes* à Mulhouse?

RAUBVOGEL. — C'est ma prétention.

MON PÈRE. — Comme vous ne pouvez établir cette assertion sur aucune base sérieuse, vous avez pensé que l'appui de parents bien cotés, qui contresigneraient vos allégations, vous serait fort utile, et pourrait vous permettre, sinon d'établir définitivement vos droits, au moins de gagner beaucoup de temps, et de décourager les oppositions qui se sont produites à votre entrée en possession de l'héritage de celui que vous appelez votre oncle.

RAUBVOGEL. — Oh! Après sa mort, ça ne peut pas le gêner... ça ne peut pas le gêner, le pauvre cher oncle, qu'on vienne révoquer en doute les liens de parenté qui nous unissaient.

MON PÈRE. — Eh bien! je ne veux pas vous laisser

plus longtemps dans l'indécision; je vais vous dire quelle résolution nous avons prise après mûres délibérations. Comme homme, vous êtes certes loin de nous déplaire. Nous savons que, légalement, on n'a rien à vous reprocher. Au point de vue de la morale stricte, je... nous... de la conscience... je dois dire...

RAUBVOGEL. — Rien de plus vrai. Mon opinion, à ce sujet, concorde avec la vôtre.

MON PÈRE. — En tout cas, nous ne doutons point que vous ne compreniez que la famille est une chose sacrée. C'est une union... c'est-à-dire c'est une alliance... ou plutôt une institution providentielle. Nous avons donc décidé de vous reconnaître comme membre de notre famille, et de vous considérer, à tous les points de vue, comme notre parent. Il est bien entendu que vous ne devez pas oublier que la famille, ainsi que je vous le disais, est une union des cœurs et une institution divine...

RAUBVOGEL. — La famille est quelque chose de très bête ou de très intelligent, de très nuisible ou de très utile. C'est intelligent et utile lorsque c'est une association d'individus, mâles et femelles, qui sont toujours prêts à s'aider les uns les autres, pour arriver à triompher des difficultés de l'existence. La voix du sang, c'est la voix de l'intérêt. Jouez cartes sur table, mon commandant. Qu'est-ce que vous attendez de moi?

MON PÈRE. — Mon garçon, vous avez un fier toupet.

RAUBVOGEL. — J'ai du toupet, oui. C'est pour ça que vous me prenez aux cheveux, comme l'occasion. Voyons, de quoi s'agit-il?

MON PÈRE. — Parole d'honneur! j'aime votre façon de comprendre les choses. Eh bien! mon ami, il faut vous marier.

RAUBVOGEL. — La pénitence est douce. Laissez-moi passer la revue de ces dames. Le diable m'emporte! Il n'y en a qu'une, Mlle Estelle. Hi! hi! ah! ah! Le général de Rahoul la serrait d'un peu près, l'autre jour. Est-ce que?...

MON PÈRE. — Un accident est vite arrivé...

RAUBVOGEL. — Et vite réparé quand les ouvriers ont du cœur à l'ouvrage. Moi, j'aime la besogne faite.

MON PÈRE. — Estelle est charmante. Une jeune fille accomplie; un moment d'oubli ne prouve rien contre la pureté de ses sentiments. Elle fera une femme de premier ordre.

RAUBVOGEL. — Elle sera ma femme; ça vaudra mieux. En attendant, elle est la fille de son père. Qu'est-ce que ça représente?

MON PÈRE. — Delanoix a une certaine fortune. C'est un homme actif et intelligent.

RAUBVOGEL. — Naturellement. S'il ne l'était pas, il ne serait point venu vous trouver pour vous demander de lui faire obtenir une fourniture de fourrage.

MON PÈRE. — Comment savez-vous ça?

RAUBVOGEL. — Comme ça. Je pense aussi que, en bon parent, vous ne serez pas fâché de lui voir obtenir cette fourniture; de le voir, donc, demeurer en bons termes avec le général de Rahoul; et de le voir, par conséquent, réparer par le mariage de sa fille le dommage causé par l'incontinence du général. Combien pensez-vous que Delanoix donnera à sa fille?

MON PÈRE. — Laissez-moi compter. Delanoix possède bien deux cent mille francs, en mettant les choses au plus bas. Sa fourniture, dont il est sûr maintenant, peut lui rapporter en moyenne quatre-vingt mille francs par an. Il est vrai que, pour la première année, il a trente mille francs de commission à donner à de Rahoul et vingt mille francs à moi... Allons! allons! Qu'est-ce que je dis?...

RAUBVOGEL. — Vous dites cinquante mille francs. Tenez je ne suis pas dur. Obtenez-moi cinquante mille de commission, pour moi tout seul, en guise de dot, et je fais cadeau de mon célibat à sa fille.

MON PÈRE. — J'obtiendrai ça. Même, à votre place...

RAUBVOGEL. — Non, ça me suffit; je ne suis pas un glouton. Avec ça et ma maison de Mulhouse, il y a moyen de moyenner. A propos de Mulhouse, mon opinion est que le mariage doit avoir lieu dans cette ville. Voici comment on pourrait s'arranger. Le général de Rahoul est désigné pour faire à l'improviste, en Alsace, vers le 10 juin, une tournée d'inspection qui doit être tenue secrète.

MON PÈRE. — Tonnerre! Comment savez-vous ça?

RAUBVOGEL. — Comme ça. Vous devez accompagner le général de Rahoul. Eh bien! vous passerez par Mulhouse; vous y resterez même le plus longtemps possible; car je ne pense pas qu'il y ait grand-chose qui puisse vous intéresser dans les forteresses et dans les garnisons alsaciennes. Je viendrai vous chercher à Versailles, où je trouverai également mon futur beau-père et ma fiancée; nous irons directement à Mulhouse où se célébrera le mariage; le général de Rahoul et son officier d'ordonnance voudront bien, j'espère, servir de témoins à Estelle; et si vous voulez me faire l'honneur d'être l'un des miens, mon commandant, je prendrai comme second témoin un des plus honorables habitants de la ville, M. Lügner. Si vous ne voyez pas d'objection à ce plan, et si Delanoix me permet, comme vous me le faites espérer, de me laisser faire le bonheur de sa fille, je partirai pour l'Alsace dans deux ou trois jours, afin de préparer les choses et de faire publier les bans.

MON PÈRE. — Votre projet me semble excellent, mon cher cousin. Vous n'avez rien à ajouter?

RAUBVOGEL. — Deux mots seulement. Vive l'Empereur!

Le cousin Raubvogel reste encore trois jours à Versailles. Le premier jour, il a une longue conversation avec Delanoix. Le second jour, il a une petite conversation avec Estelle. Le troisième jour, il vient nous dire au revoir et à bientôt.

***

Estelle et son père sont partis aussi. J'en suis bien fâché. Nous étions devenus bons camarades, Estelle et moi. Quand son mariage avec Raubvogel a été annoncé, je n'ai pu me défendre d'un petit mouvement de jalousie. J'ai fait part de mes sentiments à Jean-Baptiste qui m'a remonté le moral. Il m'a fait comprendre que les choses n'auraient pas pu se passer autrement.

— Monsieur Jean, j'avais prévu ça dès le commencement. On peut dire ce qu'on veut, mais votre cousin Raubvogel, c'est un homme à poil!

Jean-Baptiste, heureusement, ne quitte guère la maison à présent. Mon père s'est, pour ainsi dire, installé à Versailles. J'ai entendu dire, à ce sujet, des choses que je n'ai pas très bien comprises. Il paraît que le général de Lahaye-Marmenteau s'est rétabli, contre toute espérance, et qu'il est revenu de Nice en parfaite santé. De sorte que les relations de mon père avec Mme de Lahaye-Marmenteau sont devenues malaisées. Quelles relations? Je ne sais pas.

Ce que je sais, c'est que la langue allemande est fameusement difficile. J'ai suivi le conseil de mon oncle Karl et j'ai demandé à ma grand-mère, toujours souffrante, de m'initier aux beautés de la grammaire germanique. Il y a des moments où je le regrette. Mais le devoir avant tout. Je sais que, lorsqu'on a donné sa parole, il faut la tenir.

C'est une chose que Delanoix et Estelle n'ignorent point; et quinze jours environ après leur départ de Versailles, ils reviennent avec des bagages à n'en plus finir; des caisses et des malles qui contiennent le trousseau d'Estelle, et une belle robe blanche, ornée de fleurs d'oranger, que j'ai pu entrevoir du coin de l'œil et qui a excité mon admiration. Ah! si le cousin Raubvogel pouvait voir ça, il ne tarderait pas à accourir!...

Mais le voici! Il arrive, il arrive! Il arrive avec sa belle barbe! La joie règne à la maison. Delanoix, Estelle, Raubvogel, le général de Rahoul, les officiers qui font partie de la mission secrète... Un grand dîner. Deux grands dîners. Et puis, les voilà partis pour l'Alsace. Bon voyage!

IV

Je me suis tellement habitué à la société des grandes personnes que je fréquente exclusivement depuis quelque temps, qu'il m'est devenu difficile de me plaire longtemps avec Adèle Curmont et d'apprécier le charme de sa compagnie. Adèle m'avait promis, l'hiver dernier, que nous nous amuserions bien, quand le printemps serait venu; mais voici l'été, et les grandes parties qu'elle m'avait fait espérer sont restées à l'état de projet.

D'autres divertissements, très peu. Les enfants de ma classe, petits êtres froids, à jeunesse momifiée, me déplaisent. J'aimerais mieux les autres, les fils des pauvres, les sales gosses. Mais je comprends que leur contact me compromettrait. Je n'ignore pas que ce sont mes inférieurs, que je suis naturellement destiné à les avoir plus tard sous mes ordres, avec droit de vie ou de mort sur leurs méprisables personnes. Je me suis donc habitué à vivre d'une façon plutôt solitaire, un peu méfiant, un peu sceptique, un peu fatigué des quelques années que j'ai déjà vécues, fatigué d'avance des années d'études indispensables qui m'attendent, et n'aspirant qu'au jour où, portant enfin l'épaulette, je pourrai faire dans la vie ma véritable entrée.

J'ai fait part à Adèle de ma conception de l'existence; vingt ans, ou à peu près, d'ennui, de travail et d'attente, et le reste pour s'amuser. Adèle accepte cette conception comme absolument normale. Elle sait aussi, pour son compte, ce qui l'attend dans la vie; sa mère, que le travail a usée avant l'âge, ne vivra pas très vieille; Adèle aura donc à la remplacer et à gagner le plus d'argent possible pour son père et pour son frère.

— Mais est-ce que ton père et ton frère ne gagnent jamais d'argent?

— Mon père en gagne quelquefois, quand il fait des affaires avec Me Larbette, le notaire de Preil. Mon frère Albert n'en gagne jamais; mais il en dépense énormément.

— Pourquoi?

— Pour arriver. On ne peut pas arriver sans argent; il le dit toujours.

— Arriver? A quoi?

— Arriver à quoi? Tu ne sais pas? Mais à être préfet, ministre, président de la République.

J'ai de la difficulté à comprendre. Adèle me donne des explications, essaie de m'apprendre quelles sont les gens qui fréquentent chez elle, et quelles sont leurs opinions et leurs idées; elle me parle de son père et des amis de son frère qui viennent assez souvent, pendant la belle saison. Ce sont tous des gens qui seront les maîtres de la France avant peu... Alors, que deviendront les officiers? J'avoue que la question me semble insoluble. Et je fais à Adèle une peinture, aussi consciencieuse que possible, des personnes qui fréquentent chez moi, de leur fidélité à l'empereur, de leurs convictions et de leurs façons de voir. C'est à son tour de ne pas comprendre. Pourtant, elle déclare que les militaires l'intéressent beaucoup. Est-ce que je serai toujours son ami quand je serai officier? Toujours. Et, pour ne pas être en reste de politesse, je déclare à Adèle que les républicains excitent grandement ma curiosité, et que je voudrais bien en voir. En quoi, d'ailleurs, je n'exagère pas.

M. Curmont est bien républicain; mais il ne m'amuse pas, parce que, lorsqu'il a fini de lire les journaux, il se met à grogner et à maugréer sans interruption. Il dit que c'est honteux, abominable. Il y a deux cent mille fonctionnaires. « L'agence électorale de la tyrannie », dit-il. Ces fonctionnaires sont tous amis et parents des gens en place. « Le népotisme », dit-il. On ne sait pas où va l'argent des contribuables. « La corruption impériale », dit-il. Il assure qu'il y a des scandales financiers qu'un gouvernement césarien, seul, peut engendrer. « Jecker », dit-il. Il se moque aussi des Allemands qui bâtissent des systèmes. « La métaphysique », dit-il. Je me demande avec anxiété si tous les républicains sont pareils à M. Curmont, et si le grognement est leur caractéristique.

Mais tous les républicains ne sont pas comme M. Curmont. Son fils Albert, par exemple, ne lui ressemble pas du tout. D'abord, il n'a pas de barbe; à peine trois ou quatre poils sous le nez; il est presque complètement chauve. Il a un profil en lame de serpe, des dents gâtées; des yeux verdâtres dont la prunelle tremblote, comme baignée d'une viscosité jaune, entre des paupières en jambon. Les narines aussi se bordent de rouge, les oreilles se décollent et les épaules s'effacent. Ensuite, M. Albert Curmont est très gai. Il trouve l'univers, et tout ce qui s'y passe, très rigolo. Victor Noir a été tué : « C'est rigolboche! » La candidature Hohenzollern va amener des complications : « C'est bien rigolo. » Quand la France aura été battue à plate couture, elle vomira l'Empire, et la République sera proclamée : « Chouette, papa! » L'Empire a commencé dans le sang, il finira dans le sang : « mince de rigolade! » M. Albert Curmont a l'air très fatigué; en fait, on dirait qu'il n'en peut plus. Son père dit qu'il « passe les nuits ». Ça doit être bien mauvais pour les cheveux.

Ça fait donc deux républicains que je connais. Mais je suis destiné à en connaître bien d'autres. Pour commencer, un après-midi que je vais voir Adèle à l'improviste, j'en aperçois une bonne demi-douzaine. Ces messieurs sont assis dans le jardin, à l'ombre des arbres, autour d'une table surchargée de verres et de bouteilles. Ils ont l'air fort satisfaits d'eux-mêmes; assez râpés, et débraillés au possible, le gilet déboutonné, la chemise douteuse, la cravate de travers. Ils mènent grand bruit, disant que la France est prête à se réveiller et qu'ils tiennent la République; la République qu'ont bien gagnée leurs labeurs herculéens. Ils appellent l'Empereur, Badinguet; et le Petit Prince, Oreillard. Quand ils apprennent que je suis le fils d'un officier, ils jettent sur moi un regard étrange, chargé de compassion; et l'un d'eux, que les autres appellent Léon, déclare que le règne des traîneurs de sabre est passé. Ce Léon a une tignasse de photographe qui conserve tous ses clichés; une voix de dentiste, nourri de cuisine à l'huile; un nez de circoncis, et un œil. N'a qu'un œil. L'autre est dans la tombe; ou plutôt, dans la châsse de la légende. C'est la *châsse* de la légende. Ce Léon est évidemment, ici, le personnage important; il semble avoir laissé prendre un grand nombre d'hypothèques sur son savoir-vivre.

Autour de lui, se groupent plusieurs individus dont la Renommée s'apprête à souffler les noms dans sa trompe de carnaval. L'un, qui sangle son ventre à la Prud'homme d'un gilet à la Robespierre; un autre, qui trouve moyen de parler belge avec un accent badois; un autre, qu'on appelle Petit-Gris, et qui a l'air d'un crapaud — un crapaud qui jouera le rôle de la grenouille dans le bocal barométrique où se conserve l'échelle sociale —; deux autres, qui ont des manières de sergents de ville et des figures de malfaiteurs. Ces deux-là me font presque peur. Ils se ressemblent tellement qu'on dirait deux frères.

— Ils le sont, me dit Adèle. Ils sont les frères de Me Larbette, le notaire de Preil qui vient souvent voir papa. Il les appelle les deux vauriens.

— Pourquoi?

— Je ne sais pas. En tout cas, tous les gens qui sont là vont être au pouvoir avant peu, et ils donneront une belle place à Albert. Tu verras ça.

Je le verrai, peut-être; mais, en attendant, je ne sais vraiment que croire. Je pense, au fond, que tous ces êtres-là sont fous. Comment peuvent-ils avoir l'idée de prendre la place de l'Empereur? Comment peuvent-ils penser, comme je le leur ai entendu dire, que les armées vont être supprimées? Est-ce que mon père ne le saurait pas, si c'était vrai!... Et pourtant, s'ils ont raison, je sens que toutes mes chances d'avenir doivent disparaître. Que pourrais-je faire dans l'existence, si je ne puis pas être officier?

Ces questions graves me troublent énormément. Je voudrais bien savoir comment les résoudre; mais j'ignore à qui faire part de mes inquiétudes. Ma grand-mère, je le sais, n'entend guère la politique. M. Freeman est anglais et n'est certainement que très imparfaitement au courant des affaires de la France. Quant à M. Curmont, je sens qu'il manquerait d'impartialité. Ah! si mon père était là, ou le général de Rahoul, ou le cousin Raubvogel, ou même Jean-Baptiste!...

Mais, il me vient une idée. J'ai souvent entendu parler de la haute intelligence et des grandes qualités de Me Larbette, le notaire de Preil; je l'ai vu plusieurs fois; c'est un petit homme, difforme, bossu, mais avec des yeux pleins de vivacité, et qui ne me déplaisent pas. Ce n'est qu'un officier ministériel, il est vrai; donc, un officier avec une adjonction péjorative; mais je sens qu'on ne doit pas en vouloir à un homme d'être un pékin, lorsqu'il a l'air intelligent et qu'il est infirme. Comme Me Larbette vient souvent voir M. Curmont, à présent, je saisirai la première occasion de lui demander son opinion; je lui demanderai, simplement, s'il pense que les armées vont être supprimées, et s'il croit que je n'aurai pas le temps de devenir officier.

L'occasion se présente. Un après-midi que je suis venu voir Adèle, Me Larbette arrive, me dit bonjour en traversant le jardin, me tapote amicalement la joue et entre dans la maison. Un moment après, Mme Curmont appelle sa fille pour sa leçon de piano, et je reste seul dans le jardin. Je m'approche de la fenêtre du salon, dans lequel parlent le notaire et M. Curmont, et j'écoute.

J'en suis presque pour mes frais d'espionnage. Il n'est question, dans la conversation entre les deux hommes, que de choses que je ne comprends pas. Ils ne parlent que de transactions à opérer, de valeurs à vendre ou à acheter, de propriétés à transférer, d'ordres à donner, de Bourse, et de la nécessité de se hâter, car les événements vont se précipiter. M. Curmont déclare qu'il ne faut rien oublier, car l'occasion qui va s'offrir est de celles qui ne se présentent pas deux fois. Me Larbette, en ricanant, dit qu'il a tout prévu. Il dit qu'il est enchanté de son Ingénieur.

— L'ingénieur va on ne peut mieux. En voilà un que j'ai couvé! J'entretiens la smala depuis assez longtemps pour que ma philanthropie désintéressée me rapporte de jolis bénéfices. L'Ingénieur est le résultat le plus complet qu'ait jamais fourni l'École Polytechnique. Cet homme-là, c'est l'*x* incarnée; pas d'opinions, pas de convictions, pas de cœur, pas de sentiments d'aucune sorte. Et intelligent avec ça! Habile à se faufiler; une souris!... Vous verrez... Il pioche la stratégie et la tactique, dans les meilleurs auteurs, à vous en faire venir les larmes aux yeux. Ah! il nous prépare un ministre de la Guerre comme les nations n'en ont pas vu souvent. Ha! ha! Et vous verrez que, grâce à lui, je finirai par faire quelque chose de mes deux vauriens de frères. Ha! ha!...

Je prends le parti d'abandonner mon poste sous la fenêtre. Je regrette d'avoir écouté — peut-être parce que je n'ai pas compris. Et quand Me Larbette sort de la maison, bien qu'il vienne seul faire un tour dans le jardin afin de regarder les rosiers, bien qu'il m'adresse la parole à plusieurs reprises, je me sens tout honteux de ce que j'ai fait, et je n'ose lui poser aucune question.

Mais je prends ma revanche, quelques jours plus tard. Pas avec Me Larbette; avec son premier clerc, M. Hardouin; ce M. Hardouin vient très souvent voir M. Curmont depuis quelques jours, et il a avec lui des entretiens qui durent peu. Après quoi, M. Curmont sort en toute hâte, généralement avec une grande serviette d'avocat sous le bras, et se dirige vers la ville; M. Hardouin attend son retour; quelquefois, pendant plusieurs heures. C'est justement ce qui vient d'arriver. Et M. Hardouin est venu se promener dans le jardin, où je suis en train de m'amuser, tout seul, à ratisser une allée. M. Hardouin est un grand jeune homme de vingt-cinq ans à peu près, aux yeux spirituels, à la face glabre; s'il avait de la barbe, il ressemblerait beaucoup au cousin Raubvogel. Je me décide, au bout de quelque temps, à lui demander son opinion sur les points que je désire éclaircir.

M. Hardouin se montre fort aimable avec moi. Il me déclare que l'armée n'est pas sur le point d'être supprimée; elle le sera sans doute un jour, mais vraisemblablement pas avant plusieurs siècles. J'aurai donc tout le temps nécessaire non seulement pour devenir officier, mais même pour mourir officier et centenaire en même temps. Ce qu'il pense de

M. Albert Curmont? Il pense que M. Albert Curmont est le fils de M. Curmont et de Mme Curmont, et qu'il demeurera leur fils pendant un certain temps. Ce qu'il pense de M. Curmont lui-même? Rien; d'un homme de paille, il vaut mieux ne rien penser. D'ailleurs, il a une barbe qui peut mener loin, sous un régime démocratique. Ce qu'il pense des amis républicains de M. Albert? Mon Dieu! Ça dépend. Que buvaient-ils l'autre jour, là, sous les arbres? De la bière? Eh bien! ils aspirent à boire du champagne. Croit-il que l'empire sera renversé? Oui, il le croit. Et après? Après, ce sera la même chose. Est-ce bien sûr? Non, ce sera pis. Y aura-t-il une guerre? Sans aucun doute.

*
* *

Mon père, lui, est persuadé qu'il n'y aura pas de guerre. Il revient de l'Alsace avec le général de Rahoul; ils sont absolument enchantés. Tout est en ordre et dans le meilleur état possible, hommes, matériel, etc. Ils n'ont fait leur tournée d'inspection que pour la forme; rien de plus sérieux n'était nécessaire. Ils ont passé presque tout leur temps à Mulhouse, à l'hôtel des *Trois Cigognes* (un fort bel établissement, s'il vous plaît); et ils se sont séparés à regret de M. et Mme Raubvogel, qui forment bien le couple le plus uni qu'on puisse voir.

Mon père, donc, est sûr qu'aucun nuage noir ne viendra troubler la sérénité du présent. Il s'étonne que M. Hardouin, un jeune homme sérieux, ait pu me dire ce que je lui rapporte.

— Ce qu'il t'a dit, mon garçon, c'est pour se moquer de toi; c'est pour te punir de ta curiosité.

Je le vois bien. Personne n'a l'air de redouter une catastrophe. Bien au contraire. A Paris, où l'on m'a conduit l'autre jour, la gaieté règne plus que jamais; c'est comme une fête perpétuelle. Le temps est si beau, en ces premiers jours de juillet!

C'est le matin surtout qu'il fait bon; et j'ai pris le parti de me lever de bonne heure, afin de descendre au jardin pendant qu'il est frais encore de la fraîcheur de la nuit. Hier, comme je me levais, vers sept heures, j'ai entendu chuchoter sur le palier, à côté de la porte de ma chambre; puis, j'ai entendu quelqu'un descendre doucement l'escalier. J'ai regardé par la fenêtre, et j'ai vu une belle dame, à chignon rouge, qui traversait le jardin, ouvrait la grille, et s'en allait. Un instant après, j'ai entendu la voix de ma grand-mère, voix comme étranglée par l'émotion, qui disait :

— Oui, je l'ai vue! C'était une rousse...

Et la voix de mon père a répondu :

— Une rousse! Une rousse! En voilà des histoires! Faudrait peut-être que je prenne des négresses, parce que je suis en deuil!

J'ai compris que quelque chose de très vilain s'était passé, dont la belle dame avait été la cause. Je n'ai pas pensé à incriminer mon père; mais j'ai conçu une triste idée du sexe faible. Depuis, j'ai lu le *Mérite des Femmes*, de Legouvé, et j'ai quelque peu modifié mon opinion.

***

Il n'y a pas à en douter, la guerre est imminente. Avant-hier, mon père, qui vient d'être nommé lieutenant-colonel d'un régiment d'infanterie de ligne, a fait transporter à Versailles les meubles qui garnissaient notre appartement de Paris. Hier matin, il est allé à Paris, et en est revenu vers deux heures en disant qu'il n'y avait guère raison d'espérer que la guerre pût être évitée. Il a passé l'après-midi et la soirée, après avoir été voir le général de Rahoul et plusieurs de ses amis, à mettre ses affaires en ordre. Ce matin, 19 juillet, il est reparti pour Paris; nous l'attendons d'heure en heure. Il est près de six heures quand il arrive.

— La guerre est déclarée! s'écrie-t-il, en franchissant la grille.

Il nous annonce qu'il part le soir même à neuf heures. M. Freeman, M. Curmont et plusieurs autres viennent lui faire leurs adieux. Des télégrammes arrivent. Un de Delanoix, un de Raubvogel : « Bonne chance et heureux retour. »

— C'est une affaire de deux ou trois mois, tout au plus.

dit mon père. L'Allemagne du Sud ne marchera pas ; ou fera défection, suivant son habitude, après la première bataille perdue. Quant à l'armée prussienne, elle n'existe pas ; je suis de l'avis du maréchal Le Bœuf, qui la nie. Les Prussiens font les malins, mais nous soufflerons dessus.

— Ah ! s'écrie M. Freeman, il n'y a pas un Français qui souhaite plus que moi le triomphe de la France.

Et, très ému, il donne l'accolade à mon père.

Jean-Baptiste, aidé de Lycopode, a préparé les cantines.

— Rien n'est oublié, mon commandant, vient dire Jean-Baptiste ; les cartes d'Allemagne sont sous les gilets de flanelle.

— C'est moi que les ai mises là, dit Lycopode. C'est plus facile à trouver.

Lycopode, bien qu'elle cherche à le dissimuler, est troublée du départ de Jean-Baptiste.

Quant à Jean-Baptiste, qui accompagne mon père à son nouveau régiment actuellement à Châlons, et qui fait partie du Corps d'armée commandé par le maréchal Canrobert, il paraît enchanté d'aller à la guerre.

— Les Prussiens, dit-il, nous allons leur montrer ce que c'est que des hommes à poil.

Le dîner est triste. Mon père se contraint pour être gai. Avant le dessert, je vais dire adieu à Jean-Baptiste qui part en avance à la gare, avec les bagages. Notre séparation est pathétique. Lycopode, tout d'un coup, éclate en sanglots. Je rentre dans la salle à manger, le cœur gros. Là encore, une scène émouvante et rapide a dû avoir lieu ; car ma grand-mère a les yeux rouges, et mon père a une larme au coin des paupières. Il me recommande d'être bien sage et bien obéissant pendant son absence, et refuse de m'autoriser à l'accompagner à la gare. Les émotions sont inutiles.

Pourtant, quelques minutes plus tard, quand l'heure du départ a sonné, je sens qu'il est très ému lorsqu'il me serre sur sa poitrine ; et il a peine à maîtriser son émotion aussi, lorsque ma grand-mère, après l'avoir embrassé, lui dit :

— Au revoir, mon cher Paul, et n'oubliez pas que nous vous aimons de tout notre cœur et que nous ne cesserons pas de penser à vous...

*
* *

Je dois avouer que, bien que j'aie souvent pensé à mon père pendant les jours qui suivirent son départ, je n'ai pas pensé à lui exclusivement. Il y a tant à voir, tant à entendre partout! C'est comme une nouvelle vie qui a commencé pour moi, pour la ville, pour tout le monde. C'est le départ des troupes; c'est l'arrestation des faux espions; c'est ceci, c'est cela; c'est aussi la lecture des journaux. Lycopode, à l'insu de ma grand-mère, me fournit abondamment de feuilles publiques. Je trouve moyen, aussi, de m'échapper de temps en temps de la maison, et de me joindre aux bandes de garnements qui, divisés en Prussiens et en Français, se livrent à de terribles luttes. Il y a si longtemps que je rêvais de prendre part à leurs guerres! et je m'en donne à cœur joie. Mes vêtements, cependant, témoignant par leurs accrocs de ma généreuse audace et de mes résistances désespérées, et ma grand-mère prend les mesures les plus strictes pour m'empêcher de figurer dans toute bataille en règle, voire même dans de simples escarmouches.

Les vraies batailles, heureusement, vont commencer au-delà du Rhin. Elles sont déjà commencé. Ce matin, le 3 août, nous avons pu lire le compte rendu de la grande victoire de Saarbrück. J'ai lu et relu le journal. Et, tout d'un coup, mes yeux se sont portés sur l'entrefilet suivant que je n'ai pas vu tout d'abord, perdu qu'il est à la fin de la troisième page.

« Ce matin, à six heures, a eu lieu l'exécution, au Polygone de Vincennes, de l'espion allemand dont nous avions annoncé hier l'arrestation. Une cour martiale, réunie la veille, l'avait condamné à mort. Il avait le grade de lieutenant dans l'artillerie allemande, et se nommait Albrecht von Holzung. »

Holzung... le colporteur du plateau de Satory...

V

Pendant deux jours, les journaux ont été remplis de détails sur le grand succès remporté à Saarbrück par l'armée française. Ce succès n'est que le prélude de victoires plus importantes, qui doivent amener, en peu de temps, le définitif triomphe de la France. Ce triomphe est certain, et les journaux disent pourquoi. Notre armée est aguerrie, elle a confiance en ses chefs, qui sont doués de capacités hors ligne et animés du patriotisme le plus pur; l'armement de notre infanterie est excellent; nous possédons des mitrailleuses qui doivent faucher les bataillons ennemis comme la faux des moissonneurs, au mois d'août, jette sur le sol les épis mûrs. Nous avons sur le Rhin des canonnières qui doivent remonter le fleuve, et réduire en cendres les villes qui s'élèvent sur ses rives, Koblenz, Cologne, etc. Notre flotte doit bombarder et ruiner à jamais les villes du littoral allemand, de Hambourg à Danzig. Il faut, en effet, que nous apportions aux barbares teutons la civilisation qui leur manque.

Tout cela est très beau, certainement; mais ce n'est pas ce que j'aimerai à voir dans les journaux. Je voudrais y lire des récits terribles et détaillés de luttes sanglantes, de combats sans merci, des anecdotes amusantes et tragiques, des histoires d'armées entières s'évanouissant à la simple approche du drapeau tricolore, s'effondrant sous le feu des canons français; des choses, enfin, comme le colonel Gabarrot m'en décrivait autrefois.

Mais le 5 août, au lieu d'une victoire, c'est la défaite de Wissembourg, qu'annoncent les journaux : l'écrasement d'une division française, la mort du général Abel Douay... J'ai lu cela avec un amer étonnement, avec une sorte de rage indignée contre les Prussiens, qui se sont permis d'avoir l'avantage dans une rencontre avec nos troupes. Cela me semble illogique, pas naturel; c'est le monde renversé, en vérité. Ces Prussiens ont dû avoir recours à des stratagèmes odieux pour escamoter la victoire. Fausse victoire, sûrement, et qui sent la tricherie d'une lieue. Néanmoins, je lis et je relis le compte rendu du conflit, avec une grande émotion, le sang à la tête, les joues empourprées, presque comme si j'avais éprouvé une humiliation personnelle.

Cependant, ainsi que le dit le journal, le succès des Allemands à Wissembourg n'a été que le résultat d'une surprise; instruites par l'expérience, les troupes françaises n'offriront plus à l'ennemi d'avantages aussi faciles. Nous recevrons avant peu, sans aucun doute, la nouvelle d'une glorieuse revanche. Il n'est pas possible que l'armée française ne se maintienne point à la hauteur où l'a placée sa gloire passée. Il est impossible qu'elle n'ajoute point une page magnifique à sa prestigieuse histoire. Elle nous offrira avant peu des spectacles en rapport avec ses hauts faits légendaires, des spectacles semblables à ceux qu'évoque en moi le souvenir des récits qui me furent faits par les acteurs des luttes héroïques d'autrefois.

Mais le 7, arrivent, en même temps, la nouvelle de la déroute de Wörth — une déroute que des dépêches menteuses avaient travestie, d'abord, en un grand succès qu'on avait commencé à fêter — et celle de la défaite de Forbach. C'est extraordinaire, inconcevable!

Comment cela est-il possible? Comment peuvent-ils être vaincus, décimés et mis en fuite, ces grenadiers, ces voltigeurs, ces chasseurs de Vincennes, ces lanciers, ces zouaves, ces dragons et ces cuirassiers que j'admirais, il y a quelques jours à peine, dans l'éclat de leurs uniformes et que j'ai vus partir si pleins d'enthousiasme et si sûrs de vaincre? Comment la victoire a-t-elle pu les abandonner?

Et les turcos! s'écrie Lycopode en pleurant. Il y a un mystère là-dessous, voyez-vous, Monsieur Jean! Comment expliquer des choses pareilles?

Je ne sais pas, je ne comprends pas. Je ne puis deviner la cause de nos revers. Et si j'étais tenté de leur donner une raison, j'attribuerais plutôt ces stupéfiantes défaites à une influence supérieure, mystérieuse, providentielle, qu'à des causes purement humaines. Une question, surtout me préoccupe : Que fait l'Empereur? Que va-t-il faire? Pourquoi n'a-t-il rien fait jusqu'ici? C'est un Napoléon, pourtant; c'est le plus puissant souverain de l'Europe; c'est l'arbitre du monde. Comment se fait-il que cette grande force, la plus puissante qui existe, hésite à se manifester?...

De sombres récits, que m'a faits autrefois le colonel Gabarrot, me reviennent à l'esprit : Waterloo, la déroute, l'invasion... L'invasion! Mais elle a commencé, déjà! Les Prussiens sont en France. Ah! que va-t-il se passer? Il me semble entendre encore une des phrases du vieux colonel retentir à mes oreilles : « Il n'est pas bon que la France soit vaincue; plus on tombe de haut, plus on s'aplatit... »

Sommes-nous vaincus, à présent? Avons-nous eu des insuccès partiels et sans grande importance, ainsi que M. Freeman, l'autre jour, le disait à ma grand-mère? Ou sommes-nous vaincus pour de vrai, pour de bon, comme à Waterloo? Lycopode dit que non; elle jure que non; elle crie sur les toits que ce n'est pas possible. J'hésite à la croire, malgré tout.

Mais mon père pense comme Lycopode. Nous venons de recevoir plusieurs lettres de lui qui sont arrivées en même temps, le 10 août, et qui affirment sa confiance la plus absolue dans le succès de l'armée française. Dans l'une, il nous apprend que le sixième Corps, commandé par le maréchal Canrobert, et dont fait partie le régiment d'infanterie dont il est lieutenant-colonel, a été complètement formé à Châlons le 6 août. Dans la dernière en date, il nous annonce que le sixième Corps vient de recevoir l'ordre de se rendre à Metz, où l'Empereur se propose d'arrêter l'ennemi, et de le battre à plate couture, avant de le rejeter de l'autre côté du Rhin.

Ah! quelle joie j'éprouve à la lecture de cette lettre! Elle contient bien des choses intéressantes, et même de bons conseils à mon adresse, mais ce sont les informations militaires seules qui m'intéressent. Je suis enthousiasmé par l'idée, surtout, que mon père va enfin prendre part à la lutte. Les choses vont changer, à présent. Avec le général de Rahoul à la tête d'une brigade, mon père lieutenant-colonel et Jean-Baptiste dans son régiment, les Prussiens vont trouver leurs maîtres. Ils vont sortir de France plus vite qu'ils n'y sont entrés, les gredins; et on va les envoyer, à coups de baïonnette, manger leur choucroute dans leurs tanières. C'est maintenant qu'il va falloir lire les journaux avec attention.

Les journaux, pendant une semaine environ, sont pleins d'informations, souvent contradictoires, mais qui font présager des victoires prochaines; ils contiennent aussi de grands articles, composés de grandes phrases faites avec de grands mots, qui tendent à exciter l'énergie des populations et à réveiller leur confiance. Tout le monde se met à espérer; on ne parle que d'une revanche certaine et définitive, de l'écrasement inévitable des Allemands devant Metz; et l'on prépare d'avance les drapeaux et les lampions qui ont servi à pavoiser et à illuminer lorsque arrivèrent la nouvelle du succès français à Saarbrück et la nouvelle — fausse, hélas! — de la grande victoire remportée à Wörth par Mac-Mahon.

Mais, coup sur coup, après les tentatives ordinaires de mensonges, les journaux sont obligés d'avouer la perte des trois grandes batailles livrées sous les murs de Metz le 14, le 16 et le 18 août. Les troupes françaises ont été obligées de se réfugier dans la grande forteresse lorraine, et ont perdu tout espoir de se frayer un chemin à travers les hordes ennemies qui les enserrent. L'Empereur a quitté l'armée du Rhin avec le Prince impérial. On n'a pu mettre à la disposition de Sa Majesté qu'un wagon à bestiaux, à l'endroit où elle a pu prendre le train; Sa Majesté ayant très soif, le chef de la gare n'a pu lui offrir qu'un verre d'eau; le Prince impérial ayant témoigné le désir de se débarbouiller, il a été impossible de lui présenter pour sa toilette un autre récipient que le verre dans lequel son auguste père venait de boire. Ah! quelle misère...! Et mon père à moi, que devient-il? Je ne vois pas son nom figurer parmi ceux des officiers que citent les journaux. Il est à Metz, pourtant, puisque son régiment fait partie du Corps de Canrobert... J'interroge ma grand-mère, elle-même en proie à l'anxiété la plus profonde, et dont tous les efforts ne peuvent calmer mon inquiétude. J'interroge tous les gens que je rencontre; je charge Lycopode de prendre des informations. Mais personne ne sait rien d'exact, bien que les nouvelles les plus fantastiques circulent incessamment; personne ne peut dissiper mon incertitude.

Je me décide a aller demander des renseignements à M. Curmont qui, peut-être, sait quelque chose. Je ne m'y résous qu'à la dernière extrémité, car M. Curmont, surtout depuis que sont arrivées les nouvelles des dernières défaites, ne cesse de déblatérer contre le gouvernement impérial, et je comprends que ma place n'est pas chez lui. Pourtant, il lit tant de journaux, qu'il pourra peut-être me donner des nouvelles de mon père.

Il est assis dans son jardin, quand j'arrive, avec son fils et quelques amis de celui-ci qui viennent de Paris. Ils discutent tous à grand bruit, en présence d'un nombre imposant de bouteilles de bière.

— Badinguet, s'écrie M. Curmont, n'a même pas le courage d'abdiquer!

— Tant mieux! répond le jeune homme à l'œil crevé, que les autres appellent Léon. S'il peut encore contribuer à un nouveau désastre, nous sommes sûrs de notre affaire.

— Chouette! glapit Albert. Ce ne sera pas trop tôt.

— La France ne peut vaincre, dit sentencieusement le têtard qu'on appelle Petit-Gris, tant qu'elle conservera l'Empire. Qu'on proclame la République, et les jours de Valmy reviendront.

— Ce sera bien chic! déclare Albert.

— En tout cas, dit M. Curmont, l'Empire, ce fumier, peut se flatter d'avoir travaillé pour nous, en déclarant cette guerre. Fameuse idée! Laissez seulement les Prussiens envahir la Champagne, et vous verrez quel coup de balai le lion populaire donnera dans les Tuileries.

— Mince de rigolade! ricane Albert. L'autre jour, en lisant le compte rendu de la bataille de Gravelotte, je me tenais les côtes. C'est tordant!

Moi, les comptes rendus des batailles ne me font pas rire. J'ai même un pressentiment que mon père y a été blessé ou tué, à cette bataille de Gravelotte qui fait tant rire Albert. Pourquoi rit-il d'une bataille, celui-là? Les batailles ne les font pas rire, ceux qui se sont battus! Pourquoi ne vont-ils pas se battre, ceux-là? Qu'est-ce qu'ils font là, ce Léon, ce Petit-Gris, et cet Albert, qui vident ici des bouteilles à l'ombre, tandis que les bouches des canons, là-bas, vomissent du feu sous le soleil?...

*
* *

M. Curmont m'aperçoit, vient à moi, et s'enquiert du motif de ma visite. Mais la colère refoule les paroles dans ma gorge, et je puis à peine prononcer quelques mots sans suite.

— Tu viens voir Adèle? Elle est dans la maison, avec sa mère. Tu peux aller jouer avec elle.

— Pourvu qu'elle ait fini ses exercices! s'écrie Albert.

Mais je préfère ne pas voir Adèle aujourd'hui; je préfère ne voir personne, et je rentre à la maison. Bien m'en prend! Une lettre de mon père, qui est restée plusieurs jours en route, est arrivée pendant mon absence. Le Corps d'armée du maréchal Canrobert n'a pu parvenir entièrement à Metz; la brigade des gardes-dragons allemands, avec une compagnie d'infanterie qui avait été envoyée dans des voitures, a coupé la ligne du chemin de fer à Dieulouard; et quatre trains, pleins de troupes du sixième Corps, parmi lesquelles se trouvait mon père, ont été obligés de retourner à Châlons. Ces troupes doivent faire partie du nouveau douzième Corps, qu'on se hâte de former.

— Dieu soit loué! s'écrie ma grand-mère. Nous sommes enfin fixés sur le sort de ton père. Nous savons au moins qu'il n'a pas été l'une des victimes de ces affreux carnages autour de Metz. C'est tellement horrible, ces boucheries!

Si les lettres pouvaient arriver plus rapidement!... Enfin, je suis bien contente...

Moi aussi, je suis bien content. Pourtant, je dois avouer que j'ai éprouvé comme une déception en apprenant que mon père n'a point assisté aux grandes batailles de ces jours derniers. Il aurait eu tant de choses à me raconter, à son retour! Et il aurait certainement accompli des actions d'éclat, gagné des grades; peut-être qu'il serait général, à l'heure qu'il est... Je lui écris une longue lettre, dans laquelle je le prie de me donner tous les détails possibles, lui promettant d'être bien sage pour la peine. J'hésite pendant longtemps à lui parler de ce que j'ai entendu chez M. Curmont; peut-être pourrait-il le faire savoir à l'Empereur, et l'on mettrait en prison Albert, Léon et Petit-Gris. C'est ça qui serait rigolo! Pourtant, je sais qu'il ne faut jamais rapporter. Et après avoir sucé très longtemps le manche de ma plume, je me détermine à ne rien dire. C'est juste à ce moment qu'entre Lycopode qui vient me prier de présenter ses compliments à mon père et de demander, incidemment, des nouvelles de Jean-Baptiste. Excellente idée! Je pourrai ainsi terminer mes quatre pages. Moi qui oubliais Jean-Baptiste!..

Il y a encore bien d'autres personnes que j'oublie. Je m'en aperçois en pénétrant dans la chambre de ma grand-mère à laquelle je vais remettre ma lettre, et que je trouve occupée à écrire en allemand. Tout d'un coup, je me rappelle mon oncle Karl. C'est à mon oncle Karl qu'elle écrit.

— Oui, mon enfant; je ne sais rien de ton oncle depuis le commencement de cette terrible guerre. C'est tellement affreux! Penser que les hommes, que cependant Dieu a doué de raison, s'entre-déchirent comme des bêtes fauves! Pourquoi ne vivent-ils pas tous en frères? C'est tellement odieux et bête, ces haines de nation à nation! Oh! les gens qui entretiennent ces sentiments sauvages sont de bien grands misérables!

J'essaie de comprendre ma grand-mère, de penser comme elle, mais je ne peux pas; je ne peux pas dire que j'aime la guerre, car je ne l'ai pas vue. Mais j'aime les récits que j'en ai entendu faire; je ne connais rien de plus intéressant. Il y a peut-être des choses plus intéressantes, mais je ne les connais pas. Il existe sans doute beaucoup de gens comme moi, puisque presque tout le monde aime la guerre. Comment comprendre des choses pareilles? J'aime beaucoup mon oncle Karl, et je serais vraiment désolé s'il était blessé. Mais je hais les Prussiens de tout mon pouvoir. Pourquoi ont-ils battu les Français. Ils me font ressentir une colère que je ne peux pas exprimer.

Et pourtant, l'autre jour, j'ai ressenti contre un Français une colère plus grande encore. M. Freeman, le vieil Anglais qui aime tant la France, était venu me chercher pour faire une promenade au parc. Au retour, comme il était un peu fatigué, il s'est assis à la terrasse d'un café et m'a offert un verre de bière, comme à un homme. Il a demandé un journal qu'il s'est mis à lire. A l'intérieur du café, plusieurs personnes discutaient avec animation; et, par les fenêtres ouvertes, le son de leurs voix parvenait jusqu'à nous.

— Si nous sommes vaincus, disait l'une de ces voix, que je crus reconnaître, nous ne le devons qu'à l'indiscipline et au manque de patriotisme de notre armée prétorienne, et à l'impéritie honteuse de ses chefs. Que peut-on attendre des traîneurs de sabres, de coureurs de femmes, de piliers d'estaminets, dont toutes les études militaires n'ont consisté que dans l'absorption d'absinthes sans nombre et dans le pillage de bédouins sans défense! Nos officiers ne sont qu'un ramassis d'ivrognes et de vauriens, et chaque fois que j'apprends qu'ils ont été battus, j'applaudis. J'en ai un pour voisin, malheureusement, et c'est un échantillon complet de l'espèce; il a fait mourir de chagrin sa femme, il a fait une esclave de sa belle-mère, et il élève son fils de telle façon que ce petit garnement deviendra, comme son père, un vrai gibier de potence...

Un brouhaha s'est produit, et il m'est devenu impossible de distinguer les paroles. Très rouge, je me suis tourné vers M. Freeman qui, impassible, lisait toujours son journal. Mais, avant que j'aie pu prononcer un mot, la voix s'est élevée de nouveau.

— C'est du lieutenant-colonel Maubart que je parle...

Alors M. Freeman s'est levé. Il a posé tranquillement son journal sur la table et s'est dirigé vers l'intérieur du café, où le silence le plus complet a accueilli son entrée. Un instant après j'ai entendu sa voix, calme et claire, qui disait :

— Monsieur Curmont, vous avez grand tort de parler comme vous le faites, et surtout d'insulter un absent. Je ne comprends pas comment, sous prétexte d'opinions politiques, un Français peut considérer les revers de son pays comme des triomphes personnels. Je n'admets pas, surtout, lorsqu'on se tient prudemment à l'écart de la lutte, qu'on injurie un homme qui, quelles que soient ses convictions, défend sa patrie. Dorénavant, je vous préviens que je prendrai à mon compte les propos qui seront tenus sur le colonel Maubart. N'oubliez pas.

M. Freeman est sorti et m'a emmené. Au tournant de la rue, je lui ai serré les mains avec effusion, et j'ai voulu lui dire combien je lui étais reconnaissant de ce qu'il venait de faire.

— C'est bon, c'est bon, a-t-il dit de sa grosse voix; tu n'iras plus voir les Curmont, et n'en parlons plus.

Un instant après, il a ajouté, comme se parlant à lui-même :

— Ces républicains sont vraiment méprisables. Ils rêvent de renverser l'Empire, et n'osent même pas l'attaquer. C'est après Forbach, s'ils avaient su agir proprement, qu'ils auraient dû opérer un mouvement insurrectionnel. Mais ils ont peur de risquer leur peau. Ils attendent que les balles prussiennes aient couché à terre le dernier porte-drapeau qui tiendra le dernier aigle, pour envahir les Tuileries et y installer leur Marianne. C'est misérable.

Ainsi M. Freeman, lui aussi, croit à la défaite complète de la France? Oh! que je voudrais que notre armée pût vaincre les Allemands, et qu'elle pût revenir vite, afin de faire taire M. Curmont, et sa bande, et tous ceux qui ne vont pas se battre, et qui insultent ceux qui se battent...

*
* *

Le 27 août, nous avons reçu une lettre de mon père, annonçant que l'armée de Châlons marche sur Steney et Montmédy, afin d'opérer sa jonction avec l'armée de Metz.

Cette lettre ne contient que quelques lignes; elle paraît avoir été écrite à la hâte, et a mis plusieurs jours à nous parvenir. Que s'est-il passé dans l'intervalle? Les journaux donnent des informations contradictoires, et ma grand-mère et moi, très anxieux, nous attendons des nouvelles de moment en moment. Le 30, enfin, une nouvelle lettre arrive. Ma grand-mère la décachette avec émotion, la laisse tomber sur une table, hoche la tête d'un air désolé.

Dans sa lettre, plus brève encore que la précédente, mon père nous apprend qu'il a reçu à la cuisse, pendant la marche, un coup de pied de cheval, qui le met hors d'état de remplir ses fonctions. Il vient d'être évacué sur l'hôpital de Châlons. Il a obtenu pour Jean-Baptiste la permission de l'accompagner. Il nous recommande de ne pas nous faire de mauvais sang; il espère pouvoir être sur pied dans quelques semaines; et il déplore la ridicule malchance qui l'éloigne du combat au moment où un grand conflit se prépare.

Cette lettre me cause une déception énorme. Je m'étais attendu à des choses tellement différentes!... Depuis le commencement de cette guerre, tous mes espoirs ont été trompés, détruits, l'un après l'autre. Que de désillusions, que de mécomptes! J'ai, pour la première fois, le pressentiment, la notion confuse, de notre impuissance à diriger les événements, à lutter contre les circonstances. Quelle influence n'aura pas ce coup de pied de cheval sur la destinée de mon père? Qui aurait pu penser à une chose semblable? J'avais songé à des possibilités tragiques, à une blessure grave, même à la mort... Mais ce coup de pied de cheval...

*
* *

Le 2 septembre, arrive la nouvelle de la défaite essuyée le 31 août par Bazaine; le maréchal et ses troupes sont définitivement refoulés dans Metz. Le 3 septembre, au soir, les nouvelles sont plus mauvaises encore. On annonce l'écrasement complet de l'armée de Châlons; d'après les dires des journaux, l'armée française aurait capitulé à Sedan, et l'Empereur se serait rendu à l'ennemi avec quatre-vingt mille hommes. Le lendemain matin, ces informations sont confirmées; il n'y a plus à douter du désastre. Dans la soirée, la République est proclamée.

Le nouveau gouvernement, sur des affiches qui tapissent les murs, déclare ceci : « Pour sauver la patrie en danger, le peuple a demandé la République. La République a vaincu l'invasion en 1792; la République est proclamée. La Révolution est faite au nom du Droit, du Salut public. »

Et un journal, qui a peine à cacher la joie que lui cause la catastrophe, s'écrie : « Hier, la Prusse avait devant elle une armée; aujourd'hui, elle a devant elle un peuple... »

*
* *

Ça n'arrête pas les Prussiens, d'avoir devant eux un peuple au lieu d'une armée. Ah! non! Ça semble leur donner les ailes, au contraire. On dirait que ces barbares teutons ne comprennent pas ce que ça veut dire : un Peuple. Ils n'ont pas l'air d'avoir le moindre respect pour les grands mots; mais on va leur montrer ce qu'ils valent. En attendant, il paraît qu'ils s'avancent vers Paris à marches forcées.

M. Freeman disait hier à ma grand-mère que la lutte est devenue impossible; que la continuer dans des conditions déplorables ne serait que travailler au triomphe d'un parti; et que la France aurait tout intérêt à faire la paix. Mais M. Curmont pense autrement. Je ne lui parle pas, bien entendu — et même je ne vois Adèle que de temps en temps à la dérobée —, mais je l'entends. Il fait des discours de tous les côtés, crie, hurle, vocifère. Il dit que la guerre ne fait que commencer; qu'on luttera jusqu'au dernier grain de poudre, jusqu'au dernier morceau de plomb; que la paix ne sera possible que le jour où le dernier Prussien aura repassé la frontière. Il dit qu'il faut imiter nos pères, ces Géants.

Cependant, on adjure les gens valides de s'enrôler pour la défense du territoire. Il n'y a pas beaucoup d'hommes valides, à Versailles; ou, au moins, le bureau de recrutement en voit très peu. L'autre matin, pourtant, un homme a franchi la porte de cet établissement, et a demandé à contracter un engagement. Il avait soixante-cinq ans et n'était pas Français. Comme on refusait de l'enrôler, à cause de son âge, il est sorti du bureau en pleurant. C'était M. Freeman.

Quant à Albert Curmont, il déclare partout qu'il ne se présente pas à l'enrôlement parce qu'il est trop faible de constitution. C'est rigolo, mais c'est comme ça. Il n'a pas de faiblesse dans le gosier, néanmoins. Il crie presque aussi fort que son père, et c'est vraiment chouette. Il crie : « Vive la République! » Je sais ce que c'est que la République : c'est rigolboche (pour Albert Curmont). Il crie aussi quelquefois : « Vive la République démocratique et sociale. » Je ne sais pas ce que c'est que la République démocratique et sociale. Je ne le saurai jamais.

Le 8 septembre, nous recevons une lettre de mon père. Il nous apprend qu'il vient d'être évacué sur l'hôpital de Beauvais. Il va mieux.

Les journaux annoncent, presque en même temps, que les Allemands se rapprochent de plus en plus de Paris. Il y a plusieurs généraux français qui pratiquent devant eux l'art difficile de la retraite, comme s'ils l'avaient inventé. Ils se replient en bon ordre.Voilà une consolation dans nos malheurs. Il est entendu que les Prussiens doivent trouver leur tombeau sous les murs de Paris; ils commettent la sottise de vouloir s'attaquer à la Ville-Lumière, mais c'est une faute qu'il vont payer cher. Pourtant, pour plus de précautions, on organise la résistance en province. Le Gouvernement, dont le borgne qu'on appelle Léon est l'un des principaux personnages, choisit pour cette besogne les hommes les plus compétents. C'est ainsi qu'Albert Curmont vient de recevoir la mission d'aller former un camp en Bretagne. Il y a des cas, a-t-on dit, où c'est le poste qui honore l'homme. Le Gouvernement de la Défense nationale a voulu faire une règle de cet aphorisme. Les hommes qu'il choisit ont tous besoin d'être honorés. M. Curmont fils est parti de Versailles en grande pompe, chargé des bénédictions républicaines de M. Curmont père, au bruit des applaudissements républicains d'une population, hier encore férocement bonapartiste, qui l'accompagne de ses vœux.

Le 12 septembre, nous recevons une lettre de mon père.

Il nous apprend qu'il vient d'être évacué sur l'hôpital de Melun. Il va mieux.

Les journaux annoncent, presque en même temps, que les Allemands se rapprochent de plus en plus de Paris. Une fièvre patriotique s'empare de la population de la ville. L'enthousiasme est à son comble. La nuit dernière, vers dix heures, des bandes ont passé devant la maison, en insultant ma grand-mère.

— Mort aux espions prussiens! A bas la vieille Prussienne!

Le 14 septembre, nous recevons une lettre de mon père. Il nous apprend qu'il vient d'être évacué sur l'hôpital de Chartres. Il va mieux.

Les journaux annoncent, presque en même temps, que les Allemands arriveront sûrement devant Versailles dans quelques jours. M. Curmont se frotte les mains.

— Laissez-les seulement s'installer ici, dit-il, et vous verrez combien de temps les troupes de Paris, renforcées par les recrues que mon fils va leur envoyer de Bretagne, mettront à les en faire sortir.

Mais M. Freeman est d'un autre avis. Il dit qu'il serait honteux, absolument honteux, de ne point défendre la ville. Et il assure que c'est en défendant le territoire pied par pied qu'on pourra lasser les Allemands, et les obliger à la retraite. La foule, que fait vibrer un grand enthousiasme patriotique, se range à son avis. On exalte M. Freeman; on dit que c'est vraiment beau pour un Anglais d'aimer autant la France; on loue très fort l'énergie britannique. M. Curmont lui-même se voit obligé d'avouer que M. Freeman a raison. Il ne peut pas trouver assez d'éloges pour lui. Il déclare que plus tard, quand Versailles aura repoussé les Prussiens, il faudra se souvenir du dévouement de M. Freeman. Il laisse entendre, à demi- voix, qu'il se chargera de lui faire obtenir la croix de la Légion d'honneur.

Pour défendre la ville, il faut des fusils; et pour avoir des fusils, il faut des fonds. M. Freeman les offre.

On prend son argent.

VI

Des soldats français, isolément ou par petits groupes, arrivent constamment dans la ville. Éclopés, égarés, traînards, fuyards. Ils viennent on ne sait d'où, ils ne savent d'où; de partout où l'on s'est battu, où l'on fut battu, où l'on a battu la charge, où l'on a battu en retraite; où l'on a avancé, reculé, piétiné, lâché pied; de partout où les arrêta l'ennemi, ou bien des blessures, ou bien la fatigue, ou bien le dégoût.

J'aurais voulu les voir; malheureusement, ma grand-mère me défend de sortir. Mais Lycopode les a vus. Il paraît que ces malheureux sont dans un état lamentable et que leur aspect fait frémir d'horreur et de pitié. Noirs de hâle, de poudre, de poussière et de boue, leurs uniformes en haillons, ils traînent le long des rues leurs pieds meurtris et sanglants, accusant tout haut leurs chefs de les avoir trahis et vendus, et disant qu'il n'y a plus de France. On les pousse, en dépit de leurs menaces, de leurs jurons et de leurs insultes, dans les trains qui partent pour Paris.

— Ah! monsieur Jean, ce n'est pas les mêmes que nous avons vu partir! C'est pas Dieu possible que ce soit les mêmes. C'est vraiment pas possible.

Et Lycopode me raconte, dix fois de suite, ce que lui ont dit quelques-uns de ces malheureux, à qui elle a parlé et offert un peu d'argent. Depuis le début de la campagne, ils ont constamment manqué de vivres et de munitions, et ils ont été conduits à la tuerie par des généraux qui sont tous vendus aux Prussiens.

Ça, c'est une chose que je ne peux pas croire. L'idée que le maréchal Bazaine, le général de Lahaye-Marmenteau ou le général de Rahoul aient pu se vendre à l'ennemi, me semble ridicule à l'extrême. Mais les soldats ne sont pas dans le secret des opérations, et expliquent les choses comme ils peuvent. D'ailleurs, un soldat n'a qu'à obéir et non à comprendre; alors, comment pourrait-il concevoir les sentiments d'honneur qui animent les officiers? Malgré tout, quelle que soit la raison qu'on assigne à nos défaites, ces Prussiens doivent être des hommes terribles.

Naturellement, bien que je me sois décidé à admettre franchement leur supériorité, que je ne peux pourtant m'expliquer, je ne crois pas un seul mot de toutes les histoires extraordinaires que l'on débite sur leur compte. Mon grand-père était un Allemand, mon oncle Karl est un officier allemand, et je sais bien que les Allemands ne sont pas des cannibales. Il m'est donc impossible d'ajouter foi aux racontars des habitants des campagnes qui viennent, affolés, chercher un refuge dans la ville, poussant devant eux leur bétail, leurs meubles et leurs nippes empilés dans des charrettes. Lycopode me rapporte des récits que font ces pauvres gens et dans lesquels ils accusent les Allemands, sur ouï-dire, de tous les crimes imaginables. Quoique ces contes ne fassent aucune impression sur moi, je dois avouer qu'ils me donnent une forte envie de voir enfin l'armée prussienne. Mais viendra-t-elle? Osera-t-elle se présenter devant Versailles, que la garde nationale et la population ont juré de défendre jusqu'à la mort? Je commence à croire que non.

Mais tout d'un coup, le 17 septembre, vers dix heures du matin, la nouvelle se répand dans la ville que quatre uhlans viennent d'arriver. Ils ont déclaré au maire que, pour trois heures de l'après-midi, les arbres qu'on a coupés et jetés en travers des routes devront être enlevés; que les tranchées qu'on a creusées en travers desdites routes devront être comblées; et que la ville doit se tenir prête à recevoir un corps d'armée tout entier. Immédiatement après le départ des uhlans, des centaines d'hommes munis de pelles et de pioches se sont hâtés d'aller remettre les chemins dans leur état normal; et les tambours de ville se sont rendus de quartier en quartier pour lire une proclamation du maire qui exhorte les habitants au calme et les engage à recevoir leurs hôtes avec toute la dignité que comportent les circonstances.

— C'est à coups de fusil qu'il faut les recevoir! s'est écrié M. Freeman devant la maison duquel un tambour venait de lire son papier. Il faut que la ville se hérisse de barricades. Aux armes!

Et il est sorti de sa maison, un fusil à la main. Aussitôt, la foule, qui s'était rassemblée autour du tambour, s'est ruée sur lui, et l'a accablé d'imprécations.

— En voilà un vieux fou! Qu'est-ce qui lui prend? Avez-vous l'intention de nous faire fusiller tous et de faire brûler la ville, dites donc?

M. Curmont, qui faisait partie du rassemblement, s'est écrié :

— Il faut le désarmer! Il va faire un malheur!

Alors, plusieurs hommes se sont précipités sur M. Freeman, l'ont frappé, lui ont arraché son fusil.

— Avez-vous vu un vieil enragé pareil? Et il n'est pas Français encore? Qu'il s'en retourne en Angleterre! Tous les Anglais sont des traîtres et des espions!

— Oui! s'est écrié M. Curmont. Depuis Waterloo, les Anglais s'entendent comme larrons en foire avec les Allemands. La preuve, c'est qu'ils ne sont pas venus nous aider. A bas les Anglais!

M. Curmont, quand il a poussé ce cri, se trouvait derrière deux ou trois hommes qui le séparaient de M. Freeman. Ce dernier, des deux mains, a écarté les hommes, et a levé son poing sur M. Curmont. M. Curmont s'est rejeté en arrière, a buté contre les pieds du tambour, et est tombé sur le dos en criant : « Au secours! » M. Freeman l'a considéré un instant avec mépris; il a jeté sur les assistants le même regard dédaigneux, pendant que M. Curmont se relevait en se frottant le derrière; il a repris son fusil des mains du tambour et il est rentré tranquillement dans sa maison. Avant de fermer les grilles de son jardin, il a dit, d'une voix qui trahissait une émotion profonde :

— Vous n'agissez pas comme des Français. Je souhaite que les Prussiens vous traitent comme vous le méritez.

*
* *

Mais le souhait de M. Freeman ne s'accomplit pas. Les Allemands, installés dans la ville comme chez eux, se comportent vis-à-vis des Versaillais avec un savoir-vivre irréprochable. Ce ne sont pas du tout les sauvages qu'on s'est plu à dépeindre. Ce sont des gens fort civilisés; et même de bons clients. Les commerçants le déclarent, la main sur la conscience. Qu'on ne vienne plus leur parler de la barbarie des Teutons! Les Prussiens font la guerre d'une façon civilisée, sont des hommes d'ordre, respectent les non-combattants et la propriété particulière. Et les habitants de Versailles, qui sont des non-combattants et possèdent particulièrement, respectent les Allemands. Respect pour respect. Voilà ce que c'est que d'être civilisé. Les Versaillais pensent que, lorsqu'on prend du respect, on n'en saurait trop prendre; et ils vont tellement loin dans cette voie qu'ils se sont mis à respecter très fort ma grand-mère, qu'ils insultaient il y a quelques jours. Ils ne l'appellent plus : vieille Prussienne. Ah! mais non! Maintenant que les Prussiens sont les maîtres, on ne saurait montrer trop de déférence aux personnes qui parlent allemand. On témoigne donc à mon aïeule une vénération sans égale.

L'estime générale pour ma grand-mère s'est même accrue hier, lorsque le bruit s'est répandu qu'un colonel allemand était logé chez nous. Ce bruit mérite confirmation. Ce colonel fait partie du Grand État-Major; c'est un homme charmant, qui ressemble pas mal à mon oncle Karl que, d'ailleurs, il connaît très bien. Mon oncle est maintenant devant Metz; nous avons reçu ce matin une lettre de lui; et ma grand-mère, qui n'avait pas eu de ses nouvelles depuis longtemps, a été bien heureuse. Moi aussi, j'ai été content; et je le serais plus encore si nous avions des nouvelles de mon père. Depuis la lettre où il nous annonçait qu'il était évacué sur l'hôpital de Chartres, nous n'avons rien reçu de lui; nous ignorons où il se trouve :

à Chartres, à Paris, ou ailleurs. Ah! que je voudrais que cette guerre fût terminée! Le colonel parle souvent avec ma grand-mère, et lui donne des nouvelles. Malheureusement, il ne peut pas se prononcer quant à la durée possible de la guerre.

Il dit que le feldmarschall von Moltke croit à la paix prochaine; le maréchal est persuadé que, pour la fin d'octobre, il pourra chasser le lièvre à Kreisau. L'autre jour, il s'exclamait sur la beauté de l'automne qui teint d'or et de rouge les feuilles des arbres; il parlait de son domaine, aux pelouses duquel les pluies récentes ont dû faire grand bien; de ses plantations de jeunes arbres. Il aspire au repos et croit que la résistance des Français touche à sa fin.

Dès le lendemain de la bataille de Sedan, la marche rapide sur Paris a été décidée. Le danger d'une intervention étrangère en faveur de la France avait été écarté par les premières victoires allemandes. Bismarck émit donc l'opinion, opinion qu'il fit prévaloir, qu'une attaque immédiate de Paris était nécessaire. « Paris est la France, dit-il. Le seul moyen d'éviter toute intervention de puissances actuellement neutres, et de terminer rapidement la guerre, c'est de prendre Paris au plus vite. »

On a discuté, nous apprend le colonel, au sujet de la façon dont il conviendrait d'attaquer Paris. L'opinion prussienne est que le plus grand ennemi des forteresses est le nombre de leurs défenseurs, la quantité des bouches qu'il faut nourrir. L'avis de l'état-major général, par conséquent, fut que la famine était non seulement le meilleur moyen, mais en vérité le seul moyen de venir à bout de la résistance parisienne. Au commencement de septembre, les généraux allemands, et même les généraux français (Mac-Mahon, par exemple), pensaient que Paris n'essaierait pas de se défendre sérieusement. Après Sedan, Moltke et von Roon étaient convaincus qu'il capitulerait après une quinzaine de jours. L'état-major avait fait une évaluation beaucoup trop faible des approvisionnements de la capitale française. Du reste, à Paris même, on ne savait guère à quoi s'en tenir sur ce point. Mais quelques jours avant d'arriver à Versailles, les Allemands furent informés, de source sûre, que Paris faisait tous ses préparatifs pour une défense sérieuse, et qu'une nouvelle armée se formait sur la Loire.

Quand les troupes allemandes arrivèrent à Versailles, la résolution était prise de bloquer Paris et d'assurer aux forces assiégeantes l'appui de l'artillerie de siège. Pour amener le matériel d'artillerie, aucune voie ferrée n'existait d'une façon continue; la ligne directe était interrompue à Toul. Cette plaque n'avait pas encore capitulé; et Strasbourg ne capitula que le 28 septembre. On ne pouvait donc se servir que de la ligne de Nanteuil, pour le service des subsistances aussi bien que pour celui du matériel de siège; de sorte que les transports souffraient d'interruptions continuelles. Le roi, Bismarck et Roon commencèrent à croire alors que la guerre durerait plus longtemps qu'ils ne l'avaient pensé.

Moltke, pourtant, ne modifia guère son opinion; il maintint que Paris n'avait point de vivres et ne pourrait résister au-delà de quelques semaines. Il croyait aussi que le parti radical ou révolutionnaire ferait preuve d'une grande énergie, qu'il terroriserait les classes dirigeantes et hâteraient la reddition de la ville. On ne savait que lui répondre, car l'incertitude continuait à régner au sujet des approvisionnements de Paris; quelques-uns estimaient que les vivres manqueraient à la ville après trois ou quatre semaines; d'autres pensaient qu'ils ne lui feraient pas défaut avant trois ou quatre mois. Le colonel assure qu'il partage cette dernière opinion.

Le 9 octobre, c'est-à-dire au moment où le bruit courut à Versailles que Gambetta avait quitté Paris en ballon, le siège en règle avait été résolu. Depuis quelques jours, les préparatifs se font activement; d'énormes canons sont débarqués au chemin de fer et traînés dans la direction de Paris par d'interminables attelages; on assure que la capitale va être bombardée comme l'a été Strasbourg. Il paraît que ç'a été terrible, à Strasbourg. J'ai entendu faire, là-dessus, des récits qui vous donnent la chair de poule. Mais ne sont-ils pas un peu exagérés?

*
* *

Ils ne sont pas exagérés le moins du monde. J'en ai maintenant la preuve certaine, indiscutable. Et qui croyez-vous qui me l'ait donnée, cette preuve? Qui croyez-vous qui vienne de me l'apporter, là, tout à l'heure? J'aime mieux ne pas vous faire languir, car vous ne devineriez jamais. C'est M. Raubvogel, le cousin Raubvogel, lui-même, en personne, avec son doux sourire et sa belle barbe.

Il est arrivé, il y a deux heures à peine, à Versailles et a tout juste pris le temps de secouer la poussière du voyage, avant de venir nous voir. Il a amené Mme Raubvogel. Estelle me semble plus jolie encore qu'il y a quatre mois; elle est aussi vive, aussi gracieuse; ses yeux bleus, seulement, semblent avoir pris une teinte plus foncée. Mais, à l'examen, je m'aperçois qu'ils ont seulement changé d'expression; et que l'expression qu'ils ont pris est précisément celle des yeux de son mari. Les époux Raubvogel ne sont pas venus les mains vides; ils ont apporté un grand nombre de cadeaux; il y en a pour ma grand-mère, pour moi, pour mon père « quand il reviendra de la guerre avec les étoiles de général », dit Raubvogel, et même pour Lycopode. Raubvogel fait preuve d'une politesse pleine de vénération à l'égard de ma grand-mère, qu'il a à peine entrevue au mois de juin, et qu'aujourd'hui il appelle « ma tante » gros comme le bras.

— Oui, ma tante, dit-il, pas un jour ne s'est écoulé depuis le commencement de ces temps d'épreuves sans que nous pensions à vous. Vous savoir seule ici, sans appui, avec ce cher enfant, était pour nous un tourment de tous les instants. Ne pas avoir de nouvelles des gens qu'on aime, est une chose terrible. Ah! c'est alors qu'on sent quelle est la puissance des liens de famille! Je disais tous les jours à Estelle : « Pourvu qu'il n'arrive rien de fâcheux à notre chère tante (et aussi, ajoute-t-il, à notre gentil petit cousin)! Pourvu qu'il ne leur arrive rien de fâcheux! » Estelle me répondait : « Ne crains rien; la providence veillera sur eux. »

— Oui, dit Estelle en essuyant ses yeux qu'est venue mouiller une larme, je répondais ça...

Ces démonstrations ne semblent pas produire un effet énorme sur ma grand-mère; mais Raubvogel se montre si prévenant et si aimable, Estelle si pleine d'attentions délicates, que je sens fondre peu à peu la froideur qu'a d'abord témoignée mon aïeule. Elle arrive bientôt à dire « ma chère nièce » à Estelle; de même, deux ou trois fois, elle appelle Raubvogel « mon neveu ».

Les époux Raubvogel restent à dîner avec nous. Ils sont enchantés. En dehors de la joie bien naturelle qu'ils ressentent à se trouver dans leur famille, ils éprouvent un grand plaisir à entendre, de temps en temps, tonner le canon.

— Cela prouve, dit le cousin, que la guerre n'est pas finie, quoi qu'en disent messieurs les Teutons. Mon idée est qu'avant longtemps ils vont se voir obligés de repasser la frontière. Il doit y avoir un châtiment pour tous les crimes...

Raubvogel s'arrête soudain, pris d'une quinte de toux; mais en même temps, il ne quitte pas des yeux ma grand-mère, dont il surveille attentivement l'expression, et cherche visiblement à devenir les sentiments. Il n'a pas oublié, en effet, que bien que Française, elle fut la femme d'un Allemand; et que si son gendre est officier dans l'armée française, son fils combat dans l'armée prussienne. Il sonde le terrain, comme on dit, et cherche à savoir de quel côté se ranger. Ma grand-mère n'ayant pas soufflé mot, Raubvogel comprend, cesse de tousser et continue :

— Je dis qu'il doit y avoir un châtiment pour tous les crimes que fait commettre la guerre. Si les Allemands se sont livrés à des excès regrettables, les Français sont loin d'être sans reproches; je ne cherche à innocenter ni les uns, ni les autres. Mais je ne veux pas les blâmer non plus; ce n'est pas l'homme qui est coupable; c'est la guerre, l'affreuse guerre, qui arme les uns contre les autres des êtres qui sont faits pour s'entendre et pour vivre en frères.

— Ah! que vous avez raison, mon neveu! s'écrie ma grand-mère. Voilà ce que j'ai toujours pensé.

Et Raubvogel parle de la fraternité des peuples, qui serait si belle, et de l'horreur de la guerre. Il espère, cependant, que les Français pourront remporter une ou deux victoires, ce qui leur permettrait de signer une paix honorable; chose qui serait à l'avantage des deux nations. Ma grand-mère le pense aussi.

— Voilà pourquoi, affirme Raubvogel, je disais que je suis heureux de voir la lutte continuer. C'est de cette façon seulement qu'elle pourra prendre fin. Ah! la paix! Quand aurons-nous la paix?

Les sentiments pacifiques des époux Raubvogel sont tellement vifs qu'il leur était impossible de demeurer en Alsace, dans ce pays qui peut-être doit cesser bientôt d'être français. Ils ont donc cédé, à perte, l'établissement qu'ils exploitaient à Mulhouse. Et que comptent-ils faire, à présent? Ils ne savent pas encore. M. Delanoix, le père d'Estelle, doit venir avant peu à Versailles et les aidera à prendre une décision.

Ma grand-mère est tellement satisfaite des Raubvogel qu'elle les invite à s'installer dans la maison. Mais ils refusent, tout en remerciant très fort. Ils ont pris un appartement, pour quelques jours, à l'hôtel du *Sabot d'or*. Estelle, en se retirant, m'invite à venir déjeuner avec eux, le lendemain.

J'y vais. Le déjeuner est excellent. Le service est fait par le valet de pied du cousin Raubvogel, un homme de taille exiguë, aux yeux verdâtres, à la chevelure poivre et sel; il s'appelle Gédéon Schurke. Il a toujours l'air d'être sur le point de dire une plaisanterie, ou d'en exécuter une. Il était gérant de l'hôtel des *Trois Cigognes*, à Mulhouse, et n'a accepté provisoirement la situation de valet de pied qu'afin de ne point quitter ses patrons, pour lesquels il a une grande affection. Il m'intéresse beaucoup.

Mais ce qui est surtout intéressant, c'est la conversation de Raubvogel. Il me dit, à moi, bien des choses qu'il n'a point voulu dire à ma grand-mère, afin de ne point la froisser; il me raconte toutes les atrocités que les Allemands ont commises en Alsace; il me narre les excès dont ils se sont rendus coupables à Strasbourg. Il m'avoue que sa haine des Prussiens est tellement grande qu'il a préféré faire tous les sacrifices et quitter sa terre natale plutôt que de demeurer dans une province occupée par eux. Il va s'en aller, lui et sa femme, avec Delanoix, dans le Nord ou autre part, enfin dans un endroit où il pourra voir flotter le drapeau tricolore.

— Toutes les privations, dit-il, toutes les misères, mais la France!

J'en pleure. Alors, le cousin me parle de mon père et de ses hautes capacités militaires. L'histoire du coup de pied de cheval le navre. Il ne doute pas, néanmoins, que mon père ne reprenne avant peu sa place à la tête d'un régiment et ne devienne un des vengeurs de la patrie.

Quand on se lève de table, Estelle me fait présent d'une belle cravate qu'elle a achetée le matin pour moi; et le cousin glisse une pièce de cinq francs dans chacune des poches de mon gilet.

Avant de quitter Gédéon Schurke, qui me reconduit à la maison en toute dignité, marchant à deux pas derrière moi, je lui mets une de ces deux pièces dans la main. Il l'accepte avec un grand salut, mais un drôle d'air.

***

M. Delanoix est arrivé ce matin, et nous a fait un effrayant tableau de la désorganisation qui règne en France. Les provinces occupées par l'ennemi sont les seules qui ne soient point en proie au chaos. Ailleurs, c'est un désordre effroyable, c'est l'anarchie. Les lois ne sont plus respectées; les autorités ont disparu ou sont sans pouvoir. Les vagabonds pullulent; et dans la région du Nord, qu'il habite, les contrebandiers, profitant du départ des douaniers pour l'armée, ne mettent plus de bornes à leur audace. C'est, en vérité, terrible. Et les affaires ne marchent pas, pas du tout. Pour lui, il ne sait vraiment que conseiller à sa fille et à son gendre.

M. Delanoix secoue la tête avec tristesse; et toute sa personne, son ventre sur lequel tremblotent des breloques d'or, ses petits yeux vrillonnants baissés vers le sol, ses favoris maintenant mélancoliques, semble exprimer un désespoir complet.

Mais Raubvogel ne désespère pas. Il l'a dit, cet après-midi même, au cimetière, sur la tombe d'un officier français. Il a dit qu'il espérait, et fermement. « L'espoir! a-t-il dit d'une voix vibrante. N'abandonnons jamais l'espoir, et nous serons toujours la Grande Nation! »

Alors, Raubvogel a fait un discours? Certainement. Voici dans quelles circonstances. Un officier français, blessé dans un des combats livrés sous Paris, avait été rapporté à l'hôpital de Versailles. Il y est mort avant-hier et on devait l'enterrer aujourd'hui à trois heures; personne ne songeait à faire, des funérailles de cet officier, le prétexte d'une démonstration patriotique. Mais Raubvogel, informé des faits ce matin, a pris une résolution courageuse. Pendant plusieurs heures, il s'est multiplié; on a pu voir la voiture découverte qui le transportait parcourir la ville en tous sens; pendant qu'un fiacre fermé conduisait Mme Raubvogel chez les autorités allemandes. A trois heures moins un quart, accompagné d'un nombre respectable de citoyens vêtus de noir et de quelques dames en grand deuil, parmi lesquelles sa femme, Raubvogel s'est présenté à l'hôpital. Il a remis à l'officier qui dirige l'établissement un ordre du commandant de place, dûment signé et contresigné. L'officier s'est incliné et a permis aux citoyens versaillais, représentés par M. Raubvogel, de prendre la direction des obsèques.

Le cercueil de l'officier français, mort au champ d'honneur, a été recouvert d'un énorme drapeau tricolore, commandé le matin par Estelle; le corbillard était surchargé de fleurs bleues, blanches et rouges; et du poêle descendaient des cordons tricolores que tenaient, avec componction et dignité, M. Raubvogel, M. Delanoix, M. Curmont, et un héroïque citadin qui se trouvait justement de faction à la porte du Chesnay, en qualité de garde national, lorsque les Prussiens firent leur entrée. La cérémonie a été imposante. Un peloton de soldats allemands accompagnait le cortège et a rendu au défunt les honneurs militaires. Après quoi, devant la fosse encore ouverte, Raubvogel a fait son discours. Ah! que c'était beau! Quelle éloquence poignante! Et comme je voudrais pouvoir me rappeler tout ce qu'il a dit, mot pour mot!... Estelle pleurait. Tout le monde pleurait. Et Gédéon Schurke, qui se tenait près de moi, m'a glissé sournoisement un mouchoir dans la main, et m'a dit entre ses dents :

— Mais pleure donc aussi, toi!

***

J'ai été très choqué de m'entendre tutoyer par Gédéon Schurke, et je me propose de lui demander la raison d'une telle familiarité. Malheureusement, c'est une chose que je ne peux pas faire devant tout le monde, et il m'est très difficile de me trouver en tête-à-tête avec le valet de pied du cousin. Il est constamment en courses, à droite ou à gauche; Delanoix et Raubvogel, profitant des longues absences d'Estelle qui fait des visites prolongées aux fonctionnaires allemands, tiennent à l'hôtel du *Sabot d'or* des conciliabules à n'en plus finir; comment, dans ces conditions, pouvoir exposer mes griefs à Gédéon?

L'occasion, pourtant, se présente, un jour qu'il est venu faire une commission à ma grand-mère. Je le prends à part, et je lui demande les raisons de son peu de considération pour ma personne. Il sourit et répond :

— Veuillez accepter toutes mes excuses, monsieur Jean; j'aurais dû vous témoigner plus d'égards, surtout étant donnée la générosité dont vous avez fait preuve envers moi, l'autre jour, et qui est bien rare à votre âge. Quant aux raisons qui m'ont fait manquer au respect que je vous dois, je serais tout prêt à vous les exposer s'il vous était possible de vous départir en ma faveur de la seconde des pièces de cent sous dont, dernièrement, vous gratifia mon maître.

J'ai encore la pièce dans ma poche, et dédaigneusement je la tends à Gédéon qui la fait disparaître.

— J'ai l'honneur de vous remercier, dit-il; mais toute peine mérite salaire. Je me suis permis de vous tutoyer parce que la France est aujourd'hui dans une situation terrible, et que je pense parfois que, dans des circonstances aussi tragiques, il ne doit plus y avoir ni inférieurs, ni supérieurs, mais seulement des Français.

— Mais, dis-je en rougissant de colère, car je crois que Gédéon se moque de moi, comment se fait-il, si vous êtes si bon Français, que vous n'alliez pas à la guerre? Vous, et mon cousin Raubvogel, et M. Delanoix?

— Nous allons à la guerre, répond Schurke, en secouant la tête; nous sommes à la guerre; nous y sommes, nous y sommes en plein. Seulement, voyez-vous, monsieur Jean, chacun a sa façon de faire la guerre! Nous autres, nous faisons la guerre comme les gens qui ne se battent pas.

— Peuh! fais-je avec dédain.

— Votre mépris n'est pas justifié, répond lentement Schurke. Quand vous apprendrez l'histoire, vous verrez comment un grand général, Annibal, après avoir vaincu les Romains en plusieurs rencontres, s'avança jusqu'aux portes de Rome; et comment, ayant pris ses quartiers à Capoue, son armée s'endormit dans les délices de cette ville, et, énervée et affaiblie par les plaisirs, fut enfin chassée de l'Italie. Nous faisons tous nos efforts pour que les Allemands trouvent dans Versailles, et même dans toute la partie de la France qu'ils occupent, la Capoue qu'ils méritent.

— Ah! dis-je avec étonnement. Et comment vous y prenez-vous?

— Ça dépend. Par exemple, vos parents, MM. Delanoix et Raubvogel, sont convaincus qu'il est important d'assurer aux Allemands tout le bien-être possible, et de prévenir leurs moindres besoins; ils s'occupent donc d'organiser un service qui fera parvenir à ces messieurs différents objets qui leur sont nécessaires; objets dont le prix de revient, bien que fort élevé, sera diminué du total des frais de douane par un habile système de contrebande patriotique.

— Mais est-ce que les Prussiens n'auront pas à payer pour tous ces objets?

— Si, et plutôt deux fois qu'une. Autrement, ils s'apercevraient du mauvais tour qu'on veut leur jouer.

— Alors, c'est pour ça qu'ils sont sans cesse en rapport avec les autorités allemandes, et qu'ils demandent des autorisations?...

— Oh! s'écrie Schurke en m'interrompant, ils ne demandent rien par eux-mêmes; ils ne voudraient pas se compromettre avec l'ennemi. C'est Mme Raubvogel qui demande pour eux; et c'est par son canal qu'on obtient tout. Rappelez-vous ça, monsieur Jean; ça pourra vous servir plus tard. Quand on veut obtenir quelque chose, et quand on a une jolie femme, c'est elle qu'il faut envoyer faire les demandes. Elle n'a qu'à aller de l'avant, et ça réussit toujours.

C'est bien extraordinaire; je me demande encore si Gédéon ne se moque pas de moi. Pourtant, tous les habitants de Versailles, tous les gens qui vivent auprès de moi, semblent envisager les choses de la même façon que lui... A tout hasard, je me risque à remarquer :

— Il serait peut-être encore plus simple, pour venir à bout de l'ennemi, de prendre un fusil et de lui tirer dessus.

— J'aurais pensé de la même façon, il y a seulement quinze ans, répond Schurke avec son sourire bizarre. Mais l'expérience m'a instruit. D'ailleurs, elle m'a instruit trop tard; autrement, je ne serais pas aujourd'hui un valet de pied... Quand j'ai compris qu'il faut hurler avec les loups, j'avais usé ma voix à hurler contre eux... Pour en revenir à notre façon spéciale de conduire les hostilités, je dois vous dire que le grand point, à la guerre, est bien moins l'affaiblissement de l'adversaire, que l'augmentation des forces dont on dispose. Nous augmentons nos forces. Nous nous réservons pour la revanche future. Aussi, lorsque les Allemands, pour être sortis de France, voudront y revenir, ils auront les idées les plus fausses sur la véritable force du pays, et seront aisément battus.

— Et alors, vous irez à la guerre, à la vraie guerre?

— Ça dépend, répond Schurke au bout d'un instant. Si je ne possède rien, je n'irai pas. Si je possède quelque chose, j'irai. A moins, bien entendu, que je ne trouve des gens qui ne possèdent rien disposés à aller se battre pour moi.

Là-dessus, Gédéon Schurke me salue et se retire. Je reste perplexe. Je méprise cet homme, je méprise ce qu'il m'a dit, et cependant il m'intéresse. Je ne regrette pas les cinq francs que je lui ai donnés. Même, je me rends compte que j'aurais voulu parler plus longtemps avec lui. Il y a tant de choses que je ne m'explique pas et que je voudrais comprendre! Je me souviens des questions que j'ai posées il y a quelques mois à Adèle Curmont, et auxquelles elle n'a pu répondre. Les réponses de Schurke, au lieu de me satisfaire, ont évoqué devant mon esprit tout un monde de questions nouvelles. Je ne sais ni que croire, ni que penser. Je me sens tourmenté, mal à l'aise, un peu honteux, et plus pour les autres que pour moi-même. C'est comme si une série d'événements, des faits racontés, des actes vus, des phrases entendues, des paroles surprises, avaient tiré hors de moi quelque chose qui, je le sens, va me quitter de plus en plus. J'ai su depuis les noms de ce quelque chose : la confiance et la sincérité.

J'éprouve, malgré moi, une grande satisfaction à voir Delanoix et les époux Raubvogel quitter Versailles. Ils partent pour le nord de la France. Ils promettent à ma grand-mère de faire tous leurs efforts pour avoir des nouvelles de mon père; en tout cas, ils écriront le plus souvent possible. Je pense que ces lettres me permettront peut-être de satisfaire la curiosité, mélangée de soupçon, qu'ils m'inspirent.

Mais des nouvelles importantes, que nous donne le colonel prussien qui loge chez nous, viennent distraire mon attention. Metz a capitulé... Les Allemands, par des réjouissances et des illuminations, célèbrent leur triomphe. Le colonel est d'avis que la guerre touche à sa fin; la continuer serait, de la part des Français, pure folie. C'est aussi l'opinion du feldmarschall von Moltke qui a donné, le 27 octobre, l'ordre d'interrompre le transport du matériel d'artillerie de siège. Cet ordre a causé, chez plusieurs hauts personnages, particulièrement Bismarck et von Roon, une indignation profonde. Ils parlent d'influences non militaires, etc. Ils déclarent avoir hâte d'en finir.

Les gens qui dirigent la France à présent n'ont point la

même impatience. Le 31 octobre, ils s'opposent, à Paris, à une tentative du parti avancé qui voudrait, enfin, faire quelque chose. Le même jour, à Tours, ils décrètent la levée en masse. La levée en masse. Les pauvres diables, les pauvres hères, les Pauvres, forcés de prendre les armes. Les Riches, faisant des neuvaines pour la paix; pour la guerre; ou faisant des affaires; avec les Français; ou avec les Allemands. Les républicains de la République à N'a-qu'un-Œil, en des abris confortables, pondant des proclamations terrifiantes et prêchant la guerre à outrance.

Les Pauvres, cependant, vont se faire tuer. Ils ont des Mots à défendre : France, République, Honneur, Patrie. Vêtus de mauvaises blouses et de pantalons de toile, chaussés de souliers de carton, mal armés, affamés, conduits par des chefs incapables, qui se vengent sur leurs soldats de leurs continuelles défaites, ils vont se faire tuer. Et puis, c'est la neige, le froid terrible, la famine, encore la trahison. Et puis ce sont les marches imbéciles, les retraites imbéciles, les carnages imbéciles. Et puis — et puis

Le Midi bouge,
Tout est rouge.

Rouge de honte.

*
* *

Dans la première semaine de novembre, nous avons reçu une lettre de Raubvogel, lettre qui a passé par la Belgique et par l'Allemagne, et qui nous apprend que mon père est très probablement en ce moment colonel d'un régiment de marche, à l'armée de la Loire. Cependant, Raubvogel n'ose pas affirmer le fait. Il promet de nous donner des renseignements plus complets, s'il peut en obtenir.

Ma grand-mère cherche à se faire donner, par le colonel d'état-major, quelques informations sur cette armée de la Loire. Mais il ne se laisse arracher que des réponses assez vagues, étant pressé par son travail. Du reste, il quitte bientôt Versailles, ayant reçu inopinément l'ordre de se rendre sur le front nord. Mais, quelques jours après, un autre officier prussien, dont nous n'attendions pas la venue, nous apporte les renseignements que nous désirions. C'est mon oncle Karl, qui a été appelé brusquement de Metz à Versailles et qui est arrivé à la maison sans avoir eu le temps de nous prévenir.

Je revenais de chez M. Freeman, que je vais voir tous les jours à présent et qui m'apprend l'anglais, lorsque, en ouvrant la porte du salon, j'ai aperçu mon oncle assis au coin du feu, en face de ma grand-mère — mon oncle qui, pour la première fois de ma vie, m'apparaît en uniforme. D'abord, je suis resté bouche bée, cloué à ma place par l'étonnement. Puis, mon oncle s'étant levé, je n'ai plus douté de la réalité de l'apparition; je me suis précipité vers lui, et il m'a serré dans ses bras. Ah! comme ma grand-mère est heureuse et gaie! Elle semble plus jeune de dix ans, parlant allemand, parlant français, ne tarit pas de demandes et d'exclamations. Moi aussi, je voudrais bien m'exclamer un peu et poser des questions. Il y a tellement de choses dont mon oncle pourrait me donner l'explication! Mais il est très fatigué et a besoin de repos. Il me donnera tous les éclaircissements que je désire demain ou après-demain; il pense, en effet, rester une dizaine de jours à Versailles.

Mais, le lendemain, il est absent toute la journée, retenu au Quartier Général; et le surlendemain il nous apprend, au profond chagrin de ma grand-mère, qu'il doit nous quitter dans deux jours. Il a reçu l'ordre d'accompagner le général von Stosch qui est envoyé comme chef d'état-major à l'armée du grand-duc de Mecklembourg, qui opère contre l'armée française formée sur la Loire. Les qualités militaires du grand-duc sont des plus douteuses; et le général von Stosch doit jouer auprès de lui le rôle d'agent de confiance du Quartier Général. Mon oncle nous donne des renseignements sur cette armée de la Loire, mais il ignore si mon père s'y trouve ou non. En tout cas, l'état-major est décidé à agir vigoureusement contre cette armée, d'autant plus qu'un demi-succès des Français, à Coulmiers, vient de nécessiter l'évacuation d'Orléans. On est convaincu en haut lieu que Paris capitulera dès quil saura qu'il n'a pas à compter sur l'aide de la province, en lequel il espère. L'armée de la Loire, par conséquent, doit disparaître. Quant à Paris, en dépit de Moltke qui a déclaré que « l'acte le plus stupide pendant toute cette guerre a été l'envoi de l'artillerie de siège devant Paris », les Anti-Bombardeurs ont perdu toute influence et le bombardement va commencer. Von Roon a triomphé sur toute la ligne.

Quand mon oncle nous a quittés, par un froid et sombre matin d'hiver, ma grand-mère retombe dans sa tristesse et je me sens ressaisi par l'ennui. Ma seule distraction est l'étude des langues étrangères qui m'intéressent beaucoup. Ma grand-mère m'apprend l'allemand, et M. Freeman l'anglais; je fais, dit-on, des progrès très grands dans ces deux langues. En fait, vers la fin de la guerre, je les parlais parfaitement; je n'ai commencé à les désapprendre pas mal, ainsi que beaucoup d'autres choses utiles, qu'à Saint-Cyr.

Et les jours passent, lentement, lentement...

*
* *

Ma grand-mère ne quitte que très rarement la maison; aussi ai-je été surpris, ce matin, de la voir descendre, enveloppée de sa grande pelisse, et sortir sans me dire où elle allait.

Elle est revenue, une heure après environ, en compagnie d'une dame que je n'ai jamais vue. C'est une dame de quarante-cinq ans à peu près, à peine grisonnante, et de forte corpulence; elle a de grands yeux noirs, et a dû être très belle. Ses manières sont très distinguées et très affables; sa conversation est fort intéressante et dénote une femme d'intelligence et de savoir. Elle a déjeuné avec nous, et ma grand-mère m'a dit son nom : c'est Mme de Rahoul.

Ma surprise a été grande. Je me figurais le Panari tout autrement. Je m'étais imaginé une créature ridicule, une sorte de mastodonte humain, dépourvu de tout intérêt, et très vilain. Mais Mme de Rahoul est fort avenante et fort agréable. Elle est très grosse, simplement à cause du manque d'exercice. Les gens séquestrés sont tous très gros. A moins, bien entendu, qu'on ne leur donne pas à manger; mais le général de Rahoul donne à manger à sa femme.

C'est-à-dire, pour être exact, qu'il lui a donné à manger jusqu'à la guerre. Quand il est parti, il lui a laissé une petite somme, une très petite somme, le moins qu'il a pu, en lui disant que les hostilités ne dureraient pas plus de deux ou trois semaines. Depuis, il n'a point donné de ses nouvelles à sa femme; il ne lui a pas envoyé un sou. On croit qu'il a capitulé quelque part et qu'il est prisonnier en Allemagne; mais on n'est sûr de rien. La situation du Panari, sans aucune ressource, était devenue très difficile; Mme de Rahoul mourait simplement de faim dans la maison de la rue de Clagny, que ma grand-mère a louée au général, et dont celui-ci a toujours négligé de payer le loyer. Néanmoins, ma grand-mère, mise au courant des faits, n'a pas hésité à aller offrir son aide à sa locataire.

— La conduite de son mari à son égard a été très blâmable pour ne rien dire de plus, m'a dit ma grand-mère lorsque Mme de Rahoul nous a eu quittés.

Et elle me laisse entendre que le général, après avoir dilapidé la fortune de sa femme, fortune considérable, n'a cessé de se comporter envers elle d'une façon abominable. Ma grand-mère, d'ailleurs, est très discrète; trop discrète, à mon avis, car je voudrais bien en savoir plus long sur le ménage de Rahoul. Je m'aperçois, de jour en jour davantage, que la conception que je m'étais faite jusqu'ici de l'existence des gens que je connais, et de la vie en général, a grand besoin d'être amendée. L'étonnement me quitte de plus en plus, et je suis prêt à tout comprendre.

A tout imaginer aussi. Je pense que le général de Rahoul, lorsqu'il reviendra, et lorsqu'il saura que son Panari a osé sortir de sa maison, venir ici, et même accepter d'être secourue dans sa détresse — car j'ai bien vu ma grand-mère lui glisser dans la main, à la dérobée, quelques billets de banque —, je pense que le général de Rahoul, lorsqu'il apprendra tout cela, entrera dans une de ces grandes colères qui rendent sa figure toute rouge; et qu'il tuera peut-être le Panari.

Ou bien, se contentera-t-il de l'enchaîner? Grave question, que je n'ai pas le temps de résoudre, car nous venons de recevoir de mon oncle Karl une dépêche qui nous annonce son arrivée immédiate. Et nous apprenons presque en même temps, par un officier prussien qui passe quarante-huit heures à la maison, qu'Orléans vient d'être repris, hier 6 décembre, par les Allemands qui ont fait plus de dix mille prisonniers et se sont emparés de soixante-dix-sept canons et de quatre canonnières. C'était peut-être ces canonnières-là qui devaient remonter le Rhin en dévastant tout sur leur passage...

VII

Mon oncle Karl est revenu, mais avec un bras en écharpe; il a été blessé, au-dessus du coude droit, au combat de Nourhas. La blessure, sans être très grave, est assez sérieuse pour alarmer ma grand-mère; mais c'est une consolation pour elle de pouvoir elle-même soigner son fils, et de ne pas le savoir abandonné aux soins peu attentifs d'ambulanciers surchargés de besogne. Mon oncle a surtout besoin de repos, dit le chirurgien qui vient le voir tous les jours.

La campagne à laquelle il a pris part a été sans doute la plus pénible de la guerre. Elle doit suffire à établir la réputation du général von Stosch comme un grand général. Pendant plus de vingt jours, à la tête seulement de deux faibles divisions prussiennes et du second Corps bavarois que les fatigues de la campagne avaient décimé, il parvint à repousser, par des combats quotidiens, l'armée française dont la force était immensément supérieure aux effectifs allemands; et il réussit à rejeter les Français en-deçà d'Orléans. Plus d'une fois, au cours de cette lutte inégale mais victorieuse, il lui arriva de considérer avec joie le coucher du soleil d'hiver, ou d'attendre avec anxiété la tombée des ténèbres, après que ces dernières réserves avaient été engagées.

Il est peu probable que mon oncle prenne de nouveau part à la guerre. Le conflit est sur le point de se terminer, fatalement; mon oncle, quelquefois, en donne les raisons. Il dit que la désorganisation de l'armée française est à son comble; qu'elle ne lutte plus que pour le triomphe et l'établissement définitif des cabotins sanguinaires qui ont usurpé le pouvoir au 4 septembre; qu'elle obéit aux ordres supérieurs d'un ministre de la guerre civile, ingénieur douteux qui n'a de génie que pour l'intrigue; qu'elle est commandée par des chefs dont le seul mérite est de s'être faits les laquais des coryphées de la guerre à outrance, et que son écrasement final n'est qu'une question de jours. Il ajoute qu'il est vraiment pitoyable de voir les forces vives d'un grand pays comme la France sacrifiées à l'ambition stérile de politiciens de bas étage.

Mon oncle, chose inespérée, nous a donné des nouvelles de mon père. A ce combat de Nourhas auquel il a été blessé, mon père était présent aussi. Il commandait l'extrême arrière-garde française; il a reçu une légère blessure et a été fait prisonnier. Mon oncle pense qu'on l'a dirigé sur l'Allemagne; aussitôt que possible, il prendra des informations à ce sujet.

C'est en vain que je presse mon oncle de questions sur ce combat de Nourhas; que je cherche à le faire parler de mon père et de la défense courageuse qu'il a dû opposer aux troupes allemandes. Mon oncle fait des réponses brèves et vagues; il prétend n'avoir assisté au combat que de loin, avoir été blessé au début de l'action, et n'en guère connaître autre chose que les résultats. Mes insistances restant sans effet, je prends le parti de me contenter, pour le moment, de ce qu'on veut bien me dire. L'idée me vient, cependant, de demander à mon oncle s'il n'a pas vu Jean-Baptiste, pendant le combat.

— Jean-Baptiste? demande mon oncle. Jean-Baptiste? Un sous-officier, n'est-ce pas?

Je me mets à rire. Jean-Baptiste, sous-officier! Quelle idée! Et j'explique à mon oncle que Jean-Baptiste est l'ordonnance de mon père.

— Ah! oui, je savais bien que je l'avais vu quelque part, ce garçon-là! répond mon oncle. Eh bien! il était sergent, ton Jean-Baptiste. Et je te donne ma parole que c'est un brave homme.

Mon oncle semble réfléchir un instant, et je m'attends

à d'intéressantes révélations; mais il ajoute simplement :

— Oui, c'est un très brave homme.

Et, malgré tous mes efforts, il m'est impossible d'en tirer autre chose. Du reste, mon oncle semble, ainsi que beaucoup d'officiers allemands, fatigué de la guerre au-delà de toute expression. Moltke, paraît-il, déclarait l'autre jour qu'il n'aspire qu'au repos et à la tranquillité sereine du Kapellenberg; et que les nouvelles qu'il reçoit de son domaine sont comme des rayons de soleil dans la sombre et fiévreuse incertitude au milieu de laquelle il vit.

Et cette incertitude, lourde et angoissante, pèse sur tout le monde, Français et Allemands, pendant ces dernières semaines du siège de Paris. Le dénouement est prévu, inévitable; et l'on sait bien que ce ne sont pas les canons qui maintenant tonnent sans interruption qui l'amèneront, mais seulement la famine dont l'ombre plane déjà sur la grande ville. On s'ennuie, on s'énerve. Et je pense que ce sont sans doute cette sorte de crispation morale, cette insurmontable lassitude qui se sont emparées de moi, qui m'ont rendu insensible à tous les incidents quotidiens qui ne peuvent pas concourir à la grande solution qu'on attend seule, anxieusement. Voilà pourquoi, sans doute, les figures de mon oncle et de ma grand-mère, en dépit de l'affection intelligente et de la tendresse qu'ils m'ont alors témoignées, de l'intérêt profond qu'ils m'ont inspiré, ne m'apparaissent pas aussi clairement, à cette époque, qu'à des périodes plus éloignées. Et voilà pourquoi, au rique de passer pour insensible, je ne chercherai pas davantage à évoquer ces figures.

Vers le 1er janvier 1871, nous avons reçu une lettre de mon père, datée de Wiesbaden. Il ne parle guère de la façon dont il a été fait prisonnier, mais donne plutôt des détails sur sa captivité. Il est interné, ainsi que nous pouvons le voir, à Wiesbaden, où se trouve aussi ce héros, le maréchal de Mac-Mahon. Il dit que Wiesbaden est une ville très gaie et qu'il regrette de ne pas l'avoir connue plus tôt; l'aspect général est cosmopolite bien plus qu'allemand; les distractions ne manquent pas; on est en pleine saison d'hiver; l'air est excellent et la température relativement douce.

Mon père a joint à sa lettre un post-scriptum pour ma grand-mère, dans lequel il la prie de lui envoyer de l'argent; et un billet spécial pour moi, dans lequel il me recommande d'étudier beaucoup, de façon à pouvoir bientôt conquérir l'épaulette et contribuer à la revanche nécessaire.

Je n'ai point conservé ce billet, mais je pourrais encore le citer mot pour mot. Est-ce parce qu'il m'apportait l'assurance que mon père était sain et sauf? Est-ce parce qu'il faisait jaillir soudainement en mon esprit, tout armée, l'idée de la Revanche? Qui pourrait dire pourquoi l'on se rappelle, sans raison apparente, certaines choses et non pas d'autres? Comment se fait-il que je me souvienne clairement avoir entendu mon oncle Karl, un soir, citer un propos tenu par Moltke? « Ce pays est tellement riche, avait dit le maréchal, que les traces laissées par les calamités de cette guerre seront bientôt effacées. » Et mon oncle a ajouté — je l'entends encore — que le souvenir même de la guerre servirait seulement de tremplin aux charlatans ambitieux; il a dit aussi que les gens qui arrivaient maintenant au pouvoir, en France, avaient de grands appétits, et que leurs ripailles et leurs digestions dureraient bien un quart de siècle. Il a dit encore que la France allait reconstituer son armée sur le modèle allemand; et que, étant donnés son caractère et ses tendances, elle commettrait, en agissant ainsi, un acte des plus maladroits.

Et puis, les événements se sont tellement précipités, que je ne me rappelle plus bien; l'armistice, la paix, le départ des troupes allemandes, les adieux de mon oncle, le retour d'Allemagne des premiers prisonniers français; et mon père...

VIII

Et mon père, qui arrive, un beau matin, sans nous avoir prévenus. Quelle surprise! Comme il est content de se retrouver enfin dans sa famille, dans sa patrie! Comme on voit bien que, la famille et la patrie, il n'y a que ça!

— Oui! s'écrie-t-il après avoir embrassé tout le monde, ma grand-mère, moi, et même Lycopode, oui! il n'y a que ça! On peut dire ce qu'on veut, et les pays étrangers peuvent avoir leurs agréments, mais il n'y a encore que la France!

La France, au moins si je me permets d'en juger par ce que je vois autour de moi, semble extrêmement reconnaissante des sentiments d'affection filiale que ses guerriers surent lui conserver dans l'exil. Elle les accueille avec des manifestations de joie enthousiaste, avec une allégresse sans bornes. Honneur au courage malheureux! Ils ont été vaincus, c'est vrai, mais si la fortune ne les avait point trahis, que n'auraient-ils point fait? Le sénat romain, après le désastre de Cannes, va recevoir avec honneur ses consuls battus par Annibal. La France sait prouver au monde qu'elle n'a point oublié ses origines latines. Ah! que n'aurait-ce point été, si nos troupes avaient été victorieuses!

En vérité, ce qui s'est passé, revers, déroutes et capitulations, semble au peuple français absolument naturel, normal; on ne dirait pas qu'il ait jamais espéré, au fond de l'âme, un autre dénouement. Quant à moi, devant l'imperturbable assurance, devant la présomption ingénue que nos officiers paraissent avoir rapportées, intactes, des forteresses allemandes, je me prends à douter de la réalité de nos désastres; je me demande s'ils ont été aussi complets, aussi irrémédiables, que les Prussiens ont voulu nous le faire croire. Mon père, auquel j'expose mes doutes à ce sujet, se met à rire.

— La France, dit-il, a été battue à plate couture; son désastre est sans analogue dans l'histoire moderne. Garde cela pour toi, bien entendu, et dis le contraire à l'occasion. Mais c'est la vérité.

Et comme je demande quelle a été la cause de nos défaites, il répond :

— C'est l'existence des pékins. Une nation ne peut pas subsister, en temps de guerre, si l'élément civil a la moindre influence sur ses destinée. La première partie de la guerre a été désastreuse, parce que le gouvernement impérial, par crainte des pékins braillards qu'il aurait dû faire fusiller, n'a pas pris les mesures que nécessitait la situation; la seconde partie de la guerre a été désastreuse, parce que ces pékins nous commandaient.

Les pékins, cependant, ne semblent pas soupçonner la mauvaise opinion qu'ont d'eux les officiers. Ils leur font fête. Ils les complimentent et déclarent les admirer. C'est ainsi que M. Curmont, à la nouvelle du retour de mon père, s'est empressé de venir lui présenter ses hommages. Ayant été mis au courant du fait, j'ai cru devoir informer mon père de la scène qui avait eu lieu à son sujet, quelques jours après son départ, entre M. Freeman et M. Curmont. Mon père a pâli de rage; il s'est levé et a fait deux pas vers la porte. Puis, il s'est arrêté.

— Pas un mot là-dessus, mon enfant! m'a-t-il dit en posant sa main sur ma tête. Pas un mot! J'ai les épaulettes de colonel, tu vois; mais ces épaulettes ne tiennent pas; il y a tant d'autres colonels qui sont revenus d'Allemagne ou qui vont en revenir, et qui redemanderont leurs places! On me rétrogradera si je n'ai pas l'appui de gens bien en cour. Il y a toujours une Cour en France; à présent, c'est la Cour des Miracles... M. Curmont, son fils et ses amis, sont de la

Cour; alors... Notre intérêt nous indique la voie à suivre. Plus mon épaulette sera grosse, plus tu auras de facilité à obtenir la tienne et à la voir grossir... D'ailleurs, reprend-il d'une voix ironique, il vaut mieux ne point s'inquiéter des propos qui sont tenus derrière notre dos; s'ils sont tenus en face, c'est différent. Au fond, ce qu'a dit ce sacripant prouve simplement qu'il y a quelques mois nous n'avions pas les mêmes opinions politiques. Il était républicain, je ne l'étais pas. Aujourd'hui, je le suis autant que lui. Je l'ai été après lui, et je cesserai probablement de l'être avant lui. Mais pour le moment, puisque nous sommes en république, vive...

— Vive la République! dis-je.

— Non; pas encore, mon garçon. On n'est sûr de rien. Vive la France! et vive l'Armée! — en attendant.

En attendant quoi? Des gens disent que l'Empereur va revenir; d'autres affirment que c'est le comte de Chambord qui ramènera le drapeau blanc. Des histoires commencent aussi à circuler au sujet de l'héroïsme des troupes françaises pendant la guerre; j'ai plusieurs fois entendu parler avec admiration de la belle défense qu'opposa mon père, à Nourhas, aux envahisseurs. Mon père est assez réservé, à ce sujet. Par modestie, certainement. Mais je ne m'explique pas qu'il pousse, sur ce point, la discrétion aussi loin que mon oncle Karl. Il a paru très mécontent quand il a appris que mon oncle avait passé trois mois ici; et il a cherché maintes fois, indirectement, à savoir si mon oncle nous avait fait le récit détaillé de ses campagnes. Ma grand-mère a toujours répondu négativement. J'ai ajouté que mon oncle avait seulement parlé de Jean-Baptiste; et qu'il avait dit qu'il était à présent sous-officier, et très brave.

Mon père a haussé les épaules, déclarant ignorer même où son ordonnance avait pu passer. Et j'en ai conclu que mon oncle avait dû se tromper, et que Jean-Baptiste, s'il vit encore, ce que je lui souhaite, n'est pas plus sous-officier que moi.

***

Mais si, il est sergent! Il n'y a pas à en douter. Voilà le galon d'or à son képi et les sardines sur les manches de la vieille capote décolorée et rapiécée qu'il a portée pendant la campagne et la captivité. Il vient d'entrer dans le petit jardin qui précède la maison et où je suis en train de jouer. De l'avenue, il m'a aperçu et n'a pu résister, dit-il, au plaisir de venir me voir. Ah! que je suis content! Et nous nous serrons les mains, et nous parlons tous deux ensemble, et Jean-Baptiste s'écrie que j'ai grandi et que j'ai tout à fait l'air d'un homme à poil, et je m'étonne, avec des battements de mains, de le voir sous-officier. Comme mon père va être content de le retrouver! Y a-t-il longtemps qu'il est revenu?

Non, ce matin, 19 mars, seulement. On l'a renvoyé d'Allemagne avec beaucoup d'autres soldats, parce qu'il se passe des choses à Paris, des choses que Jean-Baptiste m'explique d'une façon tellement embrouillée que je ne peux pas comprendre. Il parle de traîtres, de Bazaine, de cochons vendus, de capitulards, d'un tas de choses et de gens que je ne connais pas. Ça ne fait rien, nous finirons bien par nous entendre. Et je cherche à entraîner Jean-Baptiste vers la cuisine où Lycopode, qui sera heureuse de le revoir, lui offrira un verre de vin ou deux; et nous pourrons causer de tout ce que nous voudrons, et surtout de ce combat de Nourhas, auquel mon oncle Karl a vu Jean-Baptiste prendre part. Jean-Baptiste résiste un peu, mais se décide à se laisser faire. Et nous avons déjà fait quelques pas dans la direction de la maison lorsque la voix de mon père, tout à coup, éclate à la grille du jardin.

— Qu'est-ce que vous faites ici, vous? Qui est-ce qui vous a autorisé à pénétrer chez moi? Hein? Je vous défends de ficher les pieds ici!

Jean-Baptiste s'est retourné; il dévisage mon père un moment, et répond en haussant les épaules :

— C'est bon, c'est bon, on s'en va.

— C'est sur ce ton-là que vous parlez à vos supérieurs? rugit mon père.

— Oh! des supérieurs comme ça..., répond Jean-Baptiste en ricanant...

Mon père se précipite sur le soldat, lui place la main sur l'épaule et s'écrie :

— Vous insultez vos chefs! Je vous montrerai... Jean! va fermer la grille!

Je ne me presse pas, au contraire. Jean-Baptiste échappe à l'étreinte de mon père, bondit vers la grille, sort, et la referme derrière lui; et il crie à travers les barreaux :

— Je vais à Paris, vous savez; avec ceux qui vont prendre la peau des capitulards pour faire des tambours! On va vous donner de nos nouvelles! On va vous faire voir ce que c'est que des hommes à poil!

Et il disparaît. A la porte de la cuisine, Lycopode, attirée par le bruit et qui a assisté à la scène, s'essuie les yeux avec son tablier, et mon père me reproche violemment d'avoir introduit chez lui un mauvais drôle qu'il va faire traiter comme il le mérite.

Mon père est d'une humeur massacrante. Je finis par savoir pourquoi. Il paraît que les gardes nationaux de Paris se sont révoltés hier matin. Ils ont refusé de laisser livrer leurs canons aux Prussiens, et ils ont fusillé deux généraux. Voilà un affreux malheur. Et ce n'est pas la seule catastrophe qu'on ait eue à déplorer dans cette néfaste journée. Le général de Cissey, escorté de son état-major dont faisait partie le général de Rahoul, était allé reconnaître les positions des insurgés, vers Montmartre, et s'était vu obligé de se replier en bon ordre. A la descente de la rue de Clichy, deux accidents éternellement regrettables se sont produits. Malgré la grande habitude qu'ils avaient l'un et l'autre de la retraite, le général de Cissey a perdu son képi et le général de Rahoul a fait une chute de cheval. Le képi est resté sur le terrain; le général de Rahoul aussi. Il était tombé sur le crâne et, bien qu'il eût la tête dure, s'était tué net.

Il paraît que le Panari est dans les larmes; je crois qu'on exagère. En tout cas, j'espère que Mme de Rahoul se consolera. Elle pourra vivre sur sa pension de veuve de général; mais pour avoir un bureau de tabac, elle est trop vieille. C'est dommage.

Mon père, donc, est furieux contre les Parisiens qui

veulent continuer à faire la guerre; mais le général de Lahaye-Marmenteau, qui vient le voir dans la soirée, lui fait comprendre qu'il y a là une superbe occasion de gagner de nouveaux galons — ou de conserver ceux qu'on a —. De fait, deux jours après, on donne à mon père le commandement d'un des régiments qu'on forme avec les prisonniers qu'on fait revenir d'Allemagne en toute hâte, pour aller combattre l'insurrection.

*
* *

Je ne raconterai pas ici la lutte de l'armée de Versailles, armée des honnêtes gens, contre l'armée de la Commune; ni la répression qui suivit cette lutte. Je me contenterai de dire que, dans l'une et dans l'autre, mon père se fit remarquer.

Quant à moi, étant donnée la façon dont j'ai été élevé et le milieu dans lequel je vis, il est évident que je trouve justifiée, et même naturelle, la conduite du parti de l'Ordre. Je considère comme des hauts faits les actes du général de Galliffet qui supprime sommairement les perturbateurs, du capitaine Garcin qui réussit à extraire Millière du sein de la société, du capitaine Desmarets qui remporte sur Flourens une victoire mémorable, et du lieutenant Sicre qui capture la montre de Varlin. Les massacres de Paris, l'arrivée à Versailles des communards prisonniers qu'on parque à Satory ou à l'Orangerie, les Conseils de guerre, les fusillades, ne m'émeuvent que médiocrement. Les communards, à mon avis, n'ont que ce qu'ils méritent. Pourquoi se révoltaient-ils? Est-ce qu'on s'est révolté à Versailles? Alors?... Dans tout cela, il n'y a qu'une chose qui m'étonne, et que je cherche vainement à m'expliquer : pourquoi Jean-Baptiste a-t-il déserté et s'est-il joint aux insurgés? Il avait sans doute une raison? Laquelle? Et surtout, qu'est-il devenu?

Lycopode, que je trouve toute en larmes, un après-midi, me l'apprend. Il est mort. Il vient d'être fusillé à Satory. Fait prisonnier à Paris, parmi les derniers défenseurs de la Commune, il a été conduit à Versailles; jugé; condamné à mort. Mon père a figuré au procès comme témoin; témoin à charge. L'exécution a eu lieu hier matin. Je pense que Jean-Baptiste à dû mourir courageusement — comme un homme à poil.

*
* *

Mais pourquoi tous ces cadavres? Pourquoi tout ce sang? Pourquoi!... Voilà des mois et des mois qu'on tue, qu'on égorge et qu'on mitraille : Français contre Allemands, Français contre Français. Pourquoi? Qui pousse ces hommes à se massacrer?

Un mot apparaît, en réponse; un mot dont l'austérité se dresse, auréolée par les âges, devant mon esprit d'enfant : le Devoir. C'est ça. « Faire son devoir, m'a dit le colonel Gabarrot, c'est bien servir la France. » Le Devoir. Voilà. C'est le sentiment du devoir qui a poussé mon père à déposer contre Jean-Baptiste, au Conseil de guerre; c'est par devoir qu'on traque les communards et qu'on les extermine comme des bêtes fauves. Le Devoir. Ça me fait l'effet d'une puissance mystérieuse qui vous pousse à faire ce que vous ne feriez jamais de vous-même, ni par instinct, ni par raison. C'est beau.

Seulement, c'est grave; très grave. Et depuis que j'ai découvert la signification, la toute-puissance du Devoir, je suis sombre, retiré, taciturne. L'idée me hante qu'il me faudra tuer, aussi, pour préserver l'Ordre, et massacrer n'importe qui, pour faire mon devoir. Il faut être sérieux, pour bien faire son devoir; et dur, surtout. Je me jure de ne plus jamais me laisser attendrir par quoi que ce soit.

Je me tiens parole. Et je me sens très peu remué, en vérité, lorsqu'on m'apprend ce soir, à mon retour d'une longue visite à M. Freeman, que ma grand-mère est très malade. Je demande à la voir. On me le défend. Je cherche a avoir quelques renseignements. On me fait des réponses vagues. Lycopode, cependant, que j'interroge habilement, finit par m'avouer la vérité : ma grand-mère est morte cet après-midi. Comment? Lycopode ne sait pas bien. Il y a eu une grande discussion entre ma grand-mère et mon père; on a entendu du bruit, des cris. A quel sujet, cette discussion? Lycopode ne sait pas bien. Elle parle d'argent, de questions d'argent. Elle commence une histoire très confuse, dans laquelle beaucoup de choses sont mêlées, ce qui ne m'apprend rien. Depuis la mort de Jean-Baptiste, le cerveau de Lycopode semble un peu dérangé; elle n'a fait aucune réflexion au sujet du trépas de son ami, parce qu'elle est sous les ordres de mon père et ne peut se permettre la moindre observation; mais elle a été très affectée.

Je n'écoute donc guère Lycopode. Mais le mot qu'elle a prononcé à plusieurs reprises, le mot « argent », me fait réfléchir profondément. Je me rappelle que mon père, il y a quelques jours, a donné des papiers à M. Curmont, en lui disant qu'il fallait absolument les faire escompter; et M. Curmont a pris les papiers en secouant la tête. Je me souviens d'autres choses encore...

Et, par un enchaînement rapide et surprenant, — le mot « argent », tintant en mon cerveau comme un appel de tocsin — mes pensées de l'autre jour accourent et défilent de nouveau devant moi; non plus avec l'austère allure de Vérités inflexibles alignées derrière le Devoir, maître de cérémonies; mais avec la hideuse dégaîne de mensonges difformes se bousculant derrière l'Argent, tambour-major à postiches. L'Argent. C'est peut-être parce qu'ils n'avaient point d'argent que les communards se sont révoltés; et c'est peut-être pour être sûrs de garder leur argent que les Versaillais les ont fusillés. L'Argent! Et pas de Devoir, alors? Non... J'ai de la colère, et beaucoup de dégoût, d'avoir été trompé, de m'être trompé...

Je ne raisonne point, certes; je pense à peine; je sens. Je sens, pour la première fois, qu'il y a des riches et des pauvres; des pauvres qui sont toujours trop pauvres et des riches qui ne sont jamais assez riches. Il y a longtemps, peut-être, que cette sensation monte en moi, silencieusement; mais la voilà tout en haut, à présent, et qui fait signe à la pensée.

Je suis énervé, agacé, las. Et tout d'un coup, une grande émotion me saisit. Je comprends, j'entrevois, je vois une multitude de choses que j'ai pressenties vaguement jusqu'ici. de moins en moins vaguement, et qui se précisent subitement en mon esprit. Ah! il faut que j'aille voir ma grand-mère, ma pauvre grand-mère, et que je lui crie, à cette morte, tout ce que j'aurais dû lui dire, tout ce que je lui aurais dit, si je l'avais compris plus tôt... J'arracherai peut-être à ses lèvres immobiles le secret de ce que je dois penser, de ce que je dois faire. Peut-être que je pourrai découvrir, sur la face glacée de cette vieille femme qui m'a tant aimé — à laquelle j'ai montré si peu d'affection, et que j'aimais pourtant, je le sens à présent — peut-être que j'y pourrai découvrir, gravées par la mort, les réponses aux questions que je n'ai jamais voulu poser, des réponses que j'aurais pu pourtant épeler dans les grands beaux yeux d'aïeule que l'âge n'avait point ternis...

Je me précipite vers l'escalier. Mais mon père, qui descend, me barre le passage. A la vue de ma figure bouleversée, sans doute, il comprend que je sais tout.

— Non, pas maintenant, dit-il en m'entraînant; ce soir...

Mais le soir, mon émotion m'a quitté. C'est une idée qui s'est emparée de moi, une idée fixe qui me possède tout entier. Je sais que mon oncle Karl va venir pour l'enterrement; je lui parlerai et je lui demanderai de m'emmener avec lui en Allemagne; je suis sûr qu'il ne me le refusera pas. J'en suis tellement sûr qu'un grand calme, soudain, descend en moi; le tumulte de mes pensées et de mes sentiments s'apaise et s'évanouit; la certitude s'est faite en moi que je ne puis échapper à ma présente situation d'esprit que par l'évasion, l'évasion physique.

J'attends l'arrivée de mon oncle le lendemain soir, épiant sa venue de moment en moment; je l'attends encore le surlendemain matin alors que les hommes noirs sont déjà venus pour les préparatifs des funérailles, alors que mon père explique aux amis et connaissances, qui arrivent avec des figures sérieuses, que ma grand-mère est morte subitement, d'un coup de sang... Comme l'heure de la levée du corps va sonner, je me décide à demander à mon père s'il sait quand mon oncle Karl doit venir.

— Il ne viendra pas, répond-il. Je ne lui ai télégraphié qu'hier soir. J'avais oublié...

*
* *

J'avais rêvé d'une évasion physique. Cette évasion matérielle n'étant pas possible, l'évasion morale n'est pas possible non plus. Du reste, je n'essayerai même pas; ce serait trop difficile. Je comprendrai, mais je ferai semblant de ne point comprendre, ainsi que presque tout le monde. Je resterai dans le rang; dans la geôle dont les barreaux furent poinçonnés à Francfort, le 10 mai dernier, et scellés avec le sang des pauvres quinze jours après. On élabore de nouveaux règlements pour l'établissement; les gardes-chiourmes, depuis leur victoire à Paris, ont repris de l'assurance; les forçats ont repris leur chaîne, à laquelle l'impôt a ajouté plusieurs boulets; les partis politiques continuent leurs promenades en queue de cervelas. L'Assemblée nationale « élue dans un jour de malheur » siège à Versailles; elle représente la France, « qui veut la paix », et elle « libère le territoire » à grands coups de milliards.

Il y a pourtant une portion du territoire qu'on ne libérera pas, hélas! C'est l'Alsace-Lorraine. La perte des chères provinces est bien cruelle à tous les cœurs français; et particulièrement au cœur de M. et de Mme Raubvogel. M. Raubvogel est Alsacien; et Mme Raubvogel est devenue Alsacienne par son mariage. Je devrais dire, pour être plus exact, qu'ils sont tous deux devenus Français; et il conviendrait d'ajouter, pour mettre les points sur les *i*, que Raubvogel vient d'opter pour la France. Raubvogel a éprouvé quelque difficulté pour cette option; il ne pouvait pas présenter les papiers nécessaires. Son acte de naissance, par exemple, et d'autres documents, ne pouvaient être découverts à Strasbourg, berceau du cousin, d'après son propre témoignage.

— Si on ne les trouve pas, disait Raubvogel, cela prouve qu'ils ont été détruits dans l'un des incendies occasionnés par le bombardement; ou bien encore que les Allemands, qui me haïssent, font exprès de ne pas me délivrer les pièces administratives qui me sont indispensables. La preuve, c'est que je ne suis pas seul dans mon cas. Voyez Gédéon Schurke, par exemple; sa situation est semblable à la mienne;

et l'on ne vit jamais un meilleur Alsacien. Voyez encore M. Lügner, qui vient d'abandonner sa ville chérie de Mulhouse afin d'habiter la France; sa position est identique à la nôtre. Nous sommes victimes d'un incendie, ou de la mauvaise volonté des Teutons.

Ce raisonnement sans réplique a convaincu les autorités françaises, qui se sont déclarées prêtes à constituer au cousin Raubvogel un état civil complet, à condition qu'il pût trouver des répondants. MM. Lügner et Schurke se sont portés garants de Raubvogel. Après quoi, MM. Raubvogel et Schurke se sont portés garants de M. Lügner. Après quoi, MM. Raubvogel et Lügner se sont portés garants de M. Schurke. Voilà trois bons Français. Il en a eu tant de mauvais, que ça ne laisse pas de faire plaisir.

Est-ce que j'ai pensé à vous apprendre que le cousin Raubvogel est très riche? Je ne me rappelle plus. En tout cas, au risque de me répéter, je veux vous dire qu'il a fait fortune. Comment, je ne sais trop; je n'ai pu avoir, à ce sujet, tous les éclaircissements que j'aurai désirés. Je sais seulement qu'il a fait des opérations, pendant la guerre, avec son beau-père Delanoix. Vous n'en saurez donc pas davantage.

Delanoix est venu ici, avec les époux Raubvogel, pour assister à l'enterrement de ma grand-mère; puis il est reparti dans le Nord, où l'appellent ses affaires. Les époux Raubvogel sont restés à Versailles. Ils se sont installés dans un magnifique appartement de la rue de l'Orangerie. Ils fréquentent la meilleure société, et tiennent le haut du pavé. Les toilettes d'Estelle font sensation; elle porte le grand deuil (le deuil de la patrie) comme toutes les dames qui se respectent; mais un deuil patriotique comme on en voit peu. Je regrette de n'avoir jamais été couturière, car je vous décrirais ce deuil-là.

Le cousin Raubvogel qui, ainsi que sa femme, se montre charmant pour mon père et pour moi, ne pouvait rester indifférent aux souffrances de ses compatriotes; surtout de ceux qui ont opté pour la France sans avoir eu la précaution, auparavant, de faire des opérations pendant la guerre. Il a pris un petit accent alsacien qu'il n'avait pas lorsque nous eûmes le plaisir de le voir pour la première fois; flatterie délicate. Mais cela n'a pas suffi au cousin. Il a ouvert, avec l'appui du gouvernement, une grande souscription dont le but est d'acheter en Algérie de larges domaines, où l'on créera des villages-modèles dans lesquels iront s'établir les émigrés pauvres.

L'argent afflue; les domaines sont achetés; les villages-modèles sont créés. L'un d'eux, le plus grand, a été nommé Esteville, en l'honneur de Mme Raubvogel. Après une grande fête spéciale, au cours de laquelle Raubvogel fait un discours vibrant du plus pur patriotisme, et où sa femme apparaît, vêtue en Alsacienne, au bras du ministre de la Guerre, les émigrés partent pour la terre promise. Ils y sont conduits par M. Lügner en personne. Le même M. Lügner revient, trois semaines après, enchanté, et avec des larmes d'attendrissement dans les yeux. Et Raubvogel se frotte les mains, des mains qu'on se dispute, à présent, l'honneur de lui serrer.

*
* *

Depuis quelque temps, en dépit des attentions dont il est comblé par les époux Raubvogel, mon père semble mécontent, inquiet. C'est que la Commission de Revision des grades tient ses séances, et qu'elle va bientôt examiner les titres du colonel Maubart à la grosse épaulette. Mon père est partagé, comme on dit, entre l'espoir et la crainte. Mais cette dernière semble dominer. Le général de Lahaye-Marmenteau qui n'a point conquis de grade pendant la campagne, ayant été fait prisonnier à Wörth, et qui est revenu d'Allemagne avec les étoiles de général de brigade qu'il avait à son départ, vient fréquemment remonter le moral de mon père. Le général est un homme de haute stature, mince, avec une taille aussi exiguë que celle d'une jeune fille, un crâne chauve, un front proéminent, un menton en galoche et des yeux d'inquisiteur. Ses manières sont extrêmement courtoises; mais sa voix siffle.

A propos, je m'aperçois que j'ai oublié de relater la mort

de Mme de Lahaye-Marmenteau, en 1871. J'en suis tout à fait honteux.

Mme de Lahaye-Marmenteau qui était restée à Paris pendant la Commune, n'ayant pu fuir à temps, a été trouvée morte devant la maison qu'elle occupait, boulevard Malesherbes, trois jours après l'entrée des troupes versaillaises dans la capitale. Deux balles de chassepot lui avaient troué la poitrine. Le plus curieux, c'est que le quartier était justement occupé par la brigade de son mari. Toute balle, dit-on, à son billet. On ne sait pas toujours qui a signé le billet... J'ai entendu dire que le général et mon père avaient été débarrassés, en même temps, l'un d'une femme compromettante, l'autre d'une maîtresse gênante.

Quoi qu'il en soit, ils sont, à présent, dans les meilleurs termes.

— Je ne vous comprends vraiment pas! s'écrie le général. Que pouvez-vous avoir à craindre? Comment voulez-vous qu'on ait même l'idée de rétrograder le héros de Nourhas?

Mon père paraît flatté, mais peu convaincu. Quelquefois, il dit que, justement, en raison de son action d'éclat, il a tout à redouter. D'autres fois, il dit qu'il n'a rien à craindre. D'abord, il a été blessé. Ça, c'est vrai. J'ai vu la cicatrice, une petite cicatrice au bras, qui aurait pu être dangereuse.

— De plus, dit-il, j'ai aussi reçu ce coup de pied de cheval, qui peut compter pour une blessure. Du reste, il ne faudrait pas m'embêter; j'en sais long. Il y a des blessures de maréchaux, reçues à Sedan, qui n'ont pas laissé beaucoup de traces. Et si je voulais parler d'autres personnages, de certains amiraux filant sur la Belgique...

Et puis, ses appréhensions le reprennent.

En fait, il n'a peut-être pas tort de s'alarmer. La Commission est très sévère. Dernièrement, elle a eu à se prononcer sur le cas d'un officier qui, chef de bataillon au début de la guerre, avait été créé général de division sur le champ de bataille. Cet officier avait été victorieux dans le seul combat de toute la campagne où les Français remportèrent sur les Allemands un succès réel. La Commission a rétrogradé le général jusqu'au rang de lieutenant-colonel. Le général a brisé son épée et donné sa démission.

... Plus tard, j'ai appris que cet homme, malgré tous les obstacles qu'on plaça sur son chemin, chercha à vivre; il chercha à vivre par tous les moyens, même les plus infimes. Puis il disparut. Un jour, dans un taudis d'un faubourg, on trouva le corps d'un individu misérablement vêtu et décharné par la misère. Le revolver dont il s'était servi pour se brûler la cervelle fit reconnaître le cadavre. C'était le général...

Mais à quoi bon dire son nom? Il y a peut-être encore une demi-douzaine de Français qui ne l'on point oublié.

***

La Commission de Revision des grades a conservé à mon père, sans discussion, ses épaulettes de colonel. C'est à cette occasion que j'ai vu, pour la première fois, les journaux donner des détails sur le combat de Nourhas. Mon père s'y est admirablement conduit. Quand ses troupes, composées pour la plupart de jeunes recrues, commencèrent à lâcher pied; lorsque, écrasées sous le nombre et décimées par les obus lancés d'énormes distances, elles se retirèrent en désordre, le colonel Maubart ne renonça pas à la lutte. Après avoir vainement tenté de rallier ses hommes, et après avoir, pour donner l'exemple, tué de sa propre main un capitaine de mobiles qui s'obstinait à fuir, il prit le parti de se défendre jusqu'à la mort. A la tête d'une vingtaine d'hommes résolus, il gagna sous les balles la ferme de la Chevrette, bâtiment quadrangulaire élevé sur un mamelon qui domine le village de Nourhas. Il s'y enferma; s'y barricada; et là, pendant trois heures, contre des forces cent fois supérieures en nombre, il se défendit avec le courage du désespoir. Et l'ennemi ne pénétra dans la ferme, éventrée par les boulets, que lorsque les trois quarts de ses défenseurs eurent été tués ou mis hors de combat, lorsque le colonel Maubart lui-même eut été grièvement blessé, et lorsqu'il ne resta plus une seule cartouche.

C'est à peu près à l'époque où la réputation de mon père s'établit fermement, qu'on prend le parti de me mettre au lycée. Il m'est assez difficile d'expliquer quel changement se produit alors, lentement, en moi. Le contraste entre l'agitation du milieu dans lequel j'ai récemment vécu, et le calme de mon existence actuelle, extrait de moi, pour ainsi dire, des quantités d'impressions et de pensées reçues et accumulées souvent à mon insu; et me force à en passer la revue, à en faire l'inventaire; à peser, à comparer, à juger, et presque à conclure. Je ne vais pourtant point jusque-là. Il m'est arrivé déjà de sentir, particulièrement une fois, lors de la mort de ma grand-mère; mais je n'avais pas encore pensé. A présent, je pense; seulement, je m'arrête devant les conséquences et les conclusions. J'admettrais, jusqu'à un certain point, avec Napoléon, que l'Histoire est une fable sur laquelle on s'est mis d'accord. Mais je n'ose point penser que l'histoire de la campagne de 1870, toute notre histoire, toute notre politique, n'est qu'un tissu de mensonges convenus et de fictions officielles. Je n'ose point penser que nos soldats ont versé leur sang, pendant la guerre, d'abord pour l'Empire, puis pour la République bourgeoise, et jamais pour la France.

Si je m'arrêtais à cette idée, qui pourtant me harcèle, je sens que j'aboutirais à des résultats monstrueux. Je me verrais obligé de reconnaître l'effronterie et l'infamie des éloges que se décernent mutuellement les gens que j'ai entendu, plus d'une fois, traiter de capitulards. Je serais obligé d'admettre qu'un homme, afin d'arriver à faire bonne figure dans l'armée française, doit d'abord se faire enlever la rate; après quoi, à la vue de l'ennemi, il n'y a plus qu'à faire face en arrière et à jouer des jambes.

Absurdités, évidemment. A ce compte-là, le héros de l'Iliade devrait être Thersite. Mais j'ai tort de faire cette comparaison. Je suis encore trop loin d'Homère; et la France en est déjà trop loin.

IX

Est-il nécessaire de rappeler ici que le maréchal de Mac-Mahon a remplacé Thiers, le 24 mai 1873, à la présidence de la République? Peut-être, car il ne faut pas oublier que mon père a été, à Wiesbaden, le compagnon de captivité du maréchal : et qu'il est resté, autant que le permettent les différences de grades, son ami. Or, si les amitiés sont jamais de quelque utilité, c'est dans l'armée.

On est en train de la réorganiser, cette armée, sur une base démocratique et égalitaire; le service militaire est universalisé. Tout citoyen français doit être soldat pendant cinq ans. Il y a bien quelques petites exceptions à cette règle; le volontariat d'un an, par exemple; et beaucoup d'autres. Mais ne faut-il pas des exceptions pour confirmer la règle?

Les lois récentes, naturellement, ont leurs admirateurs; elles ont aussi, bien entendu, leurs détracteurs. Mon père était de ces derniers. Mais le général de Lahaye-Marmenteau l'a amené à modifier ses opinions; il lui a fait voir que la création des armées nationales conduisait, comme principal résultat, à la création d'une énorme bureaucratie militaire; et que, derrière les remparts de paperasses qui deviendront nécessaires, les malins trouveront moyen de s'embusquer dans de lucratives sinécures. Le fait est que le général, qui occupe une situation quelconque au ministère de la Guerre, y a fait donner à mon père la direction d'un vague service.

Versailles, étant le siège du gouvernement, est naturellement plein d'officiers. Tous les chers camarades que la guerre avait séparés, avait dispersés aux quatre coins de l'Allemagne, se retrouvent ici avec joie, en bonne santé et pleins d'espoir. Le Maréchal Bazaine, seul, manque au rendez-vous. Il est, présentement, détenu; et, bien qu'on prétende généralement dans l'armée que c'est une indignité, il va bientôt être traduit devant un conseil de guerre qui siégera à Trianon. Souvent, le jeudi, en nos promenades de lycéens, nous passons devant la maison qui sert de prison au maréchal, tout au bout de l'avenue de Picardie.

Nos promenades sont tristes, sévères et silencieuses. On nous élève à la spartiate (brouet compris et exercices physiques non compris). On nous affuble d'uniformes vaguement militaires; on règle notre existence au tambour; on nous gave de connaissances variées, avariées, invariablement inutiles. Nous travaillons comme des nègres, sans répit; il faut que les jeunes générations soient très instruites, car c'est le maître d'école allemand qui nous a battus (après tout, il faut bien que ce soit quelqu'un). Nous apprenons l'histoire, comptabilité d'abattoir tenue par des bedeaux, au point de vue providentiel et inévitable. Nous apprenons les langues mortes; nous admirons l'honnêteté de Cicéron et le patriotisme de Thémistocle; nous vivons dans un monde de casques, de cuirasses, de javelots, de flèches, de catapultes, d'antiques ferrailles. Nous calculons aussi très bien; nous computons la hauteur qu'atteindrait une pyramide formée avec les pièces de vingt francs nécessaires au payement de la rançon de cinq milliards exigée par la Prusse; nous calculons combien de wagons il faudrait pour transporter la même somme à Berlin, en pièces de cent sous. Je n'oublie pas, pour mon compte, que ces pièces d'or et d'argent portent, en exergue, cette légende : Dieu protège la France. Je ne sais pas si c'est là une prière, ou une constatation; dans le premier cas, c'est inefficace; dans le second, c'est dérisoire.

***

Avec ou sans protection divine, la France a payé sa rançon en un tour de main. Elle en est aussi fière que si, au lieu de la débourser, elle l'avait empochée après un tour de Rhin. Voilà le territoire libéré, ou peu s'en faut. L'argent est une belle chose. J'ai eu l'occasion de m'en rendre compte plusieurs fois, récemment. Je ne fais ici aucune référence au procès Bazaine, terminé par la condamnation à mort, temporaire, du traître; il a été établi que Bazaine n'avait point trahi pour de l'argent, n'avait point touché en écus sonnants le prix de sa félonie; il avait simplement subordonné les opérations de son armée aux combinaisons de sa politique personnelle. Il n'avait songé qu'à échafauder sa propre grandeur sur la défaite de son pays; l'argent n'était donc pour rien dans l'affaire, ainsi que le font remarquer justement les nombreux officiers qui cherchent à réhabiliter le maréchal. Je ne fais pas davantage allusion au vote de la Constitution, établie en 1875, à une voix de majorité; ce n'est qu'à l'Opéra qu'on paie les voix, et plus cher qu'elles ne valent.

Je veux simplement parler du second mariage de mon père, qui s'est effectué dans des conditions que je vais relater sommairement, et telles qu'elles m'ont été rapportées fidèlement par Gédéon Schurke quelques années plus tard.

Mon père était, comme je l'ai dit, à la tête d'un des services du ministère de la Guerre; il était en relations constantes avec des fournisseurs de l'armée; il se prêta à certaines complaisances rémunérées. Personne, hormis peut-être le général de Lahaye-Marmenteau, n'eut connaissance de ces choses; pourtant, elles s'ébruitèrent. On voit que les murs ont des oreilles. Il y eut commencement de scandale, qui n'avorta que grâce à la complication de la situation politique et aussi à l'intervention du cousin Raubvogel; car Raubvogel, qui a de gros intérêts sur la place et subventionne un journal, est devenu une puissance. Raubvogel, donc, agit en bon parent. Mon père, réduit soudainement à la portion congrue, c'est-à-dire à sa solde, se mit aussitôt à traiter Raubvogel en bon parent, c'est-à-dire en caissier. Raubvogel finança; puis se lassa de financer; cependant, n'en fit rien paraître.

Il prit conseil de Delanoix qui était venu passer plusieurs jours à Versailles pour une affaire. Delanoix déplora la situation, mais lui trouva une issue. Il fallait marier le colonel Maubart. Oui; mais comment? Delanoix savait comment. Il rappela à Raubvogel un incident de leur carrière commune, alors qu'ils opéraient dans le Nord, pendant la guerre. Leur entreprise générale de contrebande, ainsi que je crois l'avoir déjà suffisamment fait entendre, allait à merveille. Pourtant, il y avait une ombre au tableau. Cette ombre, c'était la concurrence acharnée que faisait aux associés un fraudeur émérite, nommé Vanhostel. Delanoix, sans la moindre hésitation, dénonça son concurent, comme espion prussien, au général commandant les troupes françaises cantonnées dans la région. Sa dénonciation était appuyée de preuves irréfutables, consistant en documents d'un caractère écrasant pour l'inculpé. Ces documents avaient été composés, avec un grand souci des formes, par Séraphus Gottlieb Raubvogel. Le traître Vanhostel fut donc saisi; condamné à mort; fusillé. La concurrence redoutable fut ainsi supprimée; et la fortune de Vanhostel, fortune considérable, revint à sa nièce, Mlle Élisa Ducornet, alors âgée d'une douzaine d'années.

A l'époque dont je parle, Mlle Ducornet n'avait guère plus de dix-sept ans; elle était orpheline; et son tuteur, un notaire de Lille, la faisait élever avec le plus grand soin dans un couvent choisi. C'est sur cette intéressante orpheline que Delanoix jeta les yeux lorsqu'il songea à pourvoir mon père d'une seconde épouse. Au mieux avec le notaire de Lille, et s'étant concilié les bonnes grâces des chères sœurs par quelques-uns de ces petits cadeaux qui, non seulement entretiennent l'amitié, mais la créent, il ne tarda pas à réussir dans son honnête entreprise.

Mon père a donc épousé dernièrement, en secondes noces, Mlle Élisa Ducornet. J'ai assisté à la cérémonie, fort imposante, dans un uniforme tout neuf. Les témoins de mon père étaient le général de Lahaye-Marmenteau et M. Delanoix; les témoins de la mariée étaient le général Laffary d'Hondaine et M. Raubvogel.

Ce mariage, si j'ose dire, a refait à mon père une

virginité. La jeune Mme Maubart, chaperonnée par Mme Raubvogel, est reçue partout avec enthousiasme. Entre nous, ma belle-mère, bien qu'elle ne soit pas laide, est une petite sotte; c'est une dinde, pour dire le mot. Mais il n'y a personne comme Mme Raubvogel pour faire valoir les gens et les présenter sous leur meilleur aspect. Comment elle s'y prend, je l'ignore; mais tout le monde chante ses louanges et elle obtient tout ce qu'elle veut. Et il est certain que le ministre de la Guerre, sur la demande de ma cousine, accorde à mon père le commandement d'un régiment d'infanterie caserné à Saint-Denis.

*
* *

Mon père, avant de quitter Versailles pour Saint-Denis, vend la maison de l'avenue de Villeneuve-l'Étang; la maison où mon grand-père et ma grand-mère sont morts. Cette maison a fait partie de mon lot lors de la division de l'héritage qu'ont laissé mes grand-parents. Mon père, qui est mon tuteur, a toujours prétendu avoir défendu mes droits avec acharnement, à cette occasion, contre la rapacité toute prussienne de mon oncle Karl. Il veille sur ma fortune avec un soin jaloux; et la fait valoir habilement, mais prudemment. C'est, dit-il, un dépôt sacré! Je n'ai jamais cru beaucoup à la rapacité de mon oncle, qui s'est fait représenter dans cette affaire par un homme de loi; mon père a fréquemment insulté l'homme de loi, disant qu'il était vraiment honteux pour un Français de se faire le factotum d'un Allemand.

Je reste donc seul à Versailles, sans foyer et sans famille. Mon père ne m'invite guère à Saint-Denis qu'une ou deux fois par mois; d'ailleurs, je n'aime pas beaucoup voir ma belle-mère. Cette pauvre créature inoffensive prend, de plus en plus, l'aspect d'une victime. Mon père semble la traiter en quantité négligeable. Et Lycopode elle-même affecte de ne la tolérer que par pitié. Elle me met la mort dans l'âme. Je comprends que je l'intimide, et je me sens vaguement gêné devant elle. Elle paraît ne savoir ni que dire, ni que faire; on la prendrait pour l'indécision incarnée.

Cette impression est justement celle que donne la France, à présent. Je puis citer un fait qui fera comprendre l'incertitude politique de cette période que caractérisent le 16 mai, le mouvement des curés et des évêques, les 363, l'agitation en faveur de Pie IX, l'acte du major Labordère et les discours de MM. de Fourton et Gambetta. Mon père, en quittant Versailles, m'a donné pour correspondant M. Curmont, qui est à la tête du parti républicain versaillais; et il m'a confié, en même temps, aux bons soins de l'abbé Portelange, un prêtre qui est au mieux avec les chefs de la réaction. Deux sûretés valent mieux qu'une, et l'on ne sait jamais de quel côté le vent peut tourner. Chaque jeudi et chaque dimanche, je vais donc faire une visite à l'abbé; après quoi, je vais passer le reste de la journée chez M. Curmont.

Au début, j'allais assez souvent voir aussi M. Freeman, qui m'aime tant, et auquel ma présence causait visiblement un grand plaisir. Il me parlait de la France qu'il chérit toujours de la même passion idéale; il me parlait de la Revanche, et me disait qu'il serait heureux de ne pas mourir avant de l'avoir vue. Mais j'ai dû cesser mes visites, qui me compromettaient; M. Curmont et l'abbé me l'ont fait comprendre. M. Freeman, dit l'un, est un vieil enragé qui ne rêve que plaies et bosses; c'est, dit l'autre, un hérétique.

M. Curmont ne semble avoir gardé rancune ni à mon père ni à moi des mauvais propos qu'il a tenus sur notre compte. Mme Curmont est malade, usée, épuisée par son travail incessant de tant d'années; Albert Curmont n'est encore rien dans le gouvernement; c'est rigolo; mais ça viendra sûrement avant peu. Ce sera rigolboche. En attendant, il a la bouche pleine des prouesses qu'il a accomplies durant la guerre; on ne se figure pas combien sa conduite a été remarquable dans ce camp qu'il a formé en Bretagne. Quant à Adèle, c'est une belle jeune fille, intelligente et fine, que mes manières brutales choquent un peu, mais qui me témoigne beaucoup d'affection. Je sens aussi quelque chose pour elle dans le coin de mon cœur; et je déplore, d'avance, sa vie qui sera sacrifiée, ainsi que l'a été celle de sa mère, à de soi-disant devoirs de famille.

M. Curmont me parle souvent de politique. Il me prône l'excellence des républicains. Pourtant, il me dit qu'il faut me méfier des exagérations et me garder des extrêmes.

L'abbé me parle souvent de politique et de religion. Il me prône la grandeur du trône et de l'autel. Pourtant, il me dit qu'il faut me méfier des exagérations et me garder des extrêmes.

— Ne soyez pas trop républicain, dit M. Curmont.

— Ne soyez pas trop religieux, dit l'abbé.

* * *

L'Exposition de 1878, qui fut l'une des premières manifestations du relèvement de la France, a été pour moi l'occasion de divertissements nombreux. Je me rappelle parfaitement avoir assisté, le derrière sur l'herbe, à la grande fête de nuit donnée, à Versailles, en l'honneur du Shah de Perse. Je me souviens aussi que c'est le lendemain de cette fête qu'une communication importante me fut faite par un de mes condisciples. Ce jeune homme, neveu du ministre de la Guerre, avait appris que le colonel Maubart se trouvait dans une vilaine situation. Il paraît que mon père avait engagé sa femme à offrir l'hospitalité à une jeune parente, âgée de douze ou treize ans, de l'innocence de laquelle il s'est permis d'abuser. L'enfant s'est plainte. Et, bien que les personnes à qui elle s'était adressée l'eussent engagée à se taire, l'affaire a été ébruitée. Généralement, on ne sait pas par qui; mais mon condisciple le sait. Il a entendu dire à son oncle que le général de Lahaye-Marmenteau, qui avait recueilli les renseignements nécessaires, l'a mis au courant des faits. Le ministre va être forcé d'agir car la presse, sans doute à l'instigation sournoise du général, va commencer une campagne contre le colonel Maubart.

Deux jours après, un dimanche, je vais à Saint-Denis et, carrément, j'informe mon père de ce que je sais. Il s'étonne, nie, balbutie, cherche à s'excuser, parle de ces petites filles qui sont toujours dans vos jambes. Mes révélations au sujet du général de Lahaye-Marmenteau l'émeuvent très fort.

— Ah! le brigand! le cafard! C'est une vengeance! Il se venge, le sale cocu, de toutes les cornes que je lui ai fait porter!... Et je m'explique, maintenant, ma mésaventure au ministère. C'est encore lui qui m'avait dénoncé... Je lui revaudrai ça, n'aie pas peur... En attendant, il faut parer au plus pressé. Il y a déjà un cochon de journal, ce matin, qui m'appelle « satyre à épaulettes ». Voyons... Je vais d'abord aller voir Gambetta; Lahaye-Marmenteau est un cagot et un ratapoil qu'il déteste; moi, je suis républicain, libre penseur; c'est l'exemple de Gambetta qui m'a soutenu et inspiré, à l'armée de la Loire! Étais-je à Nourhas, oui ou non? Gambetta peut clore le bec aux journaux... Et puis, j'irai voir Mac-Mahon... Vieux camarade... Wiesbaden... Il ne permettra jamais que pour une peccadille...

Et mon père me met au courant des démarches qu'il veut faire. Il les commencera dès demain, et nous verrons.

Nous avons vu. La presse n'a pas soufflé mot. Mon père a été nommé attaché militaire à l'ambassade française à Berlin. Il est parti pour l'Allemagne à la fin du mois de septembre.

*
* *

Je ne suis pas très « avancé » pour mon âge. Près de trois années doivent donc s'écouler avant que je puisse me présenter à Saint-Cyr. Quand et comment ai-je pris la détermination d'entrer à Saint-Cyr? Je ne pourrais le dire. A parler franc, je n'ai même jamais pris aucune détermination à ce sujet. La chose s'est faite d'elle-même, se fait d'elle-même, comme normalement. Je vais à l'armée sans hésitation et sans examen, naturellement; à peu près comme le jeune caneton, dès qu'il a brisé sa coquille, se dirige vers la mare afin d'y faire un plongeon.

Je n'ai pas beaucoup le temps de réfléchir; mais s'il m'arrive parfois de jeter un coup d'œil sur la route que j'ai choisie et que je devrai suivre, et de me questionner moi-même sur les avantages et les désavantages de mon choix, je dois dire que je ne regrette jamais, en définitive, le parti que j'ai pris de propos plus ou moins délibéré. Quand je compare l'état militaire à tous les autres métiers, à celui du paysan, de l'ouvrier, de l'employé, du fonctionnaire civil, du juge, du financier, du politicien, et à tous ces métiers que la Société n'admet pas, mais qu'elle crée, il m'est impossible de voir en quoi la profession de soldat peut leur être inférieure. Le raisonnement me démontre, au contraire, qu'elle leur est supérieure.

Il me semble que tous les êtres qui constituent la Société hommes, femmes et même enfants, exercent des métiers ; hormis deux catégories d'individus dont l'action sociale ne peut se classifier comme métier, mais seulement comme état. Ces individus sont les militaires professionnels et les prêtres.

L'existence des êtres qui exercent des métiers est tellement terne et abjecte, tellement opposée à toute manifestation libre de force morale et de vigueur physique, que ces pauvres gens mourraient d'ennui et de désespoir, crèveraient de la nostalgie de leur virilité, s'ils ne pouvaient se donner, de temps en temps, le spectacle décevant et pompeux, l'illusion éblouissante et tapageuse des forces mentales et matérielles de la réalité desquelles le Mensonge Social les châtra.

Cette illusion leur est fournie par les deux classes d'individus qui n'exercent pas un métier, mais qui ont un état.

Tous les dimanches, dans cent mille églises, des hommes, des femmes et des enfants prient, chantent, pleurent, s'agenouillent dans le vieil esprit du Moyen Age; cherchent à s'imprégner, en dépit de leur connaissance des réalités présentes, des misérables déceptions du passé. Ils s'efforcent de se donner l'illusion de la foi — de la foi dans la présence d'un être supérieur qui les guide, les conseille et les protège... Le prêtre leur donne l'illusion de la force mentale.

Les déploiements de drapeaux, les parades militaires entretiennent leur amour et leur respect de traditions sanglantes, leur inculquent la vénération des légendes pétrifiées de la Force. L'éclat des armes, le tintamarre des cuivres évoquent dans leur esprit des visions de gloire, font apparaître à leurs yeux glauques des fantômes de splendeurs héroïques. Ils cherchent, pendant que résonne la grosse caisse et que roulent les canons, à se donner l'illusion du courage civique, patriotique, humain... Le Soldat leur donne l'illusion de la force matérielle.

Autant, alors, être parmi ceux qui donnent l'illusion — ou qui la vendent — que parmi ceux qui l'achètent.

J'ai encore d'autres choses à dire; mais ce sera pour plus tard.

Pour le moment, je pioche et je pioche, afin de rattraper beaucoup de temps perdu. Des succès modestes récompensent mes généreux efforts. Je décroche deux ou trois prix consistant en des Histoires de la guerre de 1870, couronnées par l'Académie française, et qui célèbrent, comme il convient, la gloire des vaincus. Je travaille tant, que je me tiens très peu au courant de la politique dont l'étude, pourtant, est si nécessaire à l'officier ambitieux. J'en connais tout juste les plus gros événements, tels que le remplacement de Mac-Mahon à la présidence par Jules Grévy, le 30 janvier 1879. C'est à peine, même, si je prends le temps de faire le paon et de poser à l'officier, pendant mes sorties. J'ai appris, bien entendu, à jouer du torse dans ma tunique de collégien et à faire des effets de képi; mais à quoi bon? Versailles reprend de plus en plus son caractère indifférent et morne; la ville perd la population que lui avaient donnée les événements; toutes les personnes que je connaissais, les Raubvogel par exemple, l'ont quittée pour Paris. Je ne me mets en frais ni pour M. Curmont, ni pour l'abbé Portelange, ni pour Adèle que le peu de raffinement de mes manières semble détacher de moi; ni même pour les quelques femmes hors d'âge avec lesquelles j'ai appris à connaître l'amour, sur le pouce.

Je travaille donc; et c'est avec la certitude du succès que je me présente, en 1881, parmi les candidats à l'École Spéciale Militaire de Saint-Cyr. Vous allez voir comme j'ai de la chance et comment, quoi qu'on en dise, la vertu et le travail sont rarement récompensés en ce monde. La veille de l'ouverture du concours, je reçois de mon père une dépêche m'informant de la mort, à Berlin, de ma belle-mère. Il paraît que c'est le mal du pays qui l'a tuée. On n'est pas veinard, dans la famille. Quoi qu'il en soit, je regrette son décès, dans les circonstances présentes; mes examens m'interdisent de quitter Paris. Si elle était morte seulement huit jours plus tard, j'aurais eu l'occasion d'aller en Allemagne, pour assister à ses funérailles.

Serai-je reçu ou ne le serai-je pas? Le général Laffary d'Hondaine, que je rencontre quelque temps après, et qui est dans le secret des dieux, m'annonce confidentiellement que je suis reçu avec le numéro 234. Ça vaut mieux qu'un échec. Je n'ai donc plus guère que deux ans à attendre pour porter l'épaulette de l'infanterie, Reine des Batailles.

X

Les informations données par le général Laffary d'Hondaine n'étaient pas tout à fait exactes; il est bien vrai que je suis reçu à Saint-Cyr, mais avec le numéro 432 seulement. Le général avait cité d'une façon précise les chiffres qui composent le nombre; mais il leur avait fait faire face en arrière, les avait amenés, pour ainsi dire, à battre en retraite; simple affaire d'habitude. Mon succès n'est pas brillant. Pourtant, cela ne prouve rien. Ce ne sont pas les premiers partis qui arrivent le plus vite. Consultez l'Annuaire.

Pour moi, j'avoue que j'ai eu la faiblesse d'aller consulter une tireuse de cartes. Cette dame, dont la réputation est grande et qui a la clientèle de l'aristocratie, m'a prédit le plus brillant avenir. Nous n'avons plus qu'à attendre, pour voir si la prophétie se réalisera.

Je n'ai pas parlé des énormes difficultés du concours; ni du monôme des candidats, généralement revêtus de la toge et coiffés de la toque de l'avocat, qui serpenta joyeusement le long du boulevard Saint-Michel; ni du nombre de ces candidats. Nous étions deux mille deux cents. L'École ne devait recevoir que quatre cent cinquante élèves. Quel élan vers la carrière militaire! Comme on voit bien que l'espoir de la revanche est resté populaire chez nous! Qui donc a dit que la race française n'était plus une race guerrière?

Nous sommes pleins d'enthousiasme, mes camarades et

moi, lorsque nous pénétrons, au mois de novembre, dans la grande demeure. Nous avons hâte d'endosser l'uniforme et, melons que nous sommes, de répéter ces vers héroïques et traditionnels :

« A nous, cette mêlée ardente. — A nous, cette plaine sanglante, — A nous la gloire et le trépas, — A nous ces nuages de poudre, — A nous les éclairs de la foudre, — Et la volupté des combats. »

* * *

Mon enthousiasme a passé rapidement. De l'enthousiasme!... Je n'arrive même pas à comprendre pourquoi on nous oblige à demeurer deux ans à Saint-Cyr. Est-ce pour nous enseigner l'Art de la guerre? Mais qu'est-ce donc que cet Art de la guerre qu'on dit aujourd'hui si savant et si complexe? N'est-ce pas simplement l'Art de la Destruction? Et est-il donc nécessaire à un homme, afin de devenir un bon destructeur, de consacrer deux ans de sa vie à l'étude théorique de la dévastation? Je ne m'explique pas qu'on ne nous envoie point, plutôt, passer ces vingt-quatre mois parmi des tribus sauvages que nous pourrions massacrer à l'aise, ou parmi des populations laborieuses et d'esprit révolutionnaire que nous pourrions mettre à la raison. Ce serait là un excellent moyen, le seul, de nous permettre de nous faire la main.

S'il faut détruire, s'il faut maintenir, comme agents de l'existence sociale, la ruine et la mort, pourquoi ne pas simplifier l'art de la tuerie, au lieu de le compliquer? Et c'est seulement à la complication que pousse le développement continuel de la soi-disant Science militaire. La guerre, par suite de l'intrusion de la Science dans le carnage, — intrusion dont les Intérêts ont vite appris à tirer parti — devient une farce, dont les peuples ont à payer les frais bien plus en espèces qu'en nature, et qui menace de se jouer éternellement.

Au fond, l'enseignement qu'on nous donne est surtout moral; je devrais dire immoral. On ne se lasse point de nous faire entendre que nous sommes des êtres supérieurs, faits pour dominer et commander; on nous démontre d'une façon fort claire que, sans nous, la société se dissoudrait dans le chaos; que cette société en désarroi ne se maintient que grâce à l'existence de l'armée, qui a seule survécu au milieu de la désorganisation générale; et que l'armée, c'est nous. La Patrie, c'est l'Armée; et l'Armée, c'est l'Officier. Par conséquent, on nous apprend à figurer la Patrie... Rossel écrivait : « Le Prince doit savoir la guerre, disait Machiavel; aujourd'hui, le Prince c'est le Peuple. » Mais on a fusillé Rossel parce qu'il ne fallait pas que le peuple sût la guerre. C'est l'officier qui doit la savoir; et il n'a pas beaucoup de mal à l'apprendre. Il n'a qu'à se persuader qu'il incarne, qu'il représente la Patrie.

Soit. Mais alors, je me demande pourquoi on ne nous distribue pas le seul livre qui nous serait de quelque utilité pour régler notre attitude : le *Manuel du Parfait Vainqueur* (traité de la *Victoire morale*). Une chose que je ne me demande plus, par exemple, c'est la cause de nos désastres de 1870. Elle m'apparaît. Je commence à percevoir en même temps que, pour que la guerre reprenne une signification et tende à disparaître, il faut que le Peuple fasse la guerre par lui-même et pour lui-même. Et je me rends compte de tout l'odieux et de tout le ridicule de cette comédie du Relèvement qui se déroule, depuis tant d'années déjà, sous la voûte d'acier formée par des épées trempées dans l'eau bénite.

Toute l'instruction technique qu'on nous donne, en dépit des apparences, se réduit à rien. Des tas de notions, généralement inutiles et inapplicables en elles-mêmes, se bousculant sur la base chancelante d'extravagantes hypothèses, et qui doivent être rendues plus inapplicables encore, en pratique, par suite de l'existence de ce fait certain : que la Politique est devenue la fatalité qui, de plus en plus, appuie sa patte crochue sur l'épaulette des chefs militaires. La guerre n'est plus un acte héroïque, ni même une œuvre nécessaire; c'est une opération mercantile. C'est le Boutiquier, du fond de son échoppe, de son bureau, de sa banque, de cette succursale de la Bourse qu'on appelle le Parlement, qui la décrète, la déchaîne, la conduit, l'arrête. Et c'est pourquoi la plus grande puissance banquière de notre époque, l'Église, cherche aujourd'hui à prendre ouvertement la direction de l'Armée.

Le cléricalisme règne en maître à Saint-Cyr.

L'aumônier est le personnage important; et le catholicisme des professeurs éclipse leur érudition. Toutes les faveurs sont réservées aux écoliers des collèges de Jésuites, qui sont en grand nombre. On dirait que les bons pères ont fait ce rêve de la reconstitution d'une caste guerrière, qui s'élèverait peu à peu au-dessus des autres classes de la nation, et les dominerait, pour la plus grande gloire de Rome. Quant aux élèves des établissements laïques, ils sont fort méprisés par la clique religieuse; et, s'ils n'affectent pas quelque dévotion, traités en parias. Je dois avouer que je ne m'attendais pas à une pareille situation.

Au cours d'un des nombreux voyages que fait mon père de Berlin à Paris, et pendant lesquels il oublie rarement de me rendre visite, je l'ai mis au courant des faits. Il a paru fort étonné. Il se doutait bien de quelque chose comme ça, m'a-t-il déclaré, mais il n'aurait jamais pensé...

— De mon temps, a-t-il dit, les différences d'origine d'écoles préparatoires n'avaient pas encore apporté leur note discordante à Saint-Cyr. Deux seulement des jeunes gens de ma promotion sortaient d'institutions religieuses. Leur séjour à l'École ne fut pas enviable. Ils furent mis en quarantaine et eurent à subir des brimades cruelles. L'un se fit tuer en Crimée, presque volontairement, et l'autre donna sa démission peu de temps après sa sortie de l'École. Nous n'aimions pas les cagots, et les convictions religieuses nous semblaient des idées d'un autre âge, très peu respectables. A vrai dire, je me suis toujours douté de ce qui arrive; et je prévois que l'esprit clérical se développera sans interruption. J'avais même pensé à te faire élever dans un établissement religieux; mais j'y ai renoncé. C'est vraiment trop malpropre. Toute jeune fille élevée par les bonnes sœurs est une tribade; tout jeune homme qui sort d'une jésuitière est un bardache. Voilà mon opinion; et ça me dégoûte. La France est moins délicate que moi; elle aime ça. La France, terre de liberté et de pensée libre.

foyer du progrès, cuve de fermentation révolutionnaire!... La France est une cuve de fermentation, avec le derrière du prêtre en guise de couvercle; et ça pèse lourd, un derrière de curé! Enfin, qu'est-ce que tu veux? Il faut, sinon hurler avec les loups, au moins ouvrir la gueule en même temps qu'eux. Sans approuver ouvertement, il ne faut point désapprouver. Déclarons-nous partagés entre le culte de la liberté de conscience et celui du drapeau. La liberté de conscience, a-t-il conclu en ricanant, en voilà une fameuse affaire pour nous tirer d'embarras, à notre époque de consciences en caoutchouc!

*
* *

Vous voyez que mon père a des idées à lui sur bien des choses. Je ne vous exposerai pas toutes ses opinions sur Saint-Cyr. Je vous répéterai seulement ce qu'il m'a dit dernièrement, peu de jours après qu'il fut revenu à Paris après avoir été relevé de son poste à l'ambassade française en Allemagne; c'est-à-dire dans les derniers jours de novembre 1881.

— Saint-Cyr n'est ni une école théorique, ni une école pratique. On a de la peine à faire, en cinq ans, de bons soldats au régiment. On prétend pouvoir créer, en deux ans, d'excellents officiers dans les dortoirs — auxquels, il est vrai, on a adjoint une chapelle, qu'on agrandit tous les jours. — Ce qu'on cherche à faire de l'élève de Saint-Cyr, de plus en plus, ce n'est pas un militaire; c'est un apôtre. C'est un missionnaire inconscient de la routine; un automate voué à l'apostolat, par la parole et par l'acte de toutes les âneries qui constituent la saine doctrine sociale. Voilà l'évidence même. Si l'on désirait seulement avoir de bons officiers, pourquoi ne les prendrait-on pas parmi les jeunes soldats du contingent ayant un certain degré de culture intellectuelle? Ces jeunes gens pourraient compléter leur instruction dans des établissements spéciaux; ou, ce qui vaudrait mieux, par eux-mêmes. Pour être un bon officier subalterne, il est plus nécessaire de connaître la grammaire et des langues vivantes que d'avoir ingurgité péniblement les quintessences mal distillées de la grande et de la petite tactique. Mon avis est que notre système militaire ne peut pas être réformé efficacement. On devra, s'il doit durer, le démolir et le reconstruire complètement. Pour cela, il faut attendre une autre guerre; peut-être une autre débâcle. C'est sous le feu que ces grands changements s'accompliront. En attendant, Saint-Cyr, comme institution, est une chose morte. C'est un vieux tambour crevé, sur lequel le Jésuite bat le rappel des vanités rapaces de la bourgeoisie et des ambitions creuses d'une impotente noblesse.

Mon père me parle de l'Allemagne, qui est un beau pays, mais qui a besoin de beaucoup d'argent pour se développer complètement; les Allemands ont eu tort de nous prendre cinq milliards; il leur en aurait fallu vingt-cinq. Il me parle de Berlin, qui est une ville sans caractère; les monuments ne l'ont pas intéressé et la *Siegessäule* elle-même l'a laissé froid. Il me parle des fonctions qu'il a remplies : une vraie moquerie. Rien à voir; on invite les attachés français à des manœuvres sans intérêt du côté de Breslau ou de Kœnigsberg. Le prédécesseur de mon père, cependant, ayant pris l'habitude d'envoyer au ministère six ou sept kilogrammes de rapports chaque mois, mon père, pour ne pas demeurer en reste, n'en n'expédiait jamais moins de dix kilogrammes mensuellement. Le gouvernement n'avait donc pas lieu de se plaindre. Du reste, rien à apprendre. Ou du moins...

... Ici, mon père s'arrête un instant; mais, après quelque hésitation, il se décide à me confier qu'il a fait, à Berlin, la connaissance d'une dame de l'aristocratie qui lui a souvent donné des renseignements curieux. Au fond, les informations qu'elle fournissait étaient peut-être plus sensationnelles qu'exactes; mais la femme était charmante. Mon père me fait de cette dame — qui s'appelle la baronne de Haulka — une description enthousiaste; comme elle est libre, étant veuve, il l'a fortement engagée à venir se fixer en France.

Mon père est en veine de confidences. Il me fait part, sous le sceau du secret, d'un bon tour qu'il a joué, avant de quitter l'ambassade, à son ennemi le général de Lahaye-

Marmenteau. Le général faisait espionner mon père par un agent secret nommé Lügner. Ce Lügner était en relations avec le cousin Raubvogel; ce dernier informa mon père. Mon père fit fournir au sieur Lügner, par l'intermédiaire d'un ami de la baronne de Haulka, des renseignements vraisemblables, mais complètement faux. Ces renseignements portaient sur de prétendus déplacements de troupes allemandes; ils furent aussitôt transmis à Lahaye-Marmenteau. Celui-ci, sans se livrer à aucune vérification des avis qui lui étaient donnés, fit prendre des dispositions qui apportèrent une indescriptible confusion dans l'organisation de nos troupes et de nos approvisionnements le long de la frontière de l'Est.

— Sans perdre un moment, dit mon père, je communiquai avec le ministre de la Guerre. Je fis voir que les renseignements reçus par Lahaye-Marmenteau étaient mensongers, et qu'il s'était laissé prendre dans le piège le plus grossier. Je déplorai amèrement que les bureaux n'eussent pas une plus grande confiance dans ma vigilance, et qu'ils se missent entre les mains de personnages équivoques. J'allai même jusqu'à envoyer un rapport spécial des faits à Gambetta qui vient, comme tu le sais, d'être nommé premier ministre, il y a quinze jours. Veux-tu connaître les résultats de ma diplomatie? Je viens d'être rappelé en France afin d'être nommé général de brigade; de plus, j'aurai pour mes étrennes la cravate de commandeur, en récompense de mes services à Berlin. Quant à Lahaye-Marmenteau, il a été censuré comme il convient. Il s'attendait à être placé à la tête de l'État-Major général; il peut attendre. Sa sottise, m'a dit Gambetta dans un long entretien que j'ai eu avec lui avant-hier, a coûté plus de six millions au Trésor. Je t'avais bien dit que j'aurais ma revanche!

Et mon père se frotte les mains.

Donc, mon père est l'ami de Gambetta. Il est son grand ami. Il est son grand admirateur. Il dit que c'est l'homme providentiel, l'homme qu'il fallait. Il dit que le Grand Ministère va accomplir les œuvres les plus étonnantes. Il chante la gloire de Gambetta partout, à droite, à gauche, et même chez le cousin Raubvogel. Mais le cousin Raubvogel, qui est devenu très riche, ne cherche plus à dissimuler sa pensée. Il a répondu à mon père :

— Laissez-moi donc tranquille. Votre grand homme est en baudruche. Je ne lui donne pas trois mois pour se dégonfler à tout jamais, et de piteuse façon.

Mais mon père ne se déconcerte pas; il continue à se dire gambettiste, patriote et démocrate. L'autre dimanche, chez M. Curmont, qui nous avait invités à déjeuner, il s'est mis, après le café, à défendre avec chaleur les idées de Gambetta sur la colonisation. Il a exalté le projet d'un grand empire colonial, présenté par Gambetta en 1880 après que les Allemands eurent pris pied en Afrique, et qui assigne à la France tout le continent africain au nord du golfe de Guinée.

— Pour qu'une entreprise pareille puisse réussir, dit-il, entreprise libérale et démocratique au premier chef, il faut que toute opposition disparaisse. Il faut que les interpellations soient interdites à la Chambre...

— C'est bien peu démocratique, interrompt M. Curmont, surpris.

— Je veux dire, continue mon père, fort ennuyé, je veux dire ces réunions, ces choses, ces... ces... Enfin, il faut qu'on cloue le bec à la Presse. Voilà!

— Mais, demande M. Curmont, de plus en plus étonné, où démêlez-vous la démocratie, là-dedans?

— Je ne la démêle pas! crie mon père, exaspéré. Je l'emmêle — à pied et à cheval!

*
* *

La Démocratie, cependant, s'affirme. La Démocratie consciente d'elle-même, qui n'a point oublié que des heures mauvaises sonnèrent pour la patrie, et qui se prépare à la revanche prochaine. Les discours, les sociétés de tir, de gymnastique, les orphéons, les bataillons scolaires, témoignent de l'imminence de cette revanche; la Presse aussi. Elle a été unanime, cette Presse, dans les éloges qu'elle a décernés à mon père, le 1er janvier, à l'occasion de son élévation au grade de commandeur dans l'ordre de la

Légion d'honneur. Elle a rappelé ses hauts faits, a reproduit le récit historique du combat de Nourhas. Et elle a encore applaudi, quelques jours après, lorsqu'il a été désigné, comme brigadier, pour le commandement de la 312ᵉ brigade d'infanterie. Mon père est parti pour son nouveau poste au milieu d'un concert de louanges, patriotiquement accordées à « un général réellement républicain, comme nous en avons trop peu. »

On est républicain, et sérieusement. On fête le 14 Juillet, anniversaire de la prise de la Bastille. (*La Bastille.* Il n'y en a qu'une.) Et « le cléricalisme étant l'ennemi », la libre pensée a distribué son étiquette aux personnages du monde officiel.

A ce propos, il faut que je vous fasse part — d'une lettre de faire-part, encadrée de noir. — Tous les enterrements auxquels je vous ai invités jusqu'ici vous ont fait passer par l'église. Je pense qu'il est grand temps de vous demander de m'accompagner à un enfouissement civil (style 16 Mai). Voilà qui est fait. Vous êtes priés d'assister aux obsèques, purement civiles, de Mᵐᵉ Curmont, décédée en sa quarante-cinquième année, en son domicile, etc., etc. Si vous vous étonnez des sentiments antireligieux de cette dame, je vous dirai qu'elle était très pieuse, même dévote, et qu'elle avait instamment demandé un prêtre à ses derniers moments.

Mais voici ce qui s'est passé. On a su que le gouvernement avait résolu de créer sous-préfet M. Albert Curmont; là-dessus certains journaux ont assuré qu'Albert n'était pas assez anticlérical, et qu'il n'était point prudent de confier un pareil poste à un homme dont l'athéisme n'était pas sûr. Les funérailles religieuses de Mᵐᵉ Curmont, à un pareil moment, eussent compromis et sans doute ruiné l'avenir de son fils. Donc, afin de mettre un terme aux criailleries de la Presse et afin de lui prouver péremptoirement qu'elle avait tort, l'entrée de la maison a été interdite au prêtre que la mourante avait fait appeler. Adèle a bien essayé de s'interposer, cette pauvre petite Adèle qui est si jolie, aujourd'hui, dans ses vêtements de deuil. Mais les nécessités de la politique l'ont emporté.

Vous comprenez donc, et cela pourra vous servir à l'occasion, ce que c'est que la politique. Si le corps de sa mère avait été porté à l'église, Albert n'aurait pu être nommé fonctionnaire de la République française. Mais sa mère ayant été enterrée civilement, il obtient la situation qu'il ambitionne. Car, en effet, il l'obtient. On finit toujours par obtenir ce qu'on mérite.

C'est pourquoi, vers la fin du mois d'août 1883 — juste comme mon père est rappelé à Paris pour prendre la direction d'un service au ministère — je vois mon nom figurer, avec le numéro 222, dans le classement de fin de seconde année à Saint-Cyr. Je la tiens donc, mon épaulette!

Si vous croyez que je vous ai fait jusqu'ici un récit exact et complet de mon existence, vous vous trompez. Ces mémoires sont des mémoires. J'omets certains événements, je néglige de parler de certains personnages; je décris le moins possible, surtout parce qu'il n'y a guère que de l'horreur à décrire. Des acteurs qui passent rapidement, haillons d'êtres sous les oripeaux qu'il leur faut, me suffisent donc. Je n'ai pas un mot pour les planches sur lesquelles ils évoluent, aujourd'hui estrade de théâtre, demain plate-forme d'échafaud.

Vilaine peinture, de bric et de broc, et pas de cadre. Et voici encore un bonhomme, un sale bonhomme, pas le plus sale, sale tout de même, qui s'échappe de la palette crottée, au bout du pinceau du souvenir, et qui se profile sur la toile, avec son nez crochu.

Un Juif. Lévy. Je ne vous l'ai pas présenté jusqu'ici parce que, bien qu'il ait été le facteur de beaucoup des joies et des ennuis qui rompirent la monotonie de ma seconde année à Saint-Cyr, il n'est pas intéressant ni par lui-même ni par les transactions dont il vit. C'est l'usurier qui, régulièrement, tient le jeune officier sur les fonts baptismaux de l'église militaire. C'est le parrain qui répond de l'avenir de son filleul à épaulettes devant des tailleurs, des bijoutières, des marchands d'objets divers, à condition que le filleul s'engage *sur l'honneur* à payer quelques petits billets. Combien de carrières militaires brise cet honnête homme, je n'ai pas à le dire ici. Je vous apprendrai seulement qu'ayant reçu du personnage, durant les six derniers mois, une somme de mille cinq cents francs environ, je me trouve aujourd'hui lui devoir quatre mille francs, moins des centimes. Pourquoi je me suis endetté à pareil point, c'est mon affaire; mon père ne me laissait point d'argent, et le cousin Raubvogel se montrait souvent généreux à mon égard; mais il y avait du côté du Panthéon une certaine Noisette... on ne la cueillait pas pour des prunes...

Les billets arrivent à échéance demain matin; et j'en suis fort ennuyé. Je n'ose rien dire à mon père; je pourrais, il est vrai, lui tout avouer, et même en exiger de l'argent; car enfin, il ne m'a pas encore rendu ses comptes de tutelle; mais une fausse honte m'empêche de parler. Je prends donc le parti, ce matin, d'aller demander à l'usurier de reporter à trois mois la date d'échéance des effets. Mon uniforme d'officier est là, tout battant neuf; mais je ne l'endosse pas, de peur d'éveiller l'attention de mon père qui m'a offert l'hospitalité dans son appartement, et qui ne doit pas se douter des motifs de ma sortie. Je quitte la maison sans avoir été remarqué, encore une fois vêtu en Saint-Cyrien, et je me dirige vers la rue de Rennes.

Il me faut d'abord attendre un bon quart d'heure dans l'antichambre de l'entresol luxueux qu'habite l'usurier; le domestique me déclare que Monsieur est très occupé. Enfin, je suis introduit. J'expose à M. Lévy — un homme trapu, grassouillet, chauve, à la face jaune ponctuée d'une barbiche noire, aux yeux humides et ronds, — l'objet de ma visite. M. Lévy secoue la tête d'un air désenchanté. Il n'aurait jamais cru que je viendrais, moi, jeune homme de si bonne famille et fils d'un général, lui demander une chose pareille. Il en est vraiment stupéfait. Renouveler mes billets! Mais, ai-je seulement réfléchi à tous les sacrifices qu'il s'est imposés pour m'avancer les sommes qu'il m'a prêtées? Ne puis-je comprendre combien il a hâte de rentrer dans ses fonds? La vie est si dure, les affaires si difficiles! Non, non, tout renouvellement est impossible.

J'insiste, plaidant ma cause avec éloquence. Le prêteur insiste aussi, avec une éloquence non moins grande. Pourtant, après vingt minutes de discussion, il finit par s'humaniser. Il me déclare qu'il consent à reporter l'échéance à trois mois, à condition que je signe de nouveaux billets qui porteront la somme due, intérêts compris, au chiffre de cinq mille francs. Je me récrie; mais le prêteur est inflexible. Il me signifie que c'est à prendre ou à laisser. Tout en parlant, il avance sur le bureau, derrière lequel il est assis, d'oblongs papiers timbrés. Quant à moi, je me décide à m'asseoir de l'autre côté du bureau et à prendre une plume. Mais, tout à coup, elle me tombe de la main, et je me lève. Un grand bruit vient de s'élever dans l'antichambre, et les éclats d'une voix, d'une voix que je connais bien, parviennent jusqu'à nous.

— Tonnerre de Dieu! Laissez-moi entrer, mon garçon, ou je vous passe sur le ventre!

La porte du cabinet, violemment tirée, s'ouvre; et mon père apparaît. Mon père, vêtu d'habits civils, un jonc à pomme d'or à la main.

Il s'avance, prend une chaise, s'assied à côté du bureau et dit froidement :

— Que je ne vous dérange pas, messieurs! Continuez vos manigances. Où en étiez-vous?

— Je suppose, dit M. Lévy, très déconcerté tout d'abord mais qui a maintenant repris son aplomb, que c'est à M. le général Maubart que j'ai l'honneur de m'adresser?

— A lui-même, répond mon père. J'ai pensé que les affaires que vous étiez en train de traiter avec mon fils m'intéressaient, au moins indirectement; et vous ne trouverez pas mauvais, j'espère, que...

Brusquement, il s'interrompt, tourne le dos à l'usurier et s'adresse à moi.

— Qu'est-ce que tu dois à cet individu? Combien as-tu reçu de lui?

— Quinze cents francs, il y a trois mois.

— Ah!... Et ça, c'est du papier pour le renouvellement. Combien te préparais-tu à déclarer devoir, aujourd'hui?

— Cinq mille francs, dis-je, après avoir hésité un instant.

Mon père éclate de rire, et se retourne vers l'usurier.

— Vous ne vous mouchez pas avec un manche de pelle, vous! Cinq mille francs pour quinze cents, en trois mois!

— Mon général, dit Lévy résolument, je ne discute pas

les chiffres que vient de citer monsieur votre fils. Je vous informe simplement que j'ai là des billets revêtus de sa signature, dont le montant s'élève à quatre mille francs, et qui arrivent à échéance demain. Ils seront donc présentés dans vingt-quatre heures à l'adresse qu'ils portent, la vôtre.

— Présentés est une chose; payés, une autre.

— Monsieur votre fils, reprend Lévy, ne s'est pas borné à signer ces effets; il a, de plus, mis sa signature au bas d'un papier par lequel il s'engage *sur l'honneur* à ne jamais s'opposer au payement de ce qu'il me doit.

— Sur l'honneur! s'écrie mon père. Ah! bah! Il s'est engagé à ça *sur l'honneur!* Eh bien! je vous déclare sur l'honneur, moi, que je m'oppose à ce que mon fils vous paye un sou de ce qu'il ne vous doit pas. Vous aurez quinze cents francs, plus les intérêts à six pour cent, et pas un fifrelin de plus. En outre, je vous déclare sur l'honneur, monsieur Lévy, je vous déclare que vous êtes une franche canaille. Vous inondez de vos prospectus les Ecoles spéciales; vous préparez consciemment la ruine de nombreux officiers. Vous brisez leur avenir; après quoi, vous leur prenez l'honneur ou la vie. Dans la brigade que je commandais dernièrement, deux jeunes gens ont été obligés de donner leur démission; les plaintes que vous adressiez à leur colonel les ont contraints à quitter l'armée; l'un vient de se brûler la cervelle. Vous savez ça? Vous êtes non seulement un voleur, vous êtes un assassin. Faites présenter demain vos billets, et nous verrons.

— C'est tout vu, ricane l'usurier, blême de rage sous sa peau jaune, les effets seront payés, ou je poursuivrai à boulets rouges, conformément aux lois. De plus, dès que monsieur votre fils sera affecté à un régiment, je préviendrai le colonel de l'existence d'un engagement *sur l'honneur* qui porte le nom de Jean Maubart.

Mon père ne répond pas. La tête baissée, il semble considérer attentivement le tapis dont il suit les dessins, du bout de sa canne. Le juif l'examine attentivement; et, enhardi par cette immobilité et ce silence, il pose ses deux courtes mains à plat sur le bureau, se penche un peu en avant et s'écrie :

— Ah! vous croyez m'intimider! Vous vous figurez que je vais me laisser effrayer par vos menaces. Vous vous trompez. Vous pensez, parce que vous portez une épaulette que vous pouvez venir impunément insulter d'honnêtes commerçants? Mais je vous ferai payer vos insultes, tout général que vous êtes. Les lois sont pour nous; les tribunaux sont pour vous. Quand on a signé, il faut payer! Et si vous ne payez pas, je vous montrerai de quel bois je me chauffe...

— Du bois de ma canne! s'écrie mon père.

Il s'est précipité sur l'usurier qui s'est aplati sur son bureau, et lui a assené, entre les épaules, un formidable coup de jonc.

— Aïe! Aïe! Holà! A moi! glapit l'usurier, qui se met à geindre lamentablement.

— Avez-vous fini de hurler, animal? demande mon père, qui saisit l'homme par le bras, le relève, le cale dans son fauteuil. Attendez donc qu'on vous écorche, pour vous plaindre. Ah! vous croyez que vous insulterez impunément des officiers de l'armée française, un général, et que tout vous est permis, gredin!...

— Je vais déposer une plainte, gémit Lévy.

— Oui! dit mon père; mais pas pour rien. Je vais vous jeter par la fenêtre, d'abord, et je dirai pourquoi au procès; et l'on verra s'il y a des juges pour me condamner. Vous êtes un filou et un perturbateur; et nous, les militaires, nous sommes là pour rétablir l'ordre. Allez! Oust!

Il empoigne le juif par le collet, le soulève, l'entraîne vers la fenêtre. Il est hors de lui, assurément, et va faire un malheur si je n'interviens pas.

— Grâce! gémit l'usurier. Ne me tuez pas!...

— Demandez pardon, alors! répond mon père. Et vite!

— Pardon, pardon; lâchez-moi, balbutie Lévy, blême de terreur, tandis que mon père continue à le secouer avec rage.

— A une condition, dit mon père en repoussant sa victime vers le bureau. A la condition que vous allez faire ce que je vais vous dire. Vous vouliez avoir un billet de cinq mille francs, payable à trois mois? Vous l'aurez. Mon fils va vous le signer. Et comme vous lui avez avancé mille cinq cent francs, vous allez lui verser, séance tenante, trois mille francs. Vous aurez cinq cent francs pour l'intérêt, soit dix pour cent l'an, soit vingt pour cent pour six mois. C'est coquet. Acceptez ou je vous fous par la fenêtre, comme j'ai dit. Allons! Est-ce oui? Non?

Il fait un pas en avant. Un rictus épouvantable tord la face du juif qui, pourtant, ne prononce pas une parole. Il semble se décider tout d'un coup, et ouvre un tiroir. Pour y prendre une arme, peut-être?... Non, un papier, timbré pour cinq mille francs et au-dessous, qu'il place sur le bureau, en face de moi. Sur un signe de mon père, debout, les bras croisés, à côté de l'usurier, je remplis et signe le billet que je tends à Lévy. Il l'examine attentivement sans un mot, le place dans un second tiroir qu'il vient d'ouvrir, et dont il sort un portefeuille. De ce portefeuille, lentement, il extrait trois billets de mille francs qu'il étale, du pouce, sur la table. Mon père les saisit, les fourre dans sa poche; reprend sa canne, remet son chapeau sur sa tête, et me fait signe de le suivre. Le juif nous regarde sortir, appuyé au dossier de son fauteuil, les yeux brillants, muet.

En descendant l'escalier, mon père siffle un air de valse.

Nous marchons côte à côte, silencieusement, jusqu'au boulevard Saint-Gremain; lui, impassible en apparence, moi, encore très remué.

— Si nous prenions un apéritif? me demande-t-il, comme nous passons devant la terrasse d'un café.

Nous nous asseyons. Il parle de choses indifférentes, très indifférentes. Il dit que le temps est beau pour la saison. Je prends le parti de l'interroger.

— Peux-tu me dire, père, comment il se fait...?

— Que je t'aie rencontré tout à l'heure? Voyons, me crois-tu assez godiche pour ne pas avoir deviné que tu avais des dettes?

Tu ne m'avais jamais parlé de rien; c'était assez pour exciter ma méfiance; je n'ignore pas non plus que c'est au moment de la nomination que les créanciers des Saint-Cyriens exigent le payement de ce qui leur est dû. Quand j'ai su que tu sortais ce matin, je me suis donc douté de quelque chose; je t'ai fait suivre par mon ordonnance, qui est revenu me donner l'adresse de la maison où tu étais entré. J'ai su à quoi m'en tenir. Tu connais le reste... A propos, continue-t-il, en tirant de sa poche les billets de banque de l'usurier, il faut que nous partagions; voilà mille francs. Ça te suffira pendant quelque temps. J'en garde deux mille pour moi. Je dois te dire que ça tombe à pic; je n'avais plus le sou. Par la même occasion, il faut que je t'apprenne pourquoi, jusqu'à présent, je ne t'ai pas encore rendu mes comptes de tutelle. J'ai mangé ton argent. Tout : billets, or, argent, et même le cuivre. Je ne sais pas où ça passe. Ça ne fait rien; je te rembourserai, à un sou près. Il te revenait quatre cent mille francs, environ. Est-ce que tu serais content de toucher ces jours-ci cent mille francs là-dessus?

— Ma foi, dis-je, un peu rasséréné par cette offre inespérée qui corrige l'amertume de l'aveu qu'on vient de me faire, ma foi, certainement; mais si tu as...

— J'ai tout mangé, oui, mais j'ai gardé une poire pour la soif. Une bonne poire; M. Freeman. Tu l'as bien négligé, ce pauvre vieux qui t'aimait tant; tu l'as bien abandonné; vous êtes comme ça, vous, les jeunes gens. Et si je ne m'étais pas trouvé là, moi, pour lui écrire, pour aller le voir, pour t'excuser auprès de lui et mettre ta négligence sur le compte de tes études, il t'aurait sans doute oublié dans son testament...

— Est-ce que M. Freeman est mort? demandé-je d'une voix basse, étranglée par un gros regret.

— Oui, il y a quelques jours. Et son notaire vient de m'annoncer qu'il t'a laissé cent mille francs. Tu comprends bien qu'au fond, ces cent mille francs, c'est à moi que tu les dois. Si je n'avais pas été là, pour te rappeler sans cesse à la mémoire du vieux bonhomme, tu aurais pu te fouiller. Donc, mon garçon, c'est cent mille francs que je compte à mon actif et que je déduis de ce que je te dois. Par conséquent, je me reconnais ton débiteur pour trois cent mille francs, plus quelque petite chose que je viens de t'emprunter.

Je ne répond pas. Ce que j'ai vu, ce que j'entends depuis ce matin, me bouleverse, me stupéfie. Je ne puis revenir de mon étonnement, étonnement mélangé de répulsion. Tout cet argent gaspillé, empoigné, happé, perdu; cette façon de disposer de choses qui ne vous appartiennent pas; l'usure, l'inconscience, la cupidité, le cynisme; l'ignominie de tous ces dessous de l'existence qui m'apparaissent tout à coup dans leur nudité... Et le mensonge peut-être. Car est-il vrai que mon père ait engagé le pauvre vieux Freeman à me laisser une part de sa fortune? Est-il vrai, même, qu'il lui ait rendu visite une seule fois?...

Mon père me frappe sur l'épaule.

— Eh bien, à quoi penses-tu? Tu n'as guère une mine d'héritier. A ton âge, si l'on m'avait apporté une nouvelle comme celle que je viens de t'annoncer, j'aurais fait une autre figure. A propos, tu ne m'as pas dit ce que tu as fait avec les quinze cents francs du Lévy. Des femmes? Maintenant que tu as l'épaulette, j'espère bien... En tout cas, tu sais, pas de collage. A ton deuxième galon, il te faut un mariage, et un fameux. J'en ai fait deux bons; par conséquent...

— Père, dis-je rapidement, afin de placer la conversation sur un autre terrain, comment t'es-tu laissé entraîner à menacer cet homme d'une pareille façon, tout à l'heure? S'il avait refusé, pourtant? Il y a tant de gens qui préfèrent la perte de leur vie à celle de leur argent!

— Leur argent, oui, répond mon père en ricanant; mais pas celui des autres. Ce Lévy n'est qu'un homme de paille. L'argent qu'il prête ne lui appartient pas. Et tu connais son bailleur de fonds.

— Je devine, dis-je. C'est Raubvogel!

— Non, murmure mon père. C'est le général de Lahaye-Marmenteau.

XI

Je dois avouer que je ne suis ému d'aucune fierté lorsque, vers le soir, j'endosse pour la première fois mon uniforme. Je ne suis nullement boursouflé des dilatations de l'amour-propre; je ne sens pas monter en moi, à la vue des dorures qui chatoient sur le drap neuf de mes habits, les grisantes fumées de l'orgueil.

Il m'est impossible de me défaire d'idées sérieuses et désagréables. Je vois clairement que mon entrée dans la vie — ce que j'ai désiré et considéré jusqu'ici comme mon entrée dans la vie — n'est que mon admission dans une caste. La vie? Je n'ai qu'à imaginer une action au moins moralement indépendante des liens de l'association, pour me rendre compte de son impossibilité. Si la patrie est l'armée, et si l'armée est la caste des officiers, cette caste est une immense machine à fabriquer le patriotisme artificiel; et chacune des individualités qui la composent devient un rouage. Je ne serai donc, ainsi que tout ce qui porte l'épaulette, qu'un ressort, qu'un automate. Et s'il m'est jamais permis d'affirmer ma personnalité, ce ne sera que dans les poursuites extra-militaires, dans la chasse aux plaisirs et aux honneurs, à l'argent — et encore, conformément aux usages de l'armée.

Un automate. Mais pourrais-je être autre chose? Si je n'étais pas officier, que pourrais-je faire dans l'existence? Pas grand-chose, propablement; peut-être rien. Et si la classe des officiers français n'était point la seule expression régulière, sociale, des forces viriles du pays — si l'officier français n'était point le représentant exclusif de la France armée — quel droit aurais-je, plus qu'un autre, à une autorité quelconque sur mes concitoyens? Mes titres à l'épaulette : quelques années passées au collège et quelques mois dans une école spéciale. Et encore, moi, je suis fils de soldat; je sais, au sujet des affaires militaires, un peu plus qu'un grand nombre de mes camarades, fils de bourgeois, dont toutes les connaissances pratiques se bornent à la distinction des uniformes. Si je n'avais pas été destiné à devenir un officier, j'aurais pu être soldat depuis trois ans; j'aurais pu acquérir, par mon intelligence générale ou mes qualités spéciales, le droit rationnel de commander à mes compatriotes. Officier sorti de l'école, je vais être leur chef en vertu d'un monopole de caste. C'est en vertu de ce monopole que je vais servir mon pays comme fonctionnaire privilégié; comme fonctionnaire supérieur qui ne peut être cassé aux gages, car il y a une loi de 1831 qui nous confère, à nous officiers, la propriété de nos grades. C'est en vertu de ce monopole que je vais commander aux Baïonnettes Intelligentes. Ça ne me rend pas fier; non.

Mais voici des gens qui sont fiers pour moi : d'abord, Lycopode, cette excellente Lycopode, qui s'est constituée l'ombre discrète de mon père, qui le suit partout comme un chien fidèle, faisant pour ainsi dire partie du mobilier et sans autre profit, je le crains, que l'honneur de servir un tel maître; elle gratte doucement à la porte de ma chambre, l'entrebâille; et, comme j'ai justement achevé ma toilette, elle se répand en exclamations. Ah! que je suis beau, que je suis beau, que je suis beau!... Je me sens flatté, malgré tout, de l'admiration naïve et verbeuse de cette pauvre créature, à laquelle une longue habitude inocula l'enthousiaste respect des ajustements militaires.

Puis, lorsque je pénètre dans le salon, c'est un monsieur que je trouve en conversation avec mon père, et qui se récrie sur ma bonne mine et ma martiale apparence. Ce monsieur, à la forte carrure, à l'épaisse moustache tombante, me rappelle Vercingétorix; et je vous laisse à penser si les compliments d'un Gaulois indubitable, guerrier illustre sans aucun doute, chatouillent délicieusement mon amour-propre. Mais le Gaulois auquel me présente mon père est un Gaulois pacifique; s'il n'y en eut pas autrefois, il en existe aujourd'hui; la moustache n'est là que pour la frime, souvenir presque ironique de temps qui ne sont plus. Ce monsieur s'appelle M. Glabisot; il est directeur au ministère des Finances. Il n'a jamais manié d'autre métal que celui qui affirme, sur sa tranche, que Dieu protège la France.

M. Glabisot, comme son physique évocateur d'époques héroïques lui en fait un devoir, et peut-être une nécessité, est patriote au plus haut point; et, non content d'occuper dans la hiérarchie officielle un poste élevé, il est artiste à ses heures; artiste-peintre. Il expose chaque année, au Salon, des natures mortes sans prétention, mais qui révèlent des aptitudes sérieuses. M. Glabisot, pourtant, se déclare simple amateur; il ne lui viendrait pas à l'idée de vouloir rivaliser avec sa femme, Mme Antoinette Glabisot, l'illustre peintre de batailles qui commence à faire oublier Horace Vernet, et au pinceau de laquelle nous avons dû, l'été dernier, ce magnifique tableau *Le Maréchal de Mac-Mahon blessé à Sedan*, qui a fait courir tout Paris.

Je n'ai pas vu le tableau, mais je décris avec la plus grande exactitude l'émotion qu'il m'a causée. Mon père m'apprend que Mme Glabisot a l'intention de consacrer son grand talent, pour le Salon prochain, à une peinture qui représentera la défense de Nourhas. Elle a bien voulu lui demander de lui accorder quelques séances; et il ne sait quel parti prendre; sa modestie est mise vraiment à une bien rude épreuve.

— Général! s'écrie M. Glabisot, vous devez à vous-même, vous devez à la Patrie, de ne point refuser. Le devoir de l'Art, devoir sacré, est d'immortaliser des actes comme celui dont vous fûtes le héros. Et vous ne pouvez vous dérober au devoir, devoir sacré aussi, de léguer vos traits à la postérité. C'est dans la contemplation de vos mâles exploits, retracés par un pinceau fidèle, que les générations futures apprendront que, si nous fûmes vaincus, ce ne fut pas sans gloire; et qu'elles puiseront l'énergie nécessaire à la prochaine revanche!

— Votre éloquence est entraînante, répond mon père; et si vous parlez de la revanche, vous finirez par me convaincre.

— Je l'espère bien! s'écrie M. Glabisot, enchanté. Toute la grandeur de la France, voyez-vous, est là...

Et il touche le sabre qui me pend au côté, un beau sabre qui me fut apporté, hier, de la part de Mme Raubvogel. C'est justement chez le cousin Raubvogel que nous allons dîner ce soir, M. Glabisot, mon père et moi. Le coupé de M. Glabisot nous attend. Nous partons.

***

Je ne vois pas la nécessité de décrire minutieusement le dîner offert par le cousin Raubvogel en l'honneur de ma promotion; ni de rappeler les différents toasts portés à mon avenir et à la grandeur de la France; ni de répéter les propos tenus à table, lieux communs, médisances, étonnements, admirations et critiques de commande — tout le verbiage de gens décidés à jacasser pour ne rien dire. — Vous annoncer que le cousin Raubvogel a fait fortune, et qu'il vit aujourd'hui sur un grand pied, ne serait pas vous apprendre grand-chose; c'est un fait connu de tout le monde. M. Raubvogel est fort riche, mène de grosses affaires; il est au mieux avec les sommités du monde politique et financier; il commandite un journal, le *Lutèce*, qui défend les bons principes démocratiques, et ne les défend pas mal; enfin, comme on dit, c'est un gros bonnet. Comment il a fait fortune, on ne sait pas bien; mais a-t-on besoin de savoir? Il s'est livré à des opérations financières, ce qui est une façon de contribuer à la prospérité du pays; il s'est intéressé, en bon patriote, aux entreprises coloniales. Tunisie, Tonkin, etc.; il s'est occupé aussi de découvertes qui concernent la fabrication des munitions de guerre et s'est constitué l'ange gardien, la Providence, de l'inventeur Plantain. Voilà des titres à la gratitude publique. Dire que je ne soupçonne point, à l'existence du cousin, des dessous plus ou moins avouables, serait exagérer; j'en soupçonne, hélas! partout. Cependant, pour être juste, je dois déclarer que les gens que M. Raubvogel reçoit à sa table m'apparaissent comme une garantie vivante de son honorabilité. Par exemple (à part M. Glabisot, mon père et moi, que vous avez déjà l'honneur de connaître), je vais vous présenter les convives de ce soir :

Mme Glabisot, l'artiste célèbre, élancée, brune, altière; l'air d'une Diane chasseresse dans l'exercice de ses fonctions; la bouche sans cesse entrouverte pour des questions rarement posées; des yeux tabac, froids, mobiles, très en éveil. Affectant, pas trop bien, un ton dégagé, le sans-façon artistique, un sans-façon à façons; et l'on devine un éternel calcul, accumulant ses termes, sous le chignon trop peu compliqué. — M. Ganivais, le directeur du *Lutèce*, le journal que commandite Raubvogel; le décorum de la barbe sur le décorum du plastron, décoré, décoratif. — M. Pronc, le rédacteur en chef du même journal, siégeant au Sénat, ancien communard, communicatif, commun. — M. Dufour-Hagalon, président à la Cour, rougeaud, vieillot, maigriot, finaud, aux trois quarts fini, blanc des favoris, l'air d'un vieil ami des jeux et des ris. — Mme Dufour-Hagalon, femme du précédent, personne mûre, tellement mûre qu'elle en semble près d'éclater; d'une énormité débordante, avec un visage fripé, à bajoues, sans doute acajou, mais truqué, maquillé à vous faire brailler; bouche goulue aux dents fausses, incarcérant mal une langue triangulaire; cheveux faux d'un noir de jais; noir de jais des yeux frétillards; une façade peinte et les derrières .— M. Issacar, jeune Israélite silencieux, au nez énigmatique, fouinard, renifleur d'intérêts, intéressant. — M. Triboulé, brasseur d'affaires, à ce que je crois comprendre : peau noire, œil noir au regard noir, poil noir en barbiche et en moustache à crocs; l'aspect d'un capitaine de déshabillement. — Mme Triboulé, femme du précédent; rousse superbe, grassouillette et flexible, avec une gorge sûre d'elle-même, des dents magnifiques, du sang rapide sous la peau blanche; la gloire simple d'une affirmation charnue, pas atténuée, même, par la grâce plus consciente et plus maniérée d'Estelle. — Enfin, M. Camille Dreikralle, député, rapporteur du budget de la guerre; l'interprétation judaïque d'un traité des maladies de peau; chauve, paupières cramoisies, lèvres moisies; clous, boutons, furoncles; tout un bourgeonnement à fleur de cuir; des yeux de léporide, un nez qui tente un retour sur lui-même, une voix nasillarde et des doigts en saucisses. Ce parlementaire me paraît être ce soir le convive important.

Pourtant, il est possible que je me trompe. J'en suis réduit aux conjectures, et je ne possède pas le moindre document pour étayer mes suppositions. Les voies du monde me sont étrangères; et, à part mon père dont je suspecte un peu l'impartialité, je ne connais personne qui puisse me servir de guide dans le labyrinthe de la civilisation. Je serais heureux cependant, pour commencer, d'être éclairé sur le caractère et les mœurs, sur la valeur fiduciaire et réelle des personnages ici présents. Et dans le salon où nous passâmes après le dîner, assis un peu à l'écart, je compatis à mon propre isolement spirituel tandis que la voix bourdonnante d'un domestique, de temps en temps, annonce les noms de gens qui me sont pour la plupart inconnus, mais qui néanmoins viennent me féliciter en vieux amis. Un nom que je viens d'entendre, et qui tout à coup réveille en moi des souvenirs, excite ma curiosité.

— Monsieur Schurke.

Schurke! Gédéon Schurke! Est-ce possible? Est-ce lui? Est-ce le même? Est-ce l'unique, le seul Gédéon Schurke?... Oui, c'est bien lui, il n'y a pas à ne douter; tel, ou peu s'en faut, qu'il m'apparut autrefois à Versailles, lorsqu'il offrit à mes juvéniles méditations ses opinions cyniques sur la société moderne. L'homme n'a point changé; c'est à peine s'il a vieilli; il vient à moi après un semblant d'hésitation, le sourire sur les lèvres; sourire sardonique, bien entendu, mais engageant tout de même — et qui m'engagerait, en fait, à poser à Gédéon Schurke des questions aussi nombreuses sinon aussi naïves que celles que je lui posais jadis, si Schurke n'allait de lui-même au-devant de mes demandes. — Comment? Pour le savoir, vous n'avez qu'à prêter l'oreille à notre conversation, tandis qu'un pianiste fameux commence à évoquer l'âme de Mozart en frappant de ses doigts agiles d'authentiques dépouilles d'éléphants. C'est Schurke qui parle d'abord, naturellement.

— Voilà déjà bien des années que je n'ai eu l'avantage de vous voir, monsieur Jean; et j'ai plaisir à constater que vous n'avez point perdu votre temps; permettez-moi de vous féliciter des résultats qu'ont obtenus vos efforts et votre application. Quant à moi, j'ai fait bien du chemin; peut-être en arrière, si nous allons au fond des choses; mais socialement, c'est-à-dire superficiellement, j'ai monté. J'étais une manière de valet; je suis à présent secrétaire particulier de M. Raubvogel; son bras droit, comme il dit : ce qui ne laisse pas d'être honorable, étant donné ce que doit faire la main gauche. Enfin, me voilà dans les huiles. Passez-moi cet argot militaire.

— De bon cœur. Auriez-vous des fréquentations dans les casernes?

— Pas directement. Mes tendances n'ont rien de belliqueux.

— Je sais. Vous m'avez exposé autrefois vos sentiments à ce sujet ; et s'ils n'ont point changé...

— Ils sont inaltérables; de même que ma conception de la société et des gens vertueux qui la composent.

— Je me souviens de cette conception. Je m'en suis souvenu souvent, et j'ai le regret de dire que je l'ai généralement trouvée correcte.

— Votre mémoire est excellente, dit Schurke en souriant; vous n'avez sans doute pas oublié que ce ne fut pas gratuitement que je vous fis mes confidences... Voyons, rappelez-vous, je vous mis à contribution d'une pièce de cinq francs.

— En effet. Ce n'était pas cher. Mais à ce moment j'étais bien jeune...

— Et aujourd'hui, je commence à me faire vieux; aussi, j'augmente mes prix; pourtant ils restent abordables. Par exemple, si je vous proposais de vous faire profiter de mon expérience, de vous montrer sans voiles, au fur et à mesure de vos besoins, le monde dans lequel vous faites présentement vos débuts, ne consentiriez-vous pas à diminuer de cinq cents francs, à mon bénéfice, les cent mille francs dont vous allez hériter ces jours-ci?

— Je serai enchanté de vous être utile. Pouvez-vous, pour commencer, me donner quelques indications sur les personnages ici présents?

— Facilement. Ils constituent, en raccourci, la France dirigeante; quant à la France dirigée, elle ne se constitue pas, même en raccourci; on ne la conçoit qu'en émincés, en rognures, en purée. Voici Mme Glabisot, pour commencer; la femme artiste et patriote; ni femme, ni artiste, ni patriote; une femelle au tatouage tricolore; l'âme française palpite devant les navets de cette gaupe. M. Glabisot, directeur des Défalcations au ministère des Finances, et membre du Conseil des Transactions; vous savez ce que c'est que ce Conseil? Les tarifs prohibitifs français constituant une prime indirecte à la fraude, les fraudeurs sont très nombreux; quand ils sont pincés, ils sont condamnés à l'amende, à la prison, au payement de sommes toujours considérables à l'administration des Douanes; les fraudeurs ne peuvent pas payer, ou désirent ne pas payer; c'est alors que le Conseil des Transactions entre en scène; il transige avec les fraudeurs, je n'ai pas besoin de vous dire ni au détriment de qui, ni au bénéfice de qui. Voici, pour vous donner un exemple, comment les choses se passent. L'honorable M. Delanoix, qui est votre parent, et en même temps l'un de nos grands contrebandiers nationaux, j'oserai dire patentés, à connaissance d'une fraude qui se pratique quelque part et d'une certaine façon; il en informe M. Raubvogel, qui est en même temps son gendre, votre cousin et mon patron. M. Raubvogel s'arrange de façon à faire poursuivre les fraudeurs, qui sont condamnés, grâce à des influences mystérieuses, à des remboursements ruineux, amendes, etc. Les fraudeurs, je suppose, doivent verser cinq cent mille francs au Trésor et payer une amende de trois mille francs; ils demandent à transiger; le Conseil des Transactions, présidé par M. Glabisot, patriote, et composé d'autres patriotes, décide de se contenter de l'amende et de renoncer à exiger le remboursement des cinq cent mille francs. Faut-il vous dire que les fraudeurs, dans leur joie de se voir quittes à si bon compte, oublient une somme rondelette sur la table du Conseil? M. Glabisot a sa part, mon patron a sa part, M. Delanoix a sa part, tous ces messieurs ont leur part. Les contribuables...

— Que disent-ils?

— Ils ne savent rien; donc, ils ne disent rien. Il est vrai qu'ils pourraient savoir. Mais ils préfèrent crier : Vive la France! Ils préfèrent lire le journal *Lutèce*, commandité par le gouvernement et M. Raubvogel, dirigé par M. Ganivais, voleur, fils de voleur, qui ignore l'orthographe, et rédigé par M. Pronc, dégoûtant raté qui met aux enchères son honnêteté douteuse et considère la République comme sa propriété particulière; ils préfèrent lire le *Petit Journal*, jouer aux cartes, se faire cocus et se saouler. M. Dufour-Hagalon est magistrat; est-il nécessaire de vous apprendre ce que c'est, à part de rares exceptions, qu'un magistrat français?

— Non! Non!

— Je suis heureux de voir que vous n'avez pas encore perdu toute foi en la Justice, puisque vous ne voulez pas entendre parler des gens qu'on paie pour la rendre. Ce Dufour-Hagalon, vous le voyez, n'est plus qu'une ruine, un débris; simple particulier, il serait inoffensif, un gaga bénévole; juge, il est simplement terrible. Ses vices honteux, qu'exaspère l'âge, l'ont placé sous la domination absolue de sa femme, qui pourvoit elle-même aux passions de son mari et lui procure les enfants qu'il aime comme les aimait Tibère. Ce vieillard infâme est donc devenu un instrument docile aux mains d'une femme avide d'argent qui lui fait faire la quête, au su de tout le monde, dans les plateaux de la balance de Thémis. Pourquoi Mme Dufour-Halagon a-t-elle besoin d'argent? Pour s'offrir des admirateurs. La réalisation de ses désirs ne pourrait pas s'opérer gratuitement; regardez-la : c'est un monstre de graisse. Même pour de l'argent, tout le monde n'est pas disposé à l'adoration du phénomène. Telle qu'elle est à présent, la dame n'est guère alléchante; mais lorsqu'elle laisse tomber ses derniers voiles, c'est à terrifier les plus intrépides; elle a, paraît-il, un harnais, poitrail, sous-ventrière, plate-longe et avaloire; et c'est insuffisant. Mon patron, qui a grand besoin d'un jugement rendu dans un certain sens par le président à la Cour, vient de découvrir un admirateur pour l'épouse d'icelui...

— Pas vous, j'espère?

— Non. Il m'est arrivé autrefois...

— Et vous avez fait votre Joseph?

— Permettez-moi de rééditer un mot fameux : j'ai fait mon Jonas. Mais c'est assez pour une existence. C'est ce jeune Israélite que vous apercevez là-bas, M. Issacar, qui va goûter du fruit défendu. Ma patronne, qui sans doute l'a mis à l'épreuve pour s'amuser, et qui en répond comme d'elle-même, l'a invité ce soir afin de le présenter à la présidente. Voyez comme le mastodonte le couve des yeux. Ce garçon-là, qui d'ailleurs n'a pas l'air bête, fait preuve d'un courage rare à son âge. Je ne crois pas me tromper en lui attribuant une grande ambition et en prédisant qu'il ira loin.

— Pourriez-vous en dire autant de ce monsieur noirâtre...?

— M. Triboulé? Non. Il n'ira pas jusqu'à Cayenne. Clairvaux lui suffira; et encore, il n'y restera pas fort longtemps. C'est un des parasites de la défense nationale; entremetteur, intermédiaire, agent; traduisez : espion, escroc, traître; une de ces mouches charbonneuses qui volent autour de ce char de Bellone qui n'est que le corbillard de la gloire. Cet être-là entre partout, surprend tout, vend tout. Sa femme, cette jolie femme qui cause justement avec Monsieur votre père, lui ouvre toutes les portes du ministère de la Guerre. Qu'en dire de plus? Qu'elle trafique de dispenses, d'exemptions, de congés militaires? En régime démocratique, ce sont là péchés véniels... Puisque nous parlons de la démocratie, je dois vous dire deux mots de l'un de ses plus éminents serviteurs, M. Camille Dreikralle. Ce député n'est pas beau, comme vous pouvez le constater, mais il est assez habile pour s'être réservé depuis plusieurs années le rapport du budget de la guerre. Ce que cela lui vaut, je vous le laisse à deviner; croyez, en tout cas, que c'est préférable à une ferme en Normandie.

— J'imagine en effet...

— N'imaginez rien. Attendez un peu, et vous verrez. Les terribles leçons de 1870 n'ont porté aucun fruit. On dit que l'expérience instruit les imbéciles; mais les Français ne sont pas des imbéciles, car l'expérience ne les instruit pas. Tenez! Voilà deux ou trois vieux généraux là-bas, papillonnant autour de Mme Raubvogel; vous savez de quels désastres ils furent les artisans; vous voyez de quel respect et de quelle adulation ils sont l'objet; et pas seulement ici; partout. Parler de leurs défaites, de leur incapacité, de leurs trahisons, serait vouloir se faire lapider. « Ce sont des choses, disait l'autre jour un journal, sur lesquelles il est de bon goût de faire le silence. » De bon goût!... Et tout ce monde-là, je n'ai pas besoin de vous le dire, va manifester devant la statue de Strasbourg, le 28 septembre, le 14 juillet, à d'autres dates encore. Ma patronne, en grand costume d'Alsacienne, mène la danse, escortée à gauche de son mari, volontaire de 1870 comme vous savez, et flanquée à droite de M. Glabisot, patriote qui passa l'année terrible en Belgique. La France est assez riche pour payer sa gloire; elle l'est même assez pour payer sa honte, voire sa sottise. Une riche nature, la France! Voilà encore des types français, au bout du salon; bien français, et même bien parisiens; un romancier, cochon triste; un vaudevilliste, truie lugubre. Plus loin, le peintre Coquard, qui cuisine à l'huile la gloire des vaincus, concurrent souvent heureux de la femme Glabisot. Et puis, le docteur Kaulbach; de celui-là, on ne sait positivement rien, sinon qu'il a le diabète. Ça, c'est certain. On dit que c'est Clemenceau qui le lui a donné. Ce n'est pas sûr. C'est plutôt sucré. J'aperçois même un socialiste, à côté du piano; n'ayez pas peur; c'est un socialiste qui a donné pour base à son socialisme la suprématie nécessaire de l'Armée et du Capital.

— Et patriote aussi, probablement?

— A tout casser. Ce sont des patriotes à tous crins, les possédants, les arrivés, les nantis. Ils ont camouflé le salon de leur lupanar en salle d'attente; prétendent attendre un train pour l'Allemagne, le train de la revanche, qui ne partira jamais, qu'ils savent ne point exister; et ils ont un petit instrument qui fait grand bruit, qui souffle et qui crache, et qui siffle de temps en temps; et le bon peuple, auquel l'entrée de la confortable salle d'attente est interdite, croit à l'existence d'un énorme engin, frémissant et sous pression; et il paie joyeusement, le bon peuple, pour l'alimentation et l'entretien de la machine qu'il suppose — ou plutôt, car il faut dire tout, — qu'il fait semblant de supposer.

— Et l'Armée existe pour défendre tout ça?

— Oui. Et surtout — écoutez-moi bien — pour être défendue par tout ça.

*
* *

Je ne peux pas dire que j'étais positivement gai en regagnant la maison. Malgré des essais de flirtation assez bien accueillis par Mme Triboulé, malgré les amabilités que m'avaient prodiguées les hôtes de Raubvogel, la conversation que j'avais eue avec Gédéon Schurke ne cessait de répercuter en mon esprit ses phrases désabusées. L'entrée que je venais de faire dans l'existence me semblait une assez piètre entrée; j'avais eu le temps de m'apercevoir qu'un sous-lieutenant n'est qu'un sous-lieutenant. Et la vie elle-même ne m'offrait aucune des illusions qu'elle doit présenter d'ordinaire aux jeunes gens de mon âge qui se sentent, pour la première fois, une épée au côté.

Elle m'apparaissait, cette vie, comme une sorte de jeu de hasard ou plutôt d'artifices. Chacun peut jouer qui s'arrange à s'approcher des tables; la tricherie est permise, sinon encouragée; l'argent roule sous le râteau des croupiers cyniques; et de temps en temps une main rude, noire, calleuse, — la main d'un personnage malpropre qu'on ne voit jamais, heureusement, — vient jeter sur le tapis de l'or tout humide de sueur; de l'or qui remplace incessamment celui qu'ont raflé les doigts des joueurs auxquels la chance a souri. C'est seulement le jour où je pourrai m'approcher des tables, avoir ma part, que j'entrerai réellement dans la vie; et ce ne sera pas sans coudoiements, sans bousculades et sans promiscuités. Ou bien, alors, végéter...

Ce matin encore, dans le train qui m'emmène à Versailles où j'ai rendez-vous avec le notaire, je suis perplexe et morose. Je ne me sens pas, naturellement, ambitieux; et j'hésite à me convaincre de la nécessité de le devenir. Et d'abord, quelle ambition? L'ambition du bonheur en gros. La petite ambition des hommes qui courent après les honneurs, les postes et les grades est seulement le résultat de leur vain désir d'être heureux. La vie est telle que peu de gens peuvent être heureux en eux-mêmes et par eux-mêmes. Généralement, on se crée un bonheur illusoire qui n'est que le froid reflet de la foi qu'ont les autres en votre félicité, de l'admiration qu'ils professent, plus ou moins sincèrement, pour le personnage social que vous figurez. Pouvoir, richesse, — mais quel pouvoir! et quelle richesse! — c'est-à-dire bonheur — mais quel bonheur! — voilà le but, le fruit de l'ambition. Peuh!... Et puis, ce doit être si fatigant, l'ambition, surtout lorsqu'elle est voulue, non instinctive! Ça doit vous user et vous ronger si impitoyablement! Et la fortune ne vient-elle pas en dormant? Pourquoi donc ne pas dormir, laissant au destin le soin d'arranger les choses? Du reste, ce n'est pas tout de faire le plongeon : faut savoir nager. Saurais-je nager?...

Mais mes préoccupations disparaissent comme par enchantement devant l'accueil que me fait le notaire. J'ai rarement vu un homme plus aimable que ce tabellion. D'abord, avec force compliments, il m'apprend que ce legs que m'a fait le regretté M. Freeman s'élève, toutes réalisations opérées, à plus de cent mille francs; puis, il me propose de me faire immédiatement, sur cette somme, une avance de vingt mille francs; ce que j'accepte avec plaisir; ensuite, il me retient à déjeuner. Mme la tabellionne, qui frise la quarantaine mais a tout l'attrait des fruits mûrs se montre charmante pour moi : le déjeuner est exquis; les vins, de première marque. Aussi, lorsque je prends congé du notaire, vingt billets de mille francs dans mon portefeuille, et légèrement allumé, l'existence se présente à moi sous les plus riantes couleurs. Je me sens vivre. Du haut de mon importance, je réponds aux saluts des soldats, je toise dédaigneusement les pékins, je regarde les femmes dans le blanc des yeux. Je me sens décidément pétri d'une autre argile que le commun des mortels. Aujourd'hui, tout le monde est soldat; mais tout le monde ne porte pas l'épaulette; l'obligation du service militaire a rehaussé le prestige des officiers. Nous ne sommes plus simplement une classe à part; nous sommes une classe supérieure. Un sentiment domine tous ceux qui m'agitent : je porte l'épaulette; tout le monde doit m'en savoir gré; tout le monde doit m'en récompenser.

Je m'achemine, cependant, vers la demeure de M. Curmont, décidé à faire admirer au bonhomme, dans tout son lustre, le représentant par excellence de l'armée française que je me sens devenir de plus en plus à chaque pas. J'approche de la maison. J'entends le son du piano; Adèle est là. Tiens! Adèle... je l'avais presque oubliée.

C'est elle justement qui vient m'ouvrir et qui pousse un cri de joie en m'apercevant. Elle est seule à la maison. Son père est à Paris et regrettera bien de s'être absenté lorsqu'il sera informé de ma visite. Comme elle est heureuse de me voir en uniforme! etc., etc. Je suis resté trois quarts d'heure, chez M. Curmont.

Pendant le premier quart d'heure, Adèle me complimente sur ma bonne mine et mon allure martiale. Je lui dis mon plaisir de la revoir et je hasarde quelques mots discrets sur sa beauté, qui est réelle, et sur son charme plus réel encore. Nous nous rappelons réciproquement des souvenirs d'enfance; et nous nous trouvons, tout d'un coup, assez embarrassés de continuer. Adèle, pour rompre le silence, s'extasie sur le magnifique avenir qui m'attend. Et son avenir à elle? Elle secoue la tête. Pas brillant, son avenir. Moins que brillant. Elle est fatiguée, lasse de la musique, du monotone tran-tran des leçons et des concerts, dégoûtée de la vie qu'elle mène; pas d'horizon, pas de futur, rien. Elle se sent seule, très seule, trop seule.

Pendant le second quart d'heure, je compatis sincèrement aux douleurs et aux soucis d'Adèle; j'affirme ma sympathie, j'offre... Je ne sais pas ce que j'offre... Je suis prêt à tout offrir, pourvu qu'on m'offre tout. N'avons-nous pas été, pour ainsi dire, frère et sœur! Oui, oui? Oh! pourquoi ne le serions-nous pas encore, et encore davantage?... Je me rapproche d'Adèle, tout en parlant. Je lui saisis la main. Elle se laisse prendre un baiser. J'essaie d'en dérober un autre. Elle résiste; se lève. Je l'enlace; elle se débat mollement, recule d'abord dans la direction du piano; puis, plus loin, vers un coin où se trouve un canapé.

Pendant le troisième quart d'heure, Adèle me conjure de la respecter. Et c'est en vain.

* * *

Dans le train qui m'a ramené à Paris, j'ai sommeillé et j'ai rêvé, chose bizarre, d'Adèle se promenant au bras du rapporteur du budget de la guerre, Camille Dreikralle. Depuis j'ai encore rêvé d'elle plusieurs fois; elle fait, du reste tous ses efforts pour ne point se laisser oublier. Elle m'écrit lettre sur lettre, me sommant de faire mon devoir, de me conduire en galant homme, etc. Je ne réponds pas à ces lettres. Épouser Adèle est impossible. Son père ne lui accorderait sans doute pas la dot réglementaire; et je ne pourrais lui reconnaître cette dot qu'en me prêtant à des manœuvres que réprouve mon honneur de soldat. Quant à vivre avec elle en dehors du mariage, je ne veux même pas y penser. L'autorité militaire frappe l'officier qui s'obstine dans une liaison irrégulière, incompatible avec le décorum qu'exige l'épaulette; elle le met en non-activité. Pas de ça.

Pourtant, les objurgations d'Adèle, ses reproches de plus en plus violents, m'énervent. L'agacement, la crispation continuelle de tout mon être, me rendent féroce. Je rêve de guerre, de massacres, de boucheries. Évoqués par une rage impuissante contre les autres et surtout contre moi-même, toutes sortes de besoins cruels montent en moi, ou remontent en moi. « Donnez à l'humanité dix ans de carnage, a écrit un philosophe, et vous verrez reparaître le cannibalisme. » Je compte sur ces dix années-là. Et j'espère que, dans les bons hôtels du futur, les anthropophages seront admis à table d'hôtes. Heureusement, ainsi que le dit Herbert Spencer, la licence sexuelle exclut la férocité. Vous allez voir comme c'est vrai.

*
* *

Et puis, à quoi bon? A quoi bon étaler la banalité d'aventures douteuses qui valent à peine qu'on en chasse le blafard souvenir d'un haussement d'épaules? Ces femmes... Leur vénalité bruyante ou leur sot enthousiasme me rappelaient de plus en plus vivement l'autre femme, l'amie dont ma brutalité vaniteuse avait fait une victime; leurs caresses éveillaient ou ravivaient en mon cœur la honte de moi-même, m'emplissaient d'un grand désir d'expiation. Car je comparais, et je comparais sans cesse malgré moi, le semblant d'amour que j'avais aux réalités passionnelles qui auraient pu être miennes. C'est pour moi, pour moi surtout, pour moi seul, que j'aurais voulu réparer; que j'aurais réparé, si j'avais pu...

Pouvoir! Comment? Adèle n'écrit plus. Voilà un mois qu'elle n'écrit plus. Que faire? Comment entrer en communication avec elle? Des moyens, je n'en trouve point; peut-être pas exprès. Une fois, deux fois, je vais à Versailles; je rôde autour de sa maison, espérant la voir; espoir vain. Je rentre à Paris, persuadé qu'elle va m'écrire. Pas de lettre; son silence, qui m'a d'abord attristé, m'irrite à présent. Je le ressens comme une insulte. C'est presque un commencement de vengeance, on dirait, ce silence; c'est comme si elle s'était résolue à lutter contre moi. A lutter!... Ah! Ah!...

L'exaspération m'empoigne. Une réparation? Pour rire! Des phrases cyniques, des images grossières me montent à la tête, se bousculent. Eh bien, j'en aurais une couche, comme on dit, d'être plus chevaleresque que tout le monde. D'abord, pourquoi? Ma propre opinion? Elle m'absout. Mon devoir vis-à-vis de moi-même est de ne pas briser mon avenir, de ne point placer d'obstacles dans ma vie. Adèle serait un boulet. Je suis un officier; pas un galérien. L'opinion des autres? Sans valeur. Les autres se conduisent comme moi; encore plus mal; et avec la connivence, l'approbation ou la tolérance générales. Ils ont même, pour les aider dans leurs trafics, des gens comme Schurke, le « bras droit » de Raubvogel, qui les traitent de coquins dans leurs propres maisons, au coin de leur cheminée. Quelle sécurité ont-ils donc, excepté la certitude de l'apathie ou de la lâcheté publiques — apathie voulue, lâcheté soldée? — Et j'irais me gêner pour ces êtres-là? Des nèfles... Ah! Dieu de Dieu, que je m'ennuie!...

Mon père, heureusement, m'aide à secouer ma mélancolie. Il a toujours le mot pour rire; la pièce pour rire, pas toujours. Il me fait de petits emprunts et de grandes confidences. Il m'assure que, l'argent, il n'y a que ça; c'est une découverte qu'il a faite récemment : ah! s'il s'était seulement douté de la chose plus tôt! Et il me parle, avec une amertume sarcastique, de certains de ses collègues qui ont toujours accordé au vil métal, dans leurs préoccupations, la place qu'il mérite. Ainsi, Lahaye-Marmenteau; en voilà un qui a toujours eu le flair, pour l'argent! Tout lui est bon, pour s'en procurer. Et malin! Il prête à intérêts, il fait l'usurier! Oui; mais c'est afin de prêter sans intérêts, et à fonds perdus. A qui? A tous ceux qui peuvent l'aider — ou qui peuvent le gêner. Il a son but; il veut être mis à la tête de l'État-Major général. Ah! l'argent est tellement nécessaire, pour arriver!... Mon père, surtout lorsque ses fonds sont en baisse, a horreur de l'isolement; il ne me quitte pas; on nous voit partout ensemble. Nous avons l'air d'avoir résolu de réhabiliter la Famille.

***

Par exemple, nous voilà assis tous deux sur un large divan, dans le vaste atelier de Mme Glabisot. Aux murs, ce ne sont que trophées d'armes, casques, drapeaux, cuirasses, équipements de toute espèce et de toute époque; dans les coins, des mannequins revêtus d'uniformes variés, un cheval empaillé; on s'étonne de ne point voir des flaques de sang sur les tapis. La dame évolue devant nous, culottée de velours noir, car c'est vêtue d'un costume masculin qu'elle élabore ses chefs-d'œuvre.

— Voyons, général, demande Mme Glabisot en étendant

sa main armée d'une brosse vers l'écran blanc d'une immense toile, comment concevez-vous la disposition des groupes?

— Ma foi, madame, répond mon père en se levant, voici, à mon humble avis, la meilleure façon d'opérer : nous avons dix mètres de longueur sur six de haut; nous accorderons six mètres à l'attaque et quatre mètres à la défense. Les six premiers seront occupés par les troupes allemandes, à raison de trois mètres et demi pour les vivants et deux mètres et demi pour les cadavres. Les quatre autres mètres seront consacrés à la reproduction de la ferme de la Chevrette et de ses défenseurs; ne me mettez pas au premier plan, je vous en prie; au fond de la toile, on apercevra les maisons de Nourhas...

— Parfait! s'écrie Mme Glabisot. Voilà bien l'exposé clair et précis d'un soldat. Et quelle compréhension des nécessités artistiques!... Mais, général, il faut que je vous le demande, car l'histoire est muette à ce sujet; combien de temps pûtes-vous vous maintenir dans cette ferme contre les hordes teutonnes?

Mon père rougit légèrement, hésite un peu.

— A peu près... A peu près... Une heure. Une bonne heure... Vous comprenez, c'est déjà si loin!

— Oh! ces héros! glapit la femme-peintre. Quel courage, et quelle modestie! Des âmes d'enfants dans des...

Elle s'arrête à temps.

*
* *

Mon père, lui, n'a pas dû s'arrêter; car je m'aperçois bientôt, à la prospérité soudaine de sa situation financière, qu'il est dans les meilleurs termes avec la femme-peintre. Je dois dire que moi aussi je suis devenu l'un des familiers de Mme Glabisot. Son mari m'a pris en grande amitié et a entrepris de parachever mon éducation patriotique. Bien que je méprise ce Gaulois et que je juge à leur juste valeur ses tirades revanchardes, il est parvenu, je ne sais comment, à me faire partager ses sentiments tricolores et à m'imprégner de son chauvinisme. La maladie n'a pas duré longtemps, mais elle a duré quelque temps. J'ai été parader avec les Glabisot, les Raubvogel et les gueulards des ligues imbéciles à la statue de Strasbourg. La méditation m'a guéri; la méditation forcée. Mme Glabisot, en effet, m'a demandé de vouloir bien poser pour un jeune officier qui figure dans son tableau de la *Défense de Nourhas;* j'ai été forcé de m'exécuter. L'immobilité des poses m'a conduit à réfléchir. J'ai compris, définitivement, combien sont ridicules et couardes ces manifestations patriotardes qui masquent mal la décision irrévocable de la France d'accepter, coûte que coûte, les faits accomplis.

Et comment ces faits s'accomplirent, je me sens pris de l'idée de le savoir. Grâce à ma connaissance de l'allemand, il m'est facile d'étudier, plus sérieusement qu'on ne le fait d'ordinaire, l'histoire vraie de 1870. Et je ne tarde pas à me convaincre que la première partie des défaites éprouvées par la France est due exclusivement à l'incapacité et à la félonie des chefs militaires; et que la seconde partie de ces désastres est due, aussi, à la lâcheté nationale. La France a été conduite au feu par des ignorants; elle a été trahie; mais surtout, elle n'a pas voulu se défendre. Devant les faits, la légende doit disparaître. La France qui, après Wörth, place une seconde épée de commandement dans les mains d'un Mac-Mahon; qui, après que Bazaine a trahi Frossart à Forbach, le garde à la tête de l'armée de Metz; qui met au pouvoir, après Sedan, les fantoches des Principes républicains; qui se plaint sans cesse d'être « écrasée sous le nombre » lorsque cinq cent mille hommes, à Paris, ne peuvent triompher des deux cent mille Allemands qui investissent la capitale, et lorsque cent mille homme, le 19 janvier 71, sont battus en dépit de l'appui des canons des forts par les vingt-cinq mille soldats du 5e Corps d'armée prussien — cette France-là mérite son sort. Je pense, de plus qu'elle l'a désiré; qu'elle a désiré la paix à n'importe quel prix.

Je me souviens d'avoir vu, autrefois, une chromolithographie qui représententait les soudards germaniques obligeant la France à signer la paix. La femme échevelée qui figure la France est entourée de Prussiens ivres, brandissant des coutelas et des torches, qui lui tiennent le poignet et la forcent à signer un papier. Ah! ce n'est pas ça! La paix honteuse, celle qui fut ratifiée à Francfort le 10 mai 1871, fut conclue volontairement, en toute connaissance d'infamie.

En fermant les livres qui m'ont appris ce qu'il faut croire, qui m'ont démontré l'inanité du mensonge tricolore, j'ai une crise de dégoût et d'indignation, moi qui vais entrer dans cette armée qui succède à celle de l'Année Terrible — oh! l'horreur de cette expression — et qui en diffère si peu... Et puis, ça passe... On s'habitue à tout. On oublie tout... Le seul témoignage qui nous reste de la Commune, c'est la basilique du Sacré-Cœur, cette église du Vœu National, Vérité catholique enfin sortie de ses puits pour démontrer l'absurdité de ces grossières erreurs humaines qu'on appelle des appétits. Et combien de gens pensent à la création de l'Empire allemand lorsqu'ils vont à Versailles afin, comme disait Louis Börne, « de voir couler en jets d'eau et en cascades les larmes de leurs ancêtres »?

L'effort, l'énergie, à quoi bon?... Je tente de réagir, pourtant. Me rappelant que je vais bientôt avoir à prendre ma place dans un régiment, j'essaye de travailler un peu; je me sens trop classé, spécialisé dans mon arme; trop fantassin. Mais tout effort me dégoûte vite. A quoi bon? N'est-ce pas la règle que l'infanterie ignore tout de l'artillerie, et vice versa? Les galons viendront tout seuls. Il n'y a qu'à laisser pleurer le mérinos.

Sur ces entrefaites, je reçois avis que je suis affecté au régiment d'infanterie qui tient garnison à Nantes. Ce régiment vient de perdre, coup sur coup, un sous-lieutenant et un lieutenant. Le sous-lieutenant a été tué involontairement, à une revue, par le général Dufrocard; le brave général, examinant le revolver de l'officier, a pressé la détente par mégarde; le revolver, étant chargé, a envoyé deux balles dans la tête du malheureux jeune homme, qui s'est affaissé sur lui-même. On a beau être sous-lieutenant, on n'est pas de bois.

Quant au lieutenant, il n'a pas été tué; il a tué, ce qui a motivé sa radiation des cadres; il a tué sa femme, une femme riche qui ne lui donnait pas du tout l'argent qu'il demandait, bien qu'il ne l'eût épousée, au su de tous, que pour sa fortune. Comme elle n'était pas morte sur le coup, il a demandé, en bon catholique, qu'on lui administrât les sacrements. Ce n'est pas tout, de tuer sa femme. Il y a la manière.

XII

Je me souviens parfaitement que mes premières sensations, à Nantes, furent dominées de haut par l'ennui et le désappointement. Je sais aussi que les premières impressions que me donna la vie militaire peuvent trouver leur sommes en ces deux termes : monotonie et vulgarité, qui eux-mêmes se résoudraient facilement en celui-ci : néant. Par son côté strictement soldatesque, l'existence de l'officier ne présente qu'un intérêt très relatif, au moins en temps de paix; elle se rapproche, non pas même de celle du professeur, mais de celle du pion; la caserne étant surtout, de même que l'école, une fabrique de servilité.

Il ne m'a pas déplu, certes, au début, d'être pris au sérieux par mes subordonnés et même par mes chefs; de pouvoir m'affirmer comme un homme. Mais je n'ai pas tardé à constater le peu de valeur de notre raison d'être à tous, supérieurs et inférieurs; et à reconnaître que je n'étais qu'un automate dont la fonction consistait, une fois remonté, à remonter d'autres automates. Obéir et commander, ces deux infinitifs autour desquels les épaulettiers accomplissent leur promenade en queue de cervelas, ne me semblaient ni d'une infinie grandeur ni d'une infinie beauté. Quant à de l'amour et à de l'admiration pour ma profession, quant à l'enthousiasme, au feu sacré, au culte des traditions et autres breloques morales, tout cela n'existait en moi que pour mémoire. Il est excessivement rare qu'il en soit autrement. Se couvrir de gloire, accomplir des actions d'éclat, gagner la réputation d'un grand stratège ou d'un Poliorcète, ce sont des rêves qu'on fait quelquefois; mais de moins en moins; et ça passe vite. Généralement, après quelque temps, on en vient à se considérer comme fonctionnaire. Fonctionnaire inamovible, privilégié; et d'essence supérieure. Cette supériorité dont on se flatte n'est pas tout illusoire : la fonction militaire est sans doute la seule que l'homme ne puisse pas déshonorer tout à fait; il n'est pas toujours possible de fuir ou de capituler.

Comme le rôle de fonctionnaire ne me plaît que modérément, je me reproche parfois d'avoir fait fausse route. Je crois que beaucoup de mes collègues, au début, pensent de la même façon, s'il leur arrive de penser. Mais on s'habitue; le métier conquiert l'être. On reste dans l'armée comme les nations modernes restent aux pieds de leurs armées; par une résignation un peu ahurie, assez couarde, mal déguisée en volonté.

Je cherche à me rappeler à peu près mes débuts dans l'armée. Toutes sortes de tableaux défilent devant mes yeux; des sensations revivent, atténuées, aiguës, rapides; des souvenirs voltigent, passent, s'affirment, s'écroulent. Je saisis des bouts d'images; il y a des lueurs, des échos; des odeurs se précisent, se transforment, s'unifient — relent d'un passé qui n'a point cessé d'être le présent —. Des souvenirs, donc...

Ce que je voudrais surtout retracer ici, c'est la vie de l'officier, non pas au quartier, mais en dehors du quartier; c'est-à-dire, si vous voulez, dans ses rapports avec cette partie de la population qui n'est pas strictement militaire.

De la caserne, par conséquent, je ne dirai pas grand-chose. Ce qu'on en ignore, du reste, c'est juste ce qu'on n'en veut point savoir. Moi, de plus, je ne suis soldat que par définition générale; officier, pas troupier. J'ignore donc la caserne; je n'en connais guère que l'aspect extérieur. Je la soupçonne horrible; je la suppose infecte. Je sais que lorsque nous visitons les chambrées, nous autres chefs, à certains jours fixés d'avance, nous ne pouvons nous donner qu'une idée très réduite de leur abjection réelle. La caserne, étant donné ses indéniables résultats : abrutissement, avilissement, épidémies et taux exagéré de mortalité, pourrait apparaître à un cerveau mal fait comme le conservatoire de la vermine morale, comme l'antre du typhus. Mais, en créant l'esprit de servilité, elle tue l'esprit militaire réel. L'impression qu'elle produit sur les hommes qu'on y jette chaque année est plutôt sinistre. L'abattement, le découragement qui s'emparent des conscrits dès leur arrivée au corps ne peuvent être niés. Pour un rien, pour la cause la plus futile, sans cause précise, ils se tuent ou désertent; il y a, en moyenne, vingt mille désertions par an; le nombre des insoumis est considérable. Mais ne sont-ce pas là des maux nécessaires?

Discipline, astiquage, parade. Voilà des modes, peut-être pas les plus hauts, de l'activité humaine. Méchanceté du cadre supérieur pour le cadre inférieur; méchanceté du cadre inférieur pour la troupe : méchanceté du vieux soldat pour le jeune soldat. Comme le jeune soldat devient à son tour le vieux soldat, il y a compensation. Labeur dérisoire, mais acharné. Le travail de l'armée est irréel, vain; mais il est accompli avec un incontestable sérieux. Certaines besognes imposées aux soldats, obligatoires bien que peu réglementaires, sont cependant effectives : il faut avoir le courage de l'avouer. Ils opèrent le déménagement des officiers, de leurs familles, de leurs amis, et des congrégations non autorisées; ils servent de rabatteurs dans les grandes chasses et de domestiques un peu partout; on les met au service des patrons, dont ils fusillent les ouvriers mécontents et dont ils font l'ouvrage, sans salaire. On en fait des larbins, des cochers, des marmitons, des blanchisseuses, des bonnes à tout faire et des nourrices sèches. Quand ils ont des talents particuliers, on en tire parti sans hésitation : j'avais dans ma compagnie, il n'y a pas longtemps, un tailleur pour dames auquel ne laissait nul répit la partie féminine de la garnison. Et un homme que j'avais pour ordonnance n'a pas mis les pieds trois fois au quartier pendant les dix-huit mois qu'il est resté à mon service. C'est de cette façon que les officiers préparent les soldats à la défense de la patrie. Cela ne vaut-il pas mieux que de ne point les préparer du tout?

On a dit que le service militaire obligatoire développe

l'esprit, élargit l'intelligence, force l'homme à sortir de son trou, à voir du pays, à étendre son horizon mental. Les faits prouvent le contraire. Qu'il aille à droite ou à gauche, le soldat est enfermé dans une camisole de force qui l'empêche de se mouvoir librement. Les mêmes vices, les mêmes tentations, le guettent partout; il est la proie des mêmes trafics. Le Militarisme, expression faussée de la nécessité de défense nationale, pervertit l'entendement, tue l'initiative, l'esprit d'aventure, le besoin d'action, fait d'un homme une bête fonctionnante ou une sale loque. Il ne faut pas de caractères, dans l'armée. Il faut l'obéissance passive. Ou bien — Biribi. Ou bien — la Mécanique.

Les réservistes et les territoriaux viennent accomplir leurs périodes d'instruction; quelquefois joyeux de reparaître sous les drapeaux. Pendant vingt-huit jours, pendant treize jours, ils sont employés à des corvées dégoûtantes mais peut-être nécessaires; cassent des cailloux; nettoient des vieux effets; graissent des cuirs; font quelques manœuvres; n'apprennent point le maniement des armes nouvellement mises en service. Et leurs officiers, anciens volontaires d'un an ou gloires d'Ecoles, généralement riches, les traitent suffisamment mal; nous n'avons presque pas besoin de nous en mêler. On les insulte, on les punit, on les exploite, on les vole; mais, sûrement, sans aucune mauvaise intention. L'armée n'est-elle pas une grande famille?

Si. L'armée est une grande famille. Une famille comme l'autre. Où les déshérités, les faibles, sont méprisés, tenus à l'écart, injuriés, maltraités; avec des tyrans et des esclaves; des exploiteurs et des dupes; des parents pauvres et des souffre-douleurs. La Grande famille — la famille en grand.

Et les officiers? Ils ennuient les hommes. Surtout, ils s'ennuient. Ils vont du champ de manœuvres à la caserne; de la caserne au mess; du mess au café; pérorent, hâblent; parlent de bonnes fortunes peu réelles et peu fréquentes; en rêvent; se montent des scies, se jalousent, s'espionnent, se rendent des services, de mauvais services. Leurs conversations roulent sur l'exercice, les règlements, les potins du régiment, les cancans de la ville, les qualités des grands chefs, les bévues des capitaines, les faiblesses des commandants, la jalousie fatiguée et sournoise du lieutenant-colonel, la fragile et tremblante ambition du colonel. Et les femmes, les femmes, les femmes... Peu de brutes alcooliques; des êtres vaniteux et inconscients, plutôt. La majorité affiche des prétentions aristocratiques. D'aucuns, à bon droit : petits-fils d'émigrés, rejetons de chouans, avec de l'eau bénite dans les veines, de la mœlle de traître et du mercure dans les os. D'autres, sans aucun droit aux particules dont ils s'affublent, aux dénominations sonores dont ils agrémentent la vulgarité de leurs noms patronymiques, aux blasons qu'ils exhibent orgueilleusement, après boire. Cette noblesse de fantaisie emplit de ses ridicules mensonges l'Annuaire de l'Armée. Elle affecte un immense mépris pour les civils et les républicains — les voyous. L'arrogance, d'ailleurs, est de règle devant le commun des mortels; exactement comme la platitude en présence des supérieurs.

La préoccupation intime, facilement avouée, c'est la fortune, l'argent. La solde est maigre; et, bien qu'avec la somme que nous recevons mensuellement un ouvrier trouverait moyen de nourrir sa famille, nous ne pouvons vivre. Il y a tant de dépenses nécessaires, inutiles et obligatoires! Heureux ceux qui ont de la fortune; à plaindre ceux qui n'en ont pas. A quels procédés recourent ces derniers pour se procurer des fonds, l'Honneur de l'Armée seul le sait. Et cet argent? Tout aux tavernes et aux filles — comme au bon vieux temps. — La noce basse. Le jeu. Quant à l'intellectualité, à part de très rares exceptions, néant. Nulle notion, nul soupçon du beau ou du vrai. Nul effort pour comprendre ce que c'est que la Patrie, ce qu'elle peut être; ce que c'est qu'un soldat, en réalité; ce que doit être un officier; ce que c'est que la Nation armée. Ce sont là des choses qu'il n'est même pas question de savoir. Un vague sentiment d'un vague devoir professionnel, très élastique. Et un culte, d'une sincérité maladive, pour des traditions crevées, des rengaines pourries.

Des types? Pas de types. Les semblants de caractères se distinguent par leur degré plus ou moins marqué d'enfantillage. Leurs seuls signes particuliers sont des marottes, des dadas. Un être puéril, généralement, l'officier; en dépit de sa rudesse fréquente, de son autoritarisme, même de sa cruauté; peut-être à cause de tout ça! Un pauvre être.

En voici un, par exemple. Grand, mince, toujours tiré à quatre épingles, au corset indubitable et au titre nobiliaire douteux. Contre ce titre, il voudrait échanger des titres de rentes. Sa seule préoccupation est celle d'un riche mariage. Il permute sans cesse, traînant d'un bout de la France à l'autre son épaulette, en quête de jeunes filles avec dot, avouant la chose comme normale... D'autres, qui ne l'avouent pas mais qui y pensent toujours sans en parler jamais. Celui-ci, à la tenue volontairement négligée, qui affecte des allures de voyou, siffle, chaloupe. Celui-là, posant au valet de cœur, coiffé en casseur d'assiettes, d'un képi très haut par derrière. Celui-là encore, ridiculement maniéré, aux gestes trop gracieux, qui salue les troupiers en minaudant. Un autre, qui n'aime pas ces manières-là, rèche, crispé, et qui déclare que le salut militaire a été institué afin de laisser à l'homme toute la hauteur de sa taille. Un autre, plus rogue et plus grincheux encore, que font grogner sans trêve les lenteurs de l'avancement; qui se plaint surtout de ce que les officiers des corps de troupes qui vivent avec le soldat sont sacrifiés aux officiers d'état-major, sortant de l'École de guerre, et dont les brevets ne constituent, du point de vue strictement militaire, que des certificats d'ignorance.

Les officiers de grades supérieurs, surtout bureaucrates, écrasés sous une énorme paperasserie. Leur selle d'ordonnance est devenue un rond-de-cuir. Le colonel, grognonnant, mâchonnant, bedonnant, inquiet, congestionné de la peur qu'on ne lui fende l'oreille avant que les étoiles qu'il convoite ne tombent sur sa manche. Le lieutenant-colonel, desséché et poussiéreux, avec des manières de bedeau et l'air d'avoir été oublié très longtemps dans le placard d'une sacristie. Un major, qui a l'aspect d'un souteneur, et qui fut zouave pontifical. Un autre, qui a des allures de remorqueur; souffle, ahanne, halète, semble toujours tirer derrière lui quelqu'un ou quelque chose. Des capitaines, préoccupés surtout de l'ordinaire, et dont deux ou moins sortent de l'ordinaire. Le premier a été promu récemment et vient d'être proposé pour la croix. Comme lieutenant, il avait été rapatrié, voilà six mois, sous prétexte de dérangement cérébral, pour avoir fait torturer et mourir sous le bâton quelques douzaines de nègres dans un Soudan quelconque. « Il avait cédé, dit un journaliste qui le défendit alors pour une somme modérée, à la tentation de ne point déranger les habitudes des Noirs qui, depuis des milliers d'années, sont accoutumés à n'obéir qu'à la bastonnade et à la décapitation. » Je dois dire que la dévotion de cet assassin est exemplaire. Quant au second capitaine, c'est réellement un phénomène. Habituellement, n'est-ce pas? les capitaines ne savent plus l'Ecole du Soldat; ils l'ont oubliée. Eh bien, lui, il la sait. Il est célèbre pour ça, à juste titre, dans tout le Corps d'armée. Quand il fait manœuvrer sa compagnie sur le cours Saint-Vincent, devant la maison qu'il habite, sa femme, cachée derrière un rideau et qui sait aussi l'Ecole du Soldat, observe les mouvements des hommes; à la pause, elle signale à son mari, qui monte la consulter, ceux qui manœuvrèrent mal.

Femmes d'officiers : le gros sac, la certaine fortune ou la dot réglementaire. Le gros sac, que les mamans engagent fiévreusement leurs fils à décrocher, et pour le décrochage duquel, d'ailleurs, elles les destinent à l'épaulette dès leur plus jeune âge; la certaine fortune, dont on se contente lorsqu'on sait encore allier, sous les brandebourgs du dolman, quelque sentimentalité à la soif de l'or que rend impérieuse l'oisive existence militaire; la dot réglementaire, dernier refuge des pécheurs en perdition qui réclament un ange gardien. Au début, l'allure de ces dames varie, suivant les *moyens*, de celle du caporal instructeur à celle du demi-castor; plus tard, de celle de la petite bourgeoise aigrie à celle de la dame patronnesse, grasse de bonnes œuvres. Monde bien-pensant, bétail réactionnaire, ivre d'égoïsme, de convoitises, d'autoritarisme, de vanité, dont les mœurs appellent fréquemment l'attention des tribunaux, et dont l'Eglise approuve les opinions. L'Église a fait les mariages, du reste, ou la plus grande partie d'entre eux; exactement comme elle a fait les femmes d'officiers, ou la plus grande partie d'entre elles; et comme elle fait aujourd'hui les officiers ou la plus grande partie d'entre eux. Le cléricalisme a jeté sur l'armée son ombre dévorante, qui s'abaisse de plus en plus. Et les belles madames, « l'élite féminine de l'armée », donnent le ton à la *société* de la ville de garnison, dont elles cultivent les haines antidémocratiques, les rêves de restauration monarchique. Elles n'aspirent, pour la plupart, qu'au jour où les griffes du prêtre étrangleront enfin la liberté, où coulera à gros bouillons le sang des pauvres qui les font vivre; ces femelles de meurtriers, je vous le dis, valent moins encore que leurs mâles. Elles salonnent à la cathédrale, aux grand-messes; paradent aux jardins publics, où joue la musique militaire; posent, chez elles, aux maîtresses absolues de tout et de tous, fortifiées de galons d'or et de panaches, au milieu de l'admiration en jupons ou en fracs de la tourbe mercantile et fonctionnarde.

Elle ne nous quitte pas, elle s'accroche à nous, cette tourbe; cette tourbe qui, si elle s'adonne à l'industrie ou au commerce, vit beaucoup moins de ses propres efforts que des subventions et des primes accordées par le gouvernement, aux dépens des malheureux; qui, si elle s'engraisse dans les sinécures rétribuées par l'État, vit sur les monstrueuses privations des pauvres et sur l'argent apporté, avec des virginités suspectes, par de misérables jeunes filles qui se font épouser pour leur dot.

Cette tourbe, ai-je-dit, ne nous lâche point. Les femmes nous laissent peu de répit, mais les hommes nous persécutent; principalement sous prétexte qu'en cas de guerre ils seraient nos collègues, ayant des grades dans la réserve ou la territoriale. Des ingénieurs, un maître de forges, des avocats, un trésorier-payeur, un conseiller de préfecture, de gros négociants, tous officiers supérieurs de territoriale, nous abreuvent en ville et nous hébergent en leurs châteaux. D'autres personnages, moins importants, mais qui se galonnent pour les bals officiels, fréquentent assidûment de café que nous honorons de notre clientèle. Rien, dans ces hommes-là; pensées rancies, habitudes sèches, égoïsme aveugle et forcené; nulle compréhension des besoins de leurs concitoyens déshérités, d'un patriotisme réel. Ils sont friands de conversations sur la tactique et la stratégie, qu'ils ne comprennent point; d'anecdotes sanglantes ou gaillardes, qu'ils savourent; ils ne se souviennent certainement pas, un seul instant, que leur pays est un pays vaincu; ils aiment les choses militaires à cause de leur côté théâtral et aussi, j'en suis sûr, à cause de leur côté cruel. Un quincaillier, simple sous-lieutenant, assez humble devant un architecte, lieutenant. Et ce quincaillier, pourtant, n'est point un homme ordinaire; il a inventé un engin terrible, qu'il appelle « la Massacreuse », et qui doit — à son avis, sinon à celui de la Direction de l'Artillerie — faucher les hommes par milliers, en un clin d'œil. Ce bourgeois paisible, suant à inventer des engins de tuerie, m'a d'abord étonné; mais j'ai compris que le commerce, qui est le vol, doit conduire à l'idée du meurtre. Un dentiste, capitaine, et qui prend, vis-à-vis des jeunes officiers de l'active, des airs protecteurs très amusants; un mois avant l'époque des manœuvres, désole régulièrement sa femme et ses enfants en déclarant qu'il va user du droit qu'il a de demander à suivre le régiment; quinze jours avant, se fait appeler capitaine par sa servante, et brise ses chaussures; ne part jamais. Sa femme ne l'imite pas.

Nous, nous y allons aux manœuvres; marches, service en campagne, etc. J'ai été enfermé si longtemps dans les écoles, dans les grandes villes, que, lorsque je me suis trouvé en pleins champs, j'ai perçu comme une sensation de délivrance; ç'a été pareil à l'impression que produit la bouffée d'air frais qui vous arrive, en même temps que la lumière, au sortir d'un long tunnel. Tout m'a semblé nouveau, frais, sain, vivant d'une vie incomparable; j'ai été pris par la beauté des paysages, l'étendue du ciel, l'odeur de la terre et des plantes; j'ai senti d'une façon très confuse, mais avec une force intense, que le sol de la Patrie, c'était la Patrie, toute la Patrie. Oui, j'ai senti cela sans le comprendre; cela que je devais raisonner et comprendre plus tard. J'ai senti que l'armée, l'Armée nationale d'aujourd'hui, avait une mission; et que cette mission consistait à faire jaillir de la terre, où l'a enterrée le mensonge des voleurs, la grande idée de la Patrie réelle. J'ai eu un moment de profond enthousiasme pour la profession des armes.

Tout cela, très vite, est tombé. Les besognes embellies un moment par l'imagination sont rapidement devenues machinales, routinières. Les paysages, les spectacles variés offerts par la nature, ont cessé de présenter aucun intérêt. L'illusion s'en est allée, la réalité demeure. Ou bien, qui sait si ce n'est point la réalité qui s'en va et l'illusion qui demeure? L'illusion compacte, sournoise, qui a pris corps et s'affirme en certitude triomphante, qui s'incarne en les mille aspects de la banalité, en les cent mille figures de la laideur? Qui siffle, geint, ricane et pleurniche partout, froid et gluant mensonge attiédi et solidifié par les temps, les temps d'ignorance, les temps de sottise, les temps de lâcheté... N'est-ce pas une réalité, cette France qu'on rêve, d'où seraient bannies la superstition et toutes les misères qu'elle entraîne, où personne ne connaîtrait la faim, et où chacun connaîtrait la joie, qui serait comme un grand jardin, et qui serait la Belle France? Et n'est-ce pas une illusion, une imposture, un cauchemar, que la France qui existe? La France des grandes villes, avec sa population affamée, soûlarde et fanfaronne, avec ses décors de fausse richesse et de gloire en toc encadrant la lamentable agonie des volontés populaires, la défaillance calamiteuse de l'art. La France des campagnes, avec la tristesse de ses bourgs et la désolation de ses villages; ses terres en friche ou cultivées à l'aide de procédés piteux, anachroniques; ses maisons rechignées, avares et cancanières; ses monuments publics, étriqués et vieillots, bafoués de l'insolente pierre neuve des couvents qui s'élèvent partout; ses chaumières puantes où des mégères malpropres cuisent des soupes malsaines, où bêtes et gens vivent dans une indescriptible promiscuité; où les enfants, ligotés dans leur berceau comme des suppliciés sur la claie, braillent désespérément des journées entières, couverts de sueur et de bave, noirs de mouches; cette France des campagnes dont la terre volontairement appauvrie ne nourrit plus le paysan que grâce aux impôts épouvantables dont on écrase l'ouvrier et l'artisan; qui se dépeuple tous les jours davantage; dont la jeunesse, mâle et femelle, s'enfuit vers les grandes villes; dont les routes sont parcourues par des trimardeurs, qui menacent, la faim au ventre; dont les misérables possédants, vaguement conscients de l'iniquité de leur possession précaire, vivent dans la perpétuelle terreur de l'usurier, de l'incendiaire, du partageux; dont les hommes, affolés par l'inquiétude, rêvent d'un despotisme protecteur, armé jusqu'aux dents, et acclament fiévreusement les soldats auxquels ils vendent l'eau, à l'étape; dont les femmes, exaspérées par l'isolement et la monotonie de l'existence grise, hennissent hystériquement au passage des troupes et se livrent aux galonnés, perverties et gauches, avec des raffinements vicieux qui surprennent et des baisers qui font le bruit des sabots qu'on retire de la boue à grand-peine...

C'est cette France-là qui parle de son relèvement... Hé! Quelle autre France en parlerait?...

Les journaux en étaient pleins, ces jours-ci, du relèvement. Un événement s'est produit... Oui, la presse en bave encore d'orgueil et en larmoie d'admiration. C'est absolument comme si les armées françaises avaient repris Metz et Strasbourg, franchi le Rhin, envahi l'Allemagne et fait leur entrée à Berlin, traversé les Alpes, capturé Rome et rétabli le pouvoir temporel du pape. Et ce sont seulement les grandes manœuvres d'automne qui viennent de se terminer. Sur un thème banal, réglé d'avance de point en point et ne laissant aucune place à l'initiative, des masses d'hommes avancent l'une contre l'autre, évoluant d'une façon grotesque, et finissent par se trouver en présence. On canonne des pommiers inoffensifs; on fusille des nuages menaçants; des colonnes d'infanterie, mitraillées en flanc à cinq cent mètres par une douzaine de batteries, montent sans aucune préparation à l'assaut de positions défendues par des forces trois fois supérieures; et la cavalerie ennemie charge avec entrain les taupinières que l'infanterie a laissées derrière elle; défilant, naturellement, devant les bouches de ses propres canons qui tirent à toute volée. Cette petite guerre, qui n'est qu'une ridicule et inutile image de la guerre vraie, lui ressemble par quelques côtés : un certain nombre de soldats y meurt de fatigue, d'insolations ou d'accidents; les généraux se félicitent réciproquement; et les contribuables ont à payer les frais, c'est-à-dire plusieurs millions. Par certains autres côtés, elle diffère de la guerre véritable : le vainqueur est toujours français, et l'on ne capitule jamais.

Ce magnifique spectacle, comme disent les journaux, ayant été offert à la badaudrie nationale qui tient à s'assurer, chaque année, que nous avons reconquis notre situation en Europe, les régiments procèdent à la libération annuelle; c'est-à-dire que tous les ans, après la théâtrale parade des grandes manœuvres, l'armée française se trouve dans un état de désarroi complet qui persiste pendant plusieurs mois. Quant à nous, officiers, nous reprenons le monotone tran-tran de notre existence, un instant interrompu par des exercices qui nous ont fait passer d'une théorie inutile à une pratique vaine.

Mourir pour la patrie est le sort le plus beau, le plus digne d'envie. Mais vivre pour la patrie est aussi une belle chose; et même une chose normale. Aussi notre existence semble-t-elle naturelle à tout le monde; à moi d'abord, à part de rares exceptions; à mes collègues, en corps et individuellement; aux soldats en général, à la population civile en général; au cafetier chez lequel nous aimons à nous réunir et qui, si j'en crois une communication à moi faite par Gédéon Schurke, est un espion; à ma propriétaire, excellente personne à sentiments chauvins et qui, afin d'épargner à son fils les horreurs de la conscription, empoisonne lentement son mari; et à une cabotine de beuglant, déjetée, patriote et sentimentale, dont j'essuie les plâtres.

*
* *

Il y a pourtant dans mon régiment un homme qui ne trouve pas naturelle l'existence que nous menons. C'est le lieutenant Deméré. Je raconte ces faits et je cite son nom parce que, bien que son influence directe sur ma vie dût être nulle, mes courtes relations avec lui devaient servir de prétexte à l'une de ces persécutions basses par lesquelles s'affirment cette coagulation d'intérêts pitoyablement égoïstes et de traditions ratatinées que des idiots cherchent à exalter sous le nom d'esprit de corps. Le lieutenant Deméré n'est plus tout jeune; plutôt trente-six ans que trente-cinq; plutôt grand que petit; plutôt gras que maigre; plutôt blond que brun; avec des yeux couleur d'acier, des dents blanches que montre rarement le rire, mais qu'expose souvent le rictus du mépris; une voix forte, claire et précise; des gestes rares et décisifs. Vous voyez le type. Sérieux, l'air perpétuellement ennuyé et même dégoûté, taciturne, il vit très à part et semble prendre une joie sauvage à éviter la fréquentation de ses collègues. On le voit fort peu au cercle, rarement aux réceptions et aux bienvenues, jamais à l'église. On dit qu'il est protestant, et le bruit court qu'il a des vices. On l'aime peu; et si l'on tolère sans des moqueries trop vives l'isolement auquel il tient, c'est qu'il a dans son passé plusieurs duels qui furent sanglants. Au cours de quelques conversations que j'ai eues avec lui, j'ai pu m'apercevoir que son instruction est de beaucoup supérieure à celle des porteurs d'épaulette; il sait des langues vivantes, que l'immense majorité des officiers français ignore éperdument; et il connaît beaucoup d'autres choses fort nécessaires aux militaires et dont les mêmes officiers, généralement, ne soupçonnent même pas l'existence. Comme je le questionnais sur les raisons de son lent avancement, il m'a fait des réponses vagues. Je me demande si ces raisons ne sont point la rudesse bourrue qu'il apporte dans le service et sa brutalité à l'égard des hommes qu'il commande. Hier, pendant l'exercice, j'ai été vraiment choqué d'entendre les observations grossières qu'il adressait aux recrues sous ses ordres. Comme nous suivions le même chemin en sortant de la caserne, j'ai pris la liberté de lui faire part de mes impressions.

— Vous avez raison, m'a-t-il répondu vertement. Je ne devrais pas me laisser emporter à de pareilles vivacités de langage. Je ne devrais pas, pour moi. Quant aux hommes dont vous parlez, ils méritent ça; ils méritent n'importe quoi; ils méritent tout. Comment voulez-vous qu'on respecte des êtres qui ne se respectent pas eux-mêmes? On insultait autrefois les cochons vendus; que dire des cochons qui se donnent? Cochon pour cochon, je préfère celui qu'on amène de force au marché, avec la marque rouge de la misère sur les fesses, à celui qui vient se présenter de lui-même à l'abattoir, la queue en avant. Le seul résultat de la création des armées nationales a été l'avilissement du prix de la chair à canon; et aussi de sa valeur morale. Qu'est-ce que c'est que ces troupeaux culottés de rouge auxquels c'est notre métier d'apprendre à marquer le pas? Pouvez-vous me dire ce que c'est? A part un certain nombre de caractères que nous ne voyons point ou que nous voyons peu, parce qu'ils ne se soumettent pas à la loi, parce qu'ils désertent ou parce qu'ils sont envoyés à Biribi, y a-t-il là autre chose qu'une masse inconsciente et servile? Et quand ces malheureux quittent la caserne, à part encore de rares exceptions, leur échine est façonnée à l'ignominie de tous les esclavages, y compris l'esclavage du garde-chiourme. Ils deviennent des ilotes avachis ou gueulards, ils deviennent des gendarmes, des policiers, des mouchards. A la caserne, on fait d'eux des machines, des abrutis, des larbins, tout excepté des soldats. Devant une telle situation, ils se taisent, comme dit l'autre, sans murmurer. Ils admettent qu'on leur prenne cinq ans de leur existence afin de leur inculquer, exclusivement, le respect et l'admiration de l'obéissance passive. Et remarquez qu'on fait tout pour les inciter à rejeter un pareil système, pour les pousser à la rébellion. Vous me reprochez mon langage injurieux à leur égard; hélas! il n'a jamais provoqué aucune réplique; et l'insulte me monte aux lèvres devant tant de patience bête, de soumission animale. Je voudrais, par mes outrages. communiquer ma haine et ma colère à ces momies, comme on souffle la vie avec l'haleine dans la gorge des asphyxiés!...

Saisi d'un grand étonnement, je me suis tourné vers mon camarade; sa figure, qui ne traduit d'ordinaire que la lassitude et l'ennui, semblait être éclairée d'un feu intense, d'une expression de fureur hautaine. Sans prendre garde à la surprise que me causaient ses paroles, d'une voix tranchante où des enthousiasmes grondaient, il continua :

— Oui, on fait tout — oh! par sottise et sans le vouloir — pour les jeter à la révolte, ces soldats-citoyens qui ne sont ni des citoyens ni des soldats, mais des automates. Ah! s'ils voulaient se donner la peine de réfléchir! Le code qu'on leur dit tous les samedis... Vous connaissez le hideux refrain. Mort! Mort! Et mort, pourquoi? Qu'est-ce qui entraîne la peine de mort? Tous les actes qui pourraient donner au soldat la valeur morale, la force individuelle, qui le constitueraient en fait; tous les actes qui pourraient contribuer à faire de la France autre chose que la malheureuse nation qu'elle est. On punit de mort les hommes qui refusent l'obéissance à un supérieur, qui insultent un supérieur! Même si le supérieur est un imbécile avéré, même si c'est un traître indiscutable. Est-ce que les soldats, s'ils avaient deux sous d'intelligence, ne demanderaient pas à les choisir, leurs chefs? On choisit son cordonnier, son tripier, son marchand de vins, et l'on n'a pas le droit de choisir son officier; on vote pour l'homme qui vous représente au Parlement, et l'on ne peut pas élire l'homme qui doit vous conduire au feu. Ah! misère!... Dites-moi donc un peu, s'il vous plaît, si ce n'est pas parce qu'on a continué, par exemple, à obéir à Mac-Mahon, le dégoûtant vaincu, et parce qu'on n'a pas insulté Galliffet, le hideux assassin, qu'on est arrivé à doter la France d'une armée comme celle qu'elle a, armée de parade, inférieure même à celle qu'elle avait en 1870, une armée qui n'est pas l'armée nationale, mais l'armée du Vœu national. Oui, c'est parce que le soldat ne veut pas comprendre qu'il doit, sous l'uniforme, rester un homme, qu'il y a à la tête des régiments français des colonels comme le nôtre, M. Casaquin du Bois des Ormes; un militaire qui n'a jamais vu une bataille, qui s'est embusqué en 1870 derrière un pot de tisane, une non-valeur qui ne doit ses cinq galons qu'à ses relations aristocratiques et à l'activité de sa femme, toujours prête à s'agenouiller devant un crucifix ou devant un curé... Ah! nom de Dieu! c'est notre faute à nous, tout ça!...

— A nous, officiers?

— Non. A nous, protestants. Protestants, vous entendez? Nous aurions dû protester. C'est le cancer catholique romain qui ronge la France; nous le savons; nous aurions dû le dire, le crier sur les toits; nous aurions dû pratiquer l'indispensable opération. Nous aurions dû engager la guerre contre le monstre du catholicisme, le monstre dont la hideuse et noire silhouette se profile sur tous les monuments de sottise, de mensonge et d'infamie que nous appelons nos institutions; la guerre; la guerre réelle et sans merci; pas une guerre de mots. Nous avons manqué de décision, de courage; nous sommes tombés au plus abject de tous les vices : à la tolérance. Peut-être, un jour, saurons-nous encore être intolérants, et vaincre... Je vais vous dire quelle est ma conviction, ma conviction tout entière : pour que la France vive, il faut que Rome meure. A la lettre. Il faut que le Vatican soit rasé, que le prêtre infâme qui s'appelle le pape soit jeté à la mer, que toutes les églises à confessionnaux soient brûlées et que les tonsurés puissent être abattus, sans forme de procès, comme des bêtes venimeuses. Je crois qu'il faut cela, ni plus ni moins, pour que la France vive; et je crois que, si cela ne se fait point, la France mourra.

— Vraiment!... m'écriai-je.

— Elle crèvera! Elle est en train de crever. Elle agonise. Mais regardez donc!... Et savez-vous de quoi elle meurt? De sa défaite. De sa honteuse défaite, sans analogue dans l'histoire; de sa défaite qui, par suite de l'égorgement de la Commune, devint le triomphe de Rome. Du jour où elle a permis qu'on bavardât et qu'on épiloguât sur sa débâcle, qu'on lui racontât des histoires sur son histoire, elle s'est affirmée prête à toutes les duperies dont personne n'est dupe, affamée de toutes les impostures; et les impostures ont plu, mouillées d'eau bénite, saupoudrées de poudre de perlinpinpin. La Revanche! Quelle blague! Une blague à faire péter la bedaine du général Saussier! Nous sommes en 84. Voilà quatorze ans qu'on la prêche, qu'on la gueule et qu'on l'annonce, la revanche; vous pouvez attendre encore quatorze ans, et vous n'aurez pas vu le bout de son nez. Laissez venir la fin du siècle; ce sera la même chose. Une blague, je vous dis, une sale blague! Voulez-vous que je vous dise la vérité? Personne, en France. ne pense à la revanche. Et voulez-vous savoir pourquoi? Parce que, personne, en France, ne pense à la France, Je ne suis pas un chauvin, certes. Mais je crois que recouvrer l'intégrité de la patrie, et la mettre hors d'atteinte, voilà ce qui devrait être la principale, l'unique préoccupation de tous les français. Avoir la Patrie, constituer la Patrie, la Patrie vraie — la Patrie pour tous et pour toutes. — Et qui donc comprend cela? Qui donc voudrait penser à cela? Pourquoi la France est-elle si insouciante, si honteusement veule? Pourquoi? D'abord, parce que les riches ont peur de la guerre. La guerre, aujourd'hui, rapporte quelque chose aux nations. Du conflit de 1870, les Allemands ont retiré des avantages énormes; d'une guerre heureuse, les Français tireraient aussi un profit et ne le tireraient pas seulement de l'étranger; bien des privilèges de toutes sortes, monopoles de propriété, etc., s'écrouleraient. Et si la guerre tourne mal pour la France, ce serait la Révolution avec sa grande gueule large ouverte. Voilà pourquoi tout ce qui est riche, tout ce qui est investi d'une autorité quelconque, est couard, enfonce la France de plus en plus dans cette fondrière de la lâcheté où les jésuites viennent vider leurs bénitiers. Ensuite, parce que les pauvres ont peur de la guerre, qui les ferait sortir de l'engourdissement dans lequel ils somnolent, injectés du venin de la sacristie, du virus de la presse et des poisons de l'alcool; ils ont peur de la guerre parce qu'elle leur donnerait la liberté et qu'elle les débarrasserait, ils le sentent, des chefs qui les abrutissent et les grugent, et qu'ils respectent. On respecte dur et ferme, en France. On a trop de respect pour avoir du caractère. On est vaincu — vaincu — vaincu. Les riches savent ce que c'est que la patrie : c'est ce qu'ils possèdent. Les pauvres savent aussi ce que c'est que la patrie : c'est le drapeau. Nous en avons un, au régiment, qui porte en lettres d'or les noms d'Arcole et de Puebla. Ce drapeau, c'est la patrie. Que représentait-il à Arcole? Le pillage. Que représentait-il à Puebla? Le vol. Et puis, d'abord, ce n'est pas vrai, tout ça! Le drapeau qui a flotté à Arcole a été pris en 1812 et pend aux voûtes de Notre-Dame de Kazan, une cathédrale russe; le drapeau qui a flotté à Puebla a été pris en 1870 et est accroché au mur du Zeughaus, à Berlin. Fraude! Blague! C'est du mensonge qui est cloué à cette hampe, et qui palpite dans cette soie! La Patrie, ce n'est pas le drapeau : c'est ça!

Et le lieutenant Deméré, d'un vigoureux coup de talon, a frappé la terre. J'ai gardé le silence, ne sachant que dire, n'osant approuver, très embarrassé. Au bout d'un moment, pourtant, j'ai demandé à mon collègue pourquoi, professant de telles idées, il était resté dans l'armée. Il a haussé les épaules.

— Par habitude, par impossibilité de gagner ma vie autrement, sans doute; je n'ose pas me l'avouer. J'aurais mieux fait d'avoir le courage de lâcher l'épaulette. Ce que je pense aujourd'hui, je crois que vous le penserez plus tard; je vous ai observé et je crois ne pas me tromper; pourtant, comme vous êtes fils de général... Enfin... Quant à moi, j'ai souffert d'injustices et de passe-droits de toute nature. Engagé volontaire en 1870, j'ai fait toute la campagne et je suis resté dans l'armée. Pourquoi, encore? Eh bien, s'il faut le dire, j'espérais une revanche qui aurait amené une révolution. Vous avez vu. La revanche a été faite par la muse à Déroulède, et la révolution par les curés. Des gens qui n'ont jamais vu le feu, qui sont des ânes et des descendants de traîtres, sont à mon âge commandants, au moins capitaines; moi, je suis lieutenant, et sans chances d'avancement rapide. La raison? J'ai vu le feu, je ne suis pas un âne, je ne descends pas d'un traître; surtout, je suis protestant. Dans l'armée française, on n'arrive à rien sans billets de confession. J'ai avalé tout ça. Pourtant, ce qui vient de m'arriver est un peu trop dur... Je devais me marier avec la plus honnête et la meilleure des femmes; une femme qui avait eu le malheur d'épouser un coquin, d'ailleurs très galonné, mais qu'un divorce, prononcé à son profit à elle, en avait séparé. J'avais adressé à qui de droit la demande en autorisation de mariage. Le général commandant la division a jugé à propos d'annoter cette demande. « Le divorce, a-t-il écrit, a pu entrer dans nos lois; il n'est point entré dans nos mœurs; il est réprouvé par l'Église et j'estime qu'en conséquence l'autorisation de mariage ne doit pas être accordée ». Et j'ai reçu avis, ce matin, que le ministre avait partagé l'opinion du général, et refusé l'autorisation. Voilà pourquoi j'étais de mauvaise humeur tout à l'heure; voilà pourquoi j'ai maltraité mes hommes.

S'ils faisaient preuve d'un peu de dignité, nous ne serions menés, ni eux ni nous, par des jésuites à panaches et des sacristains à épaulettes. Pauvres diables! J'ai peut-être eu tort de les injurier, après tout; ils n'en valent guère la peine. Et puis, je ne les embêterai plus longtemps.

— Qu'allez-vous faire? ai-je demandé.

— Je vais partir, quitter la France. J'en ai assez. Trop. Avec mon grade, je ne puis me marier; si je renonce à mon grade, j'abandonne mon seul gagne-pain et je ne puis non plus me marier honorablement. Il faut donc que je disparaisse afin de rendre toute liberté à la personne dont j'aurais voulu faire ma femme. Je veux aller à Cuba; il y a là un peuple qui commence à se soulever contre le despotisme catholique de l'Espagne; je pourrai peut-être lui être utile.

— Alors, vous allez donner votre démission?

— Ma démission? Non. Je vais partir, voilà tout.

J'aurais voulu dire quelque chose, quelque chose que je sentais que je n'oserais pas dire, quoique plus d'une des phrases du lieutenant Deméré eût traduit des sentiments et des impressions que j'avais jusque-là vainement cherché à formuler. Je prononçai quelques paroles et, soudainement, je me tus. Deméré s'arrêta.

— Si vous le voulez bien, dit-il, nous allons nous quitter ici; il n'est peut-être pas bon pour vous qu'on vous voie avec moi; on me regarde déjà comme un pestiféré, et bientôt... Il y a de bonnes langues dans la garnison...

*
* *

De bonnes langues, en effet. Ma conversation avec Deméré a été discutée, critiquée, passée au crible de tous les commérages; personne, naturellement, n'avait pu entendre un mot de ce qui s'était dit; mais on savait que nous avions parlé ensemble pendant une demi-heure. Et lorsque le départ du lieutenant fut constaté — un départ qu'on traita de fuite et de désertion — le bruit commença à courir que j'avais été, en quelque sorte, son complice; d'autres rumeurs désagréables se répandirent en même temps. Je cherchai à découvrir les auteurs de ces calomnies imbéciles; on se déroba. Je priai le colonel de s'interposer; il balbutia des choses vagues; sa femme, qui le remplaça au salon dont il s'esquiva aussitôt que possible, me demanda à quelle église j'avais fait mes Pâques. Je compris qu'il y avait une lutte à engager; mais je voulus ne rien entreprendre avant d'avoir consulté mon père. Je lui demandai de me faire obtenir immédiatement un congé de quinze jours.

*
* *

— Mon garçon, me dit mon père quand je lui ai fait l'exposé de ma situation à Nantes, il n'y a pas de lutte à engager; ce serait la lutte du pot de terre contre le pot de fer. Laisse-moi chercher un tour dans mon sac.

Il se lève et se met à marcher de long en large dans le vaste cabinet qu'il occupe aux bureaux du ministère de la Guerre. Au bout d'un instant, il s'arrête et vient frapper la table d'un grand coup de poing.

— Voici ce qu'il faut faire. Tu vas demander à permuter; je ferai accueillir ta demande immédiatement; tu permuteras avec un sous-lieutenant du régiment d'infanterie stationné à Angenis et qui sera enchanté de venir à Nantes. Je vais arranger ça. Tu ne t'embêteras pas à Angenis plus qu'à Nantes; tu as de l'argent, et quand on a de l'argent, les plus petites garnisons sont les meilleures. Aussitôt l'affaire arrangée, c'est-à-dire dans quelques jours, je vais m'occuper de ton colonel, ce M. Casaquin du Bois des Ormes qui abuse de ses particules douteuses, et sans la connivence duquel on ne t'aurait pas persécuté à la Basile. Je vais lui faire chercher des poux dans la tête. Deux mots à Camille Dreikralle, et cet honorable rapporteur du budget de la guerre va s'étonner et s'indigner de la monstrueuse irrégularité des comptes présentés par le régiment que commande M. Casaquin de Machin-Chouette; il va prévenir le ministre que sa conscience l'oblige à exposer ces irrégularités à la tribune de la Chambre. Le ministre, qui tient à s'épargner tous les désagréments, cherchera un terrain d'accommodement; il le trouvera, si j'ose dire, sur le dos du Casaquin. Ledit Casaquin sera dûment rétrogradé sur le tableau d'avancement, et recevra bientôt, au lieu des étoiles qu'il ambitionne, une fente à son oreille. Saisis-tu?

— Parfaitement; mais...

— Remarque que le colonel de ton nouveau régiment à Angenis, lequel régiment fait brigade avec celui de Nantes, n'ignorera rien des mésaventures de M. de Casaquin et n'aura pas de peine à en découvrir les vraies causes; donc, il s'apercevra qu'il est ridicule de jouer aux petits soldats avec le fils d'un général; et il te laissera faire tes quatre volontés. Saisis-tu?

— Parfaitement; mais...

— Quoi?

— Mais si les comptes de mon régiment actuel sont en règle? si ses livres sont en ordre?...

— En ordre! s'écrie mon père en éclatant de rire; en ordre! Mais veux-tu te taire! Sur cent régiments, il n'y en a pas cinq dont les écritures soient à peu près correctes : et quant aux autres... En ordre! Tu rigoles! En ordre? Vous pâlissez, colonel!...

*
* *

De nombreux colonels pâlissent, et même de nombreux généraux, le lundi suivant, jour du vernissage. Ils pâlissent de jalousie, toujours inavouable; d'envie, qui peut avoir son beau côté. Le grand succès du Salon, cette année, sera certainement pour la grande toile de Mme Glabisot, *la Défense de Nourhas*. Les journaux, le monde officiel, le public choisi admis à la solennité ne tarissent pas d'éloges sur cette œuvre magistrale. Le président de la République est resté plus de dix minutes devant le tableau, entouré de sa maison civile et militaire; les puissances ont congratulé Mme Glabisot; son pinceau patriotique, dit un critique d'art, est dans toutes les bouches. Que rêver de plus? Voilà la récompense due au génie, au labeur patient et consciencieux, à l'amour enthousiaste de la patrie. Cette récompense, pourtant, n'est pas suffisante; la croix de la Légion d'honneur, la chose est déjà certaine, brillera avant peu sur la poitrine de Mme Glabisot. Et mon père, dont les hauts faits de 1870 sont quotidiennement narrés par la presse, montera d'un degré dans la hiérarchie du plus beau des ordres.

L'œuvre de Mme Glabisot est conçue de façon à réchauffer les plus froids. C'est un embrasement. Des flammes, de la fumée, des éclairs, des étincelles, la pourpre du soleil levant, l'écarlate des uniformes, le vermillon du sang qui ruisselle, tout cela rougeoie, flamboie, hurle, grince, pétarde, éclate, vous enflamme les yeux, vous brûle les prunelles, vous cuit l'entendement et vous calcine. Le président, que son austérité dessèche, a couru un grand danger en regardant la toile si longtemps; il aurait pu prendre feu. Quant à moi, en raison sans doute de mon esprit de contradiction, la vue du tableau ne m'a produit aucun échauffement; juste le contraire. Je puis donc vous le dépeindre brièvement, mais avec toute l'impartialité qu'on attend vainement des critiques d'art.

Des monceaux de cadavres allemands; des Prussiens se cachant, suivant leur coutume, derrière des murs et des arbres et tirant à coup sûr, bien à l'abri (ce qui semble en contradiction avec les tas de cadavres, mais ça ne fait rien). Une poignée de Français dans un débraillé galant, la vieille fureur gauloise dans les yeux, se défendent avec une détermination peu commune. Mme Glabisot n'a point oublié notre vieil ami, le soldat dont un éclat d'obus a brisé le fusil et qui regarde la scène, indifférent, les mains dans les poches; et elle a même peint — audacieuse innovation — un blessé qui se tient le ventre, dans un coin, en portant un scapulaire à ses lèvres. Elle a représenté mon père dans une attitude de capitan; le sabre à la main; la moustache en crocs; le jarret tendu, et la face éclairée du sourire du défi.

Le public, le gros public, a ratifié le jugement du Tout-Paris. *La Défense de Nourhas* est proclamée chef-d'œuvre, et Mme Glabisot une artiste de génie. On s'écrase devant la toile; on fait la queue pour pouvoir l'admirer.

Quelle leçon, quelle haute et féconde leçon de patriotisme

se dégage de cette toile! Voilà ce que des douzaines de lettres déclarent chaque matin à Mme Glabisot; et ce que des centaines d'épîtres, généralement féminines et agrémentées de l'expression plus ou moins voilée de sentiments brûlants, répètent tous les jours à mon père. Bien qu'il ait accueilli avec une modestie qui m'a étonné les témoignages d'admiration qu'on lui a décernés, il ne laisse pas de classer avec soin les missives qu'il reçoit. Une agence lui fournit des renseignements précis sur les aimables expéditrices; ce qui permettra au général Maubart, veuf et héros, de faire un choix s'il y a lieu. Je dois dire, avant de terminer ce paragraphe, qu'il s'est décidé, après mûres réflexions; il s'est décidé pour une vieille demoiselle, plusieurs fois millionnaire, qui habite la province. Il lui écrit tous les jours; elle lui répond deux fois par jour. Je doute fort qu'elle devienne jamais la *générale* Maubart; mais je sais pertinemment qu'elle finance. Mon père, très à court depuis quelque temps, s'est mis soudainement à régler les factures de ses fournisseurs et les billets de ses créanciers. Du reste, il ne solde jamais ces comptes sans les avoir réduits considérablement. Il appelle ça « rectifier le tir ».

***

Je crois que mon père n'exagérait pas en assurant que, lorsqu'on a de l'argent, les petites garnisons sont les meilleures; il aurait pu ajouter, sans exagérer davantage, que les meilleures garnisons provinciales ne valent pas cher. Je ne vois pas la nécessité de décrire par le menu mon existence à Angenis; mon nouveau régiment ne diffère pas sensiblement du premier; les soldats se ressemblent autant par le caractère, ou plutôt par le manque de caractère, que par l'uniforme. Beaucoup de Bretons, comme à Nantes; pauvres gens à cerveaux boueux, gangrenés de superstitions et qui payent l'impôt du sang avec la résignation triste des bêtes de somme; quelques Parisiens vantards, gueulards, insolents et superficiels. Quant à mes collègues, ce qui m'a le plus frappé à leur sujet, c'est le nombre considérable de fioles pharmaceutiques qui s'alignent sur la table du mess, à l'heure des repas; l'air d'Angenis doit être malsain, à la brune. Quant au colonel, il se montre, à mon égard, paternel à l'excès.

Le pauvre homme, pourtant, doit être un peu las de la paternité. Il a un fils qui l'a désespéré par ses frasques, et qui accomplit justement une année de service à son régiment; ce jeune vaurien ne fait, aucun service actif; est pourvu d'un emploi de vélocipédiste; roule à travers la ville, un éternel papier administratif pris dans le revers de la manche de sa vareuse; s'affiche impudemment avec une sale grue; fait des dettes; se saoule. Son père n'ose pas le punir, de peur d'un éclat scandaleux; entre le devoir militaire et les sentiments paternels le malheureux hésite à tel point qu'il en devient parfaitement ridicule, objet de risée, non seulement par son gredin de fils, mais pour les officiers et les hommes qu'il a sous ses ordres. Et les yeux du lieutenant-colonel roulent des reproches véhéments.

Si mon existence n'est point romanesque, je n'y peux rien, et je me dois à moi-même de la décrire telle qu'elle est. Il me serait agréable, si le souci de la vérité ne me dirigeait pas, d'accumuler les événements sensationnels, d'ordonner une suite d'incidents mélodramatiques, d'aligner des personnages à rôles captivants. Mais le vrai seul sera mon guide, dût-il me faire tomber dans la monotonie. D'ailleurs, vous devez bien le savoir, il n'y a rien de plus plat, de plus terne, qu'une vie d'officier. La plus grande partie ne vous en appartient pas; les occupations sont toujours les mêmes, prévues, réglées, machinales; les distractions, non plus, ne varient guère, en province; elles ne sont pas fort enviables; quant aux prix, c'est toujours à peu près ceux des environs du Champ de Mars. Je n'essaierai pas de vous faire croire que je m'amuse au Cercle; souvent, je changerais volontiers ma place contre celle du troubade de planton.

J'ai cherché à m'intéresser à la vie générale de mes concitoyens. J'ai discerné sur la figure des pauvres l'expression du désespoir admiratif et résigné; sur la figure des riches, celle de la résistance rageuse et désespérée. Je me rends compte que je suis encore loin de savoir comment mon pays respire. Je suis porté à croire qu'il respire difficilement, dans une atmosphère d'hôpital où glissent les robes de la nonne et du prêtre, la lévite du cafard à principes tricolores; les poumons rongés par la phtisie; le cerveau farci de superstitions ultramontaines et sociolâtres; le ventre plein d'alcool et de pommes de terre.

Le peuple français, cependant, ne se contente pas de respirer. Il fait autre chose, de temps en temps. Par exemple, il vote; soit pour les riches, soit pour leurs valets. Ainsi, on va voter, présentement, dans le Nord. Élection sénatoriale. Et savez-vous quel est le candidat qui a le plus de chances? C'est M. Delanoix, mon parent. Il s'était d'abord présenté comme candidat ministériel, partisan de la colonisation à outrance, etc. Mais, à la fin de mars 1885, c'est-à-dire dès l'ouverture de la période électorale, est arrivée la nouvelle du désastre essuyé à Lang-Son par les troupes françaises. L'effet produit a été immense; l'opinion publique presque tout entière s'est tournée contre Jules Ferry, qu'elle rend responsable de la défaite. Delanoix a vite compris que sa première position était intenable. Prestement, il a changé son fusil d'épaule; il a déclaré que les événements lui ouvraient les yeux, qu'il condamnait formellement les expéditions coloniales et cessait d'avoir aucune confiance en Jules Ferry. Là-dessus, il a appelé à son aide son gendre et sa fille.

Raubvogel, paraît-il, a été magnifique. Comme agent électoral, comme orateur et comme polémiste, il a donné la mesure de ce qu'on peut attendre d'un vrai patriote. Si jamais un homme a démontré que la France ne doit pas éparpiller ses énergies et qu'elle doit concentrer toutes ses forces et toute son attention vers la trouée des Vosges, c'est lui. Il a été admirablement secondé par sa femme, qui n'a pas perdu une seule occasion de se faire voir aux bons endroits. Il est arrivé à convaincre les électeurs que voter pour son beau-père, c'était voter pour la France, menée à l'abîme par le Tonkinois. Et Delanoix vient d'être élu à une énorme majorité. Je ne veux pas dire que je suis fier d'avoir un père conscrit dans ma famille.

Si le désastre de Lang-Son a été utile à Delanoix, pourquoi ne me servirait-il pas aussi à moi? Pourquoi ne me donnerait-il pas le moyen de mettre un terme à la monotonie de mon existence? On va envoyer des renforts au Tonkin et je me décide à demander à en faire partie. Mon capitaine cherche à me faire changer d'avis; c'est un homme triste, sceptique, désabusé, qui fut marié par une agence et qui découvrit le lendemain que sa femme était loin d'être aussi riche qu'on le lui avait affirmé; ayant été « volé » par son mariage, il ne croit plus à rien. Mon lieutenant combat aussi ma résolution; c'est un garçon très riche, fils de général de division; officier amateur qui passe, tous les ans, cinq ou six mois en voyages de noces. Malgré tout, ma décision est bien prise. Cependant, plutôt pour la forme, j'écris à mon père afin de lui demander son opinion. Je reçois, en réponse, un télégramme qui m'appelle à Paris immédiatement.

*
* *

Pendant mon voyage d'Angenis à Paris, j'ai eu le temps de me demander pourquoi mon père réclamait si impérieusement ma présence dans la capitale. A la hauteur de Nogent-le-Rotrou, j'ai trouvé. Mon père s'est arrangé de façon à me faire prendre comme officier d'ordonnance par l'un des deux ou trois généraux qu'on va envoyer en Indochine : le général des Nouilles; et il tient à me présenter au plus tôt à cet excellent tacticien. Allons, ça ne va pas mal; me voilà sûr de mon avancement; et je me mets à rêver tout éveillé...

Mais, à Paris, c'est une autre histoire. Pon père, dès que je pénètre dans son cabinet, — car je suis arrivé vers deux heures de l'après-midi et j'ai couru de suite au ministère, — mon père, dis-je, me rit au nez, et me demande si je suis fou. Vouloir aller au Tonkin! Mais pourquoi pas au pôle Nord? Pourquoi pas dans la Lune? Qu'est-ce qu'il y a à gagner, au Tonkin? Des coups de fusil et des coups de soleil. Il faut vraiment que je sois bien embarrassé de ma peau. D'abord, il me défend d'y aller, au Tonkin! Il me le défend, et formellement...

Et il continue sur ce ton pendant un bon quart d'heure, très agité, frappant la table de coups de poing et le parquet de coups de talon. Mais, s'apercevant tout à coup que ses objurgations autoritaires ne semblent point produire grand effet sur moi, il s'arrête, s'assied, allume un cigare, en tire deux ou trois grandes bouffées et reprend :

— Mon cher enfant, j'ai sans doute eu tort de te parler brutalement et de chercher à t'imposer ma volonté. Je vais te faire part des motifs qui me font agir, et tu jugeras. Tu es mon fils, mon fils unique; tu constitues toute ma famille, tu es le seul être pour lequel je ressente autre chose que du mépris ou de l'indifférence. Je ne suis pas sentimental et je ne veux pas te faire de longues phrases; mais tu me comprends. Après tout, la vie n'est ni assez intéressante ni assez gaie pour qu'on envisage avec insouciance la perte des gens et des choses qui nous y attachent. Tu dois donc t'imaginer facilement que je ne tiens pas à tc voir t'engager dans une aventure qui ne peut que te faire courir les plus grands risques, sans aucun profit possible pour toi ni pour personne. Mon avis est que, au moins pour le moment, le Tonkin est une misérable affaire. Les choses y ont été menées d'une façon si déplorable et l'opinion publique en est tellement dégoûtée, qu'il serait impossible à un officier, fût-il à la fois un héros et un génie, de s'y créer l'ombre d'une réputation. Quant au côté pratique, néant; tout ce qui valait la peine d'être pris a été pillé depuis longtemps. Pour le reste... Les Français, pères de famille, qui sont assez sots pour envoyer leurs fils à cet abattoir, à ce charnier pestilentiel, sont excusables jusqu'à un certain point : ils ne connaissent rien ou presque rien de ce qui s'y passe; mais nous, officiers, généraux, qui sommes au courant de tout, qui n'ignorons rien de l'effroyable désordre qui règne dans cette soi-disant colonie, nous serions impardonnables si nous imitions ces braves gens. Si tu savais toutes les infamies dont nous avons connaissance et que nous gardons secrètes! Les défaillances du commandement, l'insuffisance de l'intendance, les scandales des hôpitaux, l'ignorance et l'incurie de tous, la malhonnêteté et la couardise... La couardise, oui; le découragement, la démoralisation, se sont emparés des troupes qui n'ont, à juste titre, aucune confiance dans leurs chefs. A Lang-Son, des généraux ont donné le signal et la fuite, des compagnies entières ont crié « Sauve-qui-peut! » et jeté sacs et fusils pour courir plus vite; une batterie d'artillerie a été précipitée dans un arroyo; les conducteurs de voitures d'ambulance ont dételé afin de fuir sur les chevaux, abandonnant les blessés; et l'armée n'a été sauvée d'un désastre complet que grâce aux hommes du Bataillon d'Afrique qui ont couvert la retraite — ces mêmes pégriots qu'on conduit au corps menottes aux poignets, entre des baïonnettes... Maintenant, on envoie des soliveaux, comme cet idiot de général des Nouilles, avec ordre de ne rien faire contre les Chinois; quant à ces derniers, on les payera ce qu'ils demandent afin qu'ils nous laissent tranquilles, et on appellera cela pacification. Voyons, Jean, tu n'iras pas là, n'est-ce pas?

— Ma foi, dis-je après un moment d'hésitation, du moment que...

— Allons, allons, c'est entendu! s'écrie mon père d'une voix où perce l'émotion. Du reste, si tu tiens à voir du pays, tu pourras en voir avant peu; et peut-être avec moi. La France n'est pas lasse des expéditions coloniales; elle n'est lasse de rien; et il y a des brasseurs d'affaires qui en redemandent. Il se pourrait bien que, grâce à certaines influences, j'obtienne bientôt le commandement d'une de ces expéditions; je te prendrais avec moi. Ou bien, dans le cas où — ce qui est fort possible, et nous en reparlerons — dans le cas où une réaction patriotique et revancharde se produirait contre le mouvement d'expansion coloniale, je trouverais bien le moyen de te dénicher un bon poste. En attendant...

Un officier qui, de la part du ministre, vient chercher mon père, interrompt notre conversation. Mon père me demande de l'attendre et sort. Et je reste livré à mes réflexions; réflexions, commentaires sur ce que je viens d'entendre, comparaisons entre l'armée que m'a représentée mon père, l'armée que je connais, et l'armée que j'ai rêvée autrefois, très autrefois...

Mon père revient, l'air affairé; il presse le bouton d'un

timbre; un capitaine paraît bientôt, la main au képi.

— Capitaine, veuillez m'envoyer de suite le lieutenant Boisselle.

— Mon général, il vient justement de partir pour la Place.

— Alors veuillez m'envoyer le lieutenant de Ressonne.

— Mon général, il était un peu souffrant et vient de sortir.

— Alors, quoi? Personne? Après tout... Merci, capitaine. J'ai mon affaire.

Le capitaine disparaît et mon père se tourne vers moi.

— J'ai besoin d'un officier correct et discret pour une mission très délicate. L'idée me vient de t'en charger. Ce n'est pas fort amusant, mais cela peut servir à te mettre bien en cour. Tu es justement en civil; ça va bien. Voici de quoi il s'agit : il y a un bonhomme à suicider. Ne saute donc pas comme ça! Je vais te dire le nom. C'est le général duc de Schaudegen. Un grand nom, oui; mais un sale monsieur; noblesse d'Empire; vices grecs. Il vient d'être pincé dans une affaire dégoûtante. Mais non, mais non, pas de petites filles : on comprendrait encore; des petits garçons. Enfin, il a été pincé, et sérieusement. Qui est-ce qui l'a fait prendre! Mystère en jupons, et la bague au doigt. Si on l'arrête, c'est la cour d'assises, la maison centrale, le déshonneur sur lui et sur l'armée. Empêcher ça est nécessaire. Il est actuellement dans le cabinet du ministre, qui vient de le convaincre de l'obligation où il est de se brûler la cervelle. La chose doit avoir lieu dans une petite maison où il s'amusait à sa façon, à Passy. Il faut que nous le fassions suivre afin qu'il n'échappe pas. Je te charge de la chose. Tu ne quitteras le général que lorsqu'il aura rendu l'âme.

— Mais, père...

— Je ne te dis pas qu'il a une âme; c'est une façon de parler. Allons, viens; tu m'attendras un instant devant le cabinet du ministre, et je te remettrai le duc en mains propres. Aussitôt l'affaire faite, tu reviendras m'avertir. Dépêche-toi : la veuve est en bas.

— Je t'assure, père, que j'aurais préféré...

— Ta, ta. Pour l'avancement, des affaires comme ça

valent mieux que le Tonkin. J'oubliais; si, au dernier moment, il manquait de l'énergie nécessaire, comme les liqueurs ne doivent pas faire défaut dans la petite maison, verse-lui un bon verre de quelque chose.

— Et s'il ne veut rien prendre?

— Donne-lui tout de même à boire, dit mon père.

Après avoir attendu pendant quelques minutes dans le vestibule qui donne accès au cabinet ministériel, je vois apparaître mon père précédé d'un homme d'une cinquantaine d'années environ, de taille moyenne, mince, sec, mais les épaules voûtées et la tête basse comme s'il venait de recevoir un coup sur la nuque. C'est le général duc de Schaudegen. Mon père me présente à lui en quelques mots rapides; il redresse la tête un instant, sa tête au teint terreux, au grand nez tranchant, à la bouche longue et mince, aux traits impitoyables, aux yeux de poisson féroce; il salue silencieusement et nous descendons l'escalier. Un fiacre attend dans la cour; nous y montons, le général et moi; et mon père ordonne au cocher de nous conduire au coin de la rue de Boulainvillers et d'une autre rue. Nous partons.

Durant la première partie du trajet, le général reste silencieux, immobile, les yeux perdus dans le vague. Pense-t-il à quelque chose? Je l'ignore; mais moi, qui ne veux point troubler ses méditations possibles, je me mets à réfléchir. D'abord, quelle était la raison d'être de cet homme, jusqu'ici, sa raison d'être comme personnage important dans la société et dans l'armée? Par lui-même il n'en avait point. Ce qu'il était, il le devait entièrement à son nom et à sa richesse. Son nom, c'était celui du fils de vigneron qui, soldat heureux, avait trouvé dans sa giberne le bâton de maréchal; et le titre de duc qu'il portait était l'un des titres octroyés à l'aïeul par Napoléon. Et il avait semblé naturel et necessaire, parce que cet homme s'appelait le duc de Schaudegen, qu'il occupât une situation élevée dans la hiérarchie militaire; qu'on lui confiât, en raison de la gloire et du renom du grand homme de guerre qu'avait été son ancêtre, une autorité énorme sur ses concitoyens; et qu'il fût défendu de mettre en question ses capacités spéciales et son intelligence générale. Il avait paru indispensable à la France, qui s'oppose à la manifestation de tous les talents ou les écrase avec fureur, de choisir pour l'un de ses chefs ce mannequin au ventre creux duquel grelottait un nom sonore, ce fantôme que masquait un spectre. Sa richesse, elle était faite de l'argent pris en Europe, au temps des grandes guerres; volé en Allemagne, surtout. Ah! le sang, les pleurs, la honte et la misère qu'elle représentait, cette fortune-là! Les infamies de toutes sortes qu'elle représente encore, qu'elle représentera demain! Les cupidités, les égoïsmes, les conspirations sordides, les vilenies, les crimes — pires peut-être que ceux dont a été coupable ce malheureux, que celui dont il fut victime... Allons, j'en parle déjà au passé...

Et maintenant, pourquoi cet homme va-t-il mourir? Parce qu'il a manqué à l'honneur; à l'honneur de l'armée. Cet honneur de l'armée, il l'a incarné jusqu'ici, pendant plus de trente ans; il l'a affiché, plastronnant, comme il exhibe encore à présent, à la boutonnière de sa redingote, la rosette de la Légion fameuse. Et tout le monde savait ce qui se cachait derrière ce déploiement d'honneur. Tout le monde. Et ce vice à culotte de peau, boursouflé d'ignorance et de sottise, ce vice à panache et à décorations, incarnait l'honneur de l'armée. Et il l'incarnait jusqu'à ce que l'ombre du policier, grassement payé pour faire son devoir, se fût projetée sur les grosses épaulettes, et eût fait apparaître en caractères éclatants un nom d'infamie qu'on affectait de ne pouvoir lire dans l'étincellement des dorures.

Une voiture de blanchisseur frôle le fiacre, est près de l'accrocher. Le général sort brusquement de sa rêverie, regarde autour de lui avec ahurissement; il grognonne, tousse, et prend le parti de m'adresser la parole.

— Lieutenant Maubart? Fils du général? Bonne chose, ça, fils de général; soldat, fils de soldats, excellent. On vous inculque de bonne heure les grands préceptes de droiture, de fidélité au devoir et au drapeau, d'obéissance nécessaire. Indispensable, tout ça. Voilà la conviction de ma vie entière; et je vais le prouver. L'honneur, le sentiment de l'honneur, c'est la base de tout. Vous avez un bel avenir devant vous, jeune homme! L'épaulette...

Horrible, ce pédéraste conventionnel et bien-pensant

moralisant encore au bord du tombeau. En un pareil moment, dans cette tête qu'ont entièrement vidée les événements qui se sont précipités, c'est ce verbiage professionnel, creux, stupide, qui revient et qui revient seul. Le duc de Schaudegen s'arrête. Je me décide à lui poser une question qui, comme on dit, me brûle la langue.

— Mon général, je voudrais vous demander quelque chose, quelque chose qui m'intéresse beaucoup. J'espère que vous aurez la bonté d'excuser mon indiscrétion. Je voudrais savoir si, réellement, vous avez été heureux.

— Heureux! s'écrie le général en tressautant. Heureux! Qu'est-ce que vous voulez dire? Heureux? Est-ce que je sais, moi?...

Et il semble se mettre à chercher la solution d'un difficile problème, les mains sur les genoux, la bouche ouverte. La voiture s'arrête. Je descends et paye le cocher. Nous suivons, le général et moi, une petite rue; puis une autre rue, bordée de murs de jardins. Dans un de ces murs, une porte basse. Le général l'ouvre et je la referme derrière moi. Nous longeons quelques plates-bandes, où des arbrisseaux poussent leurs premières feuilles; nous montons le perron d'une petite maison et nous pénétrons, au rez-de-chaussée, dans un salon meublé de bric et de broc. Le duc s'assied sur une chaise, près d'une table, prend sa tête dans sa main et reste silencieux quelques instants.

— Vous désirez savoir, dit-il soudainement en me regardant bien en face, si j'ai été heureux. C'est une question que je ne m'étais pas posée jusqu'ici. Mais je puis y répondre aujourd'hui. Non, je n'ai pas été heureux. J'ai été effroyablement malheureux; toujours, toujours. Pourquoi? Je ne sais pas...

Moi, je sais. C'est parce que le bonheur est à vendre; alors, personne ne peut l'acheter... Le duc reprend :

— Oui, j'ai été très malheureux. Aussi, je n'ai nul regret de la vie; je suis prêt à mourir.

Il se lève; semble hésiter. Moi aussi, j'hésite. J'hésiste à parler. Je sais à quoi il pense. Il pense qu'il regrette la vie — peut-être une autre vie que celle qu'il a menée, une vie qu'il ne connaît pas; et peut-être celle qu'il a menée —. Il pense qu'il n'est pas prêt à mourir. Et pourquoi mourrait-il, d'abord ? Pour un mot vide de sens, voilà tout. Pour l'honneur, cet honneur qui n'a eu pour lui, en fait, aucune signification jusqu'à présent ; qui n'a été qu'un vain simulacre, qu'un maléfique épouvantail dont il jouait, et qui se dresse tout à coup, idole implacable et altérée de sang qui réclame la chair des victimes. Il ferait bien mieux de fuir que de se tuer, de se sauver quelque part d'où l'on ne pourrait pas l'extrader et où il connaîtrait peut-être le bonheur. L'homme ne m'est pas sympathique ; mais il serait intéressant, après tout, qu'il vécût afin de déjouer les calculs qu'on a basés sur sa mort, les combinaisons qui vivent déjà de son cadavre. Et il est bien possible que si je disais deux mots... Je les dis.

— Mon général, ne croyez-vous pas qu'une nouvelle existence...

— Pas une parole de plus ! s'écrie le duc ; je vous en prie. Ce que vous venez de dire me rappelle à moi-même, à mon devoir. Je dois me sacrifier à l'honneur de l'armée. Je ne reculerai pas.

Soit. Une phrase de Gœthe sonne dans ma mémoire. « Dès que ces petits cerveaux ne trouvent pas d'issue, c'est la mort qu'ils conçoivent immédiatement. » Je n'insiste point.

Le général a ouvert un meuble, en a sorti un revolver qu'il charge et place sur la cheminée ; puis des papiers, des livres, des albums qu'il dépose sur la table.

— Lieutenant, je vous confie le soin de brûler toutes ces choses-là dans la cheminée ; je n'ai pas le temps de les détruire moi-même. Pour moi, je vais dans une grande salle, au bout du corridor, qui était autrefois un atelier d'artiste ; je m'y exerçais de temps à autre au pistolet. Je vais disposer une cible, etc., de façon à ce qu'on puisse croire à un accident de tir. Quand vous entendrez une détonation, vous pourrez venir. Si je respirais encore, je compte sur vous pour m'achever. Fermez bien les portes de la maison et du jardin en vous en allant. Voici les clefs. Adieu.

Le général est sorti que je suis encore là, immobile, glacé par un froid singulier ; je cherche à échapper à l'émotion qui m'étreint, malgré moi ; je jette une brassée de papiers dans la cheminée et je les allume ; la flamme monte...

J'écoute; j'écoute. Rien... Je saisis une grande poignée de papiers et, avant de les lancer dans le feu, j'y jette un coup d'œil : des écrits, des dessins pornographiques. Je les livre à la flamme; et d'autres; et d'autres. Je saisis un album; mais il me tombe des mains...

Une détonation vient d'éclater; très sourde, faiblement répétée par les échos du corridor.

Je me dirige vers l'atelier dont a parlé le général; j'ouvre la porte; une petite odeur de poudre me monte à la gorge. Le général est étendu sur un sofa, un bras pendant dont la main a laissé échapper le revolver. Il y a un petit trou à la tempe droite, très noir et très profond, d'où coule un mince filet de sang. Je m'assure que le duc de Schaudegen est bien mort; puis je contemple le cadavre quelques instants. Duc, général, riche, puissant... avoir vécu comme ça et mourir comme ça! Une farce qui se termine en tragédie! Et ne serait-ce pas, plutôt — tout considéré — une tragédie qui se termine en farce? Je n'en sais rien. C'est la France qui doit savoir ça...

Je quitte l'atelier et je reviens dans le petit salon. Un monceau de cendres dans l'âtre. L'obscurité commence à envahir la pièce; je n'ai guère le courage de brûler là les livres et les albums qui sont encore sur la table; je les détruirai aussi bien ailleurs. J'en fais un paquet que je place sous mon bras; je sors de la maison; je sors du jardin dont je ferme soigneusement la porte. Trois minutes après, je hèle un fiacre; et une demi-heure plus tard j'entre dans le cabinet de mon père, au ministère.

— Eh bien, me demande-t-il, c'est fait?

— Oui.

— Ça s'est bien passé?

Je fais un geste vague. Mon père se lève.

— Je vais prévenir le ministre, et la veuve. A propos, qu'est-ce que tu as apporté là? Qu'est-ce que c'est que ce colis?

Je donne des explications.

— Comment! s'écrie mon père en coupant la ficelle qui lie le paquet et en ouvrant deux ou trois albums; comment! tu as brûlé des papiers pareils! Mais c'est de la folie!... Enfin, heureusement que tu as conservé ça. C'est d'un curieux!... Je vais en montrer quelques échantillons au ministre, ça l'amusera. Et puis, ça vaut un billet de mille comme un sou, rue Colbert.

*
* *

Je suis de retour à Angenis depuis quelques mois; quelques mois qui m'ont paru bien longs. Sans les femmes, à Angenis, on ne saurait que devenir; et les femmes sont difficiles à découvrir à moins qu'on ne puisse employer, comme moi, beaucoup de temps, de ressources et un bon rabatteur. J'avoue simplement ce que je fais sans chercher à le justifier; mettre une chose en pratique n'est point la canoniser. Mon rabatteur s'appelle Lamesson. C'est un sous-officier réengagé qui, sans être précisément procureur général, rend plutôt des services que des arrêts. Il n'a jamais connu les arrêts qu'au féminin. Il a fait autrefois le gros dos, au soleil parisien, sous le nom de Coco des Ternes. Au régiment, ses aptitudes spéciales furent appréciées; elles lui valurent rapidement l'adjonction d'une paire de sardines (complétées aujourd'hui d'un ver solitaire); elles furent largement utilisées par le cadre supérieur. Je ne suis pas le premier à emboîter le pas à Lamesson ainsi que l'hygiène, dit-on, suit le chacal.

Lamesson, malheureusement, va quitter le régiment. Ses quinze années de service touchent à leur fin et il est sur le point d'être libéré. Lamesson désire obtenir le plus rapidement possible un de ces emplois civils auxquels il a droit; il désire choisir l'emploi. Il pense qu'une recommandation du général Maubart lui serait fort utile; il vient me prier d'écrire, à ce sujet, à mon père. Lamesson ne veut pas être garde forestier (c'est trop retiré); ni facteur (c'est trop fatigant); ni gardien de poudrière (c'est trop dangereux); ni gardien de musée (c'est trop monotone); ni fonctionnaire colonial (le voyage par eau lui fait peur). Il voudrait être porteur de contraintes ou employé de l'Assistance publique (il y a de bons pourboires). J'écris la lettre; Lamesson, qui part pour Paris, l'emporte.

Je l'avoue, moi qui ne regrette ni grand-chose ni grand monde, je regrette de plus en plus le départ de Lamesson. Depuis qu'il a quitté Angenis, j'ai plusieurs fois tenté d'opérer moi-même, mais toujours sans succès; j'ai même essuyé quelques-unes de ces rebuffades qui ne sont pas seulement désagréables, mais qui peuvent devenir compromettantes. Alors?... Alors il faut attendre, je suppose, que les femmes se présentent toutes seules et qu'on les trouve près de soi, à son réveil, ainsi qu'au temps heureux du Paradis terrestre.

Et en fait, c'est justement à mon réveil, ou très peu après, un beau dimanche matin de fin d'automne, qu'une dame vient tirer ma sonnette. Une dame de noir vêtue, d'allure un peu mystérieuse, et voilée comme une héroïne de roman.

La voilette, d'ailleurs, est relevée tout de suite; et je ne puis me défendre d'une émotion violente en reconnaissant Adèle Curmont. Adèle! Il y a des mois et des mois que je n'ai pensé à elle! Oui — et lorsque la sonnette a tinté, à l'instant, j'ai su que c'était elle qui était là, à la porte; je sais maintenant que je l'ai su. — Et devant cette femme, immobile et muette, je ne peux comprendre quelle peur me saisit; pas un remords; non, plus que ça : la frayeur physique causée par une rapide vision intérieure de représailles possibles. Je me trouble, je balbutie, je prononce des mots sans suite. Je m'attendais si peu, si peu...

— Naturellement, dit Adèle en souriant; je suis une revenante, ou presque; mais comme je n'apparais pas la nuit, vous voudrez bien m'excuser de ne point avertir de ma visite. Vous ne m'offrez pas un siège?

Je m'excuse, j'approche une chaise du feu. Adèle s'assied, très calme, très maîtresse d'elle-même. Je me demande avec inquiétude ce que cache cette apparente tranquillité; une haine féroce, sans doute; d'autant plus implacable qu'elle refuse de s'exhaler dans la colère. Ah! je préférerais des plaintes, des récriminations, des insultes et des menaces. Je pense avec terreur qu'un scandale brise, quelquefois, l'avenir d'un officier, et qu'une main de femme peut arracher une épaulette... J'ai secoué l'émotion qui s'était emparée de moi tout d'abord, mais je me sens encore affreusement gêné, perplexe, anxieux. Je reste debout et j'examine Adèle tandis qu'elle joue avec son parapluie, silencieusement. Il reste peu de la jeune fille d'autrefois, dans cette femme; les traits n'ont point changé, certes, mais l'expression est tout autre. Le front haut, comme pincé aux tempes, s'affirme plus volontaire qu'auparavant; les cheveux sont d'une nuance plus provoquante, on dirait perfide et cruelle; la vérité de leur blond a pris les tons impitoyables du mensonge; la bouche est plus nerveuse, les lèvres plus minces avec des contractions artificielles, le menton plus accusé. Une jolie femme, sûrement; mais... Elle parle.

— Vous ne vous êtes pas beaucoup occupé de moi, n'est-ce pas? Non? Point du tout? C'est peu flatteur; mais cela va me permettre de vous exposer ma vie depuis... depuis que nous nous sommes vus pour la dernière fois. C'était à la fin d'août 1883, vous rappelez-vous? et nous voici à la fin d'octobre 1885; un peu plus de deux ans. La première année, j'ai beaucoup pleuré; la seconde année, j'ai essayé de rire; ç'a été encore plus triste. Mais il faut procéder par ordre. Au début... Oh! quand je me rappelle! Ces lettres, ces lettres suppliantes que je vous écrivais tous les jours, deux fois par jour, et qui toutes sont restées sans réponse, toutes!... J'allais à la poste restante six fois par semaine. « Rien pour vous, mademoiselle. » Les employés me riaient au nez. Vous...

Elle s'arrête un instant et me toise, l'œil brillant, la lèvre frémissante.

— Vous portiez l'épaulette, pendant ce temps-là.

Je ne réponds pas. Je regarde au loin — très loin; tout un passé, si court, et si vide d'honneur, tout plein de vilenies, déjà... Adèle reprend :

— Et puis un jour, je me suis résolus à ne plus écrire. Savez-vous quel jour? Le jour où je me suis aperçue que j'étais enceinte. Une idée de folle. Je me disais : « Il doit savoir que je vais être mère ; il le sait; il va revenir; il fera de moi sa femme; un officier est un homme d'honneur. » Je vous dis que j'étais folle... Et du temps a passé, des semaines longues faites de jours sans fin. Un soir de décembre — je me souviens, il faisait si froid, la neige — je me suis trouvée mal. On a envoyé chercher le docteur qui a révélé à mon père la vérité que j'avais cachée jusque-là. Papa a été atterré; il ne pouvait croire. Cela, de moi!... Il parlait de se venger, de tribunal; il voulait le nom du séducteur. Que sais-je?... En réalité, s'il avait été laissé à lui-même, il m'aurait pardonné, il m'aurait aidé à cacher ma faute. *Ma* faute. Vous entendez? *Ma*...

Adèle s'arrête un moment, ricane; elle continue :

— Mais Albert est venu; il a été mis au courant des choses. Il a déclaré que je n'étais plus sa sœur. Il a dit que j'étais une fille perdue, et que je devais quitter la maison paternelle, que j'avais souillée. Il a parlé de devoir sacré, de vertu outragée, de la chasteté des femmes qui fait la force des nations. Il a cité Renan. Il s'est cité lui-même. Il a rappelé mon père aux principes, aux grands principes. Il l'a adjuré d'agir avec une fermeté républicaine. Alors, papa a cédé. Pour lui épargner l'ennui d'une décision, qu'il allait prendre cependant, je me suis déclarée prête à partir... Écoutez; je vous haïssais bien, jusque-là; mais, à ce moment, ma haine de vous s'est subitement diminuée de toute la haine que j'ai vouée à Albert. Ah! celui-là!... Je me vengerai, je vous le jure, quoi qu'il arrive et quoi que cela doive me coûter!...

La voix d'Adèle trahit une telle sincérité d'exécration, un tel pouvoir de volonté, que j'ai peine à maîtriser mon étonnement. Et je me souviens, je ne sais pourquoi, du jour où elle m'a dit, lorsque nous étions encore enfants, que la musique ne l'émouvait pas.

— Donc, dit Adèle, papa m'a sacrifiée aux grands principes évoqués par Albert. Je suis partie. Où j'ai été, ce que j'ai fait, cela vous intéresserait très peu. Quand je vous dirai que pendant six mois j'ai vécu honnêtement, vous ne pourrez vous étonner que d'une chose, c'est que j'aie vécu. Dans les derniers jours de mai 1884, j'ai mis au monde une petite fille... Ne passez donc pas votre main sur votre front, mon cher; ça ne se fait plus, même au Gymnase... Une petite fille très gentille, qui a vécu cinq semaines. Étant donné ce que vaut la vie, c'est suffisant. Vous dites?... Pas un seul mot, je vous prie. C'était mon enfant à moi. Pas à vous. Elle ne se serait pas appelée Maubart, je vous en donne ma parole!

J'essaye de parler; mais Adèle m'impose silence d'un geste.

— Laissez-moi finir. Depuis, je me suis déterminée à vivre, à vivre bien, c'est-à-dire sans aucun souci de l'honnêteté. Cependant, je n'ai pu parvenir à vivre que médiocrement. Une expérience de quinze mois m'a démontré que, pour réussir dans ce genre d'existence, ainsi que dans les autres, il faut un capital. Voilà pourquoi je suis venue vous voir. Je ne vous demande point de m'exprimer vos regrets et de réparer vos fautes; je vous demande de l'argent. Je vous réclame mon salaire, puisque vous m'avez traitée en fille. J'étais vierge. Une virginité a un prix. Payez-le.

Le récit d'Adèle, qu'elle n'aurait certainement pu faire plus court, a duré assez longtemps pour me permettre de reprendre complète possession de moi-même et d'envisager froidement la situation. Adèle veut de l'argent. Bien. Elle en aura. Cet argent qu'elle recevra me garantira contre de nouvelles tentatives de sa part. Mais puisqu'elle a fait de la question une simple question d'affaires, qu'elle n'attende de moi que le langage et la façon d'agir d'un homme qui traite une affaire. Elle aurait aisément pu faire prendre aux choses une tournure différente, faire dévier l'aventure sur un terrain qui m'eût été moins favorable; elle n'a pas su; ou elle n'a pas voulu. Tant mieux pour moi. Adèle se méprend à mon silence, qui sans doute l'énerve. Elle se lève et vient vers moi, la tête haute, menaçante.

— Vous avez entendu? Vous m'avez eue. Il faut me payer

— Soit, dis-je froidement. Je vais vous payer. Combien voulez-vous?

Ses lèvres tremblent. Ses mains tremblent. Des larmes, soudain, emplissent ses yeux. Elle regagne sa chaise, se renverse sur le dossier, et sanglote. Je la regarde, sans un mot. Au bout d'un instant, je répète :

— Combien voulez-vous?

Elle essuie ses yeux, me jette un regard si désespéré; et d'une voix très basse, de la même voix qu'elle avait quand elle était petite et qu'elle faisait la moue :

— Jean, je t'assure que je n'ai rien; sinon... Je crois... Peux-tu me prêter dix mille francs?

— Je vous *donnerai* dix mille francs demain à midi, dis-je d'un ton d'autant plus sec que j'ai grand-peine à dissimuler mon trouble. Demain à midi. Je vous le promets.

Adèle se lève.

— Merci, dit-elle péniblement. Je savais bien... Je pensais...

Elle mordille son mouchoir, et reprend d'une autre voix où tremble quelque chose comme un espoir :

— J'aurais mieux fait de vous écrire. Cela nous aurait épargné... Pour ma punition, j'aurai toute une grande journée de dimanche à passer seule dans une ville que je ne connais pas. Ça n'a pas l'air de la gaieté même, Angenis.

Je fais semblant de ne point comprendre. Adèle me quitte.

D'une fenêtre, derrière un rideau, je la regarde traverser la rue, disparaître. Et la conviction germe en moi, grandit vite, que je me suis conduit comme un sot. D'abord, c'est clair, Adèle était prête à accepter n'importe quoi; à la fin, elle s'est trahie; elle s'offrait; je n'avais qu'un mot à dire... Pourquoi ne l'ai-je pas dit? Qu'avais-je à risquer? Après ce qu'elle a fait ces derniers temps, ce qu'elle a avoué, elle ne peut songer à un mariage avec moi. Ma maîtresse, pourquoi pas?... Et je pèse longuement, en mon esprit, les avantages et les désavantages d'une liaison avec Adèle; il y a du pour, mais il y a du contre; tout compte fait, ça se balance. J'aurais pu jouer la chose à pile ou face, pendant qu'Adèle parlait, sans avoir l'air de rien. Je crois qu'elle ressent encore quelque chose pour moi; de mon côté, je ne sais pas; mais ça aurait pu venir. En tout cas, ça aurait duré ce que ça aurait duré; et après... Par exemple, ça m'aurait peut-être coûté plus de dix mille francs. Une somme, dix mille francs... Si j'avais proposé six mille? Cinq mille? Ça aurait pu prendre si j'avais laissé percer un peu d'attendrissement, un petit bout de sentimentalité. Quelle sottise, de me raidir ainsi, de vouloir jouer l'homme de bronze — et tout ça par dépit de ce que la femme n'ose point faire le premier pas, montrer le fond de son cœur, malgré l'envie qu'elle en a —. L'image d'Adèle pleurant là, tout à l'heure, se précise. J'ai un moment d'émotion profonde. Je me juge sévèrement, impitoyablement. Et je vois clairement ce que j'ai à faire, la seul chose que j'aie à faire. Cette chose-là — prendre Adèle pour femme — se synthétise, s'exprime en un mot : le Devoir.

Mon devoir... Devoir. Pouah! Le mot, tout d'un coup, m'apparaît ridicule, dégoutant, éculé, stupide; le déguisement vulgaire de sales n'importe quoi. Devoir... Pourquoi ai-je pensé à ce mot-là? A ce mot qui est une claie sur laquelle les grands sentiments naturels sont traînés, ligotés de chapelets, à la voirie de l'honnêteté?... Le mot a défiguré, fait disparaître la chose qu'il représentait. C'est fini. Passée, l'émotion; mort, le grand désir qui m'avait saisi. Adèle ne sera pas ma femme, jamais... C'est égal, j'ai eu tort de ne point lui proposer de passer la journée avec moi, lorsqu'elle parlait de la tristesse d'Angenis, avant de sortir. C'est cela, cela surtout, qu'elle ne me pardonnera pas. Et alors...Je songe à des représailles. Elle laissait deviner une telle haine, lorsqu'elle parlait de son frère...

Jusqu'au soir, je me reproche mes maladresses...

Le lendemain, à midi, Adèle revient. Nous échangeons à peine quelques paroles. Je lui remets un chèque que j'ai été chercher à la banque. (Un chèque, ça laisse des traces; elle ne pourra nier avoir reçu une indemnité.) Adèle, avant de partir, me tend la main.

— Sans rancune, me dit-elle.

Sans rancune... Est-ce sûr?

Je ne sais pas pourquoi, je ne veux pas savoir pourquoi, le séjour d'Angenis me devient insupportable. La vie de garnison, avec son fastidieux tran-tran, ses intérêts mesquins, ses intrigues petites, me pèse de plus en plus. C'est un cimetière, cette ville de province. Oh! être quelque part où l'on vive, où l'on se sente vivre, où l'on ne soit pas seul avec ses pensées... J'écris à mon père pour le prier de trouver un général disposé à me prendre comme officier d'ordonnance. Il me répond qu'il a déjà cherché, sans succès, et qu'il n'a pas grand espoir pour le moment. Pourtant, le 10 janvier 1886, c'est-à-dire trois jours après la nomination du général Boulanger au ministère de la Guerre, mon père m'écrit qu'il a réussi à me faire demander par son ami intime, le général de Porchemart.

*
* *

Son ami intime est équivoque; on ne sait pas si le général de Porchemart est l'ami intime du général Boulanger ou celui de mon père. En fait, il est l'ami intime de l'un et de l'autre; ou, du moins, prétend l'être. Une observation rapide, mais attentive, m'a convaincu qu'il les hait tous deux Je suis absolument certain, d'autre part, que mon père déteste cordialement le général de Porchemart; et j'ai quelque raison de croire que ses sentiments sont partagés par le ministre de la Guerre. Trio de chers camarades, de vieux camarades. On s'aime, dans l'armée. Ah! qu'on s'aime! Ce n'est pas de l'amour, c'est de la rage. Et l'on peut facilement comprendre l'intensité des sentiments qui lient les uns aux autres les grands chefs militaires, lorsqu'on se rappelle que c'est à des sentiments, les plus hauts et les plus purs, et non à de vils intérêts, que le soldat sacrifie son existence. La profession des armes est un sacerdoce.

C'est là une grande vérité que le général de Porchemart n'oublie point. Petit-fils d'un chef vendéen qui rôtissait les pieds des Bleus et pillait les diligences pour l'amour de Dieu et du Roi, il s'est sincèrement rallié à la République, gouvernement que le pays a librement choisi; il n'a pas jugé nécessaire, toutefois, d'abandonner ses croyances religieuses. Il a l'air d'un prêtre; d'un prêtre, si j'ose m'exprimer ainsi, toujours à cheval sur le Devoir, avec la Patrie en croupe et le Soupçon pour tenir la bride de l'animal; d'un prêtre impitoyable aux défaillances des simples mortels. Cette implacabilité s'est manifestée dernièrement, assure-t-on, par une dénonciation documentée contre le général de Lahaye-Marmenteau. Ce dernier, convaincu de s'être livré indirectement à des trafics répréhensibles, a dû se démettre des fonctions qu'il remplissait au ministère, et commande au loin une division d'infanterie. On n'a fait aucun bruit autour de cette affaire; on parle tout bas de scandales nombreux et graves que sa divulgation eût fait éclater. Le général de Porchemart, sans doute, sait à quoi s'en tenir là-dessus; mais sa face impénétrable ne laisse point deviner les secrets qu'il possède et qu'il utilisera peut-être, le moment venu, avec l'autorité que lui donnent sa réputation de droiture et la juste célébrité que lui valut une authentique action d'éclat en 1870.

La vie du général de Porchemart est des plus simples et des plus régulières. Sa femme est une dame déjà âgée qui fréquente fort les églises, s'occupe de bonnes œuvres et fait de la charpie pour la prochaine. Il n'a pas d'enfants; et jusqu'à ces derniers temps, chose inouïe, on ne lui avait jamais connu de maîtresse. Il en a une à présent; mais cette liaison qui, assure-t-on, ne date que de deux mois environ, est demeurée très mystérieuse. La dame est invisible; cloîtrée, séquestrée comme une beauté de harem. Personne n'a vu son visage; tout le monde ignore son nom. Le bruit court, je ne sais pourquoi, que c'est une femme supérieure, extraordinaire; on affirme que le général de Porchemart a l'intention de se lancer avant peu dans la politique et l'on assure que l'amie qu'il dérobe à la vue de ses contemporains l'aide à préparer des plans machiavéliques. C'est, dit-on, son Égérie. J'ai parlé de la chose à mon père, pour voir; et il a éclaté de rire aux premiers mots.

— Une Égérie! C'est à se tordre! Porchemart-Pompilius! Vraiment, ne pouvez-vous voir les choses telles qu'elles sont? Pourquoi vouloir toujours trouver cinq pieds sous un mouton? Porchemart a une maîtresse qu'il ne montre pas. Bon. Qu'est-ce que c'est que cette maîtresse-là? C'est une Égérie. Fous que vous êtes! S'il ne la montre point, c'est qu'il ne peut pas la montrer. Donc, ce n'est point une Égérie C'est une mineure.

Ma foi, probablement. Après tout, ça m'est égal. L'essentiel, c'est que mon tableau de service ne soit pas trop chargé; et il ne l'est pas. L'officier d'ordonnance est un heureux mortel. Il sort presque toujours de l'École. (Au fait, bien peu d'officiers sortent du rang; récemment, sur deux cent trente lieutenants d'infanterie proposés pour le grade de capitaine, huit seulement n'avaient point passé par Saint-Cyr; et il est à présumer qu'ils n'iront pas loin.) L'officier d'ordonnance — généralement fils, neveu, cousin ou gendre de haut fonctionnaire militaire ou même civil, refusé aux examens d'état-major ou qui n'a osé les affronter — trouve une situation paisible auprès d'un général pourvu d'un emploi catalogué; il s'embusque dans des bureaux, parade aux revues, prépare des fêtes, règle des danses. Il est le héros des mamans à l'amabilité mûre et des demoiselles à écus auxquelles il faut des oiseaux tricolores pour picorer leurs cœurs en massepains. Et pas de danger, au moment critique du cotillon, que ces demoiselles marquent l'officier d'ordonnance du petit pompon... Vous savez.

Le général de Porchemart est charmant pour moi. Peut-être un peu trop. Je crois parfois découvrir dans ses manières quelque condescendance ironique. Cela m'ennuie. Le général, ainsi que tous les hommes qui ne se laissent pas deviner, exaspère. On est toujours tenté de se dire qu'ils n'ont réellement rien d'extraordinaire; qu'ils ne valent pas mieux que les autres; et cela, on ne peut pas se le dire.

Je vois grimacer autour de moi l'ambition grotesque, odieuse ou naïve d'un grand nombre de jeunes officiers pourvus d'emplois analogues au mien; l'ambition militaire, telle que je l'ai trouvée au régiment, mais avec des espoirs moins chimériques et des succès plus fréquents. Et je me demande pourquoi le général de Porchemart, ayant subitement besoin d'un officier d'ordonnance, ne l'a pas choisi parmi ces jeunes gens dont beaucoup le poursuivaient de leurs sollicitations, je le sais, et est venu me chercher. Afin de faire plaisir à mon père? C'est douteux... Je finis par trouver. Le général de Porchemart veut m'avoir auprès de lui parce qu'il espère savoir par moi, grâce aux indiscrétions de mon père, ce qui se passe autour du général Boulanger; et mon père, de son côté, compte que je le tiendrai au courant des faits et gestes du général de Porchemaart, que le ministre a intérêt à surveiller. C'est certain; absolument évident. Le général de Porchemart, personne n'en doute, est l'homme des opportunistes; et chacun sait que le général Boulanger est l'homme des radicaux.

Il est donc probable qu'on réclamera de moi avant peu, de droite et de gauche, des renseignements confidentiels. Je ne sais pas encore si j'en donnerai; pourtant, à tout hasard, je veux me mettre au courant de la situation politique. Pour commencer, je voudrais bien connaître un radical qui m'exposât ses vues. On pourrait croire que mon père, en qualité d'ami du ministre, est un fervent radical; et beaucoup de gens n'en doutent point. Mais je ne suis pas sûr du fait. Lui non plus. Je prends donc le parti de m'adresser à un radical bon teint, indubitable, et cependant sans mesquins préjugés de coterie.

***

C'est du cousin Raubvogel qu'il s'agit. Depuis cette mémorable élection par laquelle, grâce à lui, les populations du Nord offrirent une chaise curule à son beau-père M. Delanoix, le cousin Raubvogel s'est séparé de ses anciens amis les opportunistes et a adopté des opinions de plus en plus radicales. Il est aujourd'hui l'intime ami du chef de son nouveau parti et de ses séides, le docteur Kaulbach et autres. La rumeur publique assure que Raubvogel n'a point, financièrement, gagné au change. Il en fait lui-même l'aveu; ajoutant avec modestie qu'un bon Français doit savoir sacrifier sans hésitation ses intérêts à ses principes. Il laisse entendre, néanmoins, qu'il attend avec patience de nouveaux sourires de la Fortune, car il a pleine confiance dans la destinée de l'homme rare que le parti radical vient de hisser au ministère de la Guerre.

Tout d'abord, je crois qu'il va m'être facile de tirer du cousin des informations précieuses, de l'amener à me dire de quel côté, le cas échéant, il sera préférable de me ranger. Raubvogel m'écoute attentivement, ouvrant de grands yeux, hochant la tête tantôt à gauche, tantôt à droite. Quand j'ai fini, il m'invite à passer dans son cabinet.

— Mon cher cousin, me dit-il après avoir soigneusement fermé la porte, ce que vous me demandez est tellement grave et mon désir de vous répondre à cœur ouvert est si grand, que je pense qu'il est nécessaire de nous mettre à l'abri d'oreilles indiscrètes. Ici, où nous sommes en sûreté, je puis vous dire ce que je ne dirais certainement pas à tout le monde. La France se reprend, mon cher cousin. Elle se reprend! Oui, quoi qu'on en dise, la France se reprend.

A ce moment, on frappe à la porte; et Raubvogel, avec un geste d'ennui, va ouvrir. C'est Mme Raubvogel. C'est

Estelle qui s'exclame, se précipite vers moi et, presque, me saute au cou. Quelle joie! Quel plaisir! Qu'elle est heureuse de me revoir! Comme je dois être content d'avoir quitté cette vie de garnison! Il n'y a que Paris au monde. Puisque je suis là, elle ne me quitte pas; il faut que je reste à déjeuner, d'abord; et après, je vais l'accompagner au bois... Raubvogel me jette un regard désolé et pousse un soupir de résignation. Allez donc parler sérieusement avec les femmes!...

Je comprends, bien que ce soit peu flatteur pour mon amour-propre, qu'il n'y a guère à compter sur les indiscrétions du cousin. Si encore Estelle entendait la politique! Mais elle n'y comprend rien; absolument rien; elle me l'a dit elle-même. Pourtant, si Raubvogel ne parle point, pourquoi un autre ne parlerait-il point? Gédéon Schurke, par exemple? J'essaye. Et, deux jours après, cet excellent Schurke m'ouvre son cœur, entre la poire et le fromage.

— Je vais vous expliquer la situation, monsieur Jean. Nous sommes en 1886. Durant les quinze années qui se sont écoulées depuis sa défaite, la France a trouvé moyen de faire deux choses; en laissant égorger la Commune, elle a détruit toutes ses chances de relèvement réel; et elle a permis l'établissement d'une République opportuniste qui n'a vécu que de mensonges de toutes sortes. Cette République a appelé à la curée tous les coquins qui crevaient de faim sous l'Empire. Ils ont été, avec leurs amis et leurs petits, s'asseoir à la table du Riche, et se sont gavés. Et ils ont laissé Lazare à la porte, avec son drapeau tricolore autour du ventre pour tenir chauds ses boyaux vides. Comme Lazare aurait pu dérouler son drapeau, pendant une canicule, et compromettre ainsi la sûreté de ses nouveaux maîtres, ceux-ci ont inventé les expéditions coloniales. On a cessé de parler de la trouée des Vosges, mais on a commencé à faire trouer la peau du populo. Les seuls résultats des expéditions coloniales ayant été, pour le pays, des pertes énormes d'hommes et d'argent, sans parler de honteux revers, la patience publique s'est lassée. Les radicaux, qui guettaient depuis longtemps l'occasion, ont jugé que le moment était venu pour eux de s'emparer de l'assiette au beurre. Ils se sont décidés à agir...

— Oui; et par procuration.

— Comme vous dites. Et cela vous donne leur mesure. Le parti radical est un fantôme de parti. Son programme date de 1869; une loque. Son incapacité est désolante. Pour se frayer la voie, c'est un militaire professionnel qu'il va choisir. Il n'y a qu'à ouvrir l'Histoire pour voir que le soldat trahit toujours. Excusez-moi; c'est la vérité. Un soldat, c'est un homme qu'on soudoie. Qui paye? Le Riche! Avec quoi? Avec l'argent du Pauvre. Donc... Vous me direz que, pour transformer sa misérable République nominale en République réelle, il fallait au peuple français une grande énergie; et qu'il n'en a pas l'ombre. Vous me direz que, pour arracher les esprits à leur torpeur, il fallait les violents soubresauts d'un pitre, les appels de trompe d'un charlatan. Vous me direz que, telle la grenouille que seul attire hors de sa vase un morceau de drap écarlate, la nation française pouvait être déterminée à l'action par le prodigieux éclat d'une culotte rouge. Je vous répondrai que vous avez tort; lorsque les gens sont trop lâches pour se sauver eux-mêmes, il ne faut point leur présenter de sauveur; c'est simplement donner un nouveau prétexte à leur veulerie. Et puis, vraiment, est-ce là le rôle du parti radical? Vous allez voir comment leur grand homme va les récompenser, les radicaux...

— Et que pensez-vous qui arrivera?

— Rien. Du bruit, des sottises, du vent. Les opportunistes ne feront rien, les radicaux ne feront rien. Boulanger ne fera rien. La France, surtout, ne fera rien. Donc, conclut Schurke, ne vous inquiétez point de l'agitation qui se produit, qui va se produire. Elle est, et sera de plus en plus, superficielle, dérisoire. Ne craignez pas non plus qu'on vous demande des renseignements. On n'en a pas besoin. Tous les acteurs de la tragi-comédie qui commence s'espionnent entre eux, se vendent réciproquement, portent habit de deux paroisses et mangent à tous les râteliers. Il est inutile de se gêner. Et c'est au grand soleil qu'une cocotte, avant peu, va transporter le mannequin à barbe blonde du cerisier de Clemenceau dans le néflier de M. de Mun.

***

On ne me demande, en effet, de me livrer à aucun reportage spécial; je m'étais donc trompé dans mes conjectures. Et la seconde partie de la prophétie de Gédéon Schurke se réalise rapidement. Le général Boulanger devient, de jour en jour davantage, l'espoir de la réaction et du cléricalisme. Mon père hésite à le suivre dans son évolution; il s'y décide cependant en se ménageant, suivant son expression, des portes de sortie. Le général de Porchemart, de son côté, hésite à se ranger parmi les adversaires déclarés du général Boulanger; il s'y décide cependant en se ménageant, sans en rien dire, des portes de sortie.

La popularité du ministre de la Guerre s'accroît sans cesse; cultivée, à l'aide de procédés intensifs, par des gens qui se dissimulent de leur mieux, eux et les intérêts variés qu'ils représentent. La foule des admirateurs, des fidèles, augmente; foule que pousse une certaine honte de sa longue et abjecte inertie et à laquelle les indécents beuglements des Ligues et autres troupeaux d'ahuris donnent l'illusion de l'action. Boulanger accepte cette popularité comme un tribut naturel dû. Il couche dessus; étendu de tout son long, bottes vernies et barbe teinte, sur cette chose flasque et cotonneuse qui constitue l'âme française. Un peuple de barnums s'évertue, camelots de la haute et de la basse pègre, mâles, femelles et l'autre sexe. La presse maquille ses brêmes; l'aristocratie maquille sa vieille gueule, se camoufle en tricoteuse; les banques donnent des écus; les tonsurés, des conseils. On maquignonne l'opinion publique, pitoyable Rossinante; on lui fourre du coton tricolore dans les oreilles et un piment rouge autre part; et le Don Quichotte de la manchette, sa lyre de fer-blanc au poing, se prépare à l'enfourcher pour de grandes expéditions à la statue de Strasbourg. Les assassins et les massacreurs prêchent la nécessité de l'union; les voleurs prêchent l'honnêteté; les sacristains, la tolérance; les gardes-chiourmes, la liberté; les cocottes chantent la vertu; et les maquereaux, la famille. Le Devoir est à la mode.

— Trop de beaux sentiments, murmure tristement Gédéon Schurke. Voyez-vous, monsieur Jean, le Boulangisme mourra, non pas de son improbité — l'improbité est l'âme des partis forts — mais de ses prétentions à la vertu. Il ne parle que d'honneur, de pureté, de droiture. C'est une grande faute. Il ne faut abuser de rien, même des pires choses.

Le ministère de la Guerre est une sentine. Boulanger vit au milieu d'une population d'escarpes, de rastas, de grues, d'aigrefins, d'espions, d'imbéciles et de filous décidés à faire la France, à la tête ou à la dure. Tout ça grouille, gesticule, braille, minaude, bave, jacasse, espère, désespère, s'enthousiasme, se multiplie. Et pour base de cet échafaudage d'envies, de haines, de convoitises, de rancunes et d'appétits qu'érigea le Hasard, de ses doigts puants, il y a un Mot. Le Mot éternellement mystérieux, cabalistique, le Mot qu'on n'explique jamais, qu'il est criminel de chercher à définir. — Il y a le mot : Patrie.

— La Patrie! La Patrie!

Chose curieuse, c'est aussi la Patrie que les adversaires du boulangisme prétendent servir. Ils combattent la dictature menaçante au nom de la Patrie. « Nous avons le monopole de la Patrie! » s'écrie la bande opportuniste qui, menacée dans ses privilèges et dans son existence même, s'apprête à faire face à l'attaque. Les opportunistes ont été renforcés par beaucoup de radicaux, furieux d'avoir été plaqués par l'homme dont ils voulaient jouer, et par les socialistes dont c'est la caractéristique de redouter tout ce qui peut porter atteinte à l'ordre de choses actuel. Et ces honnêtes gens, si honnêtes, font appel aussi aux plus purs sentiments du peuple, lui parlent de la Patrie et même de la République.

La République? Les boulangistes ne veulent pas autre chose. Ils veulent une République honnête, voilà tout. Raubvogel me l'affirmait hier. Vive la République! Tel est le cri de M. de Mun, de M. de Mackau et de la duchesse. Et le nonce du pape, derrière leur dos, fredonne *la Marseillaise*. On est républicain, dans la boulange.

— Oui, dit encore Raubvogel; et la preuve qu'on est républicain, c'est qu'on a Paris.

Paris... J'essaye, évoquant le passé libertaire de la grande ville, de la juger en homme imbu fortement, mais sans lyrisme, des idées qu'elle incarna. Je vois que Paris a donné à l'humanité, en ce XIXe siécle, deux torches sans lesquelles la route de la Révolution serait encore obscure : 1848 et 1871. Février et juin 1848 ont prouvé, il me semble, qu'aucune transformation sociale n'est possible sans des changements politiques complets; et 1871 a démontré, je pense, que des changements politiques ne peuvent s'effectuer sans la complicité de cette partie de la population qui, portant les armes, est jusqu'à présent le meilleur et même le seul soutien de l'État autoritaire. Et je me demande comment Paris a pu devenir ce qu'il est aujourd'hui; comment les Parisiens, après avoir entendu tomber de l'abominable gueule d'un pître des couplets patriotards qui sont le dérisoire écho de la lâcheté publique, peuvent acclamer le brave général Boulanger, qui fit preuve de sa bravoure en les fusillant...

— Le peuple de Paris, ricane le général de Porchemart, a été peint de main de maître, et une fois pour toutes, par Rabelais; ce peuple qui est « tant sot, tant badault, et tant inepte de nature ». Il ne faut pas le prendre au sérieux, même dans ses moments de férocité. Les Sans-Culottes, par exemple, n'ont jamais eu d'autre idéal qu'une nouvelle mode; leurs plus abominables excès témoignaient simplement d'un goût maladif pour le pantalon.

Les Parisiens... Aujourd'hui, 14 juillet, c'est par centaines de mille qu'ils se sont rendus à Longchamp afin d'assister à la Revue — la misérable revue annuelle instituée pour satisfaire la curiosité badaude d'un demi-million d'idiots.

Ça foisonne, ça grouille, ça sue, ça pue; ça noircit les rues et les avenues; les fourrés du bois en sont pleins; singes, guenons, chapeaux de paille, gluants, saucissons et litres à seize. On reconnaît au passage les petits oignons du veau; y a du bleu, du blanc, du rouge, vive le drapeau français!...

Ah! Vive tout ce qu'on veut, pourvu qu'on gueule, qu'on fasse la guerre à coups de gosiers. Voilà la revue, le défilé, les saluts, les acclamations. Vive Boulanger! Vive Boulanger!... Cri d'espoir et de foi, pour sûr. Vive Boulanger! Vive l'Armée! Vive la revanche!

La guerre, alors? Certainement pas. Pas aujourd'hui;

mais demain, sans faute. Le peuple français n'attendra pas plus longtemps. Il lui faut la guerre, au peuple français. Il la lui faut parce qu'il sait que maintenant la France s'est relevée et que son armée est prête. Il la lui faut afin de reprendre l'Alsace-Lorraine, sûrement, mais avant tout pour se délivrer de l'effroyable taxation dont on le chargea au lendemain du désastre; pour en finir avec les écrasants impôts dont le produit devait servir à organiser une armée de revanche, l'armée qui est prête aujourd'hui. Elle est prête, l'armée! Elle est prête, car pas un sou n'a été gaspillé, car pas une minute n'a été perdue. Vive l'armée!

Nous remontons l'avenue du Bois de Boulogne au milieu d'une poussière aveuglante et d'acclamations qui assourdissent. J'ai simplement entendu les cris de la foule, jusqu'ici; et l'idée me vient d'examiner ses visages, de scruter ses pensées intimes, de les déchiffrer sur ses faces. Ses faces? Elle n'en a qu'une. Une figure terne, indifférente, lasse, aux yeux vitreux, avec une énorme bouche noire; une figure animale, résignée, sans trace de résolution, de volonté, de caractère; la figure d'une foule infirme dont l'emballement tient de la danse de Saint-Guy plutôt que de l'enthousiasme; d'une foule qui n'est qu'une foule et veut rester une foule — ne veut pas devenir un peuple. Tout d'un coup, je me souviens de la conversation que j'ai eue avec le lieutenant Deméré, à Nantes. « Laissez passer quinze ans encore, laissez venir la fin du siècle... »

— Vive Boulanger! Vive Boulanger! Vive l'armée!...

Des scintillements d'acier, sur la gauche. Un régiment de cuirassiers contourne l'Arc de Triomphe. Je lève la tête. La masse du monument est devant nous, énorme, avec son arche vide...

C'est par là qu'ont passé les Hommes disparus.

XIII

En descendant, après la revue du 14 juillet, cette avenue des Champs-Élysées où bivouaquèrent si souvent les vainqueurs, j'ai demandé au général de Porchemart s'il croyait qu'une guerre prochaine fût probable.

— Une guerre! s'est-il écrié avec un étonnement tellement complet qu'un moment je l'ai cru simulé. Une guerre? Mais ça ne dépend pas de nous. Ça dépend des Allemands.

Ça ne dépend pas des Français, assurément. Ils aspirent toujours à la revanche, bien entendu; mais ils ont le cœur trop tendre pour désirer un conflit. Vouloir la guerre — la guerre qui mettrait fin à une situation équivoque et terrible — cela s'appelle vouloir lancer le pays dans des aventures. Toute la question est donc ici : sous quel maître les Français continueront-ils à jouir des bienfaits de la paix? Sous la patte crochue du Pouvoir civil, ou sous le sabre de bois du Pouvoir militaire? Le général de Porchemart paraît croire de plus en plus au succès définitif du ministre; je m'en aperçois aux éloges pas trop grincheux qu'il fait de son administration. Mon père semble aussi persuadé du triomphe prochain de Boulanger; je le devine à la jalousie qu'il laisse éclater fréquemment.

— Les Français sont singuliers! Qu'a-t-il jamais fait, ce Boulanger, qui explique sa popularité? Où était-il, pendant la guerre? A quoi sert d'avoir risqué sa peau comme je l'ai fait, moi, à Nourhas? L'ingratitude est notre vice national.

La mauvaise humeur de mon père provient sans doute du fait que les admirateurs du ministre commencent à lui témoigner leur sympathie d'une façon tangible. Les Espagnols ont un proverbe qui affirme que l'honneur et l'argent ne vont pas dans le même sac. Boulanger prouve tous les jours la fausseté de ce proverbe; il accumule les honneurs et l'argent. Peut-être, après tout, que les Espagnols ne parlent pas de l'honneur militaire, qui est un honneur spécial.

Si l'honneur militaire est un honneur spécial, on peut dire, je pense, que le militaire actuel est un militaire spécial. L'esprit du soldat n'est plus ce qu'il a été. Il m'arrive parfois de comparer mentalement les militaires du commencement du siècle aux militaires que nous sommes; et de comparer, aussi, le militaire du Second Empire au militaire de la Troisième République. J'évoque mes souvenirs du colonel Gabarrot, j'établis un parallèle entre le commandant Maubart, des voltigeurs, et le général Maubart, des bureaux de la guerre. Et il me semble que le soldat à idées étroites souvent, mais profondes, que poussait au combat une ambition énorme et puérile éperonnée d'enthousiasmes, a fait place à un autre soldat qui n'aimait guère l'aventure que pour les aventures, qui se battait plutôt pour les récompenses décernées par la gloire que pour les intimes satisfactions qu'elle procure. Et je vois disparaître ce soldat, à son tour, devant l'être qui porte aujourd'hui l'épaulette — être obligé d'éliminer de son horizon les idées d'enthousiasme, d'aventure et de gloire, être exerçant une profession classifiée, stable, à salaires gradués, routinière, presque sans aléas — être que j'appellerai le Militaire qui ne se bat pas. Je crois voir, encore, que moins le soldat se bat, plus il s'éloigne du peuple, de la nation; et qu'il ne reste en contact avec ses concitoyens que comme le garde-chiourme reste en contact avec les forçats.

Le Militaire qui ne se bat pas a pour mission particulière la conservation de la paix. Il est là pour maintenir les peuples dans l'apathie. Au lieu de grouper les hommes pour l'action, il les parque pour l'inaction. Les mains fortes qui servaient les démences élues — ah! je me souviens des mains des dragons du colonel Gabarrot, dont les sabres coupaient les mains des Russes! — les mains fortes qui servaient les démences élues et qui n'ont point su forger l'arme de liberté ont été enchaînées par le Calcul et la Ruse, sous l'œil froid du Militaire qui ne se bat pas. Oui, je le vois, le soldat pacifique est le complément nécessaire du voleur légal; le militaire qui conserve la paix au lieu de la mettre en péril est indispensable au coquin qui fabrique les lois au lieu de les transgresser.

— Français! s'écrient les anti-Boulangistes, ne vous laissez pas entraîner dans des aventures. Prenez garde à la guerre! Rappelez-vous que la paix est le premier des biens. Avec nous, pas de guerre! Pas de Sedan!

Et maintenant, s'il vous plaît, que dit l'homme empanaché, à la belle barbe teinte en blond? Il dit :

— Français! je vous épargnerai la guerre. Pas d'aventures! Quand on vous dit que j'ai des goûts belliqueux, on vous trompe. Tout ce que je rêve pour vous, c'est une République honnête. Honnête. Par conséquent, pacifique. Vive la Paix! Avec moi, rien à craindre. Pas de guerre!

Là-dessus, la France fait semblant de réfléchir et se tâte le pouls. Si l'on essayait de l'empanaché? Pourquoi pas, puisqu'on est libre; et que la liberté, c'est la possibilité de changer de maître? Après tout, l'empanaché, c'est simplement un civil avec un panache. Pas plus de danger avec l'un qu'avec l'autre; et c'est moins triste à regarder, moins banal et moins marmiteux. Allons-y!

Mais tout le monde n'y va pas. Les prébendés, les nantis, se rebiffent; leurs amis et connaissances en font autant; il y a aussi des gens à principes. Du côté militaire même, une grande opposition au boulangisme se produit. Mon père n'a pas encore tourné casaque, mais le général de Porchemart a repris courage. Il s'est remué énormément, a excité des jalousies et des défiances. Vous connaissez le résultat de la contre-attaque. Boulanger est obligé de quitter le ministère. La date exacte? Je ne sais plus. Je n'ai pas l'intention de feuilleter de vieux almanachs. Ce doit être au mois d'octobre 1886. Deux souvenirs m'aident à donner cette date approximative. Le premier a trait à un événement qui précède la chute de Boulanger. Je veux parler de l'énorme manifestation à la statue de Strasbourg et à la statue de Jeanne d'Arc, mascarade tricolore où se firent remarquer, au premier rang, le cousin Raubvogel et sa femme vêtue en Alsacienne.

Le second souvenir se rapporte à un fait qui se produisit peu de temps après le départ du ministre populaire, et juste au moment où la classe 1886 allait rejoindre les drapeaux. Nous sortions du Bois, à cheval, mon père et moi, lorsqu'une bande de conscrits déboucha, en hurlant, d'une certaine rue. L'immense drapeau qui les précédait effraya le cheval de mon père; il eut toutes les peines du monde à maîtriser sa monture qui se cabrait et cherchait à se dérober. A la fin, furieux, il s'écria :

— Bande de cochons! Leur sacrée ordure de drapeau! Ah! les salauds! Qu'ils tombent jamais sous ma coupe, et tu verras si leurs jours de salle de police font des petits!

***

La France est triste, depuis que Boulanger ne préside plus à ses destinées guerrières. On dirait qu'elle a perdu son joujou. Mais elle a ses étrennes, et même un peu avant l'époque; le 11 décembre 1886, Boulanger reprend le portefeuille de la Guerre. Et moi aussi j'ai mes étrennes; le 1er janvier 1887, je suis nommé lieutenant. J'ai donc deux galons sur ma manche. Ça me fait une belle manche.

Cette dernière phrase pourrait vous faire croire que je ne prends pas ma profession fort au sérieux, et vous auriez à moitié tort. Je suis, si vous voulez, comme un homme convaincu en matière de doctrine, mais auquel manque le ferveur spirituelle. Il me faudrait des raisons bien puissantes pour quitter l'armée; mais si une occasion tentante se présentait, je laisserais là l'épaulette. A vrai dire, j'ai cherché cette occasion, pour différents motifs; mon argent qui file rapidement, l'insipidité de mon existence, d'autres raisons. Vous comprenez qu'il s'agit de tentatives matrimoniales. J'ai fait insérer dans les journaux une des cinquante mille annonces militaires que vous pouvez y lire chaque année. « Officier (Saint-Cyr), vingt-cinq ans, bien sous tous rapp., gr. espér., sans sots préjug., épous. jeune fille ou veuve (divorcées non accept.). Fort. aisée. Tr. sérieux. Écri. M. E. C. 89. » Les résultats n'ont pas été encourageants; je n'en dirai pas davantage. Des intermédiaires obligeants, entre autres un général en retraite et deux veuves de colonels, se sont occupés de m'aider à convoler en justes noces. Ils m'ont présenté successivement plusieurs jeunes personnes, élevées aux Oiseaux, qui avaient de beaux cheveux et aimaient beaucoup leurs mères; mais, comme dit l'autre, j'ai reculé. Tout cela ne prouve point que je ne ferai pas un jour un beau mariage; mais, pour le moment, je me contente de jouer au petit ménage, avec celle-ci ou avec celle-là; on en pince pour la culotte, à Paris; ça dure ce que ça dure; et après la rupture, on jase, on prétend que les caresses de Mars coûtent cher à Vénus. Mais tout cela n'entame pas le prestige de l'épaulette.

En dépit de l'opinion courante, j'ose affirmer que la fréquentation des femmes, des femmes élégantes, est indispensable à l'officier d'avenir. Cette fréquentation seule peut le mettre à l'abri de bien des tentations et de bien des périls.

— Je cesse de croire au succès final de Boulanger, m'a dit l'autre jour mon père; il se laisse entortiller par toutes les grues. Les femmes le perdront. Rappelle-toi ce que je te dis, mon garçon : les femmes le perdront. Et sais-tu pourquoi? Parce que cet homme, toute sa vie, a ignoré les femmes. Jusqu'à ces temps derniers, il n'avait jamais connu que les pantalons de madapolam de son épouse. Dès qu'il a vu une chemise de soie, il a été fichu. Un militaire doit connaître les dessous luxueux; c'est de première importance. Moi, avec mon tempérament, si j'ai pu faire mon chemin, c'est parce que, dès le début, je n'ai rien ignoré de ces choses-là. Ta mère, pour ne citer qu'un cas, ta mère avait un trousseau magnifique.

Mon père sera peut-être bon prophète; et il est possible, en effet, que les femmes causent la ruine du général Boulanger. Mais, pour le moment, sa popularité ne fait qu'augmenter. La lutte politique engagée, timide, malhonnête, peureuse et bruyante, est certainement ridicule. Malgré tout, c'est un jeu. Ça intéresse, ça prend, ça captive comme un jeu. Le cousin Raubvogel, avec lequel je suis dans les meilleurs termes, est un des plus fervents disciples du Sauveur; il prêche la bonne parole boulangiste avec une conviction qui émeut. Avant-hier, il a offert en l'honneur du général un grand dîner auquel nous avons assisté, mon père et moi. Une foule énorme, subitement rassemblée par le plus grand des hasards, a envahi la rue pour acclamer le général à sa sortie de la maison. La manifestation, bien qu'inopinée, a été grandiose et a fortement ému le gouvernement. Et hier, le cher cousin, pensant que le prêtre doit vivre de l'autel, a lancé sa nouvelle affaire des *Tapiocas militaires*, dont le succès est prodigieux. Raubvogel, donc, nage dans l'opulence.

Mais pas dans la joie. Il y a une ombre au tableau de sa félicité. Delanoix, ce beau-père que Raubvogel a contribué, plus que tout autre, à asseoir sur une chaise curule, Delanoix fait preuve de la plus noire ingratitude. Il est républicain, républicain austère et convaincu, et jette l'anathème au boulangisme, deux fois par semaine, du haut de la tribune du Sénat. « Renierons-nous, s'écrie-t-il, nos pères, ces géants? La France va-t-elle se prostituer à un nouveau César? » Voilà des choses qui désolent Raubvogel, et lui font verser des larmes, dans le silence du cabinet. Du moins, il me l'a dit; je l'ai cru, et je l'ai répété au général de Porchemart, qui s'en est tenu les côtes pendant dix minutes. Le général est peut-être au courant de choses que j'ignore. Ce que je n'ignore pas, par exemple, c'est que Delanoix a dénoncé violemment, dans son dernier discours, la continuelle présence, au ministère de la Guerre, de personnages louches et d'individus équivoques.

Il est certain que, là-dessus, Delanoix n'exagère point. Les types les plus étranges, mâles et femelles, pullulent au ministère. On en trouve dans tous les bureaux, sous toutes les tables, derrière tous les fauteuils; ça sent le juif, le jésuite et la putain; c'est une pétaudière. Mais ce sont là des détails que le public ne sait pas, ne veut pas savoir. Tout ce qu'il voit, c'est le port de la barbe autorisé dans l'armée, les réfectoires, les guérites tricolores...

Et, chose curieuse, ce sont précisément ces mesquines réformes qui indisposent contre Boulanger beaucoup des grands chefs militaires. L'armée, bien entendu, n'est nationale que de nom; c'est un vieux squelette dans un linceul neuf. Et le haut commandement redoute que le squelette, rappelé à la vie, apparaisse hors de son suaire, avec une chair jeune sur une vieille ossature; et la moindre évocation, pensent-ils, pourrait produire le miracle. C'est pourquoi il ne faut pas toucher à la tradition, à la routine; les innovations sont superficielles aujourd'hui; mais demain il est possible qu'elles deviennent sérieuses; peut-être voudra-t-on affaiblir la discipline! Et les grands chefs sentant en péril leurs privilèges, même les plus inutiles et les plus nominaux, flairant une ère nouvelle pour l'armée, se groupent afin de résister. On ne se figure pas avec quelle rage, un homme, une caste, se cramponne à ses immunités, à ses prérogatives. Les employés du fisc ne sont point encore consolés qu'on ait enlevé aux commis des gabelles le droit de pendre les faux-sauniers.

Les grands chefs, donc, déclarent en sourdine que la Défense nationale est compromise. Et les Boulangistes, avec le peuple presque tout entier derrière eux, hurlent que la France ne craint personne, et que son armée est prête.

*
* *

Et un fait vient soudain souffleter, de sa brutale et silencieuse éloquence, tous ces vantards et tous ces menteurs.

Vous n'avez pas oublié cette piteuse histoire. Vous vous rappelez comment ces deux grandes nations qui depuis seize ans s'observaient par-dessus leur frontière — l'une fière de ses triomphes passés et confiante dans sa force, l'autre équivoquant sur son désastre et en proie à des convulsions rageuses — furent presque jetées dans l'arène, un beau matin, par le plus trivial des incidents, par une querelle de mouchards, par des démêlés d'argousins... L'affaire Schnœbelé...

En France, d'abord, ce fut de la stupeur. La guerre! La guerre? était-ce possible?... Puis, ce fut la détermination prise, visiblement prise et à la presque unanimité, d'éviter la lutte coûte que coûte. L'affreuse peur sous laquelle avaient vécu pendant seize années les classes possédantes, qui flairent la révolution dans la guerre, apparut. On murmurait, en claquant des dents, que le conflit était impossible, serait insensé. Pendant des jours, on vécut ainsi qu'en un cauchemar. Au ministère, on ne rencontrait que visages effarés, que figures consternées. Mon père — combien d'autres avec lui? — avouait tout bas que rien n'était prêt; les milliards avaient été gaspillés, jetés aux mains avides de tripoteurs; c'était 1870 qui allait recommencer... La presse, par ordre, recommandait aux citoyens de rester calmes. Calmes! Ils étaient glacés par l'effroi, pétrifiés. Et pourtant, une fièvre intense s'était emparée d'eux, les consumait intérieurement, en silence; fièvre qu'alimentait sans doute, plus encore que le pressentiment des périls du lendemain, le mortifiant souvenir des bravades de la veille. La transformation soudaine apportée dans un être par l'épouvante est énorme; le sang des bêtes poursuivies, des cerfs traqués, des taureaux pourchassés dans le cirque, est empoisonné, littéralement empoisonné par la peur.

Et tout d'un coup, ce fut la délivrance. L'affaire, osait-on dire, était arrangée. Les patriotes des Ligues se remirent à narguer, moites encore de leurs transes.

***

Le danger étant passé, on explique à grand renfort de détails (bien français et surtout bien parisiens) quelles mesures on avait prises afin de le conjurer. Les militaires qui ont failli aller se battre exposent avec candeur comment ils se seraient battus. Le public écoute, bouche bée, saoul d'admiration. On assure que le général Boulanger avait envoyé à la frontière de l'Est quarante bataillons d'infanterie. Quarante bataillons ne suffisent point. On affirme qu'il en avait envoyé quatre-vingts. Puis, une centaine.

— C'est vraiment incroyable! me dit mon père. La crédulité de ces gogos est insondable. Quatre-vingts bataillons! La vérité, c'est que nous avons pu à grand-peine en expédier douze ou quinze. La compagnie de l'Est n'aurait pu en transporter davantage. Tout le monde devrait savoir qu'elle est hors d'état de rendre aucun service. En temps de guerre, à mon avis, elle serait obligée de bloquer ses locomotives sur la ligne de Lyon dès le début des opérations.

La panique causée par la menace d'un conflit a servi les parlementaires. Bien des gens qui leur étaient hostiles inclinent à penser qu'ils présentent, contre les entreprises du hasard, une protection supérieure à celle que peut offrir le héros populaire. Les législateurs commencent donc à attaquer vigoureusement l'homme providentiel; et, dans les derniers jours de mai, l'homme providentiel abandonne son portefeuille.

Certaines irrégularités dans l'emploi des fonds à lui confiés avaient été reprochées au ministre. Les preuves de ces irrégularités ayant été fournies secrètement aux parlementaires par le général de Porchemart, ledit général de Porchemart s'attendait à se voir offrir, en récompense, la place laissée vacante par Boulanger. Il a été cruellement déçu. C'est le général Ferron qui s'installe rue Saint-Dominique.

Le général de Porchemart, bien entendu, ne m'avait pas mis au courant de ses projets et de ses espoirs; mais je n'avais pas eu de mal à les deviner. Comme il se croyait sûr du succès, il ne prenait plus guère la peine de dissimuler. J'éprouvais même quelque chagrin à penser que cet homme, que je ne pouvais m'empêcher de juger supérieur, n'avait assigné d'autre but à son ambition qu'un rond-de-cuir ministériel. Mais l'autre matin, pendant une promenade, il m'a dit certaines choses qui m'ont fait penser que j'avais été trop prompt à tirer des conclusions. Je n'ai pas très bien compris, il est vrai, et je n'ai point osé questionner; mais j'ai senti que le plan, quel qu'il soit, que cet homme avait tracé et que les circonstances lui interdisent de mettre à exécution, était terrible et grand.

— Au ministère de la Guerre, m'a dit le général, il ne faut qu'une mazette. Un homme, là, ferait trop peur. Les Français, représentants et représentés, n'ont qu'une crainte : la guerre. C'est une crainte irraisonnée, physique, et voilà pourquoi elle est insurmontable. Vous l'avez vu dernièrement, lors de l'incident Schnœbelé. Que la guerre éclate réellement, vous verrez autre chose encore. A moins, bien entendu, que ce ne soit la France qui déclare la guerre, à moins qu'elle ne soit poussée au combat par un homme qui méprise les vaincus et qui rêve pour son pays autre chose que l'enlisement dans un marécage d'imbécilité. L'apathie actuelle, je vous le dis, n'a d'autre cause que la peur. L'oubli de la défaite est peut-être dans les esprits, mais le souvenir est là, grimaçant, dans le cœur... ou dans le foie. Écoutez, je vais vous dire une histoire; vous la comprendrez. Un fermier belge m'a raconté ceci : Le lendemain de la bataille de Sedan, il trouva dans l'un de ses prés, à une dizaine de lieues de la frontière, un cheval qui avait appartenu à l'armée française. L'animal était exténué, semblait affolé. Comment il était venu là, avec sa selle tournée sous le ventre, à travers un pays coupé en tous sens de ruisseaux, de canaux et de fossés, ne pouvait guère s'expliquer. Le fermier garda le cheval, jeune et forte bête qui, bien traitée, ne tarda pas à s'attacher à son nouveau maître. C'était un animal patient, docile et sagace, qui semblait fait pour les tâches pacifiques qui étaient devenues les siennes et qui ne paraissait pas avoir gardé le moindre souvenir des événements terrifiants auxquels il avait assisté. Un jour, six années plus tard à peu près, il avait été attelé à une voiture qui devait conduire le fermier et ses enfants à une ducasse des environs. Comme la voiture allait pénétrer dans le village, des jeunes gens firent partir deux ou trois bombes et des pétards. Le cheval, soudain, s'arrêta; une sueur froide couvrit son corps et il se mit à trembler d'une façon terrible. Rien ne put le décider à avancer. Le fermier dut le reconduire à l'écurie. Une fièvre violente s'empara du pauvre animal; en dépit de tous les soins, il mourut dans la nuit...

J'ai la curiosité de demander à mon père ce qu'aurait

fait le général de Porchemart, à son avis, si le portefeuille de la Guerre lui avait été confié.

— Rien de mieux que les autres, répond-il. Il aurait satisfait quelques-uns et mécontenté le plus grand nombre; il aurait été, ainsi que ses prédécesseurs, l'humble serviteur de ses bureaux... Du reste, Porchemart n'a que ce qu'il mérite. Voilà ce que c'est que d'être égoïste et de vouloir être trop malin. Les documents qu'il a fournis contre Boulanger étaient trop précis, témoignaient d'un esprit trop clairvoyant, trop fouineur; les gens du Palais-Bourbon n'aiment pas à avoir à leur service un individu trop perspicace; cet individu, justement parce qu'il les a servis, pourrait les desservir. Crois-tu, par exemple, que Camille Dreikralle tienne à voir Porchemart au ministère? Si Porchemart avait été un peu moins retors et plus pratique, il m'aurait confié les papiers que j'aurais communiqués à Reinach, tout en représentant Porchemart comme le seul successeur possible de Boulanger. J'aurais monté un beau bateau aux parlementaires. Porchemart aurait été ministre. Et, comme don de joyeux avènement, il m'aurait fait cadeau de ma troisième étoile, qui met si longtemps à descendre de la nue que je commence à croire, ma parole d'honneur, que je n'ai jamais été à Nourhas!...

Je dois dire que la popularité du général Boulanger n'a point été affaiblie par son départ du ministère. L'enthousiasme qu'il excite est énorme; soit que la nation espère beaucoup de lui, soit qu'elle sache pertinemment qu'il n'y a rien à en attendre; soit qu'elle le considère comme l'un de ces hommes d'action dont l'heure doit nécessairement sonner, soit qu'elle le regarde comme un de ces impuissants dont la jactance seule est terrible et qui sont de vivantes garanties d'inaction.

L'impopularité du général Ferron, par contre, va croissant. Et aujourd'hui, 14 juillet, au lieu des délirantes acclamations qui avaient, l'année dernière, accueilli son prédécesseur, ce sont des imprécations et des hurlements qui retentissent sur le passage du ministre de la Guerre. A Longchamp, tout le long de la route, à l'aller et au retour, l'injure pleut sur les membres du cabinet, parmi lesquels figure un ridicule mulâtre. Le spectateur de l'an passé est là, chauvinisme et saucisson compris, applaudissant le défilé prestigieux; sa sœur qui aime les pompiers acclame ces fiers troupiers; sa belle mère bat des mains quand défilent les Saint-Cyriens; il est gai, content, triomphant, le cœur à l'aise. Mais, sitôt la revue terminée, il roule les yeux et tord sa gueule pour l'invective.

— A bas Ferron! Vive Boulanger! A bas les traîtres!...

Il écume, il grince, il siffle. On lui a enlevé son fétiche. Il ne sera heureux que lorsqu'on le lui rendra. Celui-là ou un autre. N'importe quel pantin dont il pourra faire une idole, qu'il pourra encenser; n'importe quel raté, n'importe quel vaincu, n'importe quel fuyard...

XIV

Les scandales de la fin de 1887 ne m'ont surpris qu'à moitié. Avant le déchaînement de la tempête, le paysage a déjà changé son aspect; tout événement important, avant de se produire, semble préparer son atmosphère, son cadre. Des bruits, des rumeurs, des éclats fâcheux, des esclandres, des révélations honteuses faisaient prévoir à beaucoup que des turpitudes énormes, avant longtemps, allaient s'étaler au grand jour. C'était une chose dont, pour ma part, j'étais convaincu; dont des entretiens que j'avais eus avec mon père, Raubvogel et plusieurs autres personnes bien informées, ne me permettaient pas de douter. Le général de Porchemart et Delanoix eux-mêmes, bien que tenant pour les parlementaires, laissaient entendre qu'ils n'étaient point sans inquiétudes. Et toutes les craintes et tous les espoirs que j'avais entendu exprimer de différents côtés me furent résumés clairement, vers la fin d'octobre, à l'Hôtel des Invalides.

Une note de service, que j'avais à remettre à l'officier principal d'administration, m'a mis en rapport avec l'un des cinq secrétaires civils attachés à sa personne. Et il s'est trouvé que ce secrétaire n'était autre qu'un jeune Israélite dont j'avais fait la connaissance autrefois chez Raubvogel, M. Issacar, celui-là même auquel Gédéon Schurke prédisait, en raison de son intrépidité sexuelle, un brillant avenir. Nous avons causé. M. Issacar n'est point surchargé de travail; il ne se plaint pas de la situation qu'il occupe aux

Invalides et qu'il doit à son coreligionnaire Camille Dreikralle. Son emploi n'est qu'une sinécure; ainsi, d'ailleurs, que presque tous les emplois du personnel de l'Hôtel. Ce personnel n'a pas varié depuis l'époque où les Invalides servaient de refuge à trois mille hommes; il est de cent vingt-cinq individus; et le nombre des malheureux qu'hospitalise l'Hôtel s'élève aujourd'hui à cent vingt tout au plus. M. Issacar n'est point hostile aux sinécures, au moins pour son compte; elles conviennent, dit-il, aux tempéraments méditatifs et philosophiques, toujours utiles à l'humanité; et il approuve presque le gouvernement de les entretenir avec un soin jaloux.

— Il est seulement regrettable, a-t-il dit, que ce pauvre gouvernement ne veille pas aussi jalousement sur lui-même. L'honnêteté n'est pas nécessaire au système parlementaire; j'oserai même dire qu'elle lui est funeste. Car le système parlementaire est, par essence et définition, une représentation, c'est-à-dire un simulacre instable; et l'honnêteté est une réalité rigide; il y a donc incompatibilité, grosse de périls. Mais un certain décorum est indispensable. Nos honorables en manquent trop. De haut en bas — je devrais dire du bas en haut, afin de monter jusqu'à l'Élysée —, c'est la même chose. Qu'on vende tout, je l'admets; qu'on empoche son salaire en public et qu'on fasse trébucher la monnaie sur la tribune, je ne l'admets pas. Quand Judas recevait ses trente pièces d'argent, il se les faisait présenter dans une bourse. Il donnait là un grand exemple, qu'on a trop vite oublié. Enfin... Les parlementaires ne sont pas solides; le gouvernement peut s'effondrer d'un moment à l'autre; Boulanger a plus de chances que jamais. Il a des chances, surtout, parce qu'il tient Paris, quoi qu'on en dise. Ce Paris est réellement absurde; c'est une éternelle dupe, qui passe d'un extrême à l'autre, ainsi que toutes les dupes. Il a été cosmopolite enragé; le voilà nationaliste féroce. (J'invente le mot; il fera fortune.) Vous savez quelles sympathies il avait témoignées aux peuples opprimés, à la Pologne, à l'Italie, à l'Irlande; pendant la Commune, c'est-à-dire dès qu'ils trouvent une occasion propice, les Polonais comme Dombrowski et les Italiens comme La

Cecilia brûlent les monuments de Paris; et les Irlandais, comme Mac-Mahon, en fusillent les habitants. Voilà pourquoi ils veulent se livrer aujourd'hui à un César indigène. C'est un grand malheur, voyez-vous, que Wellington ait empêché Blücher de détruire Paris lors de la chute du premier Empire. La France ne serait point ce qu'elle est; une nation dont toutes les forces, et la puissance militaire elle-même, sont organisées pour la misérable routine administrative et non pour la vie active et large; une nation qui ne témoigne de son existence que par des soubresauts grotesques. La France demande un sabre! Ce n'est pas d'un sabre qu'elle a besoin : c'est d'un forceps; elle est pleine d'intelligences qu'elle hait imbécilement et auxquelles elle refuse de donner le jour... Pour le moment, je crois que le gouvernement roulera au fond du fossé, un de ces matins; que le Boulangisme n'aura pas la force de l'enfoncer dans la vase; et que le Parlementarisme se relèvera pour un temps.

Et voilà que, à la fin de novembre, la première partie de la prophétie de M. Issacar s'accomplit. Les scandales viennent de monter aussi haut qu'il l'avait prédit. Le président de la République vient d'être sommé de donner sa démission. Peut-être demain la France se soulèvera-t-elle; peut-être l'armée sera-t-elle appelée à maintenir l'ordre. On prend, à la hâte, des précautions. Les commandants de Corps d'armée, qui se trouvaient tous à Paris pour les promotions de fin d'année, reçoivent l'ordre de regagner le siège de leur commandement. Ils partent.

*
* *

Pas tous. Le général Boulanger, commandant le 13e Corps, n'a pas quitté Paris. C'est ce soir, 30 novembre, qu'a lieu le dîner de la promotion de Crimée-Sébastopol. Des jeunes Saint-Cyriens nommés sous-lieutenants le 1er octobre 1856, le général Boulanger est aujourd'hui le plus élevé en grade; et il ne veut pas renoncer au plaisir de trinquer avec ses camarades. Peut-être, aussi, espère-t-il que ses partisans vont pouvoir tenter quelque chose.

L'occasion semble propice. Le peuple a pu se rendre compte de l'effroyable corruption de ses gouvernants actuels; il a pu voir jusqu'à quel point il était berné, bafoué, volé. Il sait que tout : places, faveurs, distinctions et croix d'honneur, est à vendre au plus offrant, et que les trafiquants à mandat ont ouvert leurs comptoirs partout, des couloirs de la Chambre à l'Élysée, en passant par les ministères. Peut-être en a-t-il assez. Paris, en tout cas, semble surexcité au plus haut point, frémit comme dans l'attente d'un événement considérable, imminent. Cette agitation fébrile de la grande cité ressemble sans doute à l'exaspération d'une forte femme, lasse enfin des parasites auxquels elle a permis trop longtemps de vivre à ses crochets; ou bien, elle peut ressembler encore à l'émotion d'une vieille coquette hésitant à essayer une nouvelle toilette qui la rajeunira ou la rendra ridicule. Je pencherais plutôt vers la seconde comparaison.

Mon père, auquel je fais part de mon sentiment, hausse les épaules, ricane, sifflote. Il m'a envoyé un télégramme me priant de venir le voir au plus tôt. Maintenant, qu'a-t-il à me dire? Pas grand-chose, sinon qu'il assiste au dîner de la promotion Crimée-Sébastopol, chez Narquerie, et qu'il me recommande de venir le retrouver au restaurant, à onze heures. En uniforme? Non, en civil. Pourquoi faire? Je verrai; mais, comme il est six heures passées, il lui faut se hâter de se mettre en tenue. Alors, à ce soir? A ce soir.

* * *

J'ai à peine eu le temps de pénétrer dans un petit salon qui précède la salle où se termine le bruyant banquet, que mon père vient de rejoindre.

— Jean, me dit-il à demi-voix en me prenant par la main et en m'attirant dans un coin, je compte absolument sur ta discrétion. Tu vas être mis au courant d'une combinaison politique de la plus haute importance qui, j'espère, réussira. Nous nous sommes décidés à insister auprès du président pour qu'il ne donne pas la démission qu'on lui réclame, et à lui offrir un excellent moyen de conserver le pouvoir. Un personnage de nos amis, ici présent, doit se rendre immédiatement à l'Élysée. Tu vas l'accompagner; c'est entendu. Un plan magnifique, tu verras. Je suis sûr du succès. Et le succès, ça nous vaudra quelque chose. Pour mon compte, je deviens chef de la Maison militaire du Président. C'est de l'or en barre. Quant à toi, ton avenir... Mais pas de temps à perdre. Je vais chercher notre ami; un moment...

Mon père disparaît, et revient deux minutes plus tard, accompagné d'uue personne dont il m'a parlé. C'est un homme d'une cinquantaine d'années, grand, sec, physionomie ouverte, traits accentués et légèrement fatigués. Mon père me présente, le Personnage me serre la main, et nous partons.

Nous montons dans un coupé de cercle qui attend devant le restaurant et qui, rapidement, nous conduit faubourg Saint-Honoré. Le Personnage descend, pénètre dans le Palais. Il est convenu que je dois l'attendre dans la voiture. J'attends.

J'attends, sans exagération, une bonne heure. Le Personnage est-il mort? Y a-t-il des oubliettes à l'Élysée? A-t-il été saisi par Wilson, qui l'a ligoté avec des grands cordons de la Légion d'honneur, l'a bâillonné avec de vieux numéros de la *Petite France*, l'a marqué au front du cachet présidentiel, et ne le relâchera que contre rançon?... Suppositions excessives, craintes chimériques. Voici le Personnage qui revient, le sourire aux lèvres; les lueurs d'un bec de gaz, un instant, éclairent ce mince sourire. Il donne une adresse au cocher, s'installe auprès de moi, et, pendant que le coupé repart au grand trot, me met au courant du résultat de sa visite.

— Ça y est! Ça y est! Le Président accepte. Je savais bien, moi, qu'il accepterait. Grévy est un vieux renard qui connaît à fond le tempérament français, qui sait que le peuple en dépit de tout, a la défiance des phraseurs et des parlementaires, et qu'il ne les suivra jamais s'il peut faire autrement Grévy se rappelle qu'il n'a dû son élection à la présidence de l'Assemblée de Bordeaux qu'à ce fait qu'il avait contrecarré la Délégation de Tours, Gambetta et sa queue; et il sait que ce sont les gambettistes d'alors et leurs petits, gavés aujourd'hui, qui hurlent après ses chausses. Il m'a écouté silencieusement, puis s'est levé. « J'ai besoin, m'a-t-il dit, de considérer sérieusement, la proposition que vous me faites. Veuillez m'accorder un quart d'heure de réflexion. » Il m'a laissé seul et n'a reparu qu'au bout d'une longue demi-heure. « Je consens, a-t-il déclaré, à toute combinaison qui me permettra de ne point quitter mon poste comme un serviteur infidèle ou comme un soldat déloyal. Quelles que soient les fautes commises autour de moi, et qu'on a fort exagérées, je n'en suis pas responsable. Que gagnerait le pays à mon départ ? Rien. Il verrait s'ouvrir une ère de troubles misérables et de scandales monstrueux. Ah ! si vous connaissiez ceux qui nous jettent des pierres à présent ! Je les connais, moi, les scélérats, et je n'ai pas l'intention de me faire, de gaieté de cœur, leur bouc émissaire. Donc, si vous pouvez, d'ici deux heures du matin, trouver les éléments d'un cabinet solide, je suis votre homme. J'adresserai immédiatement aux Chambres un message dans lequel je déclarerai que je reste en fonctions ; je constituerai un nouveau ministère ; le général Boulanger aura le portefeuille de la Guerre ; des gens sérieux seront les titulaires des autres portefeuilles. Ce cabinet aura pour première mission de prononcer la dissolution du Parlement et de procéder à des élections générales. Je donnerai la parole au peuple. Maintenant, un point reste à débattre. Il faut, comme président du Conseil, un homme de caractère irréprochable, qui ait la confiance de la population. Qui voyez-vous ? » J'ai proposé Anatole du Foyer, l'intégrité privée, l'impartialité politique en personne ; et, au cas où il n'accepterait point, Klocroy, cher aux Parisiens, surtout comme parent du poète. « Bien, a dit le Président ; revenez avec l'un d'eux et le général. Je vais rédiger mon message ; après avoir conféré avec ces messieurs, je l'enverrai à l'Imprimerie. Je vous attends jusqu'à deux heures. » Et voilà.

— Alors, demandé-je, tandis que le Personnage se frotte les mains, nous allons chez Anatole du Foyer ?

— Oui ; un être vide et pompeux, que la dérision du Sort a transformé en symbole vivant de l'Honneur ; une moule ;

juste ce qu'il nous faut. Dans quelques semaines, nous aurons enfin un gouvernement fort, un Parlement plein d'hommes intelligents. Et puis, la révision de la Constitution, et puis... La France, mon jeune ami, est sur le point de s'engager dans une voie nouvelle...

La voiture s'arrête et nous allons sonner à la porte de la maison qu'habite M. du Foyer. Avec quelque difficulté, nous pénétrons jusqu'à son appartement. Un domestique nous apprend que son maître est absent. Est-ce vrai? Absolument sûr. Où pouvons-nous espérer le trouver? Le domestique ne sait pas; il nous donne une adresse, deux adresses. Nous voilà repartis, brûlant le pavé, carillonnant aux portes des maisons indiquées, nous informant. En vain. Anatole du Foyer n'a été vu nulle part; on dirait un être légendaire, une création de l'imagination vertueuse des foules.

— Où est-il passé? Où s'est-il caché? demande le Personnage en se tordant les mains. Dans quelle cave s'est-il terré?... Ah! l'animal! Voilà trois quarts d'heure qu'il nous fait perdre. C'est assez. Tant pis pour lui. Rabattons-nous sur Klocroy.

Chez Klocroy — pas de Klocroy. On pense que nous pourrons le rencontrer aux bureaux du journal *Le Falot*. C'est une chose dont, pour mon compte, je suis loin d'être certain. Je commence à croire, ou à une facétie du hasard, ou à une conspiration d'un nouveau genre. Mais le Personnage est d'un autre avis.

— Si l'on nous dit que Klocroy est peut-être au *Falot*, prononce-t-il dès que le coupé s'est remis en route, c'est qu'il y est sûrement. Et s'il est au *Falot*, c'est qu'il est au courant de tout.

— Mais qui l'aurait informé?...

— Les murs. Les murs ont des oreilles... S'il est au courant de tout et s'il ne disparaît pas de l'horizon, c'est qu'il est prêt à accepter. Du reste, nous allons bien voir; nous voici arrivés. Voulez-vous m'attendre cinq minutes?

Le Personnage descend, disparaît. J'attends donc, sans impatience; mes pensées, si elles n'étaient point aussi indifférentes, tourneraient plutôt au scepticisme; je suis plein de la tranquille certitude que la magnifique combinaison échouera, qu'on ne trouvera pas plus de Klocroy qu'on n'a trouvé d'Anatole. Cependant, un tableau s'ébauche, se complète en mon esprit, de la vie nouvelle qui s'ouvrirait pour la France, si les avides bavards qui la gouvernent faisaient place à des hommes d'action. Puis, je pense à la bonne fortune que ce serait pour mon père et pour moi... mon père, chef de la Maison militaire du Président, moi... Et tout d'un coup, un désir violent me saisit de voir la combinaison réussir; la conviction m'empoigne qu'elle doit réussir, qu'elle réussira. J'attends anxieusement, comptant les minutes... huit, dix, douze... J'écoute. Il me semble entendre un bruit de pas... Oui. Deux hommes apparaissent; le Personnage et un autre. C'est Klocroy. Le Personnage me présente rapidement, Klocroy et lui s'installent, je prends place sur le strapontin et nous partons.

Un énervement intense, une sorte de fièvre, s'empare de moi. Je cherche à distinguer le visage de Klocroy, à la lueur des réverbères, à y lire l'énergie véhémente, l'enthousiasme qui le pénètre. Ils restent muets, le Personnage et lui, et il me semble que leur silence est l'expression même d'une inflexible détermination... La voiture remonte une rue, longe le boulevard et s'arrête devant le restaurant Narquerie. Je descends le premier, le Personnage me suit. Juste comme il met pied à terre, une bande de noctambules passe à côté de nous, nous coudoie, nous bouscule un peu. Klocroy, dans le coupé, referme violemment la portière et crie au cocher, d'une voix que la terreur étrangle :

— Cocher! Place de la Bastille! Vite! Vite!

Le cocher, immédiatement, fouette son cheval qui part comme un trait. Et, muets de surprise et de désespoir, nous regardons la voiture s'éloigner, disparaître. Que faire? Que faire?...

— Rien, dit le Personnage, au bout d'un moment. Rien... Non, rien, reprend-il d'une voix sourde. Pourquoi ce couard a-t-il fui? Il a cru que ces noceurs étaient des agents, sans doute, et qu'ils venaient l'arrêter. Ah! Dieu de Dieu! des hommes, ça! Des représentants du peuple! Allons...

Le Personnage se dirige vers le restaurant, monte l'escalier. Je le suis. Nous pénétrons dans le petit salon. Mon père, au bruit des pas, s'est précipité.

— Eh! bien? Eh! bien?...

Un silence complet s'est fait subitement dans la grande salle, et il me semble entrevoir, derrière les portières, quelques silhouettes aux aguets. Le Personnage explique, en peu de mots, ce qui s'est passé. Mon père balbutie :

— Mais... mais... mais... mais...

— Foutu, quoi! conclut le Personnage avec un geste désespéré. Ce ridicule poltron nous a fichu dans le lac, mon vieux. C'est foutu.

Mon père, tout pâle, recule jusqu'au mur, s'y appuie. Une pendule, très distinctement, sonne deux heures.

XV

L'année 1888 a commencé sous d'heureux auspices. Le 1er janvier, M. Xavier Delanoix a été crée chevalier de la Légion d'honneur (Services exceptionnels). Voilà une distinction qui n'a pas été volée. Je ne veux pas dire par là que Delanoix serait encore capable de voler quelque chose. Il y a déjà longtemps qu'il ne vole plus. A vrai dire, je crois qu'il aurait quelque injustice à lui faire un crime des peccadilles qu'il a pu commettre autrefois. Il est parvenu, après avoir beaucoup louvoyé, à débarquer dans l'île escarpée et sans bords; et c'est là l'important. L'entreprise n'est point aisée, quoi qu'on en dise; l'honneur civil se différencie, en ses origines sinon en sa nature, de l'honneur militaire; ce n'est pas une prérogative; c'est, généralement, un résultat; on n'en est point investi en recevant une paire d'épaulettes; le plus souvent il faut l'acquérir. Il faut s'efforcer de l'atteindre, même par des procédés qu'on réprouve et qui ne sont qu'à demi blâmables dès qu'on ne les considère que comme transitoires; dès qu'on demeure convaincu que l'honnêteté, sitôt qu'elle devient possible, constitue, comme disent les Anglais, la meilleure des politiques. Delanoix, donc, est consacré homme de probité et d'honneur; il est une preuve vivante de cette grande vérité : qu'on n'est pas béni par les anges avant d'avoir lutté contre eux.

Au point de vue commercial, les bons offices de Delanoix envers le pays sont bien connus et fort nombreux; ils vont par bande, et même par contrebande. Mais les services exceptionnels qui lui ont valu la croix d'honneur sont d'un caractère plutôt politique. En fait, c'est lui qui a provoqué l'élection de Sadi Carnot à la présidence de la République. Grand ami et admirateur de Jules Ferry — qu'il n'avait renié que pendant deux ans à peine — il a su faire en cette circonstance le sacrifice de ses préférences et de ses sympathies. Il a convaincu la grande majorité des parlementaires républicains de la nécessité d'abandonner leur chef. Il leur a parlé, avec une émotion communicative, du Devoir, de la France, peut-être aussi de leurs intérêts; il leur a fait comprendre qu'il fallait à tout prix écarter les dangers d'une pertubation. Il les a conjurés d'abandonner leur ami et de voter pour l'être neutre et décoloré dans la nullité duquel il pressentait la meilleure sauvegarde du parlementarisme. Tout en agissant ainsi par pur patriotisme, Delanoix a tenu à donner à l'homme politique qu'il désertait de nouveau un témoignage de son estime et de sa vénération personnelles; il avait fait modifier la coupe de sa barbe avant de se rendre au Congrès et avait adopté les favoris si longtemps chers à Jules Ferry. On voit que Delanoix ne manque pas de délicatesse, en dépit de ses fermes convictions républicaines.

Les convictions républicaines redeviennent à la mode. Bien des gens qui les reniaient hier les affirment aujourd'hui; ils ont cessé de voir briller l'étoile de l'homme à la barbe blonde. Pour le commun des mortels, Boulanger n'est pas mort, loin de là; mais pour les gens perspicaces, il est virtuellement enterré; par conséquent, il ne vaut pas un chien vivant. Croyez-vous que mon père en soit là? Mon Dieu, oui, il en est là.

— Oui, j'en suis là! Quand on est chef de parti, on agit autrement. On ne laisse pas ses partisans en panne sous prétexte de légalité. La légalité! En voilà une balançoire pour enfants de chœur! Et maintenant, les tripoteurs du Palais-Bourbon peuvent dormir tranquilles avec leur homme en bois à l'Élysée et un civil au ministère de la Guerre!

Mon père parle très haut, dans la salle à manger de son appartement où nous déjeunons ensemble au commencement d'avril, un jour ou deux après l'installation de M. de Trisonaye rue Saint-Dominique.

— Un pékin au ministère de la Guerre! Il y a de quoi faire rougir cette sauce blanche. Et on l'a mis là sous prétexte qu'il faut réformer notre organisation militaire. Réformer! Mais c'est aussi impossible que de donner un croc-en-jambe à un cul-de-jatte. Tout ficherait le camp aussitôt qu'on poserait la patte dessus. Et puis, il faudrait une patte solide. Tu l'as vu, toi, le ministre? Tiens, tu vois cette asperge-là? C'est ça, comme envergure. Il donne l'impression d'une souris blanche; pas blanchie sous le harnais. Par exemple, voilà un poulet qui n'y a pas blanchi non plus, sous le harnais... Ce qu'il est noir! On dirait Carnot. Parole d'honneur, il est en bois. Si j'avais dix ans de moins, et lui aussi, j'essaierais de le découper en m'asseyant dessus. Dis donc, Cornac, pourquoi vas-tu chercher tes poulets au musée de Cluny? Est-ce que tu les achètes au stère ou a la corde?

— Mon général, répond l'ordonnance, c'est pas moi qui achète la volaille.

— Je vois. C'est Lycopode. Alors, il n'y a rien à faire. Cette pauvre Lycopode, elle est dévouée comme un terre-neuve, mais pour la cuisine, c'est un chameau. De plus, elle a la longévité de l'éléphant. Cornac! Sais-tu combien de temps vivent les éléphants?

— Non, mon général.

— Alors, pourquoi t'appelles-tu Cornac?

— J'sais pas, mon général. Mes parents s'appelaient comme ça.

— Voilà les résultats de l'institution familiale! Les parents de Cornac s'appellent Cornac, et ils procréent un Cornac. Les parents de Larbette le bossu s'appelaient Larbette, et ils produisent en même temps trois Larbette, un Gambetta et un Trisonaye; sans compter les autres. Le petit bossu, le notaire de Preil — tu te souviens, quand tu étais enfant? « Et jamais on n'avait vu — un petit bossu — aussi résolu... » Il en a couvé, du monde, sous sa bosse! Et du drôle de monde, qui n'a pas pu entrer en danse complètement jusqu'ici, mais qui va se mettre à secouer ses puces, je ne te dis que ça! Avec l'homme en bois pour donner le branle, du haut de son intégrité, et Trisonaye pour battre la mesure avec nos sabres... Veux-tu que je te dise, mon garçon? Nous avons travaillé pour eux en poussant au cul du char à Barbapoux. A propos, en voilà un qui va boire un bouillon!...

— Tu crois?

— Un peu. Il y a longtemps que je te l'ai dit : il sera pendu par les femmes. Qu'est-ce que ça veut dire, tout ce qu'il a fait? Sa démission, ses élections, toutes ces farces? Et son hôtel, et tout le tralala? C'est un panier percé. S'il avait eu le sens commun, il se serait installé à Paris, dans un coin; tiens, dans l'ancien appartement du général Lamarque; il était justement à louer. Il se serait montré de temps en temps, vêtu d'une vieille redingote, raide de dignité; et avec sa femme à son bras... Dame! Quand on veut arriver... Au lieu de ça... Il finira comme le duc de Schaudegen, par un suicide, vrai ou simulé. Authentique, probablement. Ou bien, un de ces quatre matins, il va se trotter avec des jupons dans ses bagages.

— Il reviendra. Quand le tambour battra... Quand le clairon sonnera...

— Veux-tu te taire! Il ne reviendra même pas quand sonnera le clairon de l'huissier le sommant d'avoir à comparaître devant la Haute Cour qu'on va convoquer avant peu. Il est fini, le Henri IV démocratique. Et quant à son bon peuple, tu vois comme il le lâche, tu vas voir comme il va le lâcher; aussi facilement que les parlementaires ont plaqué Ferry, au mois de décembre. Ça n'a pas de mœlle, tout ça. Ça fait semblant de s'emballer, mais ça ne va pas loin. Non, pas de nerf! On peut les faire grincer des dents, mais pour les faire crier au charron, y a pas mèche. L'opposition au régime établi ne pourra s'appuyer, désormais, que sur la prêtraille. Le pape va faire sonner aux évêques, un de ces jours, afin de les mener à l'assaut de la République sous le drapeau tricolore. « A gauche, alignement! commandera Sa Sainteté. Et attention au commandement! Je ne veux entendre qu'une crosse! »

— Vraiment, père, tu vois les choses bien en noir.

— Et même en violet. Si tu crois que tout cela me réjouit le cœur!... Les filous du parlement vont se mettre à se venger de tous ceux qui ont trempé dans la Boulange. Si je deviens jamais général de division... Pourtant, tout le monde sait que si j'ai suivi un instant Boulanger, c'est parce que je pensais servir la France. J'étais toujours décidé à l'abandonner dès qu'il ne jouerait pas franc jeu; il est bien vrai qu'en attendant... Qu'est-ce que tu veux? Il y a des animaux dont on tire du lait avant d'en faire du bouillon. Enfin, j'ai toujours désiré le bien de mon pays. Un militaire doit servir la France avant de servir le gouvernement. Tout le monde est d'accord là-dessus. Malgré tout, je ne suis pas tranquille; surtout depuis que ce Trisonaye est au pouvoir... Et quelque chose me dit qu'il en a pour un bout de temps...

— Est-ce qu'il n'avait pas le portefeuille de la Guerre, en 1870, à la Délégation de Tours?

— Ah! s'écrie mon père avec fureur, ne me rappelle pas ça; il y a de quoi me rendre fou! Je ne sais que faire. J'ai été voir Delanoix, hier, et lui ai demandé de s'interposer en ma faveur, le cas échéant. Il n'a pas refusé, mais a promis de telle façon que j'ai bien vu qu'il n'y a pas à compter sur sa promesse. Il joue à l'honnête homme. Il pose à l'incorruptible! Ah! la crapule! Quand je pense à tout ce qu'il me doit! N'est-ce pas moi qui ai marié sa fille? Hein? N'est-ce pas moi? Tu te rappelles, j'espère... Raubvogel, lui, a toujours été reconnaissant; sa femme aussi. Voilà des bons parents. Mais ce Delanoix! Ah! le cochon!... Attends un peu; qu'il m'arrive quelque chose et tu vas voir! Je vends toutes les mèches! Je casse du sucre sur tout le monde! Et j'en sais! Et j'en sais!...

Cornac, qui apporte une carte sur un plateau, interrompt mon père. Jeter les yeux sur la carte, pousser un cri, se lever, se précipiter vers la glace afin de remettre en ordre sa toilette, voilà ce que mon père sait faire en moins de temps que je ne pourrais le dire. C'est étonnant comme il est agile, vif, malgré son embonpoint et son âge. On lui donnerait à peine cinquante ans; et je me prends à l'envier, presque; à jalouser son exubérance, son insouciance, l'inconsciente et rapide naïveté de son langage et de ses mouvements, tout, jusqu'à sa vie mouvementée et amusante, que je compare tristement à la monotonie de la mienne. Il a compris l'existence, lui...

— Tu m'excuses, n'est-ce pas? me demande-t-il en quittant la salle à manger. Si tu es pressé, ne m'attends pas; j'en ai peut-être pour quelque temps.

Il sort. Il a oublié la carte sur la table; je l'attire à moi. « Baronne de Haulka. » Je crois connaître ce nom; mais où diable...? Ah! je me souviens; c'est le nom d'une dame avec laquelle mon père s'était lié lorsqu'il était attaché à l'ambassade de Berlin. S'il revenait ici cinq minutes, je lui demanderais des détails. Je lui demanderais aussi de m'avancer quelques louis dont j'ai justement besoin. Mais il ne revient pas. Je vais sortir lorsque j'aperçois dans une coupe, sur une console, deux billets de cent francs pliés en quatre. Juste mon affaire. Je mets les billets dans ma poche et je cherche un crayon, de façon à laisser un mot explicatif. Je ne trouve pas de crayon. Ça ne fait rien. Demain, je mettrai mon père au courant de mon larcin.

***

Pendant quatre ou cinq jours, je suis tellement occupé qu'il m'est absolument impossible d'aller rendre visite à mon père. Cet après-midi, cependant, comme je puis disposer d'une heure ou deux, je me décide à aller le voir au ministère. Je le trouve dans son bureau, se promenant de long en large, le cigare aux lèvres. Il vient à moi, la main tendue, un large sourire éclairant la face.

— Eh! bien, mon petit, je suis hors de difficultés. Tu vois qu'il y a une providence pour les... enfin, pour ceux qui en sont dignes. Et tu vas voir combien ce que je t'ai dit dernièrement, au sujet des femmes, est vrai. Boulanger, qui ne les connaissait pas, est perdu par elles; moi qui les connais, je me sauve par elles. Sais-tu qui est venu me voir, l'autre fois, à la fin de notre déjeuner? C'est la baronne de Haulka, une femme que j'ai connue à Berlin, et qui a les relations les plus hautes et les plus étendues. Sa situation sociale est telle que son influence est énorme dans plusieurs pays, même en France. Je t'avoue que j'ai été légèrement surpris lorsqu'elle m'a proposé de s'occuper de mon affaire; elle me disait bien être dans les meilleurs termes avec Trisonaye; mais je ne m'attendais guère au succès de ses démarches. J'avais tort. Elle a tout arrangé au mieux. Hier, j'en ai eu la preuve; le ministre m'a fait appeler et nous avons causé pendant une grande demi-heure. C'est un homme charmant, absolument charmant; je crois fermement qu'il accomplira de grandes réformes. Au fond, après les histoires de ces temps derniers, la présence d'un civil au ministère était indispensable. Il faut voir les choses telles qu'elles sont. Bref, il est entendu que je vais être relevé de mes fonctions ici, et qu'on va me donner le commandement d'une brigade quelque part. L'air de la campagne me fera du bien; je n'aurai pas à essuyer les regards courroucés d'anciens coreligionnaires politiques, et ce ne sera qu'une affaire de huit ou dix mois. Après quoi, je reviendrai à Paris, sans doute avec les trois étoiles. Je ne pouvais pas rêver mieux. Et tout cela, tu le vois, grâce à la baronne de Haulka; c'est-à-dire, par conséquent, à ma profonde connaissance des femmes. Malgré tout, je lui dois une reconnaissance éternelle. Éternelle!... Qu'est-ce que tu dis de ça, mon vieux lapin? demande-t-il en me tapant sur le ventre.

J'ai écouté avec émerveillement, et je présente mes félicitations. Mon père fredonne les *Pioupious d'Auvergne*, et reprend au bout d'un instant :

— C'est une chance! Si je n'étais pas veuf, on pourrait comprendre, mais vraiment... Ah! à propos, il faut que je te dise : tu sais, Cornac, le fameux Cornac, l'abruti de Cornac? Il m'a volé... Il m'a pris deux billets de cent francs qui...

J'interromps mon père; je lui apprends ce qui s'est passé, je lui dis que je suis seul coupable.

— Ma foi! s'écrie-t-il, c'est bien embêtant! J'ai fait arrêter Cornac; il est en prison, en prévention de conseil de guerre. Que faire?

— C'est bien simple! Il faut expliquer ce qui s'est passé,

retirer ta plainte, et ne pas laisser condamner un innocent.

— Jamais de la vie! Je serais propre!

— Si tu ne le fais pas, je le ferai sûrement.

— Eh bien! essaie! hurle mon père. Si tu fais une chose pareille, je te renie! Je te maudis! Je fais plus : je te déshérite!

— Tu n'as pas le sou.

— Tu crois ça?... Attends un peu, mon garçon, et tu vas voir! Tu vas voir si je n'ai pas le sou. D'ici un an, tu m'en diras des nouvelles!... Ah! réellement, continue-t-il en s'asseyant et en prenant sa tête dans ses mains, l'ingratitude des enfants est épouvantable! Après tout ce que j'ai fait pour toi, mes sacrifices, mes conseils, les exemples que je t'ai donnés!... Ah! nos vieux et chers sentiments familiaux, où sont-ils? Où sont-ils?...

— Mais, père, je ne comprends vraiment pas en quoi...

— Tu ne comprends pas! Mais, malheureux, si je vais déclarer que j'ai commis une erreur, que j'ai fait incarcérer un innocent, j'attire l'attention sur mon nom. L'infâme presse boulangiste, toujours altérée de scandale, s'empare du fait; je suis discuté, bafoué, insulté; on me représente comme un misérable ou comme un imbécile, et je suis perdu. Que peut le ministre lui-même contre l'opinion publique déchaînée? Rien. Je serais fichu, foutu, archifoutu. Et, après m'être tiré du mauvais pas dans lequel je m'étais engagé, j'irais me fourrer dans un pareil guêpier? Tu n'y penses pas!

— Cependant, il est tout à fait impossible...

— Je ne veux rien savoir!... Je ne désire pas plus que toi laisser condamner un innocent, mais pourtant il faut que je tienne compte de ma situation spéciale. Voici donc ce que je ferai : au moment où Cornac passera devant le conseil de guerre, j'irai trouver le président et lui demanderai, sous des prétextes et comme un service personnel, d'acquitter le prévenu. L'acquittement sera certainement prononcé. Ne me demande rien de plus.

Je n'insiste pas. Je ne fais pas, alors, plus de réflexions philosophiques que je n'en veux faire ici. A quoi bon?

Vous vous demanderez peut-être, il est vrai, si je cesse

complètement de penser à Cornac, et si je ne lui porte aucun intérêt. Je ne porte pas d'intérêt. Je porte une épaulette. Néanmoins, si vous voulez savoir ce qui s'est passé, je vais vous le dire.

Grâce à l'intervention de mon père, Cornac a été acquitté par le conseil de guerre et versé dans un escadron du train. Il a eu d'abord à subir la punition infligée à tous les hommes qui passent devant le conseil de guerre, qu'ils soient condamnés ou non : soixante jours de prison. Ensuite, son peu d'habileté à des manœuvres qu'il ne connaissait pas, ayant toujours été ordonnance, l'a fait punir fréquemment; chacune de ses punitions a été terriblement augmentée en suivant la voie hiérarchique; quatre jours, huit jours, quinze jours, un mois, deux mois de prison. Ce qui, ajouté aux deux premiers mois, a donné un total de cent vingt jours d'incarcération. Juste ce qu'il faut pour entreprendre un voyage à Biribi. (Voir *Biribi, Armée d'Afrique*.) Cornac a donc été envoyé à Biribi. Dès son arrivée à Gafsa, il a été accusé d'avoir insulté un supérieur, et condamné, pour ce fait, à dix ans de travaux publics.

On pourrait faire là-dessus beaucoup de commentaires. Je préfère m'abstenir.

* * *

Mon père a quitté la capitale pour aller prendre le commandement d'une brigade d'infanterie, à L... La ville de L... a, paraît-il, fait le meilleur accueil au héros de Nourhas. Quant à moi, je ne m'amuse que modérément à Paris. Si le général de Porchemart ne me pressait pas de n'en rien faire, je demanderais certainement à être réintégré dans un régiment.

M. de Trisonaye paraît s'affermir de jour en jour au ministère. Le petit bossu de Preil doit se frotter les mains. Les parlementaires, bien que harcelés encore par la meute boulangiste, affichent la certitude d'un triomphe prochain et définitif; on parle de mesures de rigueur qu'ils sont prêts à employer contre leurs adversaires, de poursuites, d'arrestations, etc. On épure à tour de bras. Le ban et l'arrière-ban de l'opportunisme, la queue de la queue gambettiste, occupent, enfin, les situations enviées. Les deux Larbette que leur frère, autrefois, appelait les deux vauriens, ont trouvé leur voie, l'un dans la diplomatie, l'autre dans les prisons et non dans la prison. M. Albert Curmont est préfet, préfet à poigne; M. Curmont père, trésorier-payeur. D'autres se casent tous les jours, tant bien que mal, aux frais des contribuables. Ils arrivent en file indienne, nombreux et avides, pareils aux animaux sortant de l'arche de Noé.

Le peuple semble oublier rapidement ses égarements militaires, ses faux appétits de gloire; il devient de plus en plus placide. De grands efforts sont faits pour le convaincre de la nécessité de la paix, de la stabilité de cette paix, pour lui donner une calme confiance en lui-même. On parle de découvertes merveilleuses qui assurent à la France une énorme supériorité sur les autres nations. On affirme que les effets de notre artillerie seront douze ou quinze fois plus meurtriers que par le passé; on exalte la mélinite; on s'étend sur les terrifiants résultats de poudres nouvelles, d'obus mystérieux dont la puissance pénétrante est incroyable (bien qu'ils détonnent au premier choc, comme j'ai pu m'en convaincre). On annonce la fabrication d'explosifs plus formidables encore. Persuadée de l'immense valeur des engins à son service, la nation doit nécessairement renoncer à ses dispositions plus ou moins belliqueuses, et s'abandonner sans réserves à la bienfaisante tutelle du Pouvoir civil.

C'est le triomphe des pékins. Des voyous, ainsi que dit mon père dans une lettre qu'il vient de m'adresser et où, à l'occasion de l'avènement de l'empereur Guillaume II, le 15 juin 1888, il m'assure que les sentiments intimes du nouveau monarque allemand sont aussi pacifiques que ceux de nos gouvernants. Mon père semble très au courant de la politique étrangère. Je soupçonne la baronne de Haulka de lui faire de fréquentes visites. Peut-être même s'est-elle installée à L... Je ne suis sûr de rien. Mon père m'apprend qu'il espère revenir à Paris avant peu. Les sentiments patriotiques de la ville de L... sont, dit-il, des plus douteux; pourtant, elle possède une Société de tir à l'arbalète rayée qui vient de le nommer président d'honneur. « Voilà enfin une présidence, écrit-il; qui sait? peut-être un acheminement à la présidence du Conseil. » Mon père serait-il devenu ambitieux?

*
* *

Pour moi, je dois avouer que l'ambition me fait peur. D'abord, elle menace mon indifférence générale et ma paresse d'esprit; elle effraie mon scepticisme, ce compagnon complaisant dont le sourire toujours prêt décourage les provocations de l'effort. Ensuite, j'ai pu me rendre compte récemment des terribles exigences de l'ambition et de la difficulté que des imbéciles mêmes, que ne gêne aucune idée, éprouvent à les satisfaire; de plus, il m'est donné de constater tous les jours quels épouvantables ravages elle peut exercer dans une âme bien trempée lorsque les moyens de l'assouvir ont disparu sans espoir.

Le général de Porchemart se meurt. Ce qui le tue, ce sont les déceptions qu'il a éprouvées, l'impossibilité où il se voit de jouer jamais le rôle pour lequel il avait jalousement réservé l'expression pleine et réelle de son être. Et ce rôle, il n'a pas pu le jouer parce que, en dépit de sa grande habileté, il a laissé pressentir l'intelligence et l'énergie qui étaient en lui. Ces qualités viriles du général de Porchemart que j'étais certes loin de soupçonner, bien que j'eusse vécu dans son intimité depuis de longs mois, se sont révélées à moi tout d'un coup. J'ai vu que cet homme qui avait toujours vécu, par choix, dans une demi-obscurité, qui avait toujours été un isolé et un taciturne, intriguant seulement par à-coups, avait une âme ardente et forte; j'ai vu aussi que des circonstances sordides avaient empêché cette âme de briser l'enveloppe de médiocrité qu'elle s'était faite et de jaillir, flamme de réalité dévoratrice de mensonges, comme un signal d'action.

Le général de Porchemart avait puissamment, bien qu'indirectement, contribué à la chute de Boulanger. Il espérait le remplacer au ministère. S'il eût pu y réussir, il aurait mis à exécution, de suite, un plan qu'il avait longuement mûri et dont voici les principales lignes : en finir immédiatement avec Boulanger par la simple publication de documents écrasants concernant le brave général de la duchesse; exposer les insuffisances de notre système militaire; établir un projet de réorganisation complète sur la base la plus démocratique; présenter ce projet au Parlement, même contre l'avis des autres membres du cabinet ou du président; l'obliger à prendre parti pour ou contre cette transformation de l'armée incohérente actuelle en une armée vraiment nationale; et, en cas d'opposition du Parlement, provoquer immédiatement, par des moyens sûrs, une guerre avec l'Allemagne.

— La constitution d'une armée nationale, m'a dit l'autre jour le général, constitution qui n'a pas été et ne sera jamais effectuée par des votes d'assemblées, se serait alors opérée sous le feu. Nous aurions été vainqueurs ou vaincus, je ne sais pas; mais la défaite, même irrémédiable, eût été préférable à notre existence actuelle. Il vaut mieux être mort que d'exister par tolérance.

Les forces du général de Porchemart diminuent rapidement; il sait qu'il n'a plus que quelques jours à vivre et a tenu à les passer dans l'isolement le plus complet, ; à part sa femme qui lui fait de rares visites, qu'il abrège, je suis la seule personne qu'il admette auprès de lui. J'ai classé certains de ses papiers, qu'il veut léguer à un ami; j'en ai détruit beaucoup d'autres. Il a laissé tomber devant moi ce masque d'indifférence froide et silencieuse qu'il a porté si longtemps, et sous la placide conventionnalité duquel les Parlementaires, pourtant, ont su deviner la terrifiante physionomie de l'Individu.

— Les Parlementaires sont les maîtres; et je prévois que leur règne durera, en dépit de tout. L'épée de la France, ce sera l'épée de parade qui bat le flanc du Pipeau. L'École Polytechnique — cette École qui a fait plus de mal au pays que les guerres les plus désastreuses — va fournir par grosses à la nation les gouvernants dont elle est digne. Le Bœuf sortait de Polytechnique, Trisonaye en sort aussi. Carnot aussi. Attendez un peu, et ils vont en sortir tous, pour s'occuper de vos intérêts matériels et moraux; de vos finances;

pour défoncer vos routes et combler vos canaux; pour fabriquer votre ignoble tabac et vos allumettes infâmes; pour bâtir des constructions qui s'effondrent, des ponts qui croulent, des cuirassés qui coulent; pour vendre vos chemins de fer aux grandes compagnies; pour vous lancer dans les expéditions coloniales les plus misérables; pour vous faire admirer leur splendide flair d'ingénieurs, de financiers et d'artilleurs; pour vous faire cracher au bassinet, et pour se faire graisser la patte à tous les carrefours. Voyez-vous, 1870 + Carnot + Trisonaye + leurs successeurs probables = X. Et, soyez-en convaincu, X = le démembrement. C'est une affaire de temps, simplement.

Les propos du général sont d'une effroyable amertume. Je ne veux pas répéter ses sarcasmes et ses invectives contre des gens qui, à un titre ou à un autre, ont influencé ou influencent les destinées de leur pays et qui figureront dans l'histoire de France. Je dirai seulement qu'il les traite, avec preuves à l'appui, de malfaiteurs et de filous. Quant à nos institutions, civiles et militaires, il en fait des éloges pompeux; affirmant qu'elles ne peuvent convenir qu'à un peuple de braves, assurant que c'est très beau d'avoir partout substitué la discussion à l'action et d'avoir rendu définitif le triomphe de l'anonymat. Il lui arrive de rompre de longs silences pour dire des choses comme celles-ci :

« Je suis petit-fils de chouan et j'aurais travaillé à l'avènement du peuple. Je lui aurais donné la guerre, la seule chose qui lui soit nécessaire. Je comprends que les temps de l'aristocratie sont finis, par sa faute, et je hais la bourgeoisie; c'est une ordure. Pour que la nation se démocratise en réalité, il faut que l'armée se démocratise d'abord, qu'elle devienne l'Armée nationale. Et elle ne se démocratisera que par elle-même, à la gueule des canons ennemis. »

« Liberté, égalité, fraternité, compréhension mutuelle, sympathie universelle — toutes ces grandes idées qui pénètrent de plus en plus dans les esprits et imprègnent la raison humaine, ne mourront point dans les carnages d'une nouvelle grande guerre; mais, au contraire, dépouilleront sous le feu leur forme idéale, utopique, et apparaîtront comme des nécessités simples et pratiques, comme d'indispensables vérités. »

« La guerre tue très peu de gens intelligents, même parmi les professionnels. C'est la paix, la cruelle paix d'aujourd'hui, qui saigne à blanc les êtres supérieurs. Je ne crois pas que le conflit de 1870 ait coûté à l'Allemagne un seul grand homme. Quant à nous, nous n'avons guère perdu que Henri Regnault. Une perte? Le cheval du général Prim suffit à l'étonnement des vétérinaires. »

« Napoléon considérait la guerre comme un jeu. Et pourquoi la considérer autrement? Nous sommes trop sérieux lorsque nous parlons de la guerre. On dirait que nous ignorons l'existence des abattoirs. Un beau paysage a sans doute causé plus de souffrances, en tortures de plantes, en agonies d'insectes, qu'une bataille en douleurs humaines. Fatuité ridicule, de toujours plaindre l'homme et rien que lui. »

« Nos chères provinces ne nous ont jamais coûté aussi cher que depuis que nous ne les avons plus. Ce sont de chères provinces. Il faudrait tout de même essayer de les reprendre, par raison d'économie. La chair à canon devrait bien comprendre ça, et descendre de son étal. »

« Le malheur de l'humanité vient de ce qu'elle a préféré, en somme, la balance au sabre, la supposant moins meurtrière. Tant que la balance existe, on ne peut juger un homme que par la façon dont il sait donner et recevoir un coup de sabre. C'est assez bête. Pourquoi tolère-t-on la balance? »

Il me semble, je ne puis m'expliquer pourquoi, que le général a une confidence à me faire, qu'il est souvent sur le point de me révéler quelque secret important. Il commence des phrases, hésite, s'arrête; c'est comme s'il reculait devant le moment où il devra parler. Après tout, il n'y a là sans doute qu'un effet de l'extrême faiblesse du mourant et je me suis déjà reproché plus d'une fois de donner prise à l'extravagance des pressentiments. Mais ces pressentiments, hier, ont été pleinement justifiés. Le général m'a fait signe de m'approcher de son lit.

— Écoutez-moi bien, m'a-t-il dit. J'ai de l'affection

pour vous et je veux vous en donner la preuve avant de mourir. Vous savez, bien que j'aie toujours de mon mieux caché la chose et la personne, que j'ai une liaison avec une dame. Cette liaison, la première que j'aie jamais eue, a commencé peu de temps avant votre nomination comme officier d'ordonnance. Je dois vous dire aujourd'hui que la dame...

Le général a été interrompu par une quinte de toux vraiment terrible; et, tout en m'empressant, je devinais facilement la commission dont il allait me charger. Un dernier souvenir à porter, des consolations à prodiguer, etc. Je me voyais déjà moi-même, en mon rôle d'ange consolateur, auprès de la jeune femme probablement très jolie et si longtemps invisible; je m'écoutais parler, d'une voix insinuante... Le moribond, à ce moment, a pu continuer.

— La dame qui était devenue ma maîtresse avait été tout d'abord la vôtre. Ne vous récriez pas... Ne m'interrompez pas; j'ai très peu de forces... Elle s'appelle Mlle Adèle Curmont. Ai-je besoin, maintenant, de vous dire pourquoi j'ai demandé qu'on vous attachât à moi? Vous comprenez à l'instigation de qui j'ai agi. On m'avait tout dit. On vous avait gardé une rancune affreuse. On voulait que je me servisse de ma position pour vous compromettre irrémédiablement, pour vous obliger à quitter l'armée, pour vous arracher votre épaulette. On m'a fait promettre de vous attirer dans un piège. J'ai promis, me réservant de tenir ma parole au cas où vous seriez un sot; car je pense que les imbéciles doivent être sacrifiés, partout et toujours. Comme je vous ai trouvé intelligent, j'ai gagné du temps, sous des prétextes.. Et puis, voyez-vous, il faut autant que possible éviter de se constituer l'agent de représailles féminines. Si la femme croyait à sa vengeance, la désirait sincèrement, elle se vengerait elle-même. Si elle n'agit pas, c'est qu'elle aime celui qu'elle prétend vouloir frapper; et, par conséquent, haïrait l'instrument de sa vengeance. Je ne tenais pas à m'attirer l'aversion de la femme dont je parle... C'est une créature supérieure, n'en doutez pas. Ce qu'elle fera, je l'ignore. Beaucoup ou rien du tout. Voyez ce que vous avez à faire; réfléchissez. Elle pourrait probablement vous aider, dans l'armée ou ailleurs; la vie n'est facile nulle part. Servez-vous de ce que je viens de vous dire, si vous voulez. L'adresse est là, sur cette lettre que vous voudrez bien mettre à la poste dès que j'aurai quitté cette vallée de larmes...

Le mourant a eu la force de ricaner; et, quelques minutes après, il a repris :

— Si je n'ai pas parlé avant aujourd'hui, c'est que j'aurais voulu la revoir. J'aurais voulu. Mais je n'ai pas voulu, tout de même; par mépris d'une condescendance envers moi. J'ai bien fait. Autant m'en aller avec le souvenir, un souvenir très doux. Elle ne m'aimait guère; pas du tout; mais je l'aimais. C'était la première fois que j'aimais. Avant, je n'avais aimé que mon ambition. Une viande creuse, l'ambition. Si. J'avais aimé mon pays. C'est vieux jeu. Il est vrai que j'aurais tout osé; je l'aurais jeté à la bataille, si j'avais pu. Pouvoir! Quelle dérision, la toute-puissance des circonstances! On dirait la force, muette et terrible, de la cohue des cerveaux vides. Soyez moins bête que moi; tâchez de vivre. *Carpe diem.* Je parle latin ; mauvais signe... Je... je...

Une syncope a interrompu le général. Il est mort peu après.

Pendant les quelques jours qui ont suivi, jusqu'aux funérailles, j'ai tenté de mettre devant mes yeux un tableau exact de ma position actuelle et de mon avenir probable; j'ai essayé de me représenter les avantages et les désavantages d'une réconciliation avec Adèle. J'ai vu que j'étais seul, ou presque seul, car mon père est trop naturellement égoïste pour que je puisse beaucoup compter sur son appui; et j'ai vu aussi de quel poids pèsent les influences extérieures dans la vie d'un officier. Je suis arrivé à me convaincre qu'il était nécessaire, en tout cas, d'avoir une explication franche avec Adèle; qu'il me fallait cesser de l'avoir pour ennemie, dussé-je pour cela consentir à en faire une alliée. Je me suis tracé tout un plan de conduite, assez habile je crois, suffisamment machiavélique, et dont j'étais certainement fort satisfait. Mais, une fois revenu du cimetière — et bien qu'un enterrement puisse, moins encore qu'un autre spectacle, me convaincre de la vanité des choses de ce monde — ma résolution m'a quitté. J'ai refusé de discuter davantage avec moi-même; je me suis décidé à ne faire aucune démarche, aucune tentative, aucun effort. Par paresse d'esprit et surtout dégoût d'action physique, peut-être aussi par curiosité narquoise, je me suis abandonné au sort...

Trois semaines après la mort du général de Porchemart qui, sans m'en avoir prévenu, m'a légué une certaine somme, je suis affecté au régiment d'infanterie qui tient garnison à Malenvers. Je remplace un lieutenant qui a été disgracié pour avoir divulgué certaines malversations du colonel; le colonel a été blâmé, avec tous les égards dus à son rang, et l'officier a été expédié en Corse.

Malenvers est une petite ville assez curieuse dont il faudra que je vous donne la description, si j'y pense, dans le chapitre suivant.

XVI

Un militaire étranger, peu au courant de la politique française, s'étonnerait de voir deux régiments casernés à Malenvers. Cette ville est d'un accès difficile et il est presque impossible d'en sortir; elle se trouve en dehors de toutes les grandes lignes de communication et l'unique chemin de fer qui y conduit, à voie simple et sinueuse, pourrait à peine être utilisé en cas de mobilisation; stratégiquement, Malenvers n'a aucune valeur. Malenvers, néanmoins, possède un régiment d'infanterie et un régiment de cavalerie. Voici pourquoi : jusqu'à ces dernières années, Malenvers était un centre antirépublicain, et élisait des députés ultra-réactionnaires; mais aux dernières élections le gouvernement, qui tenait à assurer le succès de son candidat, un vieil apothicaire nommé Laventoux, promit à la ville une garnison si elle votait bien. Elle vota bien, grâce aux efforts combinés des boutiquiers anxieux de voir augmenter leur clientèle et des femmes qui, d'avance, faisaient fonds sur les culottes rouges pour un supplément de distractions. Laventoux ayant pris place sur les bancs de la gauche démocratique, un régiment de dragons et un régiment d'infanterie débarquèrent dans la ville. L'un eut pour quartier des bâtiments délabrés qui dataient de Louis XV; l'autre fut caserné dans les ruines d'un couvent. La santé des soldats ne tarda point à se ressentir de ces installations hâtives. Mais cela est de peu d'importance.

Voici une chose plus intéressante : si la plupart des habitants de Malenvers, au moins au moment des élections, sont républicains, les deux régiments peuvent être remarqués, même dans l'armée française, pour leur esprit réactionnaire et clérical. Je parle des officiers; les soldats, bien entendu, ont abdiqué, en endossant l'uniforme, tous les privilèges du citoyen et n'ont le droit ni de professer une opinion, ni même de l'avoir. Le colonel des dragons est un descendant d'émigrés; la plus grande partie de ses officiers et même de ses sous-officiers appartient à des familles de traîtres, riches, bien-pensantes; ces messieurs affectent de mépriser la République; ces misérables affectent de mépriser le peuple. Le colonel consigne son régiment, en marque de deuil, le jour anniversaire de la mort de Louis XVI. Mon colonel à moi s'appelle Durandin. C'est plus qu'un plébéien; je me suis assuré que son grand-père était aide du bourreau à Brest, pendant la Révolution. Honteux sans doute de cet honnête ancêtre qui eut la gloire de contribuer au raccourcissement patriotique de quelques centaines d'aristocrates, le colonel Durandin affiche une dévotion extrême et pose au gentilhomme. Il a rétabli en fait, dans son régiment, l'aumônier supprimé par la loi. Il a puissamment contribué au développement de l'œuvre de Notre-Dame des Armées que le colonel de dragons a installée à Malenvers. Les locaux affectés à cette œuvre sont devenus trop étroits. On vient d'inaugurer une nouvelle chapelle. C'est par la voie du rapport que les officiers ont été invités à assister à cette inauguration.

Comme je n'étais pas présent à cette cérémonie, qui fut, paraît-il, imposante, j'ai été fort mal noté. Les mauvaises notes, je pense, ne doivent point m'être épargnées. J'ai la réputation d'un fricoteur et d'un athée; d'ailleurs, bien que fils de général, je suis certainement très au-dessous du gentilhomme Durantin, dont la noblesse d'âme sut évoluer des bois de justice au bois de la vraie croix; très au-dessous des fils de bourgeois qui lui font cortège, et qui mouillent d'eau bénite leur gaucherie de courtauds, leur ignorance de cancres vaniteux. Quant à songer à me hisser au niveau des seigneurs authentiques dont les aïeux eurent, en Prusse, de si jolis états de service, ce serait de la folie pure. Je sais trop à quelle hauteur la troisième République, qui s'intitule République française, a su placer cette engeance.

On comprend que des gens aussi distingués, aussi supérieurs, ne vivent pas sans un grand train; il leur faut une nombreuse valetaille. Cette valetaille, ils la recrutent économiquement parmi les citoyens qu'ils ont sous leurs ordres. Et ces citoyens trouvent la chose toute naturelle. Ignorant visiblement qu'ils ne sont envoyés au régiment pendant plusieurs années qu'afin de se mettre en état de défendre leur pays, ils consentent avec joie à consacrer ce temps aux plus serviles besognes. Aux ordres de l'officier, mauvais Français, qui cherche à dresser des laquais au lieu de former des hommes, le soldat, mauvais Français, se soumet avec empressement. Je ne cesse de m'étonner de cette fureur d'asservissement; je pense parfois que l'obéissance passive est peut-être la forme la plus enthousiaste d'un choix personnel, et qu'il faut autant de courage individuel pour se dépouiller de sa dignité et de son caractère que pour se précipiter dans un torrent ou dans un brasier.

Quel contraste entre l'Armée, conception, et l'Armée, fait! Et quel pouvoir d'imagination maladive dans les êtres et dans les masses pour qu'ils idéalisent les hommes ou les institutions dont l'horreur et l'imposture s'étalent cyniquement! Ces réflexions m'ont été suggérées, une fois de plus, par un événement assez banal mais que, pourtant je veux rapporter ici.

Lorsque je suis arrivé à Malenvers, on m'a assuré que je trouverais à me loger confortablement chez une dame âgée, veuve de général, qui possède une grande maison sur le cours Saint-Gonzague et qui accepte souvent un officier comme locataire. Je me suis présenté chez la vieille dame; et quel n'a pas été mon étonnement de retrouver en cette septuagénaire une femme que j'ai connue à Versailles, pendant la guerre de 1870, Mme de Rahoul! J'ai à peine besoin de le dire, Mme de Rahoul a été enchantée de me revoir; elle a été ravie d'apprendre que je désirais m'installer chez elle; elle me traite comme son propre fils. Elle vit modestement de sa pension de veuve de général, et de quelque argent apporté, en même temps que la maison, par un héritage. Nous causons souvent, du présent quelquefois, mais surtout du passé. Et je n'ai pu me défendre d'un mouvement de surprise, et même de colère, lorsque je me suis pour la première fois aperçu du culte qu'elle a voué à la mémoire de son mari. Elle ne parle du général de Rahoul qu'avec des larmes dans les yeux et de l'émotion dans la voix. Cette femme, qui est instruite et intelligente, qui est la bonté même et dont le jugement est sain, a gardé pour l'armée et toutes les choses militaires un respect et un enthousiasme qui touchent à la démence. Elle a tout oublié, les humiliations, les souffrances, les insultes et les trahisons; elle sait seulement que son époux portait la grosse épaulette, honneur immense, honneur complet. Ce n'est point l'ignoble brute que fut son mari qu'elle se rappelle; elle a conservé seulement le souvenir d'un héros généreux qu'elle auréole d'un halo de gloire et qu'elle encense de tendresse... Souvent, en l'écoutant me parler des grandes qualités du défunt, je songe que cette vieille femme symbolise, sans s'en douter, le sentiment populaire.

L'armée... Les hommes sont surtout retenus sous les drapeaux pour l'agrément ou le profit des galonnés, afin de leur créer une permanente raison d'être. Vingt-cinq pour cent sont donnés comme esclaves aux commerçants régimentaires ou comme larbins aux officiers. Vingt-cinq pour cent sont sans cesse employés à des corvées aussi dégradantes qu'inutiles. Le reste est condamné à des travaux pénibles et stériles, à des manœuvres sans objet.

Je pense à cela, ce soir, après avoir lu des pages d'un ouvrage de Hœnig dans lequel est démontrée la nécessité d'exercer spécialement la troupe aux travaux de retranchements, dans lequel il est prouvé que les luttes du futur transporteront en rase campagne la guerre de forteresse. C'est l'évidence même. Les terrassements considérables, rapidement exécutés, joueront dans les conflits à venir le rôle le plus important; l'usage de la pelle et de la pioche doit être aussi familier au soldat que l'usage du fusil. Voilà une chose dont on se doute peu dans l'armée française. Ruse basse plus encore qu'ignorante, peut-être. Fouir le sol, le travailler et le retourner, rapprocheraient sans doute, moralement, intellectuellement et en fait, l'homme de la terre; cela lui ferait comprendre que cette terre est le patrimoine de tous les Français, qu'il est abominable et impossible qu'elle appartienne seulement à quelques-uns, et qu'elle constitue la Patrie — toute la Patrie...

Je rouvre le livre de Hœnig sur la tactique de l'avenir, mais je ne puis arriver à lire, même de l'allemand. Je rêve. Je rêve. Je rêve d'une autre France... Après tout, rêver, c'est avoir la foi. Peu militaire, par conséquent.

Je déplie des journaux que je viens de recevoir de Paris. Et je crois rêver encore, ma foi, en lisant dans ces gazettes de longs et élogieux articles concernant mon père. A propos, mon père a été nommé général de division dernièrement, le 1er janvier 1889 (je savais bien que j'avais oublié de vous dire quelque chose), grâce surtout à l'entremise de la baronne de Haulka, très bien en cour, et du petit notaire Larbette auquel le ministre de la Guerre n'a rien à refuser. M. de Trisonaye s'affermit de jour en jour au pouvoir. Il semble vouloir consacrer sa vie entière au service de la France, ainsi que tous les Anciens et tous les Antiques de l'École Polytechnique — « cette poule aux œufs d'or, dit le président Carnot, qui a donné à la France tant de couvées de bons citoyens ».

Mon père n'a point été couvé par la poule aux œufs d'or (il a toujours préféré les cocottes aux poules), mais c'est un bon citoyen tout de même. La preuve, c'est qu'il vient de publier une brochure, *Le vrai ressort de l'Allemagne*, où il prouve que la puissance de nos voisins n'a d'autre base que le respect profond de l'élément civil pour l'élément militaire. « A Berlin, dit-il en un éloquent passage, à Berlin (*in Berlin, sagt er*), j'ai vu la foule s'écarter respectueusement devant un capitaine d'infanterie. Voilà ce qu'on ne voit pas en France! » Hélas! non; pas encore; mais ça viendra. Du moins, la presse l'espère; elle déclare que la brochure de mon père est un chef-d'œuvre; et elle le représente comme un officier général du plus haut mérite et du plus grand avenir, comme un tacticien hors ligne et comme un puits de science. De plus, elle parle de l'intégrité qui le caractérise, et déclare que la dignité de sa vie privée défie la calomnie. Ça, par exemple... Pourtant, si c'était vrai, à présent?

*
* *

C'est vrai! c'est vrai! L'assurance m'en est donnée dès mon arrivée à Paris où je viens, au commencement d'avril, passer les deux mois d'un congé de convalescence (attaque opportune d'influenza). Et qui me la donne, cette assurance? Mon père lui-même, que je trouve installé dans son ancien bureau du ministère où il a reparu, voici quelques semaines, avec les trois étoiles.

— C'est vrai; voilà plusieurs mois déjà que ma conduite n'a donné prise aux blâmes du critique le plus sévère. Ma vie a été édifiante. Je le dis non sans orgueil, mais sans joie. Tu ne sais pas, toi, ce que c'est qu'une existence exemplaire! Ne cherche jamais à le savoir! C'est trop pénible. Si je t'énumérais tous les plaisirs auxquels il faut renoncer, toutes les habitudes qu'il faut perdre, toutes les relations auxquelles il faut dire adieu, tu ne me croirais pas. Ce qu'on appelle la dignité de la vie, c'est une souffrance de tous les instants; c'est un supplice, c'est une torture, c'est un martyre! Ah! il m'était arrivé bien souvent de me moquer des caractères rigides, de blaguer les gens austères; c'est une chose qui ne m'arrivera plus, je t'en fiche mon billet! J'ai trop vu ce qu'ils ont à endurer, les pauvres diables!

— Mais, père, pourquoi t'es-tu soumis à un pareil régime?

— Mon ami, c'est la baronne. C'est la baronne qui l'a voulu. Elle prétendait que c'était indispensable à mon avenir. Moi, n'est-ce pas? Je savais bien que ce n'était pas indispensable; l'expérience de ma vie toute entière est là pour le prouver. Mais enfin, elle y tenait; et ce que femme veut, le diable...

— Cette dame paraît avoir un grand empire sur toi.

— N'exagères pas, je t'en prie. Elle ne porte pas les culottes, non, mais... mais elle me met les bretelles. Et ce que ça me gêne! Généralement on ne fait des sacrifices, pour se faire remarquer, que jusqu'à un certain point; Alcibiade coupe la queue de son chien, mais pas la sienne. Moi, il a fallu que je coupe la mienne, et rasibus! Tous mes amis, toutes mes connaissances mâles et femelles, il m'a fallu rompre avec tout, il m'a fallu les plaquer comme des médecines. Je reste seul avec mon... avec mon honneur. C'est pas gai. Malgré tout, ça servira sans doute à quelque chose. Je vais te dire. Le gouvernement est sur le point d'entreprendre, à la faveur du tohu-bohu que causera bientôt l'ouverture de l'Exposition, une nouvelle expédition coloniale. Il s'agit de conquérir le Garamaka. Sais-tu où c'est, toi, le Garamaka?

— Non.

— Moi non plus. D'après ce que j'ai entendu dire, ça doit être au Soudan, quelque part, dans un coin. Enfin, la France en a besoin. Eh bien! j'espère la commander, cette expédition. L'administration coloniale est contre moi, c'est vrai; mais je suis l'homme du véritable pouvoir, du conseil occulte qui dirige en réalité nos entreprises et nos possessions d'outre-mer. Je suis à tu et à toi avec les membres de cette confrérie puissante; je trinque avec eux; à la tienne, Étienne! Ils finiront bien par avoir le dessus, une fois de plus, et à moi le Garamaka! La marine voudrait avoir le commandement de l'expédition; elle a, pour chacun de ses régiments d'infanterie et d'artillerie, à peu près deux généraux et cinq ou six colonels qui pensent qu'on ne leur fait pas casser assez de gueules, et qui voudraient bien trouver de l'emploi. Mais je crois que la marine pourra se taper. Bien entendu, si je suis nommé, je te prends comme officier d'ordonnance. Je mènerai l'affaire rondement. Le Garamaka doit nous appartenir. Vois-tu, mon petit, l'avenir de la France est au Soudan.

— On le dirait. Et l'Alsace-Lorraine, naturellement, est oubliée?

— C'est curieux! Tu me poses juste la question que me

posait hier Raubvogel... A propos, il a été très bas, Raubvogel. Il a éprouvé d'énormes pertes d'argent; ce n'était pas très clair; on a parlé de poursuites. Mais tu connais le pèlerin; il retombe toujours sur ses pattes. Il a obtenu une magnifique concession à l'Exposition. Il se relèvera avant peu. Il a du ressort; sa femme aussi. Tu sais, elle est plus jolie que jamais. Ah! ces Alsaciennes!...

— Mais Estelle n'est pas Alsacienne; elle est née dans le Nord...

— Allons, allons! Qu'est-ce que tu rabâches? Estelle n'est pas Alsacienne! Mais tu bats la breloque, mon pauvre ami. Tout le monde le sait, qu'elle est Alsacienne! Toi-même, tu as été à la statue de Strasbourg avec elle. Ah! Est-ce vrai? Hein?... Voyons, tu me demandais si l'Alsace-Lorraine est oubliée? Non elle n'est pas oubliée. Nous en parlons toujours et nous n'y pensons jamais... C'est-à-dire... c'est juste le contraire. Enfin, c'est comme disait Gambetta, quoi. Seulement, les Allemands ne veulent pas discuter. Alors... Du reste, tiens, il y a justement dans le *Petit Papier* un article de Gudais sur la question...

Mon père pousse vers moi le journal, et je lis : « Voilà qui reste bien entendu et définitivement exprimé : la question alsacienne-lorraine n'existe pas pour l'Empire allemand, parce que les Alsaciens-Lorrains ne comptent pas à ses yeux, au prix de ses intérêts militaires. Nous devons donc reconnaître que toute discussion devient impossible. Nous ne nous faisons aucune illusion sur les préparatifs guerriers que Berlin accumule pour défier le bon sens et l'équité, pour imposer la terreur de sa suprématie, joignant à la sauvagerie des procédés la folie d'une haine délirante... »

Entre l'empire allemand aux yeux duquel (style Gudais) la question alsacienne-lorraine n'existe pas, et la République française dont l'avenir est au Soudan, la position des Alsaciens-Lorrains est vraiment triste.

* * *

C'est une chose, cependant dont les époux Raubvogel, bien qu'originaires des chères provinces, ne semblent pas se rendre compte. J'ai rarement vu faces plus épanouies que celles des heureux conjoints le jour d'ouverture de l'Exposition. Après tout, elle n'est pas si loin de nous, cette Exposition, que vous ne puissiez vous rappeler le Pavillon alsacien-lorrain avec sa décoration si artistique et si patriotique en même temps, avec ses salles de dégustation et de vente des produits nationaux, avec sa grande brasserie qui devint vite l'établissement à la mode, où le service était fait par des jeunes filles vêtues du costume d'Alsace, légères et charmantes et qui s'envolaient, pareilles à des fusées tricolores, vers les escaliers conduisant aux cabinets particuliers. Peut-être vous rappelez-vous quel fut le succès du Pavillon alsacien-lorrain; peut-être même vous souvenez-vous de m'y avoir vu. Moi, en tout cas, je en vous ai pas oubliés.

Je vous vois encore, courant d'un palais à un autre, hébétés et fourbus; vous extasiant, dans la galerie des Machines, devant des monstres d'acier dont vous ne comprenez pas l'usage, et qui vous offrent vainement un bonheur dont vous ne voulez pas; vous étonnant, dans le Palais des Beaux-Arts, devant des chefs-d'œuvre dont la signification et la beauté restent pour vous lettre close; buvant et mangeant des choses très malsaines et très chères; admirant très fort, à l'Exposition du ministère de la Guerre, les engins de destruction qui par-dessus tout vous intéressent, qui vous effraient un peu et qui vous rassurent beaucoup; passant du Pavillon alsacien-lorrain évoquant les provinces que l'Allemagne ne veut pas vous rendre, à cette rue du Caire qui évoque l'Égypte que l'Angleterre refuse de vous offrir.

Oui, je vous vois encore. Et je vois aussi partir mon père, qui a obtenu le commandement de l'expédition du Garamaka, et qui n'a pu, à notre regret commun, me prendre pour officier d'ordonnance. Qu'on crie donc au népotisme! Mais qu'on dise, surtout, quelle est la puissante influence qui s'est opposée à mon départ! Il y a là un mystère que je cherche, sans succès, à éclaircir. D'ailleurs, je ne reste pas très longtemps à Paris, dans cette ville qui est devenue une sorte de *sentina gentium* et que secouent encore les dernières convulsions du boulangisme. Les adhérents de cette cause malheureuse ont vraiment un beau courage de s'évertuer dans la poussière soulevée par les pieds plats de tant d'imbéciles. Pourtant, il convient aussi de rendre hommage aux champions du parlementarisme; l'audace de ces exploiteurs publics, sous la dénonciation permanente, sous l'insulte quotidienne et méritée, est sûrement belle à voir. Ils parlent, pour rétamer un peu leur popularité vertdegrisée, de ramener au Panthéon les os de Marceau, de Baudin et de plusieurs autres grands hommes; ils parlent aussi de réduire à un an le service militaire des étudiants, fils de la bourgeoisie. Sous le régime de la loi de 1872, ces jeunes vauriens payaient mille cinq cents francs à l'État pour servir un an comme simples soldats; à présent, avec un diplôme de n'importe quelle école, ils feront, sans rien payer, un an comme officiers. Un joli soufflet sur la face du soldat, sur celle du pauvre et même sur celle de l'officier. Mais le peuple français s'inquiète bien de la façon dont ceux qui devront le conduire au feu acquièrent leurs galons! Il admire la tour Eiffel; il savoure les délicieuses plaisanteries sur les parents de province que lui servent ses journaux comiques — les plus spirituels du monde —, plaisanteries qui seront conservées soigneusement et qu'on resservira en 1900. Paris a depuis longtemps perdu tout caractère; mais il a aujourd'hui tant d'esprit que je vais sans doute trouver réconfortante la sottise de la province.

***

Les fenêtres du petit appartement que j'occupe à Malenvers s'ouvrent sur un grand jardin; après ce grand jardin il y en a un autre, au bout duquel on aperçoit une jolie maison blanche. De chez moi je puis voir nettement, comme découpée entre les branches verdoyantes, tout au fond des frondaisons des grands arbres, l'une des fenêtres de cette maison, au premier étage. Je pourrais même distinguer, si l'envie m'en venait, ce qui se passe dans la chambre qu'éclaire cette fenêtre, généralement ouverte. Et un jour, l'idée m'en vient. Je prends donc ma jumelle, et j'aperçois immédiatement...

— Une femme?

Naturellement, naturellement. Jeune, belle, gracieuse et à sa toilette — ça va sans dire. Mais ce qu'il convient d'expliquer, c'est le caractère spécial de la toilette à laquelle procède cette beauté. La dame, qui possède d'épais et longs cheveux bruns, essaie tour à tour les coiffures les plus excentriques; elle se maquille, se farde les joues, se poudre, se fait les yeux, se rougit les lèvres. Elle se pare de bijoux divers et nombreux; elle se drape en d'élégantes tea-gowns, dont chacune donne à son charme une originalité nouvelle; elle s'admire devant des glaces, prend des poses voluptueuses et risquées, s'envoie des baisers — semble jouer, pour son profit personnel, une perverse et délicieuse comédie. Cela dure assez longtemps; puis la dame se sépare, comme à regret, de ses soies et de ses bijoux; elle enlève soigneusement tout l'éclat emprunté dont elle eut soin de peindre et d'orner son visage, range systématiquement en des tiroirs des quantités de boîtes et de flacons, et reparaît, quelque temps après, vêtue d'une honnête robe d'intérieur et coiffée en bourgeoise modeste.

Je vous décris là un manège auquel j'eus le plaisir d'assister plusieurs fois, et que la psychologie — c'est si commode et ça coûte si peu! — m'a permis d'expliquer de la façon suivante. La dame, qui est sans doute mariée et riche, s'ennuie; son mari, qu'elle n'aime pas, lui mesure les satisfactions auxquelles elle croit avoir droit; son existence provinciale, routinière et mesquine, lui déplaît; des rêves vagues d'indépendance qui la hantent depuis longtemps, peut-être depuis toujours, se sont cristallisés tout à coup en des besoins violents et plus qu'à demi conscients d'immoralité. Ces désirs l'ont saisie puissamment, ne la lâchent pas; son imagination vagabonde autour d'une image toujours la même, de plus en plus fascinante. — Cette femme-là est bonne à faire.

Toute la question est de savoir si c'est pour moi que le four chauffe. La maison blanche, Mme de Rahoul me l'a dit, appartient au principal notaire de la ville. J'apprends que ce notaire s'appelle Me Hardouin. Hardouin, voilà un nom qui réveille en moi des souvenirs, qui est comme un écho de mon enfance; et l'image se précise aussitôt; je me revois, avant la guerre, conversant dans le jardin de M. Curmont avec un jeune homme qui est le premier clerc de Me Larbette, le notaire de Preil, et qui s'appelle Hardouin. Si le Hardouin de Malenvers était le Hardouin de Versailles?...

C'est lui. Il se souvenait parfaitement de moi, de ma famille, et a été enchanté de me revoir. Nous sommes à présent les meilleurs amis du monde et je suis fréquemment invité à la maison blanche. Mme Hardouin est vraiment très belle et très captivante; je suis à peu près sûr maintenant que mes déductions de psychologue étaient des plus justes; pourtant, je n'ai point cherché à mettre à profit l'état mental de la notairesse. J'aurais quelque scrupule à tromper Me Hardouin; c'est un homme fort intelligent, d'une grande pénétration, et qui me plaît beaucoup. Il a pour amis plusieurs hommes qui m'intéressent aussi vivement. Je ne veux pas parler de l'avocat Courbassol, politicien hors cadres, verbeux et vide, auquel le notaire témoigne une ironique déférence, et qui fait une cour assidue à Mme Hardouin. Je pense surtout à l'abbé Lamargelle, un personnage bien curieux.

Faire le portrait physique de l'abbé serait assez difficile, et je préfère laisser ce soin à d'autres. Il est, pour le moment, professeur d'un garçon d'une douzaine d'années, assez niais, le fils du comte de Movéans et de la comtesse, née Pilastre. Il ne semble pas que ce poste soit autre chose qu'une sinécure; les commérages, il est vrai, assurent que l'abbé sacrifie à la mère le temps qu'il ne consacre pas au fils; mais faut-il ajouter foi aux commérages? Le sacrifice, d'ailleurs, n'aurait rien de particulièrement pénible. La comtesse est une femme jolie encore, aimable, qui ne défigure pas l'embonpoint de la quarantaine; des manières vives, un peu trop primesautières, qui trahissent l'impétuosité du sang et l'origine plébéienne; la voix d'une franchise étudiée, la physionomie d'une Parisienne fûtée, un peu blasée, beaucoup curieuse, avec des paillettes de rire dans les yeux et l'amertume d'un pli sarcastique au coin des lèvres. Le comte est un être maigre et long, terne et solennel. Il descend d'une vieille famille du Poitou, et l'abbé l'appelle « un vase des Deux-Sèvres ». Ce n'est pas, pourtant, un vase d'élection; il a fait trois fois appel à ses concitoyens, et trois fois ses concitoyens ont refusé de l'envoyer siéger au Parlement. De dégoût, M. le comte de Movéans a transporté ses pénates de Niort à Malenvers. Il a acquis, au sortir de la ville, une grande et belle propriété, le château du Valvert. C'est là que j'ai eu récemment l'honneur de faire sa connaissance.

L'abbé, qui m'a présenté, m'avait prévenu de la complète nullité du comte; il n'avait pas exagéré. Intellectuellement, cet aristocrate est un fantôme; et les idées qu'il exprime en phrases toujours les mêmes ont perdu leur dernière goutte de sang, au siècle dernier, sous le couperet de la guillotine. Comment des créatures semblables peuvent-elles exister de nos jours?

— On les fabrique, dit l'abbé; et non sans difficulté, croyez-le. Pour ma part, je me donne un mal énorme à faire de mon jeune élève le digne successeur de son père. J'y réussirai, car je me pique d'honneur; mais c'est souvent pénible. Vous avez quelque peu parlé avec le jeune homme et vous avez facilement sondé la profondeur de sa sottise. Cette sottise, vous l'avez deviné, ne peut être naturelle. Laissé à lui-même, cet enfant serait devenu un Movéans-Pilastre, un aristocrate dans lequel se serait agité le bourgeois; un bourgeois possédé d'un aristocrate. De ce conflit dans un être moyennement doué aurait pu naître quelque chose. C'est ce quelque chose que je suis chargé de condamner à l'avortement. L'enfant, au lieu de devenir un Movéans-Pilastre, deviendra donc un Movéans tout court; vicomte d'abord; comte ensuite. Homme, jamais.

— Des hommes dans les rangs de l'aristocratie seraient cependant utiles à l'Église pour sa lutte contre les peuples.

— Des hommes ne sont utiles qu'à eux-mêmes, dit l'abbé. Du reste, l'Église ne lutte point contre les peuples. Elle les bénit. C'est bien suffisant. J'oserais dire que l'Église est faite pour les peuples si je n'étais convaincu que les peuples sont faits pour l'Église. Les peuples d'aujourd'hui, surtout. Leur vie est essentiellement religieuse. La raison d'être de leur existence, qui est aussi la base même de la religion, c'est la croyance irraisonnée, l'obéissance aveugle. On croit sans examen, sans discussion, par simple besoin de croire. On a foi dans l'État, dans la presse, dans la science, dans l'armée, dans tout ce qui a l'audace de prétendre exister ; on a foi dans le progrès, et, chose plus étrange encore, on a foi dans la perpétuité du présent. C'est seulement en soi-même que l'homme refuse de croire. Époque religieuse, cher monsieur. Époque de foi, de paix et de résignation, et que menace un seul danger.

— Lequel?

— Les grandes armées nationales. Les peuples sont comme des enfants qui ne demandent qu'à rester bien sages, mais entre les mains desquels on commet l'imprudence de laisser un instrument dangereux; un jour ou l'autre, une catastrophe se produit. L'Église, heureusement, s'est rendu compte du péril. Par un savant système d'alliances, d'ententes, auquel le Vatican travaille activement, je le sais, on arrivera à équilibrer à peu près les forces européennes. Puis, après une campagne habile et sans doute longue, à laquelle viendra sûrement en aide l'imbécillité des socialistes, on réussira à présenter aux nations, comme un bienfait, la transformation des grandes armées actuelles en armées réduites. On arrachera de leurs mains une force qui pourrait devenir un facteur de libération et on les ramènera au système des armées prétoriennes. Cela se fera tout simplement, vous verrez.

— Je ne le pense pas. On serait forcé de laisser sur le pavé, chaque année, quelques centaines de mille hommes.

— Cela augmenterait l'indigence, voulez-vous dire? Petite affaire. Ça se tassera. Ça s'égalisera. La misère, comme les liquides, tend vers son niveau.

Je vais assez souvent au Valvert. La comtesse est fort aimable pour moi; le comte lui-même semble m'avoir pris en amitié; cela vient sans doute de ce que je me suis fait une règle de ne jamais lui poser une question. Quant à l'abbé, j'ai toujours grand plaisir à le voir; son ironie me met, ou me remet, du cynisme dans l'âme, me donne un amer et pressant désir de vivre, de dépenser des forces. Et je me souviens, à ces moments-là, que Mme Hardouin est très belle; et j'en redeviens amoureux, éperdument amoureux.

C'est une chose, je pense, dont Mme Hardouin se doute un peu, mais qu'elle doit feindre d'ignorer jusqu'à ce que j'aie fait l'indispensable déclaration. Et cet aveu nécessaire des sentiments qui m'agitent m'est assez difficile. Ce n'est pas que je sois arrêté par les scrupules qui m'avaient retenu tout d'abord; j'ai acquis la conviction que Me Hardouin se préoccupe fort peu de ce que peut faire sa femme; toute l'affection du notaire est certainement concentrée sur une enfant qu'il a eue d'un premier mariage, une petite fille de dix ans environ. Les obstacles auxquels je faisais allusion sont purement matériels.

La maison du notaire est transformée, depuis que le temps, en une sorte d'agence électorale. Le député de Malenvers, le vieux Laventoux, est mort dernièrement et la ville doit lui donner un remplaçant. Les conservateurs, qui mascaradent en boulangistes, ont choisi pour leur champion un avocat clérical nommé Letonnelier, et le candidat des républicains est l'avocat Courbassol, gloire locale, ancien député de Paris auquel la grande ville, aux dernières élections, a préféré un boulangiste. Le gouvernement fait l'impossible pour assurer le triomphe de Courbassol; et Me Hardouin travaille énergiquement au succès de l'homme dont la continuelle présence chez lui fait tant jaser, et qu'il méprise assurément. La politique a de ces mystères.

Comme il m'est impossible d'avoir avec Mme Hardouin, chez elle, l'entretien que je désire, je m'avise d'un expédient. Je sais qu'elle se rend assidûment à l'église, chaque soir, afin d'ouïr les sermons d'un moine que le gouvernement a secrètement chargé, dans le département, d'une mission des plus délicates. Les gens au pouvoir, justement effrayés des progrès rapides de la dépopulation, ont fait marché avec certaines congrégations qui ont entrepris de prêcher, par toute la France, la bonne parole de la fécondité. Les prédicateurs en robes brunes, blanches ou noires, effraient les femmes volontairement stériles de l'horreur des châtiments éternels; ils stigmatisent la prudence conjugale; jettent l'anathème aux ablutions; déclarent au nom du ciel que l'eau bénite doit suffire à une épouse chrétienne. Les femmes, que terrorise l'idée d'être exclues de la sainte table, au vu de toute la ville, promettent d'obéir aux recommandations du moine, et y obéissent quelquefois.

C'est au cours du sermon d'un capucin repopulateur que j'ai pu entamer avec Mme Hardouin, auprès de laquelle je m'étais placé comme par hasard, une petite conversation d'un tour légèrement immodeste. Et je n'ai pas quitté la dame, que j'avais reconduite chez elle, avant de lui avoir fait, ainsi qu'on disait autrefois, l'aveu de ma flamme. Cette flamme, j'espère que Mme Hardouin consentira, comme on disait encore, à la couronner. En fait, elle m'accorde un rendez-vous; puis un second; puis un troisième. Et enfin, un soir, elle couronne...

Le lendemain de ce soir-là, le lieutenant Labourgnolle, un bon camarade, me déclare avoir vu sortir de ma maison Mme la notairesse; comme supplément d'information, il ajoute qu'il l'a vue entrer, un quart d'heure plus tard, dans la maison qu'habite Courbassol. Est-ce possible?... Comme psychologue, persuadé qu'il n'y a que le premier pas qui coûte, fût-ce un pas redoublé, je suis assez disposé à admettre la chose; mais comme amoureux, je me rebiffe...

D'ailleurs, Courbassol serait trop heureux; il aurait toutes les chances à la fois. Il vient d'être élu député à une forte majorité. Cette élection a produit dans Malenvers une sensation énorme.

Cette sensation, pourtant, disparaît sous l'émotion que causent coup sur coup plusieurs vols très importants, commis dans la ville ou aux environs, et dont les auteurs restent inconnus. Ces cambriolages audacieux se répètent à de courts intervalles; on dirait que les criminels agissent d'après un plan très habile et sur des indications certaines. Le colonel de dragons vient d'être volé d'une quantité de titres, valeurs allemandes pour la plus grande partie : actions de la Brasserie des Jésuites de Ratisbonne, actions des Tramways de Munich, titres de Chemins de fer prussiens et du Sud de l'Allemagne, lettres de gages de la Banque bavaroise, etc. Le brave colonel est désolé; non seulement d'avoir été dépouillé d'une centaine de mille francs, mais surtout d'avoir été obligé de laisser savoir qu'il contribuait, financièrement, à la prospérité de gens qu'il doit considérer comme ses ennemis. Après tout, les artilleurs seulement s'étant, jusqu'à présent, vantés d'avoir du flair, on ne peut reprocher à un dragon de ne point trouver d'odeur à l'argent.

Une nuit que je sortais furtivement de la maison de la notairesse, dans la chambre de laquelle je me hasarde de temps en temps, j'ai aperçu, en traversant le jardin, de la lumière à l'une des fenêtres du rez-de-chaussée. Je me suis approché à pas de loup; j'ai distingué, à travers les vitres, Me Hardouin qui semblait donner des explications à un personnage dont, malheureusement, je n'ai pu voir la figure. Ce conciliabule, à deux heures du matin, m'a paru singulier; et j'ai fait part des conjectures qu'il m'a suggérées, aussitôt que possible, à la notairesse. Elle s'est troublée, a commencé à parler de choses très graves, s'est rétractée, a fini par déclarer qu'elle ne savait rien et que mes suppositions n'avaient pas le sens commun.

Peut-être. Du reste, même en admettant que Me Hardouin donne un caractère plus direct et plus brutal à cette industrie judiciaire et extra-judiciaire qui est organisée pour la spoliation générale — que m'importe? Mme Hardouin est une maîtresse aimable; son mari ne me la dispute pas; et voilà l'important.

Et puis, n'y a-t-il pas des gens pour prétendre que le voleur a son utilité? Paradoxe, c'est possible. Mais les crimes que le brigand inconnu vient de perpétrer à Malenvers, la France, fille aînée de l'Église, n'est-elle pas en train de les commettre, multipliés à l'infini, *in partibus infidelium?*

*
* *

Le général Maubart, qui n'était jusqu'ici que le héros de Nourhas, est maintenant le conquérant du Garamaka.

La France est plus fière de sa dernière conquête que le triomphateur lui-même; les journaux qu'elle lit ne lui laissent point ignorer l'énorme valeur de sa nouvelle possession; et elle semble tout à fait convaincue de cette grande vérité : que son avenir est au Soudan. Quant à mon père, il n'est certainement pas insensible à la douceur des louanges; il est loin de dédaigner la gloire que lui vaut son succès; mais il a laissé au second plan les satisfactions d'amour-propre. Ce sont des considérations d'un ordre plus matériel qui provoquent son allégresse.

Je le trouve à Paris, où j'ai été le voir dès son retour, installé dans un luxueux appartement de l'avenue de Villiers. C'est la baronne de Haulka, paraît-il, qui lui a préparé cette délicieuse retraite; le goût de la baronne est indiscutable, mais ne doit pas laisser d'être coûteux.

— Qu'est-ce que ça fiche! s'écrie mon père. Est-ce que tu te figures que je reviens les mains vides? Pour te détromper, mon garçon, je vais t'annoncer une bonne nouvelle. Je n'ai point oublié que je n'ai pas eu l'occasion, jusqu'ici, de régler mes comptes de tutelle, et que je te dois encore une certaine somme; je tiens cette somme à ta disposition. Aie patience, et tu ne pourras pas dire que ton père t'aura fait tort d'un sou. Après-demain, je te remettrai une somme de cinquante mille francs... Qu'est-ce que tu dis?

— Je ne disais rien; mais je te remercie...

— C'est bon, c'est bon; nous ne nous disputerons pas pour ça; si tu ne veux pas cinquante mille francs, nous dirons vingt-cinq mille; moi, ça m'est égal. Mettons vingt mille francs pour faire un chiffre rond. C'est juste ce que doit me verser demain un marchand d'antiquités pour quelques bibelots que je lui ai vendus. Ces sauvages du Garamaka avaient une sorte de civilisation, et leurs objets d'art ont du prix. J'en ai rapporté douze caisses, de cinq cents kilos chacune; tout le plus chouette. Il y a des choses charmantes que la baronne elle-même admire.

— Alors, ces sauvages avaient de bons côtés?

— C'étaient des gens très doux, très calmes, presque sans mauvais instincts. La preuve, c'est que nous les avons massacrés par centaines et par milliers, et qu'ils n'ont pas rouspété. Les histoires de cruauté qu'on débitait sur leur compte n'étaient que des mensonges inventés par les missionnaires. Malgré tout, ces mensonges n'ont pas fait de mal, puisqu'ils ont amené la guerre. Tu sais que je n'en pince pas pour la calotte, mais je dois dire que les missionnaires nous ont été très utiles; ils nous ont donné tous les renseignements au sujet du pays, qu'ils connaissaient parfaitement car ils y avaient toujours été bien reçus, au sujet des taxes à imposer, des amendes à infliger, des contributions, etc. Si ces bons pères n'avaient pas été là, nous nous serions fait rouler; nous n'aurions pas exigé assez; mais avec eux... confiscations, rançons, razzias, ça n'arrêtait pas. Tu comprends ce que tout ça me vaut; tu peux te reporter aux règlements; tu y verras que les prises faites par les détachements leur appartiennent. Avec les retours du bâton, ça m'a fait un joli denier. Le trésor seul du roi Gabaurin s'élevait à huit millions. Ce pauvre roi ne nous a pas donné beaucoup de fil à retordre; sans son fils Melahdou, la campagne n'aurait duré qu'un mois. Ces brigands de sauvages n'ont que des fusils à pierre qui portent à deux cents mètres. C'est à peine s'ils m'ont tué une douzaine d'hommes.

— Pourtant les journaux disent que la mortalité a été très élevée?

— Ça, mon petit, c'est la faute des médicaments; il n'y en avait pas. C'est peut-être aussi la faute de la nourriture; il n'y en avait pas. Même les officiers avaient à peine leur petit confortable; dans des cas pareils, bien entendu, la troupe se brosse le ventre. Les mesures avaient été mal prises. C'est la faute à ce salaud de Boulanger; s'il laissait le gouvernement tranquille, on aurait le temps de préparer les expéditions, et l'on gaspillerait moins d'existences et moins d'argent.

Mais pourquoi donc? Pourquoi épargner le sang et les ressources d'un peuple qui devrait faire la guerre, qui ne veut pas faire la guerre, et qui est assez vil pour consentir aux misérables entreprises coloniales qui ne servent qu'à engraisser une bande de galonnés et de mercantis? L'Allemagne crache au nez de la France, l'Angleterre lui botte le cul. Ça ne compte pas : l'Allemagne et l'Angleterre sont fortes. Mais le Garamaka a brûlé la chapelle d'un Jésuite : A bas le Garamaka! En avant pour le Garamaka! Annexons le Garamaka! Misérable et imbécile, tout ça. D'autant plus que c'est reculer pour mieux sauter. Il faudra encore y passer, par la terrible route de la guerre, pour arriver à cette existence que les nations pressentent et admirent dans leurs rêves, rêves qui, en se réalisant, tueront la guerre, et qui ne peuvent être, pourtant, réalisés que par la guerre.

— Quel peuple! dis-je en conclusion; et quels chefs il a choisis! Mais, étant donnée une nation pareille, que mettre à la place d'un pareil gouvernement?

— Mets-y un clou! s'écrie mon père; et si tu veux faire ton chemin dans l'armée, ne parle jamais de la nécessité d'une guerre. Nous sommes là pour maintenir la paix; rappelle-toi ça. C'est juste ce que les pouvoirs publics m'ont dit à Marseille, lorsqu'ils sont venus me recevoir à mon retour. Ils m'ont dit que j'avais conquis le Garamaka pour maintenir la paix. C'est bien possible. Il y avait des petites filles, gentilles à croquer, qui m'ont offert des fleurs, des fonctionnaires écailleux qui m'ont infligé des discours, un poète déplumé qui a lu une pièce de vers où il me disait que je lui débarquais dans le cœur. Je suis dur à épater, mais il m'en a bouché un coin. Enfin, on a été bien gentil... Tu comprends, je suis enchanté d'avoir dirigé cette expédition. Profits pécuniaires à part, j'ai maintenant l'avantage d'avoir commandé en chef devant l'ennemi. Et puis, j'ai la satisfaction personnelle d'avoir combattu pour la civilisation.

Un peu pour dissimuler un sourire, je me dirige vers une table sur laquelle est déposée une grande boîte; j'en soulève le couvercle, mais je le laisse retomber immédiatement. Cette boîte est pleine de petits os, d'ongles, de dents qui ont appartenu à des hommes.

— Ah! ah! ah! ricane mon père, tu ne sais pas ce que c'est que ça? C'est pour faire des bijoux porte-veine. Une idée d'un bijoutier de la rue de la Paix; il m'avait demandé de lui rapporter ces choses-là : il doit les monter en or. Ça va faire fureur; on était las du cochon. On appellera ça la breloque humaine...

*
* *

Je ne reste que quelques jours à Paris. Pas assez longtemps pour être présenté à la baronne de Haulka, qui vient de se voir obligée d'entreprendre un petit voyage en Allemagne pour affaires personnelles. Assez longtemps cependant pour recevoir une partie de la somme que m'avait promise mon père; dix mille francs environ; le marchand d'antiquités ne l'a pas payé complètement et le bijoutier de la rue de la Paix ne lancera la breloque humaine qu'au moment des étrennes. Enfin, dix mille francs valent mieux que rien.

A vrai dire, je n'ai pas de grosses dépenses à faire à Malenvers. L'été est venu, et les plaisirs champêtres qu'il ménage ne sont pas très coûteux. De plus, vous savez combien il est avantageux (en province) d'avoir pour maîtresse une femme mariée. En province, ce n'est pas du tout comme à Paris, où ce sont les femmes qui ne coûtent rien qui coûtent le plus cher.

Quoique les femmes mariées aient du bon, il ne faut pas aller jusqu'à croire que leur fidélité à leurs amants est éternelle. Tout passe, tout lasse, tout casse. Mme Hardouin semble vouloir me démontrer le bien-fondé de ce vieux dicton. Elle me délaisse de plus en plus. J'ai entendu dire qu'on l'a vue plusieurs fois en compagnie du député Courbassol, dont la réputation grandit tous les jours, que la presse représente comme *ministrable*, et qu'il est venu passer quelque temps à Malenvers. Ces rumeurs m'ont ému; d'autant plus que la notairesse ne m'a pas honoré d'une seule visite depuis près d'un mois. Une pareille indifférence blesse profondément mon amour-propre. Je me décide à faire tenir à Mme Hardouin une lettre de reproches. Elle me répond qu'elle a résolu de rompre toutes relations avec moi.

Si je réfléchissais, je n'insisterais certainement pas. Mais je ne réfléchis point, ma vanité froissée me persuade de la nécessité d'explications, et je suis sur le point d'insister lorsque je reçois, un soir, la visite de l'abbé Lamargelle.

*
* *

L'abbé, je ne tarde point à m'en rendre compte, est au courant de mes affaires et de mes préoccupations les plus intimes. En quelques phrases de tournure vague, mais dont le sens précis ne m'échappe pas, il fait le procès de mon indifférence aux promesses et aux offres de l'existence, il blâme le détachement d'amateur blasé avec lequel je semble considérer la vie. Il me laisse entendre que je devrais prendre plus d'intérêt aux choses et aux gens qui m'environnent, à moi-même, surtout à moi-même; pourquoi négliger des bons vouloirs et des sympathies qui pourraient n'être pas inutiles et méritent sûrement d'être appréciés? Pourquoi, par exemple, ne m'a-t-on pas vu depuis longtemps déjà au château du Valvert? Le comte de Movéans, hier soir, regrettait mon absence...

Je m'excuse. Je promets une visite pour le lendemain. Au fait, pourquoi perdrais-je mon temps à poursuivre Mme Hardouin de mes récriminations? Je laisserai entendre, au besoin, que c'est moi qui ai voulu la rupture. On lui découvrira des remplaçantes, à la notairesse...

Au Valvert, je trouve plusieurs personnes récemment arrivées de Paris, et qui me sont inconnues. L'abbé ne m'avait pas soufflé mot de leur présence, et je m'en étonne. Parmi elles, il y a une jeune nièce de la comtesse, Mlle Pilastre, et Mlle de Lahaye-Marmenteau, sœur du général et marraine de la jeune fille; cette dame, qui, paraît-il, connaît beaucoup mon père, est charmante pour moi. En somme, la réception qui m'est faite est plus que cordiale; et, telle est ma simplicité vaniteuse ou nonchalante, il me semble tout naturel qu'il en soit ainsi.

C'est pourquoi ma surprise est grande lorsque, deux jours plus tard, j'apprends indirectement qu'il n'est bruit, au régiment et en ville, que de mon prochain mariage avec Mlle Pilastre. Après réflexion, je me décide à feindre d'ignorer ces rumeurs; mais je me promets aussi, me rappelant que l'amabilité de l'accueil qui me fut fait avait quelque chose d'insolite, d'étudier sérieusement les hôtes du Valvert à ma prochaine visite au château.

Je n'y manque point. Et je m'aperçois assez facilement qu'on a des vues sur moi. On a tort; je ne me marierai point, je m'en fais le serment à moi-même. Et là-dessus, je laisse venir. Mlle Pilastre est une jeune fille de vingt ans, jolie, mais très visiblement difforme; cette difformité, paraît-il, est le résultat d'un accident. Intelligente, je le crois; sans pourtant pouvoir l'affirmer. Mlle Pilastre parle peu; sa timidité est très grande. Elle paraît décontenancée, dépaysée; elle a l'air peu accoutumée à la comtesse, sa tante, et au comte de Movéans, son oncle par alliance; elle semble n'avoir jamais vu le jeune vicomte. Ce sont là, m'a dit l'abbé, des choses qui s'expliquent aisément. Mlle Pilastre a toujours vécu très en dehors de sa famille; son père, le grand industriel parisien, était complètement pris par ses affaires; sa mère, qui mourut en 1886, avait une si mauvaise santé qu'il ne lui fut jamais possible de s'occuper de son enfant. La jeune fille a donc été élevée par sa marraine, Mlle de Lahaye-Marmenteau, sœur du général qui lui-même fut parrain de l'enfant. Mlle Pilastre, sur l'avis des médecins, a presque toujours vécu dans le Midi; elle n'a eu que peu d'occasions de voir ses parents; de plus, elle est d'un naturel assez réservé. Les yeux et les cheveux très noirs, la peau mate de Mlle Pilastre rappelant fortement le type italien, je cherche à savoir si Mme Pilastre, la mère, était italienne. L'abbé me fait des réponses évasives. Il n'a pas l'air de tenir outre mesure à me voir convoler en justes noces. C'est un entremetteur peu convaincu.

La comtesse, au contraire, fait du zèle; elle ne me permet pas de décliner une seule de ses invitations, qui se succèdent rapidement; elle développe des aptitudes de marieuse fûtée, mais pas sans discrétion. Quant à Mlle de Lahaye-Marmenteau, elle ne me presse en aucune façon; c'est son sourire seul qui semble me dire : « Si vous n'épousez pas ma filleule, vous serez un sot. » Cette vieille demoiselle, qui a dépassé la cinquantaine, me plaît beaucoup; elle sait être vieille, et n'a ni les manières pédantesques ni l'amertume de la vieille fille. Elle a des convictions optimistes qu'elle pousse très loin; par exemple, elle croit que la guerre est une excellente institution destinée par la Providence à réduire la population mâle de la terre. Elle a des yeux bleus très vifs, une bouche en éveil, un air général de satisfaction; quelque chose de sautillant, dansant, jamais en repos, clignant sur de la joie, souvenue plutôt que ressentie; et beaucoup d'intelligence, très calme et très fine, là-dessous. Je ne me marierai pas, c'est certain; mais si je devais par impossible changer d'avis, c'est Mlle de Lahaye-Marmenteau qui opérerait ma conversion.

Cependant, au régiment, on jase. On parle de mes fiançailles comme d'un fait accompli. On me complimente de mon alliance avec une famille en si bons termes avec le général de Lahaye-Marmenteau; le général va être mis avant peu à la tête de l'état-major général. Quel veinard je suis!... Je ne puis arriver à décourager les commérages. Je commence à penser qu'un mariage, à bien prendre, me serait plus utile que cinq ou six actions d'éclat. Et les actions d'éclat, où sont-elles possibles aujourd'hui? L'armée est devenue si peu militaire!... Quant à quitter le service... Le fait me serait sans doute possible, même facile; mais l'idée m'en est insupportable; je pourrais vivre sans épaulette, mais je ne me vois pas vivre sans épaulette... Un mariage, il est vrai, me priverait de ma liberté. Hé! Qu'est-ce que j'en fais, de ma liberté? Suis-je libre, seulement?... Me Hardouin, auquel je vais faire une visite, m'assure que le célibataire est le seul être qui ignore la liberté des mœurs. « Si vous voulez connaître cette liberté, dit-il, et en jouir, mariez-vous. » Le notaire me laisse entendre que je ne retrouverai pas l'occasion qui m'est offerte. Il m'assure que la difformité de la jeune fille est à peine apparente. « Du reste, ajoute-t-il, ce n'est pas un brevet de longue vie. » Je médite, en m'en allant...

Au Valvert, on s'impatiente. La comtesse devient agressive. Le comte me prend à part, deux ou trois fois, et ânonne des choses. « Mariage... lien sacré... devoir patriotique... béni de Dieu... l'Église... l'Armée... » Mlle de Lahaye-Marmenteau, maintenant, entre en lice. Elle parle dix fois par jour de mon père, l'appelle invariablement « le héros de Nourhas, conquérant du Garamaka ». Elle dit qu'il serait si heureux de me voir faire souche. Elle fait sonner très haut la fortune de sa filleule; elle ne cache pas non plus — loin de là — son intention d'en faire son héritière. Mais Mlle de Lahaye-Marmenteau est-elle riche?

On dit oui. Pourtant, aussi, on dit non. On dit qu'elle s'est ruinée pour son frère, autrefois, et s'est ainsi condamnée au célibat; et que depuis ce temps le général subvient à ses besoins. On dit que les Lahaye-Marmenteau n'ont pas le sou. On dit que le général, bien que dépensant à pleines mains — c'est surtout à sa « générosité » qu'il va devoir, demain, sa situation à la tête de l'état-major — n'a rien à lui. On dit qu'il se procure des fonds par des moyens douteux. On dit, pourtant, que ses mariages — et surtout le second — lui ont valu de grosses sommes. Mais on dit, encore, que sa présente femme a obtenu une séparation de biens. Que croire? Je sais pertinemment, pour ma part, que le général s'est livré à des trafics auxquels ne songerait même pas un homme riche; mais... Après tout peu importe; il est certain que M. Pilastre est riche. Est-ce sûr?... J'interroge l'abbé, qui me déclare que, s'il faut en croire des gens bien informés... Il me sonde; il cherche à connaître mes intentions. Je le presse : dois-je songer au mariage? Il répond comme l'avocat de Parnurge. Je le quitte — décidé à dire le soir même à la comtesse que je ne veux pas me marier.

Mais, le soir, j'ai à peine le temps d'apercevoir la comtesse; elle est indisposée et se retire de bonne heure. Et Mlle de Lahaye-Marmenteau me montre une lettre de son frère le général, lettre qu'elle vient de recevoir et qui contient des phrases excessivement flatteuses pour mon père et pour moi. Et puis, le hasard fait que j'ai une longue conversation avec Mlle Pilastre; une conversation telle que je ne l'aurais jamais espérée, pleine de charme. Mlle Pilastre ne me produit pas l'impression qu'elle m'avait donnée tout d'abord, celle d'un pauvre petit animal apeuré; elle me semble une douce imperfection, très délicate et très intéressante, anxieuse de l'harmonie qui vibre dans le bonheur qu'on reçoit et qu'on donne. Je sens chanceler mes résolutions. On a beau dire, un mariage... Pourtant... Que faire?...

*
* *

Et voici quelqu'un, tout d'un coup, qui m'apparaît pour me dire ce qu'il faut faire, Adèle Curmont. Je reçois un mot, un après-midi, m'annonçant qu'elle vient d'arriver de Paris et qu'elle m'attend, toute affaire cessante, à l'hôtel du *Chariot d'Or.* Mc rappelant le « sans rancune » avec lequel elle a pris congé de moi à Angenis et la façon dont elle a tenu parole, au dire du général de Porchemart, j'hésite à me rendre à l'invitation. Je m'y décide cependant, peut-être autant par curiosité que par crainte.

Adèle m'apprend, dès les premiers mots, qu'elle sait que je vais me marier. Il paraît que M. Pilastre, auquel sa fortune de grand industriel, plus encore que son grade dans la territoriale, assure de nombreuses amitiés au Cercle militaire, s'y est vanté du prochain mariage de sa fille avec le fils du héros de Nourhas. La nouvelle a été colportée avec d'autant plus d'activité que la richesse de M. Pilastre lui crée bien des envieux, et que sa paternité réelle fait l'objet de plus d'un doute; je n'ignore pas, probablement, que jusqu'à ces temps derniers M. Pilastre avait toujours été tenu pour célibataire et que personne n'a jamais connu sa femme. Ou bien, ne suis-je au courant d'aucune des légendes qui circulent à ce sujet?

Adèle parle d'une voix moqueuse, pointue, méchante, qui m'inspire une grande défiance. Et puis, je me sens peu à mon aise sous son regard clair, froid, qui darde comme une flèche de volonté. Je devine en cette femme, dont la beauté est grande et les manières élégamment simples, une science complète de la vie, une énorme habileté à poser et à résoudre les problèmes de l'existence moderne. Ce qu'elle a fait et ce qu'elle fut, je l'ignore ou peu s'en faut. Mais je sens qu'elle est devenue un être de calcul et de force implacable; et je dois courber mon orgueil devant sa supériorité. Du reste, elle semble me traiter un peu en quantité négligeable; elle n'a pas fait paraître la moindre émotion en m'apercevant, me parle aussi posément que si elle m'avait vu hier encore, et a même repris tout de suite un tutoiement qui me gêne... Je réponds que je n'ai entendu parler de rien et que les cancans n'ont pour moi aucun attrait; que, d'ailleurs, je n'ai nullement pris la résolution d'épouser qui que ce soit.

— Tu as raison, dit Adèle. Tu n'es pas poussé au mariage par des raisons d'honneur, n'est-ce pas? Un homme d'honneur, je le sais, doit toujours payer ses billets protestés et ses dettes de jeu, même s'il doit se marier pour trouver de l'argent. Mais tel n'est point ton cas, j'en suis sûre. Un mariage même avec une demoiselle plus ou moins apparentée à des archevêques à plume blanche, ne te servirait pas à grand-chose. Vois-tu, il n'y a rien à faire sous l'épaulette. La carrière militaire n'a plus d'issue. Ni pour les intelligents, ni même pour les sots. Regarde, par exemple, ces deux hommes : Boulanger et Porchemart. Ils avaient tous deux tout ce qu'il faut pour réussir. Boulanger était un imbécile et avait pour lui tous les imbéciles. Porchemart était une intelligence et il était seul. Cependant ils n'arrivent à rien, ni l'un ni l'autre. Pourquoi? Parce qu'ils portent l'épaulette. Et les gens qui portent l'épaulette sont désormais les sous-ordres, les comparses ou les victimes des gens qui ne la portent point.

— On ne réussit pas toujours non plus, dis-je en ricanant, dans les professions civiles. Ton frère, si je voulais citer quelqu'un... Je lis les journaux, tu sais.

— Tu ferais mieux de lire l'Annuaire, répond Adèle froidement. Tu y verrais depuis combien de temps tu es lieutenant. Quant à mon frère, il a mal tourné, c'est vrai. Mais mon cher, c'est grâce à moi. J'avais une vengeance à satisfaire, tu te rappelles? Je lui ai lancé une petite femme, dans sa préfecture; une petite femme dont j'étais sûre et qui avait les dents longues. Il a commis des faux. Pas grand-chose, par le temps qui court; mais ils sont tombés dans mes mains. C'est moi qui ai provoqué le scandale, indirectement. On a été obligé d'arrêter Albert. C'était le bagne. Le gouvernement, au dernier moment, lui a permis de s'échapper, de disparaître. Réflexion faite, je préfère le laisser où il est — à perpétuité.

— Où est-il?

— A la Trappe. Il est trappiste. Il édifie le couvent par sa dévotion. (Adèle éclate de rire.) Ah! non! Quand je pense qu'il a fait enterrer maman civilement!... Quelle farce!...

J'ai un frisson. Je ne puis m'empêcher d'admirer et d'envier, presque, la force de volonté de cette femme; et cette énergie féroce m'épouvante. Adèle m'attire et m'effraie. Je sens qu'elle serait à moi, tout à moi, si je voulais, en dépit d'elle-même; n'est-ce pas parce qu'elle a été à moi qu'elle est ce qu'elle est, qu'elle a fait ce qu'elle a fait, que toutes ces choses sont arrivées? N'est-ce pas à moi, de moi peut-être, sa cruauté et sa volonté? De moi?... Je suis fouetté de cette vérité, que je n'osais m'avouer : que je suis un être veule; et de cette autre vérité, que je pressentais : qu'Adèle est très dangereuse. Du reste, si je l'ignorais, je l'apprendrais maintenant.

— Écoute, dit-elle, je suis méchante, et je n'oublie rien. De toi aussi j'ai voulu me venger.

Je ne la laisse pas achever. Je lui répète ce que m'a dit le général de Porchemart à ses derniers moments. Elle reste impassible.

— Je ne regrette rien, dit-elle quand j'ai fini. Mais Porchemart a bien fait. C'est-à-dire que je suis heureuse qu'il ait agi ainsi. Autant que tu sois indemne, après tout; je crois que j'aurais eu un remords. Quant à Porchemart, il a fait ce qu'il a pu, ce qu'il a osé! Rien. Pas de nerf, pas de moelle. Même lui. Pas un seul homme, pas un seul. Tiens...

Rapidement, d'une voix où vibre le mépris et parfois la colère, elle énumère en les qualifiant les nombreuses personnalités du monde politique, militaire et financier qu'elle a connues, qu'elle a pu voir et juger comme peut juger une aventurière intelligente. Quelle galerie! Des types défilent, hideux d'infamies et lamentables de sottises, glaires d'humanité, toute la France dirigeante contemporaine.

— Et il faut trouver un homme là-dedans! s'écrie-t-elle. Il faut, car une femme ne peut agir seule, en ce beau pays de France. Et je veux agir, moi... J'en ai trouvé un — la moitié d'un, le quart, le vingtième. Ce n'est pas le plus vil, mais c'est un des moins nuls. Il m'offre sa main. J'hésite. C'est un être qui ne saura jamais résister à l'appât d'une poignée de gros sous; il se noiera, un jour ou l'autre, dans une cuvette de fange. Et je resterai là, avec un nom déshonoré qui m'imposera l'honnêteté la plus scrupuleuse; et il faudra que je devienne, pour vivre, rédactrice d'un journal de modes... J'aimerais mieux autre chose. J'aimerais mieux toi.

Je sursaute. Moi! Parce que je serai plus malléable que les autres dans ses mains, sans doute. Ou n'est-ce qu'un piège qu'elle me tend? La haine de la femme supérieure commence à me saisir; la peur haineuse de la femme exempte de cette faiblesse, sentimentable et nourrie de vieux rêves, qui rend ses sœurs si vulnérables. Adèle se rapproche de moi et reprend :

— Il y a de grandes choses à faire. La face du monde est sur le point d'être changée, et de grandes convulsions sont proches. Ces convulsions, c'est le choc des grandes armées nationales qui les provoquera; il faut donc que ces armées deviennent conscientes de leur mission; qu'elles sachent, au moins que leur état présent n'a pas de sens. Et cela, c'est un soldat seul qui le leur apprendra; c'est un soldat seul qui jettera ces troupeaux humains sur la route de l'avenir...

Je me rappelle une phrase prononcée, il y a bien des années, par le colonel Gabarrot : « Les portes du futur ne s'ouvrent pas sans coups de canon. » Adèle continue, d'une voix rapide et profonde, convaincue :

— N'est-ce pas pitoyable, le spectacle de cette Europe armée jusqu'aux dents et tremblant de peur? De cette armée française qui parade et fanfaronne avec les duplicata de ses drapeaux? De ces peuples se saignant aux quatre veines afin d'entretenir ça? N'est-ce pas honteux, cette couardise de la nation française vautrée sur sa défaite et qui hurlerait de terreur si on lui disait cette chose si simple et si certaine : qu'elle n'échappera pas à la fatalité d'une guerre contre l'Allemagne? Et il y a tant de braves parmi ces lâches! Il faut un soldat pour changer tout cela, de fond en comble; pour faire de l'armée, en réalité, l'Armée nationale; pour mettre fin au honteux gaspillage pratiqué par les voleurs tricolores qui organisent la déroute. Il faut un soldat, mais un soldat qui ne soit plus entravé par les liens des coteries militaires et qui ait brisé la ridicule épée de parade que lui confie un gouvernement de vaincus! Ah! ce qu'il pourrait faire, cet homme-là! Comme son geste large balaierait les Mayeux de la Défaite et les Tartufes de la Revanche! Comme sa voix appellerait à l'Acte nécessaire les Français qui veulent vivre!...

Une stupeur m'enveloppe, ligote mon entendement. Cette femme pratique est une idéologue, une idéologie vivante! Est-ce que l'action, donc, n'est point possible sans l'illusion? Sans l'aveuglement partiel et voulu qui permet l'enthousiasme? Est-ce trop regarder les différents aspects des choses, trop voir toutes les faces d'une question, est-ce que cela estropie l'énergie, l'annihile? Je sens que ce qu'il y a de plus lugubre en moi, ce n'est pas mon manque de volonté; c'est mon désir mou de vouloir. Je pense que je ressemble à mon pays... Adèle parle toujours, véhémente, avec une lueur dans les yeux qui m'effraie, et que je n'ose soutenir de peur d'être tiré hors de moi-même. Elle développe son plan, expose ses projets. Elle dit que je puis entrer d'emblée dans le monde politique, que mon élection est assurée, qu'elle a de l'argent, qu'elle saura en trouver, qu'elle agira avec moi et pour moi, qu'elle ne demande que sa part d'action à mes côtés...

Je ne l'écoute plus, je ne peux plus l'écouter. Je crois qu'elle a raison; que tout ce qu'elle dit est vrai, est possible, serait grand. Mais je suis las, las. C'est une lutte qu'elle me propose; et je me sens incapable d'un effort, incapable de tout. Je suis pénétré d'un besoin subit et absurde d'aimer, d'être aimé, de vivre tranquille, hors du monde. La lutte... Et si elle est vaine? Me donner tant de mal pour rien, comme tous les autres!... Le bonheur, plutôt... Mais où? Comment? Je songe à des sottises. Je pense qu'Adèle a quatre ans de plus que moi, qu'elle a trente-deux ans qu'elle a eu des aventures, des amants... Toutes ces pensées roulent les unes sur les autres en mon cerveau, s'enchevêtrent, tournoient, tourbillonnent, s'écroulent. Et je me découvre subitement la volonté arrêtée, forcenée, de refuser les propositions d'Adèle. Je me *découvre* cette volonté. Des raisons affluent, aussitôt, empesées d'orgueil, raides de fierté. Ne suis-je pas officier? Ne porté-je pas l'épaulette? N'ai-je pas l'avenir largement ouvert? De quoi se mêlent-elles, ces femmes? La hantise perpétuelle du sexe — qui s'offre avec des primes. Celle-ci apporte une fortune, des protections. Qu'elle les garde! Celle-là prétend apporter du bonheur, de la gloire. Du bonheur, je puis m'en passer; de la gloire!... je vois des soleils là-bas, à l'horizon...

Je déclare à Adèle que je réfléchirai; que je ne sais pas; que je verrai; que je la mettrai, dans deux jours, au courant de ma décision; qu'elle m'a vivement intéressé. Elle me laisse partir, étonnée.

Je reviens chez moi énervé, exténué, comme écrasé du poids de toutes les choses que je ne veux pas faire... Après tout, si je demandais la main de Mlle Pilastre? La vie serait agréable, facile... Trop facile, trop réglée d'avance, trop monotone. Il convient de laisser place à du pittoresque, à de l'inattendu. Des sentimentalités accourent, pour boucher les trous du raisonnement avec le carton-pâte de leurs truismes, avec leurs loques de souvenirs. Je me rappelle le mariage de ma mère, mariage d'argent, si malheureux; je me rappelle la recommandation de ma grand-mère : n'épouser qu'une femme que je serai sûr de rendre heureuse... Cependant, si j'écrivais à mon père pour lui demander conseil? Il se moquerait de moi. Si j'écrivais à Gédéon Schurke pour le prier de m'éclairer au sujet des rumeurs dont Adèle m'a parlé? Je commence une lettre; ne l'achève point. Je me décide, avec toute l'inflexible détermination des irrésolus fatigués, à ne pas épouser Mlle Pilastre. J'en donne l'assurance, le soir même, à l'abbé Lamargelle, qui ne me croit point; qui ne croit pas à mon désir de repos, ou plutôt d'inaction; qui me prend pour un profond ambitieux; qui me soupçonne de vastes desseins; que je laisse très intrigué, pensif. J'en informe la comtesse de Movéans, à laquelle je déclare que je ne puis songer au mariage avant d'avoir reçu les épaulettes de capitaine. La comtesse semble désolée.

Quelques heures plus tard, Mlle de Lahaye-Marmenteau et sa filleule partent pour Paris.

Ce départ me soulage. Enfin, voilà quelque chose de fait. Maintenant, au tour d'Adèle; ses propositions... Je me remémore ces propositions dans leurs moindres détails, je les analyse, je les critique. Au fond, elles ordonnent systématiquement beaucoup de conceptions, d'idées, d'opinions, de projets qui se profilèrent déjà, plus ou moins fantomatiques, devant mon esprit. Des choses possibles, certes; mais dont l'ombre m'épouvante; auxquelles je n'ose penser que quelquefois, à la sourdine; auxquelles je me défends de penser. L'idée seule d'une tentative de réalisation me terrifie : la crainte de l'effort à faire, d'abord; mais aussi l'horreur de toute rébellion, inculquée par plusieurs années d'existence passive. J'arrive à me persuader à moi-même que toute entreprise est vouée à l'avortement; qu'Adèle me trahirait... Je vais la prier, le lendemain, de ne pas compter sur moi. Je parle de devoir, de principes, d'honneur militaire... Elle m'écoute sans un mot, une flamme de colère dans les yeux, une moue de dégoût sur les lèvres.

Rentré chez moi, je suis saisi d'une grande fièvre d'action. « Soyons homme! » me dis-je. Je pense à arriver aux plus hauts grades à la force du poignet; à travailler d'arrache-pied; à me faire recevoir à l'École de Guerre. La nullité vaniteuse de quelques capitaines brevetés que j'eus l'occasion de coudoyer, et que je me rappelle, me fait renoncer à ce projet sitôt ébauché; du moins, c'est un prétexte que je me donne. Et puis, est-ce que mon père a jamais eu besoin de tant étudier, pour décrocher les trois étoiles? Je ferais comme lui. Du moment qu'on porte une épaulette... Là-dessus, j'éprouve le besoin de converser quelque peu avec Mme de Rahoul.

— Figurez-vous, madame, lui dis-je, qu'on m'a proposé de donner ma démission et de me lancer dans la politique.

— Seigneur! s'écrie-t-elle. Donner votre démission! Mais à quoi pense-t-on? Abandonner la carrière militaire! Renoncer à l'épaulette! Quelle folie! Voyez-vous, mon cher enfant, il n'y a que les gens qui appartiennent, qui on appartenu à l'armée, qui sachent la comprendre et l'apprécier!...

La bonne dame parle, parle; elle dit que la profession militaire est la plus belle de toutes; elle dit que le désintéressement, l'héroïsme ne se trouvent intacts que sous l'uniforme; elle dit des choses qui heurtent mon esprit et calment mes nerfs; elle s'interrompt, elle reprend — elle somnole...

... Plus ou moins ouvertement, les camarades du régiment se moquent de moi. Ces dames ne me trouvent pas en formes, décidément. La filleule du général de Lahaye-Marmenteau m'a plaqué, comme m'avait déjà plaqué la notairesse. Mon amour propre est blessé. Si je pouvais prouver à ces cancaniers que je suis rentré en grâce auprès de Mme Hardouin? Je cherche un moyen; et je crois en avoir trouvé un.

*
* *

Il existe au bout de la propriété du notaire une petite porte par laquelle, il n'y a pas encore longtemps, je m'introduisais souvent dans le jardin, vers les minuit; je me dirigeais avec précaution jusqu'à la maison; je lançais du gravier contre la fenêtre de la chambre occupée par la notairesse, et cette épouse adultère descendait me chercher quelques instants après. J'ai conservé la clef de la petite porte. Si je recommençais le manège qui m'a si souvent réussi? Il est justement onze heures et demie...

Me voilà dans la rue; ouvrant sans bruit la petite porte; me glissant dans le jardin — et apercevant tout d'un coup la grande porte vitrée du salon ouverte et le salon lui-même vivement éclairé. Je suis sur le point de rebrousser chemin, mais la curiosité me retient; je m'approche le plus possible, tout doucement. Il y a dans le salon trois personnes, M. et Mme Hardouin, et Courbassol; ce dernier est sur le point de se retirer; après quelques phrases banales qui parviennent distinctement à mes oreilles, il prend congé. Mme Hardouin, à ma grande joie, se dispose à quitter le salon. Mais, comme elle va sortir, son mari la retient.

— Je désirerais vous parler, lui dit-il; voulez-vous m'accorder quelques instants d'entretien?

— Très volontiers, répond-elle avec étonnement. De quoi s'agit-il?

— Je vais vous l'apprendre aussi brièvement que possible, dit Me Hardouin en s'asseyant et en faisant signe à sa femme de l'imiter. Depuis deux ans, nous ne sommes mariés que de nom. Pour mon compte, je vous ai beaucoup aimée physiquement. Je vous ai épousée, vous le savez, pour votre beauté; non pas par coup de tête, mais par raison. J'ai de mauvais instincts, voyez-vous; des instincts antisociaux. Je m'en suis toujours méfié, mais je n'ai jamais pu les dompter. La grande défiance que j'ai de moi-même m'a poussé à ne point m'établir à Paris, comme je l'aurais pu, et à venir accrocher mes panonceaux à Malenvers. Ce que j'ai fait sous ces panonceaux, ce qui s'est passé dans mon étude, j'aime autant ne pas vous le dire en détail. Vols, escroqueries, spoliations, faux, mensonges, horreurs de toutes sortes. C'est le bilan de la profession; mais je l'ai enluminé de culs-de-lampe inédits. Nous sommes des corbeaux, mais j'ai joué le vautour; j'ai risqué le bagne trois cents fois. L'attachement profond de ma première femme, qui m'avait deviné, l'affection énorme que je porte à ma petite fille, n'ont pu me retenir. J'espérais que le violent amour physique que vous m'inspiriez tuerait en moi les dangereux instincts. Au bout de quelques mois, j'ai été détrompé. De là est venu, subitement, ma froideur envers vous. Je vous ai dédaignée. Vous avez pris votre revanche, votre revanche de femme. Vous avez bien fait.

Mme Hardouin ne proteste pas, ne fait pas un geste; elle écoute, immobile, comme hypnotisée par son mari. Le notaire reprend :

— Il vaudrait mieux, à tous les points de vue, que nous reprissions chacun notre liberté. C'est une chose qu'un divorce seul pourra nous permettre. Je vous proposerais bien de me faire pincer en flagrant délit d'adultère avec la première guenon venue. Malheureusement, c'est impossible; cet acte immoral au premier chef m'enlèverait la confiance de mes clients; et j'ai besoin de leur confiance. Il faudra donc vous dévouer et entendre le divorce prononcé en ma faveur. Cela, dans l'état actuel des mœurs parisiennes et parlementaires, ne saurait vous gêner. Quand vous serez madame Courbassol...

Mme Hardouin sursaute.

— Il faut que vous soyez Madame Courbassol, prononce lentement le notaire. Il le faut. Prenez vos précautions; au besoin, je vous aiderai. Je regarde donc la chose comme faite; et je vous considère dès ce moment comme l'épouse divorcée du sieur Hardouin, femme Courbassol. Maintenant, écoutez-bien. Dès que la Loi vous a liée à Courbassol, c'est-à-dire après que j'ai eu le temps de jouer le rôle de victime qui me vaudra considération et confiance, je lève le pied avec les fonds de mes clients. Je mets ces fonds en lieu sûr, et je me constitue prisonnier. Je suis jugé, condamné, le tout conformément aux usages du notariat, et incarcéré. C'est ici que je compte sur vous. Il faudra que, grâce à Courbassol et aux influences dont il dispose, vous me fassiez évader. Ces choses-là se font assez souvent avec la connivence du gouvernement. Je passerai pour mort, si l'on veut. Et je pourrai entreprendre tranquillement à l'étranger, et à l'abri de toutes demandes d'extradition, un petit trafic conforme à mes aptitudes réelles. La chose vous convient-elle, en principe?

— Mon Dieu! murmure Mme Hardouin au bout d'un instant, tout ce que vous venez de me dire m'étourdit tellement...

— Des étourdissements ne constituent pas une solution, ricane le notaire. Vous avez à choisir. La continuation de votre existence à Malenvers, existence qui vous déplaît et que je puis rendre pire dans tous les sens, ou bien la liberté et une vie nouvelle, agréable et facile. Si nous nous entendons, je vous indemniserai largement du temps que vous m'avez consacré. Quant à l'exécution du plan, je m'occuperai de tous les détails. Vous n'aurez qu'à me laisser faire. En principe, acceptez-vous?

Mme Hardouin, très pâle, incline la tête en signe d'assentiment.

— Je disais que vous n'auriez qu'à me laisser faire, continue Me Hardouin. Mais il faudra vous laisser faire aussi. Vous ne pouvez vous laisser pincer avec Courbassol. La loi vous interdit d'épouser votre complice. *Dura lex, sed lex.* Une idée. Si vous vous faisiez prendre avec ce petit officier, le lieutenant Maubart?

— Je lui ai écrit l'autre jour, murmure la notairesse, que je ne voulais plus le voir.

— Bon. Il viendra vous demander des explications. Prévenez-moi de l'heure.

— Mais, hasarde timidement Mme Hardouin, s'il ne vient pas?

— Dame! Alors, il y a Renard, mon premier clerc. Il y a longtemps qu'il vous aime.

— Oh! vraiment, proteste la notairesse... Mais, ajoute-t-elle, on peut toujours faire semblant...

— Ce ne serait pas suffisant, dit le notaire. Il se douterait de quelque chose, et il faut qu'il n'ait aucun soupçon. Du reste, une fois de plus ou de moins... Vous en verrez bien d'autres, dans la politique! Renard est un gentil garçon; je ne l'ai pas augmenté depuis longtemps, et je suppose qu'il est resté à l'étude pour vos beaux yeux. Vous lui devez un dédommagement. Donnez-le lui.

Mme Hardouin se lève et fait quelques pas vers la porte. Son mari vient à elle, la main tendue.

— Si vous acceptez, ma chère amie, topez-là.

Elle met sa main dans celle du notaire, et sort. Me Hardouin, resté seul, se frotte les mains; puis, il vient fermer la porte vitrée et éteint le gaz.

Je ne dirai pas un mot des sentiments qui m'agitaient tandis que j'écoutais cette conversation. Je suis sorti du jardin, je suis rentré chez moi, et j'essaie de remettre un peu d'ordre dans le chaos de mes pensées. Personnellement, je me félicite de ce que j'ai fait ce soir; si j'avais attendu jusqu'à demain... Je l'ai échappé belle. Je garderai le silence sur tout ce que j'ai entendu, naturellement; et je ne veux juger personne. Cette femme, pourtant... Je l'ai aimée — un peu, beaucoup, passionnément — pas du tout. Le plus souvent, pas du tout. Et nous n'en parlerons plus.

A moins que...

A moins que je ne vous donne le dénouement, et même la moralité de l'histoire.

Tout s'est passé le mieux du monde. C'est-à-dire que Mme Hardouin a été surprise en flagrant délit d'adultère avec le premier clerc Renard; que le divorce a été prononcé entre les époux Hardouin au profit du mari; que l'ex-notairesse n'a pas tardé à devenir Mme Courbassol; que Me Hardouin a disparu avec les épargnes confiées à ses soins vigilants; qu'il a reparu, peu de temps après, et sans un sou; qu'il a été jugé et condamné à plusieurs années de réclusion; qu'il doit subir sa peine à la maison centrale de Saint-Orme, près de Malenvers; qu'il est actuellement incarcéré dans cette prison...

Non, non! Il n'y est plus. Il s'est évadé. Mon camarade, le lieutenant Labourgnolle, m'a raconté ce qu'il a vu, l'autre matin, étant de service à l'établissement pénitentiaire. Il a vu sortir de la prison un prêtre qui, lui a-t-on dit, était entré visiter les détenus avant qu'on eût relevé la garde. Ce prêtre, qui était accompagné par le gardien-chef, a été rejoint au-dehors par un autre ecclésiastique, l'abbé Lamargelle; ils sont montés tous deux dans une voiture qui les attendait et qui est partie dans la direction d'une gare voisine. Labourgnolle a essayé de faire parler le gardien-chef, qui s'est drapé dans sa dignité et est resté muet. Mais Labourgnolle avait eu le temps de reconnaître le prêtre au passage, en dépit des précautions prises. Et il est sûr, complètement sûr, que ce prêtre n'était autre que le notaire Hardouin.

Moi aussi, j'en suis sûr; plus sûr encore que Labourgnolle. D'autant plus certain que Courbassol est, depuis quelque temps, ministre de la Justice. Oui, c'est Hardouin que le gardien-chef de Saint-Orme aidait à s'évader; ce gardien-chef qui prétend ne connaître que le devoir et la consigne, qui est horriblement dur pour les prisonniers, qui se vante d'être inflexible... La brute! Il y a deux mois environ, comme je commandais la garde à Saint-Orme, il vint durant la nuit, avec des chaussons caoutchoutés et une lanterne sourde, prendre le fusil d'un de mes hommes sommeillait en faction. Malgré toutes mes objurgations, il fit son rapport, assurant faussement que le soldat dormait à poings fermés. Et le soldat passa devant le conseil de guerre, et fut sévèrement condamné.

Je ne puis penser au crapuleux gardien-chef sans me rappeler, par une association d'idées assez naturelle, ce que m'a dit l'abbé Lamargelle : les gouvernements, anxieux d'enlever aux peuples, avant qu'ils aient appris à en faire un outil d'émancipation, la force militaire qu'on tremble de voir en leurs mains. Je songe alors au cri des soldats, de garde dans les chemins de ronde : Sentinelles, prenez garde à vous!...

Et cette pensée me revient souvent pendant les mois que je passe encore à Malenvers, m'ennuyant, ennuyé, ennuyant les autres.

XVII

Le 20 novembre 1890, je suis à Bruxelles. J'ai été envoyé en Belgique par le bureau des renseignements du ministère de la Guerre. Ce bureau avait été avisé de la présence, dans la capitale brabançonne, de personnages suspects; son agent secret, un certain Foutier, l'avait mis au courant des allées et venues de ces personnages, mais n'avait pu l'informer du caractère de leurs occupations; les individus, vraisemblablement sujets britanniques, parlant anglais, et l'agent n'entendant pas cette langue. Le bureau des renseignements comprit la nécessité d'envoyer sur les lieux un officier parlant anglais et capable de se livrer au contre-espionnage avec intelligence. Cet officier n'existant pas au ministère, où l'on est trop patriotique pour connaître autre chose que les rudiments du français, il fut décidé qu'on le chercherait dans les corps de troupes. Mon père, immédiatement, me proposa; il avait vu là, du premier coup, une excellente occasion de me faire obtenir de suite une situation au ministère, et peu de temps après les galons de capitaine. Je fus mandé à Paris; la mission me fut confiée.

Je me suis rendu à Bruxelles et me suis abouché avec l'agent secret. Ce Foutier est un être ridicule, capable tout au plus d'être le plat valet d'une coterie. Son ignorance est sans bornes en dépit (ou plutôt en raison) du ruban violet qu'il arbore à sa boutonnière; une sorte de commerçant louche qui n'évite la faillite que grâce aux subsides qu'il arrache à la naïveté de l'État-Major. Ce paltoquet m'a donné des informations, absurdes à première vue, sur les individus suspects, et m'a affirmé qu'il avait mis le gouvernement à même de s'assurer de machinations qui ne tendent à rien moins qu'à ceci : la conquête de la Belgique par l'Angleterre, appuyée par l'Allemagne.

Je me suis mis en campagne. J'ai filé, comme on dit, les individus désignés, deux hommes d'une trentaine d'années environ; je les ai épiés à l'hôtel du *Roi Salomon*, où ils sont descendus. J'ai vite acquis la certitude que ces personnages mystérieux n'étaient autres que de vulgaires voleurs. J'ai écouté, sans qu'ils s'en doutassent, leurs conversations qui m'ont vivement intéressé, car elles m'ont révélé un côté de notre vie sociale que j'ignorais profondément. (Voir *le Voleur*.) Ce matin encore, j'ai déjeuné à l'hôtel du *Roi Salomon*, et j'ai entendu ces messieurs discuter au sujet de la vente de bijoux qu'ils ont achetés au prix faible, la nuit dernière, à des marchands qui dormaient.

Ma conviction étant établie, je me demande si je vais en faire part au nommé Foutier ou envoyer simplement mon rapport au ministère. Je ne tiens pas à revoir le nommé Foutier. Il m'a montré, il est vrai, des lettres émanant des chefs du second bureau qui le félicitent de son habileté et de son zèle, et dans l'une desquelles on lui dit : « Vous devez vous considérer comme un bénédictin. » Néanmoins, je persiste à me représenter le nommé Foutier moins comme un bénédictin que comme un frère quêteur. Mon unique entrevue avec cet être me suffit; elle m'a fait voir, une fois de plus, de quelle façon honteuse se gaspille l'argent des contribuables. Non, je ne reverrai pas le nommé Foutier. Ce n'est pas sa qualité d'espion qui me répugne, c'est son incapacité comme espion. Un espion peut avoir son intérêt, voire sa grandeur; il peut faire preuve de talent, de dévouement, même de génie... Et je pense à ce colporteur du plateau de Satory, qui s'appelait Holzung, qui était un officier allemand, qui était l'ami de mon oncle Karl, et qui tomba pour sa patrie, sous les balles d'un peloton d'exécution, au début de la guerre de 1870... Ce Holzung, qui ne se considérait sans doute pas comme un bénédictin, était un Prussien, et le Foutier, qui se considère probablement comme un Français, n'est qu'un ignorant mouchard. Il est digne de figurer, comme inutile utilité, à la suite des premiers rôles de l'actuelle tragi-comédie française, à la suite de ces épauletiers qui ne savent pas l'allemand et dont les épées se recourbent en pinces-monseigneur, à la suite de ces diplomates qui ne savent pas l'anglais et dont le verbiage ne constitue qu'un boniment d'escrocs.

Non, je n'irai pas voir le Foutier. J'aurais à lui dire que les hommes qu'il a pris pour des agents britanniques sont des voleurs, et il les dénoncerait pour avoir vingt francs, — ou la croix d'honneur si les coffres de l'État sont vides. — Je ne tiens pas à causer l'arrestation de ces criminels. D'abord, le voleur, le voleur franc, le cambrioleur, me dégoûte beaucoup moins que le charlatan militaire ou l'histrion politique. Puis ces brigands m'ont vivement intéressé; ils ont presque excité ma sympathie; leur existence accidentée ne doit rien avoir de déplaisant; il ne faut pas oublier non plus que s'ils portent des instruments de destruction, c'est pour s'en servir. Tout le monde ne pourrait pas en dire autant. L'épée n'est souvent qu'un attribut de parade; mais la pince n'est pas une blague.

J'entre dans un café. Bien que l'établissement soit des plus vastes, j'ai peine à y trouver une place. Des gens affublés d'habits militaires, mais d'allure peu martiale, l'encombrent. L'armée belge, garde civique comprise, est en liesse; j'ignore pourquoi. Ce ne sont que chapeaux brodés, panaches, kaulbachs et casques; des sabres et des épées d'une longueur inouïe; des médailles pareilles à des fonds de casseroles; des aiguillettes comme des cordes à puits; des galons dont un collet étoilé arrête à grand-peine la marche ascendante et tortueuse; des épaulettes semblables à des cacolets; des plumets qui balaient la nue. Il y a tant de dorures qu'on ne voit guère les hommes, et j'éprouve une grande difficulté à évoluer parmi tous ces guerriers. Décidément, ils ont pris d'assaut toutes les chaises.

Pas toutes. Il y en a encore une, là-bas, tout au fond, devant une table à laquelle est assis un pékin qui lit un journal.

Je vais lui demander la permission de prendre place en face de lui. Et je découvre tout à coup — réellement, ces choses-là n'arrivent qu'à moi! — que je connais ce pékin. C'est M. Issacar; M. Issacar qui se déclare, ma foi, enchanté de me rencontrer. Après quelques plaisanteries faciles sur l'armée belge, M. Issacar m'apprend pourquoi il se trouve à Bruxelles : une petite surveillance exercée sur l'entourage du général Boulanger. J'ai un léger mouvement de recul, mais M. Issacar fait semblant de ne pas s'en apercevoir.

— C'est là, dit-il d'un ton dégagé, une de ces missions qu'on est forcé d'accepter lorsqu'on a quelque ambition. Je voudrais me faire une petite situation; et, comme je n'ai personne pour m'aider, je m'aide moi-même, afin que le ciel me vienne en aide. Il y a l'honnêteté dans les buts et l'honnêteté dans les moyens; elles vont rarement ensemble, malheureusement; le mieux est d'en prendre son parti. Pour moi, je place l'honnêteté dans mon but; je ne dis pas : l'honneur, bien entendu; il appartient à l'armée. Du reste, il ne faut pas être trop terre à terre; ce qui est religion pour le peuple est la négation même de la religion pour les gens supérieurs. Et puis, qu'est-ce que c'est qu'un principe? Un expédient auquel on a laissé le temps de moisir. Pourtant, il ne faut pas médire des principes; ils nous épargnent une grande perte de temps. A propos, cher monsieur, j'espère que vous n'avez pas perdu les heures que vous avez passées à Bruxelles?

Je suis tout interloqué et ne sais que répondre. Mais M. Issacar, à ma surprise plus grande encore, me tire de mon embarras en ajoutant :

— Je veux parler de la petite affaire dont vous étiez chargé; ces deux individus signalés... Vous savez que, d'une administration à une autre, la jalousie aidant, il n'y a guère de secrets. J'ai donc su... Je présume que vous n'avez pas eu de mal à découvrir la stupidité des informations du sieur Foutier.

— Ç'a été l'affaire de quelques instant, dis-je en me résolvant à parler sans détours. Ces agents anglais ne sont que des voleurs.

— Oui, répond M. Issacar; des gens qui commettent des actes extra-légaux. On a dit que les lois sont des inventions diaboliques qui permettent aux coquins de s'engraisser de la substance des imbéciles; voilà une parole que les scélérats en question auraient bien fait de méditer. Ils auraient sans doute commencé leur droit au lieu de faire des fausses clefs; ce n'est pas plus difficile. Ils aiment tant l'argent et ils sont si pressés d'en avoir qu'ils n'ont sans doute pas pensé à cela. L'argent, entre nous, est un fléau. Pourtant, si on le supprimait, cet argent qui seul donne de l'intelligence à la masse, la grande majorité de l'espèce humaine sombrerait immédiatement dans l'imbécillité sans fond et sans espoir. Pouvez-vous vous faire une idée de pareille catastrophe? Et pouvez-vous, si vous êtes en veine d'imagination, vous figurer la surprise des Anglais, lorsqu'ils apprendront dans quelques jours qu'ils sont sur le point de conquérir la Belgique?

— Comment apprendront-ils une chose semblable?

— Par la voie de la Presse française à laquelle sera communiqué le rapport que vous allez faire.

— Mais, dis-je, je me bornerai à déclarer dans ce rapport que l'agent Foutier a suivi une fausse piste, et que...

— Ne faites pas cela! s'écrie M. Issacar. Ne faites pas cela, ou vous briserez votre avenir; vous vous créerez des inimitiés qui ne pardonneront jamais. Je vous en préviens sérieusement. Je suis ici pour vous prévenir.

— Comment! Vous ne m'auriez même pas vu si je n'étais entré dans ce café où je vous ai aperçu par hasard.

— J'y suis entré sur vos pas, dit Issacar; je vous suis depuis votre arrivée à Bruxelles. Vous ne vous en êtes pas aperçu, mais c'est comme ça. Ce que vous deviez découvrir ici, je ne l'ignorais pas; je n'ignorais pas que les renseignements donnés par Foutier au ministère étaient erronés; je le savais d'autant mieux que, ces renseignements, c'est moi qui les lui avais fait tenir.

— Pas pour votre compte, je pense, car je ne crois pas que vous désiriez supplanter Foutier. Alors, à l'instigation de qui?

— C'est assez difficile à dire. A l'instigation d'un homme

qui en représente plusieurs autres, qui en représentent un autre. Mettez, si vous voulez, que le premier s'appelle Camille Dreikralle; les seconds, Raubvogel, Triboulé, etc.; et le troisième, de Trisonaye.

— Vraiment, dis-je, de plus en plus surpris, je ne comprends pas...

— Je ne puis vous en dire davantage, répond Issacar. Du reste, si vous avez besoin d'explications supplémentaires, je crois que monsieur votre père pourra vous les donner à Paris. Écoutez seulement le conseil que je vous donne, de ne rien faire en hâte, et vous m'en remercierez.

Je ne réponds pas. Je ne sais ni que croire, ni que penser. Il me semble bien qu'Issacar ne parle ni à la légère ni pour son propre compte. Mais alors, quelle est la signification, la portée du rôle que j'ai commencé à jouer sans m'en douter? J'ai été, je le vois, l'agent inconscient de tripoteurs haut placés probablement, qui maintenant réclament de moi un faux témoignage; et si je ne donne pas ce témoignage, je sens que je serai à leur merci et qu'ils me briseront comme verre. L'indescriptible horreur de la servitude militaire m'apparaît tout d'un coup. Et beaucoup de choses que je sais, que j'ai vues, qu'on m'a racontées, me reviennent soudain à l'esprit; je me rappelle aussi ces fameux rapports que mon père expédiait par kilos, et le cœur léger, lorsqu'il était attaché à l'ambassade de Berlin. Est-ce que tout, absolument tout, alors, serait fraude, rapine et imposture?

— En vérité, dis-je tout bas, ce ministère de la Guerre est comme une caverne; on dirait qu'il n'y grouille que des coquins...

— Il y a quelques honnêtes gens aussi, ricane Issacar; il s'en fourre partout. Mais au fond, c'est un peu comme vous dites. Que voulez-vous? L'homme est très corruptible. Il ne peut se guérir d'un mal qu'en employant des remèdes qui lui donnent une nouvelle infirmité; la guerre produit la férocité; et la paix, la dépravation. Il faut ajouter que le pouvoir provoque souvent un scepticisme énervé chez l'homme qui l'exerce, et excite ses appétits.

— Cela n'excuse rien. On ne devrait pas oublier l'existence de la Patrie.

— Voilà le point, reprend Issacar. On ne devrait pas oublier l'existence de la Patrie, et on l'oublie. Et savez-vous pourquoi les gouvernants l'oublient? Parce que les gouvernés n'y pensent point. Qu'est-ce que c'est que la Patrie, pour le peuple en général? On a dit que ce n'était qu'un mot mais c'est un peu plus; c'est un excitant; un stimulant aux tâches serviles et en somme inutiles; un stimulant comme le café, l'honneur, l'alcool ou le paradis. Les choses étant ainsi, quel peut-être le patriotisme des gens au pouvoir? Lorsque le peuple se décidera à faire de la patrie une réalité, ceux qui le gouvernent seront bien obligés d'en faire autant. Les foules ont toujours la sottise de croire que l'exemple doit leur être donné d'en haut; mais c'est elles qui ont à donner l'exemple; ou plutôt qui ont à donner des ordres. Ne croyez point aux souffrances des victimes; à côté de celles des bourreaux, elles n'existent pas. Si vous saviez combien d'hommes politiques, qu'on a taxés d'indifférence, ont déploré la torpeur des masses!

— Le canon les réveillera, ces masses!

— C'est possible, dit Issacar; bien que les gouvernements n'aient aucun intérêt à la guerre et n'en veuillent point. A propos. Dans l'éventualité d'une guerre entre la France et l'Allemagne, avez-vous pensé à l'intérêt que prendrait immédiatement le territoire belge? Étant donné que la France ne pourrait se défendre effectivement que par l'offensive; étant donné que les barrières élevées à l'Est par les Allemands sont infranchissables, et que ce serait folie pure d'aborder de front, si même possible, les défenses de Metz, de la forêt de Haguenau, et de Strasbourg, il est certain que c'est la Belgique qui ouvre la seule route praticable à une marche en avant vers l'Allemagne; le point de direction, afin de tourner la ligne de la Meuse et les places du Rhin, Mayence et Cologne, devant se trouver au nord de Dusseldorf, du côté d'Elberfeld, vers la vallée de la Ruhr. L'étude du territoire belge et de son système de défense est donc des plus nécessaires; on ne manque certes pas d'informations à ce sujet à Paris; mais j'ai lieu de croire que la plupart de ces informations sont incorrectes; et le jour où l'on voudrait envahir...

— Croyez-vous donc que le gouvernement français oserait violer la neutralité belge?

— Pas le gouvernement bourgeois d'aujourd'hui, répond Issacar en souriant; mais le gouvernement révolutionnaire qui lui succédera, dès les premiers coups de canon, c'est-à-dire après la première défaite française. La défaite de la France au début des opérations ne peut même pas être mise en question. Nous serons forcés d'abandonner Nancy, qu'un honteux article secret du traité de Francfort nous interdit de fortifier; on parle, il est vrai, de créer un 20e corps d'armée dont cette ville serait le chef-lieu; mais cela ne ferait qu'accentuer les difficultés de la retraite nécessaire derrière la ligne Verdun-Toul-Épinal, ligne mauvaise et trop étendue à laquelle on a eu le tort de ne pas préférer la création d'une région fortifiée, plus au sud. La France étant envahie, de deux choses l'une : ou le peuple français, voyant 1870 recommencer, conservera sa confiance en ses chefs actuels; et ce sera la débâcle et le démembrement; ou il mettra à sa tête des hommes décidés à continuer la lutte par la Révolution; et dans la main de ces hommes, la neutralité belge ne pèsera guère. De ces deux éventualités, la seconde est de beaucoup la plus probable. Et si, au moment voulu, on trouvait dans les cartons du ministère des documents de premier ordre sur la Belgique, la France devrait beaucoup à l'homme qui aurait fourni ces documents. A mon avis, vous pouvez facilement être cet homme. Profitez de l'occasion qui vous est offerte par l'affaire plutôt puérile à laquelle vous êtes mêlé et envoyez un rapport dans lequel vous donnerez des informations de la plus haute valeur; vous prétendrez naturellement, vous les être procurées par l'observation des faits, gestes, paroles et même papiers des individus qui vous furent désignés et que vous représenterez, ce qui ne tire nullement à conséquence, comme des espions anglais.

La proposition me semble engageante; pourtant... M. Issacar continue :

— Je vous fournirai, si vous voulez bien, tous les renseignements nécessaires. Je possède une grande quantité de documents que je mettrai avec plaisir à votre disposition.

Les distances, etc., sont prises en mesures anglaises, ce qui donnera plus de vraisemblance à la fiction grâce à laquelle vous ferez passer de grandes vérités. Vous trouverez, dans les papiers que je vous communiquerai, des indications précieuses sur Anvers, le centre du système de défense belge, car les nouveaux et admirables forts de Namur et de Liège (construits principalement par des entrepreneurs français) ne sont que des têtes de pont. La valeur de la vieille enceinte, d'une circonférence de huit milles et demi, a été étudiée aussi, le cercle des anciens forts bâtis immédiatement hors de cette enceinte; aussi le second cercle de forts détachés. L'état très incomplet de ces derniers forts est détaillé; tout le côté Est, complètement ouvert sur une distance de quatorze milles, de Lierre à Schooten, est décrit avec le plus grand soin. La situation des neuf nouveaux forts qu'on se propose d'élever est discutée. Quant à Lillo...

J'interromps M. Issacar. Pendant qu'il parlait j'ai pris ma détermination. Le conseil qu'il me donne est peut-être bon, mais je ne le suivrai pas. Je ne veux pas m'engager davantage dans une affaire qui me semble des plus louches. Je le déclare à M. Issacar. Il me prie de réfléchir; me fait entrevoir le sort peu enviable d'officiers en disgrâce, surveillés, espionnés sans cesse; mais il n'ébranle pas ma résolution. Nous sortons du café ensemble, et nous nous séparons bientôt.

A peine ai-je quitté M. Issacar que je regrette de ne pas avoir accepté ses offres. Mais je me cramponne à ma décision. Et, afin de ne point céder à de nouvelles tentations, je vais écrire et envoyer de suite au ministère un bref rapport dans lequel je déclare que les informations données par l'agent Foutier sont absolument sans base

***

Quand j'arrive à Paris, mon père est déjà au courant de la communication que j'ai adressée à l'État-Major. Il ne cherche pas à dissimuler sa mauvaise humeur. On lui a fait sur mon compte les plus mauvais compliments; on m'accuse de manquer d'esprit de subordination et d'intelligence, de ne pas savoir l'anglais. Mon père déclare que ces reproches ne sont guère exagérés. Ne m'avait-on pas déclaré, à mon départ, que les individus que j'avais à surveiller étaient des agents britanniques? Ne m'avait-on pas dit qu'on attendait de moi une confirmation du rapport de l'agent secret? J'aurais dû comprendre. Comprendre à demi-mot, cela révèle des aptitudes militaires. Un homme qui comprend à demi-mot possède le coup d'œil d'aigle nécessaire aux grandes opérations stratégiques. Mais moi... Réellement, il désespère de mon avenir. La fibre militaire me manque complètement.

— J'ai cru, dis-je, que dire la vérité était agir en soldat.

— C'est agir en pompier! répond mon père. Sous un régime démocratique comme le nôtre, un soldat est aussi un citoyen, mon garçon! Et en cette qualité doit tenir compte des nécessités politiques. Ha! Ha!... Mais on veut en faire à sa tête, ne rien écouter. Enfin... Moi, je m'étais mis en quatre, je pensais que je t'avais procuré le moyen de t'embusquer ici, tranquille comme Baptiste. Je te voyais déjà les galons de capitaine. Va te faire fiche... Tout est à l'eau. Tu as une singulière façon de servir!

— De servir le gouvernement, oui. Je le méprise, ce gouvernement, ainsi que tous ceux qui l'ont précédé. Depuis 1870, les gouvernements disent à la France qu'ils n'existent que pour l'aider à réparer ses forces et pour la mettre à même de prendre sa revanche. Ils mentent. Ils n'ont rien préparé et ils prêchent la paix à outrance. Si un homme ne tient pas sa parole parce qu'il ne veut pas la tenir, on dit que c'est un escroc; s'il ne tient pas sa parole parce qu'il ne peut pas la tenir, on dit que c'est un banqueroutier. Il n'y a point de raisons pour ne pas appliquer les mêmes termes, le cas échéant, aux gouvernements.

Mon père vient se camper devant moi et place ses deux mains sur mes épaules.

— Mon pauvre enfant! murmure-t-il, où as-tu pris des idées pareilles? C'est ce que tout le monde pense, mais personne ne le dit. Si tu exprimes des opinions semblables, comment peux-tu espérer arriver à quelque chose? Nous vivons sous un régime démocratique, c'est vrai. Mais enfin, un soldat est un soldat; ce n'est pas un citoyen. Et qu'est-ce qui constitue le soldat? C'est l'obéissance. Nous ne devons pas avoir d'opinion personnelle; nous devons être de l'avis de nos chefs. L'autre jour, le général de Paramel, chef de l'État-Major, m'a dit : « La République française est l'instrument des volontés de Dieu sur la terre, l'épée et le bouclier de son Église. » Ça m'a coupé la chique, je dois le dire, mais je lui ai répondu tout de suite qu'il avait raison; qu'est-ce que ça fout?

Au fond, peut-être pas grand-chose. Et je fais expliquer à mon père pourquoi les bureaux tenaient tant à recevoir la confirmation de menées anglaises en Belgique. C'est assez compliqué, mais très simple. L'inventeur de la fameuse poudre qui assure à l'armée française une si grande supériorité sur ses rivales, M. Plantain, est depuis quelque temps déjà en mauvais termes avec le ministère de la Guerre. Se croyant joué par l'élément militaire qui n'a pas conservé pour ses découvertes l'enthousiasme qu'il témoignait tout d'abord, M. Plantain est entré en relations avec une maison anglaise. Cette entrée en relations fut amenée par un certain Triboulé, capitaine d'artillerie de la territoriale et correspondant en France de la maison anglaise.

— Tu te rappelles certainement avoir vu ce Triboulé chez Raubvogel? Sa femme est si jolie! C'est grâce à elle que Triboulé a depuis longtemps ses grandes et petites entrées au ministère. Bref, au moment où Plantain, dépité et découragé, allait signer un traité avec l'établissement anglais, il reconnut dans les pièces du dossier des plans français, des dessins d'appareils français. Il refusa de signer, s'informa, et acquit la certitude que les plans et dessins avaient en question été volés à la France par Triboulé. Immédiatement, Plantain dénonça Triboulé. Cela se passait à la fin de décembre 1888. Depuis, Plantain n'a cessé de dénoncer, et M. de Trisonaye n'a cessé de refuser de tenir compte de ces dénonciations. Tu comprends, on ne peut pas poursuivre Triboulé. C'est un traître, incontestablement. Mais l'arrêter serait provoquer un énorme scandale. Triboulé est lié avec tout le monde, et il en sait long. Du reste, notre système de défense n'est pas atteint;

personne ne manque à son devoir, à part de rares exceptions; l'armée est digne de la confiance du pays; on exploite partout — et je crois que notre cousin Raubvogel s'en occupe — les découvertes de Plantain; de cette exploitation, bien entendu, Plantain ne retire pas un sou. Tout est donc pour le mieux. A quoi bon réveiller le chat qui dort? Malheureusement, ce Plantain ne veut pas comprendre ça; il ne nous laisse pas en repos cinq minutes. On lui a promis des enquêtes, on a nommé des commissions; et il n'est pas content! Il y a des gens qui sont insatiables. Dernièrement, il a fait une nouvelle démarche, menaçant de faire un scandale si on n'arrête pas Triboulé. C'est dégoûtant! Mme Triboulé est venue pleurer ici pendant un quart d'heure. J'ai eu toutes les peines du monde à la consoler, la pauvre petite. Comment se débarrasser de Plantain? Voici, je pense, ce qu'on avait imaginé. Si tu avais envoyé de Bruxelles un rapport constatant la présence dans cette ville d'agents britanniques tramant de noirs complots, ce rapport aurait été communiqué à la Presse, par des voies détournées; un grand mouvement d'opinion contre l'Angleterre aurait été créé artificiellement; profitant de l'agitation, M. de Trisonaye se fût fait interpeller par un faux ennemi; il eût empoché un ordre du jour rédigé par un ami l'assurant de la confiance de la Chambre et l'invitant à poursuivre toutes les culpabilités. Le soir même, Plantain eût été arrêté, tout seul, et il eût été condamné au maximum, malgré toutes ses protestations.

— C'est simplement honteux ! m'écrié-je.

— Certainement, répond mon père; c'est ce que j'ai toujours dit. Ces dénonciations continuelles faites par Plantain sont absolument honteuses; elles sont indécentes; elles portent atteinte au prestige de l'armée. Je suis heureux de voir que tu en conviens toi-même. Que ne t'ai-je exposé les choses plus tôt! Tu aurais compris... Et le ministre eût pu faire arrêter Plantain. Tandis qu'à présent... Ah! quelle sottise tu as faite!

Il me semble que je rêve, que je me débats dans un horrible cauchemar. C'est infâme, infâme, infâme...

— Voilà pourquoi, dis-je me parlant à moi-même, voilà pourquoi Issacar avait été envoyé par Camille Dreikralle pour me pousser...

— Dreikralle? s'écrie mon père. Tu dis Camille Dreikralle?

Il paraît réfléchir; et, au bout d'un instant, s'avance vers moi.

— Mon garçon, me dit-il, tu as commis une sottise. Mais tu ne pouvais rien faire de plus habile.

Il m'est impossible d'amener mon père à expliquer ses paroles. Peu importe; je sais que, n'ayant pas fourni au ministre les faux derrière lesquels il aurait abrité l'infamie qu'il méditait, je serai disgracié. Quelques jours plus tard, en effet, je suis affecté à un régiment stationné dans le Nord; le bataillon dont je dois faire partie tient garnison à Navesnes.

*
* *

Navesnes est une petite ville lugubre; la tristesse monotone et sale qui caractérise les agglomérations des départements industriels, qui leur donne un aspect hostile, las, peureux, défiant. On dirait que les maisons sont rongées de la lèpre de l'esclavage; qu'elles rampent devant les hautes cheminées des usines qui les bafouent; qui érigent leur insolence de nouvelles tours féodales et crachent, sous la liberté du ciel bleu, le ciel noir des servitudes sans fin. La population ne respire que dans la respiration des machines; son pouls ne bat que dans le va-et-vient des pistons. Ça pue la misère; ça empeste la patience. Les faces n'ont point d'expression. C'est comme si l'éclat de la vie s'était échappé de toutes les prunelles, pour venir se figer sur l'acier des monstres qui mâchent la vapeur meurtrière, sur l'acier des baïonnettes qui prolongent les fusils Lebel, protecteurs de l'Ordre.

Dans une ville pareille les distractions sont rares et difficiles. Les riches même ne peuvent jouir avec intelligence de leur argent; il n'y a pas de bibliothèque. On est invité de temps en temps chez les grands patrons, qui vous offrent la pâtée arrosée de champagne que le possédant doit à son chien de garde. Bon souper, souvent; bon gîte, quelquefois; mais le reste, non. Ce serait peut-être possible, mais ce serait sans doute long; et, généralement, le jeu ne vaut guère la chandelle que tient le mari, entre ses comptes. Quelques *dames*, dans la ville, plus ou moins boutiquières, et coiffées à la dernière mode des Bersaglieri. Farouches, farouches. C'est avec peine que j'ai pu découvrir une bourgeoise veuve, travaillée par l'âge critique dans un mobilier moral. Je m'en contente. Le sage sait se contenter de peu.

Voilà une chose que n'ignorent pas les ouvriers, mâles et femelles, ilotes de l'usine. Ils sentent que le peu, le très peu qui leur est accordé, doit leur suffire; leur résignation est vraiment chrétienne. Ils semblent comprendre que leur vie ne leur appartient que parce qu'elle est utile à leurs maîtres. C'est là un sentiment purement humain, et qu'on ne trouve ni chez les vaches, ni chez les cochons, ni chez aucun des bons animaux qu'on mange.

Mon parent, M. Delanoix, sénateur du Nord, et qui a des intérêts dans plusieurs des filatures du pays, a fait deux voyages à Navesnes. Chaque fois, des réunions ont été organisées, où il a pris la parole. Delanoix sait parler aux ouvriers; il leur parle de ses débuts, qui ont été laborieux et pénibles; de l'honnêteté, sans laquelle on n'arrive à rien; de l'ordre et de l'économie, qui mènent à tout; du travail, qui est la liberté; du gouvernement, qui veille paternellement sur la classe ouvrière. Enfin, il sait leur parler. Il leur dit de se méfier des meneurs, et leur prêche la modération. Vous avez faim? Soyez modéré. Votre femme grelotte sous des haillons? Soyez modéré. Vos enfants, rongés par la maladie, n'ont ni remèdes, ni nourriture? Soyez modéré. La misère vous étrangle et vous dépèce? Soyez modéré. Vous crevez? Modérez-vous. Ne crevez, mon ami, qu'avec la plus extrême modération.

Quelquefois, devant les faces hâves des esclaves qui sortent de leurs géhennes, je pense à tous ces monstres, épouvantails créés par des imaginations malsaines, que les Pauvres ont placés comme d'inconquérables sphinx sur les chemins du bonheur; le Capitalisme, le Militarisme... Capitalisme? Le Capital, c'est le crédit que leur patience imbécile fait à la cupidité des Riches. Militarisme? L'Armée, c'est leur sang, leur chair et leur argent; elle est formée par eux, elle est payée par eux.

C'est eux, l'Armée. C'est eux qui tiennent le sabre — ce grand couteau qui finira bien, j'espère, par couper du pain pour tous.

[illegible]

[illegible] du Tage [illegible]

[illegible]

Au passage [illegible]

XVIII

Le tambour bat, le clairon sonne. Qui reste en arrière? Personne. C'est un peuple qui se défend. En avant!

C'est un peuple qui se défend. Un peuple riche, heureux, plein d'honneur et de patriotisme, épris de traditions grandioses, qui se sent tout à coup menacé dans la tranquille possession de ses biens et dans la sérénité de ses digestions par la malignité de l'Ennemi. Sus à l'Ennemi! Sus à l'Ennemi!... Deux compagnies, l'une appartenant à mon bataillon, l'autre à un bataillon du 245e de ligne qui tient aussi garnison à Navesnes, reçoivent l'ordre de partir sur-le-champ.

Nous partons. Tenue de campagne, avec tous les accessoires, vivres pour plusieurs jours, cartouches au complet, la menace au coin de la bouche et la bravade au coin de l'œil. Le commandant Bacardier est à la tête de ma compagnie, le commandant Sappue est à la tête de la compagnie du 245e.

Les autorités civiles sont à la station pour assister à notre départ. Le nouveau sous-préfet, M. Issacar — titulaire de la sous-préfecture de Navesnes depuis quelque temps — a une conférence avec les deux commandants pendant que l'embarquement des hommes s'opère tant bien que mal, plutôt mal que bien. Puis, tout étant prêt, il passe lentement devant les wagons, et je remarque sur sa face une expression de gravité qui me surprend un peu. Au passage, M. Issacar échange quelques paroles avec moi; on dirait qu'il cherche à faire vibrer l'autorité dans sa voix. Pourquoi se donne-t-il ces airs importants? Je n'aime pas les gens qui se prennent si fort au sérieux.

Mais le train s'ébranle, et d'autres préoccupations s'emparent de moi. Je ne pense plus qu'à l'Ennemi.

***

L'Ennemi. Une face émaciée, blafarde, lasse, tellement fatiguée; une face aux joues creuses, à la bouche tordue par un douloureux rictus, aux yeux éteints, comme noyés; une face que la misère a serré dans son étau, très fort, et sur laquelle la faim a frappé à petits coups, très longtemps. Et cette face sur des corps d'hommes que ronge l'alcool, que mine le travail bestial; sur des corps de femmes dont la misérable anatomie se dissimule sous des haillons; sur des corps d'enfants qu'alourdit et courbe vers la terre hostile le pressentiment de la vie. La chiourme productive. Voilà l'ennemi que doit tenir en échec la chiourme soldatesque.

C'est pour assurer l'ordre que nous avons été envoyés de Navesnes à Courmies. Il paraît que les serfs de l'usine ont menacé de chômer demain vendredi 1er mai, fête du travail. Les patrons se sont immédiatement solidarisés et se sont engagés à renvoyer tous les ouvriers qui ne se présenteraient pas à l'atelier le 1er mai. Là-dessus, une certaine agitation s'est produite. Le maire, effrayé, a écrit au sous-préfet pour demander des troupes; et le sous-préfet, au lieu d'intervenir auprès des industriels, a envoyé des soldats. Notre arrivée a été accueillie par quelques démonstrations hostiles, mais sans grande importance; les gens du pays, nous le savons, sont d'un caractère contrariant, au moins à la surface. Les patrons étant opportunistes (ainsi que beaucoup d'honnêtes gens) les ouvriers, par esprit d'opposition, ont été successivement bonapartistes et boulangistes. On prétend qu'ils commencent à mordre au socialisme. Il y a, dit-on, quelques commis-voyageurs du marxisme qui pérorent ce soir dans la ville. Ils prêchent le calme, pour commencer. Ils disent que les marxistes « restent dans la tradition historique; et qu'ils cherchent à faire arriver au pouvoir la classe ouvrière, afin qu'elle puisse alors légiférer selon ses intérêts, comme le fit la bourgeoisie en 1789 ». Pour finir ils prêchent la modération. Delanoix doit être jaloux.

Il est justement ici, Delanoix. Il est arrivé ce matin et cherche, en sa qualité de père conscrit, à rétablir la bonne harmonie entre patron et ouvrier. Que faut-il pour cela? Un peu de complaisance de part et d'autre. Que les salariés fassent toutes les concessions, et que les chefs d'établissements les acceptent. Malheureusement, les salariés ne veulent plus écouter M. Delanoix. Ils préfèrent écouter les socialistes, qui leur disent exactement la même chose, mais d'une façon un peu plus neuve. Delanoix fait la grimace, paraît songer profondément. Deux ou trois phrases qu'il m'a dites ce soir m'ont livré le secret de ses méditations. Il pense à se faire socialiste. Qu'a-t-il à risquer? Il a été assez habile pour devenir un bourgeois; il sera assez habile pour le demeurer, sous tous les régimes. Si jamais la classe ouvrière arrive au pouvoir pour légiférer dans ses intérêts, ce sera la bourgeoisie nouveau système (c'est-à-dire ancien système). Et Delanoix consentira aisément à porter un knout au lieu d'un parapluie.

Ah! ce n'est pas une chose commode, pour les forçats du travail, de choisir entre les panacées qu'on leur propose. Tout est confusion dans leur esprit, si vieux et si puéril. A voir de quelle façon dérisoire ils étalent leurs souffrances, on comprend qu'ils ne puissent réussir à leur trouver un remède simple; on comprend qu'ils se laissent berner sans trêve par la sottise rapace des charlatans. Et comment voulez-vous qu'ils expriment leurs misères morales, même qu'ils s'en rendent compte? Ils sont hors d'état de dire au médecin de quoi ils souffrent, quand ils sont malades. Tant d'êtres qui ont cessé d'exister comme individus et qui sont devenus des choses; des choses qu'on jette au rancart, à la voirie, dès que leur capacité de production disparaît ou s'affaiblit. Tant d'êtres pour lesquels la perte d'un membre, d'un bras, d'une jambe, d'un doigt, signifie la débine noire, la stagnation, la mort... Et ce sont des pauvres êtres qu'on nous ordonne de rejeter dans leurs bagnes, à la pointe des baïonnettes — nous! nous qu'ils payent! — Quelle farce! quelle lâcheté! C'est battre un infirme avec ses béquilles...

Ce matin 1er mai, les ouvriers se sont rendus aux ateliers. Mais ils n'ont pas tardé à en sortir, décidés à chômer. Ils se sont répandus par les rues, formant des groupes, discutant. Nous recevons l'ordre de faire des patrouilles et de disperser les rassemblements. Il y a quelques escarmouches; et aussi quelques arrestations. Les prisonniers sont enfermés à la mairie. L'agitation semble croître. Des patrouilles sont attaquées par la population, surtout par les femmes, et tirent à blanc pour intimider la foule.

Vers la fin de l'après-midi, le sous-préfet, M. Issacar, arrivé de Navesnes quelques heures plus tôt, vient nous faire une communication importante. Il est accompagné du maire et de Delanoix et il nous annonce que nous allons être attaqués par ceux qu'il appelle les émeutiers. La population, dit-il, veut tenter de délivrer les prisonniers.

Nous recevons l'ordre d'occuper la place de l'Église, un espace d'une centaine de mètres de long sur cinquante de large; quatre rues aboutissent à cette place, sur laquelle s'élèvent la mairie, l'église et le presbytère. La compagnie du 245e, sous les ordres du commandant Sappue, se range devant la mairie; ma compagnie se déploie sur la droite. De grands cris éclatent au loin : « C'est huit heures, huit heures, huit heures! C'est huit heures qu'il nous faut!... Vive la grève! Vive la grève! » Les fonctionnaires civils, le maire, le procureur de la République, M. Delanoix, se dirigent vers la mairie. M. Issacar adresse quelques mots au commissaire de police qui vient se porter sur notre gauche; puis, il s'avance rapidement vers le commandant Sappue et lui parle à voix basse, avec des gestes énergiques. Le commandant donne l'ordre de charger les fusils. M. Issacar rejoint les fonctionnaires groupés devant la mairie; ils pénètrent tous dans l'édifice dont la porte se referme sur eux juste comme s'élève une énorme clameur, très proche.

— Vive la grève! Vive la grève!

Le commandant Sappue s'écrie :
— Croisez... ette!

*
* *

Tout d'un coup, la place est envahie. L'Ennemi s'avance vers la mairie, s'avance à grands pas. L'Ennemi... des hommes désarmés, des femmes, des enfants; des femmes et des enfants surtout. Au premier rang, une jeune fille qui tient un mai en fleurs, un jeune homme qui porte un drapeau tricolore. L'Ennemi s'avance, n'est plus qu'à une vingtaine de mètres de la mairie. Le commandant Bacardier, à cheval derrière nous, crie quelque chose qu'on entend à peine : « Retirez-vous, retirez-vous ou... » Je jette les yeux sur le commissaire de police dont c'est le devoir de s'interposer. Il ne bouge pas.

Soudain, la première ligne du 245e fait double pas en avant, puis double pas en arrière. Et la voix du commandant Sappue, aussitôt, siffle :

— Joue!... Feu!

Point de fumée. Une détonation sèche, hypocrite, implacable.

Des cris désespérés s'élèvent. Des femmes, des enfants viennent de tomber, frappés par les balles; la jeune fille qui tenait le mai en fleurs est étendue à terre, la tête fracassée, la cervelle répandue; le jeune homme qui portait le drapeau a été tué d'une balle dans la bouche, et gît, couvert de sang... La foule s'enfuit, hurlant d'horreur. Des hommes du 245e épaulent encore, tirent. Un enfant que sa mère tient par la main est tué; une jeune fille qui entre dans un café est tuée. Un jeune homme, au bout de la place, relève un blessé. Un soldat le couche en joue et il tombe.

Il y a une quarantaine de corps étendus sur la place, défigurés par d'horribles blessures faites à bout portant; corps de femmes, corps d'enfants. Deux cadavres d'hommes seulement; l'un, celui d'un vieillard... Des filets de sang commencent à couler sur la terre noirâtre, forment des flaques rouges qui s'étendent, s'étendent...

*
* *

Dès que le feu eut cessé, et tandis que les quatorze morts et les vingt-deux blessés gisaient sur la place, quelque chose s'est passé que je regretterais d'oublier.

La porte du presbytère s'est ouverte, trois prêtres en sont sortis et se sont approchés des victimes, comme des messagers de bienveillance et de consolation.

La porte du presbytère s'est ouverte, trois prêtres en sont sortis et se sont approchés des victimes, comme des chacals qui viennent flairer des cadavres.

D'autres chacals arrivent d'heure en heure; des noirs, des blancs, des rouges et des tricolores. Tous les vampires du reportage; des agitateurs boulangistes, derniers fidèles d'une cause perdue, qui voudraient bien créer des difficultés au gouvernement; le préfet, menteur abject, qui a déclaré que les émeutiers portaient des revolvers; des gens de justice; un député socialiste, qui fut bourreau versaillais pendant la Commune, et qui vient d'acheter la chemise sanglante d'une des victimes qu'il se propose d'exhiber à la tribune. Tout ça parle, parle, parle, pendant que des troupes arrivent à chaque instant; infanterie, cavalerie, défilant la tête basse sous les insultes de la population qui reproche à l'armée sa couardise et sa férocité.

Le télégraphe parle aussi. D'abord, il nous apprend qu'on va envoyer de Lille des ambulances où les blessés seront fort bien soignés (et où l'on pourra étudier à loisir l'effet produit sur eux par les balles Lebel). Ces ambulances n'arriveront guère avant seize ou dix-huit jours. On ne va pas encore très vite, dans les hôpitaux militaires; pourtant, depuis 1870, on a fait des progrès. Puis, le télégraphe nous apporte le compte rendu de la séance du 5 mai, à la Chambre. L'enquête a été repoussée et la Chambre a voté un ordre du jour où elle déclare qu'elle « unit dans sa patriotique préoccupation et dans ses ardentes sympathies les travailleurs de France et l'armée nationale, et qu'elle est résolue à faire aboutir pacifiquement les réformes sociales ». Elle ne dit pas dans combien de temps; mais ça ne fait rien.

M. Delanoix parle aussi. Il m'a affirmé qu'il y a eu dans sa vie peu d'heures aussi douloureuses que celles qui se sont écoulées depuis la fusillade. L'effroyable catastrophe ne se serait pas produite, dit-il, si au lieu d'infanterie on eût envoyé de la cavalerie; vingt dragons font plus de besogne que cinq cents lignards; à quoi bon faire fusiller les gens, quand on peut les faire écraser sous les pieds des chevaux?

M. Issacar parle aussi. Pas publiquement; mais hier, m'ayant rencontré à la mairie, il m'a dit quelque chose que je veux répéter.

— Oui, a-t-il avoué, je suis seul responsable, ou plutôt premièrement responsable, de ce qui s'est passé. J'ai cru qu'un massacre, perpétré de sang-froid et sans aucune provocation, créerait dans le peuple une indignation profonde qui se traduirait par un soulèvement. Vous voyez le résultat. Le peuple ne veut pas se soulever; il reste insensible à la pire misère, aux pires outrages. Cependant, il faudra qu'il se soulève. Puisque la tragédie — la tragédie dont il fournit les cadavres — ne l'émeut point, nous essaierons du mélodrame; du bon vieux mélo, avec le forçat innocent, sa famille en pleurs, et le traître escorté des complices nécessaires; du bon vieux mélo qui fera voir aux masses quelles basses crapules le gouvernent. Peut-être le peuple, trop abruti pour s'émouvoir de ses souffrances personnelles, se laissera-t-il exaspérer par des forfaits qui ne le concernent qu'indirectement. Pareille chose s'est vue, peut se voir encore... Oui, je sais ce que vous pensez; malgré tout, ce que j'ai fait est horrible. Soit. Seulement, il y a des lâchetés que peu d'hommes ont le courage de commettre... Je vais quitter l'administration, mais je resterai en relations avec les gens au pouvoir. Je veux les aider à commettre leurs crimes et leurs sottises jusqu'au bout. Il faut lasser le destin. En haut et en bas, il n'y a que des vaincus en France, de sales vaincus. Sans doute ne secoueront-ils leur abjection que lorsqu'ils seront mis, subitement, en face d'une nouvelle débâcle. Ce sera ma dernière carte — et je la jouerai bien, vous verrez.

La physionomie de M. Issacar, dépouillée de son masque habituel de scepticisme, exprimait une résolution farouche. Le juif moderne avait disparu; et l'Hébreu, frémissant du sombre enthousiasme des vieux âges, se dressait devant moi. J'ai quitté M. Issacar sans lui répondre.

Mais je pense à ce qu'il m'a dit, aujourd'hui, tandis qu'ont lieu les obsèques des victimes. Ces autorités civiles qui n'osent point se montrer, ces troupes alignées le long des rues, massées sur toutes les places; ces ouvriers cravatés de rouge et ces ouvrières au chignon fleuri d'écarlate; ces musiciens avec leurs trombones funèbres, ces sociétés avec leurs bannières encrêpées et leurs drapeaux tricolores, ces prêtres qui insultent les cadavres de leurs dérisoires prières et de leur eau bénite putréfiée, ces charlatans du socialisme qui font égrener au bord des fosses leurs théories misérables — des vaincus tout ça... des vaincus...

***

En rentrant à Navesnes, nous avons rencontré un troupeau de moutons qu'un berger et un chien poussaient vers l'abattoir. Les moutons étaient des moutons; le berger était infirme; le chien avait la gale.

XIX

En quelques jours, le peuple est arrivé à considérer le massacre de Courmies comme un événement normal, tout au plus comme un inévitable accident. Le ministre, responsable de la tuerie, est généralement regardé comme un homme à poigne, c'est-à-dire en bon français (d'après 1870), comme un homme supérieur. Les énervés, les fuyards, les vaincu en un mot, aiment la poigne. Donc, le ministre est populaire en qualité d'homme à poigne. On prétend, en clignant de l'œil et en pinçant la narine, que c'est un cynique de premier ordre. Le fait est qu'il a roulé son tonneau (inodore). Ses ennemis l'accusent d'avoir commis plusieurs crimes, assassinats et empoisonnements. Le pauvre homme en est bien incapable. C'est, ainsi que tous les colosses français d'aujourd'hui, une espèce de mauvais roquet auquel un coup de pied d'homme — s'il restait un homme en France — renfoncerait pour toujours ses fausses dents au fond des boyaux. Non, ce prudhomme à tinette n'est pas un gaillard, et sa femme est la première à s'en rendre compte. Pourtant, il a réussi à débarrasser Paris de ce ridicule pantin, le général Boulanger. Voilà un jouet perdu pour la foule, et elle se demande à quoi passer son temps.

On lui donne le procès Plantain. L'honorable M. de Trisonaye, en effet, obligé enfin de faire arrêter son ami Triboulé, a fait aussi poursuivre le malheureux Plantain. Et, grâce à la complicité d'une magistrature infâme, le grand ingénieur qui a rendu tant de services à son pays vient d'être condamné comme traître. La foule admire fort la décision des juges, mais réclame d'autres amusements. En voici un. La flotte française va faire, à Kronstadt, une visite à la flotte russe. Et la Russie, non contente de promettre un bon accueil à nos vaisseaux, déclare aussi qu'elle recevra notre argent avec un grand plaisir; elle émet en France son premier emprunt. Les Français exultent, se voient déjà accouplés aux Cosaques. « Enfin! s'écrient-ils, nous ne sommes plus seuls! » On dirait qu'ils ont quelque chose à porter — quelque chose qui pèse très lourd. De la gloire, peut-être...

***

Dans l'automne de 1891, j'ai demandé à être envoyé au Tonkin. Je vous fais grâce des raisons qui m'ont poussé à m'éloigner du charmant pays de France. Mon père, informé de ma décision, m'a répondu par lettre qu'il me laissait libre d'agir à ma guise. Il m'a fait entendre que ma gaucherie lui a causé la plus pénible impression; pourquoi n'ai-je pas été malade, le jour où l'on nous a donné l'ordre d'aller à Courmies? Qu'allais-je faire dans cette galère?

Mon métier. Mon métier de garde-chiourme. J'ai aidé à maintenir dans le devoir, par la terreur, des esclaves blancs. Selon toute prévision, maintenant que j'ai reçu l'ordre de partir pour l'Indochine, je vais aller aider à maintenir dans le devoir, par la terreur, des esclaves jaunes.

Les prévisions se sont réalisées. Cependant, je ne donnerai pas le moindre détail sur mon existence pendant les vingt-huit mois que j'ai passés au Tonkin. C'est là un sujet qui ne pourrait que médiocrement intéresser le public français. L'indifférence de la France pour ses possessions d'outre-mer est sans bornes; on dirait qu'elle ne conquiert des colonies que pour n'en rien faire, que pour les abandonner complètement au bon plaisir de la tourbe à galons et en habit noir, dont l'infamie peut se donner libre carrière. Les pauvres de France, qui paient les impôts, ignorent que ce sont leurs fils qui vont mourir, exclusivement, dans ces colonies, de la mitraille, et surtout de la fièvre et de la dysenterie. Ils ignorent que chaque classe fournit environ 75 000 dispensés bourgeois qui ne font qu'une année de service et qui, par conséquent, ne vont jamais aux colonies. Ils ignorent que l'effectif des troupes que nous entretenons hors de France, pour le bénéfice d'une poignée de gredins, s'élève à 140 000 hommes, soit aux trois dixièmes de l'armée métropolitaine; ils ignorent que les colonies dévorent chaque années plus de 190 millions du budget de la guerre. Ils ignorent tout, parce que l'ignorance est commode à leur veulerie. Pendant le temps que j'ai passé au Tonkin, deux choses surtout ont absorbé l'attention de la France; d'abord la formation de plus en plus évidente d'une alliance avec la Russie; la visite de l'amiral Avellan en France, précédée et suivie d'emprunts nouveaux, ayant été l'un des plus heureux symptômes de ce rapprochement, célébré comme il convient par la presse française dont deux représentants distingués, le forban Ganivais et le vide-cuvettes Arthur Meyer, encadraient l'amiral lorsqu'il fit son entrée à l'Opéra. Puis, la scandaleuse comédie du Panama, farcie de calomnies infâmes et de vérités plus infâmes encore, a commencé à présenter ses tableaux aux yeux émerveillés d'un public de gogos gagas. Et il paraît que personne n'a eu l'idée de faire la moindre allusion à un traité qui fut signé à Francfort, le 10 mai 1871. Le peuple français a une longue patience. C'est la longue patience, a dit Buffon, qui constitue le génie. Tout est possible.

*
* *

Donc, je suis revenu à Paris, au commencement de mai 1894, en congé de convalescence. Vous ai-je dit que j'avais été blessé au Tonkin, vers la fin de 1893? Pas très sérieusement; mais cependant j'ai été inscrit au tableau, et je compte recevoir mon troisième galon au mois de juillet.

Quelques jours après mon retour, je reçois la visite, dans le petit appartement que j'occupe rue de Varenne, d'un monsieur vénérable, à barbe patriarcale et à gestes onctueux, que je ne reconnais qu'au bout d'un instant. C'est M. Curmont. Comment a-t-il découvert mon adresse? C'est sans doute mon père qui la lui a donnée? M. Curmont sourit affirmativement.

M. Curmont m'apprend qu'il est membre de la Société de Paix et d'Arbitrage. Je le croyais trésorier-payeur; mais il paraît qu'il a pris sa retraite, il y a quelque temps. Est-ce en sa qualité de membre de la susdite société, que M. Curmont vient me surprendre? Oui, c'est en cette qualité. La société, dans son désir de voir la fraternité régner sur la terre, cherche à recueillir de la bouche de témoins irrécusables des preuves de l'infamie de la Guerre et des horreurs qu'elle entraîne. Il est bien entendu que la plus grande discrétion est de règle. Les communications de toute nature sont strictement confidentielles. Beaucoup d'officiers, comprenant qu'ils servaient la cause de l'humanité, ont déjà livré à la connaissance de la société des faits intéressants. Voudrais-je les imiter?

Je n'y tiens pas énormément. La guerre est horrible, sale, et haïssable; c'est certain. Mais je pense que ce sont ses excès mêmes qui la feront disparaître. Je ne crois nullement à l'influence des sociétés pacifiques. Les gens qui en font partie me donnent l'idée d'officiers de santé pour volcans. Je serais assez disposé à les taxer d'hypocrisie; si la guerre était supprimée d'après leurs formules, l'instinct combatif disparaîtrait et l'exploitation des pauvres deviendrait plus facile encore qu'elle ne l'est. Une ligne d'omnibus tout entière résume mon opinion : Passy-Bourse. Quand à l'arbitrage, il a simplement pour but, à mon avis, de renforcer le principe abject de Justice indirecte, de requinquer le trône pourri de l'Equité actuelle, de faire une idole de la Chose jugée. D'ailleurs, l'arbitrage existe; c'est la mission même de la diplomatie; si la diplomatie est tombée partout, particulièrement en France, aux mains de vermineuses nullités, ce n'est pas ma faute. Non, je n'ai aucune sympathie pour les bonzes qui prêchent la vie éternelle du haut de leur compétence à barbe. La paix monotone qu'ils rêvent dans la platitude résignée qu'ils aiment, ne sera jamais possible; la lutte est nécessaire à l'espèce humaine; le conflit existera toujours d'une façon latente, sinon patente, entre deux êtres. Que dis-je? S'il ne restait qu'un seul homme sur la terre, un homme qui aurait réussi à détruire tous ses semblables, cet homme serait en état de guerre; car il faut être au moins deux pour signer un traité de paix. La guerre donne une très mauvaise direction à l'instinct combatif, je l'admets; mais cet instinct combatif est excellent, indispensable à l'humanité; c'est le palladium de ses libertés; il ne s'agit donc pas de le supprimer, mais de l'employer à d'efficaces besognes. Et c'est la guerre, qui l'a faussé et assombri, qui le fera briller comme une généreuse étoile à la pointe de l'épée de la Révolution. Supprimer la guerre à présent? A présent qu'elle devient la guerre civile! qu'elle est devenue la guerre sociale! A présent qu'elle est à la veille de se transformer, au bord d'un grand lac rouge, en la lutte intelligente et fraternelle! En voilà une blague! En voilà une farce!...

Quant aux atrocités qu'entraîne la guerre, je les déplore en théorie. Mais je les explique. Elles ne sont pas autre chose que les honnêtes ignominies que crée, développe et nourrit l'abominable paix actuelle, et qui se font jour subitement, sous leur aspect réel. Une preuve? Les excès commis dans une lutte armée sont toujours en raison inverse des dangers courus par le soldat. Celui-ci, donc, calcule bassement, commercialement, pacifiquement, honnêtement! Nous sommes devenus si affreusement civilisés, tellement confits en moralité infâme, qu'il nous faut la guerre pour nous faire voir quelles horribles réalités se dissimulent sous les douces hypocrisies de nos systèmes de civilisation et de morale. Il faudrait aussi savoir si la vile férocité de l'homme moderne n'est pas due, pour une grande part, aux inoculations qu'on lui prodigue, à la hideuse vaccination, à l'habitude qu'il a prise de considérer comme normaux les avortements réguliers ou intermittents de sa compagne. La sauvagerie actuelle, j'en suis convaincu, n'est point la sauvagerie ancestrale; c'est la sauvagerie civilisée. D'ailleurs, elle ne m'émeut que médiocrement ; je ne me range pas avec les sentimentaux; ces gens-là me dégoûtent; on dirait qu'ils n'ont jamais vu un accouchement. Je crois que c'est la guerre qui affranchira le monde, et je crois qu'elle ne pourra se manifester dans sa force purifiante et libératrice qu'en se dépouillant de toute hypocrisie — qu'en apparaissant, nue et rouge, hors du manteau des conventions.

J'expose, aussi poliment que possible, mes opinions à M. Curmont; mais il insiste; il veut savoir si des bruits qui ont couru au sujet d'exécutions sommaires, de massacres, de pillages et de viols, peuvent être considérés comme dignes de foi. Oui, certainement. Et, demande M. Curmont, est-il vrai que la torture sévisse au Tonkin? Très vrai. Et que des impôts et des amendes soient prélevés dont aucun compte n'est tenu? Très vrai. Que certains officiers fassent égorger la population de villes entières, égorgements qu'ils travestissent en glorieuses bataille, afin d'escroquer honneurs et avancements? Très vrai. Et que d'autres officiers commettent des faux et usurpent des fonctions judiciaires afin de dépouiller de riches indigènes? Très vrai. Et que le général commandant le corps d'occupation ait commis des actes qui, au jugement des tribunaux, tombent sous le mépris public? Encore vrai.

— Voilà les odieuses conséquences de la guerre! s'écrie M. Curmont.

— Ou plutôt, dis-je, les conséquences de l'existence actuelle. Si les bandits qui commettent ces infamies n'étaient pas sûrs de recevoir, comme salaires de leurs crimes, des récompenses de toutes sortes, ils ne les commettraient point. Leurs actes déshonorent non seulement eux-mêmes, mais l'armée à laquelle ils appartiennent, mais leur nation, mais leur époque. Croyez-moi, tout se tient dans l'ignoble système d'aujourd'hui; et c'est seulement sous les boulets que croulera ce système.

M. Curmont se retire, un sourire énigmatique sur les lèvres. Je ne l'ai sûrement pas convaincu, mais je ne désirais pas le convaincre; je ne désire convaincre personne. Du reste, j'espère ne jamais le revoir. Il m'embête, cet homme de paix.

***

Cet homme de paix est une infernale canaille. Vous ne devineriez jamais ce qui vient de m'arriver. J'ai reçu ce matin un numéro du journal *la Nation Française*, dont le directeur est Camille Dreikralle. En tête se trouve un article, que quelqu'un a marqué d'une croix rouge, et qui est intitulé: « Les théories anarchistes dans l'Armée. — Un officier félon. » Cet article reproduit la conversation que j'ai eue hier avec M. Curmont. On ne me nomme pas; mais je suis indirectement désigné de la façon la plus claire. L'auteur de l'article anonyme a placé dans ma bouche beaucoup de phrases subversives que je n'ai point prononcées. Ces enjolivements ne sont certainement pas involontaires. On me fait dire, par exemple, que la présence d'une très forte partie de nos troupes aux colonies compromet la défense du territoire national; que l'infériorité militaire de la France est déjà trop marquée; que les cadres supérieurs de notre armée sont encombrés de nullités avérées, incapables d'organiser autre chose qu'une nouvelle débâcle; que la France, avant d'aller civiliser les nègres et les Jaunes, ferait bien de se civiliser elle-même et de se débarrasser de ses honteuses superstitions romaines; et qu'elle ferait bien, aussi, au lieu d'aller rétablir l'esclavage au-delà des mers, de fonder chez elle cette liberté et cette fraternité dont les Français parlent toujours et qu'ils ne connaissent point. Ce sont là des choses que je puis penser, que je pense probablement; mais, enfin, je ne les ai pas dites.

Je ne me dissimule pas, néanmoins, que cet article peut me causer un préjudice énorme. Curmont n'était évidemment qu'un instrument; mais l'instrument de qui? Je ne pense pas que Dreikralle ait aucun intérêt à me nuire. Alors?... Mon père sera peut-être plus habile que moi à déchiffrer l'énigme.

Je cours au ministère, où je le trouve dans son bureau, le numéro de *la Nation Française* déplié devant lui.

— Eh! bien, s'écrie-t-il, tu ne vas pas mal. Tu ne m'avais pas dit que tu allais te lancer dans la politique et poser ta candidature de socialiste irréductible. Mes compliments. A qui donc as-tu fait tes confidences?

J'expose les choses à mon père; et je termine en lui demandant s'il ne soupçonne pas...

— Je ne soupçonne pas! s'écrie-t-il. Je sais. Tu es en

train d'expier, mon garçon, une grande faute que tu as commise. Vois-tu, il n'y a pas de crime sans châtiment; c'est une loi de la providence. La vengeance est bossue, comme a dit le poète, mais elle vient. Elle est venue pour toi. Sais-tu qui a poussé Camille Dreikralle à publier cet article qui, si je n'étais pas là, briserait ton avenir et t'obligerait même peut-être à donner demain ta démission? C'est sa femme. Et sais-tu comment s'appelait Mme Dreikralle avant son mariage? Elle s'appelait Mlle Adèle Curmont. Ha!... Tu peux faire tes yeux de merlan frit, mon vieux lapin; c'est comme ça. Ah! il arrive de drôles de choses dans la vie du monde!... Moi, il y a déjà longtemps que je sais à quoi m'en tenir. Quand j'ai vu qu'on ne voulait pas me laisser te prendre comme officier d'ordonnance lors de l'expédition du Garamaka, je me suis douté de quelque chose; je me suis informé et j'ai appris que l'opposition venait de Camille Dreikralle. Ne comprenant pas bien, j'ai cherché à savoir davantage; j'ai appris ce que je viens de te dire — et aussi ce que tu ne m'avais jamais dit. Entre nous, tu n'es qu'un cochon... Comment! tu abuses de cette jeune fille, tu la plantes là et tu ne lui donnes plus signe de vie! Tu n'as même pas l'idée de lui envoyer des fleurs! Mais à quoi penses-tu? Il y a des choses qui se comprennent d'elles-mêmes : on doit toujours envoyer des fleurs à la femme, après. Elle interprète l'envoi à sa façon, c'est-à-dire d'une façon qui ne lui est jamais désagréable, et elle ne vous en veut pas. Réellement, mon ami tu n'as pas la moindre notion de savoir-vivre. Que tu n'aies pas revu Adèle Curmont, que tu ne lui aies pas écrit, c'est parfait. Mais il fallait lui envoyer des fleurs. Ce n'était pas compromettant, ça n'engageait à rien, mais ça constituait un tendre souvenir et ça coupait la rancune. Des fleurs! Des fleurs!...

Ah! si mon père savait tout!... Au bout d'un instant, il continue :

— Le mariage de Dreikralle ne paraît pas lui avoir porté bonheur; il a cessé d'être rapporteur du budget de la Guerre; tout le monde le croyait inamovible. Et je sais qu'il a recours, actuellement, à de tristes expédients. Cet article qu'il vient de publier à l'instigation de sa femme pourrait être un sale coup pour toi, pour nous; mais en somme, c'est très maladroit. Toi aussi, tu es très maladroit; mais tes maladresses sont quelquefois intelligentes. Oh! tu ne le fais pas exprès. Rappelle-toi ta mission à Bruxelles, par exemple; si tu avais envoyé le rapport qu'on te demandait, ayant contre toi l'hostilité de Dreikralle, tu aurais été frais; il se serait servi de ton rapport pour attaquer Trisonaye, dont il convoitait la place; il aurait vendu la mèche, et tu aurais été le dindon de la farce. Quant aux révélations que tu as faites à Curmont, malgré leur noire stupidité, elles vont nous être utiles. D'abord, il faut que tu nies, que tu nies mordicus avoir jamais dit un mot à ce vieux scélérat; on l'a chassé de sa place de trésorier-payeur en raison de nombreuses malversations; la parole d'un vieux coquin de son espèce ne vaudra donc rien en présence du serment d'honnêtes gens comme nous. Donc, c'est bien entendu : tu n'as pas vu Curmont depuis plusieurs années et tu n'as parlé à personne. Maintenant, j'ai déjà ébauché une petite combinaison. Je ne tiens pas à rester au ministère; Lahaye-Marmenteau a été mis à la tête de l'état-major général; nous ne sommes pas en bons termes; et j'aime autant aller prendre l'air de la province. Je vais t'expliquer la chose tout à l'heure, en présence de Raubvogel; je l'avais envoyé chercher en même temps que toi, il y a une demi-heure; tu as dû te croiser avec l'estafette.

— Mais pourquoi la présence de Raubvogel est-elle nécessaire?

— Ha! Ha! s'écrie mon père, c'est que le cousin a une jolie petite vengeance à tirer des Dreikralle. Écoute-moi et tu verras que, bien que tu aies été au Tonkin, tu n'en connais pas aussi long sur cette colonie que moi qui suis toujours resté à Paris. Une société s'était formée, il y a deux ans environ, pour exploiter le monopole de l'opium en Indochine. Elle avait à sa tête : M. Raubvogel, directeur pour l'Europe; M. de Saint-Joséphin, directeur pour l'Indochine; et MM. Camille Dreikralle et Ganivais comme agents généraux accrédités auprès du gouvernement pour les rapports ordinaires de la Compagnie avec les administrations publiques. Ne ris pas. C'est très sérieux. Je ne te dirai pas par quels moyens cette société obtint la ferme de l'opium; tu comprends qu'il s'agit d'une pression, motivée, sur le gouverneur général. Pendant dix-huit mois, la Compagnie, qui avait fort mal exploité son monopole, refusa de tenir ses engagements et de verser un centime dans les coffres de la colonie. Non contente de se soustraire à ses obligations, elle menaça même de demander des dommages-intérêts. Une clause du contrat donnait au gouverneur général le soin de prévenir la contrebande. Et la Compagnie assurait que le gouvernement ne réprimait pas la contrebande; la Compagnie en était d'autant plus sûre, entre nous, que c'est elle-même qui organisait et facilitait la contrebande. Le gouverneur général essaya de montrer les dents; aussitôt, une campagne terrible commença contre lui dans la presse parisienne; *la Nation Française*, organe de Dreikralle, et *la Lutèce*, journal de Ganivais, attaquèrent avec la dernière violence l'administration du Tonkin. Le gouverneur général, effrayé, se décida à signer la convention de rachat du monopole, comme le lui proposait M. de Saint-Joséphin. La Compagnie reçut une indemnité de quatre millions, somme qui représentait au moins trois fois le capital qu'elle avait engagé. M. de Saint-Joséphin, tout chargé d'or, se mit donc en route pour Paris, où l'attendait le cousin Raubvogel, tout prêt à procéder à une juste répartition. Malheureusement, Camille Dreikralle et Ganivais avaient pris les devants et avaient été attendre M. de Saint-Joséphin à Marseille. Je ne sais pas quels arguments ils employèrent, mais ils le persuadèrent de leur faire remise de la plus grande partie de la somme qu'il rapportait. Ces messieurs s'étant ainsi adjugé la part du lion, il resta relativement peu de chose pour le cousin et les autres intéressés. J'avais mis quelques fonds dans l'affaire, mes derniers souvenirs du Garamaka; et ils m'ont à peine rapporté 120 %. C'est dérisoire. Tu comprends que Raubvogel n'a jamais pardonné à Dreikralle et à Ganivais. La Presse concourt à la création et au développement de nos colonies, mais enfin elle ne doit pas les accaparer...

Un planton, qui vient annoncer M. Raubvogel, interrompt mon père; et avant que j'aie pu placer un mot, le cousin fait son entrée.

— Hé! s'écrie mon père, en brandissant le journal, vous avez vu? Un nouveau tour de votre ami Dreikralle!...

— Mon ami! ricane Raubvogel. (Et ses yeux brillent, et son nez se recourbe un peu plus, et sa bouche dévore une grimace.) Mon ami! Ah! si je le tenais!...

— Je crois, dit mon père, que je puis vous donner un bon moyen de vous venger...

— De nous venger, vous voulez dire? corrige Raubvogel.

— Naturellement, grogne mon père. Eh! bien, je sais de source certaine que le Dreikralle et le Ganivais sont en train, depuis quelques jours, de faire chanter Hablez, le fabricant d'équipements militaires, etc. Vous savez?

— Oui. Et il chante? Ce n'est pas nouveau. Gastibelza, l'homme à la carabine, chantait ainsi. Et pourquoi chante-t-il?

— Voilà, dit mon père, légèrement embarrassé. C'est une histoire de gamelles, de bidons, d'ustensiles de campement; est-ce qu'on sait?

— Je vois, fait Raubvogel; c'est une affaire de casseroles. Et qui est-ce qui tient la queue de la poêle?

— J'espère que ce sera moi, dit mon père; car si je n'y réussis pas, je me vois déjà lancé à la rue avec un joli chaudron au derrière. Vous comprenez? Non? Alors, faites semblant. Non? Eh bien! Voici la chose en deux mots. Jusqu'à ces temps derniers, Hablez avait un assez gros stock de fournitures qui lui avait été refusé par mon prédécesseur à la tête de la Commission de contrôle. Depuis que je suis devenu président de cette Commission, il a présenté de nouveau ces fournitures; et, ma foi, elles ont été acceptées; je ne vous dirai pas comment ça s'est fait...

— Inutile, dit Raubvogel. Grands dieux! nous ne sommes pas des enfants; et nous n'avons pas besoin de tant d'explications.

— Heu! Le fait est, dit mon père, que pour quelques plats et quelques marmites qui n'ont pas toute la solidité désirable...

— La belle affaire! s'écrie Raubvogel. Toute cette quincaillerie ne servirait qu'en cas de guerre; et comme l'armée n'existe que pour conserver la paix..

— Justement. Il n'y a pas là-dedans de quoi fouetter un chat. Mais ces deux gredins de Dreikralle et Ganivais ont eu connaissance de la chose, je ne sais comment; et supposant que Hablez avait cent mille francs dans le gosier, il lui ont écrit avant-hier pour le menacer...

— Hablez a les lettres? demande anxieusement Raubvogel.

— Non, répond mon père; je les ai. Il est venu me voir hier pour me demander conseil et j'ai retenu les papiers, sous un prétexte. Les voici.

Et il tend à Raubvogel deux lettres que celui-ci parcourt rapidement.

— Vous voyez, dit mon père, que des poursuites sont inévitables si une plainte est formulée. Cette plainte, mon cher cousin, il faut déterminer Hablez à la déposer. S'il hésite, dites-lui que je dépose immédiatement une plainte moi-même. L'article abominable publié ce matin par Dreikralle me prouve que ce coquin veut commencer une campagne contre moi. Eh! bien, mon système de défense, c'est l'attaque. Donc, j'attaquerai si Hablez n'agit pas. Démontrez à Hablez qu'il a tout intérêt à agir.

— Soyez tranquille, dit Raubvogel. Pourtant, le fait demeure que des fournitures refusées ont été présentées de nouveau par Hablez et acceptées par vous.

— Voilà une chose, dit mon père, dont je me fiche comme de colin-tampon; Dreikralle et Ganivais, bien que directeurs de journaux, députés et chevaliers de la Légion d'honneur, seront poursuivis pour chantage et foutus dedans comme des tambours. Quant à Hablez, il est possible qu'on l'inquiète; il se tirera de là comme il pourra. Dites-lui qu'il n'a rien à craindre. C'est tout ce que nous pouvons faire pour lui.

— Je lui démontrerai aussi, dit Raubvogel en clignant de l'œil, que nous lui tirons une fameuse épine du pied. Je vous ferai part de ce qu'il répondra. Mais pour vous, ne craignez-vous rien?

— Rien; et j'espère beaucoup. Je vais immédiatement aller trouver le ministre et le mettre au courant des choses. Je lui montrerai l'article de *la Nation Française*, pour commencer. Je lui exposerai ensuite l'affaire Hablez. Je n'ai rien à me reprocher à ce sujet-là; j'ai pu être imprudent, ou tout au moins un peu négligent, mais ça arrive à tout le monde. Après tout, je ne peux pas vérifier par le menu les qualités de cinquante mille bidons; je ne suis pas dedans. J'établirai les faits suivants : d'abord, on a calomnié mon fils, on a mis dans sa bouche des propos qu'il n'a jamais tenus, afin de commencer une campagne contre moi; ensuite on s'attaque à moi, c'est-à-dire à toute l'armée française, afin de peser sur Hablez et de faire chanter à tue-tête cet honorable industriel. Il ne doit pas être dit qu'on peut insulter impunément les défenseurs de la patrie. Je demanderai donc des compensations pour mon fils et pour moi; pour mon fils, les galons de capitaine qu'il devrait avoir depuis longtemps; pour moi-même, un corps d'armée.

— Un corps d'armée! s'exclame Raubvogel qui semble s'affaisser dans un fauteuil.

— Ni plus ni moins, dit mon père. J'ai des états de service, mon vieux lapin, comme pas un des cocos qui sont ici. J'ai été à Nourhas, vous savez, bien qu'on fasse semblant de l'oublier. Et j'ai commandé en chef devant l'ennemi, au Garamaka. J'ai droit à un corps d'armée, et je l'aurai. Comment! On fout Lahaye-Marmenteau à la tête de l'état-major, et on me refuserait un corps d'armée. Qu'on s'en avise! Vous savez, le ministre, avec son flair d'artilleur? Hein? Hein? Son flair! Faudrait pas qu'il me le mette dans le nez, son flair! Sa femme est Anglaise, d'abord; et le mari d'une Anglaise dirigeant la Défense nationale, ça peut sembler drôle. De plus, c'est un réactionnaire, et je n'ai qu'à dire la moitié de ce que je sais pour l'asseoir sur le pavé du boulevard Saint-Germain, sans paillasson. Pas de corps d'armée? Je pose ma candidature au ministère. Toute la presse républicaine me soutiendra. On m'a déjà fait des propositions, vous savez. Il n'y en a pas à revendre, des généraux républicains. Moi, j'ai des convictions; mes vieilles convictions démocratiques. C'est ça qui me soutient. Voyons, mon garçon, dit-il en s'adressant à moi, tu vas accompagner le cousin; nous nous reverrons ce soir. Je suis sûr que j'aurai réussi, pour toi et pour moi. Et vous, Raubvogel, que Dieu vous bénisse! ça vous apprendra...

*
* *

Il y a des faits qui sont trop connus pour que je les rappelle ici. Tout le monde se souvient des condamnations qui frappèrent et déshonorèrent à jamais Dreikralle et Ganivais; des poursuites intentées à Hablez, et qui firent à cet industriel une magnifique réclame. On ignore sans doute que j'ai été nommé capitaine, et attaché à l'état-major général; mais on n'a peut-être pas oublié que mon père a été appelé au commandement du -zième corps d'armée, à Nortes.

Mme Dreikralle a quitté la France après la condamnation de son mari. J'avais pu l'apercevoir un instant, au cours du procès. Elle ne m'avait point paru découragée. Après tout, elle avait prévu son sort — et l'avenir lui réserve peut-être des revanches.

XX

Mon père assure qu'il est heureux de quitter Paris. Le ministère, à vrai dire, c'est une jésuitière. Mon père ne peut pas se résoudre, selon son expression, à donner dans la calotte. Il a essayé, mais il n'a pas pu. Il a simplement réussi à devenir antisémite; et encore, voici pour quelle raison : il y a tant de faux Juifs parmi les chrétiens qu'on n'a pas besoin des vrais Juifs.

Mon père est tellement vif, alerte, jovial et frétillant, qu'on ne lui donnerait guère plus de cinquante-cinq ans; le fait est qu'il a été récemment atteint par la limite d'âge, et qu'il n'a été maintenu au cadre d'activité qu'en raison du commandement qu'il a exercé. Tel est le cas de plusieurs autres généraux, le général de Lahaye-Marmenteau par exemple. Mais bien que l'âge n'ait eu aucune influence sur la gaieté de mon père, il est certain que sa bonne humeur a pu être affectée, de temps en temps, par des événements fâcheux. C'est justement ce qui vient d'arriver. La baronne, de Haulka, à laquelle l'attachaient les liens d'une amitié déjà longue, a décidé de rompre toutes relations avec lui. Pourquoi? A en croire mon père, parce qu'il a demandé un corps d'armée sans prendre l'avis de la baronne; et parce que la baronne est convaincue que de grands changements politiques sont imminents et qu'il aurait été facile au général Maubart, s'il était resté au ministère, de saisir le portefeuille de la Guerre. La raison est admissible. La baronne, que je n'ai vue que deux ou trois fois, et d'assez loin, est certainement une intrigante fieffée; elle cherche à atteindre un but que j'ignore, mais dans la poursuite duquel mon père lui a été utile, complice inconscient dont la valeur augmente en raison de l'élévation du poste qu'il occupe. Et il est certain que mon père, à présent, tient son bâton de maréchal.

C'est peut-être la conscience de ces choses qui assombrit, pendant quelques jours, le caractère de mon père; peut-être aussi le regret d'avoir à abandonner, en quittant Paris, les indemnités variées (légales et extra-légales) qui augmentent sa solde, et dont il trouvera difficilement l'équivalent à Nortes. Quoi qu'il en soit, il a fait, en termes pathétiques, ses adieux aux officiers placés sous ses ordres : « Appelé à d'autres fonctions, a-t-il dit, soldat dans l'âme et par tradition de famille, j'obéis et me rends à mon nouveau poste... Heureux au moins que le sacrifice que j'accomplis en me séparant de vous puisse vous être un dernier enseignement, car il est subordonné à l'idée inspiratrice de nos actes, à l'idée de patrie qui nous domine de très haut. »

Mais aujourd'hui, comme il se rend à la gare de l'Ouest, en route pour le siège de son commandement, il a recouvré sa gaieté et son insouciance ordinaires. Dans la voiture, il perpètre des calembours inavouables, se livre à des plaisanteries d'une telle indécence qu'elles font rougir l'officier d'ordonnance qu'il emmène avec lui. Il sifflote : « Grenadier, que tu m'affliges, En m'apprenant ton départ... » Sur le quai d'embarquement, une foule d'amis et connaissances, d'admirateurs, de journalistes, se presse pour faire ses adieux à mon père. Beaucoup de dames dans cette foule; des dames qui luttent avec les reporters pour avoir quelques instants d'entretien avec le héros de Nourhas, qui sourient de toutes leurs dents, et qui ont apporté des fleurs.

— Je ne sais pas ce que les femmes ont à me courir après comme ça, me dit mon père en s'installant dans son coupé; elles grillent toutes de se vautrer sur ma vieille peau; on dirait qu'elles me prennent pour un wagon-lit.

Le train part au milieu de démonstrations enthousiastes. « Il reviendra, dit la foule en se dispersant; il reviendra... » (Quand le clairon sonnera, taratata.) Le lendemain, un rédacteur d'un journal bien-pensant déclare que « malgré de bas calculs, préparés avec un acharnement maladif », il a pu interviewer le héros de Nourhas. « Tandis que le général Maubart parle, écrit-il, j'écoute la musique de sa voix métallique, je regarde ses yeux dans lesquels perce la tendresse, et je vois briller sur son front la petite étoile mystérieuse qui illumine les élus de Dieu... « Au revoir! » me dit-il d'une voix qui descend jusqu'à mon cœur. Que tous ceux qui me lisent se partagent le salut suprême du glorieux soldat aux bons Français, et qu'ils devinent l'émotion profonde que j'ai ressentie et les larmes délicieuses que j'ai pleurées! »

***

Comme je demandais un jour au capitaine de Bellevigne, peu de temps après mon entrée au ministère, quelle était l'utilité d'une section de mobilisation dans les bureaux de l'état-major, il me répondit qu'il n'en savait rien.

— Je pense, dis-je, qu'elle est destinée beaucoup plus à rassurer les Français qu'à inquiéter les peuples étrangers

— Ce n'est pas très sûr, répondit Bellevigne; les Français ne demandent qu'à être rassurés; et du moment qu'on leur dit qu'ils peuvent avoir confiance en ceux qui veillent sur leurs destinées, ils dorment sur les deux oreilles. Mais les nations voisines doivent être amenées à supposer que l'armée française possède un plan de mobilisation qu'on complète et qu'on perfectionne sans relâche. Il est vrai que nos ennemis éventuels, très au courant de notre situation générale, savent qu'il nous est impossible, normalement, d'élaborer un plan tant soit peu praticable; pourtant, nous devons faire tous nos efforts pour les tenir sur le qui-vive. En somme, la section de mobilisation existe surtout pour assister les gens, amis ou ennemis, disposés à croire au miracle en matière d'organisation militaire. Pour qu'une mobilisation rapide fût possible...

— Il faudrait bien des choses! m'écriai-je.

— Il faudrait avant tout, reprit Bellevigne, un gouvernement intelligent et fort, c'est-à-dire sûr de la légitimité de son existence et dont le pouvoir se fortifierait sans cesse de la sève toujours jeune qui monte du vieux tronc des traditions; il faudrait un peuple décidé à comprendre l'efficace grandeur des symboles ouvrés par les âges, un peuple qui sentirait que la foi donne une autre vigueur que le scepticisme, et qui rouvrirait enfin à Dieu, qu'il en a chassé, son âme et son cœur.

— Il faudrait, dis-je à mon tour, que toutes les misérables idoles d'aujourd'hui — répugnants simulacres de ce qui fut et de ce qui sera — fussent renversées et réduites en poudre. Il faudrait qu'il y eût un peuple. Non pas le peuple d'à présent, amas de haillons humains croupissant sur la loque d'abstraction qui s'appelle une patrie; mais un peuple libre, respirant largement sur une terre libre, sur le sol enfin arraché aux griffes des voleurs — sur le sol qui est la Patrie.

— Vous savez, reprit Bellevigne en souriant, que je ne puis considérer vos idées que comme chimériques. Cependant, je comprends que le spectacle des ignominies actuelles puisse les faire germer dans un cerveau que lasse et révolte le perpétuel mensonge. N'est-ce pas mensonge, et mensonge seulement, tout ce qu'on enseigne à la nation au sujet de sa puissance militaire? Et comment cette nation, si elle n'était point aveuglée par une incrédulité compliquée de fatigants mirages, comment cette nation pourrait-elle ajouter foi à d'aussi grossières impostures? Croyez-moi, mon cher ami : pour la foule, quand la croyance disparaît, c'est la superstition qui vient; toutes les superstitions.

Je me suis rappelé les paroles prononcées à Malenvers par l'abbé Lamargelle. Le prêtre, qui est un athée, avait dit : religion; l'officier, qui est un croyant, a dit : superstition; moi, qui voudrais être un Français, j'ai pensé : lâcheté. Le capitaine de Bellevigne a continué :

— Comment le public peut-il croire à la possibilité d'une mobilisation rapide dans un pays qui a rejeté le recrutement régional et qui distribue ses réservistes avec l'unique souci de les éloigner de leurs foyers? N'est-il pas évident que la seule préoccupation des gouvernants est de diminuer les chances d'un soulèvement que provoqueraient leur malhonnêteté et leur insuffisance? N'est-il pas clair que cette préoccupation met en péril la défense nationale? N'est-il pas certain que notre réseau ferré est hors d'état de rendre, à un moment critique, les services qu'on en doit attendre? Et qui ignore que, s'il en est ainsi, c'est parce que les gens qui se sont succédés au pouvoir depuis 1870 ont toujours sacrifié les intérêts supérieurs du pays à des considérations de l'ordre le plus vil? Le système de mobilisation qu'on entoure de tant de mystères n'est qu'une absence complète de système; les plans ébauchés par le général de Paramel et par d'autres sont réduits à néant par d'insurmontables obstacles, soigneusement entretenus par la Crapule qui légifère. S'il en était autrement, que serait-il besoin de tant de secrets? Est-ce que le système allemand n'est pas parfaitement connu! Il est excellent; donc, on a nulle raison de le cacher. Mais à nous, le mystère est indispensable.

— Cette malheureuse situation, dis-je, est connue de nos voisins; ils sont aussi au courant des mesures presque dérisoires qu'on a prises pour y remédier. Pourtant, ils ne savent rien d'une façon absolue. Des *fuites*, comme nous disons, des *indiscrétions* commises nous ne savons par qui, les renseignent de temps en temps sur des points de détail. Mais j'ai souvent pensé à l'hypothèse suivante : un traître d'intelligence supérieure vendant à l'étranger la preuve de notre infériorité, lui livrant la démonstration circonstanciée de notre irrémédiable impuissance à mobiliser rapidement nos troupes; la trahison découverte; et cet homme arrêté. Devant la réalisation de cette hypothèse, que feraient le gouvernement et l'état-major?

— Le mieux serait de supprimer l'homme sans bruit, sans dire pourquoi.

— Mais, répliquai-je, de nos jours on ne supprime les gens que par jugement, et il faut dire pourquoi.

— On ne pourrait pas dire pourquoi, reprit Bellevigne on dirait tout, excepté la vérité. La vérité que les étrangers connaîtraient tout entière, il faudrait que la France continuât à l'ignorer. On condamnerait l'homme, non pas pour le forfait qu'il aurait commis, mais pour des crimes imaginaires; et pour cela, on entasserait fraudes sur mensonges, faux sur parjures.

— Oui; et tout cela en pure perte, probablement. Car l'étranger aurait intérêt à faire briller quelques rayons de la vérité aux yeux du peuple français, à obliger l'état-major à ouvrir ses coffres-forts et à exhiber quelques-uns de ses mystérieux dossiers. Il aurait intérêt à voir si le peuple français, mis en présence d'indiscutables faits, se révolterait contre l'imposture organisée et exigerait la transformation totale de son armée; ou bien s'il continuerait à accepter la situation qu'on lui a créée. Ce qui signifierait, évidemment, qu'il a fait abnégation de son existence propre et qu'il est prêt au démembrement.

***

On comprendra pourquoi je rapporte ici cette conversation. On comprendra aussi pour quelles raisons je me dispense de décrire par le menu mon séjour aux bureaux de l'état-major général.

***

Je ne sais pas si vous y avez pris garde, mais jusqu'ici ma vie n'a pas été égayée une seule fois du sourire de l'amitié. Je ne m'en plains pas; j'en fais simplement la remarque. Mais à présent, c'est une affection peut-être pas très profonde, mais réelle, qui me lie au capitaine de Bellevigne. Le comte de Bellevigne appartient à une famille qui fut toujours opposée aux idées libérales, mais qui n'émigra point à la fin du siècle dernier et n'a jamais porté les armes contre la France; l'indélébile tache morale qui stigmatise la plus grande partie de l'aristocratie française ne souille donc pas son caractère. Il est un peu plus jeune que moi; d'esprit point étroit, mais concentré; intelligent, mais dominé par de vieilles idées; et sincère jusqu'à la naïveté. Son idéal franchement réactionnaire m'intéresse; comment de telles convictions peuvent-elles, en notre temps, régenter l'esprit d'un homme? Nous méprisons tous deux l'abjection présente; il la pèse au poids d'un passé qu'il poétise, et je la toise à la mesure d'un avenir qu'auréole mon imagination. Au fond, le grand point est de mépriser cette abjection. L'être qui accepte la laideur de la vie actuelle, qui en jouit, qui ne sent pas pour elle haine et dégoût, cet être-là cesse d'être un homme.

Les idées que j'exprime intéressent aussi le capitaine de Bellevigne. Il admet l'essence, mais rejette le mode. Moi j'admets le mode, et de plus en plus.

J'ai vu. J'ai lu. J'ai trouvé, formulées, beaucoup de pensées qui ne s'étaient présentées à mon esprit que tronçonnées ou en désordre. J'ai compris la Comédie Inhumaine jouée sur notre Terre par ces deux monstres, l'Église et l'État, par tous ceux qui en vivent et par tous ceux qui en meurent.

Comédie inhumaine — infâme, imbécile, indigne d'hommes. Comédie Inhumaine partout. Et quelle comédie plus grotesque et plus sinistre en même temps que cette comédie de la Revanche qui se joue en France, sans interruption, depuis 1870? Le Pouvoir civil agite aux yeux d'une tourbe abrutie le bulletin de vote, qui représente la volonté civique; le Pouvoir militaire brandit le drapeau, qui représente la Patrie. La tourbe applaudit, admire, bâille, bave, crache au bassinet parlementaire, casque militairement. Et l'homme au bulletin de vote et l'homme au drapeau se partagent les écus, se les partagent en frères (de la côte). Les liens les plus étroits les attachent l'un à l'autre. Les filous des assemblées parlantes ne peuvent continuer leurs trafics que grâce à l'existence perpétuée de l'armée prétorienne; et l'armée prétorienne ne peut continuer à exister au bénéfice de l'aristocratie à galons, que grâce à la complicité des vomissures de l'urne. Si le Pouvoir civil a réussi à conserver l'armée telle qu'elle est, quelles transformations n'aurait-il pu facilement lui faire subir, s'il l'avait voulu? Mais il sait qu'il a tout à perdre, et son existence même, à la constitution d'une armée vraiment nationale; et il tient à vivre, au milieu de toutes les ordures et de toutes les hontes, afin de pouvoir saigner les pauvres et vider leurs bas de laine. Les scandales du Panama ont éclaté, continuent. On perquisitionne, on arrête des gens, on les relâche, on les emprisonne, on rend des ordonnances de non-lieu — mais on ne rend pas l'argent. Petit-Gris, vertueux républicain, a volé un million six cent mille francs; M. de Trisonaye, qui représenta si longtemps l'intégrité au ministère de la Guerre, n'a volé qu'une centaine de mille francs (télégraphiquement). Tout ce qui est au pouvoir a volé. Il n'y a que des voleurs au pouvoir; des voleurs qui ont dépouillé leur patrie non seulement de son argent, mais de son intelligence et de son énergie. Devant de telles infamies, le peuple ne se soulève pas. Vingt-quatre ans d'avilissement en ont fait une chose inerte, une éponge à bottes, un crachoir. Il ne comprend plus que, pour qu'il puisse vivre, pour que la France puisse vivre, il faut que la canaille dirigeante soit jetée à l'égout. Il ne comprend plus rien, même pas qu'il est devenu la risée du monde entier. Il s'indigne lorsque les bombes de Ravachol ou d'Émile Henry blessent ou tuent quelques-uns de ses exploiteurs, quelques-uns de leurs valets; il s'indigne lorsque le couteau de Caserio crève le plastron de Carnot. Il a de la pitié pour tout le monde, mais pas pour lui-même.

Alors, pourquoi aurait-on pitié de lui?... En avant, fils de pauvres! Sac au dos! Allez crever sur le champ de bataille! Et vous! les vieux, payez, payez et payez encore, pour que vos fils puissent crever! En guerre!

Pas du côté des Vosges, la guerre. Non. Pas encore pour cette fois-ci. Nous sommes prêts, bien entendu, mais nous préférons attendre (comme le lapin). Chacun, n'est-ce pas? est libre de choisir son heure. Et on nous a pris tant de pendules que nous pouvons bien y mettre le temps, à choisir notre heure... Mais il y a une grande île, tout là-bas, où les Jésuites ne peuvent pas s'installer à leur aise et ont besoin de la République française pour les aider... La Marianne, donc, se campe sur l'oreille le bas de laine vidé qui lui sert de bonnet phrygien, relève sur ses fesses noires de coups sa cotte raide de fange, retrousse ses manches rouges de sang français — et pousse au cul du Jésuite. La civilisation malgache doit disparaître devant la barbarie française. En avant, fils de Pauvres! Allez crever de la fièvre et de la dysenterie! Et vous, les vieux, payez, payez et payez encore pour que vos fils puissent crever!... C'est nous qui avons préparé l'expédition, et c'est quelque chose de chouette. On n'a jamais rien vu de pareil. (Pour sûr!) Tout le monde a déjà fait son petit bénéfice, en attendant les gros; tout le monde, y compris le personnage à guêtres blanches, gendre de voleur et voleur lui-même, qui est président de la République.

J'ai essayé de faire partie de l'expédition; je n'ai pas pu. Toutes les bonnes places sont réservées aux officiers qui furent élèves d'établissements congréganistes; et ils sont légion. Le cléricalisme s'empare de la France de plus en plus, et rapidement, grâce à la complicité des politiciens républicains; ces misérables n'ont jamais été que les plus répugnants des Tartufes; ils ont toujours envoyé leurs femmes s'agenouiller devant les prêtres qu'ils prétendaient combattre, ils ont toujours mis leurs filles au couvent et leurs fils dans les jésuitières. Mille fois, le concours de l'Église leur a été précieux; et surtout pour l'édification, aujourd'hui presque complète, de cette immense blague : l'alliance franco-russe.

Je demeure donc aux bureaux de l'état-major, où je m'ennuie suffisamment. Je m'ennuie, mais on ne m'ennuie pas; au contraire. Le général de Lahaye-Marmenteau, dont j'avais redouté l'hostilité, n'a jamais fait preuve envers moi que de la plus grande bienveillance. Mes camarades, à part le capitaine de Bellevigne, ne m'intéressent guère. Ils sont tous réactionnaires et cléricaux jusqu'aux moelles, convaincus d'ailleurs qu'ils doivent l'être, dans l'intérêt de leur pays — de leur pays qu'ils ignorent incroyablement. Le principe d'autorité, dont le culte les imprègne, pervertit leur pauvre entendement. Leur état d'esprit est celui de ces émigrés que Napoléon flétrissait dans sa proclamation du golfe Juan; celui de ces comtes de Bernis et de Voguë qui égorgeaient, en 1815, les soldats en garnison à Nîmes, celui de ces aristocrates qui, en 1871, applaudissaient au meurtre de la Commune par les hideux capitulards; un état d'esprit misérable, qu'on ne supprimera jamais qu'en supprimant ceux qui l'incarnent.

Et les types défilent, identiques moralement, laids physiquement, grelottant d'hypocrisie et de servilité; de l'or, sur tout ça, récompensant des années de service dérisoire, des besognes souvent inavouables. Des gens vont, viennent, militaires ou civils, escrocs ou mouchards on ne sait pas quoi on ne sait pas pourquoi; boutonnant leurs redingotes sur des plans de forteresse, emportant des dossiers confidentiels dans la coiffe de leurs chapeaux. Devant les cartons vides ou bourrés de paperasses suspectes (mais dans lesquels nous avons réussi à enfermer l'énergie et l'initiative de la nation), évoluent des êtres étranges; le général Schnick, pâle, fantomatique; le général Schnack, énorme, rouge impérieux, tonitruant; le général Schnock, figure poupine, voix fêlée,geste désarticulé; tous personnages destinés à exercer de grands commandements, en temps de guerre. Que font là ces grosses légumes? On l'ignore. Un officier supérieur, l'autre jour, a passé son après-midi à polir soigneusement une lanterne sourde (j'ai pensé que c'était pour traverser la forêt Noire, à l'occasion); ce personnage, m'a-t-on dit, n'était autre que le fameux colonel... Mais j'ignorais alors le nom du colonel, et je suis le seul à l'avoir oublié depuis. Ai-je oublié le nom de cet honnête guerrier, aux allures de rastaquouère, qui s'appelle le commandant Karpathanzy? Il n'y paraît pas.

*
* *

J'ai dit déjà que le général de Lahaye-Marmenteau était fort aimable pour moi Rien ne m'empêche de le répéter. Le général est un de ces hommes froidement et tenacement insinuant dont on peut deviner l'esprit continuellement agité sous un calme apparent, très réservés et très fureteurs. à volonté toujours tendue, qui vous inquiètent et vous fatiguent. La première impression qu'ils vous font ressentir est extrêmement déplaisante; mais leur habileté à jouer leur rôle la modifie rapidement, et peut même changer l'antipathie qu'ils inspiraient d'abord en une sorte de sympathie, non exempte de toute défiance pourtant. J'insiste sur ce dernier point afin d'expliquer pourquoi ce fut seulement vers le milieu de 1895 que je me décidai à répondre aux marques d'intérêt, que me prodiguait le général, par autre chose que par l'expression de la plus froide politesse.

C'est durant l'automne de la même année que le général, au Cercle militaire, me présente à son ami M. Pilastre. La chose est faite comme par hasard. Mais est-elle faite par hasard ? N'a-t-on pas l'intention de recommencer les tentatives ébauchées à Malenvers ? J'ai très peu de temps de me poser, même, la question. M. Pilastre m'enlace de sa sympathie, m'enveloppe, me capture ; le moyen de résister aux avances de M. Pilastre, homme rond en affaires et carrément sans façons ?... Vous connaissez tous, au moins de nom, ce gros industriels qui est si fier de sa rosette d'officier de la Légion d'honneur et de son grade de commandant dans la territoriale. Sa fortune est considérable ; son intelligence, beaucoup moindre. J'ai essayé deux ou trois fois de plaisanter la pesanteur d'esprit de l'industriel devant le général ; mais ce dernier a pris un front sévère et a changé le sujet de la conversation. Il est impossible que son opinion diffère de la mienne ; il est bien plus probable qu'il a de bonnes raisons pour ne point l'exprimer. Après tout, peu importe. Pilastre est, actuellement, un lourdaud ; mais il n'a pas encore atteint la cinquantaine, et tout espoir n'est pas perdu. Pilastre est très militaire, très cocardier ; cela peut prouver qu'il est d'esprit libre, car le sentiment de la liberté, c'est le sentiment du pouvoir au repos ; et ce sentiment ne peut être inspiré à un être ou à une nation que par les armées permanentes modernes, qui sont un pouvoir et qui sont au repos. Le chauvinisme de Pilastre, d'ailleurs, n'a rien d'attristant.

— Shakespeare, Gœthe, Ibsen, Carlyle, dit-il, corrompent le goût français, embrument l'inspiration gauloise. Cependant, il ne faudrait pas aller trop loin. Ainsi, il y a quelque chose dans la musique de l'Allemagne, bien que j'aie cru de mon devoir de protester contre la première représentation de *Lohengrin*. Et il n'existe peut-être pas aujourd'hui, à Paris, dix écrivains égaux à Shakespeare.

Je suis souvent invité par M. Pilastre, qui habite un

grand appartement du boulevard Malesherbes. J'accepte presque toujours ces invitations; et la raison pour laquelle je les accepte est justement celle qui m'avait poussé à me promettre à moi-même de les décliner le plus souvent possible. Mlle Pilastre, dès l'instant où je l'ai revue, a exercé sur moi une grande attraction. L'impression pénible qu'elle m'avait produite autrefois ne s'est pas renouvelée; les sentiments qu'elle excite en moi à Paris sont tout différents de ceux que m'inspirèrent à Malenvers, à une époque où nous étions plus jeunes tous deux, sa difformité et sa faiblesse. Je cherche à m'expliquer ces choses.

Je hais la sentimentalité et je suis peu accessible à l'émotion. Je ne sais pas ressentir la pitié. La vue de l'infirme, du faible, du pauvre, produit en moi l'ennui et la colère. La difformité, qui a créé tant de philanthropes, ne pourrait jamais faire de moi qu'un révolté. C'est la rage qu'excite en moi la laideur des monstruosités actuelles qui me pousse à désirer ardemment des transformations sociales; et non pas une soif de sympathie provoquée par la beauté plus ou moins chimérique d'un idéal quelconque. Les peintres qui ont peint des Tentations ont généralement entouré leurs saints, au grand étonnement des imbéciles, d'êtres horribles à contempler, de créatures anormales; sachant bien que si la beauté peut attirer l'homme fort hors d'une certaine position morale, la laideur pourra beaucoup plus sûrement le pousser à en sortir.

La difformité de Mlle Pilastre donc, ne me rebute point; me stimule. Cette difformité, d'ailleurs, n'est pas toujours apparente. Il y a des heures où elle disparaît, non pas derrière les brumes d'une pitié dont je suis incapable, mais devant la lumière d'une intelligence supérieure, glorieusement révélée. Mlle Pilastre est fort instruite, et sa conversation très intéressante; ses idées, ses façons de voir et de penser, sont d'un esprit d'élite qui sait s'affirmer; elle doit avoir un joli mépris pour le chauvinisme de son père. C'est en vain qu'on chercherait à trouver, dans les opinions et les manières, la moindre ressemblance entre le père et la fille. La grâce des attitudes, la joliesse du geste, la musique de la voix donnent à Mlle Pilastre un charme particulier, la rendent subitement très prenante; sa difformité cesse très vite de choquer; il ne reste bientôt devant vous qu'un être frêle, comme arrêté momentanément dans son développement, et dont la laideur n'est pour ainsi dire qu'à fleur de peau. C'est une laideur d'ensemble; mais les détails sont jolis. Les yeux surtout sont magnifiques, rayonnants de pensée, avec une grande force d'amour scintillant quelquefois dans leur profondeur noire.

Et c'est cette lueur-là, dans ces yeux-là, que j'appréhende et que je hais. L'amour. Mais pas l'amour libre, maître de soi-même et volontairement offert. L'amour catalogué, classé, matriculé; l'amour dont la jeune fille est la dépositaire soupçonnée, qu'elle a en consigne, mais qui ne lui appartient point réellement et dont elle ne peut disposer. Ah! cette lueur-là dans ces yeux-là! L'amie, que je suis joyeux de connaître, que je serais heureux d'avoir toujours, disparaît et fait place à l'épouse garantie sur facture et à vendre à prix fixe. Je n'aurai pas l'amie, que je voudrais; et l'on m'offre l'épouse, dont je ne veux pas. Cette pensée m'exaspère. La femme — la femme qui est à vendre, qui sera vendue, et que je refuse d'acheter ou de recevoir — se transfigure soudain. Son charme s'évanouit; sa voix captivante cesse de chanter. Ses imperfections physiques s'affirment, s'imposent, exagérées; sa laideur croît, touche à l'horreur, devient insupportable. Et les êtres à qui elle appartient, qui disposent d'elle, ceux qui veulent trafiquer de son âme et de sa chair, s'approchent de moi et cherchent à me faire parler. Le général de Lahaye-Marmenteau m'apprend que je ne déplais pas à sa filleule; Pilastre m'assure qu'il devient jaloux de moi; Mlle de Lahaye-Marmenteau me laisse entendre que si je ne suis pas absolument hostile au mariage... J'hésite à comprendre. Je refuse de comprendre. Je me promets de ne pas comprendre.

Et pourquoi pas? Pourquoi reculer devant un marché, hésiter devant un échange? Toute notre vie est faite de ça. Si la femme a des défauts physiques, n'ai-je pas des vices? J'apporte mon nom et ma situation sociale; mais elle apporte son argent et la certitude, pour moi, de protections efficaces. Si elle est à vendre — moi aussi. L'officier, qui se fait payer pour entrer en campagne, se fait aussi payer pour entrer en ménage; toujours relativement à son grade et à ses risques; la nation crache, et la femme casque. Quoi de plus normal? Et peut-être que nous nous aimerions, tout de même...

Tout de même... Peut-être... Eh bien, non, je ne ligoterai pas ma vie à ce Tout de même! Je ne clouerai pas à ce Peut-être l'existence d'une femme — surtout de cette femme-là! Puisqu'il faut vivre au milieu de choses et d'êtres qui nous emplissent l'âme de répugnance et d'aversion, en face de la répulsion sans cesse grandissante qu'on s'inspire à soi-même, je vivrai seul. Je n'ose pas le dire — je ne sais pas pourquoi je n'ose pas le dire — mais je me jure de vivre seul. Les liens qui m'attachent à cette société que je méprise sont déjà trop nombreux; je n'ai pas le courage de les briser, mais je ne les augmenterai pas. Le sabre que je traîne inutilement depuis tant d'années déjà, je ne le mettrai pas dans la balance à peser les dots; j'aurais sans doute mieux fait de m'en débarrasser; mais qui sait s'il ne me servira pas un de ces jours — l'un de ces jours où l'on se réjouit d'être resté libre? Quelque chose me dit que de grandes convulsions sont proches, et qu'avant longtemps, au-delà et en-deçà des frontières, on entendra pas mal résonner le Brutal.

On peut s'amuser tout de même, en attendant; et la bénédiction nuptiale n'est pas indispensable à l'existence. (Je pense à Mme Raubvogel, en écrivant ça.) J'en pince pour Estelle. Autant l'avouer; vous le devineriez tout de suite. Ça été long à venir mais c'est venu. Estelle a quarante-deux ans sonnés, si je sais compter; mais elle est plus belle que jamais; d'une beauté plantureuse, montante, qui vous attire et vous retient. Ah! qu'il y a de belles femmes dans ma famille! C'est peut-être ma qualité de parent qui empêchait Estelle, au début, d'attacher aucune importance à mes déclarations. Mais peu à peu je suis arrivé à la convaincre de la réalité de mes sentiments et aussi de leur ardeur. Je crois qu'Estelle, si elle avait le temps, me prouverait qu'elle n'est point insensible. Mais elle n'a pas le temps. Les Russes l'accaparent; ils lui prennent tous ses instants. On ne se figure pas comme ces Slaves sont exigeants. « Grattez le Russe, a-t-on dit, et vous trouverez le Tartare. » Mme Raubvogel, qui a mis le dicton à l'épreuve, assure qu'il n'exagère point. Cependant, le devoir avant tout.

Le Devoir est une chose avec laquelle on ne plaisante point, chez les époux Raubvogel. Le devoir patriotique surtout. Raubvogel est de longue date affilié à toutes les sociétés revanchardes; il figure dans toutes les démonstrations patriotiques à côté de sa femme qui, aux yeux de tous les Parisiens, représente l'Alsace; il n'a cessé de proposer les motions les plus violentes contre l'Allemagne. Un jour, il déclare qu'on devrait trouver moyen de communiquer le phylloxera aux vignes de l'Ennemie, des maladies à son blé et à ses pommes de terre; un autre jour, il lance l'anathème contre les gens qui se désaltèrent avec de la bière de Munich ou qui ronflent comme des toupies d'Allemagne; ces gens-là, dit-il, ne sont pas des patriotes. Il demande qu'on élève, sur la place de la Concorde, une statue à Metz; il réclame une décoration spéciale pour tous les combattants de 1870-71. Des multitudes approuvent ces propositions; la presse les appuie; on admire généralement le beau zèle français de M. Raubvogel.

Toute peine mérite salaire. Et qui est-ce qui est récompensé de son dévouement à la patrie dès que l'alliance franco-russe est conclue? C'est le cousin Raubvogel. (D'autres aussi, mais n'en parlons pas.) Les Moscovites affluent chez le cousin; non pas précisément de hauts personnages, mais de gros personnages tout de même, des financiers, des brasseurs d'affaires, d'honnêtes gens qui suivent l'exemple donné par leur gouvernement et qui viennent échanger leur papier contre de l'or français. Raubvogel aide ces bienfaiteurs de la France à écouler leur excellent papier, et Mme Raubvogel les met à même d'apprécier, sous toutes ses faces, le charme de l'existence fin de siècle. Je dois dire que, à force de se frotter à des notabilités de l'armée, de la finance et de la politique, Estelle a acquis des connaissances plus que superficielles sur des sujets qui restent, d'ordinaire, fermés aux femmes. Ainsi, elle savait que nous ne possédions à l'état-major que des renseignements fort incomplets sur les côtes de la mer du Nord et de la Baltique;

un général russe l'avait mise au courant du fait, et son patriotisme s'alarmait. J'ai rassuré Estelle; je lui ai appris, confidentiellement, que deux officiers, le capitaine de Rouy et un autre, venaient justement de partir sur un yacht, en touristes, pour inspecter les côtes en question.

Pour mon compte, je ne crois guère aux résultats de l'espionnage; pas plus, d'ailleurs, que je ne crois à l'efficacité d'une alliance avec la Russie. Nous n'y voyons pas plus clair depuis que les Russes mangent la chandelle par les deux bouts; le caractère français s'est seulement transformé d'une façon curieuse : il s'est englué de solennité. Mais la presse à la solde du pouvoir chante l'alliance russe (tout en crevant d'envie de débiner la Russie, par lassitude de la louange). Des journalistes écrivent ceci : « Le Czar jette sa cavalerie sur l'Est allemand. Des chevaux comme nous n'en n'avons jamais vus en France, qui s'agenouillent, se couchent et se relèvent au plus léger sifflement de leur maître; les voilà en Allemagne, et ils coupent les fils télégraphiques, et ils font sauter les ponts et ils minent les voies ferrées »... « Les fantassins russes ont des grappins de fer pour monter sur les branches des arbres et les maisons »... « La France avait vécu longtemps repliée sur elle-même, mais depuis que les fêtes de Cronstadt ont éclaté comme une fanfare, l'incendiaire poignée de main franco-russe nous a rendu notre vigueur. » Une bonne moitié des rédacteurs de journaux français, il faut le dire, ne s'abandonne pas à un enthousiasme aussi désordonné. Les Belges sont trop expansifs, c'est vrai; mais les Suisses modèrent leurs transports.

M. Delanoix, que je vois assez souvent chez son gendre, bien qu'il soit grand partisan de l'alliance, me semble plutôt Suisse dans l'expression de ses sentiments. Il dit que la Russie est l'alliée naturelle de la France, mais qu'il faut constater ce fait indéniable avec modération; que la France sera toujours la France pourvu qu'elle reste modérée; que l'armée est une institution grandiose et démocratique, et qu'il ne faut la critiquer qu'avec modération. M. Delanoix est devenu tellement père conscrit, il l'est devenu si complètement et avec tant de bonne foi, que je commence à l'aimer.

Mais j'aime mieux sa fille, ô gué, j'aime mieux sa fille!

*
* *

J'ai chanté tellement haut qu'on m'a entendu. Et voici les reproches éloquents, muets, ironiques et chagrins qui commencent à pleuvoir. M. Pilastre me gratifie de longs discours qui tendent à prouver que le moindre écart dans la conduite d'un officier porte atteinte au prestige de l'armée territoriale, à laquelle il appartient. Mlle Pilastre, qui vient de revenir de Nice, au commencement de cette année 1896, m'accueille avec une froideur que la température ne suffit pas à justifier; Mlle de Lahaye-Marmenteau approuve sardoniquement mon goût pour les fruits mûrs, et le général de Lahaye-Marmenteau me transperce de regards sévères. On dirait vraiment que je suis la propriété de tous ces gens-là, et que je commets un crime en faisant mine de leur échapper. D'abord, pourquoi diable me témoignent-ils tant d'intérêt? Ou plutôt, quel intérêt peuvent-ils avoir à me passer la corde au cou?

Le capitaine de Bellevigne, auquel je demande des renseignements à ce sujet, n'en a point à me donner. Il se souvient seulement qu'un officier employé à la direction de l'infanterie lui a posé, il y a deux ans environ, les questions que je lui pose à présent. Lui, Bellevigne, ne comprend pas plus aujourd'hui qu'alors. Étrange...

Heureusement, mon père m'écrit de Nortes qu'il va faire un petit voyage à Paris; il pourra sans doute me donner des explications. Il vient me voir un matin, en coup de vent, me remet une somme assez ronde et me donne rendez-vous pour le surlendemain; il est très préoccupé, très affairé. Le surlendemain, je reçois une lettre qui m'apprend que mon père a été obligé de repartir tout de suite pour Nortes. Embêtant...

Après tout, ça ne fait rien; les renseignements que je n'ai pu avoir ni de Bellevigne, ni de mon père, le cousin Raubvogel me les donnera sans aucun doute. Je vais aller... Ah! mais, non! Pas de bêtises! Raubvogel mettrait sa femme au courant de mes petites affaires, et Estelle doit rester persuadée qu'elle seule me préoccupe. Alors?... J'ai trouvé. Schurke.

Je m'en souviens parfaitement; c'est le 1er mai 1896, à la suite d'un dîner auquel je l'ai prié, que Gédéon Schurke me fait les révélations suivantes : Mlle Pilastre, qui est née à Nice peu de temps avant la guerre de 1870, n'est pas la fille de M. Pilastre. Elle est la fille du général de Lahaye-Marmenteau et d'une danseuse alors célèbre, la Saltazzi. Le général assista à la naissance de sa fille. Il s'était rendu à Nice sur l'avis des médecins auxquels il était parvenu à faire croire que sa santé était des plus délabrées. Pourtant, il ne put reconnaître son enfant; il était marié; sa femme, qui fut assez longtemps la maîtresse du général Maubart, ne mourut qu'en 1871, accidentellement. Depuis, malgré ses promesses, il négligea de remplir cette formalité. La Saltazzi mourut à Venise en 1886. Le général de Lahaye-Marmenteau s'était remarié six mois auparavant, avec une jeune femme fort riche. Néanmoins il n'abandonna pas sa fille, qu'il lui était de nouveau devenu impossible de reconnaître comme sienne, et qu'il ne pouvait avouer. Il chargea sa sœur, qui était déjà la marraine de l'enfant, de veiller sur la jeune fille qui avait alors seize ans. La Saltazzi, qui possédait une assez grosse fortune, avait laissé par testament tous ses biens à sa fille; hormis une somme de deux cent mille francs qui, disait-elle, « devra être remise au général de Lahaye-Marmenteau le jour où ma fille sera reconnue par son père, et mariée; ou, en cas de décès de ma fille avant que ces deux conditions ne soient remplies, devra être distribuée aux pauvres de Venise ». Cette clause n'intéressa d'abord que médiocrement le général, qui a toujours eu de grands besoin, mais qui avait la libre disposition de la fortune de sa femme. Cependant, vers 1890, Mme de Lahaye-Marmenteau s'émut des brèches faites à son patrimoine; bien conseillée par Me Lerequin, avoué, elle confia à cet habile officier ministériel la direction de ses affaires. Le général se mit alors à songer aux deux cent mille francs. Le testament de la Saltazzi exigeait d'abord la reconnaissance de l'enfant par son père; mais il ne disait pas quel était le père; le père pouvait, par conséquent, être n'importe qui; le général se mit donc à chercher ce n'importe qui, déterminé, pourtant, à ne pas se contenter du premier venu. Des agents secrets du ministère furent mis en campagne; et après avoir usé largement des fonds publics, découvrirent chez l'ambitieux M. Pilastre la bosse de la paternité fictive. La croix de la Légion d'honneur, puis la rosette, et les galons de commandant d'un bataillon de la territoriale, furent promis à M. Pilastre, s'il consentait à reconnaître pour sa fille l'enfant de la Saltazzi. Il consentit. Et le général tint ses promesses. La première des conditions imposées par la danseuse est donc remplie; il reste à exécuter la seconde. Comme on ne veut pas, une fois de plus, se contenter du premier venu, la chose est assez malaisée. Cependant, il faudra se hâter, car le général de Lahaye-Marmenteau est fort pressé d'argent.

— Voilà, dit Gédéon Schurke en terminant. Monsieur votre père aurait pu vous mettre au courant des faits, l'autre jour, tout aussi bien que moi. Mais il était très pressé; il avait Mme Plantain à enlever...

— Mme Plantain! m'écriai-je, la femme de l'inventeur?

— Elle-même, répond Schurke. Son mari a quitté la France depuis qu'il est sorti de prison, mais elle habitait toujours à Paris; le général Maubart lui faisait la cour depuis déjà longtemps; il a réussi à l'emmener à Nortes; peut-être, après tout, en tout bien tout honneur.

— C'est vraiment curieux, dis-je. Mais que vous savez de choses, Schurke! Que vous en savez!...

— J'en sais trop, ricane Schurke, beaucoup trop. J'en sais tellement que j'en suis las, fourbu, exténué. Et voulez-vous que je vous dise? C'est toujours la même chose. Il n'y a que des dupes partout; même ceux qui tendent les pièges sont des dupes. C'est ridicule, lamentable, et tuant. Pour moi, j'en ai par-dessus la tête. Un de ces jours... Vous êtes-vous demandé quelquefois ce que c'est qu'un traître. Et avez-vous pensé qu'un homme puisse trahir sans aucune raison, sans aucun intérêt, machinalement, pour ainsi dire, et sous la pression réactive d'un invincible dégoût? Pensez-y.

J'y songerai, si j'ai le temps. Mais j'ai justement dans ma poche un billet d'Estelle qui m'accorde un rendez-vous pour après-demain, et je ne veux penser à rien d'autre.

XXI

C'est chez moi qu'Estelle m'a donné rendez-vous. Comme je vais quitter le bureau, vers quatre heures, sous un prétexte, le capitaine de Bellevigne entre et vient m'annoncer tout bas qu'il a une importante communication à me faire. Nous sortons ensemble; et sitôt dehors, il m'apprend...

Il m'apprend une chose inouïe, extraordinaire, monstrueuse, absolument incroyable. Les époux Raubvogel viennent d'être mis en état d'arrestation. Ils sont sous les verrous, accusés d'espionnage. Le capitaine de Rouy et son compagnon (ces deux officiers qui étaient partis récemment, sur un yacht, pour examiner le littoral germanique) ont été arrêtés à Dantzig; et l'on prétend qu'il ont été capturés sur des indications fournies par Raubvogel. De simples présomptions! Non; presque une certitude. C'est Gédéon Schurke qui a dénoncé les Raubvogel et il ne reste plus qu'à contrôler ses déclarations, qui sont des plus vraisemblables. Jusqu'à présent, on garde le secret sur l'affaire.

Quel scandale! D'abord, je suis saisi d'étonnement, comme pétrifié. Certes, je n'ai jamais cru à la sincérité des démonstrations patriotiques du cousin; je pensais qu'il s'y livrait parce qu'elles lui étaient utiles, commercialement; mais qu'elles fussent destinées à couvrir une trahison systématique... Quelle chose stupéfiante!... Et cette chose stupéfiante, tout d'un coup, m'apparaît comme la plus simple du monde. Raubvogel, espion? Naturellement; il n'a jamais cessé d'être au service de l'Allemagne; c'est un espion-né, c'est l'espion... Et je me souviens des informations sur le voyage de de Rouy que j'ai moi-même données à Estelle. Et je m'avoue que je suis la cause inconsciente, mais pas innocente, de la mésaventure dont mes camarades ont été victimes. J'ai été joué par une femme. Et dire que je n'ai jamais pu jouer avec cette femme-là! Schurke aurait bien pu attendre jusqu'à demain...

Des cris, des pleurs, des lamentations, des objurgations, des supplications; et tout ça en pure perte. C'est M. Delanoix qui accourt, effaré, atterré, affolé, qui crie, qui gémit, qui se multiplie, qui cherche à étouffer la terrible affaire. Étouffer l'affaire, le gouvernement ne demanderait pas mieux; malheureusement, il ne peut pas. Le capitaine de Rouy a un frère que Schurke a mis aussi au courant des choses; ce frère est journaliste, et menace de commencer une violente campagne contre le gouvernement, s'il fait preuve de clémence envers les Raubvogel. Le silence est donc impossible. La presse s'empare des faits, hurle au scandale, clabaude, grince. Mon père, de Nortes, m'écrie : « Ces Raubvogel sont d'horribles crapules; je l'avais toujours pensé. Désavoue-les, comme je le fais moi-même. Ils ne sont pas nos parents. Combien je regrette d'avoir été assez faible pour le laisser croire! Voilà ce que c'est que la bonté... » M. Delanoix quitte Paris, désespéré; je le conduis à la gare du Nord. Le pauvre homme fait pitié; il est plus mort que vif.

Plus mort que vif? Je te crois! Le télégraphe, ce soir, nous apporte la nouvelle de son décès; il est mort ce matin, subitement. On parle d'un suicide... Des blagues! Pas plus de suicide que sur ma main. M. Delanoix est mort de honte; il est mort de honte, comme un honnête homme. Voilà tout.

Donc, voilà le beau-père mort et le gendre en prison. Voyez-vous quel thème aux méditations d'un moraliste offrent les destinées de ces deux hommes? Ils avaient, l'un et l'autre, un rôle à jouer dans la Comédie Inhumaine; le premier a pris cette comédie au sérieux, et en a oublié sa vraie nature; le second s'est toujours souvenu que cette comédie était une comédie, et s'est toujours souvenu aussi que ses instincts devaient dominer son jeu. Raubvogel, quels qu'aient été les masques — invariablement souriants, d'ailleurs — dont il ait agrémenté sa figure, est toujours resté un irrégulier, un fantaisiste; et, bien qu'il paie aujourd'hui la pénalité due aux artistes, il a tellement acquis l'élasticité, la flexibilité du virtuose, qu'il ne souffre pas le moins du monde de ce qui lui arrive. Il n'en mourra pas. Il en tirera sans doute de nombreux bénéfices. Je suis sûr qu'il s'en tient les côtes, dans sa prison. Quant à Delanoix, le masque d'austérité immuable qu'il s'est posé sur la face a pénétré sa chair, est devenu sa chair même. Delanoix s'est transformé, réellement, en ce quelque chose de raide, de routinier, de rigide et de fragile, qu'il aurait dû seulement représenter : un honnête homme. Et la main du Destin, au lieu de le courber, de lui faire faire une pirouette, ou de le faire rire, l'a brisé. Le voilà mort. Et bien avancé, n'est-ce pas? Lisez les journaux, et voyez la réputation qu'ils lui font. On le traite d'hypocrite, de tartufe, de canaille; on assure qu'il était de mèche avec son gendre, et que c'est pour cela qu'il s'est tué. On sort de sales histoires sur son compte, et même on en invente. (Pourquoi? oh! pourquoi?) Si Delanoix, au lieu de prendre la Comédie Inhumaine au tragique, avait simplement haussé les épaules, il vivrait encore; on le respecterait; et il boirait tranquillement son apéritif avec Ranc, en père peinard.

Avant de mourir, Delanoix a donné une irréfutable preuve de sa vertu intransigeante. Il a déshérité sa fille dans la mesure du possible et m'a institué son légataire. J'ai accepté la succession, bien entendu; et j'ai chargé du soin de mes intérêts Me Lerequin, l'avoué dont m'avait parlé Gédéon Schurke.

Un samedi, tout à la fin du mois de juin, les époux Raubvogel comparaissent devant le tribunal. Le mari est condamné à plusieurs années de prison; la femme est acquittée. Qu'on châtie Raubvogel, soit; mais les intérêts de la France seraient bien mieux servis si, au lieu de le condamner pour espionnage, on le punissait pour avoir appartenu à ces absurdes sociétés patriotiques, à ces honteuses ligues qui se sont fait un monopole de la Revanche et l'ont tuée sous l'excès du ridicule. Quant à Mme Raubvogel, je dois dire... Mais pourquoi m'occuper d'une femme que je ne reverrai jamais?

*
* *

Le lendemain, dimanche, une paresse sans cause, mais invincible, me retient au lit. J'ai envoyé mon ordonnance et lui ai dit de ne pas revenir avant midi; là-dessus, je me suis rendormi du sommeil du juste.

Il est environ neuf heures lorsqu'un coup de sonnette me réveille en sursaut. Qui peut venir?... Ah! que je suis sot! C'est Bellevigne qui m'a promis de m'apporter des billets pour un concert d'orgue, au Trocadéro. Je saute à terre, je traverse en courant (et en *bannière*) le petit salon qui précède ma chambre à coucher, je tourne la clef de la porte de l'appartement, je crie : « Entrez! » et je reviens en toute hâte me mettre au lit. J'entends la porte s'ouvrir et se refermer, des pas pressés dans le salon, et tout d'un coup...

Estelle! C'est Estelle! Elle est là, là, à la porte de ma chambre. Là enveloppée d'un grand cache-poussière, coiffée d'une toque sans voilette... Non, pas à la porte de ma chambre, mais plus près, beaucoup plus près, près de moi. Non pas enveloppée d'un manteau et coiffée d'une toque; la toque s'est envolée sur une table, le cache-poussière est tombé sur un fauteuil et il disparaît sous un jupon, sous deux jupons. Non pas près de moi, mais très près, très près; très près, avec sa magnifique toison fauve éparse sur les oreillers, avec des baisers et des frissons, et des sanglots — et des sanglots...

Elle m'aime, elle m'aime, elle m'aime! Ah! qu'elle m'aime! Elle m'aime surtout à cause de mes mérites moraux, de ma générosité, de mes grandes qualités de cœur. Elle me dit tout ça à travers ses larmes. Elle est bien, bien malheureuse; elle est seule au monde; elle n'a que moi; elle n'a confiance qu'en moi; elle n'a de ressource qu'en moi... Ça, c'est vrai, Tout dépend de moi; si je m'obstine à conserver l'héritage... Mais ma force de résistance est mise à une bien rude épreuve. Il y a un proverbe qui dit que tout est loyal en amour et en guerre. Je ne sais pas trop si c'est ici une question d'amour ou de guerre, mais il est certain que l'attaque d'Estelle a été aussi perfide que hardie, et qu'il y a peu de chances pour que l'avantage me reste. C'est d'autant plus triste que les illusions que j'ai pu avoir un instant s'envolent à tire-d'aile, et que je sens de plus en plus vivement qu'on n'en veut qu'à ma bourse. Allons, il n'y a qu'à me résigner...

Je me résigne. Je laisse Estelle gagner son procès. Elle a été déshéritée par son père, mais je lui promets de la remettre en jouissance. Un bon procédé en vaut un autre.

Je tiens ma parole (ou peu s'en faut). Je vais, accompagné d'Estelle, faire plusieurs visites à Me Lerequin. Il y a beaucoup d'avoués à Paris, mais Me Lerequin est le seul bon. C'est un homme respectueux des lois, qui s'engage à jongler avec les dernières volontés de Delanoix sans heurter aucune prescription légale. En secret, il me conseille de conserver un petit souvenir de l'héritage : une centaine de mille francs; je me rends à son avis. Estelle fait la grimace, mais tant pis... Mme Raubvogel passe encore une semaine à Paris, liquidant son établissement, solidifiant les liens qui nous attachent l'un à l'autre. Puis, elle part pour le Nord.

Deux jours après, je suis invité à me présenter devant le général de Lahaye-Marmenteau. Je trouve le général seul, dans son cabinet, jouant nerveusement avec un crayon; il a une drôle de figure, pas drôle.

— Il faut avouer, me dit-il d'une voix sévère, que vous avez été bien inconsidéré. Après la misérable affaire dans laquelle ont été compromis deux membres de votre famille, vous commettez la légèreté de vous afficher en la compagnie de la femme du traître. J'ai ici des rapports qui ne me permettent point de douter du fait. On ne pousse pas l'imprudence à ce point-là! Une pareille imprudence, en vérité, devient de l'impudence. Vous avez l'air de narguer l'autorité...

J'essaie de protester, de m'expliquer; mais le général m'impose silence. Personnellement, dit-il, il ne doute pas de moi; il a seulement voulu me mettre face à face avec les résultats possibles de mon étourderie. La preuve qu'il ne m'en veut point, c'est qu'il va me donner un bon conseil. Pourquoi ne profité-je pas de la situation particulière que me font ma présence à l'état-major et ma qualité de fils de général pour m'établir socialement dans une position qui me mettrait à l'abri de tous et de moi-même? Cette position, un mariage pourrait me l'assurer; un bon et honorable mariage; et si...

Froidement, je remercie le général; je lui déclare que je suis décidé à ne point me marier. Il me lance un regard chargé de haine, baisse la tête et reprend, d'une voix qui siffle entre ses dents :

— Vous êtes libre. Souvenez-vous seulement que la situation privilégiée à laquelle je faisais allusion tout à l'heure ne sera pas toujours la vôtre; votre poste à l'état-major peut vous être enlevé d'un moment à l'autre; votre père, qui n'est plus jeune, peut vous manquer aussi. Et alors... Et alors, murmure le général au bout d'un instant, des langues se délieront peut-être et diront des choses que, jusqu'à présent, on n'a pas dites : des choses qui ternissent à jamais une mémoire. Notre époque aussi poursuit l'iniquité des pères sur les enfants...

Très surpris, plus que surpris, j'invite le général à s'expliquer. Il refuse. J'insiste. Il me donne l'ordre de me retirer.

J'éprouve, en quittant le cabinet du général, des sensations étranges : gêne violente, colère, inquiétude; un mystérieux et menaçant inconnu m'enserre, plane sur moi. Que faire? Écrire à mon père? Et lui rapporter... Non; ne pas lui écrire, aller lui parler. Je rentre chez moi au plus vite. Mon ordonnance, qui m'attend, me remet un télégramme daté de Nortes; mon père, qui est au plus mal, me demande en toute hâte. Je quitte Paris par le premier train.

***

Je n'ai jamais essayé de vous faire prendre mon père comme le type de l'amour paternel, ni de me présenter à vous comme un modèle de piété filiale. Cependant, il est certain que nous avons toujours éprouvé l'un pour l'autre, mon père et moi, une affection moyenne. Nous ne sommes ni d'aveugles enthousiastes, ni d'orgueilleux imbéciles; nous allons, par conséquent, rarement aux extrêmes; et les sentiments que nous éprouvons ne nous étreignent point, ne nous consument point, n'existent que relativement. Nous ne les empalons pas, ainsi que de ridicules rabat-joies, sur la seringue verticale des grands principes; nous n'avons pas de temps à perdre à de pareilles sottises. Mon père n'aurait pas donné sa vie pour son fils, comme Loizerolles; mais il ne l'aurait pas condamné à mort, comme Brutus. En somme, je crois que notre affection commune n'a jamais eu d'autre base que l'habitude, n'est que l'intérêt tempéré et pour ainsi dire artistique que porte la créature au créateur, et sans doute le créateur à la créature. Cet intérêt, surtout par le temps qui court, peut être considéré comme de l'affection. Et une semblable affection est-elle durable? Hélas! non.

Je ne sais pas pourquoi je m'écrie : Hélas! Cette interjection n'a rien à faire ici. J'aurais dû simplement dire : Non.

Non, non, une semblable affection n'est point durable. Elle ne persiste qu'autant que les êtres qu'elle influence existent, communiquent, sont conscients de leur présence, de leur force réciproque. Car, ne procédant que de l'habitude, elle ne trouve son essence que dans la dérisoire réalité de la vie actuelle, dans ses institutions et ses complications; elle n'a nul effet créateur et fécond sur la vie intérieure, mentale et morale, et ne peut donc s'affirmer dans le souvenir. La mort la brise, d'un seul coup, et en détruit la mémoire même avant que soient équarries les planches dont on va faire le cercueil.

De cela je viens de me rendre compte, à l'instant même. Lorsque je me suis trouvé, subitement, en présence du cadavre de mon père — car il était mort deux heures avant mon arrivée à Nortes — j'ai senti monter en moi un grand flux d'aversion, j'ai été secoué d'un remous d'amertume. Bile, fiel, rancune, exécration. J'avais besoin de lui; peut-être avait-il besoin de moi; nous aurions pu nous aider encore, puisque nous étions associés, puisque la vie nous avait imposé l'association! Et il m'a abandonné, il a manqué au contrat; il est là, inerte, grotesque... il n'est plus là. Alors, quoi?... Sa mort me semble une désertion. C'est une désertion.

C'est plus encore. C'est la fin, non pas seulement d'un homme, mais de toutes les choses auxquelles je m'efforçais de croire à travers cet homme. C'est l'évanouissement définitif de convictions spectrales qu'évoquait en moi son geste. C'est l'écroulement du prestige militaire, du prestige français, de l'Armée, de l'Épaulette, de tout. C'est comme si tout, tout, était mort avec ce mort. Comme si ce cadavre était le cadavre de la société entière...

— Ah! qu'il est pâle! Ha! Ha! Ah! qu'il est pâle! ricane une voix derrière moi.

Je me retourne. C'est Lycopode qui vient d'entrer dans la chambre où je me croyais seul.

— Ah! oui, alors, on peut le dire, qu'il est pâle! continue-t-elle, en se dandinant; je ne l'ai jamais vu blanc comme ça depuis le jour où Jean-Baptiste lui a dit ses quatre vérités, à Versailles. Vous rappelez-vous, Monsieur Jean?...

Lycopode est ivre. Je me souviens d'avoir entendu dire que la vieille femme s'était mise à boire. C'est avec difficulté que je la décide à quitter la chambre...

Dans l'après-midi, de nombreuses visites de condoléances. Fonctionnaires civils et militaires, amis et connaissances beaucoup de dames. Des fleurs arrivent, des croix, des couronnes. Tout cela, peu à peu, appelle hors de l'ombre, où je les avais vues s'effondrer ce matin, toutes les choses qui n'étaient point mortes. Elles montent, elles montent, triomphantes de plus en plus, s'affirment autour du cadavre. Et dans cette chambre mortuaire, maintenant parée, fleurie et comme vivante, surgit le prestige de la France, en fierté!

*
* *

La journée a été horriblement longue et fatigante. Pourtant, je n'ai pris que quelques heures de repos; et, bien avant minuit, j'ai été relever les deux officiers d'ordonnance qui veillaient le corps de mon père.

Je suis donc seul dans la chambre mortuaire, et m'ennuie ferme. Mon père avait bien des défauts, c'est certain; mais je puis assurer, non sans un certain orgueil filial, que c'est la première fois que je m'embête avec lui. Si encore j'avais apporté quelque chose à lire... Les scellés ont été posés sur tous les meubles; à l'exception pourtant d'un secrétaire, à gauche de la cheminée; ce secrétaire, m'a-t-on dit,ne contient que des papiers personnels et de l'argent; la clef m'en a été remise à mon arrivée. Si j'en faisais l'inventaire?

Les tiroirs sont dans le plus grand désordre. Je trouve d'abord deux cassettes : l'une qui contient de l'argent, l'autre qui contient des lettres dont la suscription semble récente. J'ouvre l'une de ces lettres; puis, toutes les autres; elles m'intéressent beaucoup (vous verrez pourquoi, mais un peu plus tard). A part cela, je ne découvre rien de bien curieux. De vieilles lettres d'amour ou d'affaires; des factures; des fleurs séchées, des mèches de cheveux; des compliments que j'ai tracés péniblement, aux jours lointains de mon enfance, pour la fête paternelle; des billets à ordre et des photographies; des lettres de ma mère et de mes grands-parents; et un cahier, au papier jauni, sur la couverture duquel s'allongent des mots allemands, couleur de rouille. Je prends ce cahier, dont le titre seul (*Der Beresina-Uebergang. Eine Berichtigung*) éveille en moi des souvenirs nombreux. C'est un manuscrit qui fut composé, voilà bien des années déjà, par mon grand-père, Ludwig von Falke. Et je revois le vieillard très distinctement, avec ses yeux bleus si profonds et sa grande cicatrice; je le revois essayant d'expliquer des choses que personne ne voulait entendre; souriant, avec de l'ironie au coin des lèvres, lorsqu'on lui parlait du passage de la Bérésina, auquel il avait assisté, comme un terrible désastre qui avait mis en relief une fois de plus, pourtant, l'admirable héroïsme des troupes françaises... Je m'installe dans un fauteuil et je commence la lecture du manuscrit, tracé d'une écriture haute et ferme dont les lettres germaniques accentuent encore le caractère de logique et d'artistique vérité.

Bien que j'aie conservé le manuscrit et qu'il soit là, sur ma table, tandis que j'écris ces pages, je ne puis ni le reproduire ici ni même en citer les passages les plus importants. A quoi bon? Mes compatriotes qui, en fait d'histoire, n'admettent guère que des légendes putréfiées, ne modifieraient point leur système en raison de ce que je pourrais dire. Leur siège est fait. (Tous leurs sièges sont faits. Le reste aussi.) Ils continueraient à se figurer que la Grande Armée de 1812, après des misères sans nom causées surtout par le froid, fut en fait annihilée par les Russes à la Bérésina en dépit du magnifique dévouement des troupes françaises. Comment pourraient-ils admettre que le passage de la Bérésina, au lieu d'être la lamentable catastrophe que représentent les historiens, est le plus haut exploit de Napoléon durant la retraite de 1812? Et comment pourraient-ils croire que l'Empereur ne dut le succès de son opération qu'à la bravoure des troupes allemandes, et surtout à l'héroïsme de la brigade badoise? Des Allemands sauvant d'une destruction fatale et complète la Grande Armée et Napoléon lui-même, ce serait, pour les Français, ridiculement paradoxal et inadmissible. Voilà pourquoi je ne veux pas reproduire ici le travail de mon grand-père. Comme la lecture du manuscrit, cependant, a produit sur moi une impression profonde, et a eu, par contre-coup, une grande influence sur mon existence, je me vois forcé d'en donner un résumé aussi bref que possible.

« Les troupes du Grand-Duché de Bade qui prirent part à la campagne de 1812 se composaient de 7 666 hommes de toutes armes. (Il faut remarquer que le 1er bataillon du 2e régiment d'infanterie badoise faisait partie de la Garde impériale.) Une brigade d'infanterie, forte de 5 000 hommes, avec son artillerie (deux batteries, une à pied et une à cheval), et commandée par le général Markgraf Wilhelm von Baden, formait part du 9e Corps, placé sous les ordres du maréchal Victor.

« Mon grand-père était lieutenant dans le Leib-Infanterie-Regiment Grossherzog n° 1, dont le colonel était von Franken. La brigade badoise faisait partie de la division du général Dändels (26e division); le 9e Corps comprenait deux autres divisions d'infanterie : celle de Partonneaux, composée de jeunes soldats recrutés en Hollande et dans les villes hanséatiques, et celle de Gérard, formée de Polonais et de Saxons; de plus, une division de cavalerie commandée par le général Fournier, et ne comprenant que des troupes allemandes, particulièrement les Chevau-légers hessois; la 2e brigade (31e de l'armée), sous les ordres du colonel badois von Laroche, étant formée par le « Sächsisches Dragonerregiment » (colonel prince Jean de Saxe), et le « Badisches Husarenregiment von Geusau » (colonel von Cancrin).

« Le 2e et le 9e Corps, dont le commandement, depuis le départ d'Oudinot et de Gouvion Saint-Cyr, avait été confié au maréchal Victor, restèrent cantonnés à Ssjenno jusque vers le 18 novembre, date à laquelle Napoléon commença sa retraite de Smolensk. Leurs forces combinées s'élevaient (y compris la brigade badoise) à 25 000 hommes; ils tenaient Wittgenstein en échec à l'ouest et un peu au nord de Orscha, où la Grande Armée devait passer le Dniepr. Le maréchal Oudinot, presque guéri de sa blessure, étant revenu prendre le commandement de son Corps et ayant reçu peu après l'ordre de marcher sur Borissow, Victor concentra ses troupes à Tschereja; couvrant le flanc droit de l'armée contre Wittgenstein et ses 25 000 Russes.

« Victor était arrivé à Tschereja le 20 novembre, après s'être avancé contre Wittgenstein jusqu'à Tschaschinki; un combat dont le résultat fut indécis s'était engagé en cet endroit; la cavalerie badoise commandée par le colonel von Laroche s'y était particulièrement distinguée, mais avait perdu von Cancrin, colonel du régiment des hussards de Bade. Le maréchal Victor avait avec lui environ 12 000 hommes. Il avait reçu un ordre de Napoléon l'avisant qu'Oudinot, avec ses 13 000 soldats, serait le 23 sur la Bérésina pour couvrir le passage de l'armée, qui aurait lieu au plus tard le 24; quant à lui, Victor, il devait occuper fortement la route Lepel-Baran-Borissow et empêcher Wittgenstein d'attaquer Oudinot.

« Victor, cependant, au lieu de s'établir sur la route Lepel-Borissow, laissa cette route ouverte à l'ennemi et marcha, à une assez grande distance de la rivière, par Cholopenitschi et Ratutitschi. Le maréchal, en ne se conformant pas à ses instructions, rendit pire la situation de l'armée française. Sa retraite était couverte par la cavalerie allemande de von Laroche, qui se comporta admirablement. Le 22, on apprit que Borissow avait été capturé le 21 par l'avant-garde de l'amiral Tschitschagof, sous les ordres du général Lambert; le 23 au soir, on apprit que Napoléon venait d'arriver à Bohr, et que Tschitschagof avait été battu par Oudinot dans la plaine de Loschniza (sur la rive gauche de la Bérésina, un peu au nord de Borissow); il avait perdu un millier de prisonniers, tous ses bagages, et le pont de Borissow aurait été repris s'il n'avait été brûlé par les Russes. Le 24, à Baturi, l'arrière-garde de Victor, commandée par le général Delaître, se trouva dans une situation désespérée. Le Markgraf Wilhelm von Baden envoya à son secours le régiment Grossherzog n° 1; mais l'ennemi attaqua avec une telle violence que le Markgraf se vit obligé de faire prendre position à sa brigade tout entière à l'entrée d'une forêt. Compagnie après compagnie fut déployée en tirailleurs; et il fut ainsi possible, au prix de grands sacrifices, d'abord de délivrer l'arrière-garde, puis de repousser définitivement les forces très supérieures de l'ennemi. Cette action valut au Markgraf (qui n'était âgé que de vingt ans) les plus grands éloges du maréchal.

« Le 25, à midi, le 9ᵉ Corps atteignit la grande route de Moscou à Loschniza. La brigade badoise fit halte juste comme l'armée de Pologne passait sur cette route. D'abord, venaient environ vingt aigles portées par des sous-officiers; puis, une quinzaine de généraux, la plupart à pied, enveloppés de manteaux de dames et de fourrures souillées; 500 hommes en armes, tout au plus, suivaient. C'étaient les misérables restes d'un Corps d'armée qui avait passé le Niémen, quelques mois plus tôt, fort de 40 000 hommes. Le temps était très beau, et le plus brillant soleil éclairait de ses rayons le lamentable spectacle. La brigade badoise bivouaqua à Loschniza; le Markgraf avait encore sous ses ordres 2 240 hommes.

« Napoléon avait fait, dans la journée du 25, une forte démonstration devant Ucholody (au-dessous de Borissow); il avait envoyé là une division de cuirassiers, un bataillon d'infanterie, du canon, et plusieurs milliers de traînards (*d'amateurs*), qui devaient donner à Tschitschagof l'impression d'une formidable force destinée à couvrir le passage.

L'amiral russe fut pris au piège, fit replier tous ses détachements au nord d'Ucholodij et concentra ses troupes sur ce point. A huit heures du soir, les sapeurs et les pontonniers commencèrent à construire deux ponts; l'un, pour l'infanterie, un peu au nord du village de Studienka, l'autre, pour l'artillerie, presque en face du village. Un peu plus tard, l'Empereur, accompagné du roi de Naples, visita les bivouacs.

« Napoléon avait envoyé au maréchal Victor, le soir du 25, une dépêche furieuse dans laquelle il lui reprochait d'avoir laissé ouverte la route Lepel-Borissow, et de ne pas avoir attaqué Wittgenstein avec toutes ses forces, à Baturi; il lui donnait l'ordre de se rendre le lendemain avant l'aube à Borissow, avec deux divisions, et de revenir de là à Studienka. La division Partonneaux et la division Dändels (dont faisait partie la brigade badoise) se mirent donc en route le 26, à trois heures du matin. Pendant la marche, par une coïncidence extraordinaire, la brigade badoise rencontra un convoi qui était parti à Karlsruhe en juillet, et qui lui apportait à l'instant le plus critique, après avoir traversé presque toute l'Europe au milieu de difficultés sans nombre, les provisions et les chaussures dont elle avait le plus pressant besoin. C'est avec la plus grande difficulté, entouré et pressé par des hordes de traînards appartenant à tous les Corps, que le Markgraf put ramener sa brigade de Borissow, où la division Partonneaux avait été laissée avec ordre de ne se replier qu'au dernier moment. Une énergie énorme permit seule d'atteindre les ponts de Studienka, vers le soir; la brigade badoise, avec la division Dändels, traversa la rivière sur le pont de l'artillerie et eut à prendre position près du pont, tout aussitôt; là, elle se trouva côte à côte avec le brave 1er bataillon du 2e régiment d'infanterie de Bade, qui avait servi pendant toute la campagne dans la Garde impériale. Les ponts avaient été prêts à trois heures de l'après-midi; le Corps d'Oudinot avait passé tout aussitôt, s'était déployé, avait repoussé l'avant-garde de Tschitschagof, et bivouaquait dans le bois au nord de Staschow. Le reste de l'armée française se rapprochait en toute hâte de Studienka, et une vaste multitude d'*amateurs* grouillait sur les terrains bas, au sud du village.

« Ce sont sans doute les feux innombrables allumés par ces *amateurs*, et qui lui firent croire à la présence de forces considérables, qui empêchèrent Wittgenstein, alors près de Barau, de marcher sur Studienka, et qui le poussèrent à se diriger sur Borissow, par Kostriza. Quoi qu'il en soit, le passage de l'armée put s'effectuer sans encombre le 27. L'Empereur passa à une heure après midi. A quatre heures, le pont de l'artillerie se rompit, et des milliers d'*amateurs* essayèrent de se frayer un passage; à deux autres reprises aussi. Malheureusement, ils n'essayèrent pas de traverser la rivière pendant la nuit, lorsque l'armée, à l'exception du Corps de Victor, qui formait l'arrière-garde, eut passé; les ponts restèrent alors libres pendant plusieurs heures, et l'état-major français, s'il avait fait son devoir, aurait alors envoyé sur la rive droite ces pauvres gens, les blessés et les bagages. Mais l'état-major français ne fit pas son devoir; ainsi que le dit Napoléon lui-même, il n'était bon à rien.

« Le 28, à l'aube, la brigade badoise reçut l'ordre de repasser la rivière afin de renforcer Victor. Ce maréchal était à Studienka avec une faible partie de son Corps (en fait, avec la division Gérard et la cavalerie), la division Dändels ayant passé sur la rive droite dans la nuit du 26, avec presque toute l'artillerie du 9ᵉ Corps; et la division Partonneaux, qui avait été laissée à Borissow le 26 au matin, ne s'étant pas encore repliée. La brigade badoise éprouva une difficulté inouïe à repasser la rivière. Un nombre énorme de voitures et de caissons encombrait les ponts, sur lesquels s'écrasait une cohue désordonnée de maraudeurs et de traînards; malades et blessés étaient précipités sans pitié dans les flots qui charriaient d'énormes glaçons; d'autres malheureux essayaient de passer la rivière à gué et périssaient bientôt; c'était, de tous côtés, une scène de misère et d'horreur. Le froid, qui jusque-là n'avait pas été bien vif, devenait de plus en plus intense; une tempête de neige commençait à rager. Le Markgraf réussit enfin à faire passer son infanterie sur la rive gauche; mais il fut impossible de transporter les canons; ils furent laissés sur la rive droite, en position en avant des ponts et en équerre, de façon à couvrir les approches de Studienka.

« Comme le maréchal Victor commençait à prendre ses dispositions, les Russes attaquèrent vigoureusement sur la rive droite. Tschitschagof, avec 30 000 hommes, s'avança contre Oudinot, qui n'avait que 8 000 hommes, mais qui réussit à le repousser avant l'arrivée de Napoléon et de la Vieille Garde. Oudinot ayant été grièvement blessé, Ney prit le commandement. Les Russes attaquèrent une seconde fois, furieusement; les Français commençaient à plier, lorsque Ney fit charger la division de cuirassiers de Dumerc. (Cette charge, à peine connue, n'est égalée dans les annales de la guerre que par le fameux « Todesritt » de la brigade von Bredow, à Vionville.) Les Russes furent repoussés dans le plus grand désordre jusqu'à Staschow et mis dans l'impossibilité de renouveler leur attaque. L'Armée put commencer sa retraite sur Sembin.

« Mais, sur la rive gauche, Victor attendait anxieusement l'arrivée de la division Partonneaux, forte de 4 000 hommes, qui devait avoir évacué Borissow et marché sur Studienka. Ce fut seulement un bataillon du 56e, avec quatre canons, qui parut, et qui déclara n'avoir nulle connaissance du sort de sa division dont il formait l'arrière-garde. Quelques fuyards, pourtant, qui avaient échappé au désastre, apprirent bientôt au maréchal ce qui s'était passé. Partonneaux, négligeant les plus élémentaires précautions, s'était trompé de route, s'était heurté quelques heures plus tôt à l'avant-garde de Wittgenstein, avait été lui-même fait prisonnier; et le général Camus, qui lui avait succédé, avait capitulé.

« Le maréchal, ne doutant pas qu'il allait être attaqué par toutes les forces de Wittgenstein — et comprenant que le sort de la Grande Armée tout entière était maintenant entre ses mains — prit les dispositions suivantes. Il appuya à la rivière son aile droite, commandée par le Markgraf Wilhelm von Baden et composée de six bataillons badois et du bataillon du 56e (jeunes soldats originaires de Hambourg et de Lübeck) avec quatre canons; il plaça au centre treize bataillons allemands et polonais commandés par Gérard; et à l'aile gauche, la brigade saxonne avec l'artillerie de Gérard, quatorze pièces en tout. En échelon à l'extrême gauche, fut placée la cavalerie de Fournier, hussards de Bade, dragons de Saxe, chevau-légers de Hesse. On voit que toutes ces troupes, à l'exception de quelques bataillons polonais, étaient allemandes. La position couronnait des hauteurs dont la dernière déclivité, au nord-ouest, supportait les masures ruinées du hameau de Studienka. En avant de la position s'étendait une plaine large de cinq cents mètres environ où courait un petit ruisseau, trop étroit pour arrêter l'avance de l'ennemi; au-delà, on n'apercevait que des bois. Des tirailleurs furent disséminés sur le penchant des collines, mais le gros des troupes resta posté derrière les crêtes.

« Bientôt, les Russes apparurent, sortant des bois. Wittgenstein déploya ses forces en arrière du ruisseau, et avança sa gauche vers le long de la Bérésina afin de tourner la droite française et de couper la retraite de Victor. Le choc de l'attaque tomba sur le bataillon badois placé à l'extrême droite et qui, après une longue et héroïque résistance, ayant brûlé ses dernières cartouches, commença à plier. Immédiatement, le Markgraf s'élança à la tête d'un second bataillon, chargea les Russes en flanc et les rejeta à la pointe de la baïonnette au-delà du ruisseau. A l'aile droite, les Français — c'est-à-dire, bien entendu, les Allemands — étaient donc vainqueurs. A l'aile gauche, au contraire, l'immense supériorité numérique des Russes leur avait permis de tourner les Français, dont la situation était des plus critiques. Victor renforça sa gauche en toute hâte, mais en vain; les Russes gagnaient du terrain de minute en minute, grâce à leur nombre, en dépit de l'admirable résistance des Saxons. Tout semblait perdu, lorsque Victor donna à la cavalerie l'ordre de charger. Les hussards de Bade et les chevau-légers de Hesse formèrent la première ligne; les dragons de Saxe, sous le prince Jean, la seconde. Le général Fournier ayant été grièvement blessé, le colonel badois von Laroche prit le commandement. La charge balaya la première ligne russe, rompit le carré formé par le 34e Chasseurs, et força l'ennemi à la fuite. Les cavaliers allemands furent chargés à leur tour par un corps de cuirassiers russes; le colonel von Laroche fut blessé d'un coup de sabre qui lui fendit la figure de la bouche à l'oreille, fut fait prisonnier; une terrible mêlée s'ensuivit, au cours de laquelle le colonel von Laroche fut délivré; et les Russes furent obligés de tourner bride. Les pertes de la cavalerie française — c'est-à-dire allemande — avaient été énormes; mais l'ennemi cessa de rien tenter contre l'aile gauche, se contentant de la canonner à longue distance.

« Vers la fin de l'après-midi, au moment où la tempête de neige redoublait, Wittgenstein attaqua une seconde fois l'aile droite avec fureur. Le Markgraf fit preuve de la plus grande habileté et du plus grand courage; bien qu'ils perdissent mille cent hommes et vingt-huit officiers, et malgré le nombre écrasant de leurs adversaires, les Badois obligèrent les Russes à se retirer en désordre. Quand la nuit tomba, les troupes badoises avaient non seulement conservé leurs positions, mais avaient même gagné du terrain; et Wittgenstein était obligé de renoncer à toute nouvelle attaque. Le Markgraf n'avait plus avec lui que 900 hommes. Et c'étaient ces 900 hommes qui, le lendemain 29, à une heure du matin, traversaient les derniers la Bérésina, sauvant blessés et canons; et se déployaient face aux ponts tandis qu'on les détruisait, formant l'extrême arrière-garde de la Grande Armée... »

La lecture du manuscrit, je l'ai dit, a produit sur moi une impression profonde. Cette impression, je ne veux pas l'analyser. Pourtant, elle pourrait se diviser en deux parties.

D'abord, absurdité honteuse des haines internationales. La composition des armées napoléoniennes, l'existence de l'Empire français avec des chefs-lieux qui s'appelaient Amsterdam, Rome et Hambourg, ne prouvent-elles point, par l'absurde, la possibilité de la fraternité des peuples? Si les nations peuvent vivre en bonne harmonie sous le sabre d'un despote, ne pourraient-elles vivre fraternellement dans l'indépendance de fédérations libres? Et quand je pense que l'homme qui a tracé ce manuscrit, mon grand-père, était un Allemand et qu'il a su donner toute une existence de bonheur à cette Française qui était ma grand-mère, je me demande si les frontières n'ont pas surtout pour mission de barrer la route à l'amour qui pourrait fondre les races, développer l'homme en force et en intelligence.

Ensuite, le mensonge tricolore. De l'héroïsme dont firent preuve les troupes allemandes à la Bérésina et ailleurs, en 1812, Napoléon n'a pas dit un mot dans ses bulletins célèbres; pas plus qu'il ne voulut parler de la bravoure déployée par les Saxons à Wagram; pas plus qu'il ne voulut jamais faire leur part de gloire à aucun de ses alliés; cela, disait-il, « aurait été contraire à la politique et à l'honneur national ». Il aurait été contraire à l'honneur national, selon Napoléon et selon bien d'autres qui l'avaient précédé ou qui le suivirent, de dire la vérité. Donc, on mentit; donc, on ment; donc, on mentira. La nation française est invincible, elle est la reine de la civilisation, elle est la première nation du monde. Et, quels sont les fruits de l'imposture et de la hâblerie, on l'a vu en 1870, on le voit aujourd'hui, on le verra peut-être demain — et pour la dernière fois. Ce prestige de la France que j'ai vu surgir ici, il y a quelques heures, c'est un mensonge. C'est de l'irréel, c'est du truqué; c'est du décor, c'est du plagiat. C'est le semblant de vie et de grandeur qu'il y a dans cette chambre, que crée l'animation factice de choses mortes, de tentures, de fleurs coupées, de drapeaux — de choses mortes qui font un cadre éphémère à un corps qui se corrompt, qui pue...

Je me lève et je vais et je viens. Le vide, le vide énorme de l'existence qui fut celle de mon père, qui est la mienne, qui est celle de mon pays, m'apparaît tout d'un coup. Oh! je veux vivre, vivre complètement, et libre. Je quitterai l'armée; ma détermination est bien prise... Mais le sommeil me saisit; je regagne mon fauteuil et j'essaie en vain de relire quelques pages du manuscrit. Le jour va se lever, le frisson du matin me secoue. La pluie commence à tomber, frappe les vitres. Le bruit des cordes d'un luth touché aux endeuillées mesures du vieux temps, d'une gaieté lente, voilée de crêpe. Puis, de longs silences; des chansons jamais chantées. Puis, des bruits clairs, des cliquetis, des sifflements d'aciers froissés, des crépitements secs; des demi-rêves de bataille; des rêves de révolte. Puis, le sommeil.

*
* *

Les funérailles. Les obsèques d'un général commandant un corps d'armée. De temps en temps, on peut voir ça.

XXII

Vous n'avez sans doute pas oublié ces lettres que j'avais trouvées dans le secrétaire (à gauche de la cheminée). Je vous avais promis de vous dire pourquoi elles m'avaient intéressé. Je vais tenir ma promesse, bien que vous ne le méritiez guère. Vous n'avez même pas protesté contre la manière, vraiment par trop rigide, dont j'ai enterré mon père. Vous n'avez même pas dit qu'il est réellement honteux de conduire les morts au triple galop à leur dernière demeure. Et j'ai profité de votre silence pour ne point vous faire part de mille incidents qui vous auraient affectés; pour ne point vous apprendre, par exemple, que le général de Lahaye-Marmenteau, représentant l'état-major, avait assisté aux funérailles et s'était montré fort aimable envers moi; ce qui m'avait amené à considérer comme de simples paroles en l'air les vagues menaces qu'il avait proférées àParis. Ce fait, joint à cette autre circonstance que mon père, en dépit de tout, m'a laissé une somme assez ronde, m'a mis en cet état de belle humeur qui, maintenant, ne doit plus vous surprendre.

Quant aux lettres que j'ai justement à la main, ce matin, en me dirigeant vers Sainte-Luce (l'un des jolis faubourgs de Nortes), ce sont tout bonnement les missives envoyées à mon père par Mme Plantain et que je vais reporter à cette dame. Vous décrirai-je l'agréable villa qu'habite Mme Plantain? Vous dépeindrai-je Mme Plantain elle-même? Ne vous contenterez-vous pas de savoir qu'elle s'appelle Isabelle?

Vous penserez, naturellement, que je vous donne là un renseignement qui ne m'a pas coûté cher et que j'ai simplement trouvé au bas de chacune des épîtres que je viens de remettre, en mains propres, à Mme Plantain. Eh! bien, vous vous trompez; je n'ai point lu les lettres... Ah! sapristi, je viens de vous dire qu'elles m'avaient beaucoup intéressé... Enfin, je les ai lues sans les lire; je les ai parcourues; je lis très vite...

Mme Plantain, aussi, lit très vite; elle vient de me le déclarer. (Vous voyez que notre conversation est assez longue, assez amicale, et qu'il n'y aurait rien d'étonnant à ce que Mme Plantain elle-même m'eût appris son petit nom). Mme Plantain — Isabelle! Isabelle! — Isabelle avoue qu'elle raffole de Dumas père. Je confesse que je suis sanguinaire, mais que les abattoirs du roman d'aventures me dégoûtent. Alors, elle dit que ce n'est pas Dumas père qu'elle aime; mais Dumas fils. Hélas! Hélas! Elle dit qu'elle adore la psychologie et qu'elle lit Bourget. (Ça, c'est pas vrai. On ne peut pas.) Elle voit tout à travers des pièces et des romans. Quel vide! Mais quel joli vide! Des yeux qui ont la profondeur des rêves. (On dirait des puits. J'aime mieux m'arrêter ici; je descends trop, pour commencer.)

Mme Plantain m'explique pourquoi elle a quitté son mari. Plantain n'était plus jeune, tant s'en faut; c'était un savant, toujours enfermé dans son laboratoire, et qui ne supposait pas qu'une jeune femme pût désirer trouver dans la vie autre chose que des cornues. Je vois ça. Vous aussi. Mme Plantain est une femme incomprise. (Voilà un type neuf.) Un type fréquent chez les nations en décadence, lorsque l'intelligence, comme dit Gibbon, a renoncé « avec un sourire ou avec un soupir ». Une bêtise touchante et noire, que ne percent pas les rayons blafards d'une instruction hâtive; point de sens moral, car, pour les cerveaux spongieux, dès que le crime cesse d'être le péché, il n'existe plus; et une sensibilité extrême, douloureuse un peu, qui n'est pas la bonté, mais le rappel intérieur et pénible, l'évocation amèrement égoïste de souffrances rêvées. Mme Plantain croit à l'idéal, sourit à des futurs couronnés de promesses; des romances lui pourrissent dans le cœur. Ce genre de femme n'est pas mon fait; je suis encore trop jeune, ou plus assez. Mais pour un vieux, ce serait le rêve. Mon père s'y connaissait, tout de même...

Mme Plantain déplore la mort de mon père; elle avait grande confiance en lui; la preuve, c'est qu'elle est venue habiter Nortes. Mais comment retourner à Paris, où le bruit fait autour du nom de son mari a rendu sa position, à elle, si difficile? D'autre part, rester à Nortes... Est-ce que je ne pense pas que sa situation est un peu fausse? Peut-être. Et ne pourrais-je pas donner quelques conseils à l'amie de mon père? Mais si. Et d'autant plus désintéressés que je suis décidé, malgré le charme de la jeune femme, à ne point naviguer dans les eaux paternelles. « Non, non, me dis-je chaque jour, je ne serai jamais autre chose que l'ami d'Isabelle; ce sera plus original; ça sentira moins le roman.» Mais la nuit vient; et, ma foi...

Je ne me dissimule pas qu'une liaison entre Isabelle et moi nous placerait tous deux dans une situation particulière, peu compatible avec les préceptes de la morale courante. Mais un officier n'a rien à faire avec la morale courante. Son guide n'est pas la morale courante, mais l'honneur militaire. Et des manifestations passionnelles peuvent-elles porter atteinte à l'honneur militaire? En conscience, je ne le crois pas. D'ailleurs, toute discussion sur ce point serait oiseuse; ce n'est pas là qu'est la question; et je puis vous en exposer le nœud en quelques mots. Mon père a respecté Isabelle. S'il était possible d'avoir des preuves de la chose, j'en aurais. Il l'a respectée, peut-être, parce qu'il ne pouvait faire autrement; mais enfin, il l'a respectée. De sorte que je suis parfaitement libre de ne point l'imiter. J'en fais ici le serment : si tel n'était point le cas, je m'abstiendrais. Cela ferait saigner mon cœur, c'est certain; mais je le laisserais saigner. Je ne suis pas de ceux qui traitent les choses à la légère et ricaneraient, à ma place : « Ou le père a passé, passera bien l'enfant. » Non. Je sais être sérieux quand il faut l'être. Et c'est précisément parce qu'elle apprécie ma bonne foi et la gravité de mon caractère qu'Isabelle se décide à me donner son cœur.

Nous voilà heureux. A Nortes? Pendant quelques jours.

A Paris? Pendant quelques jours. Puis, Isabelle part pour Trouville où elle reste jusque vers le milieu de septembre et où je vais la retrouver le plus souvent possible. Nous faisons les projets d'avenir; dès qu'elle aura obtenu son divorce (l'instance a été introduite, il y a déjà longtemps, sur l'avis de mon père), nous nous marierons. Isabelle aura alors la libre disposition de sa fortune, dont elle ne touche à présent que les intérêts, et qui est considérable; je m'attache de plus en plus à Isabelle. Sa compréhension de la Société, de l'Armée, etc., est au niveau de celle de la foule; mais pourquoi pas? Et pourquoi l'ordre social actuel n'existerait-il point, puisque ses victimes sont assez sottes et assez lâches pour l'accepter? Et pourquoi n'en tirerions-nous pas tout le profit possible, nous, les privilégiés? Isabelle croit à mon avenir, me voit déjà colonel, général...

Quoi? Ma détermination de quitter l'armée?... Vous voulez rire. Il y a beau jour que j'ai changé d'avis. Savez-vous à quoi je me suis décidé, à présent? A imiter les méthodes de mon père; ni plus, ni moins. Elles lui ont réussi; pourquoi ne me réussiraient-elles point, à moi? Je plaisante, je ris, je blague, je fais du bruit, de la poussière et de l'esbrouffe; je joue au bon garçon et au diable, je mélange une inconscience voulue à une franchise maquignonnée ; je commence à entrer dans la peau du bonhomme, Ça prend, Ça prend même sur moi; je vois les choses sous un nouvel aspect, très riant. Les amitiés, les sympathies, les appréciations flatteuses pleuvent. Et lorsque le czar vient à Paris, en octobre, lorsque l'état-major français doit préparer, de concert avec un représentant de Sa Majesté, la grande revue que la dite Majesté passera à Châlons, savez-vous qui est désigné pour donner à l'illustre Moscovite tous les renseignements qu'il peut désirer? C'est moi. Je suis spécialement attaché à la personne du célèbre tacticien russe, le général Knoutkoff.

***

L'aigrefin que la République a choisi pour président ayant été contempler à Saint-Pétersbourg les clefs d'un grand nombre de villes françaises et les drapeaux de la Grande Armée, le czar lui rend sa politesse. Le czar vient en France, vient à Paris. Quel bonheur! « Qu'est-ce que c'est que le bonheur? écrit Nietzsche. C'est sentir que notre pouvoir augmente, qu'une résistance est surmontée. » Les Français sont heureux parce qu'ils sentent que leurs facultés serviles se développent, qu'il ont maîtrisé la répugnance que causent les définitifs avilissements. Le peuple français possède aujourd'hui cette alliance russe qu'il a achetée au prix de tant de palinodies et de tant d'abjections; « alliance naturelle » des « Fils de Bélial » et des « Diables rouges » avec les Saints Cosaques et les chevaliers du Knout; alliance naturelle — mais oui! — du lâche tortionnaire Prudhomme avec l'infâme geôlier de la Sibérie. Les peuples? Le pauvre peuple russe croupit dans son esclavage, dans sa vermine morale et physique, se débat contre l'ignorance, contre la faim. Le misérable peuple français croupit sur sa honteuse défaite dont le souvenir lui donne le cauchemar, se débat fébrilement contre les vérités qui veulent lui ouvrir les paupières, et qu'il refuse de voir. Le peuple russe « qui ne connaît, dit Adam Mickiewicz, qu'un seul héroïsme : celui de la servitude », est lié, par l'autocrate blanc et le Tartufe tricolore, au peuple français qui ne connaît plus qu'un seul héroïsme : celui du mensonge. — Vive la Russie! crie le peuple français, qui se dit libre, et qui est esclave, et qui n'est plus même un peuple — et qui le sait.

— Vive la Russie! crie Prudhomme en brandissant son parapluie ou en agitant son sabre (retour d'Allemagne). La Russie, parbleu! continue-t-il tout bas, ne peut rendre aucun service à la France dans une guerre de revanche. Elle ne pourrait jouer un rôle important dans une lutte avant un mois, deux mois peut-être, à dater du jour de la mobilisation. L'Allemagne, avec deux ou trois corps d'armée, empêcherait (s'il en était besoin) toute action rapide de l'armée russe. D'ailleurs, la Russie est incapable de tout. Il lui a fallu un an pour étouffer l'insurrection polonaise. malgré les atrocités commises par Mourawieff le Bourreau. Au Caucase, elle n'est arrivée qu'à des résultats partiels, après des années et des années de guerre. Depuis 1877 depuis Plevna où la clef de la position, la redoute de Grivitza, ne put être emportée que par des Roumains, son armée n'a fait aucun progrès; au contraire. Elle serait battue, sur mer, par l'Italie; et sur terre, par le Japon. Mais cette guerre de revanche qu'elle ne peut nous aider à entreprendre, elle peut — justement — l'empêcher. En concluant une alliance avec nous, elle contresigne le traité de Francfort — cet excellent traité grâce auquel nous prospérons, nous, les riches; grâce auquel nous pouvons nous soûler du sang des misérables. La possibilité de la guerre de revanche — que c'est notre seule mission de préparer — est donc écartée. Quel bonheur! Et si, par impossible, cette guerre éclate quand même, et si (comme c'est probable) nous sommes encore vaincus, nous pourrons contenir le peuple; lui dire que s'il bouge, les Russes ne viendront pas nous aider, et lui faire prendre patience — ce qui est le grand point — jusqu'aux capitulations libératrices. Et après, si, comme en 1871, il se rend compte de la comédie jouée par nous et tente de se soulever — mon Dieu! nous recommencerons 1871, nous aussi!...

Voilà les idées qui me chevauchent par la tête, bien malgré moi, mais que je me garde d'exprimer. Je n'énonce que les idées qu'exprimait mon père, ou qu'il exprimerait. J'ai promis de l'imiter en tout et je tiendrai parole. Cependant, je ne suis pas maître de mes pensées; du reste, je ne sais point si les mêmes pensées, malgré leur peu d'orthodoxie, ne se présenteraient pas à l'esprit de mon père. S'efforcer de penser ce qu'on dit et de ne pas dire ce qu'on pense, tout est là, quand on veut faire son chemin.

Du chemin, j'en ai déjà fait beaucoup, aux côtés du général Knoutkoff. Nous avons parcouru Paris en tous sens, avec des haltes aux bons endroits. Actuellement, nous sommes en route pour Châlons; le général va jeter un coup d'œil — le coup d'œil du maître — sur les derniers préparatifs de la revue qui doit avoir lieu après-demain. Les troupes commencent à encombrer les localités qui avoisinent la plaine fameuse. C'est avec peine que j'ai pu découvrir un logement convenable pour Isabelle au Grand Mourmelon; Isabelle mourrait de chagrin si elle n'assistait pas à la revue; il y aura place pour elle dans la tribune officielle, grâce à l'aimable entremise du général Knoutkoff.

Le brave général est expansif et n'hésite pas à me laisser voir, comme on dit, le fond de son sac. Il prononce des phrases comme celles-ci :

— Le soldat n'est que de la matière brute... Les armées démocratiques! Quelle imbécile utopie!... Ce qui vous manque, c'est un gouvernement fort avec un prince, un empereur à sa tête; nous vous tenons en réserve l'homme providentiel... La suppression de la Pologne a été une excellente chose; elle a réduit énormément les causes de guerre entre les grands États... Une guerre, dans l'état présent des esprits, serait une catastrophe; elle amènerait certainement une révolution sociale. Mais nous tiendrons la main à ce qu'il n'y ait pas de guerre; les expéditions coloniales suffiront à faire pousser la graine d'épinards... Maintenant que l'alliance franco-russe est conclue, mon auguste maître va s'occuper de la supression progressive des grandes armées nationales; un désarmement partiel s'impose; il faut revenir au principe des armées réduites, seuls instruments efficaces et sûrs au service des Pouvoirs forts...

Des envies me prennent parfois de souffleter ce garde-chiourme convaincu de son importance, orgueilleux de sa tunique à plis, couleur vert-bouteille, fier de son pantalon bleu à bandes rouges bouffant au-dessus des bottes. Mais je me contiens; j'approuve; j'admire; j'applaudis.

La revue. L'immense plaine s'embrase d'une flamme d'acier. L'immense plaine où l'épée d'Aëtius faucha les hordes d'Attila. L'immense plaine où l'épée de la France...

Elle pend au côté du Barbare, l'épée de la France; elle se cache, rouge de rouille, peut-être de honte, dans le fourreau de l'Autocrate; elle appartient à l'Autocrate, qui a consenti à l'accepter, à la fin; à la ramasser sur un tas d'or; et qui l'accrochera, ce soir, à côté de son knout. Il y avait des noms gravés sur la lame : Zurich, Austerlitz, Friedland, Eylau, Borodino, Krasnoë, La Bérésina, Sébastopol; ils n'y sont plus ; c'est l'aigrefin à tuyau-de-poêle et à guêtres blanches, accroupi là-bas dans un char-à-bancs, qui les a effacés, avec sa lime.

Et l'Autocrate part au galop, soudain. Suivi d'une armée de généraux galonnés, chamarrés, brodés, étincelants d'étoiles, de croix, de médailles, de crachats, de cordons, de rubans, d'aiguillettes. « Ils brillent tous, mais non de leur propre lumière : ils empruntent leurs rayons aux regards du Maître. » Le Maître passe sur le front des régiments — un pauvre être, chafouin, étique, jaunâtre, à l'œil inquiet et sournois. Le Maître passe sur le front des régiments dont les drapeaux frémissent, désespérés, en de grands efforts pour s'envoler des hampes, lances de Cosaques, auxquelles les clouèrent les Vaincus.

Au bruit de musiques éructant des hymnes russes et vomissant des marseillaises, au bruit des acclamations de foules délirantes, le défilé commence. Les troupes de la République française, ivres d'orgueil, défilent devant l'Autocrate. Infanterie, cavalerie, artillerie, l'Armée de la Revanche, l'Armée qui est prête, l'Armée qui est prête à donner sa vie — pour le Czar... Spectacle sublime, grandiose, enivrant, qui devrait m'emplir d'enthousiasme, moi aussi, et de fierté... Mais... mais... *Grillenhaftes Herz, warum tirilist du nicht?...*

***

Le dégoût que m'a causé l'avilissement national a été tellement violent que je n'ai pu m'empêcher d'exprimer à plusieurs reprises mon opinion. Et le capitaine de Bellevigne vient de me prévenir que mes propos ont été rapportés en haut lieu, et que je puis m'attendre à une disgrâce.

En effet, je reçois brusquement avis que je suis affecté au régiment d'infanterie qui tient garnison à Sandkerque. Je dois aller immédiatement occuper mon poste. Je quitte donc Paris sans tarder. Isabelle viendra me rejoindre dès que j'aurai préparé son installation. Sandkerque, le vieux port sur la mer du Nord; ville très propre; assez gaie; assez triste. Municipalité réactionnaire; donc, casernes vieilles et en mauvais état, maigres subventions au Cercle d'officiers etc.; si la municipalité était socialiste, il n'en serait pas de même, chacun le sait. Personne comme les socialistes pour soigner l'armée. Stratégiquement, on aurait dû placer de la cavalerie à Sandkerque; mais l'eau y est très mauvaise, et ferait crever les chevaux; on n'y a donc mis que des fantassins. Je ne m'amuse pas énormément à Sandkerque; mes camarades qui sont mariés — mon Dieu! c'est toujours la même chose : monotonie des papotages, détresse plus ou moins dorée; ceux qui sont restés garçons — de vieux étudiants, qui n'étudient pas. Ils font leur devoir, tellement quellement; des parties de manille; leurs pâques.

D'ailleurs, peu de temps pour s'amuser. Les conscrits sont arrivés récemment, et font leurs classes; un certain nombre de Parisiens parmi eux. (A propos, Paris a présenté au dernier tirage au sort 18 000 jeunes gens, sur lesquels 11 000 seulement ont été reconnus propres au service militaire. Si la population décroît en quantité, on peut dire qu'elle ne laisse pas de décroître en qualité). De plus, un certain nombre de réservistes ajournés, dont plusieurs Parisiens aussi, ont été versés dans ma compagnie; bruyants, fanfarons, sans morale et sans façons. L'un d'eux, un ouvrier d'art, un ciseleur je crois, nommé Fermaille, m'amuse pas mal; je ne lui laisse pas voir, naturellement. Mon lieutenant, l'autre jour, m'a dit que ce Fermaille a amené avec lui une petite femme rigolote, connue à Montmartre sous le nom de la Môme-Chichi, et qui danse au Moulin-Rouge. Une des ces professions équivoques qui sont l'indispensable corollaire des professions honorables; la beauté de la vertu nous condamnant, hélas! à la laideur du vice... Mon lieutenant m'a fait le portrait de la petite femme et m'a dit que, s'il était à ma place, il la chaufferait. (Lui, il ne peut pas; il est collé.) Mais je ne veux pas chauffer la petite femme; je ne veux même pas aller au café Franco-Russe, où on peut la voir, tous les soirs, avec son amant.

Avant-hier, pourtant, sur la Grand-Place, je me suis trouvé tout à coup en sa présence. Je l'ai reconnue tout de suite à la description qu'on m'en avait faite. Et j'ai été très pris, immédiatement empoigné. Le coup de foudre. Une poupée de Montmartre; très noire; du faux Orient; des yeux riants, bruyants; des dents d'un bel orient. Un profond petit animal. Des idées confuses se pressent, se bousculent : me venger de ma relégation ici; happer de la chair parisienne, souvenir qui passe; affirmer ma volonté, mon pouvoir. J'aborde la petite femme, lui parle. Elle répond — ce qu'elle répond —; sourit et sourit; un œil dit non, un œil dit oui. L'effet produit est inouï. (Toujours le même.) Presque immédiatement après l'avoir quittée, je rencontre Fermaille; il doit m'avoir vu, affecte de ne pas me saluer; je lui fais répéter le salut. Le soir, je vais au café Franco-Russe; la Môme-Chichi y est, très sérieuse cette fois; Fermaille aussi, qui me regarde de travers. Nous allons voir ça.

Hier, sous un prétexte, j'ai retiré à Fermaille la permission de coucher en ville.

Lui a-t-on dit que je me suis promené longtemps hier soir avec sa maîtresse? Peut-être. En tout cas, à la revue d'armes aujourd'hui, il répond insolemment à une observation que je lui fais. Comme je lui porte une punition, il me lance à la tête un ceinturon qui ne m'atteint pas. Il est immédiatement arrêté; en prévention de conseil de guerre.

Là-dessus, penserez-vous, la Môme-Chichi me ferme sa porte. Pas du tout; elle me l'entrouvre. La Môme-Chichi est une bonne Française. Elle comprend très bien que les officiers doivent toujours faire leur devoir, si pénible qu'il soit; que, sans discipline, il n'est point d'armée possible; et qu'il faut une armée, car le café-concert doit croire à quelque chose. Donc, la Môme-Chichi a le cœur bien gros, mais elle me fait les yeux doux.

Je n'ai pas l'intention de qualifier l'acte que j'ai commis, pas plus que je ne veux décrire la situation d'esprit dans laquelle je me trouve. Après tout, si vous ne voulez pas qu'un homme abuse de son autorité, ne lui donnez pas d'autorité. Le hasard est un grand maître. Pourquoi cette femme, cette Môme-Chichi, s'est-elle trouvée sur mon chemin? Et juste au moment où il était dangereux pour moi de rencontrer des cheveux bruns, des yeux noirs? Les dernières femmes que j'ai connues, Estelle et ses devancières, étaient blondes, très blondes. Ce sont là des détails qu'il ne faut point négliger de relater dans un livre sérieux. Ils feront comprendre ici mon enthousiasme pour les brunes. Ils expliqueront pourquoi j'ai été aussi violemment attiré par Isabelle, très brune, et par la Môme-Chichi, très noire. Et puis, pourquoi Isabelle n'est-elle pas ici? Ce n'est pas tout à fait ma faute. Et puis... et puis...

J'installe la Môme-Chichi à Nalo-les-Bains, la plage de Sandkerque, à sept ou huit cents mètres des fortifications. Elle habite à quelques pas de la maison où j'ai mon appartement. Ça durera ce que ça durera. J'ai écrit à Isabelle de ne pas venir encore; je lui dis que je n'ai pas pu louer la villa que je désire prendre pour elle; je lui dis qu'il fait horriblement froid. Ce n'est pas vrai; le temps est beau pour la saison.

Cependant, la Justice militaire (qui relève de la Direction de la Cavalerie) ne reste pas inactive. Le conseil de guerre, au chef-lieu, juge Fermaille. Le malheureux avoue, bégaie presque. Je dépose froidement, implacablement; quelque chose encore me crispe, me force à affirmer ma volonté, mon pouvoir. Les témoins, des soldats, déposent aussi; plus implacables même que moi; heureux, visiblement, d'exhiber leur servilité. Le réquisitoire réclame une condamnation exemplaire; Fermaille est une mauvaise tête qui tenait sur ses chefs des propos horribles, si l'on en croit une rumeur publique qui en ébruitait en ville la nouvelle. L'acte qu'il a commis, en jetant à la tête de son capitaine le ceinturon qui confirme les bruits répandus sur son compte, est abominable; l'officier, qui n'a pas été atteint, étourdi par la douleur et le danger, a été frappé dans son prestige. Quel doit être le châtiment d'un pareil crime? La mort! L'avocat d'office, un sous-lieutenant, présente la défense de l'accusé; il fait appel à la clémence du conseil. Le jugement est rendu. Des circonstances atténuantes ayant été accordées, ce ne sera pas la mort. Vingt ans de travaux publics — seulement.

La vie du nommé Fermaille est donc brisée. Et pourquoi pas? Puisque les citoyens acceptent le système militaire actuel, qu'ils l'acceptent avec toutes ses conséquences. Ce n'est pas fini. Je vais faire du service. J'en fais. Je me reprends — ou plutôt, pour la première fois, je me prends de goût pour ma profession. En peu de temps, j'acquiers dans le régiment une réputation épouvantable. Il y a des pleurs

— mais pas de grincements de dents. Pleurez donc, jean-foutres!

J'écrirai avec une plume. J'écrirai avec un sabre. J'écrirai avec un couteau de boucher. La chair qui ne veut point être libre, « qui se méprise », doit être traitée comme de la viande — comme de la charogne.

*
* *

Mon ordonnance est un garçon dégourdi. Tout est relatif, bien entendu; il se figure, ainsi que beaucoup de Français, que Napoléon III a succédé à Napoléon Ier, qu'en 1870 c'est contre les Russes que la France a fait la guerre, et que l'Alliance récemment conclue est un pacte d'oubli de nos désastres. Mais, malgré tout, c'est un matois. La preuve, c'est que ce soir, vers neuf heures, juste comme je reviens avec la Môme-Chichi de la ville, où nous avons dîné, je le trouve qui guette mon passage auprès du pont-levis; il se précipite vers moi dès qu'il m'aperçoit et m'annonce qu'une dame est venue, il y a une heure environ, me demander. Il n'a pu faire autrement que de la laisser s'installer chez moi, où elle m'attend; mais il a cru bien faire en venant au-devant de moi, pour m'avertir. Pour sûr, qu'il a bien fait! Je lui glisse une pièce; je renvoie la Môme-Chichi dans ses foyers par la voie la plus rapide, avec ordre d'attendre patiemment mes instructions; et je rentre chez moi au plus vite.

Un vent froid souffle en tempête, ridant les eaux du fossé canal qui ceinture la ville, soulevant de temps en temps le sable des dunes; sifflant à travers les branches dénudées des arbres plantés sur les glacis; la nuit est noire, noire; je suis à peine sorti de la ville, que je ne puis voir, en me retournant, l'énorme masse des fortifications que semblent avoir dévorée les nuages. Je pense, tout en marchant. Pourquoi Isabelle est-elle venue? Pourquoi?... Car c'est Isabelle qui m'attend, sûrement... Et que vais-je lui dire?... Je ne puis me décider à rien; je me fie complètement au hasard. C'est le mieux... J'arrive chez moi.

Isabelle est assise au coin de la cheminée, et se lève à mon arrivée. Un seul coup d'œil a suffi à me convaincre qu'elle est au courant de ma conduite; je m'attends à une scène. Mais, après avoir repoussé la main que je lui offre, elle commence à me donner simplement les raisons de son voyage. Elle parle froidement, sans un geste, d'une voix calme, comme fatiguée, que secoue un peu d'amertume. Elle me dit qu'une lettre anonyme, qu'elle jette sur la table, lui a appris, il y a quelques jours, ce que je faisais à Sandkerque; cette femme que j'ai enlevée à ce pauvre diable que j'ai fait condamner, et avec laquelle je vis. J'essaie de protester. Mais Isabelle m'apprend qu'elle est à Sandkerque depuis deux jours déjà et qu'elle est sûre de ce qu'elle avance. Elle ne peut, malheureusement, conserver aucune illusion. Elle me demande seulement pourquoi j'ai agi envers elle d'une pareille façon. N'a-t-elle pas été pour moi une bonne amie, franche et sincère? Peut-être m'est-il impossible, pour une raison ou pour une autre, de lui retourner l'affection qu'elle me porte, peut-être la trouvé-je, par exemple, trop peu intelligente. Mais alors, j'aurais dû lui dire sans détours ce que je pensais. Elle aurait pu continuer à m'estimer. Au lieu qu'à présent... Elle ne peut comprendre pourquoi je me suis joué d'elle, pourquoi je l'ai bassement trompée, pourquoi je lui ai imposé une humiliation aussi imméritée.

Je ne réponds pas. Les paroles si justes, si exemptes d'exagération et si dignes, d'Isabelle, me réduisent au silence. Je me sens violemment saisi par le contraste entre l'esprit sincère, libre et haut, représenté par cette femme que j'ai méprisée, trompée, et la vilenie, l'hypocrisie mesquine et féroce qui caractérisa mes actions. Quelles infamies j'ai commises, et non seulement envers elle! Et lui demander de me pardonner!... Oui... je vais...

Mais Isabelle, après un silence de quelques instants, déclare qu'elle a simplement voulu, en venant, me prouver qu'elle n'a aucun tort envers moi et qu'elle n'est pas ma dupe. Elle a été sa propre dupe, et trop longtemps; elle a agi follement, misérablement, elle aussi. Elle ne savait pas. Aujourd'hui, elle comprend. Le mal qu'elle a fait, peut-être pourra-t-elle le réparer. Elle a écrit hier à son mari, qui est en Belgique, pour lui demander de lui pardonner et de venir la chercher. S'il veut la reprendre, elle sera à lui, honnêtement et complètement; et elle conservera toujours l'amer regret de ses égarements, qui lui semblent déjà si loin d'elle, si loin qu'ils n'existent plus que comme de mauvais et sales rêves, des rêves de mensonge.

Encore, je ne réponds pas. Je suis étourdi par le choc de pensées contradictoires, confuses, dont je ne puis saisir que des fragments. Oui... non... oui... Ce sera le mieux pour elle. Et quant à moi... quant à moi... J'essaie de parler; je bégaie des mots sans suite. Alors, Isabelle s'avance vers moi, les poings crispés, et s'écrie :

— Des rêves de mensonge! Il n'y a que du mensonge, en toi et en tes pareils! Tu es un lâche! Tu es un traître! Vous êtes tous des lâches et des traîtres! Mon mari le disait, que rien n'existe pour vous, que vous n'avez ni cœur ni honneur, et que vous sacrifieriez tout, patrie comprise, à vos plaisirs et à vos besoins d'argent. Je ne voulais pas le croire; et je l'ai détesté pour avoir dit ça. Mais maintenant, je vois bien qu'il avait raison. Je vois bien qu'on l'a torturé, persécuté, emprisonné, parce qu'il a dit la vérité. S'il veut encore de moi, de moi qui me suis salie à tes épaulettes, j'irai vivre à l'étranger, avec lui; et je n'aurai plus de patrie, comme lui!...

Elle saisit son manteau, s'en enveloppe, s'élance hors de la chambre, sort de l'appartement, descend l'escalier. Et je reste là, cloué sur place par ses paroles, échos de tant de pensées qui, de plus en plus fort, grondent en moi.

Pourtant, je ne peux pas laisser Isabelle seule, dans la nuit noire; elle ne connaît pas les chemins, et l'état de surexcitation dans lequel elle se trouve... Je sors en toute hâte. Dans la rue, personne. Je cours jusqu'à la place du Kursaal. Personne encore. Je m'informe auprès de l'homme de l'octroi, à l'entrée de l'avenue qui mène à Sandkerque; depuis une bonne demi-heure, il n'a vu passer âme qui vive; il a vu seulement, il y a quelques minutes, une dame traverser la place dans la direction de la digue. Je me précipite de ce côté; la digue, balayée par des rafales, me semble déserte; cependant, l'obscurité est tellement grande!... Je remonte la digue en courant, jusqu'au glacis; je descends sur le chemin militaire qui borde, extérieurement, les larges fossés des fortifications; je le suis jusqu'au pont-levis, appelant d'instant en instant. Tout est désert et silencieux. Que faire? Si je savais au moins à quel hôtel Isabelle est descendue... Je reviens à Nalo et je demande à l'homme de l'octroi s'il ne s'est pas trompé, tout à l'heure, en me donnant un renseignement. Si, il s'est trompé; il se souvient maintenant que, deux minutes avant d'avoir répondu à ma question, il avait vu passer une dame qui marchait très rapidement, se dirigeant vers la ville. Une dame enveloppée d'un grand manteau? Oui, précisément. Quel imbécile!... Je rentre chez moi.

Le lendemain matin, vers dix heures, comme je reviens de l'exercice, je trouve le commissaire de police qui m'attend. Il m'apprend que ce matin on a retiré du fossé-canal, au bout de la digue, le cadavre d'une femme...

Je vivrais cent ans que je n'oublierais pas l'émotion qu'ont produites en moi les paroles de cet homme; émotion tellement poignante, tellement vraie, que je ne veux même pas essayer de la faire revivre, ici, avec des mots. J'avais senti hier, pendant qu'Isabelle me parlait, j'avais senti qu'elle allait mourir. J'ai senti que cette femme, qui m'insultait justement, était déjà une morte... je sentais que je l'avais tuée...

— Vous m'excuserez, mon capitaine, dit le magistrat au moment de se retirer, de vous avoir dérangé. Mais on avait vu cette dame avec vous, et il était de mon devoir... Il est absolument certain que la mort est due à un accident. L'hypothèse d'un suicide doit être écartée. Mme Plantain avait donné rendez-vous ici à son mari qui est arrivé à huit heures, juste comme on venait de rapporter le cadavre à l'hôtel. La douleur du pauvre homme est navrante; il m'a fait pitié à moi-même... bien que je n'aie pu oublier un moment, mon capitaine, les ignobles calomnies qu'il a déversées sur notre brave armée...

XXIII

J'ai passé les dernières semaines de 1896 et les premiers jours de 1897, à Sandkerque, de la façon la plus misérable. Je m'élance des profondeurs du découragement à d'excessifs désirs d'action, à de frénétiques besoins de manifestations violentes; et le dégoût que j'éprouve pour moi-même, pour tout ce qui m'entoure, m'arrache brusquement l'énergie nécessaire à l'effort. J'ai renvoyé la Môme-Chichi à Paris, et le contact de mes semblables, leur vue, me sont devenus insupportables. J'erre, pendant des heures et des heures, au bord de la mer, dans les dunes, ruminant sans cesse le même désespoir, mâchant la même exaspération. Je suis condamné à une vie pour laquelle je ne suis point fait, à laquelle j'ai été destiné dès mon enfance, jeté dès que je devins un homme, et que je n'ai pas le courage d'abandonner.

A la mort de mon père, j'avais pris la résolution de quitter l'armée; résolution bien faible, sans doute, puisque le premier prétexte m'a permis d'y renoncer. Et j'ai voulu essayer d'imiter mon père, de jouer, comme lui, un rôle dans une comédie; et j'ai vu que j'étais aussi incapable de jouer un rôle que d'être purement et simplement moi-même... Incapable d'être moi-même? Après tout, je ne sais pas; il faudrait oser essayer. Et l'audace ne me serait pas difficile, car j'ai du pain assuré, au moins pour plusieurs années; il me reste cent cinquante mille francs environ; et si je donne ma démission... Mais, immédiatement, une idée s'empare de moi : j'ai des ennemis, des gens qui m'en veulent — cette lettre anonyme, envoyée à Isabelle, en est encore une preuve — et si je pars, ces gens-là diront que j'ai eu peur d'eux, que j'ai fui, que je n'ai pas même eu le courage d'engager la lutte contre leur puissance. Ils vont probablement m'attaquer encore, traîtreusement, un de ces jours. Qu'ils viennent!...

Mes pressentiments ne me trompent guère. Vers la fin de janvier, juste au moment où mes nerfs commencent à se calmer un peu, je reçois l'ordre de me rendre à Paris, où le général de Lahaye-Marmenteau désire me demander quelques explications. — A propos de quoi?

*
* *

A propos de certains papiers que mon père, en sa qualité de commandant de Corps d'armée, avait en dépôt; on ne retrouve point ces papiers. Ne pourrais-je mettre l'État-Major sur leurs traces? (Je flaire là, immédiatement, un prétexte d'entrevue.) Je réplique sèchement que j'ai toujours ignoré l'existence même de ces papiers. Le général, piqué, me fait observer que mon affirmation ne suffit pas. Je réponds, plus sèchement encore, que cette affirmation doit suffire. Le général, qui paraît plus surpris qu'irrité, me regarde un instant dans le blanc des yeux; et il se décide à dire, lentement :

— La disparition de ces documents peut avoir pour vous, indirectement, des résultats très sérieux. Si la mémoire de votre père est ternie, vous comprenez... Votre père a souvent été fort imprudent. Il a vécu, par exemple, durant plusieurs années, avec une personne des plus suspectes, une Allemande, cette baronne de Haulka...

— Il est certain, dis-je en interrompant le général, que mon père n'a pas toujours été très scrupuleux au sujet des femmes. Il lui est même arrivé d'emprunter celle du voisin. Mais, mon général, pourquoi n'avez-vous jamais attiré son attention sur ce point pendant sa vie, vous qui étiez mieux placé que tout autre pour le faire?

— Que voulez-vous dire? demande le général d'une voix rauque, en crispant les poings.

— Rien d'autre que ce que je dis.

— Alors, reprend-il en mâchant les mots avec rage, je vous rappellerai que vous oubliez nos situations réciproques, et que cela peut vous coûter cher. Si je voulais... La mort mystérieuse de Mme Plantain, à Sandkerque, si nous nous donnions la peine de chercher...

— Mon général, il faut vous donner cette peine, et tout de suite; je vous en prie. Et découvrir en même temps, si c'est possible, l'ignoble personnage qui avait envoyé une lettre anonyme à cette malheureuse femme...

— Malheureuse femme! s'écrie le général en frappant du poing la table devant laquelle il est assis. Cela vous va bien! Cela vous va bien, de la plaindre! En vérité! A peine échappée aux griffes du père, elle tombe dans celles du fils. Parbleu! Elle était riche!

— Dans ma famille, dis-je en ricanant, on a toujours aimé l'argent. Famille militaire, mon général. Cependant, on ne s'est jamais caché derrière des hommes de paille pour pratiquer l'usure.

Lahaye-Marmenteau a un haut-le-corps; pourtant, il affecte de ne pas comprendre; il siffle :

— Votre conduite vis-à-vis de Mme Plantain a été atroce. Vous n'avez pas de cœur.

— Si; en vous écoutant, je l'ai sur les lèvres.

Le général à l'instant, est sur ses pieds; la bouche écumante, le bras tendu vers moi.

— Vous qui faites passer vos hommes au conseil de guerre, s'écrie-t-il, vous allez... Vous osez m'insulter... moi!... Dans mon cabinet de chef...

— Un cabinet? Un cabinet? répété-je à mi-voix — car l'idée me vient tout à coup que je pourrais être entendu par quelque invisible témoin aposté derrière une porte —; un cabinet? Je ne savais pas; je croyais que c'était une agence matrimoniale.

— Cela vaudrait mieux pour vous, grince le général en regagnant son fauteuil et en avançant les mains vers un timbre; les agences matrimoniales ne possèdent point, sur le compte du général Maubart, héros de Nourhas, des documents semblables à ceux qui sont ici, dans un tiroir de mon bureau. Leur publication s'impose, vous comprenez. L'iniquité des pères...

Le général appuie le doigt sur le timbre et, comme un officier d'ordonnance paraît, me congédie de la main. Mais je veux avoir le dernier mot.

— Mon général, dis-je en faisant un pas vers Lahaye-Marmenteau, je me souviendrai toujours de ce que vous venez de me faire comprendre : qu'il ne faut jamais redouter les gens assez couards pour s'attaquer aux morts et dont le métier consiste à prêter leur incompétence à leur pays, comme on dit, à la petite semaine.

*
* *

Ce serait une erreur de croire que les menaces du général de Lahaye-Marmenteau m'ont laissé froid. Elles m'inquiètent, au contraire, énormément. D'autant plus que ces menaces ne s'adressent pas directement à moi, mais à la mémoire d'un homme dont, malgré les liens de parenté les plus étroits, je ne connais qu'imparfaitement la vie. Je sais bien que l'existence de mon père n'a point été sans reproche; mais quel crime a-t-il pu commettre dont l'énormité, une fois divulguée, marquerait d'un signe d'infamie la pierre de son tombeau?... Une idée me vient, tout d'un coup, quelques instants après ma sortie du ministère. Il y a quelqu'un, à Paris, qui est certainement au courant des moindres détails de la vie de mon père; c'est la baronne de Haulka. Je ne connais pas la baronne, que j'ai simplement aperçue deux ou trois fois; mais je n'ai jamais entendu mon père, assez sarcastique et assez rancunier, parler d'elle d'une façon défavorable. Il n'hésitait même jamais à reconnaître qu'elle ne lui avait donné que d'excellents conseils. Et pourquoi, si je lui expose la situation difficile dans laquelle je me trouve, refuserait-elle de me donner les renseignements qu'il me faut?

Je prends un fiacre et me fais conduire chez la baronne,

dont je me rappelle heureusement l'adresse. Elle est chez elle, et me reçoit immédiatement.

La baronne est une femme de taille moyenne, plutôt mince, pâle et brune; elle a quarante-cinq ans au moins, mais on lui en donnerait à peine quarante; le front est d'une idéaliste, mais le menton indique la décision rapide et la force de caractère. Les yeux sont très beaux, d'un grand silence imperturbable; c'est comme de la lumière qui dort. Les lèvres sont fines, et il y a, à leurs commissures, un petit pli désespéré; les mouvements sont pleins de grâce, mais discrets, presque timides. La baronne s'exprime en français avec une facilité et une élégance rares. Elle m'assure aimablement de toute sa sympathie, et me met si bien à mon aise, et d'une façon tellement naturelle, et si délicatement, que je n'éprouve aucune difficulté à lui exposer l'objet de ma visite.

La baronne, quand j'ai fini, reste un moment silencieuse.

— Ce que vous m'apprenez, dit-elle enfin, me surprend plus que je ne saurais dire. Le général Maubart, je le sais, n'était pas en fort bons termes avec le général de Lahaye-Marmenteau; pourtant, ils n'étaient point animés, l'un contre l'autre, d'une de ces haines qui poussent les hommes aux pires extrémités. Et, comme j'ai toujours entendu dire par votre père lui-même que, pendant votre séjour à l'état-major, vous n'aviez eu qu'à vous louer du général de Lahaye-Marmenteau...

Je me vois obligé de détromper la baronne, de la mettre au courant des faits qui ont motivé le changement d'attitude du général à mon égard. Je lui apprends quelles tentatives on fit pour me marier à Mlle Pilastre, et aussi quels liens attachent réellement cette jeune personne au général; j'explique comment ce dernier a conçu pour moi une haine profonde.

— La haine est mauvaise conseillère, dit la baronne en secouant la tête; elle aveugle. Et voilà pourquoi le général de Lahaye-Marmenteau, exaspéré de voir qu'il ne peut marier Mlle Pilastre, juste au moment où ce mariage l'aiderait à réparer le désordre de ses affaires, se laisse aller à tenir des propos qu'il ne pèse point et qu'il regrettera bientôt. Les menaces qu'il vous a faites sont insensées, ne valent pas la peine d'être discutées; elles émanent d'un homme dont l'esprit n'est pas calme, est obsédé par de gros soucis. De cette situation mentale du général de Lahaye-Marmenteau, j'ai eu moi-même des preuves. La complète confiance que j'ai en vous, monsieur, m'autorise à vous l'apprendre; le général est arrivé à se convaincre que je suis une personne dangereuse — tranchons le mot : une espionne — et il cherche à me faire expulser. Naturellement, je ne crains rien; ma conscience est tranquille et mes sympathies françaises sont bien connues. Je ne cite le fait que pour vous montrer jusqu'à quel degré d'exagération l'insuccès, la hantise de circonstances défavorables, peuvent entraîner un homme.

— Il faut ajouter, dis-je, qu'en raison de la crainte qu'on a de voir ressusciter une malheureuse affaire, une épidémie de soupçon s'est abattue sur l'État-Major. Il y a de nombreuses fuites, comme nous disons; on ne sait à qui les attribuer, et l'on soupçonne et l'on surveille tout le monde.

Et je cite des exemples, quelques-uns amusants. Ainsi, le cas du capitaine de Bellevigne, qui a des relations épistolaires avec une dame mariée, et qui n'ose pas permettre à cette dame de correspondre directement avec lui; il craint que ces lettres ne soient interceptées chez son concierge, et l'amoureux secret découvert. La dame lui écrit poste restante, au bureau de la rue du Bac; et le capitaine va chercher les lettres tous les deux jours.

La baronne écoute sans manifester d'autre intérêt qu'un intérêt de politesse.

— Il est certain dit-elle, que tout n'est pas pour le mieux dans le meilleur des mondes; mais pourtant, avec beaucoup de patience, on arrive à vivre. Une chose nécessaire, aussi, c'est être sûr de soi-même, ne point se laisser effrayer. Et c'est le conseil que j'ose vous donner, monsieur. Soyez convaincu que votre père, qui avait ses fautes, car il était homme, n'a jamais commis aucun acte dont vous puissiez avoir à rougir.

Je quitte la baronne, enchanté; enchanté d'elle, et de moi aussi. J'ai eu une fameuse idée, d'aller la voir! Je pensais bien que Lahaye-Marmenteau parlait pour me faire peur; à présent, j'en suis sûr. Il cherchera sans doute encore à m'effrayer, mais il perdra son temps. Maintenant que je sais que je n'ai rien de bien sérieux à redouter, je puis attendre l'attaque de pied ferme. J'ébauche peu à peu un système de défense, que je me propose de compléter à Sandkerque, où je me décide à retourner ce soir même. Mais, en descendant un escalier, je glisse, je me tords le pied, et il me devient impossible de faire un pas.

***

Le médecin-major que j'ai fait appeler a déclaré que je souffre d'une foulure, que je ne serai rétabli pas avant douze ou quinze jours, et que je dois rester au lit environ une semaine. Et voilà le sixième jour que je gis sur ma couche solitaire; étudiant, pour toute distraction, le style audacieux des journalistes français; ne recevant pas d'autres visites que celles du major, qui vient de m'annoncer, heureusement, que je pourrai me lever demain. J'avais écrit au capitaine de Bellevigne dès le premier jour, pour le prier de me venir voir; en dépit d'une seconde et d'une troisième lettres, il n'est point venu. Mais, ce soir, juste comme je cherche à trouver les raisons qui ont pu l'amener à rester invisible et silencieux, le domestique l'introduit.

Inutile de dire combien je suis heureux de voir Bellevigne. Quant à lui, je ne le trouve guère démonstratif; il semble préoccupé, horriblement ennuyé. Je n'ose pas lui demander les raisons de sa mélancolie; mais, au moment où je vais lui faire le récit de mon entrevue avec Lahaye-Marmenteau, il m'apprend qu'il vient d'être la victime de l'aventure la plus déplorable que l'on puisse imaginer.

— Il faut, dit-il, que je vous raconte en détail ce qui m'est arrivé. C'est tellement monstrueux que vous le croirez à peine. Cela suffirait, si mes sentiments religieux n'étaient pas aussi profonds, à me faire douter de tout et à me pousser aux théories subversives que vous aimiez à exposer... Vous savez que j'allais chercher tous les deux jours, au bureau de poste de la rue du Bac, des lettres de Mme d'Artoulle. Hier matin, comme je réclamais les missives adressées à mes initiales, le buraliste me remit un assez grand nombre de lettres; ce à quoi je ne pris pas garde. Comme je les mettais dans ma poche, un individu qui faisait semblant d'écrire à un pupitre — et que je reconnus dès qu'il se retourna pour le commandant Karpathanzi — s'approcha de moi; il me pria, par ordre, de le suivre. Très étonné, plus qu'étonné, je le suivis. Un fiacre, en quelques minutes, nous conduisit au ministère; le commandant me mena immédiatement au cabinet du général de Lahaye-Marmenteau, avec lequel il me laissa seul. Le général me pria de lui montrer les lettres qu'on m'avait remises au bureau de poste. Je les sortis de ma poche; il y en avait cinq, deux que j'ai reconnu à la souscription avoir été envoyées par Mme d'Artoulle, et trois qui portaient des timbres allemands. Le général m'ordonna d'ouvrir les lettres devant lui; ce que je fis. Il jeta à peine un coup d'œil sur les billets de Mme d'Artoulle, et me les rendit. Quant aux lettres expédiées d'Allemagne, il me demanda des explications à leur sujet. Je déclarai ne pouvoir en donner aucune; j'affirmai, de plus, ne connaître l'allemand que très imparfaitement. Le général, qui ne sait pas un mot de cette langue, fit appeler l'archiviste Irmaudin. Ce dernier parut aussitôt et traduisit les lettres; dans l'une, on me remerciait des renseignements que j'avais envoyés au sujet des nouveaux freins hydrauliques; dans les deux autres, on me priait de compléter mes indications sur les défenses de Verdun, et on me demandait le croquis des projets pour le fort d'arrêt de Hirson. L'archiviste se retira. Je restai seul avec le général. J'étais écrasé, anéanti. Je n'ai pas besoin de vous dire, mon cher ami, combien innocent je suis de la monstrueuse accusation qui pesait sur moi. Cependant, toutes les apparences me condamnaient; je le sentais, j'étais accablé par d'irréfutables évidences; je me voyais pris dans un piège dont je ne m'expliquais pas, dont je ne m'explique pas, même maintenant, le mécanisme.

— Et, demandé-je, plein d'une émotion que Bellevigne,

heureusement, est trop troublé pour remarquer, et comment vous êtes-vous...?

— Comment je me suis tiré de là? complète Bellevigne en souriant amèrement. Vous pouvez le deviner. Lahaye-Marmenteau me tenait en son pouvoir. Comment me défendre? Vous comprenez à quelle condition il a promis de détruire les lettres... Du reste, continue-t-il, j'ai sans doute tort d'accuser le général; il était visiblement de bonne foi. Une idée m'était venue, il est vrai... mais est-elle juste? Il ne faut pas porter de jugements téméraires. Je suis victime d'une horrible machination, mais je ne puis accuser personne. Je dois être, jusqu'au bout, fidèle à mes principes... Dieu saura trouver les coupables, et les punir. Malgré tout, il m'impose une bien rude épreuve... Ah, j'avais toujours pensé que mes relations condamnables avec Mme d'Artoulle auraient leur châtiment!...

Bellevigne s'est retiré depuis longtemps que je suis encore sous le coup des révélations qu'il m'a faites. Y a-t-il quelque moyen de ruiner l'odieuse intrigue dont je crois distinguer, à présent, tous les fils et tous les acteurs? Je n'en vois aucun. Peut-être demain trouverai-je quelque chose.

Mais dans les journaux du matin que je puis lire debout, enfin, je trouve un écho ainsi conçu : « Hier, grande soirée chez M. Pilastre, le sympathique industriel, commandant de la territoriale, officier de la Légion d'honneur, à l'occasion des fiançailles de Mlle Pilastre avec le capitaine comte de Bellevigne. Remarqué : le général Schnock, la comtesse d'Heumartel, M. et Mme Courbassol, l'académicien Jacques Lemaître, la baronne de Haulka, le général de Lahaye-Marmenteau... » Ces deux derniers noms, accouplés, me font voir tout à coup une chose que j'avais à peine entrevue jusqu'ici. Je croyais tenir tous les fils de l'intrigue, et pourtant... A présent, je comprends que c'est la baronne, craignant une expulsion, qui a mis à profit une indiscrétion que j'ai commise pour donner enfin à Lahaye-Marmenteau le moyen de marier sa fille; en raison de quoi, elle est dans les meilleurs termes avec lui, et sûre de pouvoir continuer à habiter Paris. C'est moi qui ai, involontairement, fourni à cette femme la possibilité d'une manœuvre habile. Elle s'est jouée de moi. Elle m'a déçu. Donc, toutes les assurances qu'elle m'a données étaient fausses; donc, j'ai tout à redouter. Mais quoi? Qui pourra me dire ce que j'ai à craindre? Qui pourra m'apprendre, enfin, la vérité sur mon père?... Fou que je suis! Si l'acte qu'on reproche à mon père avait été commis après 1870, je le connaîtrais; donc, il a été commis — s'il l'a été — auparavant... Et peut-être... Cette affaire de Nourhas!... Lahaye-Marmenteau m'en a parlé, l'autre jour. Nourhas!... Oui, il y a quelqu'un qui pourra me dire la vérité; mon oncle Karl. Je prendrai ce soir le train pour Wiesbaden, où je sais qu'il vit.

XXIV

Le train n'est pas plutôt parti que je me rends compte de l'absurdité du raisonnement qui m'a fait entreprendre mon voyage. La baronne a certainement fait un usage inavouable d'une indiscrétion que j'ai commise, mais ne s'ensuit pas que toutes les assurances qu'elle m'a données soient fausses. Elles peuvent être fausses; mais il n'est pas sûr qu'elles le soient. Je ne vois pas pourquoi elle ne m'aurait point dit la vérité; elle n'est certainement pas femme à gaspiller les mensonges. La conscience du détestable rôle que j'ai joué malgré moi dans l'intrigue ourdie contre Bellevigne m'a certainement tourné la tête, m'a empêché de voir clairement les choses. Ce voyage à Wiesbaden est une entreprise inconsidérée, un pas de clerc. D'abord, je m'absente de Paris, je quitte même la France, sans aucune permission; c'est, dans les circonstances présentes, souverainement imprudent. Puis, j'aurais dû m'assurer, avant de me mettre en route, des sentiments de mon oncle à mon égard. Pendant longtemps je lui ai écrit, au moins à l'occasion de sa fête et du premier janvier, et j'en ai toujours reçu des réponses affectueuses; mais depuis plusieurs années déjà, par pure négligence, j'ai cessé de correspondre avec lui. J'aurais dû au moins l'avertir de ma visite... Mais le train file rapidement. je m'endors, et je ne me réveille qu'à la frontière. Je ne serai pas à Wiesbaden avant midi; c'est encore loin...

Pourtant, ça vient. Comme je descends du wagon, un

commissionnaire, qui s'empare de ma valise, me recommande l'hôtel *Die drei Störche*, un établissement récemment ouvert dans la Wilhelmstrasse, à deux pas de la gare. Pourquoi pas là aussi bien qu'ailleurs? Cette enseigne des « Trois Cigognes » me rappelle l'hôtel où le cousin Raubvogel fit jadis ses premières armes à Mulhouse. C'est déjà si vieux, tout ça!... L'hôtel est un établissement de premier ordre. J'envoie un mot à mon oncle, pour l'aviser de mon arrivée, je fais rapidement ma toilette, je déjeune, et il n'est guère plus de deux heures et demie lorsque je sonne à la porte de l'appartement occupé, dans la Rheinstrasse, par le général en retraite von Falke.

Nous éprouvons, mon oncle et moi, lorsque nous nous trouvons en présence, un embarras momentané. Il y a plus de vingt-cinq ans que la vie nous a séparés; le souvenir que nous avons gardé l'un de l'autre, en dépit de toute logique, est la représentation un peu effacée des êtres que nous étions, il y a un quart de siècle. En l'homme qu'il a devant lui, mon oncle doit retrouver l'enfant, doit voir l'enfant qui a grandi. Et l'homme fort, dont j'ai conservé l'image, descend rapidement en mon imagination le cours des années et devient le vieil homme que j'ai sous les yeux — un vieillard que j'ai déjà vu, j'en ai la sensation soudaine, un vieillard que je connais. Mon oncle, avec ses cheveux blancs, son large front, ses profonds yeux bleus et sa haute taille un peu courbée, mon oncle me rappelle trait pour trait mon grand-père — son père à lui.

Il laisse voir franchement la joie que lui cause ma visite; mais sous cette joie perce une certaine inquiétude, qu'il ne tarde pas à exprimer en deux ou trois questions brèves. Est-ce que quelque événement fâcheux n'a pas été la cause de mon voyage? Est-ce que...? Je rassure mon oncle; je lui affirme qu'aucune affaire embarrassante, au moins m'intéressant directement, n'a motivé ma visite. Son visage se rassérène; mais il s'assombrit de nouveau dès que je répète les menaces vagues proférées par le chef de l'État-Major, et qui visent la mémoire de mon père. Et lorsque je déclare à mon oncle que j'ai compté sur lui pour m'apprendre s'il y a dans ces insinuations autre chose que de la calomnie, il se lève et se met à marcher dans le salon sans répondre, très agité.

— Il n'est pas nécessaire, dit-il enfin, de t'apprendre combien je regrette d'avoir à te parler comme je vais le faire. Il est bien inutile aussi de te donner mon opinion sur les gens qui, après avoir fait bonne figure à ton père durant sa vie, s'attaquent à lui dès qu'il est mort. Il s'agit seulement de te dire si, à ma connaissance, ton père a commis un acte de nature à changer en exécration, sitôt connu, les sentiments admiratifs professés pour lui par tes compatriotes. Je te réponds franchement : oui. Ton père a laissé la réputation d'un homme qui avait fait plus que son devoir en 1870; réputation usurpée. On l'appelait communément : le héros de Nourhas. Il n'y a pas eu de héros à Nourhas; ou, s'il y en eut un, ce ne fut pas ton père. C'est à l'affaire de Nourhas, sois-en sûr, que faisait allusion le chef de votre État-Major; or, comme tu t'en souviens, j'assistais à cet engagement. Je puis donc te dire exactement quel fut, ce jour-là, le rôle joué par ton père. Je vais t'exposer les faits sèchement, et sans aucun commentaire.

J'écoute avec l'émotion la plus grande; l'accusation portée contre le mort se précise, va s'affirmer; et je sais que c'est moi que doit frapper, le jour où la vérité sera connue, la condamnation qu'elle entraîne. Mon oncle, qui s'est arrêté un instant, s'assied et continue :

— Voyons; les Français avaient été battus le 28 novembre à Beaune-la-Rolande, et le 2 décembre à Loigny... En fait, je m'en souviens très bien maintenant, c'était le surlendemain de la reprise d'Orléans par nos troupes. Nous ne poursuivions que fort mollement l'armée française qui battait en retraite sur Vendôme, démoralisée et dans le plus grand désordre... Ce matin-là, donc, à l'aube, nous fûmes avertis qu'un corps français, qu'on évaluait à mille cinq cents hommes environ, avec du canon, avait pris position pendant la nuit à Nourhas, un gros village sur notre droite et complètement en dehors de la ligne de retraite. L'information nous sembla tellement invraisemblable que nous refusâmes d'abord d'y ajouter foi. Mais, comme elle fut bientôt confirmée par une reconnaissance de cavalerie, il fut décidé que trois bataillons et une batterie iraient attaquer immédiatement. Je partis avec ces troupes, placées sous le commandement du colonel von Kern. Nous n'étions guère qu'à un kilomètre de Nourhas lorsque le brouillard, qui jusque-là avait été assez épais, se leva. Nous pûmes apercevoir les bivouacs des Français, sur la grande plaine qui s'étend en avant du village; ces malheureux bivouaquaient ainsi toutes les nuits, leurs officiers craignant, s'ils les laissaient pénétrer dans les maisons, de ne pouvoir les en faire sortir. Ils semblaient n'avoir pris aucune des précautions les plus élémentaires. Point de grand'gardes, pas même de sentinelles; aucun officier n'était visible. On ne voyait nulle trace de travaux de défense, de retranchements; on aurait pu les distinguer facilement, car la neige, dont une couche épaisse couvrait le sol, avait cessé de tomber depuis la veille. Un bataillon fut envoyé sur la gauche, à travers champs, de façon à occuper le chemin vicinal qui rejoint la route de Vendôme, au sud du village; l'artillerie alla au galop prendre position sur les talus de la route; deux compagnies se déployèrent en tirailleurs, avec une troisième en soutien. C'est alors seulement que nous fûmes aperçus; les Français se précipitèrent vers le village, tandis que notre infanterie ouvrait le feu et que nos canons lançaient leurs premiers obus. Nos tirailleurs gagnèrent rapidement du terrain; des fenêtres de quelques maisons l'ennemi s'était décidé à riposter, mais faiblement. Comme il paraissait résolu à ne pas se servir de son artillerie, ordre fut donné à la nôtre de tirer rapidement. Au bout de quelques minutes, nous vîmes paraître à l'entrée du village le drapeau blanc d'un parlementaire. Le colonel von Kern fit immédiatement cesser le feu et s'avança quelque peu, accompagné de deux capitaines et de moi, au-devant de l'officier français qui s'approchait de nos lignes. Ce dernier nous déclara que le colonel commandant les troupes françaises, jugeant sa situation intenable, demandait à se rendre; il était à la tête de mille deux cents hommes, mobiles pour la plupart; il avait aussi trois canons. Von Kern répondit qu'il ne pouvait accepter qu'une reddition sans conditions, et qu'il accordait une demi-heure au colonel français pour se décider; s'il acceptait, ses hommes devaient évacuer Nourhas, jeter leurs armes en un monceau sur la route, et aller ensuite se masser sur la plaine. L'officier français partit au galop et nous attendîmes. Vingt minutes plus tard, nous vîmes les Français sortir du village, déposer leurs fusils à l'endroit convenu, et commencer à se grouper sur la plaine. La compagnie qui s'était déployée à l'extrême droite reçut l'ordre de se reformer et de se diriger vers les prisonniers dont elle devait avoir la garde. Comme elle quittait un bouquet de bois pour s'engager dans la plaine, une détonation retentit; puis deux, puis plusieurs; nous vîmes tomber trois hommes. Les officiers français qui s'avançaient vers nous, sur la route, s'arrêtèrent un instant, très étonnés. Von Kern m'envoya vers la compagnie, qui avait fait halte, et que j'atteignis au moment où elle ouvrait le feu contre une ferme située sur une éminence, au nord du village; c'était de là qu'étaient partis les coups de fusil, que d'autres à présent suivaient, fréquents et bien dirigés. Une dizaine d'hommes étaient déjà hors de combat. Le capitaine voulait attaquer de suite; je le laissai libre d'agir, sans grande confiance. A l'aide de ma longue-vue, je voyais que la ferme (elle s'appelle la ferme de la Chevrette) avait été rapidement mise en état de défense, un travail qui nécessitait la présence de vingt-cinq ou trente hommes. Cependant, nos tirailleurs s'avançaient, envoyant des balles dans les fenêtres barricadées, mais sans réponse de l'ennemi; comme ils n'étaient guère qu'à deux cents mètres du bâtiment, un feu terrible éclata qui coucha sur le sol une douzaine d'hommes, et me convainquit que je ne m'étais pas trompé sur le nombre des défenseurs de la ferme. Je fis replier la compagnie derrière le bouquet de bois; mouvement pendant lequel elle perdit encore plusieurs soldats. Von Kern, qui avait suivi l'action, venait de donner l'ordre d'agir à l'artillerie. Un obus, bientôt, éclata devant la porte de la ferme; un second lézarda le mur du haut en bas; un troisième défonça le toit; d'autres suivirent, dont l'explosion provoquait des craquements, des éboulements, soulevait des nuages de poussières. De la ferme, peu à peu, on cessa de tirer. Les canons s'étant tus, la compagnie s'avança une seconde fois, au pas de charge, accueillie seulement par trois ou quatre coups de feu; l'une des balles m'atteignit au bras droit. Un instant après, nous pénétrions dans la ferme où nous trouvions, au milieu des décombres, une dizaine de cadavres et cinq ou six blessés. Parmi ces derniers se trouvait l'homme qui avait organisé et dirigé la défense; c'était un sergent. Lorsqu'il avait vu son colonel envoyer aux Allemands un parlementaire, il s'était résolu, quant à lui, à ne point rendre ses armes sans s'en être servi; par un chemin détourné, il avait gagné la ferme de la Chevrette avec quelques braves gens, et... Tu sais le reste. Je reconnus de suite ce sergent pour l'avoir vu chez vous, à Paris et à Versailles, en qualité d'ordonnance. Il s'appelait... il s'appelait...

— Jean-Baptiste, dis-je.

Et un flot de sang monte à mes joues; et je sens quelque chose dans ma gorge, qui m'étrangle. Mon oncle demande :

— Qu'est-il devenu?

— Je ne sais pas, dis-je tout bas, très bas; je... je... je crois qu'il est mort.

— Ah!... Les blessés furent soignés immédiatement; la balle que j'avais reçue dans le bras fut extraite; la blessure, sans être fort grave, me mit dans l'impossibilité de continuer la campagne; tu te rappelles que je revins à Versailles. Les prisonniers furent dirigés sur Orléans; de là, sur l'Allemagne. Quant au colonel qui commandait les Français — j'ai entendu dire qu'un officier de mobiles, qui s'opposait à la capitulation, l'avait blessé de son sabre et avait été tué par lui d'un coup de revolver — quant à ce colonel que, bien entendu, je ne pus voir qu'après l'engagement...

— Oui, murmuré-je, j'ai compris.

— Comment les Français sont arrivés à transformer cette affaire de Nourhas en un glorieux fait d'armes, je l'ignore. L'origine des légendes est mystérieuse; c'est sans doute pourquoi elles ont la vie dure; et c'est sur la terre de France, surtout, qu'elles croissent et multiplient. Comme individus, vous êtes généralement clairvoyants et intelligents; comme nation, vous vous refusez absolument à voir les choses telles qu'elles sont. Voilà pourquoi, courbés sous des jougs de plus en plus lourds et de plus en plus grotesques, vous parlez toujours de résister au monde... Quant à ton père dont, comme Allemand, il m'est impossible d'excuser l'acte, je crois que si j'étais Français je pourrais trouver beaucoup de raisons à sa décharge. Depuis Sedan, la guerre ne continuait que parce qu'elle servait l'ambition de la horde de gredins qui cherchaient à se hisser au pouvoir et que vous avez eu le temps de voir à l'œuvre. Les coquins qui avaient installé à Tours leur sanguinaire incompétence, et qui ne constituèrent jamais que le gouvernement de la Trahison nationale, sous le nom de gouvernement de la Défense nationale, s'étaient improvisés administrateurs, financiers et stratégistes. Tu peux étudier aisément, car les documents abondent, leurs étranges systèmes d'administration et de finance. Je me contenterai de dire que la continuelle et ridicule intervention de Gambetta et de Trisonaye auprès des chefs militaires a beaucoup facilité notre succès sur la Loire. Ces imbéciles voulurent à tout prix prendre l'offensive. Tu connais leurs plans. C'est d'une bêtise noire. A l'un, vous avez osé élever une statue. A l'autre, vous n'avez pas osé élever une potence... Le village de Nourhas n'offrait qu'une position détestable; il était complètement en dehors de la ligne de retraite; et le général en chef ne l'avait fait occuper que sur un ordre exprès venu de Tours, qu'il ne pouvait s'expliquer, mais auquel, après hésitation, il résolut d'obéir. Ton père, à qui fut confiée la mission de défendre le village, n'ignorait rien de la situation; il se savait sacrifié à la criminelle sottise de misérables dilettanti. De plus, la grande majorité des hommes qu'il avait sous ses ordres n'étaient que des recrues mal exercées, des éclopés, des traînards. Les artilleurs qui conduisaient les trois canons mis à sa disposition s'étaient enfuis pendant la nuit sur leurs chevaux, abandonnant leurs pièces que personne ne savait servir. Il ne peut être question de manque de bravoure; ton père avait fait ses preuves; d'ailleurs, Frédéric fuyant à Molwitz, Napoléon se cachant à Hanau... Pourtant, il y a un courage moral que ton père, peut-être, ne montra pas souvent. Ce courage, il est vrai, aurait dû être fortement trempé, pour subsister encore chez un Français à la fin de 1870. Il était évident qu'on ne se battait plus pour la France. Les scélérats de Tours, hommes de paille d'un vaste syndicat de rapine et de concussion, ne continuaient leur lamentable guerre à outrance que dans l'intérêt de leur parti et des fournisseurs-bandits qui leur graissaient la patte. Et les pauvres soldats, affamés, en haillons, mouraient de froid et de faim; étaient fusillés sous prétexte d'indiscipline, dix et vingt à la fois, par des chefs indignes auxquels le Borgne infâme, arraché à sa taverne par l'émeute, recommandait d'étouffer à tout prix l'esprit révolutionnaire...

— Malgré tout, dis-je, quand on porte une épaulette...

— Et ceux qui parlent d'accuser ton père, s'écrie mon oncle, ne portent-ils pas une épaulette, eux aussi? Et où étaient-ils en 1870? Qu'ont-ils fait en 1870? Ils ont une belle audace de se poser en justiciers, et même d'ouvrir la bouche! Peut-être, au moment d'agir, s'en apercevront-ils. L'histoire n'est pas muette, après tout; bien qu'elle soit souvent volontairement faussée, elle n'est muette ni sur l'affaire de Nourhas ni sur bien d'autres faits encore plus odieux; mais les peuples refusent d'écouter sa voix; le peuple français, surtout. Il ne vit que sur le mensonge; le mensonge du passé, le mensonge du présent. La France parle de son relèvement; où en sont les preuves? N'est-elle pas liée, à l'heure actuelle, des mêmes entraves qu'elle accepta après ses désastres? Sa population décroît; commercialement, elle se trouve dans la position qu'elle occupait en 1865; militairement, les mêmes vices qui ont perdu son armée en 1870 subsistent, aggravés. Vos fanfaronnades ne trompent personne. Vous oubliez trop, voyez-vous, qu'il y a des juges à Berlin. Tout le mal vient de ce que vous n'avez pas eu le courage de regarder en face votre défaite. Voilà pourquoi vous avez cessé d'être vous-mêmes. Voilà pourquoi, en réorganisant votre armée, vous avez servilement imité l'armée allemande, sans vous douter que l'état de l'Allemagne diffère énormément de la situation de la France; voilà pourquoi vous n'avez pas su trouver, pour votre gouvernement et pour votre armée, une formule adaptée à votre position particulière, extraite de cette position même; en harmonie avec votre caractère...

— Du caractère, dis-je, nous n'en avons plus.

Je refuse, au grand regret de mon oncle, l'invitation qu'il me fait de passer quelques jours à Wiesbaden. Je veux repartir le soir même. Après un dîner rapide, j'ai juste le temps de passer à l'hôtel avant d'aller à la station. On me remet ma note, que je paie et que je vais mettre dans ma poche lorsque mes regards tombent, par hasard, sur ces deux mots imprimés en tête du papier : « Eigenthümer : G. S. Raubvogel. » Raubvogel, propriétaire! Est-ce que?... Mais le temps presse; je n'ai pas une minute à perdre. En me rendant à la station, j'interroge le domestique qui porte ma valise. Quel est le propriétaire de l'hôtel?

— C'est, dit-il, une dame; une belle femme; Mme Raubvogel, dont le mari a été mis injustement en prison par les perfides Français. C'est une bonne patriote allemande, une Alsacienne... une vraie Alsacienne... Hâtons-nous, monsieur, le train va partir...

Je ne tiens pas à vous faire part des pensées qui me harcèlent pendant le voyage. Vous pouvez facilement les imaginer. J'arrive à Paris le lendemain, et le surlendemain matin j'ai rejoint ma garnison.

***

A Sandkerque, j'ai d'abord passé quelques jours dans un état de prostration complète, n'ayant même pas la force de suivre une idée. Une image dominait toutes mes pensées, descendait sur elles, les écrasait : l'image de l'acte commis par mon père; et je refusais de me présenter à moi-même une condamnation ou une justification de cet acte, mon père n'ayant jamais conformé sa vie à un étalon moral, ou même immoral, ayant seulement cherché à vivre. Je sentais que j'aurais pu, au besoin, juger l'homme; mais ses actes! mais un de ses actes!... Puis, j'ai essayé de réfléchir, de prendre une détermination, de me tenir prêt, au moins, à faire face à toute éventualité; mais l'énergie, encore, m'a fait défaut. Mon indifférente indolence a même fini par me persuader que je n'ai rien à craindre; que Lahaye-Marmenteau, comme l'a prévu mon oncle, hésitera avant de rien tenter contre moi; et que, le temps aidant, il cessera même de penser à me persécuter. Ma sécurité me semble de plus en plus certaine.

Un matin, cependant, je suis appelé chez le général gouverneur de la ville. Ce général, qui n'a encore que les deux étoiles, bien qu'il ait presque atteint la limite d'âge, ne m'est pas inconnu; je l'ai rencontré plusieurs fois chez mon père. C'est un homme de valeur. Mais ses opinions irréligieuses et bonapartistes, franchement avouées, lui ont barré la route des honneurs, ouverte seulement à la double hypocrisie républicaine et cléricale. Il n'a jamais pu pénétrer dans ces comités et ces services centraux, dans ces dortoirs et ces antichambres de toute espèce qui absorbent en France un nombre effrayant de généraux ineptes et assurent leur avancement; qui leur procurent d'énormes traitements et des indemnités extravagantes; qui constituent des sinécures ignorées partout, excepté chez nous. Il n'a jamais exercé que des fonctions actives, relativement mal rétribuées. Il me fait un accueil qui m'étonne un peu, très cordial certainement, mais manifestement embarrassé.

— Vous savez, dit-il, que j'ai été l'ami de votre père. Je vais donc vous parler rondement, en toute franchise. On vous en veut; on vous en veut terriblement. J'ai reçu l'ordre de faire exercer sur vous une surveillance de tous les instants. Je ne devrais pas vous prévenir. Je vous préviens parce que je flaire là-dessous une machine dégoûtante. Votre père a laissé derrière lui des haines qu'on cherche à assouvir sur vous. N'est-ce pas? Enfin, moi, je ne sais pas. Je suppose. C'est à vous d'ouvrir l'œil. Je vais encore vous dire quelque chose. On vous accuse d'avoir fait récemment un voyage en Allemagne, à Wiesbaden; il paraît qu'on vous a vu là en compagnie d'officiers allemands. Tout ça, pour moi, c'est des histoires à dormir debout; pourtant, vous savez où va la malignité des gens. Vous n'ignorez pas que nous vivons à une époque où le personnage important, dans l'armée comme ailleurs, c'est le mouchard. Maintenant, je dois vous donner un autre avis. On m'a ordonné de vous faire surveiller; mais il y a d'autres gens qu'on a chargés de la même mission, et qui s'en acquitteront avec plus de zèle que moi. Je veux parler de ces gredins en robes noires qui sont devenus les vrais maîtres de nos régiments; qui dirigent partout l'œuvre de Notre-Dame des Armées, qui sont les aumôniers des garnisons. Nous en avons un ici, l'abbé Chouanard, qui envoie rapport sur rapport à qui de droit, j'en ai la certitude; il tient dans sa main la plupart des soldats qu'on embauche jusque dans les casernes, les ordonnances, les femmes. Il espionne, dénonce et calomnie sans trêve; tout cela se passe dans l'ombre, mais se passe. Il fallait avoir la République pour en venir là. Tous les officiers qui ne pratiquent pas, qui ne sortent pas des jésuitières, sont tenus en suspicion, mal notés, végètent, sont persécutés. On n'épargne rien, ni personne. Si je n'étais pas sur le point de prendre ma retraite, j'en ai la conviction, j'aurais été déplacé, envoyé en disgrâce dans un trou. J'ai aimé passionnément ma profession; mais, je l'avoue, je suis heureux de la quitter bientôt; l'armée républicaine est trop cléricale pour moi, bonapartiste. Ainsi, prenez garde; vous voilà averti.

Je remercie le général qui, après un moment d'hésitation, ajoute :

— Je crois que je n'ai pas assez insisté. On cherche à vous jouer un sale tout, par tous les moyens; vous comprenez. Je ne sais donc pas si vous feriez bien de persister à rester... Par exemple, si vous demandiez un long congé? Hein?... Ou bien... ou bien... Enfin, réfléchissez.

J'ai réfléchi. Et j'ai deviné, sans peine, le plan de Lahaye-Marmenteau. Un nouveau moyen d'action lui a été fourni par mon voyage à Wiesbaden. L'État-Major a été informé de ce voyage, certainement, par Estelle qui doit jouer maintenant vis-à-vis de l'Allemagne le rôle qu'elle a joué si longtemps vis-à-vis de la France, ne serait-ce qu'afin de hâter la libération de son mari; et je m'arrête un moment à penser à cet excellent Raubvogel qui, au sortir de sa prison, se retrouvera à la tête d'un hôtel des *Trois Cigognes*, exactement comme s'il n'avait jamais quitté Mulhouse, comme s'il n'avait connu ni grandeur ni décadence; encore un qui s'est donné beaucoup de mal pour rien!... Donc, Lahaye-Marmenteau se gardera bien de faire publier quoi que ce soit sur le compte de mon père. Un de ces jours, après m'avoir fait suffisamment espionner par ses mouchards en soutanes, après avoir accumulé contre moi un certain nombre de calomnies difficiles à détruire, il me fera appeler à Paris. Il me forcera à m'expliquer sur mon voyage à Wiesbaden, voyage entrepris par moi clandestinement et sans aucune autorisation, voyage dont il connaît fort bien les motifs — qu'il feindra d'ignorer. Ces motifs, devant les accusations portées contre moi, il faudra que je les révèle, afin de me disculper. Et l'acte commis par mon père en 1870, dont la divulgation doit me déshonorer et que Lahaye-Marmenteau n'aura pas rendu public, sera exposé par moi-même... Toute lutte est devenue impossible.

Cette fois, je prends rapidement mon parti. J'envoie ma démission au ministère. Elle est immédiatement acceptée. J'ai réglé, d'avance, mes affaires; et le soir même je pars pour Paris.

***

Ne vous imaginez pas que j'aie l'intention d'aller chercher querelle au général de Lahaye-Marmenteau. Le général et ses pareils sont des gens trop difficiles à attaquer. Si vous leur aplatissez le nez d'un coup de poing, ils vous font mettre en prison; si vous écrivez la vérité sur leur compte, le public français, fier de ses incomparables Capitulards, refuse de vous lire. Et puis, il ne faut pas empiéter sur les prérogatives des Prussiens. Je ne me suis rendu à Paris qu'afin de me mettre en route pour Marseille; et je ne vais à Marseille qu'afin de m'embarquer pour Bône.

Je m'embarque; et le bateau, n'appartenant point à la marine militaire, arrive à bon port. A Bône, une statue de M. Thiers, d'abord, excite mon étonnement; je ne suis arriver à comprendre pourquoi les Algériens ont jugé nécessaire d'élever ce monument à la mémoire du sanguinaire Foutriquet qui libéra le territoire à grands coups de milliards. Ensuite, je prends discrètement des informations; je m'enquiers de l'atelier de Travaux publics, qu'on m'indique immédiatement (vous voyez comme j'ai de la chance); je m'enquiers aussi d'un nommé Fermaille, condamné à vingt ans... Et justement un garçon d'hôtel, dont le beau-frère est chaouch aux Travaux, peut me donner tous les renseignements désirables. Le nommé Fermaille fait partie d'un détachement qui vient d'être envoyé à Macheda, pour réparer une route.

Macheda est un tout petit village, assez misérable, où une dizaine de colons luttent péniblement contre l'usure et la tyrannie militaire. Une pauvre auberge, dépôt d'absinthe, où je trouve à me loger. Le mercanti, je m'en aperçois tout de suite, est un ancien fagot qui polit sa canne et sur lequel on peut absolument compter pour vous aider à faire un mauvais coup (et même un bon), pourvu qu'on lui graisse la patte. Je mets cet honnête citoyen au courant de mes projets, et il m'aide à les réaliser; il va trouver moyen, dans la journée, de se mettre en relations avec Fermaille. Pour moi, je dois autant que possible éviter de me faire voir.

Pourtant, je puis regarder. D'une fenêtre, je contemple une vaste étendue de cette terre d'Algérie qui devrait, comme autrefois, nourrir une partie de l'Europe et qui ne peut arriver à suffire à ses propres besoins. Sous la domination française, mille fois pire que la domination barbaresque, la *ferax Africa* est devenue un pays de misère, de stérilité et de désolation. C'est le domaine de l'Exploiteur et du Tortionnaire. Si la France avait dépensé là une moitié de l'argent qu'elle a stupidement semé au Tonkin, au Soudan, au Dahomey, au Congo, à Madagascar — si elle avait seulement donné à l'Algérie la liberté — l'Algérie aurait fait de la France une nation heureuse et forte. Mais la France, qui refuse la liberté à ses colonies comme elle se la refuse à elle-même, veut être malheureuse et faible. Elle gaspille l'argent, sué douloureusement par les pauvres. Elle gaspille aussi les hommes.

J'aperçois là-bas le camp des condamnés aux Travaux publics. Ils peinent comme des nègres sous la matraque des surveillants, gardés de près par des tirailleurs au fusil chargé. Pauvres diables dont tout le crime est d'avoir dit son fait à quelque supérieur imbécile; fils de pauvres souvent, mais fils de bourgeois aussi; car la tyrannie de l'autorité militaire, que les Riches ne peuvent imposer aux Pauvres sans en souffrir dans une certaine mesure, est tellement abominable qu'elle les pousse eux-mêmes à la révolte dès qu'elle se fait sentir à eux. Plus loin, je distingue un détachement de disciplinaires, haillonneux, sinistres, qui cassent des pierres sous l'œil d'infâmes chaouchs armés de revolvers. (Voir *Biribi*, *Armée d'Afrique*.) Le crime de ces hommes est d'avoir manqué à la discipline; discipline odieuse, imbécile, et qui n'existe que parce que la Patrie n'est qu'une Blague au lieu d'être une Réalité. Voilà des êtres (et ils sont des milliers!) forts et intelligents pour la plupart, dont on ruine la santé et la raison, de parti pris. La France gaspille les hommes; elle gaspille leur intelligence et leur force; à l'heure où sa population décroît; à l'heure où, tous les quatre ans, un contingent tout entier passe par l'ajournement ou est réformé; à l'heure où la population de l'Allemagne augmente sans cesse; à l'heure où la France peut être facilement envahie, non seulement par l'Est, mais par le Nord-Ouest — car la flotte du Nord et de l'Ouest de la France n'a pas la moitié de la puissance de la marine de guerre allemande! Et la France, la France de la Bourgeoisie catholique, répète que la force principale des armées, c'est la discipline. La force principale des armées, leur seule force, c'est le sentiment patriotique de l'Égalité; c'est la conscience de la patrie réelle, de la terre appartenant également à tous ceux qui la défendent. Et la discipline est un crime, un crime commis pour entretenir l'inégalité et la misère, un crime atroce, un crime contre la Nation! Ce ne sont pas ces forçats, que j'aperçois, qui sont des criminels; ce sont ceux qui les envoyèrent au bagne. Ah! ces hommes à képis noirs, à capotes grises!... Une envie me prend de vivre avec eux, de souffrir avec eux; et de sortir de leur Enfer d'obéissance, et de revenir en France; et de battre la charge, contre Prudhomme, sur un tambour de régiment!...

Un nom que le mercanti prononce par hasard excite ma curiosité. Estelleville. Qu'est-ce que c'est que ça, Estelleville? C'est un village, pas très loin, qui fut fondé après 1870 par des Alsaciens... Et toute une histoire très vieille, l'histoire de cette colonie d'émigrants alsaciens que Raubvogel créa en Algérie, me revient en mémoire. Dans l'après-midi, je me décide à pousser jusqu'à Estelleville. A peine un hameau; quelques misérables masures autour d'un puits à l'eau saumâtre, des ruines, un immense cimetière. Quatre ou cinq familles, au type et à l'accent alsacien, vivent là. Un vieux se rappelle M. Raubvogel qui était, croit-il se souvenir, un ministre, et qui leur avait fait de belles promesses; mais on n'a jamais connu que la misère, à Estelleville; l'endroit n'est pas sain, non plus; et le vieux étend la main dans la direction du cimetière. D'ailleurs, ces pauvres gens ne se plaignent point; ils semblent trop abrutis pour ça; ils regrettent seulement de ne pas être restés en Alsace, de ne pas être devenus Allemands.

Le soir venu, le mercanti m'annonce que Fermaille trouvera moyen de s'échapper du camp, et que nous pouvons nous attendre à le voir arriver vers minuit. Il n'est pas beaucoup plus tard, en effet, lorsque nous entendons frapper timidement à la porte de la maison. Le mercanti va ouvrir, et revient avec un homme vêtu du costume pénitentiaire, mais que, malgré son crâne complètement rasé, je reconnais immédiatement. C'est Fermaille. Lui aussi me reconnaît, et son trouble devient extrême; il craint un piège, évidemment. J'ai beaucoup de peine à le rassurer, à le convaincre que je ne désire que son évasion. Il risque quelques objections; il hésite à fuir le bagne; c'est comme s'il craignait de faire tort à l'État de sa personne. Il persiste, malgré tout ce que je peux dire, à m'appeler continuellement : « Mon capitaine. » C'est avec le plus grand mal que nous le décidons à quitter sa défroque de galérien et à s'envelopper d'un burnous. De ce garçon, naturellement assez énergique, intelligent et frondeur, quelques mois de captivité ont fait un idiot, une chiffe..

Le mercanti, sans bruit, a attelé une sorte de tape-cul. Il est une heure du matin comme nous partons, Fermaille, moi, et un jeune Maltais qui sert de domestique au mercanti, et qui doit ramener la voiture. Le petit cheval ne va pas mal, et il n'est guère plus de trois heures lorsque nous entrons dans Bône. Un peu avant d'arriver à la caserne des zouaves, nous descendons de la voiture, Fermaille et moi, et nous nous dirigeons à pied vers le port. Je reconnais bientôt le navire italien avec le capitaine duquel j'ai fait marché, il y a deux jours, avant d'aller à Macheda. Le capitaine, qu'un matelot a été chercher, paraît sur le pont, et nous montons à bord; je verse à l'Italien la somme convenue, et je remets Fermaille entre ses mains. Puis, avant de descendre sur le quai, je donne à Fermaille un portefeuille qui contient vingt mille francs. C'est beaucoup, certainement; mais je ne veux pas faire les choses à demi. Fermaille veut se jeter à mes pieds, m'assure de son éternelle reconnaissance, se confond en remerciements; il trouve aussi que c'est beaucoup, vingt mille francs; après tout, la liberté ne vaut peut-être pas cher, en monnaie française... Je suis obligé de faire signe au capitaine, qui fait disparaître Fermaille par une écoutille.

De l'avant-port, au lever du jour, je vois le bateau se mettre en route, gagner la haute mer, se diriger vers l'Italie. Quelques heures après, je prends passage à bord d'un steamer anglais qui va à Malte, où je désire passer plusieurs jours. Après quoi, j'irai quelque part, je ne sais où. Pas en France; j'en ai assez, pour le moment. Sans doute en Angleterre.

XXV

Depuis un an environ je vis en Angleterre, principalement à Londres, m'efforçant de donner une forme précise, exacte, à des idées qui vibrent en moi, complètes et puissantes, mais qu'estropient et défigurent toutes les tentatives d'expression A l'homme qui n'a jamais rien fait, tout travail est excessivement malaisé, presque impossible. Des difficultés plus grandes encore se dressent devant l'homme qui fait effort vers l'Action réelle, mais dont une longue habitude a tronqué les facultés et l'énergie, les ajustant aux courtes exigences du simulacre d'action. Voici une mine : les aptitudes. Quelque minerai en est arraché, à un pied ou deux de la surface; transformé, par des procédés grossiers et faciles, en une mauvaise fonte; mais il s'agit d'aller chercher au cœur même de la mine, par le travail persistant et dur qu'exige la perforation des puits et des galeries, la matière supérieure qu'un labeur ardu, compliqué, changera en un pur métal. On essaie, on peine, on trime. On se lasse, on se décourage, on renonce. Pourtant, agir! agir... Et c'est toujours le même genre d'action qui se présente comme seul praticable, celui dont j'ai si lontemps fait le geste vain; l'épée au poing; l'arme...

Est-il possible, donc, qu'un homme porte en soi quelque chose d'énorme, de grand, et ne puisse pas l'exprimer, et ne puisse exposer, malgré tous ses efforts, que des déformations ridicules des réalités qu'il voudrait vivre! Oui, c'est possible. Et la même impuissance, certainement, doit se manifester chez les peuples. Elle se manifeste, aujourd'hui, chez la nation française. La France d'à présent n'interprète pas la France; la travestit, la trahit. Pourquoi?...

Parce que, peut-être, avant l'action intellectuelle, idéale, une autre action qui, pour ainsi dire, lui servira d'assise, doit s'effectuer; l'action matérielle, brutale. Je n'ai pu réussir parce que je ne suis pas sûr de moi, sûr de la vie; parce que je ne me sens pas libre. La France non plus n'est pas sûre d'elle-même; ne sent pas la sécurité de l'existence; n'est pas libre. On n'est pas libre quand on achète sa liberté; on est libre quand on la prend, sa liberté; quand on l'empoigne. Nous, nous sommes libres — au bout de cette chaîne de papier qu'on appelle le traité de Francfort. Et nous payons, pour ça. Est-ce que nous payons les intérêts des cinq milliards, et des autres milliards, oui ou non? On nous vend des bouts d'indépendance, un mensonge de liberté; nous sommes acheteurs. Qui paie? Les pauvres.

J'aurais voulu écrire un livre sur les pauvres; je n'ai pas pu. D'abord, pour écrire sur les pauvres, il faut les observer, les voir. C'est un hideux spectacle. C'est la servitude, non seulement volontaire, mais quémandée, mais achetée par les esclaves. J'aurais voulu montrer aux pauvres ce qu'ils dépensent d'efforts et d'intelligence, à croupir dans l'ignorance. J'aurais voulu leur faire voir ce qu'il leur faut de courage pour être lâches. Mais leur abjection est trop énorme, en vérité. Cette chair, étiquetée, à vendre, vendue, se méprise trop, me dégoûte trop. Dans tous les pays du monde, les pauvres sont des troupeaux d'êtres vils, aimant leurs chaînes de papier, vénérant leurs gardes-chiourmes, pleins d'estime et d'admiration pour les laquais de leurs gardes-chiourmes, pour leurs valets d'épée et de plume. Toute une immonde racaille bourgeoise, grimauds, cabotins, et rapins — tourbe d'assassins et d'empoisonneurs que je voue à la mort — vit, prospère et multiplie sur l'argent donné par les pauvres, avec plaisir. Les pauvres se repaissent des ordures bourgeoises, s'en gavent. Et quant aux hommes qui leur parlent de liberté et d'égalité, quant aux hommes qui leur consacrent leurs forces, leur talent, leur vie — les pauvres n'en ont cure; je suis sûr qu'ils les haïssent. La colère me saisit, quand je pense à ça; et je souhaite une nouvelle Commune — pour la répression.

J'aurais voulu crier aux Pauvres français : « On vous dit que votre pays s'est relevé de sa défaite de 1870. C'est un mensonge. On vous dit que vous êtes un peuple libre. Vous êtes des vaincus. On se rit de vous, partout, et on vous nargue. Situation honteuse, qu'ont seulement intérêt à prolonger ceux qui tiennent à conserver leur argent, leurs grades — et leur peau. Situation honteuse dont vous payez tous les frais et dont vous avez intérêt à sortir au plus vite. L'acceptation nette des faits accomplis, le désarmement complet, ne sont pas possibles. Vous, et vos voisins, vous êtes trop bêtes. Vous serez trop bêtes jusqu'à ce que les boulets de canon vous aient ouvert l'intellect. L'acceptation sournoise des faits accomplis, et le désarmement partiel? Ce n'est pas une solution; pourtant, le premier point a été réalisé par l'alliance russe, qui a ratifié le traité de Francfort. Quant au désarmement partiel et simultané des grandes puissances, on commence à vous l'offrir; on vous le proposera, de plus en plus ouvertement, car on tient à ne point laisser trop longtemps entre vos mains des armes dont vous pourriez faire un mauvais usage. Économiquement, ce désarmement partiel ne changerait rien, tout compte fait, à votre situation. Politiquement, il resserrerait vos liens. Vous vivriez, esclaves bénis par l'Église, sous le knout d'une nouvelle Sainte-Alliance. Alors, la guerre?...

« Oui, la guerre. A quoi vous sert-elle, la paix actuelle? A végéter, à crever. Les Riches en vivent, de cette paix. Ils vous font la guerre, pendant cette paix, et vivent de vous; et vivent bien. Ils chantent les bienfaits de la paix, et ses beautés; vous accompagnez le cantique avec les borborygmes de vos boyaux vides. Pourquoi donc que vous n'attaqueriez pas le refrain, pour voir, avec une clarinette de six pieds? La Civilisation est un fléau, et l'Art une moquerie, et la Science un mensonge, lorsque la paix, comme aujourd'hui, est une imposture; lorsqu'elle cause plus de désastres et plus de meurtres que la guerre; lorsque tout le monde le sait, et que personne n'ose le dire.

« La guerre? A moins que vous ne soyez que des hordes

de mercenaires idiots, elle vous donnera la liberté et le bonheur. Les grandes armées nationales ont pour mission nécessaire, forcée, de créer la réalité des patries, de donner la terre à l'homme. Les Riches le savent si bien qu'ils ne veulent d'une lutte européenne à aucun prix; que l'idée seule d'un conflit les fait trembler; qu'ils refusent, partout, de laisser étudier les conséquences d'une guerre; qu'en France, quand Burdeau nomma un comité chargé de rechercher comment l'organisme social continuerait à fonctionner en temps de guerre, les autorités intervinrent et suspendirent l'enquête. Parbleu! Les grandes armées nationales étant constituées en fait, les boulets tirés sur les ennemis ricocheraient sur l'Ennemi — sur l'affameur. Pauvres! n'ayez pas peur de la guerre! Elle vous libérera. Elle tuera la Misère qui vous étrangle, et l'Hypocrisie qui vous ligote. Elle vous donnera une patrie. Vous aurez la victoire — la victoire qui vous permettra de faire jaillir la fraternité internationale de votre Nationalisme réel. Vous aurez la victoire, la plus glorieuse de toutes, lorsque vous tendrez la main à vos frères, délivrés aussi, par-dessus les corps éventrés de vos ignobles tyrans... »

Mais un grand découragement s'empare de moi; un fatalisme déprimant. Pourquoi parler? Je ne suis pas fait pour parler. L'épaulette, je le sens, est entrée comme une marque dans ma chair : je suis fait pour combattre. Et puis, tout n'a-t-il pas été dit pour pousser les esclaves à la liberté, pour les jeter au bonheur? Tous les livres n'ont-ils pas été écrits, et tous les poèmes, et le plus grand de tous les poèmes — la Carmagnole?

— Vive le son du canon!

Et c'est juste comme je fredonne, un après-midi, à Hyde Park, le refrain de la chanson splendide, que je vois passer à côté de moi une dame qui sourit; j'ai à peine eu le temps de la reconnaître qu'elle m'aborde. C'est la baronne de Haulka.

***

Certes, si j'avais pu apercevoir à une certaine distance la baronne de Haulka, je me serais arrangé de façon à l'éviter.

Quant à la baronne, elle se dit enchantée de me rencontrer, et elle semble considérer une conversation entre nous comme la chose la plus naturelle. La froideur de mon attitude ne paraît pas la gêner; on dirait qu'elle ne s'en aperçoit pas. Elle me parle comme à un ami de longue date. Elle m'apprend qu'elle est venue passer cinq ou six semaines à Londres. Elle s'exprime avec tant de laisser-aller, de bonhomie, que je sens ma défiance et ma rancune fondre peu à peu, et malgré moi. Je me laisse entraîner à dire deux mots de mes affaires, puis trois; et j'arrive auc confidences. J'avoue que je suis un peu las de mon existence présente, et que...

— Vous regrettez votre épaulette, interrompt la baronne au moment où j'hésite à continuer ma phrase. Eh! bien, pourquoi ne la reprenez-vous pas? Vous aviez un si bel avenir! Après tout, quoi qu'on en dise, les gens d'intelligence arrivent toujours à faire leur chemin dans l'armée; des obstacles peuvent être placés sur leur route, mais un peu de patience leur permet d'en triompher. A propos, je me rappelle que vous étiez lié avec le capitaine de Bellevigne; savez-vous qu'il doit être nommé commandant le mois prochain? Son mariage lui a porté bonheur. Étiez-vous encore en France lorsqu'il a épousé Mlle Pilastre? Un gros sac... Allons! où ai-je la tête? N'avez-vous pas été amoureux de Mlle Pilastre?... Voyons, au moins un peu? Je crois me rappeler quelque chose comme ça. Si je ne me trompe pas, vous avez eu tort de ne pas pousser votre pointe. La présente Mme de Bellevigne ne vivra pas vieille; et dame! un bel héritage. Ah! si vous m'aviez consultée!...

Je suis légèrement abasourdi, et ne sais trop que dire. La baronne, évidemment, n'a pas la moindre intention de me convaincre de sa bonne foi; elle m'indique simplement ce qu'elle préfère me voir faire semblant d'admettre. Elle continue :

— Je me suis toujours souvenue de cette visite que vous m'avez faite... vous rappelez-vous? au sujet de votre père... C'était tellement singulier! Nous étions tous deux, au même moment, menacés par Lahaye-Marmenteau. Entre nous, cet homme est toqué, pour ne pas dire plus. Il voulait alors me faire expulser, ainsi que je vous l'ai dit. Huit jours après, nous étions les meilleurs amis du monde. Expliquez des caractères pareils. L'amitié, d'ailleurs, n'a point été éternelle. Nous sommes, à présent, à couteaux tirés. Je m'en console, vous pouvez m'en croire. Mais vraiment, ce guerrier devrait se purger, comme disaient vos poètes du XVIIe siècle, avec quelques grains d'ellébore; après tout, peut-être son manque d'équilibre cérébral lui assure-t-il quelque joie. « Il y a à être fou, écrivait Dryden, un plaisir que les fous seuls connaissent. » Vous voyez que j'ai ma façon à moi d'expliquer les choses.

Je m'en aperçois, en effet. Après avoir fait silencieusement quelques pas dans Rotten Row, la baronne reprend :

— Lahaye-Marmenteau voulait me faire expulser comme espionne... L'invention était comique! Moi qui ai toutes mes relations dans l'armée et la diplomatie! Remarquez que je ne voudrais pas médire de l'Espion. Il a son utilité dans notre système social; c'est incontestable. Il consolide des liens; ou les dénoue; comme on veut. Il achète, surprend, livre et vend des secrets dont la plupart sont des mensonges. Il contribue donc ainsi au triomphe de la vérité. Il est l'ennemi-né de toutes les choses clandestines; par conséquent, de l'hypocrisie. Pourquoi lui jeter la pierre? Et puis, toujours juger! Vouloir que la certitude des perceptions, qui n'existe point dans le monde physique, existe dans le monde moral! Il ne faut pas oublier, non plus, que l'espion aime son pays. Aimer son pays est beau. C'est grand. Moi, par exemple, bien que mes sympathies intellectuelles soient toutes françaises, je n'ai jamais oublié que je suis Allemande. Je ne condamne même pas complètement le chauvinisme d'à présent. Je pense que le sentiment cosmopolite du XVIIIe siècle, un peu grossier, doit s'épurer en passant par notre période de patriotisme étroit et hystérique. Oui! l'amour de la patrie est vraiment beau! Voilà pourquoi, pensant ainsi, j'ai toujours aimé le soldat. Voilà pourquoi l'aiment les peuples, dont le cœur est simple et franc; voilà pourquoi ils le vénèrent spécialement dans l'histoire; et même dans cette poétique et puissante transfiguration de l'histoire qui s'appelle la légende. A mon avis, la légende est souvent supérieure, même en véracité symbolique, à l'histoire. Je l'ai dit plusieurs fois à votre père qui, un jour, à ma grande joie, adopta mon opinion... A propos, vous n'ignorez pas, j'espère, que le monument qu'on doit élever par souscription publique au général Maubart, à Nourhas, sera inauguré dans deux mois?...

Je l'ignorais. La baronne se récrie. Comment! Est-ce possible? Moi, le fils du général!... Enfin, la France, elle, n'oublie pas. Et Mme de Haulka, se faisant très amie, presque maternelle, m'assure que je devais profiter de cette occasion pour demander ma réintégration dans l'armée. Elle m'apprend qu'elle peut m'être utile. Je n'ai qu'à essayer. Elle répond du succès.

***

La baronne ne se vantait pas. Elle m'a été fort utile. Peu de temps après notre première rencontre, c'est-à-dire vers le 20 juin 1898, j'ai reçu notification du fait que je suis affecté au régiment d'infanterie qui tient garnison à O... Il est entendu qu'on considérera le temps passé par moi à l'étranger comme ayant été consacré à une mission spéciale. J'aurai simplement à dire ce que je pense de l'armée anglaise. Pas difficile. Je n'aurai rien à dire. Avant de quitter Londres, j'ai revu plusieurs fois Mme de Haulka, qui s'est toujours montrée fort aimable pour moi.

(Ici, je dois ouvrir une parenthèse. On a prétendu, je le sais, que la baronne m'avait remis des documents intéressant le général de Lahaye-Marmenteau et plusieurs de ses collègues, documents dont la possession m'assurait la neutralité et même la bienveillance des personnages en question. C'est un point que je ne veux pas discuter.)

Quelques jours avant mon départ, un matin, je me trouve nez à nez, au coin d'une rue, avec une jeune femme qui pousse un cri en m'apercevant. C'est la Môme-Chichi. Elle me raconte une histoire touchante. Elle est venue à Londres retrouver Fermaille, qui exerce avec succès son métier de ciseleur dans la capitale britannique; elle n'aime pas beaucoup l'Angleterre, mais le devoir avant tout. Elle est si heureuse de me rencontrer! Et Fermaille aussi sera si content!... Comment? Elle s'explique. Fermaille a reconstitué les vingt mille francs que je lui ai donnés à Bône, et avait déjà cherché à se procurer mon adresse, afin de me les renvoyer. Si je voulais venir, demain chez eux, il me remettrait la somme en mains propres. Mais, certainement...

Je viens. Fermaille, avec des remerciements infinis, m'offre de me rendre les vingt mille francs immédiatement. J'accepte. Comme j'empoche la somme, il me demande si je crois qu'il pourra un jour rentrer en France. Je lui réponds que je prendrai des informations et l'aviserai. La Môme-Chichi, tout émue d'une pareille condescendance, m'admire. Moralement, elle s'agenouille devant moi. Relève-toi, créature de Dieu!...

Ne croyez pas que je vais m'emballer; j'ai simplement l'intention de vous faire comprendre que la Môme-Chichi ne m'en veut pas plus que son amant, et que pour ma part je ne lui garde pas rancune. Notre réconciliation, du reste, est scellée chez moi, le soir même. L'apposition des scellés (ou des sceaux) ne dure guère qu'une petite heure. Mais il est entendu qu'après-demain matin, j'enlève la Môme-Chichi. Je l'emmène en France avec moi.

Cependant, après le départ de ladite Môme-Chichi (et voici un passage que je conseille aux femmes de méditer), je réfléchis. Je perçois clairement que la France est pleine de Mômes-Chichi; en vérité, il n'y a guère que de ça, en France, des bêtes de somme en puissance de maris et de la paillasse à curés; alors, à quoi bon réimporter l'objet?

Je me décide donc à partir, non le surlendemain matin, mais le lendemain matin — tout seul

XXVI

C'est aujourd'hui qu'a lieu l'inauguration du monument élevé à mon père. D'abord, j'avais résolu de ne point assister à cette cérémonie; inutile de vous donner mes raisons. Mais mon absence aurait été remarquée, commentée; et du moment que je suis rentré dans l'armée...

Je me suis donc rendu à Nourhas; j'y suis arrivé hier soir. Un gros village, déjà pavoisé, enguirlandé de chapelets de lampions; masures piteuses, vieilles, sales; demi-chaumières dont l'agglomération hasardeuse fut récemment bastionnée d'énormes bâtiments industriels, construits de brique. Au centre, une grande place où se tient le marché, au milieu de laquelle s'élève la statue que des toiles verdâtres cachent aux regards; une église cagneuse grimace dans un coin; une fontaine larmoie dans un autre. Le pavé est horrible, rhumatismal; et des auberges, des caboulots, sur les quatre faces étalent leurs enseignes : « Au Héros de Nourhas. — Au Glorieux Vaincu. — A la Belle Vue du Héros. »

J'étais arrivé hier soir et je m'étais logé dans une sorte d'hôtel, au bout du village, près de la gare. J'avais donné l'ordre qu'on me réveillât de bonne heure.

Et ce matin, avant six heures, je sors et je gagne la campagne. Je m'efforce de retrouver les endroits dont mon oncle, l'année dernière, m'a donné la description. Voici la plaine, le bois dont il m'a parlé; je m'avance le long de la route par où sont arrivés les Allemands. Ah! je voudrais pouvoir douter du récit qui m'a été fait. Je cherche à interroger les lieux, à leur arracher la vérité. Ils sont muets. Ils ont oublié. — Non! ils n'ont jamais su. — Dans sa hautaine indifférence, la terre est prête encore pour de nouvelles tueries, si la sottise humaine le veut — si l'intelligence humaine l'exige. Je marche vers une colline, là-bas; un océan de feuillage se brise, à sa base, en une odorante écume. Ça sent le bonheur, on dirait. Doux, aussi, et chargé de mémoires anciennes, de passer le petit ruisseau qui chantonne sur les cailloux blancs. Et les sentiers pleins d'une buée transparente, qu'on devine montant comme une marée d'air, lavée par la rosée...

Je reviens sur mes pas. Un beau pays, la France; mais... Un bâtiment blanc sur une éminence. tout au bout de la grande plaine qui précède le village; la ferme de la Chevrette, sûrement; si j'allais là?

Je suis bien reçu à la ferme. Elle est habitée par la même famille qui l'occupait en 1870. Trois générations, à présent. Un vieux et une vieille, de soixante-dix ans environ; leurs enfants, deux garçons et une fille, de trente à quarante ans; les petits-enfants, de cinq à dix-huit ans. Est-ce que ces braves gens ont quelque souvenir du glorieux fait d'armes dont leur ferme fut le théâtre? Pour sûr! Ils en sont pleins, de souvenirs; l'enfant de cinq ans, lui-même, en a. Et c'était un colonel qui commandait les Français? Oui, un colonel avec cinq galons sur ses manches.

— Un colonel; oui, monsieur, affirme l'homme de quarante ans; le colonel Maubart. Je n'avais guère que douze ans, alors, mais je m'en souviens comme si c'était hier. Le colonel Maubart a dit comme ça, en entrant : « Nous allons mourir pour la France! » Oui, monsieur...

La vieille, assise dans un coin, essaie de dire quelque chose; mais le vieux lui coupe la parole :

— Moi, monsieur, j'étais dans cette chambre, quand il est entré avec son bataillon. Même qu'il m'a dit : « Nous allons mourir pour la France! » qu'il m'a dit, dit-il...

— Veux-tu te taire! glapit la vieille, de son coin; t'étais dans le bois avec les p'tiots, vieux capon... T'as rien vu, rien de rien... Y n'vous disent que des menteries, monsieur, ajoute-t-elle, en se tournant vers moi; j'étais toute seule ici, quand y sont venus. Y avait pas pus de colonel qu'y en a aujourd'hui, l'bon Dieu m'est témoin. Y avait qu'un sergent, et pis v'là tout. A preuve qu'y m'a dit : « Allez donc vous cacher dans le cellier, la mère; c'est pas la peine que vous gobiez une prune. » A preuve...

Mais des exclamations indignées couvrent la voix de la vieille. Mari, enfants, petits-enfants, hurlent en même temps. La grand-mère a perdu la tête; elle ne sait plus ce qu'elle dit; elle bat la breloque. Un sergent! Un sergent défendant la ferme de la Chevrette! Est-ce possible!... Un colonel, monsieur, le colonel Maubart...

Je sors de la ferme, écœuré. Tout est imposture, ici et ailleurs. Est-ce qu'un petit nombre de Français à l'âme haute, persécutés toujours, et affreusement, dans leur pays, n'ont pas donné au monde l'illusion d'une France généreuse, noble et libre? La légende, partout. La légende dominant des troupeaux qui n'ont point conscience d'eux-mêmes, le cerveau fangeux, la chair faite de mensonge.

Dès le matin, donc, c'est le dégoût qui m'envahit.

***

Les personnages officiels sont arrivés. Un banquet a eu lieu, au cours duquel on a porté beaucoup de toasts à beaucoup de choses. Et maintenant, en présence de notabilités de tout ordre, au son des instruments des musiques locales, les toiles qui masquaient le monument viennent de tomber. Sous les rayons d'un soleil aveuglant, le bronze apparaît dans toute son horreur. Vous connaissez la statue. C'est la même que les autres. On en a mis partout. Une grande question, j'ai oublié de vous le dire, s'était posée devant l'esprit patriotique du Comité qui prit l'initiative de l'érection du monument : représenterait-on mon père en uniforme de colonel, ou en uniforme de général? On s'est décidé pour l'uniforme de général. Mon père, a fait valoir quelqu'un, non seulement avait été héros en 1870, mais depuis il avait continué. L'argument était sans réplique. Le sculpteur, homme de génie original, et qu'on va décorer, a osé représenter mon père tête nue. Voilà de la hardiesse; tout le monde loue l'audace du sculpteur. En France, on aime l'audace...

La chaleur est étouffante. Pas d'air, pas un souffle de vent. Au loin, l'orage gronde... Et la longue série des discours va commencer. Une grande lassitude s'est emparée de moi; je ne me sens pas bien; ah! que je voudrais que tout cela fût terminé!... Courbassol, ministre de la Justice, qui représente le gouvernement, prend la parole.

— Il y a moins de trente ans, dit-il, la terre sur laquelle s'élève le glorieux monument que nous inaugurons aujourd'hui, et qui est maintenant sillonnée par les soldats français, était occupée par les armées étrangères; et quand nous comparons la France d'alors, désemparée, à bout de forces, à la nation vigoureuse qui revit sous nos yeux dans sa mâle vitalité, nous éprouvons une douce consolation et un légitime sentiment de fierté!

Courbassol, pourtant, déclare que cette fierté ne va pas jusqu'à l'enivrement. Si son patriotisme est ardent, il sait se contenir; il grandit dans le silence; il se recueille. Mais, il faut qu'on le sache bien, le jour où la France serait obligée de se lever...

— Il s'est produit, s'écrie-t-il, des sectes qui ont nié la patrie; et de nos jours, sous nos yeux, quelques adeptes de ces folies maladives balbutient parfois je ne sais quelle malsaine négation; mais la conscience nationale les réprouve; et leur âme noire est obligée de rougir de ses blasphèmes... Non! on ne renie pas la patrie. Ce serait renier son père et son berceau!

Je me sens de plus en plus mal; ma faiblesse augmente de moment en moment.

— L'homme que nous honorons aujourd'hui nous offre l'exemple du patriotisme le plus pur et le plus désintéressé. C'était un héros. C'était, dans toute la force du terme, un caractère. C'était une âme droite, une âme d'acier, forgée dans les temps antiques sur l'enclume du devoir, messieurs!...

Cette dernière phrase est saluée par des acclamations enthousiastes. Ah! cela ne finira donc pas... Courbassol continue, de sa voix qui bourdonne :

— Ce qui a distingué le général Maubart, c'est son respect du gouvernement établi; du régime que le pays s'est librement donné. Et qu'on ne vienne pas nous dire que la piété et les sentiments démocratiques sont inconciliables. Le héros de Nourhas a su allier une dévotion exemplaire à la fidélité la plus étroite aux institutions républicaines!...

Des applaudissements éclatent et retentissent douloureusement dans ma tête; c'est comme s'ils ne devaient jamais cesser. Le bruit change, change, se transforme en une clameur de plus en plus distincte. Et j'ai une vision, tout d'un coup : un champ de bataille, immense, couvert de blessés qui râlent, de morts; c'est la nuit. Et l'aube verdit; rougeoie; et des tambours battent; et des tocsins sonnent à des beffrois; et les blessés se lèvent; et les morts se lèvent; et les blessés et les morts s'élancent, derrière un homme qui tient un drapeau rouge; et puis, il n'y a plus que du feu, partout; et puis... Nous n'avons pas été vaincus!...

*
* *

Je reprends connaissance dans la salle d'une auberge où l'on m'a transporté. Je m'étais évanoui, il y a quelques minutes, sur la place; la qualité des vins du banquet, la colère, l'ennui, la chaleur... je ne sais pas. On a déboutonné mon dolman, ouvert ma chemise; plusieurs personnes, qui étaient dans la salle, sortent dès qu'elles me voient reprendre mes sens; une vieille femme, seule, reste à mes côtés. Courbassol, sur la place, continue son discours; il crie :

— Oui, c'est Gambetta, pour lequel le général Maubart avait une si vive admiration, qui a posé la fondation de ce courant de liberté, de cette grande vague de patriotisme qui nous emplit d'une légitime fierté!

Formidable, un coup de tonnerre couvre les applaudissements. Je m'approche d'une fenêtre. D'un ciel couleur d'encre, les ténèbres tombent, comme un couvercle énorme; une marée d'air froid balaie le sol; les faces de la foule se décomposent, verdissent; les façades des maisons sont blêmes; les drapeaux tricolores se violacent, palpitent comme des ailes d'oiseaux faibles fuyant devant la tempête... Il y a un silence. Mais la voix de Courbassol, toute secouée de peur, s'élève pourtant :

— Et savez-vous, messieurs, ce qui constitue la principale grandeur, la supériorité de notre brave armée? C'est quelle est l'armée démocratique, nationale. C'est qu'elle est l'armée de la République, du gouvernement de tous par tous et pour tous, soucieux des humbles, épris d'idéal, fidèle à la grande devise française scellée de notre sang : Liberté, Égalité...

Et l'orage crève. Des éclairs déchirent la nue de sillons livides; la foudre gronde, roule son fracas, éclate; les maisons tremblent; des trombes d'eau s'abattent sur la place.

Elle est vide tout d'un coup, cette place. Ç'a été une fuite soudaine, une débandade, un sauve-qui-peut. Foule, pompiers, fonctionnaires, musiciens, orateur, ont disparu. Un torrent, que grossit la pluie diluvienne, cache le pavé, vient écumer contre les murs. Aux fenêtres vite fermées pendent les restes des guirlandes et des lampions, des guenilles qui furent les drapeaux. Et derrière les vitres de ces fenêtres, partout, en haut, en bas, j'aperçois des visages blafards — des bouches ouvertes, comme hébétées par l'inattendu qui termina la fête lamentable, des yeux fixés sur la statue...

La statue; le simulacre qui regarde ces figures-là; qui les regarde, le front haut, fier, dans une pose de défi; dans une pose de défi que je comprends, tout d'un coup.

Et je les contemple, plein d'une amertume désespérée — face à face, séparés par le verre que fait trembler la foudre, le peuple souverain, Blague de chair, et la statue, Mensonge de bronze...

(*Londres, 1900-1901.*)

POSTFACE

Des poursuites ayant été engagées, à la diligence de M. de Freycinet, ministre de la Guerre, contre Lucien Descaves et P. V. Stock, pour parer au même danger qui les menaçait lui-même et Savine, Darien, dans la préface de *Biribi,* se défendit d'avoir écrit un roman militaire.

« Ce serait une grave erreur que de le croire, disait-il. Où voit-on l'armée dans ce livre, l'armée telle que nous la connaissons, l'armée telle que nous la rencontrons tous les jours, l'armée régulière enfin? Est-ce l'armée, cette poignée d'indisciplinés revêtus de la capote grise et soumis à des règlements inconnus dans les régiments? Est-ce l'armée ce bas-fond où croupissent les relégués militaires? C'est l'armée comme le bagne est la société. »

Ce bagne n'en relevait pas moins de l'armée, comme l'autre de la société, les règlements barbares qu'on y appliquait, c'était elle qui les élaborait et en prescrivait l'exécution. Que c'était bien l'armée que visait Darien, quelques lignes à la fin de son livre le laissaient clairement entendre :

« Je pense à cette armée que je vais quitter. Je l'envisage froidement, laissant de côté toutes mes haines. C'est une chose mauvaise, c'est une institution malsaine. »

Un fait précis devait, cinq ans après la publication de *Biribi,* le démontrer et du même coup attester la véracité de son témoignage, réplique d'une des scènes les plus atroces qu'il y avait décrites, l'assassinat du disciplinaire Barnoux.

« Le soir d'un quatorze juillet, surpris par le sergent Caproni en train de vider quelques bouteilles de liqueur que lui avait passées un camarade bordelais, sapeur du génie, Barnoux est amené devant le capitaine Mafeugnat. Sommé de dénoncer celui de qui il tenait ces bouteilles, Barnoux naturellement a refusé. Le capitaine a donné l'ordre de le mettre aux fers. Comme il résistait, Caproni, l'homme Kelb et Mouffle se sont précipités sur lui et l'ont mis à la crapaudine, puis, pour que personne ne vînt le détacher, ils l'ont transporté devant leur maison. Là Barnoux ayant poussé quelques plaintes, les trois brutes ont été prévenir le capitaine qui est venu demander au patient s'il voulait se taire.

« — Vos cris empêchent tout le monde de dormir. Voilà les sergents qui assurent que vous ne leur laissez pas fermer l'œil.

« — Mon capitaine, je ne crie et ne me plains que parce que je souffre. On a serré les fers tellement fort que j'ai les poignets brisés. Vous pouvez regarder si ce n'est pas vrai.

« — Je m'en moque, vous n'avez que ce que vous méritez.

« — Mon capitaine, un homme ne mérite jamais d'être traité comme je le suis. Si vous aviez un peu de cœur, vous le comprendriez.

« — Le bâillon! mettez-lui le bâillon, s'est écrié le tortionnaire aux trois galons.

« Et les chaouchs, après avoir enfoncé de force un chiffon sale dans la bouche de leur victime, lui ont entouré la tête avec des serviettes et des cordes.

« Toute la nuit, nous dit Rabasse, il est resté là, jeté sur le sable comme un paquet. Et ce matin au jour, le factionnaire, ne le voyant pas remuer, s'est approché. Il l'a secoué et s'est aperçu qu'il était mort étouffé. »

Ce meurtre abominable, on crut, ou on feignit de croire que Darien l'avait sinon malicieusement inventé du moins qu'il en avait exagéré l'atrocité. Ceux qui, telle Séverine, avaient encore en mémoire *Biribi*, en lisant les journaux du 9 au 23 juillet 1895, durent convenir que non seulement Darien n'avait pas forcé la réalité, mais qu'il était resté bien en deçà.

Les compagnies de pionniers de discipline étaient censées abolies, M. de Freycinet avait, en privé, donné l'assurance à l'avocat-député socialiste Millerand que les atrocités révélées et décrites dans *Biribi* ne se renouvelleraient plus. L'affaire Chedel vint prouver qu'il n'en était rien, qu'elles se commettaient journellement et impunément, aussi bien dans les compagnies de discipline en Tunisie que dans les Bataillons d'Afrique en Algérie, où la torture était de pratique courante.

Engagé pour cinq ans, Urbain Chedel avait été versé au 1er Régiment de la Légion étrangère. Libéré, il était revenu à Paris, avait cherché du travail, n'en avait pas trouvé, et pour n'être pas à la charge de sa mère, ouvrière en fourrure, s'était rengagé. Incorporé au 8e Régiment d'Infanterie de marine, il était expédié en octobre 1891 à l'île de la Réunion. Par une belle nuit chaude, il se trouvait de faction devant le Palais du Gouverneur, au bord de la mer; à moitié somnolent, il rêvassait pensant à Paris, à sa mère qui avait bien du malheur, se demandant si elle et lui verraient bientôt la fin de leurs misères. Une rumeur confuse lui fit soudain dresser l'oreille; bientôt des galets voltigèrent alentour, il s'avança pour se rendre compte de ce qui se passait. A quelque soixante mètres de là, des nègres malabares, malgaches et hovas se battaient; au milieu d'eux, le visage en sang, un blanc se débattait. Chedel, baïonnette au canon, se lança à leur poursuite, mais ils se dispersèrent dans la nuit et il était venu reprendre sa faction. Une demi-heure après, le caporal de garde accompagné d'une sentinelle, venait le relever et l'avertissait qu'il allait être puni pour abandon de poste. Ce fut en vain qu'il s'efforça de se justifier auprès du chef de bataillon Dufaure, en vain qu'il essaya de l'attendrir. Cet homme qui avait « le cœur plus dur que le roc » l'écouta, un cruel sourire aux lèvres, et le fit passer devant un conseil de guerre qu'il présida : par trois voix contre deux condamné à un an de prison, Chedel fut ramené en France pour subir sa peine à Toulon. En proie aux fièvres qu'il avait contractées là-bas, sous les tropiques, il avait été évacué à l'hôpital de l'île Sainte-Marguerite, d'où, à peine rétabli, il se vit, conformément à une loi du 29 juillet 1889, dirigé sur le 5e Bataillon (6e compagnie) de chasseurs légers, à Batna, province de Constantine. Au 14 juillet l'armée le rendrait à la société qui se désintéresserait de son sort.

Ce n'était pas une forte tête qu'Urbain Chedel, c'était un cœur simple, respectueux des lois, des règlements, des conventions, des préjugés, une de ces bonnes pâtes d'hommes, soumis, obéissants qui triment toute leur vie et lorsque la patrie est déclarée en danger se font tuer pour ceux qui les ont exploités.

Le camp de Batna relevait de celui du Kef, placé sous l'autorité du commandant Racine, qui déshonorait le nom illustré par l'auteur d'*Athalie* et de *Bérénice,* avec lequel il n'avait aucune espèce de parenté. Celui de Sade lui eût, à tous égards, beaucoup mieux convenu. Fourbe autant que sanguinaire, de temps à autre il envoyait son obole à Séverine, pour ses bonnes œuvres, le cas échéant, afin qu'elle témoignât de la bonté de son cœur, qui était plus endurci encore que celui du commandant Dufaure. Plus d'un disciplinaire ayant préféré la mort aux tortures qu'il leur infligeait, il avait, par un ordre du jour, décidé que le « cadavre de tout individu qui se suiciderait serait exposé pendant vingt-quatre heures sur un tas de fumier, au milieu du camp auquel il appartenait ».

Ce que Chedel vit et endura, qui dépassait en horreur ce

qu'avait vu et enduré Darien, il le laissa percer dans la dernière lettre à sa mère datée du 20 juin, qu'il réussit à lui faire passer.

« J'en ai assez de ces horreurs, j'en ai assez de ces ignominies, disait Darien-Froissard. Je sais que je ne pourrais plus dégorger goutte à goutte toute la honte qu'on m'a fait boire. »

« Je crois par moments que je perds la raison, écrivait Chedel, je suis dégoûté complètement. Je vois tout en noir, car je ne crois pas que je pourrai me sortir un jour de ce Bataillon d'Afrique qui est cause de mon malheur. »

Ce malheur devint si grand qu'à deux semaines de sa libération, n'y tenant plus, et quoi qu'il lui en dût coûter, avec Regnault un autre *desperado,* il tenta d'en sortir. Ils étaient si impatients d'en finir qu'ils n'avaient pas choisi le bon moment. Le sirocco, ce jour-là, soufflait furieusement. L'air embrasé était irrespirable. Les fugitifs n'allèrent pas bien loin. Aveuglés par les rafales de sable brûlant, les pieds meurtris, leurs maigres provisions de vivres et d'eau épuisées, mourant de faim, crevant de soif, ils rebroussèrent chemin, reprirent celui de l'enfer, d'où ils avaient espéré s'évader, et, tête basse, s'en vinrent se constituer prisonniers entre les mains du sergent Michel. Ce sergent manda le caporal Galli et lui donna l'ordre de les mettre, après les avoir fouillés et déchaussés, en cellule. Le caporal, avec l'aide de quatre chasseurs, les attacha « à la crapaudine » sur un lit de camp.

Littré qui, en 1863, était loin d'imaginer qu'un jour des hommes seraient assez dépourvus d'humanité pour en user à l'endroit d'autres hommes, définissait ce procédé comme une « manière d'accommoder les pigeons, qui consiste à les fendre, à les élargir et les aplatir de telle sorte que tout déformés on a pu les comparer à des crapauds ». Clemenceau donna du procédé des pigeons aux disciplinaires une définition dont l'Académie française, si elle n'était tant bégueule et fieffée hypocrite, eût fait son profit en l'incorporant dans son dictionnaire poussif et retardataire.

« On sait, apprenait Clemenceau aux lecteurs de sa *Justice,* qui ne le savaient pas, que l'opération consiste à ficeler le supplicié au moyen d'une barre transversale, dans l'attitude des pigeons sur le gril. Les quatre membres sont violemment ramenés sur le dos, accrochés à la barre avec le cou et maintenus dans une rigidité qui ne tarde pas à provoquer d'intolérables douleurs. »

Elles devaient l'être d'autant plus pour les deux misérables qu'ils étaient exténués par leur vaine équipée, les boyaux vides, la gorge sèche, enfermés dans une cellule étroite où il faisait 50° de chaleur — un véritable four. Chedel, surexcité par le retour de ses fièvres, et si anémié par l'ordinaire du camp qu'il en avait les gencives blanches, ne put les tolérer. Elles lui arrachèrent des cris et il se mit à maudire et à injurier ses bourreaux, puis à implorer leur pitié et à leur demander grâce. Le caporal Galli, pour le faire taire, lui fourra dans la bouche un piquet de tente qu'il fixa derrière la tête avec des cordes. Il cessa de hurler pour gémir lamentablement, suppliant qu'on lui donnât à boire. Le soldat Lorphelin tenta d'humecter ses lèvres de quelques gouttes sans retirer le bâillon; plus hardi le soldat Maxime ôta le piquet et le désaltéra. Le caporal Galli, qui était chrétien pourtant et bon catholique, survint et leur reprocha rudement d'avoir fait pour leur camarade ce que le centurion fit pour le fils de l'homme crucifié sur le Golgotha; il rebâillonna Chedel et se hâta d'informer, de cette entorse aux ordres du commandant Racine, le sergent Michel; celui-ci en avisa le lieutenant Rochette. Cet officier s'étant rendu sur le lieu du supplice fit délier les pieds de Regnault et ordonna qu'on lui donnerait la gamelle le soir, quant à Chedel qui était parvenu à se débarrasser de son bâillon, il dit qu'on pouvait le laisser dans la position où il se trouvait, étendu sur le dos, et que s'il recommençait à crier, on lui remettrait son bâillon. Quelque effort qu'il fît pour surmonter sa souffrance, le malheureux n'y parvint pas; on l'entendit de nouveau geindre tour à tour et hurler. Le sergent Michel ordonna au caporal Galli de lui remettre le bâillon, mais ayant fait passer, entre la joue et la gencive, la pierre qu'il lui avait enfoncée dans la bouche, il recommença à crier. Le caporal, furieux, lui frappa le visage à coups de poing, envoya chercher une plus grosse pierre qu'il lui fourra dans la gorge et le rebâillonna. Il se tut et son agonie commença qui devait se prolonger de longues, d'interminables heures durant. Moralement et physiquement il souffrit le martyre, abandonné des hommes, même de ses camarades qui compatissaient à ses tourments sans oser les soulager. Suffoqué par la chaleur, respirant avec difficulté, en proie à une soif ardente, tout le corps endolori, il se voyait avec épouvante voué à la mort à laquelle aucun tribunal ne l'avait cependant condamné, une mort inéluctable, horrible et lente, ses soubresauts trahissant seuls les efforts désespérés qu'il faisait pour y échapper. Ils cessèrent le lendemain vers midi; il ne remua plus, se raidit. Son codétenu appela le planton : « Venez voir, lui dit-il, mon camarade ne bouge plus, il doit être mort. »

Il l'était, tué par les chaouchs, mort étranglé, étouffé.

La nouvelle de ce meurtre ne parvint à Paris que six jours plus tard. Il causa une sensation profonde. Un député, Ernest Roche, écrivit au général Zurlinden, ministre de la Guerre, qu'il avait l'intention de déposer sur le bureau de la Chambre, dès la rentrée, une demande d'interpellation « au sujet de l'assassinat du soldat

Urbain Chedel et sur la façon odieuse dont sont traités les soldats dans les compagnies de discipline ».

« Le caporal Galli est un lâche et un assassin, mais pour tout châtiment, il recevra les félicitations de ses chefs », écrivait Rochefort dans *l'Intransigeant*. « On se gardera bien de le traduire devant un tribunal militaire où il se produirait sur le système de torture dans les bagnes algériens des révélations dont l'atrocité ferait frémir toute l'Europe. »

Elle faisait frémir d'horreur les lecteurs des journaux parisiens. Devant la réprobation qui montait, le cabinet Ribot se vit dans l'obligation de donner un semblant de satisfaction à l'opinion publique. Le général Zurlinden décida que les supplicieurs seraient traduits devant un conseil de guerre. Présidé par le colonel Stiltz, ce conseil se réunit à Tunis le 16 septembre. La veille, inquiet de la mauvaise tournure que prenait décidément l'affaire, le commandant Racine avait écrit à Mme Chedel que la mort de son fils, dont il s'était gardé de l'informer et qu'elle avait apprise en lisant son journal, avait été interprétée par les journaux d'une façon *fausse et méchante*. « Bien que Chedel ait été bâillonné contrairement aux ordres donnés, il n'a succombé, lui disait-il, à aucune violence, comme le prétendait la presse, mais bien à un coup de chaleur ou à un accès pernicieux comme il résulte de l'autopsie. »

L'acte d'accusation le convainquit de mensonge; il donnait sur le rôle de ses acolytes d'horrifiques détails et révélait que le commandant, faisant fi d'une circulaire du général Leclerc du mois d'avril 1894 interdisant le bâillon, en avait, par un ordre écrit du 30 juillet de cette même année, prescrit l'usage, et qu'il avait recommandé au lieutenant Rochette de « soigner » Chedel.

Au bout de quinze minutes de délibération, le conseil de guerre de Tunis acquitta *à l'unanimité* les tortionnaires.

« Un beau matin, disait Jean Froissart, un convoi est passé, qui a emmené les bourreaux à Tunis...

« — Qu'est-ce que tu crois qu'ils attrapperont, Mafeugnat et ses acolytes? me demande Queslier d'un ton gouailleur.

« — Ma foi, je ne sais pas.

« — Moi, je le sais. Ils seront acquittés, comme je te l'ai déjà dit. Veux-tu parier? Je parie un demi-biscuit.

« Il a eu raison, le sceptique. Deux mois après, nous avons appris qu'ils avaient été acquittés, mais qu'on les avait fait passer dans un régiment en leur accordant des éloges pour leur conduite intrépide. »

L'absolution donnée aux bourreaux de Chedel ne surprit pas Darien. Il s'y attendait. Mais elle surprit et indigna une partie de l'opinion publique.

« Des chefs militaires ont-ils le droit de torturer un soldat jusqu'à ce que mort s'ensuive? » demandait Clemenceau. Telle est la question à laquelle un conseil de guerre français vient, en 1895, de répondre — à l'unanimité — par l'affirmative...

« L'homme fut lié, sanglé, frappé, torturé jusqu'à ce que la mort s'ensuivît. » Si vous lisiez cette simple note dans les journaux où s'étaleraient en toutes lettres les noms des meurtriers, vous n'hésiteriez pas à penser que les auteurs seront prochainement aux prises avec M. Deibler et sa machine. C'est bien ce qui arriverait en effet si ces gens étaient vêtus comme vous et moi. Mais voilà que le pantalon rouge et la tunique bleue dont ils sont affublés rendent licite pour eux ce qui serait criminel pour vous et moi. Qui donc s'est avisé de dire que l'habit ne fait pas le moine?

Pantalon gris, la guillotine
Pantalon rouge, acquitté à l'unanimité.

Biribi — ce nom avait supplanté ceux des compagnies de discipline et des bataillons d'Afrique dans le langage courant —, *Biribi* toujours espiègle et tragique, résonnait dans tous les journaux, mais Rochefort ni Clémenceau ni aucun de leurs confrères ne souffla mot du livre qui l'avait mis sinistrement en vedette, comme s'ils eussent eu honte et remords de ne l'avoir point lu, ou, l'ayant feuilleté, de l'avoir traité de roman, de n'avoir pas exigé alors l'abolition de la torture, et par leur indifférence, leur scepticisme ou quelque autre raison dictée par leur intérêt du moment, d'avoir eux aussi leur part de responsabilité dans le meurtre du soldat Chedel. Seule, Séverine invoqua l' « extraordinaire et puissant » livre de Georges Darien, — une « œuvre », soit, mais bien davantage encore, un document et s'emballant rétrospectivement, elle divagua en romançant l'effet qu'il avait produit.

« On s'émut, s'écriait-elle, Paris, la France entière furent secoués d'un tressaillement de fureur et de pitié! »

L'imagination suppléant aux défaillances de sa mémoire, elle affirmait que « le dossier fourni, dressé par l'opinion publique, les dépositions des citoyens, des victimes, — des ex-victimes tout au moins — s'élaborait de lui-même, formidable, dans la presse, dans les bureaux du Parlement. Ce fut Millerand, si je ne me trompe, qui apporta devant la Chambre la question qu'Ernest Roche avait posée ».

Elle évoqua, comme si elle y eut effectivement assisté, cette séance qui n'avait jamais eu lieu, l'interpellation dont on avait parlé ayant été étouffée dans l'œuf.

« Le ministre de la Guerre (n'était-ce pas M. de Freycinet?)

gravit les degrés de la tribune parmi un grand murmure, une agitation profonde, réveil de douloureuse stupeur. Il commença suivant le rite politicien, par nier tout ce qui pouvait être douteux, tout ce qui n'avait pas été péremptoirement établi. Puis, gagné peu à peu par le sujet, pris à sa propre éloquence, emporté par un regain de martiale tendresse (?), flétrit les sévices contre lesquels on invoquait son aide, les déclara à jamais abolis, extirpés de cette armée française sur l'honneur de laquelle le peuple, par la voix de ses mandataires, l'avait chargé de veiller.

« Il y a de cela tantôt six ans. Et la crapaudine, le bâillon, les coups de matraque, le supplice de la marche sur les pieds ensanglantés, sont autant que jamais, plus que jamais en vigueur aux Bat's d'Af, et à Biribi...

« C'est à la tête qu'il faut viser, quand on veut tuer un abus, c'est la tête qu'il faut atteindre. Tout le reste est trompe-l'œil et fantaisie-serment du ministre de la Guerre en 1895. »

Ce qui était trompe-l'œil inconscient et fantaisie littéraire, c'était l'article de Séverine dans *le Journal.*

Il n'y avait pas eu de serment de ministre en 1890, il ne pouvait pas y en avoir, lors même que l'interpellation rêvée par cette petite sœur des pauvres laïque et bas-bleu eût été débattue. Zurlinden, en 1895, pas plus que Freycinet naguère, n'eût fait à la Chambre pareil serment. L'honneur de l'armée s'y opposait. Il n'y avait pas d'illusions à se faire. Ainsi Ernest Roche ne tint pas la sorte de serment que, lui, il avait fait.

« Comme la magistrature, comme la politique, l'armée a besoin d'être expurgée de certains hommes, avait-il dit. Je serai fier quoi qu'il m'en coûte, de dévoiler de semblables turpitudes, de contribuer à une œuvre devenue nécessaire. »

On ne lui en laissa pas le loisir; son interprétation fut, on le sait, escamotée.

Clemenceau publia la sienne dans *la Justice.* S'adressant à ses collègues :

« Et maintenant, leur dit-il, vous avez la parole, législateurs de la République française. Je voudrais croire que les Chambres feront le nécessaire pour protéger la vie de nos soldats contre les coutumes de féroce sauvagerie qui ont disparu depuis plusieurs siècles de la société civile et auprès desquelles la loyale (?) barbarie de la guerre elle-même semble un produit de la civilisation. »

Les législateurs de la République firent la sourde oreille.

Le général Zurlinden se laissa, sans broncher, qualifier de tortionnaire, de bestial par Rochefort. Il laissa pisser le mérinos et s'en tira, à la satisfaction de l'armée, par une note justifiant la stupéfiante sentence des « Ramollots féroces et ignares » du conseil de guerre de Tunis, qui ne pouvait qu'acquitter les prévenus, le lieutenant Rochette, le sergent Michel et le caporal Galli ayant obéi aux ordres du commandant du 8e bataillon d'infanterie légère; dans ce « malheureux procès », le véritable coupable c'était lui, puisque, malgré une circulaire très précise du général commandant, il avait prescrit l'usage de la crapaudine et du bâillon.

Le général ministre de la Guerre n'ordonna pas que le commandant Racine fût renvoyé devant le conseil de guerre de Tunis, pour apaiser les mânes de l'homme par ses soins mortellement torturé, il se proposa de le mettre en non-activité.

« La mise en disponibilité, substituée à la peine de mort, quel beau rêve pour les assassins! » ironisa Rochefort. Il dit aussi : « C'est avec cette transformation de l'armée en chambre de torture qu'on fait d'abord exécrer la République par les familles des torturés et ensuite qu'on provoque d'incessantes désertions dans les régiments dont les commandants ont la réputation de se livrer à ce jeu de massacre. »

Le martyre du soldat Chedel avait fait couler des flots d'encre. Il ne devait servir et ne servit à rien (1) sinon à démontrer la responsabilité de l'armée.

C'est donc bien un de ses aspects les plus sinistres que Darien avait dévoilé, quoique par prudence il l'eût nié.

« L'armée, écrivait-il dans la préface de *Biribi,* mais si j'eusse voulu parler d'elle, je n'aurais point été chercher là. J'aurais été la chercher où elle est. Et dans un roman prochain *l'Épaulette,* je me réserve le droit d'en dire ce que j'en pense et de convaincre de mauvaise foi ceux qui m'auront mal jugé. »

Il y avait de l'ironie dans cette protestation. Ce qu'il se réservait de dire, il en donnait, au reste, un avant-goût aux dernières pages de *Biribi :*

(1) « Le terrible livre de Darien, *Biribi,* n'a rien changé, écrivait Urbain Gohier (*les Prétoriens et la Congrégation,* Paris, 1900, p. 263); les indignations éphémères qu'ont soulevées la mort de Chedel, de Petitbois, de cent autres, n'ont rien changé; les mépris de l'Europe entière, qui nous regarde comme un peuple de sauvages, n'ont rien changé. »

L'académicien Émile Faguet ne craignait pas de se déshonorer en écrivant — en galimatias — dans *le Journal des Débats* de la bourgeoisie huppée :

« ... *Biribi...* une pièce *qui se donne pour la peinture des compagnies de discipline* et pour une campagne dans le but de les faire abolir. *L'inconvénient, c'est que le critique et le spectateur sont parfaitement incompétents sur la vérité ou la fausseté de la peinture. A qui n'a vu le modèle, il est impossible de dire si le portrait est ressemblant. ... Les compagnies de discipline, nous ne les avons jamais contemplées, même de loin.* (Les eût-il « contemplées » de près, eût-il été enfoui dans un silo ou accommodé à la crapaudine, qu'il n'eût pas eu le courage d'écrire *Biribi.*) *On dira ce qu'on voudra, cela gêne un peu pour juger de la ressemblance...* La pièce ruisselle d'antimilitarisme ou plutôt d'*antiofficiérisme* (!!!). Elle n'est pas faite pour nous créer des alliés en Europe, ni pour faire croire que nous sommes un peuple capable de soutenir son rang dans le monde... »

« L'armée incarne la nation. L'histoire nous met ça dans la tête, de force, au moyen de toutes les tricheries, de tous les mensonges... Elle nous a donné le chauvinisme, cette épidémie qui s'abat sur les masses et les pousse, affolées, à la recherche d'un dictateur.

« L'armée incarne la nation! Elle la diminue. Elle incarne la force brutale et aveugle, la force au service de celui qui sait lui plaire et — c'est triste à dire, mais c'est vrai — de celui qui peut la payer...

« L'armée, c'est le réceptacle de toutes les mauvaises passions, la sentine de tous les vices. Tout le monde vole, là-dedans, depuis le caporal d'ordinaire, depuis l'homme de corvée qui tient une anse du panier, jusqu'à l'intendant général, jusqu'au ministre. Ce qui se nomme *gratte* ou *rabiot* en bas s'appelle en haut *boni* et *pot-de-vin*. Tout le monde s'y déteste, tout le monde s'y envie, tout le monde s'y torture, tout le monde s'y espionne, tout le monde s'y dénonce. Cela, au nom de soi-disant principes de discipline dégradante, de hiérarchie inutile.

« ... L'armée, c'est le cancer social, c'est la pieuvre dont les tentacules pompent le sang des peuples et dont ils devront couper les cent bras, à coups de hache, s'ils veulent vivre.

« Ah! je sais bien : le patriotisme!... Le patriotisme n'a rien à faire avec l'armée, rien; et ce serait grand bien, vraiment, s'il n'était plus l'apanage d'une caste, la chose d'une coterie, l'objet curieux que des escamoteurs ont caché dans leur giberne et qu'ils montrent, de temps en temps, mystérieux et dignes, à la foule béate qui applaudit. Ce sentiment-là, je crois, n'est pas forcément cousu au fond d'un pantalon rouge... Et il y a de bons patriotes, voyez-vous, qui haïssent la guerre, mais qui la feraient avec joie — si l'on tentait d'assassiner la France — parce qu'ils auraient l'espoir grandiose, ceux-là, non pas d'écraser un peuple, mais d'anéantir, avec le gouvernement qui le régit, toutes les tendances rétrogrades, féodales, anachroniques — le caporalisme. »

Voilà qui était net. *L'Épaulette* se trouvait déjà en germe dans *Biribi.*

Elle figurait, dès 1889, au nombre de ses œuvres projetées dont Darien donnait la liste à Savine et y était désignée comme un roman *militaire* (vie d'officier, embrassant l'armée, le système militaire tout entier). Si elle ne parut pas tout de suite après *Biribi,* c'est que sa publication eût comporté, pour l'auteur aussi bien que pour l'éditeur, des risques autrement redoutables que celle de ce livre, auquel *Sous-Offs* servit de paratonnerre. Les foudres militaires tombèrent tout près, à côté. Le roman de Descaves ne concernait que les gradés inférieurs. *L'Épaulette,* synthèse et symbole à la fois, frappait à la tête ; elle s'en prenait à l' « Arche Sainte », à l'Idole, à l'Armée, sur laquelle veillaient jalousement le gouvernement, et sa magistrature, et les journaux, qui, pour n'être pas tous officiels, ni même officieux, n'en reflétaient pas moins le sentiment public. Quels que fussent ses torts, ses tares, ses vices et ses faiblesses, tabou et au-dessus des lois, elle devait être respectée, vénérée par tous les citoyens et n'être soupçonnée par aucun.

L'armée cependant abusa de l'immunité que lui conférait sa condition privilégiée. Tout lui étant permis, abritée derrière son prestige, n'ayant de comptes à rendre ni à la nation, ni au gouvernement, ni au ministre de la Guerre, qui, civil ou militaire, fermait les yeux sur ses incartades, la couvait de sa protection et refusait qu'on fît « la lumière, toute la lumière » sur ses agissements, elle finit par alarmer sérieusement ceux-là mêmes qui, en toute circonstance, prenaient sa défense. Quant aux autres, pour la liberté desquels elle était devenue une menace constante, ils attendaient qu'elle leur fournît l'occasion décisive de lui faire comprendre qu'elle avait renversé les rôles, que la nation n'était pas à ses ordres et à son service, mais que c'était elle qui devait être au service et aux ordres de la nation qui la soudoyait. Ils savaient, comme disait Séverine à propos de l'affaire Chedel, qu'*elle en ferait trop.* Avec celle du capitaine Dreyfus, passant les bornes, elle fit plus encore. Mais cette fois, on ne la laissa pas faire et on lui arracha sa proie. L'opposition s'organisa, grandit, s'affermit, fit face, tint tête à ses partisans fanatiques, réclama, exigea, et obtint la révision du procès du capitaine que l'État-Major avait condamné comme traître, parce qu'il lui en fallait absolument un sur qui faire peser l'iniquité d'un autre, et que celui-ci était de la race de Judas. En fait, ce fut le procès de l'Armée qui fut instruit à Rennes.

Les coups les plus durs lui avaient été portés par Urbain Gohier. Dans *l'Aurore* de Clemenceau, il avait, au cours de l'année 1897, écrit des articles sur la caserne, l'armée et ses chefs, la civilisation militaire, où on reconnaît bien des vues communes avec Darien. Rien d'étonnant à ces rencontres, tous deux avaient la même tournure d'esprit, la même ardeur combative, la même horreur du mensonge, la même passion de la vérité, de plus ils étaient tous deux des irréguliers, des en-dehors.

« Je serais fort embarrassé de citer un écrivain plus véhément ni un esprit plus subversif, avait écrit naguère, dans *la Revue Encyclopédique,* Charles Maurras, qui, séduit par son courage et la qualité de son écriture, l'avait le premier recommandé à l'attention des lettrés. Par une moquerie ou par quelque hasard, M. Urbain Gohier écrit depuis sept ans dans un organe de l'opposition monarchiste et libérale (1) où d'ailleurs ses articles obtiennent un succès croissant. Acres et vifs, d'une dialectique pressante et sûre d'elle-même, brefs, chaque mot y porte... Son style, d'une architecture si exacte, et d'un art si pur, sent la révolte néanmoins. Je ne sais en quoi il diffère d'un socialiste ou même d'un libertaire. Ses idées conspirent à l'affranchissement indéfini de l'individu. »

Il eût pu en dire autant de Darien.

La différence entre eux, c'est que Gohier était, par vocation, un pamphlétaire, dont le talent égalait le courage, et qui, en cette fin de siècle, représentait ce que Paul-Louis Courier avait été sous la Restauration. Il jetait ses traits dans des esquisses incessamment renouvelées. Darien, quant à lui, montrait une tendance marquée à la synthèse, et allait au fond des êtres et des choses que Gohier démasquait d'une plume redoutable.

L'armée ressentit vivement ses attaques. Une conférence se tint au ministère de la Justice, on fut de l'avis du procureur général qu'il valait mieux se tenir tranquille et s'abstenir de poursuivre des articles par définition éphémères. Ils reparurent, l'année suivante, sous forme de volume et le titre *l'Armée contre la Nation,* aux éditions de *la Revue Blanche*. A la sollicitation d'un sénateur de droite, M. Dupuy, président du Conseil, autorisa les ministres de la Marine et de la Guerre à adresser une plainte au ministère de la Justice, en suite de quoi Gohier et Alexandre Natanson, son éditeur, furent traduits, le 13 mars 1898, devant la Cour d'Assises de la Seine.

Au début de son réquisitoire, l'avocat général Lombard blâma sans les nommer, par crainte de représailles, Cassagnac, Drumont, Lemaître et Rochefort qui, eux aussi, « dans les articles de leurs violentes polémiques », avaient « osé porter la main sur cette chose sacrée que tout le monde devait respecter », si on ne leur en avait pas tenu compte, c'est, disait-il, qu'on n'avait jamais pu constater chez eux « un plan arrêté, des résolutions bien prises et bien déterminées », comme chez Gohier. Le jury de la Seine ne s'en laissa pas conter, se rallia aux arguments des défenseurs des prévenus et se refusa à les frapper, comme on lui en faisait un devoir. Il acquitta « l'audacieux troubleur d'apothéoses » et Natanson, en songeant au lendemain que Me Albert Clemenceau, le frère du redoutable Georges, lui faisait entrevoir :

« D'autres aussi — souvenez-vous-en — d'autres aussi, aveugles

(1) *Le Soleil*, d'Édouard Hervé.

volontaires, se sont laissé bercer au ronron flatteur des discours ministériels. « Nous sommes prêts », disait-on à la tribune, et la presse répétait : « Nous sommes prêts. » Confiants, ils sommeillaient, rêvant de gloires et de conquêtes, rêvant de carillons joyeux, clamant dans les airs le succès de nos armes... C'est au son du tocsin qu'ils se réveillèrent et vous savez ce que fut le réveil : *Sedan! Metz! Paris!* »

Dès le lendemain de son acquittement, Gohier récidivait, publiait dans *l'Aurore* des articles encore plus violents sur l'école du mensonge, l'école du faux, les crimes coloniaux, la justice militaire, la marine de Saint-Michel, et sur les Jésuites, le patriotisme clérical, la ligue de la Patrie française, Méline, Freycinet, et « l'homme rouge », le Lombard qui l'avait lâchement insulté et rassemblait le tout en un volume intitulé *les Prétoriens et la Congrégation.*

« Au nom de la haute armée de Rome et de Coblentz, écrivait-il, au nom de l'État-Major des Kaiserliks, des Jésuites et des faussaires, M. Le Provost de Launay, délateur sénatorial, a sommé le gouvernement de me poursuivre pour avoir écrit *l'Armée contre la Nation.* Ces gens espèrent-ils par hasard me réduire au silence? Je n'ai pas dit la vingtième partie de ce que je veux dire, mais ceux qui m'ont lu savent bien que je dirai le reste. Je n'ai point embrassé le journalisme comme une carrière de profits et de jouissance, mais comme une carrière de lutte et de renoncement. Je veux la vérité, la justice, la liberté, toujours plus de vérité, de justice, de liberté; je veux la patrie plus grande, c'est-à-dire plus noble et plus pure; je veux la guerre sans trêve et sans merci contre les coquins, et je n'ai jamais attendu d'un pareil métier que des épreuves. »

Darien dut applaudir ce fier langage, d'autant plus que cette guerre à outrance qu'il voulait lui aussi mener contre ces mêmes coquins, il n'eût pu l'entreprendre si Gohier n'avait audacieusement défié, désarmé et réduit au silence ceux qui avaient prétendu l'y réduire. Sans l'épreuve d'où il était sorti vainqueur, ni *la Belle France,* ni *l'Épaulette* n'eussent vu le jour.

A *l'Épaulette,* dix ans durant, de 1888 à 1898, il n'avait cessé de revenir par la pensée. Elle surgit enfin des limbes immédiatement après *le Voleur.*

Souvent reprise, remaniée, amplifiée, bouleversée de fond en comble, telle qu'elle se présenta environ 1904, elle n'avait plus qu'un rapport lointain avec sa conception originelle et son premier état. Sous forme de chronique, elle figurait maintenant une synthèse de l'histoire contemporaine — politique, militaire et sociale — de la France.

Le plan définitif semble en avoir été arrêté fin mars 1899.

Le 22 de ce mois un reporter du *Petit bleu* publia l'entretien qu'il venait d'avoir, rue de Turin, avec le baron Textor de Ravisi, président du comité constitué pour ériger un monument commémoratif de la défense de Bazeilles en 1870. Se proposant d'édifier, parallèlement à ce monument « matériel », un monument « intellectuel », une manière de livre d'or à la gloire de ceux qui s'y étaient distingués, M. de Ravisi s'était mis à leur recherche. Ses investigations réservèrent « d'amères surprises ».

Quatorze mois auparavant, le 20 décembre 1897, *le Petit Marseillais* avait reproduit un extrait d'un article paru dans *la Revue de France,* sous la signature de Jules Mazé, rappelant l' « épisode immortel » au cours duquel le général, en ce temps-là chef de bataillon, Lambert s'était révélé « grand comme un héros antique ». Le héros lui-même, quinze jours après, prenait la plume pour entretenir les lecteurs du *Petit Marseillais* de ce fait d'armes où il s'était signalé par sa bravoure et qui l'avait illustré.

Le 1er septembre 1870, écrivait-il, après des combats acharnés, l'armée et le gros de l'infanterie de marine s'étaient repliés vers le plateau d'Illy. Il n'y avait plus autour de lui qu'une centaine d'hommes et quelques officiers. Grièvement blessé d'un coup de feu au pied, et ne pouvant marcher, il avait vainement supplié ses compagnons de l'abandonner là et de chercher leur salut dans la retraite, mais ils s'étaient tous refusé énergiquement et avaient décidé de tenter un dernier effort en se retranchant dans la maison Bourgerie. Comme pour leur permettre de mieux soutenir le siège, les Bavarois cessèrent le feu. Harassé, exténué, n'ayant ni bu, ni mangé, ni dormi les deux jours qu'avaient duré les combats de Mauzon et de Bazeilles, souffrant horriblement de sa blessure, à peine s'était-il allongé sur un lit, que l'attaque de l'ennemi reprenait.

Surmontant sa fatigue et sa douleur, il s'était levé et, clopin-clopant, soutenu par un de ses soldats, de la cave au grenier, avait exploré la masure afin de la mettre en état de résister. Dans la toiture, sur ses indications, des meurtrières furent forées, les matelas du lit qu'il venait de quitter suspendus devant une fenêtre du premier étage, les soupiraux de la cave obstrués à l'aide de barriques. Deux heures durant on riposta vigoureusement au feu de l'ennemi, qu'on tint en respect.

Les gibernes s'étant vidées, on fouilla les morts et les blessés afin de se procurer des cartouches, qui furent remises au capitaine Aubert, le plus adroit tireur des survivants. Le dernier coup tiré, le silence régna. Dans le lointain, retentissaient les cris, mêlés de menaces d'extermination des féroces Bavarois, mais si grande était la terreur que leur inspiraient les intrépides défenses de la maison Bourgerie qu'ils ne se risquaient pas à s'en approcher, attendant que l'on hissât le drapeau blanc. Ils ne connaissaient pas le commandant Lambert. Il prit l'avis des officiers et des sous-officiers, et aussi, « tous étant égaux devant la mort », l'avis des soldats. Quelques-uns parlèrent de faire une sortie à la pointe des baïonnettes, à quoi de plus sensés objectèrent que c'était le plus sûr moyen de se faire bêtement tuer, l'un après l'autre, à la queue leu leu, et qu'il valait mieux se rendre. Alors il leur dit qu'il se présenterait seul, en holocauste, à l'ennemi hurlant à la mort, que s'il venait à tomber, comme il s'y attendait, sous ses balles, ils s'élanceraient à leur tour, baïonnette en avant et vendraient chèrement leur vie. Il poussa la porte grêlée par les projectiles, à peine avait-il paru sur le seuil que vingt baïonnettes ennemies pointèrent sur sa poitrine et l'eussent embroché si le capitaine bavarois Lissignolo ne se fût interposé entre l'acier homicide et lui; écartant ses soudards que la fureur agitait, il lui prit la main, et la serrant avec effusion, s'écria :

« Bravo, Messieurs les Français, vous vous êtes conduits en héros; je suis bien aise de le proclamer devant l'un des officiers supérieurs de votre armée, que j'aime et que j'estime. Vous nous avez fait, pourtant, bien du mal : le 13e bavarois, mon pauvre régiment, n'est plus. »

Rendant avec chaleur au capitaine Lissignolo sa loyale poignée de main, le chef de bataillon Lambert le remercia des paroles qu'il venait de prononcer et qui pour lui comme pour ses compagnons de combat étaient d'un grand réconfort dans leur infortune : « Ceux qui sont morts, de votre côté comme du nôtre, sont morts pour leur pays, lui dit-il, et j'envie leur sort. »

Le capitaine Lissignolo lui laissa son épée, et il laissa la leur à ses officiers et les présenta à Son Altesse Royale le prince Fédéric-Guillaume de Prusse, qui, par des paroles non moins obligeantes, daigna confirmer l'honorable faveur que leur vainqueur avait accordée à ces valeureux officiers français.

Le général Lambert, à la fin de son article, nommait les protagonistes de cette action d'éclat : les capitaines Picard, Aubert, Bourgey, Sauri et les sous-officiers Henry Uyn, Crosnier, de Brissy, Merson, Poitevin. La version qu'il donnait de sa prouesse n'était pas aussi inédite qu'il l'assurait, elle ne différait que par des retouches, des enjolivements et des fioritures des innombrables « pages éloquentes » qu'elle avait inspirées et dont il était l'instigateur.

Il eût dû se réjouir qu'un monument la commémorât et consacrât, mais au fond il se fût bien passé de cet excès d'honneur, par cautèle et non par modestie, l'hommage publiquement et officiellement rendu à sa légendaire vaillance risquant de lui attirer de fâcheux désagréments et le dépouiller d'un coup du prestige qui, depuis près de vingt ans, l'auréolait.

Il n'y avait pas si longtemps qu'un astucieux hasard avait failli lui jouer ce méchant tour.

Le 1er septembre 1896 l'Empire allemand célébrait le 25e anniversaire de la victoire de ses armes à Sedan, qui avait coûté à la France, manda Bismarck à sa femme, « cent mille hommes et un empereur... C'est une victoire qui décide de la guerre en France, même si nous étions obligés de la continuer, sans empereur ». La République française, en deuil de ses provinces perdues, n'en avait aucune à lui opposer, mais l'initiative privée suppléant à la carence du gouvernement, y pourvut avec l'approbation et le concours de la presse. Les chauvins se souvinrent de certain tableau d'Alphonse de Neuville, les *Dernières cartouches,* épilogue dramatique de la défense de Bazeilles et décidèrent de le commémorer dignement et solennellement.

« Pendant que les vétérans bavarois célébreront le souvenir des horreurs qu'ils commirent à Bazeilles pour se venger des pertes que leur fit subir l'héroïque défense de l'infanterie de marine, écrivait le *Journal,* pendant que les Allemands se gorgeront de bière et de saucisses, les habitants de Bazeilles et de Sedan assisteront à une pieuse cérémonie organisée par la municipalité à la mémoire des soldats tombés à l'ennemi et des citoyens fusillés ou massacrés par les Bavarois. »

Pour s'y faire représenter, il choisit Georges d'Esparbès, celui de ses collaborateurs qu'il jugeait le plus propre à en rendre compte à ses lecteurs. De Sedan, l'auteur des *Demi-solde* et de *la Guerre en dentelles,* se rendit dès la veille à Bazeilles afin de se familiariser avec le décor et s'en imprégner.

La chaleur, en ce 31 août, était accablante. « La route brûle, devait-il écrire, le vent qu'on respire est de l'étoupe enflammée. » Les premiers murs de Bazeilles apparurent, « noirs et effondrés ». Par la grand-rue, il pénétra dans le village « en ruine, sale, plein d'oies, couvert d'orties, de boue, de ronces, souillé du fumier immortel », s'engagea sur une belle route, au bout de laquelle se dressa la *maison hantée.* Une vieille, assise dans un fauteuil, « expliquait » la « demeure historique » à des touristes anglais, il n'y prêta pas l'oreille.

« Je n'ai pas besoin de boniment, je n'en veux pas! » s'écriait-il, s'efforçant au grand style et versant à chaque phrase, à chaque mot dans le grotesque. « Trop de choses m'assaillent, me parlent, me prennent par le bras, trop d'âmes tuées dans cette chambre me chuchotent leurs souvenirs... Je monte seul, et, craquant sous mes talons, le vieil escalier sanglote... il pleure, brisé par les éclats, et des voix dans l'air murmurent : « Camarade, tu viens donc me voir? » Oui, je viens, je la vois votre maison que je n'ai jamais vue. On me l'avait décrite et je reconnais tout. Voilà une chambre vide, saccagée de biscaïens. En voilà une autre, encore plus déchirée, et voici la fenêtre, le fameux « trou de la mort » du beau tableau de Neuville où je me reconnais. Je revois le meuble où s'appuyait le commandant Lambert, le plafond crevé d'obus, la porte arrachée aux miettes de vitres, l'alcôve où, d'une farouche épaule, s'appuyait un soldat sans armes, l'angle droit de la fenêtre où flambaient les cheveux du turco sinistre, le coffre à gauche, où un briscard, coiffé de linges pourpres, déchargeait de brûlants fusils. »

Du « beau tableau populaire », le héros légendaire allait tantôt se détacher. Il le verrait, en chair et en os. La municipalité l'avait prié d'honorer par sa pestigieuse présence la pieuse cérémonie. C'était un devoir auquel l'ex-commandant, aujourd'hui général, Lambert, ne pouvait se dérober. Il allait venir. Il vint et fut accueilli avec tous les honneurs qu'on doit aux héros, non par la population frémissante d'enthousiasme, mais par le maire et les officiels. Un journaliste du cru prononça un premier discours, tenant à « saluer tout d'abord le héros de *la Dernière cartouche* ».

« L'ennemi, s'écria-t-il, fête bruyamment l'anniversaire de Sedan. A la fête allemande de Sedan, la solennité grandiose de Bazeilles est la plus éloquente réplique qu'on puisse faire aux vétérans d'au-delà du Rhin et aux habits bleus de von der Thann. Vive l'infanterie de marine. Vive l'armée française, vive la République... »

Le maire reprit aussitôt la parole pour remercier « particulièrement et spécialement le général Lambert, le héros de *la Dernière cartouche* », d'avoir bien voulu se déranger. « La défense héroïque de la maison immortalisée par le peintre de Neuville suffira, dit-il, pour faire passer à la postérité les défenseurs de ce village. En saluant le général Lambert, je salue du même coup tous les combattants de Bazeilles. Vive l'armée, vive la République française. »

Un vin d'honneur attendait le héros de *la Dernière Cartouche* à la Halle. Il plaqua deux baisers sur les joues d'une demoiselle qui lui avait présenté une gerbe de fleurs tricolores et, après avoir assisté à la messe, escorté du maire et de sa suite, qui ne le devaient plus lâcher de la journée, fut se recueillir à la crypte de l'ossuaire et subir l'allocution d'un nommé Requin :

« La fortune trahissait nos armes... la journée se terminait par un désastre... Mais, au milieu de notre immense malheur nous pouvions encore lever la tête... Ici, une troupe héroïque brûlait sa dernière cartouche en la personne du général Lambert que je salue en ma qualité d'ancien combattant de 1870, ici, plusieurs de nos soldats luttaient avec un tel désespoir et vendaient si chèrement leur vie qu'ils laissaient autour d'eux dix cadavres ennemis pour un... »

Le général Lambert répondit comme un héros devait le faire :

« Ceux qui ont combattu pour la patrie n'ont fait que leur devoir, et la patrie ne leur doit rien, mais ceux qui sont morts pour sa défense ont droit à notre souvenir et c'est pourquoi je suis venu aujourd'hui. »

C'était un trait à l'adresse de la jeunesse de Sedan et de Bazeilles qui avait tout l'air de s'en moquer. Son détachement, son insouciance avaient choqué les envoyés des journaux parisiens. D'Esparbès ne cachait pas son indignation : « Ce matin Sedan s'est levé joyeux... C'est fête à Bazeilles. Une fête insouciante, un désir de promenade, la joie d'un dimanche bleu, oiselé, ensoleillé... Des voitures passent... Des gens s'abordent, causent, le commerce va. De rares drapeaux, presque aucun crêpe... Devant l'église où sont rangés un peloton de dragons et une compagnie d'infanterie la musique joue la marche de Chopin.

« A tout à l'heure, à Bazeilles.

« Un essaim de toilettes blanches, roses, bleues s'envole, à petits cris vers Bazeilles. Cent voitures s'élancent bondées de gens amusés. Aux portes de la ville des familles boivent, aux terrasses de Balan, des sociétés, des fanfares boivent. Et, à l'auberge de *la Dernière cartouche*, on boit, on boit encore plus ! »

Entre-temps, place de l'Infanterie de marine, devant un catafalque enseveli sous les couronnes, le héros de *la Dernière cartouche* débitait « l'improvisation » qu'il avait minutieusement préparée à Paris et déclamée face à son armoire à glace.

« Pendant que de l'autre côté du Rhin nos ex-vainqueurs savourent goutte à goutte le fruit de leurs bénéfices et qu'ils comptent, morceau par morceau, ce qu'ils ont gagné, ici célébrons avec encore plus de calme et de mesure ce que nous avons donné.

« Aux hourras frénétiques des vainqueurs, opposons le cri douloureux, mais fier, du vaincu.

« — Des chopes ! Des chopes ! criaient un peu partout aux terrasses des cabarets les gosiers altérés.

« Oui, fier, car ici moins de mille deux cents soldats ont lutté contre deux corps d'armée et une division des ennemis qu'ils ont contenus pendant vingt-quatre heures...

« — Des chopes ! Des chopes ! clamaient les buveurs incapables de contenir leur soif, cependant que le héros poursuivait :

« Le lendemain, 1er septembre, à 4 heures 20 du matin, une marée énorme se précipita sur Bazeilles et parvint à s'emparer du premier rideau des maisons qui regardaient la Meuse... Et quand cette marée montante voulut envahir et déborder la place, elle se heurta à notre infanterie de marine qui lui défendit d'aller plus loin... »

Elle n'en tint malheureusement aucun compte, passa outre, et les marsouins, la rage au cœur, se replièrent vers le haut de la ville.

« Là, ils se reformèrent, attendant l'ennemi qui montait la Grand-Rue en colonne profonde ; à ce moment, je vis un spectacle inoubliable. Cent cinquante démons s'écrient tout à coup « à la fourchette ! ».

« — Des chopes ! Des chopes ! s'écriaient, à l'auberge de *la Dernière cartouche,* les jeunes gens qui se servaient de la fourchette du père Adam pour porter à leur bouche saucisses et cervelas.

« ... et ils se lancent sur l'ennemi qui fait demi-tour et marche en retraite avec un ensemble et une précision dignes de leurs plus belles parades. »

Les indomptables marsouins, pour la seconde fois reviennent à la charge, pour la seconde fois aussi, leurs rangs éclaircis, ils doivent céder au nombre ; plus acharnés que les Bavarois, ils y reviennent encore, leur arrachent le bourg, s'y maintiennent deux ou trois heures durant, pour l'évacuer encore.

« Pour la troisième fois nos braves marsouins se reforment et repoussent l'assaillant, mais, hélas ! ce dernier effort est de courte durée. Nous sommes écrasés et nous devons définitivement céder au flot, sans pourtant renoncer à la lutte... Les officiers se retirent avec ce qui leur reste d'hommes et bien longtemps encore arrêtent l'ennemi. Ce sont, entre autres, le brave capitaine Bourchet et le lieutenant Périot, le lieutenant Watrin et le sous-officier Chevas dans la maison Bourgerie. »

Ce qu'il y avait fait lui-même, les prodiges qu'il avait accomplis, il ne le dit pas, tout le monde le sachant à Bazeilles comme à Sedan, dans toute la France, dans l'univers entier.

Sa voix vibra pour haranguer les morts :

« Dormez en paix, lions de la mer, comme vous ont appelés nos ennemis, dormez en paix, héroïques soldats, et si jamais on venait nous chercher la mauvaise querelle, que votre grande âme soit avec nous, que votre exemple nous inspire ! »

D'une ardeur bravache, il lança son dernier couplet :

« Quant à nous, songeons à l'avenir!... N'oublions rien!... Souvenons-nous! »

Au battement des tambours, encadré par les sociétés défilant au pas de parade, au milieu d'une grande foule que la curiosité avait pour un instant arrachée aux auberges, un cercueil fit son apparition.

C'était le « clou » de la cérémonie.

« Il s'avance au milieu de cette joie, écrivait d'Esparbès. Il est couvert d'un drapeau. De petits chasseurs à pied, des zouaves, d'une bonne épaule le promènent, lent, derrière les palmes qui frissonnent aux lamentations de Chopin... Et qu'est-ce qu'il y a dans le cercueil? Rien... ou presque. Ce n'est qu'un simulacre, une effigie d'enterrement. Rien! et moi, je dis que si, qu'il y a *quelqu'un* dans ce cercueil! Oui, gens de Bazeilles, il y a là quelqu'un qu'on mène et qui est bien mort, c'est un malheureux qui eut dans le temps de beaux jours, mais qui, chassé, honni, battu, lamentable, traîne dans notre patrie, de ville en village, depuis vingt-cinq ans. Il s'appelle le Souvenir. »

« Souvenons-nous! continuait le héros de *la Dernière cartouche*. Au droit que nous avons, n'oublions pas qu'aujourd'hui s'ajoute la force — celle de l'autocrate moscovite — qu'un peuple ami nous tend la main... Le jour où le clairon sonnera de Dunkerque à Bayonne, la trompette retentira du Niémen au Kamtchatka. Alors, Français du Nord et Russes du Sud, nous irons devant nous, ne craignant ni rien ni personne, pas même Dieu, car nous avons la conscience tranquille. »

« Devant un cabaret, notait d'Esparbès, un gros homme, Henry, qu'un cavalier bavarois en 70 lia par les poings à l'étrier de son cheval et qu'il emporta au galop. Les poings sont encore gonflés. Il nous les montre, joyeux, en servant des chopes. Et cet homme, c'est un peu la France, liée par les poings, elle aussi, traînée, haletante dans Rome, à l'étrier de César. Et qui depuis montre sa blessure... »

De bruyants applaudissements avaient salué la fin de l'allocution du héros de *la Dernière cartouche*. On lui fit une ovation. Toutes les « sociétés », les autorités, les « patriotes » criaient à perdre haleine : « Vive l'armée! Vive la République! Vive la France! »

On s'en retourna à la mairie pour un nouveau vin d'honneur, le héros de *la Dernière cartouche* en tête, s'épongeant d'une main le front ruisselant de sueur, tenant de l'autre le bouquet que Mme Marie, ex-cantinière des francs-tireurs, lui avait offert au nom de la société des combattants de Charleville. Le maire le remercia derechef d'avoir rehaussé de son prestige cette émouvante cérémonie et, sans y mettre de malice, félicita les gens de Bazeilles et de Sedan d'y être accourus si nombreux ; on fit honneur au vin d'honneur, après quoi, au milieu des vivats, le héros de *la Dernière cartouche* remonta dans son landau pour se rendre à Sedan. Passant devant la maison Bourgerie, comme poussé par une force invincible, mais, au vrai, afin de savourer une fois de plus les acclamations des « sociétés » qui lui faisaient cortège, — il mit pied à terre et entra se recueillir dans une atmosphère imprégnée de relents de bière, de sueur, de tabac et de charcuterie.

Des vivats éclatèrent lorsqu'il en sortit. Un marsouin de la « société » de Sedan se porta à sa rencontre et, en guise de compliment, déclama la « poésie » que Charles Grandmougin — rond-de-cuir archiviste au ministère de la Guerre, qui pinçait le luth à ses heures perdues — avait rimée pour la circonstance :

Bazeilles !... souvenir de gloire ranimé
Défaite triomphale, effroyable duel
Où nos héros épars écharpaient une armée !
Bazeilles... que ce soir le mot d'ordre futur,
Si nos âpres clairons sonnent les représailles,
Si dans notre ciel calme où resplendit l'azur
Montent le bruit du sang et le bruit des batailles
Alors, ils reviendront, songeant à leurs aînés
Les beaux fantassins bleus à la fière poitrine.

Ils voleront vers nous depuis le bout du monde,
Offrant joyeusement avec un pur bonheur,
Et leur robuste vie et leur valeur féconde
A la terre gauloise, au peuple de l'honneur.

Le héros de *la Dernière cartouche* prit enfin congé de ses hôtes, et leur dit au revoir, ayant promis de se retrouver parmi eux à l'inauguration du monument de la Défense de Bazeilles, commandé au sculpteur Thomsen, que la municipalité se proposait d'édifier tout près de la maison de Bourgerie.

Grisé par les acclamations et aussi par les « vins d'honneur », il regagna Paris où il retrouva dans les journaux l'écho de sa triomphale parade.

Leurs « envoyés spéciaux » étaient rentrés écœurés de Bazeilles. Ces cérémonies « douloureuses pour les sombres souvenirs » qu'elles devaient évoquer et auxquels leurs organisateurs s'étaient appliqués à imprimer un caractère « national » avaient été un fiasco. Les populations de Sedan et de Bazeilles avaient manqué de dignité, de civisme et de patriotisme. L'envoyé du *Figaro,* un ancien combattant, avait été, comme son confrère du *Journa*, scandalisé par leur comportement en ce jour qui eût dû être pour elles un jour de deuil et d'affliction et aussi par celui des officiels et des officieux du « village martyr » qui avaient saisi l'occasion pour plastronner et faire assaut d'éloquence rancie. Il avait assisté à des scènes indécentes, au cimetière, par exemple, où la cohue piétinait les tombes, écrasait les fleurs des morts, tandis que, tout près, des tables étaient dressées, où l'on buvait, où l'on riait. Mais, disait-il drôlement, « je ne veux point que j'ai vu cela; je ne veux rappeler que, sur la petite place de l'église Saint-Charles, pendant la messe, il y avait une musique de régiment qui jouait le *Stabat Mater...* et que j'ai eu la vision de la mise au pied de la croix, de notre Mère, de la France, au pied du calvaire de Sedan ». Oubliant les grotesques, « il ne voulait songer qu'aux héros et ne se rappeler que, sur l'ossuaire, après les discoureurs, il y avait le soldat des *Dernières cartouches!* et dans les flamboiements du soleil automnal à son couchant, la pyramide de pierre blanche dressant ses arêtes tranchantes et sa porte aiguë comme une baïonnette. Et aussi brillaient des aciers. Et des casques. Et des pourpres ».

Ne pouvant divulguer ces choses désolantes, les feuilles publiques, à leur habitude journalière, mentirent à leurs lecteurs et s'efforcèrent de leur donner le change.

Si elles n'osèrent pas imprimer que les cérémonies de Bazeilles avaient été « belles et dignes de tous points des morts qui, là-bas, reposaient à jamais », elles le laissèrent entendre par les titres de leurs articles :

Le 25e anniversaire de Sedan. Pieux pèlerinage. Cérémonie de deuil. Le héros des Dernières cartouches.

Elles se rabattirent sur ce dernier. Le général Lambert les tira d'embarras. Il sauvait la face et l'honneur du pays conventionnel, façonné, mécanisé, remonté par la presse dans les grandes occasions, selon les intérêts des classes dirigeantes. Il fut l'homme du jour. Son nom fut sinon sur toutes les lèvres, du moins dans tous les journaux.

« Durant sa patriotique harangue, disait *l'Éclair,* on ne voyait pas le général qu'on avait devant soi, mais le capitaine de marsouins, maculé de sang, de poussière, tel que l'a peint de Neuville, au moment où, malgré sa cruelle blessure, il encourageait les derniers soldats brûlant leurs dernières cartouches. »

Charles Canivet, dans *le Soleil,* s'élevait au sublime de Tyrtée : « Les comparaisons reviennent à l'esprit et le nom de Léonidas revient aussitôt à la mémoire. Oui, mais Léonidas sauva la Grèce, tandis que les quarante hommes des *Dernières cartouches* ne sauvèrent rien, sinon l'honneur... Deux hommes se détachent avec un relief sans pareil de l'admirable tableau de Neuville, continuait-il, le troupier qui, les deux mains dans les poches de son pantalon, ses cartouches épuisées, représente la résignation farouche, et l'officier qui, le corps en avant, regarde au-dehors la marée sauvage qui monte et les flots d'hommes jusqu'à l'horizon. Celui-là, c'est le capitaine Lambert, de l'infanterie de marine, aujourd'hui général... Dix fois blessé, couvert de sang, on le descend à bras, par la maison à peu près démolie, et, par ordre, les troupes bavaroises présentent les armes. »

Le général trouva que c'était trop d'honneur que lui faisait M. Canivet, mais ces messieurs journalistes n'en étaient pas à une exagération près, et d'ailleurs celle-ci était si flatteuse!

Léonidas se doublait de Cambronne :

« On me dit qu'à ce moment, recouvrant ses forces, l'officier se retrouve debout et se met à discourir, à la façon des héros d'Homère, mais avec des mots moins classiques accompagnés de gestes énergiques à l'adresse des masses profondes qui l'entourent. C'est une histoire que seul peut-être il pourrait raconter...

« Que n'eût-on pu faire avec de pareils hommes si on eût pu s'en servir quand il le fallait comme le capitaine Lambert se servit des quarante marsouins dont le nom devrait être gravé dans le bronze? »

On eût, pour le moins, gagné la guerre et dicté la paix française à Berlin.

Vingt-cinq ans après, le général Lambert avait bien mérité de la patrie. Il allait la servir encore sur un champ de bataille, fictif celui-là, à la tête de sa brigade aux grandes manœuvres. Il boucla sa valise et sa cantine et s'en fut prendre le train à la gare de l'Est — la gare de la revanche.

On avait évoqué Bazeilles, on avait célébré le soldat qui s'y était couvert de gloire, aucun journaliste n'avait pourtant pensé à aller demander au général Lambert ses souvenirs de cette épique journée. L'idée en vint à un rédacteur du *Gil Blas,* Albert Cellarius, qui lui écrivit à ce sujet. Mais il y avait Lambert et Lambert, tous deux généraux, l'un de brigade, et célèbre, l'autre obscur, en dépit de ses états de service, et de division, c'est à celui-ci que Cellarius, ignorant cette homonyme confraternité, avait écrit. Au lieu de lui répondre qu'il y avait maldonne, qu'il s'était comme bien d'autres avant lui et pour d'autres motifs, trompé d'adresse, ce Lambert-là s'empressa de lui accorder le rendez-vous sollicité, et tout de go, pour commencer, lui déclara que s'il s'appelait Lambert et s'il était bel et bien général, ni de près ni de loin, il ne s'était trouvé mêlé à l'affaire qui l'intéressait. Le « héros » de Bazeilles, c'était l'autre Lambert, pour l'heure aux grandes manœuvres...

Mais alors? Alors le général de division Lambert en avait gros sur le cœur, comme du reste tous les officiers supérieurs. La publicité américaine faite autour du commandant Lambert à l'occasion de l'anniversaire d'un épisode qui, en soi, n'avait rien présenté d'extraordinaire et qu'on aurait mieux fait de passer sous silence, avait agacé et irrité l'armée. Elle avait désapprouvé cette commémoration et n'y avait eu aucune part, non plus que le gouvernement. Elle n'avait pas mandaté le général de brigade Lambert pour l'y représenter. Il s'y était rendu de sa propre initiative, c'est en son nom personnel qu'il avait pris la parole, sans se rendre compte, dans sa fatuité, de l'inconvenance de ses propos. Il servait de repoussoir à tous les officiers. Il était, à l'en croire, non seulement le héros de Bazeilles, mais le seul et unique héros de la guerre de 70, qui eût tourné non en débâcle mais, comme l'avait insinué M. Canivet, en victoire si la France avait eu des défenseurs aussi habiles, résolus et intrépides que lui.

Voilà longtemps que la plaisanterie durait. Au début, on n'avait pas trouvé à redire, on s'en était plutôt réjoui, pour ce que cette anecdote symbolisait le courage malheureux. On avait laissé faire, dire et écrire beaucoup de choses, et, peu à peu, insensiblement, la fable, illustrée par le pinceau de Neuville, avait fini par acquérir l'autorité de la chose jugée et la patine de l'histoire.

Longtemps, le général de brigade Lambert s'était « montré très circonspect chaque fois que le souvenir de cette affaire avait été évoquée devant lui, un sentiment très louable de discrétion dont on lui savait gré, semblait l'engager à ne pas pousser la conversation sur ce sujet », singulièrement lorsqu'il se trouvait en présence de militaires, mais il fallait croire qu'il se faisait violence, que cette contrainte lui était pénible, qu'il souffrait de ne pouvoir librement s'éjouir de sa légendaire renommée, aussi le premier septembre 1895 à Bazeilles, ç'avait été plus fort que lui, il n'avait pu se maîtriser ni se contenir, il avait éclaté. La foi des dupes qu'il avait faites et dont quelques-unes l'entouraient l'avait peut-être gagné, il avait cru en lui, comme ces gens-là croyaient en lui, en l'homme qu'il aurait été, au personnage de la légende. Oubliant toute prudence, dépassant la mesure, il avait rendu des points au général Bravida, le héros de Daudet et de la défense de Tarascon, voire à Tartarin lui-même.

Il était temps d'y mettre ordre en conviant à la modestie ce brave camarade trop friand de réclame qui par ses vantardises ridiculisait l'armée et faisait se gausser les Allemands qui savaient à quoi s'en tenir sur cette affaire. Le général de division Lambert s'y employa, sûr de l'approbation de ses pairs.

Il commença par déclarer qu' « il arrivait très souvent qu'après une bataille, certaines actions plus ou moins dénaturées, revues et corrigées par des publicistes à l'imagination inventive restaient acquises à l'histoire. Il était bien difficile, dit-il, de préciser les actes individuels de valeur dans un combat et tel soldat qui se couvre de gloire n'est même pas signalé à l'attention de ses chefs, alors qu'un autre obtient une récompense honorifique pour avoir simplement accompli son devoir ».

C'était le cas du général de brigade Lambert, un galant homme, d'une réelle valeur militaire, cela convenu et accordé, il ne se sentait que plus à l'aise pour affirmer au reporter du *Gil Blas* que la trop fameuse défense de Bazeilles qui l'avait mis en vedette relevait de la fantaisie pure. Telle était au reste la conviction qui régnait dans l'armée. Aucun des officiers de la division d'infanterie de marine qui avaient participé aux combats autour et dans Bazeilles n'en avait eu connaissance, il ne s'en trouvait nulle trace aux archives du ministère de la Guerre, l'historique des régiments de l'infanterie de marine passait sous silence ce glorieux épisode, qu'aucun ouvrage sérieux (1) sur la guerre de 1870-1871 ne mentionnait. Comment, après la capitulation de Sedan, cette légende avait pris naissance, il n'eût pas su le dire et ne se l'expliquait point.

C'est qu'il ignorait que le premier soin du commandant Lambert, une fois interné à Neubourg, avait été de rédiger, à l'insu des officiers qui avaient servi sous ses ordres, un mémoire dithyrambique, magnifiant une action qui, par elle-même comme par ses suites, n'avait rien eu d'extraordinaire, inventant, imaginant, brodant et se taillant la part du lion. En le faisant parvenir à M. de Vassoigne, prisonnier à Dresde, « vous voudrez bien reconnaître, mon général, lui avait-il écrit, que, dans les épisodes relatés, chacun a apporté sa modeste part au monument impérissable que notre infanterie de marine a su s'élever (*sic*) dans cette malheureuse campagne ».

M. de Vassoigne qui croyait son chef de bataillon tué, écrasé ou brûlé, enseveli sous les décombres d'une des maisons de Bazeilles où il avait dû chercher abri, fut aise d'apprendre qu'il était en vie

(1) Le général de division Lambert ne devait pas considérer comme telle *l'Histoire de la Guerre de 1870*, du commandant Rousset, lequel, pour ce qui est de Bazeilles ne s'est pas donné la peine de consulter les archives du ministère de la Guerre et s'en est rapporté aux gasconnades du général de brigade Lambert et de son collaborateur Alphonse de Neuville. Un certain Dick de Lonlay en a fait autant pour son *Histoire anecdotique de la Guerre de 1870-1* (Paris, 1887).

et que la division d'infanterie de marine dont il lui avait confié le commandement s'était si galamment comportée. A l'aide des relations qui lui avait été expédiées, et dont aucune ne faisait allusion à la défense de la maison Bourgerie, il avait rédigé un rapport sur le comportement de l'infanterie de marine dans les combats des 30 et 31 août autour de Bazeilles; se fiant au mémoire du commandant, il y avait ajouté quelques lignes, afin d'attirer la bienveillance du ministre de la Guerre sur un officier qui méritait les plus grands éloges.

Quand il fut rentré en France, M. de Vassoigne s'enquit, tout naturellement, auprès des officiers de ce qui s'était réellement passé à Bazeilles en cette mémorable journée du 31 août, ils parurent tout surpris et comme ahuris de ce qu'il leur en conta d'après son chef de bataillon et lui protestèrent que la réalité était loin de correspondre au tableau que le commandant Lambert avait brossé, militaire, patriotique et mélodramatique dont Anicet Bourgeois, le beau-père de M. de Vassoigne lui eut fait grand compliment. M. de Vassoigne lui en fit honte et grief d'avoir cherché à l'abuser et à se faire valoir au détriment des officiers et des soldats qui avaient combattu à ses côtés, de jeter le discrédit sur l'armée, singulièrement sur l'infanterie de marine, et, l'ayant dûment admonesté, l'avait congédié.

Le commandant Lambert ne renonça pourtant pas à son imaginaire exploit, soit qu'il eût fini par y croire, soit plutôt qu'il se fît fort d'y faire croire les braves bourgeois dont le chauvinisme se laissait aisément surprendre aux plus grossières mystifications.

Le général Lambert s'occupant de sculpture et de peinture, trouva un compère, sinon une dupe, en la personne du peintre militaire Alphonse de Neuville, qui ayant trouvé le récit qu'il lui en fit dramatique à souhait ne s'inquiéta pas de s'informer s'il était vrai ou faux. Il partit avec le commandant pour Sedan, et ils gagnèrent Bazeilles afin de reconstituer la scène dans la maison même qui en avait été le théâtre et que le bombardement avait miraculeusement épargnée pour qu'elle témoignât de la bravoure du soldat français, auteur, acteur et metteur en scène tout à la fois; le commandant joua à merveille son rôle; il marqua la place que chacun des personnages, officiers, sous-officiers et soldats, avait occupée, montra la fenêtre par où la dernière cartouche avait été tirée, ordonna au fils Bourgerie d'enlever les matelas des lits et de les suspendre aux fenêtres, de décrocher la porte; les choses s'étant retrouvées en l'état où, disait-il, il les avait laissées trois ans auparavant, il se banda le genou et avec une émotion qu'il avait de la peine à surmonter, traînant la jambe, vint s'appuyer contre le bahut et fit le simulacre de diriger la défense du blockhaus improvisé, comme en cette journée tragique du 31 août 1870.

Ayant pris tous les croquis qui devaient l'aider à reproduire avec la plus scrupuleuse exactitude cette scène émouvante, Neuville s'en retourna avec le commandant à Paris et se mit incontinent à la besogne. Dans un quartier excentrique, il dénicha et loua une masure assez semblable, par la disposition de ses pièces, à la maison Bourgerie, qui lui servit à la fois d'atelier et de motif. Des détonations l'ébranlèrent bientôt et, de ses fenêtres aux carreaux brisés, de la fumée s'échappa; le voisinage intrigué se demandait avec inquiétude ce qu'on pouvait bien trafiquer dans cette bicoque mystérieuse. Le premier indiscret qui se risqua à en franchir le seuil, recula d'horreur, comme s'il fût entré dans un cabanon. Les murs en étaient écorchés par des balles, le sol semé de plâtras, de débris de meubles éventrés, une porte pendait hors de ses gonds, défoncée à coups de hache, un vieux matelas aveuglait une fenêtre... Enveloppé d'une épaisse fumée, l'œil en feu, les cheveux en bataille, un énergumène, un fou assurément, barbouillait un morceau de toile, tandis qu'un autre dément, les traits hâves et crispés par la souffrance, le genou lié d'un linge sanguinolent, accoudé à un meuble, faisait mine de tirer par la fenêtre.

C'était, devait raconter le critique d'art Gustave Goetschy, qui ne passait pas pour un humoriste, Alphonse de Neuville qui tenait à restituer à coups de revolver la vérité historique, qu'il ne respectait pas au point de ne pas lui infliger une grave entorse, ayant mis des turcos et même un chasseur à pied à la place des marsouins et fait à l'infanterie l'honneur qui eût dû légitimement revenir à l'infanterie de marine. Ce n'était pas par souci du pittoresque, les pantalons rouges faisant meilleur effet que les pantalons bleus à bandes des marsouins que de Neuville avait opéré cette substitution, mais la suggestion du commandant Lambert, lequel, tenu à la plus grande discrétion après la rude semonce du général de Vassoigne ne se souciait pas de s'attirer les protestations indignées et le démenti formel de ses compagnons de combat.

Au salon de 1873, la toile d'Alphonse de Neuville, intitulée *Les dernières cartouches,* fit sensation. La foule s'écrasait littéralement devant elle, admirait béatement, la larme à l'œil, ces braves petits turcos et leur vaillant commandant, qu'elle se retenait d'applaudir. « C'est bien ça », s'écriaient en connaisseurs, M. Prudhomme, Mayeux, qui n'avaient pas été au feu. Cependant, ils avaient beau fouiller leur mémoire, ils n'y retrouvaient pas le souvenir de cette glorieuse action dont *le Gaulois, le Figaro, Paris-Journal* non plus qu'aucun de ces farceurs de journaux qui, en cette année terrible, s'entendaient si bien, sous prétexte de relever le moral du pays, à transformer, pour vingt-quatre heures, les défaites en victoires, n'avaient soufflé mot.

« Était-ce vrai? Était-ce arrivé? » se demandaient-ils.

Tout ce qu'il y a de plus vrai, tout ce qu'il y a de plus historique, leur répondait de Neuville; afin que nul n'en doutât, en guise de commentaire à la reproduction des *Dernières cartouches* par *le Monde illustré,* il leur servit le conte que lui en avait fait le héros, et qu'il garantissait d'une « exactitude rigoureuse ».

On eût dit Robert Macaire et Bertrand, l'un peintre militaire, l'autre commandant, exploitant le chauvinisme.

« M. le commandant Lambert, écrivait-il en terminant, chef de bataillon au 1er septembre 1866, est toujours chef de bataillon; s'il a la croix de la Légion d'honneur, il ne l'a obtenue qu'à la reprise de Paris sur les bandits de la Commune. »

Il ne se demandait pas pour quelles raisons la Patrie s'était montrée ingrate envers un de ses plus héroïques soldats; ces raisons, que le chef de bataillon Lambert disait ne pouvoir s'expliquer, le général Lambert, *l'autre,* celui de brigade, les révélait douze ans plus tard à Cellarius.

M. de Vassoigne, lui dit-il, ne pardonna jamais à son subordonné son imposture et d'avoir, avec la complicité de M. de Neuville, donné l'éclat de la publicité à un *épisode que rien de précis n'était venu confirmer.* Il l'eût sans doute confondu, n'était la crainte d'entacher par un scandale l'honneur de l'armée qui, bien qu'innocente en l'occurrence, eût été, par ses ennemis, taxée de connivence. Elle avait laissé faire et laissé dire, un peu comme l'Église qui se montre réservée et hésitante devant les miracles, attendant, pour les entériner, d'y être poussée par l'adhésion des foules crédules.

Contre la légende, l'histoire demeurait impuissante et désarmée.

Il en avait été ainsi pour Bazeilles. L'insidieuse légende s'y était enracinée et épanouie avec les années. A peine avait-elle été consacrée au Salon que la mère Bourgerie et ses deux rejetons s'avisèrent d'en tirer profit. Ils reconstituèrent l'auberge d'après le tableau d'Alphonse de Neuville. Le fils Bourgerie se mit à recueillir à Bazeilles et aux alentours de Sedan toutes les épaves que la fureur des combats épargna : pistolets, sabres, czapska, képis, casques à pointe bosselés, baïonnettes, tonnelets de cantinières, fusils à aiguille et chassepots, éclats d'obus et, naturellement, de cartouches, et, dûment étiquetées, rangea ces reliques sur des étagères ou sous vitrine.

Bourgerie fut bientôt réputée un haut lieu historique, à la façon du château d'If, où les trop crédules lecteurs de *Monte-Cristo* allaient (et vont encore aujourd'hui) visiter le cachot d'Edmond Dantès. Aussi le madré commerçant s'empressa-t-il de modifier l'inscription qu'il avait peinte sur un des murs de son établissement, au lieu de

A LA MAISON MITRAILLÉE, BOURGERIE, AUBERGISTE.
AUX DERNIÈRES CARTOUCHES

on lisait maintenant :

A LA DERNIÈRE CARTOUCHE
MUSÉE DE BAZEILLES

Un compère, natif du Luxembourg, mais qui protestait de son ardent amour pour la France et ses héroïques soldats, y convoyait de Sedan dans sa carriole les visiteurs, leur décrivant, chemin faisant, les mêlées homériques auxquelles, à l'abri sur un toit, comme d'un belvédère, il assurait avoir assisté. C'était comme la préface de l'histoire des dernières cartouches que la demoiselle Bourgerie, qui avait quelque instruction et appris par cœur la lettre explicative de Neuville au *Monde Illustré,* débitait à ces messieurs et à ces dames, leur montrant pour illustrer son récit, confirmé par la reproduction des *Dernières Cartouches* encadrée et pendue aux murs, la petite persienne criblée de balles, la fenêtre d'où avait été tirée la dernière cartouche, le bahut où s'était appuyé M. le commandant Lambert, le héros de Bazeilles, qui, malgré une horrible blessure au genou, avait organisé et dirigé la défense qui l'avait immortalisé...

Une horloge, dont le fils Bourgerie avait d'un coup de fusil troué le cadran après avoir placé les aiguilles à 11 heures 35 fixait le moment où ses valeureux soldats avaient soutenu « cette lutte gigantesque de un contre cent ».

Chacun donnait à la demoiselle-cicerone le denier du culte pour l'entretien de la maison de *la Dernière Cartouche* et, avant d'y consigner ses impressions, feuilletait le livre d'or.

Un « patriote », qui avait des lettres, citait Longin : « *Il y a des défaites plus glorieuses que des victoires.* » C'était sans doute le sentiment du commandant anonyme qui s'écriait lyriquement : « *Bazeilles! Éclaircie de gloire dans le sombre tableau de Sedan.* » Un ex-commandant de 70 réclamait la revanche qu'un futur combattant promettait : « *Nous n'étions pas à la défaite, nous serons à la revanche.* » Elle tardait trop, au gré d'un certain Guillou : « *A la frontière, nom d'un pétard!...* »

« *Mon cœur et mon bras sont à la patrie française* », assurait un voyageur de commerce.

La revanche, François Coppée par avance la célébrait :

Alors, ô jeunes filles de la vaillante Gaule,
Nous jetterons encore le fusil sur l'épaule
Et le sac chargé de pain bis,
Nous irons vers le Rhin pour laver notre honte,
Nous irons, furieux, comme le flot qui monte,
Nombreux comme les épis (!!!)

« Voilà, s'écriait ironiquement Pierre Giffard dans *le Figaro*, voilà le brave commandant Lambert et ses soldats devenus les héros de Sedan, à l'exclusion de tous les autres. La bataille disparaît devant la dernière cartouche. C'est la dernière cartouche qui symbolise tout! »

C'était cela, ce mensonge, cette fraude, qui avait choqué et indigné l'honnête M. de Vassoigne, aussi s'était-il obstinément refusé à proposer pour l'avancement le commandant Lambert, lequel, en dépit de ses prétendus « magnifiques états de service » par la faute de ces « dernières cartouches », était resté chef de bataillon comme il l'avait été sous ses ordres.

Le 4 novembre 1891, Élie Jean, marquis de Vassoigne, succombant à une paralysie générale compliquée de bronchite, allait rejoindre ses ancêtres, dont les plus anciens et les plus renommés étaient originaires des Flandres. Il mourut, comme il avait vécu, modestement, fidèle à sa devise : « Dieu et le Roy ». Aucun journal ne le loua d'avoir fait honnêtement son devoir et, en attendant le Roi, servi loyalement son pays sous la République, comme il l'avait fait sous l'Empire. *La Gazette de France* elle-même se borna à annoncer à ses lecteurs que M. le marquis de Vassoigne, général de division en retraite de l'infanterie de marine, qu'il avait commandée en chef de 1868 à 1877 était décédé, ce jour-là, à 7 heures du matin, en son domicile, 12 rue de Portalis, et que ses obsèques auraient lieu le 7 à midi, à Saint-Augustin. Il n'y eut point foule pour l'accompagner jusqu'au Père-Lachaise. Des sergents de l'infanterie de marine précédaient le corbillard, porteurs d'une couronne où se lisait gravée, en lettres d'or, cette inscription :

AU GÉNÉRAL DE VASSOIGNE
COMMANDANT LA DIVISION D'INFANTERIE DE MARINE DE BAZEILLES
GROUPE DES BATAILLONS D'INFANTERIE DE MARINE DE PARIS

Simple adieu et émouvant hommage en sa brièveté, le seul que le défunt souhaitait que les hommes de son arme lui rendissent.

Le général Lambert ne s'y associa pas. Il ne parut pas à ses obsèques, retenu par la crainte de quelque esclandre ; sachant les sentiments du défunt à son égard, ses camarades de Bazeilles eussent, en maugréant, jugé sa présence malséante. Au reste, il n'appartenait plus à l'infanterie de marine. Son avenir bouché tant que M. de Vassoigne serait en vie, il s'était arrangé pour permuter ; passé à l'armée de terre, à force d'intrigues et en s'aidant adroitement de la fable des « dernières cartouches », il avait l'un après l'autre rattrapé les grades auxquels réglementairement il aurait eu droit.

Lieutenant-colonel en 1880, colonel en 1886, commandant militaire du Sénat, il avait été à ce titre, en 1890, promu général de brigade.

Ce fut à Mirecourt, où le bruit fait autour de son nom à Bazeilles s'était répercuté, que le général Lambert eut connaissance des déclarations que son sosie, quant au nom et au grade, abusant traîtreusement d'un quiproquo, s'était permis de faire à Cellarius et que ce journaliste avait publiées dans le *Gil Blas* sous le titre : *La fin d'une légende : les Dernières cartouches.* Il en fut mortifié, car il n'est pas agréable de s'entendre publiquement traiter de menteur par un de ses pairs, puis cet article avait produit un effet comique dans les milieux militaires, du seul fait que le hasard s'en était mêlé et, plus malicieux qu'un vaudevilliste, par cette confusion de personnages, avait transformé en diatribe ce qui, autrement, eût été un dithyrambe. On riait sous cape du bon tour que le divisionnaire Lambert avait joué au brigadier Lambert, et on se demandait comment celui-ci se tirerait de ce mauvais pas.

L'affaire devenait sérieuse, elle prenait fâcheuse tournure, d'autant plus que l'autre Lambert, *qui en savait plus long qu'il n'en avait révélé,* disait en terminant qu' « il serait d'un réel intérêt historique d'ouvrir un débat contradictoire et d'en finir une fois pour toutes avec cet épisode ».

C'était ce que le héros de *la dernière cartouche* s'était toujours ingénié à éviter, ces sortes de controverses étant semées d'embûches, on ne gagnait rien à s'y laisser entraîner, on risquait plutôt d'y perdre les plus belles plumes de son panache.

Sitôt rentré des manœuvres, sans perdre un instant, il passa à la contre-attaque et se ménagea une entrevue avec Cellarius. Se gardant de toute polémique, il ne releva pas les propos désobligeants de son homonyme. La religion du général de division Lambert, comme celle de bien d'autres, avait été surprise. Depuis vingt-cinq ans qu'on contestait, dans les milieux militaires, son action d'éclat, il n'avait pas jugé bon de la revendiquer. La voyant de nouveau remise en question, force lui était de sortir de son mutisme et d'opposer l'Histoire à de vains racontars. D'un gros dossier, il exhuma les documents qui en faisaient foi et il eut le front, n'ayant plus à craindre sa colère et son démenti, d'invoquer le témoignage de M. de Vassoigne et de se prévaloir de la lettre que feu le général marquis, abusé par son mémoire, lui avait écrite de Dresde, et celle qu'il avait envoyée à M. Godefroy, sous-directeur au ministère de la Marine. Ces témoignages suffisaient pour faire revivre cette « admirable épopée militaire » à laquelle il se proposait de consacrer tout un livre.

Ce livre, s'il l'écrivit, il ne se décida pas à le faire paraître, point rassuré sur les conséquences de sa publication.

Ses craintes n'étaient pas vaines. L'événement le lui prouva. Il n'augurait rien de bon de ce malencontreux monument commémoratif dont il eût dû se réjouir. Soucieux d'honorer tous ceux, quel que fût leur grade, qui s'étaient distingués à la défense de Bazeilles, M. de Ravisi lui avait écrit, pour lui demander ce qu'ils étaient devenus, et le moyen de les retrouver, particulièrement le capitaine Aubert, le meilleur tireur de l'héroïque petite troupe, celui qui, de l'aveu même du général Lambert, avait tué le plus de Prussiens, en tirant les « dernières cartouches ».

La réponse du héros de Bazeilles ne satisfit point M. de Ravisi. Elle lui parut embarrassée, réticente, évasive.

Vivace, quand il s'agissait de ses faits et gestes personnels, la mémoire du général avait de singulières défaillances dès qu'il était question de ses compagnons de combat. Pour ce qui était du capitaine Aubert, il y avait longtemps qu'il l'avait perdu de vue, et n'eût su dire s'il était encore de ce monde, ayant rompu toutes relations avec lui.

M. de Ravisi se mit à sa recherche et découvrit sa retraite. Rentré de captivité, le capitaine Georges Aubert, du 3e bataillon d'infanterie de marine, ne se souciant pas d'obtenir, comme tant d'autres, des grades et des décorations, en massacrant ses compatriotes, n'avait pas pris part à la répression de la Commune. Un camarade, qui n'avait pas ses scrupules, permuta avec lui. Mal noté de ce fait, qui lui faisait honneur, tenu en suspicion, il avait, vers 1880, quitté l'armée, avec le grade de commandant, pour entrer à la maison Thévenet qui construisit le premier chemin de fer en Chine et créa Port-Arthur. Il vivait maintenant à Donville, près de Granville, au chalet du Rocher, appartenant au peintre Henri Rudaux, en bonne intelligence avec sa femme Constance, dont la mère, fille du général Junot, avait épousé M. Aubert, ci-devant garde de corps de feu le duc d'Abrantès.

M. de Ravisi lui ayant écrit pour lui demander ses souvenirs sur l'affaire de Bazeilles et, incidemment, quel crédit il convenait d'accorder à ceux que son ancien chef avait publiés dans *le Petit Marseillais :* « C'est sans enthousiasme que je vais penser de nouveau à tout ce qui a été dit sur Bazeilles, lui avait répondu le commandant Aubert. Depuis vingt-huit ans, en commençant par le tableau de Neuville jusqu'à cette année, j'ai été considéré comme inexistant. Ce n'est pas à soixante ans passés que je vais demander des fleurs pour orner ma participation à une défense qui n'a rien eu d'héroïque. » Pour ce qui était des prétendus souvenirs du héros des *Dernières cartouches,* dénués de toute authenticité, ils n'avaient aucune valeur; apocryphes, ils ne représentaient qu'une narration fabriquée, vingt-huit ans après l'événement, une amplification de mémoire, où le commandant Lambert faisait sa propre apologie, et que, de Neubourg, il avait adressé à Dresde au général de Vassoigne.

L'opinion qu'il avait du général de division Lambert s'accordait à celle qu'avait émise le général de brigade Lambert. C'était un homme aimable, un soldat courageux, mais vaniteux et ambitieux à l'excès, le type même du *miles gloriosus.*

Ce que, personnellement, il avait à lui reprocher, c'était de ne s'être pas conduit loyalement avec lui, en ne lui montrant le récit fantaisiste qu'il avait fait de l'affaire de Bazeilles au général de Vassoigne, qu'après l'avoir expédié — s'il l'y avait élogieusement cité, ç'avait été avec l'arrière-pensée de s'assurer de sa complicité — et de ne l'avoir pas informé de ce qu'il avait manigancé avec Neuville, pour authentifier son imposture. Il était devenu pour le soi-disant héros de Bazeilles un témoin gênant et c'est pourquoi le général Lambert avait rompu toutes relations avec lui.

L'ex-commandant Aubert refit, pour l'édification de M. de Ravisi, le récit de ce qui, réellement, avait eu lieu à Bazeilles.

La veille de la bataille de Sedan, l'infanterie de marine qui relevait du général de Vassoigne ayant reçu l'ordre de s'établir dans ce bourg, ce général en remit le commandement au chef de bataillon Lambert qui était son chef d'état-major. A cinq heures du soir, la division faisait son apparition à Bazeilles. De l'autre versant de la rivière qui entoure Bazeilles, des ambulances filaient, reconnaissables à leur croix rouge. Le commandant les fit mitrailler, sans les atteindre heureusement, car autrement l'ennemi peu après se fût livré à des représailles sanglantes. La nuit fut calme. On bivouaqua sur la place et dans la rue. Le lendemain, la bataille s'engageait. Après avoir résisté à une première attaque, la division d'infanterie de marine rompit, battit en retraite, mais revenant à la charge reprit le village avec de si lourdes pertes qu'il lui devint impossible de s'y maintenir plus longtemps. Le désarroi s'y mit. Le capitaine Aubert eut la malchance de rencontrer le commandant Lambert qui eût été mieux inspiré de s'en retourner auprès du général de Vassoigne. Derrière les haies où ils se dissimulaient, ils avisèrent un mur où il y avait une porte, le commandant, pensant qu'is seraient plus en sûreté dans l'enclos, l'ouvrit, mais tombant sur des Bavarois qui y avaient cherché refuge, la repoussa aussitôt et suivi de son compagnon détala à toutes jambes, se retournant de temps à autre pour lâcher un coup de fusil et couvrir leur fuite, ils parvinrent ainsi à l'auberge Bourgerie où quelques officiers et près de soixante-dix hommes s'étaient retranchés, qui, par les fenêtres, tiraient sur les Bavarois. Le capitaine avait fait comme eux, cependant que le commandant Lambert, qui n'avait nullement été blessé au genou, ainsi qu'il l'avait dit et répété, mais avait reçu un simple coup de fouet au pied, après s'être reposé sur un lit, était venu s'accouder au bahut, regardant les hommes tirer sans faire lui-même le coup de feu.

Les batteries ennemies s'apprêtant à entrer en action, prolonger la résistance n'eût abouti qu'à un massacre général. Sans attendre que les munitions — les dernières cartouches — eussent été épuisées, le commandant décidait de se rendre ; il sortit le premier et se présenta au capitaine Lissignolo, qui avait charge de la compagnie bavaroise, laquelle ne vociférait ni ne hurlait à la mort. On le désarma aussitôt et tous ceux, officiers et soldats, qui sortirent de l'auberge. Le capitaine Aubert, qui avait vainement guetté un moment d'inattention chez l'ennemi, pour s'enfuir, s'approcha du capitaine Lissignolo et lui demanda en grâce de conserver son épée. Le capitaine Lissignolo, non seulement y consentit, mais il fit rendre aux autres officiers et au commandant Lambert leur épée qui désormais ne pouvait leur servir.

Conduits devant le général von der Thann, ils avaient été, quelques jours après, acheminés vers la Bavière et internés à Neubourg.

Il n'y avait pas eu de héros à Bazeilles, disait en conclusion le commandant Aubert. Chacun, de son mieux, s'était efforcé de faire son devoir, sans succès, et voilà tout. Le reste était du roman, comme l'avait compris, son enquête faite, M. de Vassoigne, et comme l'avait dit l'autre général Lambert ; comme eux, le commandant Aubert reconnaissait qu'il est bien difficile, dans un combat, de préciser les actes individuels : tel soldat se couvre de « gloire » qui n'est même pas signalé à l'attention de ses chefs, et tel autre honoré, qui n'a accompli que son devoir, simplement. Le commandant Lambert n'avait pas fait autre chose, qui, de sa propre autorité, s'était décerné les lauriers des héros légendaires.

Ces lauriers artificiels, M. de Ravisi ne lui cacha pas qu'il était résolu à les lui enlever. La fable qu'il avait forgée et si astucieusement répandue, pour la seconde fois était mise en doute et remise en question, d'autant plus dangereusement qu'il lui faudrait la défendre contre un témoin irrécusable.

L'Aurore du 23 mars 1899 publia un article intitulé : *Les dernières cartouches : un oublié.*

« La légende a fait du général Lambert le héros de Bazeilles, écrivait le journaliste. L'histoire impartiale dira que le général Lambert n'avait droit qu'au second plan dans le tableau de Neuville et que le véritable héros de cette journée épique fut le capitaine Aubert, celui qui tira les dernières cartouches. »

Ce n'était pas ce que le capitaine Aubert avait écrit à M. de Ravisi et il n'avait point revendiqué l'honneur que prétendait lui faire *l'Aurore,* mais la feuille de Clemenceau avait ses raisons, que son rédacteur laissait entrevoir, en rappelant que le prétendu héros se voyant découvert et démasqué par le capitaine Aubert s'était écrié : « Il n'est donc pas mort, ce juif-là! »

Les dernières nouvelles qui lui en étaient revenues le lui avaient dépeint comme étant à l'agonie, et sans doute l'avait-il cru trépassé, peut-être même l'avait-il secrètement espéré, car c'était un grand malheur pour lui que le capitaine Aubert, qui n'était pas juif, fût encore en vie.

« Quand on veut tuer son chien, ripostait *l'Aurore,* on dit qu'il est enragé. Quand on veut se débarrasser d'un collaborateur ou d'un témoin gênant, on dit qu'il est juif. C'est le système que le général Lambert a essayé d'employer vis-à-vis du capitaine Aubert. »

Le cri que le général avait rageusement poussé ressemblait à un cri de détresse. Cet appel fut entendu par ses coreligionnaires politiques. *La Libre Parole* vola à son secours. Elle lui dépêcha un de ses principaux rédacteurs, Gaston Méry. Le héros de Bazeilles, vêtu d'un veston de velours à côtes, l'invita à s'asseoir en face de lui, au coin de la cheminée, et aussitôt lui ouvrit son cœur ulcéré. Une demi-heure durant, il s'exprima avec fougue et amertume, entremêlant des souvenirs romancés à ses récriminations et se posa en victime des dreyfusards qui ne lui pardonnaient pas d'avoir, dans *le Matin* et *le Petit Marseillais,* fait campagne contre la Révision. C'était une querelle d'Allemand que lui cherchaient les partisans du « traître ». Il lui était facile de les confondre. De nouveau, « de sa voix nette et chaude de soldat habitué à ne jamais déguiser sa pensée », il s'autorisa du rapport de M. de Vassoigne au ministre de la Guerre, de la lettre si flatteuse que le général avait écrite au sous-directeur de la Marine Godefroy, du

« témoignage » du capitaine bavarois Lissignolo, mais, comme en 1895, il éluda la polémique, afin de ne pas élargir la controverse en y entraînant d'autres témoins qui eussent confirmé la version de l'ex-capitaine Aubert.

Aussi recommanda-t-il à Méry de garder pour lui les confidences qu'il venait de lui faire :

« Dites seulement que je méprise les attaques qui ne me paraissent inspirées que par mon attitude à l'égard des cosmopolites et dans lesquelles je ne veux voir qu'une réponse détournée à mon article sur Schwartzkoppen. Quant à M. Aubert qui, à Bazeilles, était sous mes ordres, qu'il publie le récit détaillé des événements.

« Les témoins qui sont nombreux encore pourront choisir entre son récit et le mien. Je m'incline d'avance si c'est le mien qu'ils répudient. »

Il payait d'audace, certain que la solidarité militaire jouerait en sa faveur, que ses camarades de Bazeilles feraient ce qu'avait fait leur chef à tous, le général de Vassoigne, et pour les mêmes raisons que lui ne rompraient pas le silence, que trente ans durant, ils avaient gardé sur cette affaire.

Au moment de prendre congé de Méry il lui serra la main et, retrouvant le « langage énergique des camps » lui dit : « Ce me serait si facile, quand je le voudrais, de l'écraser ce youtre-là, comme une punaise. »

Il se vantait, une fois de plus, par habitude.

Nullement intimidé, l'ex-capitaine Aubert, laissant de côté la maison des *Dernières cartouches* s'en tint au chef de bataillon Lambert, et sans passion, posément réduisit son rôle à de très modestes proportions.

Le coup porta, et quand Gaston Méry retourna voir le héros de Bazeilles, il le trouva plutôt décontenancé, déconfit même en affectant la crânerie.

Il lui protesta sur l'honneur que, contrairement aux dires du capitaine Aubert, son épée ne lui avait pas été enlevée, et fanfaronnant, ajouta ce détail invraisemblable qu'à Varenne, quelques jours après sa reddition, un officier allemand la lui ayant réclamée, il lui avait répondu : « Vous ne l'aurez que par la pointe », et l'Allemand se le tint pour dit.

Pour ce qui était du siège de la maison Bourgerie, il en rabattait, jetait beaucoup de lest. Il ne figurait pas dans le tableau des *Dernières cartouches.* Malgré les instances de l'artiste, il s'était refusé à poser. Si le commandant blessé appuyé sur le bahut lui ressemblait, il n'y était pour rien, c'était par hasard, simple coïncidence, le personnage ayant été peint de chic, comme toute la scène du reste où des turcos avaient été substitués aux marsouins. Aussi bien Neuville s'était proposé de faire non pas une œuvre historique mais une œuvre d'art, et de peindre un épisode synthétique de la guerre de 1870 plutôt que « l'incident » même de la défense de Bazeilles (1).

C'est de celle-là surtout qu'il s'honorait, il laissait bien volontiers à M. Aubert celle de la maison Bourgerie puisqu'il semblait tant y tenir. Qu'il proclamât donc et fît proclamer partout qu'il était le héros des *Dernières cartouches* et que finissent ces déplorables polémiques entre deux soldats.

Somme toute, il s'avouait vaincu et demandait à traiter. Au capitaine Aubert *les dernières cartouches,* au général Lambert la défense de Bazeilles.

Il tint les mêmes propos à un reporter du *Gaulois,* dont le directeur, Arthur Meyer, quoique « youtre », soutenait, à la façon de Judas, l'état-major et ses défenseurs acharnés contre ceux de sa race.

« Le dreyfusisme a décidé de tout salir, écrivait son valet de plume. Sous prétexte que le général Lambert a témoigné dans quelques articles, et comme c'était son devoir, de son ardent amour pour l'armée, voilà qu'on s'ingénie à lui contester ses beaux et glorieux états de service. Si on n'y met pas un peu d'ordre dans la discussion, on ne s'y reconnaîtra plus. »

D'autant plus que le général, forcé dans ses derniers retranchements, comme jadis, là-bas, à la fameuse maison Bourgerie, abondait maintenant dans le sens de celui qu'il s'était flatté d'écraser comme une punaise et se dépouillait lui-même de son panache et de son travestissement d'apparat.

« Je n'ai jamais prétendu être un héros, déclarait-il. A Bazeilles, comme en toute circonstance, je n'ai fait que mon devoir. »

Le 28 janvier 1900, il se faisait élire, sous l'étiquette de républicain libéral et nationaliste, sénateur du Finistère. Il ne devait pas jouir longtemps de son mandat. Le 10 juin 1901, le général Lambert (Arsène-Mathurin-Louis-Marie) décéda à Paris, désolé de ne pas passer à la postérité pour ce qu'il s'était donné sa vie durant. La postérité, — la postérité chauvine ne l'entendait pas

(1) Comme s'il pressentait le reniement de son complice, Alphonse de Neuville écrivait à Albert Wolff (fin 1872 ou début 1873) : « Je viens d'aller voir avec le commandant d'infanterie de marine qui a défendu Bazeilles avec un seul bataillon la maison et la chambre où, réfugié avec ce qui lui restait d'officiers et de soldats, il a brûlé ses dernières cartouches. Cette maison n'a pas été brûlée, le décor, bien simple, est resté le même, le commandant m'a montré comment les fenêtres étaient barricadées, et du reste, j'ai vu cela autour de Paris. J'ai l'intention de faire cela et dame! il y aura des coups de fusil et des blessés... »

ainsi. Rien ne prévalut contre sa légende. ni l'étrange silence de ses compagnons de combat, ni le désaveu de M. de Vassoigne, ni la mise au point du général de brigade Lambert, ni les révélations du capitaine Aubert, pas même sa propre renonciation.

Envers et contre tous, il restait l'homme des *Dernières cartouches,* le héros de Bazeilles.

Les journaux, en rendant hommage à sa mémoire, rappelèrent à l'envi les titres à la reconnaissance éternelle de la patrie, de cet admirable officier, né à Carhaix, le pays de La Tour d'Auvergne et le berceau des grenadiers de France, le seul héros de la guerre franco-allemande. « Il a rencontré à Paris la mort qu'il avait vainement cherchée à Bazeilles. »

Au milieu des désastres de l'Année terrible la figure du commandant Lambert apparaît comme un éclair de gloire : « Quel héroïque souvenir évoque le nom de ce grand soldat ! » s'exclamait le *Gaulois.*

« Bazeilles, la maison des *Dernières cartouches,* la lutte de quelques hommes contre toute une armée, émouvant épisode qui s'enchâsse comme un rayon de gloire dans la plus lamentable de nos défaites. »

Cet épisode qui suffisait à illustrer sa vie, le regretté général Lambert l'avait raconté avec la simplicité d'un héros qui s'ignore.

« Dans ce combat de un contre mille, tout est grand. C'est d'une beauté tragique que seuls Léonidas et ses trois cents Spartiates ont égalée dans l'Histoire. » L'Histoire n'étant le plus souvent que la Légende, peut-être Léonidas ne fut-il qu'un commandant Lambert.

De cette extraordinaire mystification Darien ne connut et ne retint que ce qu'en avaient révélé le général de brigade Lambert et le capitaine Aubert, c'est-à-dire l'essentiel. Il en fit l'armature de *l'Épaulette,* « roman antibourgeois, mais non antimilitariste », qui s'inscrivait dans *l'Inhumaine comédie,* sorte de nouvelle *Comédie humaine.* Le système qui consistait à faire repasser d'un roman à l'autre les mêmes personnages mêlés à des figures nouvelles, était de Balzac, mais ses préoccupations en étaient différentes, comme il le disait à Janvion. Balzac écrivait à une époque où les bouleversements sociaux engendrés par la Révolution étaient encore en travail. Le peuple, la bourgeoisie issue du peuple des villes et des campagnes, ce qui subsistait de l'ancienne bourgeoisie et de la noblesse, décimée, affaiblie, moribonde et les alluvions étrangères ne s'étaient pas encore fondues pour constituer la classe dirigeante, la Bourgeoisie telle qu'elle apparaît sous le second Empire. Ses contemporains ne virent ou ne voulurent voir en Balzac qu'un romancier aussi puissant que fécond qui, dans la plupart de ses « scènes », avait préfiguré la société future plus encore que décrit celle de son temps, un visionnaire en somme plutôt qu'un réaliste.

Le peintre de mœurs masquait en lui l'historien de mœurs et celui-ci le censeur et le critique. Il n'a pas craint de dire *qu'en France ce qu'il y a de plus national c'est la vanité, mère de tous les mensonges.* Annaliste de son temps et d'une *civilisation qui, depuis 1815, avait remplacé le principe Honneur par le principe Argent*, il le jugeait sévèrement :

En condamnant le voleur les juges maintiennent la barrière entre les pauvres et les riches qui, renversée, amènerait la fin de l'ordre social. Mais il y a voleur et voleur. Il y a les voleurs *patentés*, les loups-cerviers, *les corsaires que nous décorons du nom de banquiers et qui prennent une licence de mille écus comme un forban prend ses lettres de marque, ceux-là les juges les protègent car ils en dépendent, le gouvernement étant l'aristocratie des banques et des avocats.*

La société, par les soins de l'État qui la représente, *décerne à la Vertu cent louis de rente pour sa vieillesse, un second étage, du pain à discrétion, quelques foulards neufs et une vieille femme accompagnée de ses enfants. Quant au Vice, s'il a quelque hardiesse, s'il peut tourner habilement un article du code comme Turenne tournait Montecucculi, la Société légitime ses millions, lui jette des rubans, le farcit d'honneurs et l'accable de considération. La Société,* plus exactement l'État, son mandataire, *s'est sensiblement arrogé tant de droits sur l'individu que l'individu se trouve obligé de combattre la Société. Il n'y a plus de lois, il n'y a que des mœurs, c'est-à-dire des simulacres.*

Les bureaux sont la grande fabrique des médiocrités nécessaires aux gouvernements pour maintenir la féodalité de l'argent sur lequel s'appuie le contrat social. Aussi les individus ne se croient-ils pas tenus de les respecter, ils n'ont aucune considération pour les livrées de vertu, les casaques d'honnêteté, le paravent derrière lequel les grands cachent leurs infamies. Ils ne se soucient pas de l'opinion publique, ce parterre imbécile qui jette ses bras aux gens assez habiles pour les armer.

Le despotisme fait illégalement de grandes choses, la liberté ne se donne même pas la peine d'en faire légalement de petites.

J'aime le despotisme, il annonce un certain mépris pour la race humaine.

Ceux qui ont marché dans la vie sous la bannière de l'instinct sont beaucoup plus propres à recevoir la lumière que ceux dont l'esprit et le cœur se sont lassés dans les subtilités du monde (1).

Les historiens et les mémorialistes français lui paraissant à plus d'un titre suspects, Darien consulta, connaissant leur langue, ceux d'Allemagne, étudia plus sérieusement qu'on ne le faisait d'ordinaire l'histoire vraie de 1870, dans des livres qui lui apprirent ce qu'il fallait croire et lui démontrèrent l'inanité du mensonge tricolore (2).

Pour l'histoire contemporaine, les journaux lui fournissaient une ample et précieuse documentation, qu'il complétait et rectifiait par la lecture des débats parlementaires, des rapports d'enquête, et, à l'occasion, par les confidences de ceux qui avaient tenu un rôle dans quelques-unes des causes célèbres de son temps.

« Tout acte criminel est une fenêtre ouverte sur la Société, disait l'abbé Lamargelle à Georges Randal. Que connaîtrait-on du monde sans les malfaiteurs? »

Par malfaiteurs, l'abbé, ou plutôt Darien qui parlait par sa bouche, n'entendait pas que les voleurs ou les assassins, mais tous les personnages que la Société honore, respecte, protège et choie, jusqu'au moment où le hasard, une imprudence les amène fortuitement devant la cour d'assises ou le tribunal correctionnel. La fenêtre s'ouvre alors, toute grande pour le menu fretin, pour les grands de ce monde, les personnages représentatifs, la main de la justice ou de la police la repousse aussitôt et la referme brusquement sur les ignominies et les infamies étalées à tous les

(1) Balzac toucha à trop de plaies pour n'être pas pessimiste. Ses vues sont d'un anarchiste et cependant il s'évertue à étayer le vieil édifice branlant à l'aide du trône et de l'autel bien qu'il ne soit pas toujours tendre, pour l'un ni pour l'autre. Détruire ne servirait à rien étant donné la nature humaine : les mêmes causes produiraient les mêmes effets, peut-êtres pires.

Darien, lui, est résolument destructeur. L'individu proteste, s'insurge, se révolte, a recours à la force, ne voit de salut qu'en elle.

Le révolutionnaire dans Balzac est dispersé, disséminé, intermittent, corrigé par le conservateur et masqué par le romancier.

Chez Darien, il est condensé, concentré, continu, à l'état brut, sans artifice, sans détours, direct comme ses récits faits à la première personne qui ne s'embarrassent pas d'analyses psychologiques, de dissertations philosophiques ou historiques, ni ne s'encombrent de descriptions hors de propos dans des mémoires. Combattant à visage découvert il va droit au fait, droit au but.

(2) Et même de celui de la grande armée.

« Dans le tiroir de la chambre mortuaire, dit le capitaine Maubert, un cahier au papier jauni, sur la couverture duquel s'allongent des mots allemands, couleur de rouille. Je prends ce cahier, dont le titre seul éveille en moi des souvenirs nombreux. C'est un manuscrit qui fut composé voilà bien des années déjà par mon grand-père Ludwig von Falke. » Ce manuscrit qui contient la relation véridique de la bataille de la Bérézina est un résumé de l'ouvrage de Carl W. F. von Lindenau : *Der Beresina — Uebergang der Kaisers Napoleon, unter besonderer Berucksiehtigung der Theilnahme der Badischen Truppen...*, Berlin, E. S. Mittler und Sohn, 1896, in-8°, 50 p. carton et plans.

yeux et dont les journaux s'emparent avidement pour les jeter en pâture à la curiosité de leurs lecteurs.

Les journaux en ce temps-là jouissaient d'une liberté effrénée, leurs directeurs, leurs rédacteurs se tenaient à l'affût du scandale qu'au besoin ils provoquaient et déchaînaient. Pour ou contre tel personnage marquant, selon qu'il était de leur bord ou du bord opposé, dans l'attaque ou la défense, ils ne montraient aucune retenue. La vérité que les uns s'efforçaient de brouiller, les autres de faire reluire, transparaissait à travers leurs affirmations contradictoires, leurs protestations intéressées, leurs réticences, leurs mensonges ou leurs silences secrètement payés. Pour la saisir, il n'était que de savoir lire entre les lignes, éviter les pièges et les embûches, et sans prendre parti, préserver son impartialité, sa sérénité, et tâcher de voir clair. C'était ce que faisait Darien. « Une sorte de seconde vue » lui permettait, comme à Balzac, de deviner la vérité dans toutes les situations possibles, ou mieux encore, je ne sais quelle puissance le transportait là où il devait, là où il voulait être. Il *inventait,* lui aussi, *le vrai par analogie.* Historien de mœurs, comme Balzac, sa tâche consistait à fondre les faits dans un seul tableau, tenu de donner *l'esprit plutôt que la lettre des événements, il les synthétisait.*

Il procédait de même pour les personnages dont il voulait faire des types, résumant en eux-mêmes les traits caractéristiques de tous ceux qui leur ressemblaient plus ou moins et devenant ainsi les modèles, peu édifiants, du genre. Pour *le Voleur,* pour *l'Épaulette* surtout, les deux tomes de *son Inhumaine Comédie* restée inachevée, il aurait pu dire, tout aussi légitimement, ce que l'auteur de *la Comédie humaine* disait de sa *Ténébreuse Affaire :* « La plupart des scènes ont eu pour point de départ un fait vrai, soit enfoui dans les mers orageuses de la vie privée, soit connu de quelques cercles du monde parisien. Car les écrivains n'inventent rien. Les détails appartiennent même rarement à l'écrivain qui n'est qu'un copiste plus ou moins heureux. »

Le fait vrai, qui lui servit de point de départ pour *l'Épaulette,* fut le mensonge sur lequel le général Lambert avait édifié son illustration sinon sa carrière, qui en avait plutôt pâti. D'autres faits, non moins vrais, choisis parmi ceux concernant des généraux lui servirent à étoffer et à étayer cette scène de la vie politique, sociale et militaire. Les évoquer tous exigerait une étude particulière, la véritable histoire des scandales, plus ou moins ténébreux, qui ont marqué les trente premières années de la troisième République n'ayant été jusqu'à ce jour qu'effleurée.

Laissant, à regret, de côté la « nuit historique » qui ne le fut point par la couardise du général Boulanger, et l'affaire de *la mélinite,* je me bornerai à résumer trois des faits qui forment, pour ainsi dire, l'armature de *l'Épaulette* et qui montreront au lecteur le parti qu'on a tiré de Darien.

Le 13 octobre 1880, devant la 8e chambre du Tribunal correctionnel de la Seine avait lieu le procès en diffamation que le colonel Théodore Jung, sous-chef adjoint au cabinet du général Farre, ministre de la Guerre, intentait au journaliste Ivan de Woestyne qui, dans un article du *Gaulois* l'avait accusé d'avoir soustrait du ministère et livré à l'Allemagne des documents secrets intéressant la défense du pays. Le lieutenant-colonel, que défendait Me Allou, n'eut aucune peine à prouver sa parfaite innocence, mais en se disculpant, il dut mettre en cause un des grands chefs militaires, provoquant un « coup de théâtre » qui fit sur l'auditoire l'effet d'un coup de tonnerre. Me Allou révéla en effet, sans craindre de démenti, que le général Courtot de Cissey, l'ancien ministre de la Guerre, commandant le 11e corps d'armée à Nantes, avait entretenu des relations très intimes avec l'épouse séparée de M. Jung, née Kaulla, juive d'origine et de nationalité bavaroise, qui se faisait appeler baronne; qu'elle avait eu ses grandes et ses petites entrées rue Saint-Dominique où elle régnait en maîtresse, non seulement de son vieil amant, mais aussi du ministère, disposant de pouvoirs en blanc pour conclure des marchés concernant les fournitures à l'armée, sur lesquels elle prélevait d'importantes commissions, et fouillant à sa guise et à son aise les tiroirs les plus secrets, s'emparait des plans de mobilisation qu'elle faisait copier à l'intention du gouvernement allemand.

Une campagne de presse d'une violence inouïe se déchaînait dès le lendemain. L'opposition — la radicale en particulier — réclama la « lumière, toute la lumière ». Le gouvernement de Jules Ferry la promit, ce qui ne l'engageait à rien. En attendant de la mettre sous le boisseau, il autorisa, aussitôt après l'avoir relevé du commandement de son corps d'armée, le général ancien ministre à poursuivre ses « diffamateurs » dont les plus acharnés était le député de Paris, directeur du *Petit Parisien,* Charles-Ange Laisant, et le directeur de *l'Intransigeant,* Henri Rochefort. Il nomma une commission d'enquête et s'arrangea pour que l'ancien ministre Courtot de Cissey sortît de l'épreuve plus blanc que neige ou que l'hermine de M. le Président Cartier et de ses assesseurs.

Quatre mois plus tard, le 24 janvier 1881, le général Michel Ney, duc d'Elchingen, qui, par son étourderie, avait déclenché cette fâcheuse affaire, s'étant fait trop complaisamment l'écho de rumeurs concernant la prétendue trahison du lieutenant-colonel Jung et répandues par des gens dont l'identité ne fut pas révélée, mais intéressés à sa perte, était trouvé mort, la tête fracassée par deux balles de revolver, dans une maison isolée qu'il avait, peu auparavant, louée à Fontenay-aux-Roses. La justice et la police, celle-ci avec l'accord de la famille, avaient tenté d'accréditer diverses versions de sa mort — assassinat, duel, accident, mais aucune ne paraissait vraisemblable. Elles n'insistèrent pas, et finirent par reconnaître que le général n'avait été tué ni en duel, ni par des malandrins, mais s'était tué de sa propre main, afin, révélaient les journaux, de ne pas survivre au déshonneur qui le guettait. Feu M. le Duc d'Elchingen n'était pas cet époux et ce père de famille exemplaires dont les feuilles mondaines se plaisaient à vanter les vertus, il y avait belle lurette que le rata du parc Monceau ne disait rien à son palais blasé et il se régalait des « plats du jour » que Mme Leroy servait, rue Duphot, à son honorable et très respectable clientèle. Il était aussi très friand de primeurs, de tendrons de l'un ou de l'autre sexe, mais elles ne figuraient pas sur la carte de la si obligeante maquerelle, honorée des visites, qui n'étaient pas professionnelles, du préfet de police Andrieux, et force lui était, pour satisfaire sa passion, de s'adresser ailleurs. Ce fut ainsi que certain « individu » voulut le faire chanter pour avoir abusé de son enfant mineur, réclamant six cent mille francs pour prix de son silence. La somme était énorme et telle elle parut, même pour l'honneur d'un général, à Mme Furtado Heine, sa belle-mère millionnaire, qu'il était dans l'habitude de « taper », et qui la lui refusa. Il n'éviterait pas la cour d'assises. Justement, l'avant-veille, celle de Bordeaux venait de condamner à cinq ans de prison le commandant Apté, officier de la Légion d'Honneur, de l'instruction publique également, l'un des deux « satyres à épaulettes » qui s'étaient mis dans un aussi mauvais cas que lui, avec des raffinements renouvelés du « divin marquis » et du maréchal de Retz.

« J'admets que dans un moment de folie, écrivait dans *le Figaro* le moraliste de service Albert Wolff, un homme puisse descendre à de pareils forfaits, car la nature humaine est faite de bestialité autant que de noblesse. Mais alors quand l'homme a conservé le plus léger sentiment de l'honneur, il se tue avant l'heure des responsabilités, il n'attend pas que la gendarmerie vienne le saisir au collet. »

Le général lisait *le Figaro*. Il sut ce qui lui restait à faire. D'ailleurs, il l'avait proclamé lors de sa déposition au procès Jung de Woestyne :

« J'ai pour le métier militaire une passion sans réserve et je donnerais la dernière goutte de mon sang pour l'honneur de l'armée. »

Il se tira une balle, deux plutôt, dans la tête, pour plus de sûreté, et la fenêtre qui commençait à s'ouvrir sur les secrets de sa vie privée, se referma brusquement.

Il s'était fait justice. La Société l'en tint quitte et l'armée lui conserva son estime, bien qu'il fût mort, comme disait Rochefort, « sur un champ qui n'était pas précisément un champ d'honneur ».

Il n'en fut pas de même du général Caffarel, conseiller général, sous-chef d'état-major au ministère de la Guerre, qui, perdu de dettes, ne s'était pas résigné à s'immoler, se laissa mettre la main au collet par la gendarmerie et, le 8 novembre 1887, alla s'asseoir au Tribunal Correctionnel de la Seine sur le même banc que Mme Limouzin, prévenu d'avoir, de connivence avec elle, trafiqué de la Légion d'honneur et de maintes autres choses moins reluisantes, telles que des gamelles.

Cette affaire, assez courante en somme et plutôt banale, de corruption de fonctionnaires, réservait aussi son « coup de théâtre » : la foudre tomba, quelque effort qu'on eût tenté pour l'en détourner, sur l'Élysée, et le gendre du président de la République, M. Wilson, fut prié de bien vouloir venir, sans cérémonie, à son tour, prendre place sur la sellette.

A l'approche du 1er mai, en prévision de troubles éventuels, M. Constans, ministre de l'Intérieur envoya des instructions aux préfets leur recommandant de faire preuve de fermeté, et, le cas échéant, de ne pas hésiter à faire usage de la force.

A Fourmies, dans le Nord, les passions couvaient depuis quelque temps déjà. Les ouvriers des filatures réclamaient moins d'heures de travail et un salaire plus élevé. Les patrons se refusant à tout accommodement, ils s'étaient mis en grève. Trente-quatre filateurs relevèrent le défi par des affiches où ils déclaraient « qu'abandonnant pour cette grave circonstance toutes les questions politiques qui pouvaient les diviser, ils prenaient l'engagement d'honneur de se défendre collectivement dans la guerre injustifiable et imméritée qu'on voulait leur déclarer ».

Les ouvriers avaient riposté par d'autres affiches, moins belliqueuses : « Il faut, pour leur démontrer que nous ne sommes pas les plus heureux de la terre, fêter avec union, calme et dignité la fête du 1er mai. »

Les patrons ne l'entendaient pas ainsi. Au nom de leur syndicat, le maire de Fourmies, Bernier, lui-même patron marchand de laine, dépeignit au sous-préfet d'Avesnes la situation comme explosive et lui demanda d'envoyer la troupe.

Ce sous-préfet d'Avesnes était le rejeton d'une lignée d'Isaac, originaires de Francfort, émigrés en Algérie et devenus citoyens français à la faveur du 4 septembre et du décret de leur coreligionnaire Crémieux. Agé de vingt-cinq à vingt-six ans et prénommé Ferdinand, il était né d'Émile Isaac, lequel, banquier à la façon de Shylock, avait fait fortune à Constantine. Sous l'Empire, soit par naturelle inclination, soit que, doué du flair des prophètes, il eût prévu les événements, il s'était montré libéral, sauf avec ses débiteurs, et la République proclamée, avait fondé *l'Indépendance de Constantine* afin de soutenir et faire triompher la candidature de Thomson, qui, bien que paré d'un nom anglais, était un béni Israël. Ayant voué à la politique, qui mène à tout, y compris les affaires, son fils Ferdinand, il l'envoya à Paris faire ses études, et quand il fut sorti de Sainte-Barbe, le fit débuter en Cochinchine sous les auspices du frère de son obligé Thomson, qui en était le gouverneur. Rentré en France, Ferdinand Isaac se mit à gravir lentement les premiers échelons et se montra digne de ces « Algériens jadis tant blâmés qui montent aujourd'hui à l'assaut des emplois politiques qu'ils emportent de haute lutte ». Successivement attaché au cabinet du préfet de la Dordogne, sous-préfet à Puget-Theniers, il était, le 22 mars 1889, nommé sous-préfet d'Avesnes. Il était sur la bonne voie, celle qui mène au Parlement, et naturellement, du côté de l'ordre, c'est-à-dire des patrons. Se livrer discrètement à une enquête avant de faire droit à leur demande, c'eût été les indisposer contre lui, et se mêler de ce qui ne le regardait pas : elle eût révélé que leurs alarmes étaient exagérées et ne nécessitaient pas le recours à la troupe. Il prit l'avis de M. Veil-Durand, le préfet du Nord, son chef hiérarchique. M. Veil-Durand lui rappela les instructions formelles de M. Constans et l'autorisa en conséquence à envoyer à Fourmies des gendarmes à cheval et deux bataillons d'infanterie, le 145e de ligne, commandant Chapus, et le 84e de ligne, commandant Bacarié.

Ce déploiement de forces ressemblait trop à un branle-bas, pour ne pas surexciter la population. Les grévistes ayant voulu empêcher quelques ouvriers de travailler, les gendarmes s'interposèrent, et comme ils se répandaient par la ville, scandant leurs revendications : « C'est la quinzaine au bout de la semaine », ils les chargèrent, sabre au clair, empoignèrent deux d'entre eux, qu'ils traînèrent, menottes aux mains, à la mairie. Leurs camarades s'y étant portés et les réclamant à grands cris, les gendarmes en firent deux autres prisonniers. « C'est nos frères qu'il nous faut! » criaient maintenant les grévistes.

Le maire marchand patron promit de les relâcher à cinq heures. Mais la fièvre montait. Des heurts se produisirent. Les manifestants lapidèrent les gendarmes, fauteurs de tout le mal, qui se replièrent derrière le 145ᵉ. Un jeune ouvrier ajusteur, Gilloteau, brandit un drapeau tricolore et exhorta les manifestants à marcher sur la mairie et à délivrer leurs frères. Ils s'ébranlent, Gilloteau à leur tête, armés de pierres et de bâtons, des jeunes filles parmi eux, dont l'une, Maria Blondeau, tient un pacifique et symbolique « mai » (1), et criant : « C'est nos hommes, c'est nos hommes qu'il nous faut! », débouchent, place du marché, où sont la mairie et le presbytère et se heurtent au 145ᵉ de ligne, qui sert de rempart aux gendarmes. Les manifestants leur lancent des pierres, criant : « vive l'armée », afin de bien marquer que ce n'était pas aux soldats qu'ils en avaient, mais aux gendarmes qui les avaient brutalisés. Pendant ce temps, le sous-préfet d'Avesnes se tenait enfermé avec le sieur Bernier dans le bureau de celui-ci, au fond de la cour de la mairie. On ne sut jamais au juste de quoi ils débattaient. Il est probable que, devant l'ampleur du mouvement, et l'inquiétante tournure qu'il prenait, le maire était tout prêt à relâcher les prisonniers et que le sous-préfet s'y opposait, lui représentant que l'autorité paraîtrait céder à la menace, l'armée capituler face à « l'émeute », ou, ce qui était pire, fraterniser avec elle. Les grévistes ne manqueraient pas d'interpréter ce résultat comme une victoire, non seulement à Fourmies, mais dans le Nord, puis dans toute la France et persisteraient dans leurs revendications insensées. C'était l'esprit sinon la lettre des instructions du ministre de l'Intérieur qui, s'il préférait renoncer à la ruse, ne répugnait pas à employer la force. D'ailleurs, on ne dérangeait pas les soldats pour rien : il fallait bien qu'ils servissent à quelque chose. Sitôt instruit de ce qui se passait sur la place, plantant là M. Bernier, il s'en fut d'un pas décidé, trouver le commandant Chapus, sur le perron de la mairie, et après un bref entretien avec lui, ponctué de gestes énergiques, retourna rejoindre le maire Bernier.

Quelques instants plus tard, sans procéder aux sommations d'usage, le commandant donnait l'ordre de faire feu. Les balles des fusils Lebel que l'armée inaugurait balayèrent la place. Le jeune Gilloteau, lâchant son drapeau, s'écroula mortellement atteint, Maria Blondeau, la jeune fille au mai, fut tuée net, d'autres encore, hommes et femmes, que les balles allaient frapper jusque

(1) Un arbuste enguirlandé de fleurs.

dans les estaminets s'écroulèrent, morts ou horriblement blessés sur les pavés ensanglantés et quand il n'y eut plus personne à tuer sur la place de l'Église, désertée au milieu des cris d'épouvante, M. le curé sortit du presbytère, les bras levés au ciel, suivi de ses deux vicaires, relever et emporter les victimes, cependant que, avec la conscience du devoir accompli, le commandant Chapus repliait son bataillon, cédant la place à son collègue Bacarié.

La nouvelle de ce massacre, sitôt que le télégraphe la répandit, causa un sursaut d'horreur. Sûr d'avance qu'une enquête ne serait pas décidée, Rochefort en fit faire une sur place par le député de Paris Ernest Roche qui, en rentrant de Fourmies, interpella le gouvernement. M. Constans déplora le malheur, mais il en revendiqua hautement la responsabilité. Il savait pouvoir compter sur l'approbation de la Chambre, qui lui était reconnaissante de l'avoir si dextrement débarrassée du cauchemar boulangiste et donna sa version des événements. On n'eût pas eu à les déplorer si la population laborieuse de Fourmies n'avait été travaillée et égarée par des perturbateurs. Du haut de la tribune, il adressa le témoignage de sa sympathie et de son profond respect à l'officier qui avait été assez malheureux pour se trouver dans la nécessité d'obéir à un impérieux devoir. Il lui associa l'abbé Margerin, dont toutes les feuilles, cléricales, légitimistes, bonapartistes, républicaines et même socialistes, vantaient à l'unisson le dévouement sans pareil.

« Honneur du vaillant, de l'admirable clergé de France, avait écrit Cassagnac, l'abbé Margerin, comme l'archevêque Affre, de sainte mémoire, s'était jeté le crucifix à la main et les paroles de paix aux lèvres entre les combattants pour les séparer. »

Aussi avait-il réclamé pour lui la croix de la Légion d'Honneur. M. Constans, pour le moment, se borna à reconnaître son courage et à lui envoyer, avec ses remerciements, toutes ses félicitations.

Ces félicitations et ces remerciements, plus encore que l'abbé Margerin et le commandant Chapus, le sous-préfet Isaac les méritait, et M. Constans ne l'en eût pas privé, si, pour avoir fait, lui aussi, son devoir en obéissant à ses ordres, ce jeune fonctionnaire n'était devenu un objet d'horreur pour l'opinion publique, celle de l'opposition, dont les journaux l'avaient pris furieusement à partie. Il était le bouc émissaire, celui qu'il fallait immoler à la colère des foules qui n'entendent rien aux subtilités de la politique, il attirait à lui, comme un aimant, une bonne partie des haines qui autrement se fussent reportées sur l'armée représentée, en ce fatal 1er mai, par le commandant Chapus. M. Constans avait soigneusement évité de prononcer son nom, s'évertuant à le laisser dans l'ombre, mais à trois reprises on avait interrompu ses explications pour lui demander :

— Et le sous-préfet, monsieur le ministre, où était-il pendant ce temps?

Après avoir en vain cherché à éluder l'insidieuse question, il finit par y répondre.

Le sous-préfet? Il se tenait dans le cabinet du maire, au fond de la cour, preuve qu'il n'avait pas pris, à ces « regrettables » événements, la part que la malveillance lui attribuait. Il avait été même surpris par le bruit de la fusillade et s'était montré sur la place, en même temps que le curé, lorsque tout était consommé. Comme le commandant Chapus, il avait fait son devoir, et le préfet du Nord avait déclaré que le sous-préfet Isaac avait agi comme il eût agi lui-même à sa place. D'ailleurs, il le couvrait, il prenait tout sous son bonnet, se refusait à briser sa carrière.

Passé maître dans l'art de ménager la chèvre et le chou, Me Millerand suggéra une enquête, sûr d'avance que ses collègues, dans leur grande majorité, la repousseraient : « La Chambre, résolue à faire la lumière sur la catastrophe de Fourmies et sur toutes les responsabilités qui y sont engagées décide qu'une commission de onze membres sera nommée dans les bureaux pour procéder à une enquête sur les faits qui se sont passés le 1er mai et passe à l'ordre du jour. »

Comme il s'y attendait, et comme ils en avaient été d'accord, Freycinet lui répondit ce que, deux mois auparavant il lui avait dit, dans son cabinet, à propos de *Biribi* de Darien, et des compagnies de discipline mais cette fois plus cyniquement encore : « Nous ne pouvons devant nos consciences, devant les devoirs dont nous sommes chargés, consentir à l'enquête... Le pays n'y verrait qu'une chose : les actes du pouvoir exécutif mis en suspicion et donnant matière à une investigation aussi dangereuse que pénible. »

Surtout pour lui, car, comme devait huit ans plus tard le faire ressortir Urbain Gohier (1) : « De cette horrible boucherie (2) on a toujours imputé la responsabilité à M. Constans, qui était ministre de l'Intérieur. Mais il y avait un homme qui était président du Conseil et ministre de la Guerre, qui seul donnait des ordres à l'armée, qui seul avait pu prescrire aux troupes d'emporter des fusils de guerre. Cet homme fut le vrai coupable, le vrai massacreur. Cet homme est M. de Freycinet. » Aucun de ses adversaires ne s'étant soucié de le lui faire remarquer, M. de Freycinet brandit l'argument suprême, autrement péremptoire que la

(1) *Les Prétoriens et la Congrétation*, p. 434.
(2) Que l'avocat général Lombard osait appeler un « accident ».

chemise ensanglantée et trouée de balles qu'avait brandie Ernest Roche :

« Et l'armée elle-même, s'écria-t-il, se sentira-t-elle relevée à ses propres yeux, quand elle saura qu'à la suite des pénibles incidents auxquels elle a été bien involontairement mêlée, le Parlement de France aurait décidé une enquête? L'armée se considérera comme englobée dans cette enquête. »

Le Parlement de France avait mieux à faire.

« Songeons plutôt, lui dit-il, à la grande tâche, au travail glorieux que vous avez à accomplir. Nous sommes prêts, mes collègues et moi, à nous y associer de tout cœur, sans arrière-pensée et avec le désir de montrer que le gouvernement de la République est non seulement un gouvernement de liberté, mais qu'il est avant tout un gouvernement de fraternité », — comme les ouvriers et les ouvrières de Fourmies pouvaient en témoigner.

Par 339 voix contre 156 le Parlement de France se rendit à ses raisons et le massacre de Fourmies fut enterré avec les morts qu'y avait faits le commandant Chapus et les bénédictions posthumes de l'abbé Margerin admiré également par l' « autoritaire » bonapartiste Cassagnac et la socialiste lacrymatoire Séverine.

« Ah! pères et mères de ces victimes, s'écria-t-il sur leurs tombes, pauvres petits orphelins, vous levez vos yeux et vos cœurs vers le Ciel, et il ne faut rien moins que l'espérance chrétienne pour consoler votre douleur. »

Ils devaient pardonner à celle qui les avait plongés dans l'affliction, et à laquelle il donnait l'absolution : « C'est notre armée française dont nous sommes si légitimement fiers, la gardienne de notre honneur autant que de nos frontières. Esclave du devoir, elle n'a fait qu'obéir. Malgré nos douleurs, il faut la plaindre et la respecter toujours! »

Il exhortait ses ouailles à se méfier du Malin qui prenait le visage des communalistes pour les séduire et les entraîner dans de sanglantes échauffourées, leur prêchant la résignation : « Qu'elles soient maudites ces haines fratricides que l'on a soufflées dans nos cœurs si bons. Est-ce pour nous haïr que Dieu nous a créés? Vous aimerez le Seigneur, vous aimerez votre prochain. »

S'adressant aux trente-quatre patrons de Fourmies :

« Vous êtes les intendants des pauvres, leur dit-il, et parce qu'il y aura toujours des pauvres sur la terre, Dieu vous a fait sa providence visible. Il se décharge en grande partie sur vous du soin de vos frères. Soyez donc bons. Soyez miséricordieux, comme notre Père céleste est miséricordieux et bon. »

Se tournant vers les pauvres :

« Et vous aussi, chers ouvriers, laissez-moi vous redire aussi que c'est pour la charité du Christ et par elle seule que se réaliseront vos légitimes espérances. »

Et le sous-préfet, où était-il pendant ce temps-là?

Sur les routes de Belgique à la recherche de Rochefort, venu tout exprès de Londres s'exposer aux coups qu'il voulait lui porter pour venger l'honneur de son père, la maréchaussée belge s'y étant opposée, Ferdinand Isaac, s'il fallait en croire le directeur de *l'Intransigeant,* avait formé le noir projet de l'amener traîtreusement sur le territoire français où il l'eût livré, mort ou vif aux sbires de son patron.

Ce n'était pas pour lui permettre de tendre ce guet-apens que celui-ci l'avait, dès le lendemain de la séance de la Chambre, fait remplacer à son poste, par le secrétaire général de la préfecture du Nord, mais, les esprits étant très montés à Avesnes contre lui, pour éviter quelque nouvelle et sanglante échauffourée, il informa la Chambre qu'il avait procédé à son rappel, en répondant à Tony Réveillon au cours d'un débat sur l'amnistie, ce député ayant lui-même incidemment regretté que justice n'eût pas été faite du maire de Fourmies il ne fallait pas se presser de voir dans cette mesure une sanction. Il ignorait s'il en devait prendre à son encontre, car il ne lui était pas possible de décider à la légère d'une mesure qui pût être interprétée contre ce fonctionnaire comme une sorte de déshonneur. Il ne le frapperait qu'après une enquête sérieuse, et si elle démontrait sa culpabilité. C'était bien emberlificoté et gauchement exprimé, mais M. Constans ne prétendait pas à l'éloquence de l'abbé Margerin, l'aigle de Fourmies. Il voulait dire qu'ayant reconnu et revendiqué en sa qualité de soutien de l'ordre cette même culpabilité, il s'en suivait nécessairement que son subordonné en devait être déchargé et déclaré tout aussi innocent que le commandant Chapus du meurtre des ouvriers de Fourmies.

C'est pourquoi *le Journal Officiel* du 11 juin 1891 publiait l'information suivante : « M. Letailleur, sous-préfet de Fontenay est nommé sous-préfet d'Avesnes en remplacement de M. Isaac qui reçoit une autre destination. »

On ne sut jamais laquelle. Le massacre de Fourmies lui avait été fatal. Un dessin de Willette dans *le Courrier français* illustra cette action d'éclat qui mit fin, du moins ostensiblement, à sa brève carrière. L'administration ne l'abandonna pas. Les postes trop élevés auxquels il pouvait atteindre lui étant interdits à cause de son nom et de sa personne devenus historiques et rappelant la journée tragique du 1er mai 1891, elle l'en dédommagea par des fonctions moins voyantes, mais pécuniairement aussi avantageuses. Il se mêla de politique. Au fort de « l'affaire » parut chez Stock une brochure : *Esterhazy et Schwartzkoppen.* Elle était signée Jean Testis. Ce témoin, révéla Stock, s'appelait réellement F. Isaac.

Comme Balzac, Darien faisait concurrence à l'histoire, celle qui ne se laisse pas sophistiquer et prostituer aux intérêts des grands et aux passions des petits. Il ne copiait pas servilement les faits, il ne décalquait pas les événements et les personnages (1), il s'en inspirait, modifiant les détails, changeant les noms, renouvelant les circonstances, déplaçant les scènes, afin de mieux accorder l'ensemble à sa création.

Ce sont deux vies parallèles que celles du général Maubart et du général Lambert.

Nourhas est l'équivalent de Bazeilles. On chercherait en vain ce village sur une carte. Il est fictif. Darien l'a situé quelque part du côté d'Orléans et il a transféré l'épisode des *Dernières cartouches* de l'armée de Metz à celle de la Loire.

Rentré de captivité le colonel Maubart s'est distingué, en massacrant les « bandits » de la Commune, ce qui lui a valu des titres à la reconnaissance du gouvernement et aussi à la bienveillance de la commission de révision des gradés qui lui a conservé ses épaulettes. Dès lors les journaux ne tarissent pas de détails sur les combats autour de Nourhas où il s'est admirablement conduit.

« A la tête d'une vingtaine d'hommes résolus, il gagna sous les balles la ferme de la Chevrette, bâtiment quadrangulaire élevé sur un mamelon qui domine le village de Nourhas. Il s'y enferma, s'y barricada, et là, pendant trois heures, contre des forces cent fois supérieures en nombre, il se défendit avec le courage du désespoir. Et l'ennemi ne pénétra dans la ferme, éventrée par les boulets, que lorsque les trois quarts de ses défenseurs eurent été tués ou mis hors de combat, lorsque le colonel Maubart lui-même eut été

(1) *M. de Trissonay :* M. de Freycinet, désigné aussi sous le surnom *l'Ingénieur ; Karpanthazy :* Esterhazy; l'académicien *Jacques Lemaître :* Jules Lemaître; *Camille, Dreikalle :* Camille Dreyfus; l'inventeur *Plantain :* l'inventeur de la mélinite Turpin; *Triboulé :* Triponé qui vendit cet explosif à l'Angleterre; le général *duc de Schaudegen :* le général Ney, *duc d'Elchingen; Anatole du Foyer :* Anatole de la Forge; *Klockroy :* Lockroy; *Gudais,* directeur du *Petit Papier :* Ernest Judel, directeur du *Petit Journal; Ganivet,* directeur de *Lutèce :* Canivet, directeur du *Paris; Pronc,* rédacteur en chef de ce journal : Arthur Ranc.

Le nom de la plupart des localités a été aussi légèrement déformé. *Courmies :* Fourmies; *Navesnes :* Avesnes; *Sandkerke :* Dunkerque; *Nalo-les-Bains :* Malo-les-Bains; *Preil :* Creil. *Le Garamaka* désigne sans doute le Dahomey, mais il est impossible d'identifier *Malenvres, Nortes, Sainte-Luce.*

grièvement blessé, et lorsqu'il ne resta plus qu'une seule cartouche. »

C'est exactement ce que le chef de bataillon Lambert chercha à faire accroire au général de Vassoigne et ce qu'il parvint, avec la complicité des journaux et la collaboration d'Alphonse de Neuville, à faire avaler à ses compatriotes.

Le rôle de Neuville, Darien l'a donné à Mme Antoinette Glabisot « l'illustre peintre de batailles qui commençait à faire oublier Horace Vernet ». Aucune dame peintre ne s'était adonnée à la peinture guerrière, mais Darien avait ses raisons pour faire peindre la Défense de Nourhas par la femme de M. Glabisot, directeur des Défalcations au ministère des Finances, qui s'entendait tout aussi bien que Neuville et Detaille, à « dessiner à l'huile la gloire des vaincus ». La preuve en est l'immense succès qu'obtient *la Défense de Nourhas* au salon de 188...

« Une poignée de Français, dans un débraillé galant, la vieille fureur gauloise dans les yeux, se défendent avec une détermination peu commune. Mme Glabisot n'a point oublié notre vieil ami, le soldat dont un éclat d'obus a brisé le fusil et qui regarde la scène, indifférent, les mains dans les poches ; et elle a même peint, audacieuse innovation, un blessé qui se tient le ventre, dans un coin, en portant un scapulaire à ses lèvres. Elle a représenté mon père dans une attitude de capitan ; le sabre à la main, la moustache en crocs, le jarret tendu et la face éclairée du sourire du défi. »

Sabre à part, c'est l'attitude du commandant Lambert dans *les Dernières cartouches*. Mais là se borne la ressemblance ; le héros de *la Dernière cartouche* est prisonnier de son mensonge, le héros de *la Défense de Nourhas* s'en évade, le domine et le fait servir à ses intérêts. D'abord réticent, réservé lui aussi, se méfiant de ses collègues les généraux qui savent ce qui s'est réellement passé à Nourhas et pourraient le dire, mais n'osent pas le dire, par déférence pour l'Armée, et aussi parce qu'ils se méfient du général Maubart, qui connaît sur leur compte des histoires très édifiantes et n'hésiterait pas à les faire chanter et culbuter à leur tour ; il s'émancipe, s'enhardit, ne se gêne plus, réclame, exige, obtient sa part de la curée. Il se connaît assez pour savoir qu'il ne vaut pas grand-chose, comme homme et comme soldat, mais il sait aussi que les autres valent encore moins que lui, et que l'important est de se faire prendre au sérieux et de bien tenir son emploi dans l'inhumaine comédie. Il joue avec la baronne de Haulka à un double jeu très dangereux, espionnant et espionné, mais sans se compromettre comme ce grand benêt de Cissey avec la baronne de Kaulla et se voit relever du commandement de son corps d'armée. Il se livre à des tripotages, mais ne se laisse pas bêtement arrêter et traîner en correctionnelle comme le général Cafarel ou en cour d'assises comme le commandant Apté pour avoir voulu tâter des petites filles. Il se fût plutôt brûlé la cervelle comme le duc d'Elchingen, s'il n'y avait pas moyen de tout arranger dans un monde si malpropre. Il y excelle. Si on lui demandait le secret de sa réussite, peut-être ne ferait-il pas de difficulté à le dévoiler :

« Je plaisante, je ris, je blague, je fais du bruit, de la poussière et de l'esbrouffe ; je mélange une inconscience voulue à une franchise maquignonnée. Ça prend... Ça prend même sur moi ; je vois les choses sous un nouvel aspect très riant. Les amitiés, les sympathies, les appréciations flatteuses pleuvent. » Elles lui viennent en aide à l'heure du danger. Habile à louvoyer, expert en l'art de manœuvrer, il évente les pièges et en tend, côtoie l'abîme, n'y tombe jamais. Lui arrive-t-il de commettre des imprudences qui pourraient lui être fatales, il en neutralise aussitôt l'effet, en alertant ses parents, ses relations, les ministres eux-mêmes tous plus ou moins intéressés à ce que sa flétrissure ne rejaillisse pas sur leur personne ou sur l'Armée.

Le général Maubart soutient victorieusement la comparaison avec n'importe lequel des généraux du premier Empire recréées par Balzac, dans la composition desquels il entre un élément romanesque.

Cette étonnante figure de soldat opportuniste de la IIIe République est une création de Darien, un type absolument original représentatif des « grands chefs » qui, de 1870 à 1900, se sont succédé sur ses tréteaux.

La même puissante manipulation transfigure le chétif, l'insignifiant Ferdinand Isaac, le sous-préfet d'Avesnes qui, par excès de zèle, causa le massacre de Fourmies, en cet extraordinaire Issacar.

Si jamais *l'Épaulette* lui tomba sous les yeux, nullement flatté de sa grandiose métamorphose, il dut être révolté par les sentiments et les propos que Darien lui faisait tenir, singulièrement de ceux-ci : « J'ai cru qu'un massacre perpétré de sang-froid et sans aucune provocation créerait dans le peuple une indignation profonde qui se traduirait par un soulèvement. Vous voyez le résultat : le peuple ne veut pas se soulever, il reste insensible à la pire misère, aux pires outrages. » C'était peut-être ce que M. Constans qui était de la lignée de Fouché (revu et magnifié par Balzac) avait voulu démontrer à l'âpre et peureuse bourgeoisie...

Darien fondait de grands espoirs sur la publication de *l'Épaulette,* bien qu'il eût longtemps désespéré de la voir jamais paraître. Il l'avait d'abord rédigée en vue d'un feuilleton, mais aucun journal n'en avait voulu courir le risque.

« *La maison Nucingen*, entendez Rotschild, parle de choses trop épineuses qui ne cadrent pas avec la politique du journal, la *maison Nucingen* demeure sur les bras de l'auteur », notait Balzac.

Il en fut ainsi pour *l'Épaulette*. De plus, il s'était heurté aux haines et aux sarcasmes dreyfusards.

Pourtant, dans ce livre, où l'armée tenait un si grand rôle il n'avait pris parti ni pour, ni contre Dreyfus, même, chose très singulière, il n'y avait pas fait la moindre allusion à l'Affaire. De cette abstention qui ne pouvait être regardée comme de la neutralité, les dreyfusards lui firent grief.

Se méprenant sur les mobiles qui lui avaient fait entreprendre Drumont et Savine dans ses *Pharisiens*, ils avaient cherché à l'enrôler dans leur campagne et lui avaient fait des avances qu'il avait repoussées, n'étant pas homme à se mettre à la solde d'un parti ou d'une faction.

« Je vous dirai comment *le Voleur* fut édité après mon refus au juif Bernard Lazare de l'épauler, de fortifier par un roman son Dreyfus », écrivait-il à Jeanvion, qui, malheureusement, négligea de répéter ce qu'il lui dit, et à P.-V. Stock : « Si je vous avais apporté (au lieu de *l'Épaulette*) un livre en faveur de Dreyfus, vous l'auriez publié tout de suite. »

On ne pouvait pourtant pas le taxer d'antisémitisme systématique même en portant à son compte cette boutade du général Maubert : « Il y a tant de faux juifs parmi les chrétiens qu'on n'a pas besoin de vrais juifs. »

De vrais juifs, il y en avait bien quelques-uns dans *l'Épaulette*, l'usurier Lévy qui rançonnait les jeunes officiers, il y avait un autre Dreyfus (Dreikalle) dont les agissements eussent donné raison aux antisémites, il y avait surtout Isacaar, plus grand, plus beau que nature, dont l'action était ténébreuse et les desseins idéalement subversifs, mais il était loin d'inspirer l'antipathie.

Quoi qu'il en soit, un éditeur, quelle que fût sa race, étant un commerçant, eût dû être séduit par *l'Épaulette*, Darien du moins le pensait.

C'était, il en avait la conviction, un bon roman, intéressant à beaucoup de titres. Il portait en lui de nombreuses chances de réussite qui ne devaient pas être entravées par un système restreint et timide de publication. Consacré à l'étude d'une collectivité nombreuse (les militaires), il devait intéresser les membres de cette collectivité ou au moins un grand nombre d'entre eux — et, bien entendu, le grand public également.

Convenablement lancé, il répondait de son succès, prévoyait un premier tirage à dix mille exemplaires. La presse lui serait peut-être hostile, on se passerait de sa publicité. A Paris, des hommes-sandwichs y suppléeraient avantageusement, promenant à pas lents sur les boulevards des affiches, en province, dans les villes de garnison, des papillons posés aux vitrines des libraires attireraient les regards des officiers, éveilleraient leur curiosité et ils s'empresseraient, pour la satisfaire, de débourser trois francs cinquante.

Elle parut enfin et ne réalisa pas les espoirs de Darien, non parce que Fasquelle se refusa à adopter le mode de lancement qu'il préconisait et qui lui paraissait par trop hasardeux, fantaisiste et onéreux, mais pour des raisons inhérentes tant au livre lui-même qu'à la personne de l'auteur.

Comme il s'y était attendu, la presse n'en souffla mot. Naguère, sa publication eût soulevé de véhémentes protestations ; depuis 1897, les feuilles publiques avaient si rudement malmené l'Armée que, les nationalistes exceptés, elles n'osaient pas reprocher à Darien ce qu'elles ne s'étaient pas gênées de faire elles-mêmes.

La cause qu'elles défendaient ayant triomphé, vraie ou feinte, leur animosité s'était calmée. L'Armée était nécessaire à la défense du pays, aussi, en cas de besoin, à celle du régime. Il importait de la ménager. De part et d'autre on pratiquait l'oubli des injures. Et voilà qu'un énergumène revenait furieusement à la charge, rouvrait le dossier, rouvrait les blessures qui commençaient à se cicatriser, y jetait à pleines mains du sel et faisait le procès, non seulement de l'Etat-Major et pour un cas d'espèce, mais de l'Armée tout entière en même temps que de la Société dont elle était le plus ferme soutien.

Parler de son livre, fût-ce pour le discuter, c'était recommencer inutilement le débat, l'envenimer, désobliger l'Armée, aller à l'encontre des intentions du gouvernement, donner à leurs lecteurs l'envie de lire *l'Épaulette* et, peut-être, inciter quelque lieutenant ou capitaine à mettre un jour en pratique, pour son compte personnel, ses audacieuses et dangereuses théories. La sagesse voulait qu'on l'ignorât, comme on avait ignoré *la Belle France*.

Tel dut être le sentiment de M. Rouvier, président du conseil et de M. Étienne, ministre de la Guerre. Instruits par le précédent de *l'Armée contre la Nation,* ils se gardèrent d'autoriser des poursuites contre Darien qui, pour sa défense, eût pu prendre à son compte cette protestation de Gohier :

« J'ai dénoncé des traîtres, des faussaires, des menteurs, des concussionnaires, des individus aux mœurs infâmes, des incapables, des prévaricateurs, des voleurs... Mais *ils ne sont pas l'Armée.* C'est insulter l'Armée que la solidariser avec eux. »

Au surplus, les accusations qu'il y portait, la thèse qu'il

soutenait, Darien les avait portées et soutenues, moins d'un an auparavant, dans *l'Ennemi du Peuple* et M. Combes et le général André, leurs prédécesseurs, n'avaient pas cru devoir sévir. Ce journal où il ne prêchait que les convertis ne touchait pas le grand public. Si des feuilles libertaires et tout aussi confidentielles prônaient d'aventure son roman, le mal ne serait pas grand pour l'ordre public.

Elles ne le prônèrent point. Elles imitèrent des feuilles serves et bourgeoises, officielles ou officieuses, le silence prudent. Elles n'en approuvèrent ni le ton brutal, voire canaille, de Darien, ni sa façon radicale de trancher la question sociale. Elles ne lui pardonnèrent pas, et jamais ne lui pardonnèrent d'avoir manqué d'égards à leurs patrons, d'avoir traité Jean Grave et ses compagnons de « tardigrades du futur qui s'engouffrent à reculons dans les catacombes du Passé », Tolstoï de « grand-prêtre de la couardise », de vieux scélérat, de vieux coquin, de Tartuffe millionnaire, « dont l'ambition déçue et l'impuissance réalisée avaient fait le pontife de toutes les catastrophes », de « vieux crétin, maquillé en prophète et accroupi dans la puante caverne du passé, qui se permettait de donner des avis au Présent et des conseils au Futur ».

Aux abstentionnistes de tout acabit, soi-disant sociologues, philosophes, psychologues, statisticiens, hommes de science, etc., il lançait leur paquet. « Rongés de passions basses, plaqués de toutes les lèpres de l'ignorance, dévorés des gales de la vanité, et l'écume de la jalousie à la gueule, les chiens de garde de l'imbécillité dogmatique, ils jappent, disait-il, grognent et se trémoussent sous les talons de la Révolution. »

Les prôneurs d'arbitrage n'étaient pas mieux traités, de Pressensé, protestant à eau bénite à d'Estournelles l'Inconsistant, qui battait la grosse caisse pendant que l'on voyait rouler à la grande joie des financiers le vieil omnibus du pacifisme Frédéric Passy-Bourse, sous le drapeau noir duquel pacifisme abondaient des voleurs, des accapareurs et des criminels de tout ordre.

Il mettait dans le même sac, pour jeter un jour leurs têtes dans le même panier à son, « les crapules à panses socialistes des Jaurès, à la gueule empotée d'hosties » et « les cafards du Pacifisme qui pouvaient s'accommoder aisément de Jaurès et de Bébel : rien de révolutionnaire sous ces barbes. On pouvait chanter devant leur ventre et derrière leur dos les bienfaits de la paix bourgeoise, prometteuse de réformes, donneuse de patience, car l'action ou le semblant d'action socialiste emboîtait le pas à la politique bourgeoise, se contentait de ses procédés et espérait la confisquer à son profit ».

Et pour le peuple, enfin, dont ils prétendaient tous faire le bonheur, et qui les croyait, ce grand jobard, pour « le Peuple vil qui consentait à continuer à crever, pour le sale Peuple qui souffrait parce qu'il avait peur », il avait plus que du mépris, de la haine.

Démasqués et stimagmatisés, non seulement les pacifistes, mais aussi les socialistes, les anarchistes avaient refusé le combat où ils les provoquait mais si leurs plumes demeurèrent inactives, il n'en fut pas de même de leurs langues. Malato, Jules Guesde, Grave et tous autres libertaires l'excommunièrent dans leurs petites chapelles dont il n'avait jamais fait partie et le mirent au ban de la société... future, qu'il prétendait organiser à sa guise. Il les en avait d'ailleurs prévenus naguère.

« Je n'ai pas la prétention de connaître intimement mes contemporains, avait-il écrit. Mais je me connais assez moi-même pour affirmer ceci : je suis extrêmement autoritaire ; je désire ardemment pouvoir imposer, par la force, par l'emploi d'une autorité dont aucun excès ne m'effraye, ce que je crois bon et nécessaire, bon et nécessaire aux autres, certainement, mais bon et nécessaire à moi, premièrement. Voilà pourquoi il m'est absolument impossible d'avoir rien à faire avec l'Anarchie. »

Ni avec le socialisme, ou aucun autre système, quel qu'il fût.

Ennemi du peuple, il y avait de la graine de tyran en lui.

Ceux qui avaient applaudi à ses débuts lui retirèrent leur sympathie, entre autres Séverine, dont il froissa les sentiments patriotiques, religieux et charitables. La violence répugnant à cette dame patronnesse, elle ne l'admettait qu'édulcorée par la petite fleur bleue, à la Vallès, et c'est parce qu'elle avait cru reconnaître dans *Bas les Cœurs* le réalisme romantique de l'auteur de *l'Enfant,* du *Bachelier* et de *l'Insurgé,* son maître, qu'elle s'était sentie portée vers Darien. *Biribi* l'avait entretenue dans sa méprise. Jusque-là, Darien lui avait paru naviguer dans ses eaux, elle se l'imaginait dévoué au pauvre peuple et voyait en lui une précieuse recrue pour sa cause, la bonne cause des misérables. *Le Voleur* l'avait quelque peu dépitée, le « disciple » émancipé prenait le large, sur un brûlot, il daubait les compagnons et les camarades, suspectait leurs intentions, tournait leur personne et leurs idées en dérision, se complaisait en de dangereux paradoxes. Avec *la Belle France* et certaines pages de *l'Épaulette,* ce n'était plus de la violence, c'était de la frénésie ; la fureur l'aveuglait, le rendait injuste, incapable de discerner le bien du mal, il voyait le mal partout, le bien nulle part, et l'humanité, de haut en bas, sous le jour le plus sinistre, un amas de coquins, de tartufes, de maîtres chanteurs, de pleutres, les exploités, qui se laissaient faire ne valant pas mieux que leurs exploiteurs. Il y avait dans ce livre qui lui paraissait une mauvaise action des pages odieuses, celles, par exemple, où, comme en une cruelle eau-forte, il avait interprété la tragédie de Fourmies, et qui contrastait avec la chromo saint-sulpicienne, *la Blouse et la Soutane,* qu'elle avait offerte aux lecteurs du *Figaro :*

« Regardez, disait-elle aux socialistes, avec quel soin les journaux gouvernementaux essaient d'atténuer, de diminuer l'admirable rôle de l'abbé Margerin, comme ils ont peur de cette alliance entre l'ouvrier et le prêtre, comme ils sentent qu'elle fait davantage ressortir la misérable conduite des autorités civiles, des autorités qui sont cause, par leur manque de sang-froid et de courage, que cette République, comme Lady Macbeth a désormais aux mains une tache que toute l'eau des océans, tous les parfums de l'Arabie, n'arriveraient pas à laver. Reportez-vous à l'admirable dessin, la page d'histoire poignante tracée par Willette dans *le Courrier français.* Sur la place de Fourmies, des enfants, des jeunes filles, sont étendus dans la pénombre, parmi les flaques de sang. Debout, le cigare au bec, le képi galonné en tête (*sic*), se tient M. le préfet Isaac. Et sous ses pieds — ô douleur! ô honte! — le drapeau du 145ᵉ gît... S'ils croient qu'on leur pardonnera cela : l'armée mêlée à cette boucherie, nos petits troupiers tirant dans la chair française, contre ceux de leur pays! Sur le champ de bataille de Fourmies (puisqu'il y a pour nos gouvernements d'autres champs de bataille que la frontière mutilée), regardez donc qui sont les deux hommes faisant leur devoir comme des héros, s'élançant au cœur du péril, ramassant les blessés sans souci des décharges imminentes? Ce sont les deux alliés de demain : la Blouse et la Soutane! — le prêtre et l'ouvrier! »

En lisant cette page « mystique », Darien avait certainement rigolé et Séverine se sentit blessée par les commentaires impies que cette scène lui avait inspirés.

Les militaires de profession, les officiers à l'intention de qui elle avait été écrite, ignoraient *l'Épaulette* ou ne voulaient pas l'entendre, contrairement à ce que Darien avait espéré. Quant aux rares lettrés qui avaient lu *le Voleur* et en avaient gardé le souvenir, ils n'y prirent pas le même plaisir.

L'écriture de *l'Épaulette* les dérouta. Elle rappelait pourtant celle du *Voleur,* que Mᵐᵉ Rachilde avait si bien définie quand, parlant d'un roman d'Henry Raynaldy, *Delcros,* elle écrivait :

« Je ne connais guère que Darien qui plaisante de cette manière à froid et amuse tout en faisant passer de petits frissons dans le dos. »

Elle était moins tourmentée, et corrosive, plus bon enfant, plus diversifiée, tantôt ironique, voir sarcastique et mordante, tantôt exaspérée et indignée, ou encore apaisée et comme résignée, selon la circonstance, le personnage, le propos. Telles réflexions féroces, telles remarques cruelles feraient bondir si elles n'étaient faites placidement, sur le ton le plus naturel.

« J'écris non sans colère, mais avec beaucoup d'amertume, avait-il dit naguère, dans *la Belle France*. La façon dont on accueillera ce que je vais dire, donc, m'importe peu. Je suis indifférent au sarcasme et sourd aux contradictions : il me suffit de savoir que je ne me trompe pas. » Malheureusement les lecteurs étaient moins sensibles à ses raisons qu'à la manière dont elles étaient représentées et qui les rendait moins acceptables pour eux. Ils ne pénétrèrent pas le dessein de ce livre rageur et enragé, que Darien ne qualifiait pas de roman, non pour les abuser quant à l'authenticité de ces « souvenirs d'un officier » qui se distinguaient des souvenirs militaires et autres par leur franchise absolue, leur manque d'hypocrisie et de fatuité, leur liberté de propos, mais parce qu'ils n'y trouveraient pas ce que les faiseurs de romans, connaissant et flattant leurs goûts, leur servaient d'ordinaire. Il n'y était pas question d'amour tendre et cruel, d'aventures romanesques, mais d'intrigues politiques, de questions militaires, de considérations sociales, toutes choses rebutantes qu'on lit dans son journal, éphémères comme lui et qu'on s'empresse d'oublier. Elles avaient contre elles d'être, de surcroît, inactuelles. Ces souvenirs, qui se rapportaient aux dix dernières années du Second Empire et à la Troisième République, appartenaient à l'histoire qui n'en avait pas encore livré tous les secrets et qu'ils ne connaissaient pas mieux que ne l'avaient connue ceux qui, acteurs ou spectateurs, grands premiers rôles ou figurants, l'avaient vécue et parfois faite.

Aussi bien ce n'était pas ces lecteurs-là que se souhaitait Darien, ce n'était pas pour eux qu'il avait écrit *l'Épaulette*, mais pour lui-même d'abord et pour l'édification de ceux qui, comme lui, n'avaient pas de préjugés, n'avaient pas d'œillères, ne traversaient pas la vie, légers, insouciants ou inconscients.

Ceux-là, il en était sûr, seraient pris dès les premières lignes, empoignés, entraînés jusqu'à la fin, captivés par la maîtrise du narrateur, rendant hommage à sa sincérité, à sa clairvoyance, forcés de regarder la réalité, comme lui, en face, de penser avec son cerveau, de s'émouvoir de ce qui l'avait indigné, de partager ses sentiments, d'entrer dans ses vues, et, le livre clos, de lui donner raison sur toute la ligne.

Le vrai personnage, ce n'était pas le général Maubart, mais celui qui se profile à l'arrière-plan et domine tous les autres, qui souffre sans se plaindre d'être sans cesse berné, exploité, grugé, ridiculisé, saigné à mort, c'est la France, la France éternelle, comme l'appellent les chauvins, dupes ou dupeurs, c'est la Belle France que Darien rêvait réellement belle, victime de la « Comédie inhumaine jouée sur notre Terre par ces deux monstres : l'Église et l'État, par tous ceux qui en vivent et par tous ceux qui en meurent. »

Et que fallait-il pour qu'il en fût autrement? Ce que le lieutenant Denneré, le général de Porchemart, Isacaar lui-même, souhaitent, préconisent, s'efforcent vainement d'accomplir, la transformation de l'armée prétorienne en armée nationale.

— Il y a de grandes choses à faire, dit Adèle Carmont au fils du héros de Nourhas. La face du monde est sur le point d'être changée et de grandes convulsions sont proches. Ces convulsions, c'est le choc des grandes armées nationales qui les provoquera, il faut donc que les armées deviennent conscientes de leur mission, qu'elles sachent au moins que leur état présent n'a pas de sens. Et cela, c'est un soldat seul qui le leur apprendra; c'est un soldat seul qui jettera ces troupeaux humains sur la route de l'avenir...

« Il faut un soldat pour changer tout cela, de fond en comble, pour faire de l'Armée, en réalité, l'Armée nationale; pour mettre fin au honteux gaspillage pratiqué par les voleurs tricolores qui organisent la déroute. Il faut un soldat mais un soldat qui ne soit plus entravé par les liens des coteries militaires et qui ait brisé la ridicule épée de parade que lui confie un gouvernement de vaincus! Ah! ce qu'il pourrait faire, cet homme-là! Comme son geste large balayerait les Mayeux de la Défaite et les Tartufes de la Revanche! Comme sa voix appellerait à l'Acte nécessaire les Français qui veulent vivre! »

Mlle Curmont n'avait sans doute pas lu les admirables *Chants de la Pluie et du Soleil* et ceux, qui leur font suite, *de la Patrie et de l'Exil,* d'Hugues Rebell, mais elle se rencontrait avec celui-ci qui s'écriait .

« Je demande des hommes, je cherche des hommes... je ne vois pas d'âme virile...

« J'appelle avec moi ceux qui ont désappris les larmes, qui n'ont pas peur de répandre le sang, qui ne craignent pas de dominer. »

Car elle était de leur lignée, et eût souscrit à leurs dures et hautaines paroles .

« Il faut désormais que ces races sans courage nous soient soumises, car nous inaugurons un nouvel âge. Que nos embrassements soient féconds pour que toute une génération de dominateurs apprenne leurs devoirs aux multitudes. Nous chasserons les malades aux âmes de femmes qui ne savent que pleurer, gémir et se désespérer; nous chasserons ceux qui ont peur de la mort et ne veulent pas vivre; tout cela nous le ferons, non pour nous : nous sommes désintéressés de nous-mêmes comme des autres, mais pour l'âme du Monde, que nous devons défendre et agrandir. »

Et, pour qu'il en fût ainsi, elle eût entonné la superbe (et pour d'aucuns, sacrilège) *Ode du Justicier* :

Puisqu'il n'y a pas en France
Un homme d'audace et d'orgueil
Qui lève haut l'épée
Pour la raison et le vrai droit
. . . .
Ô Empereur qui restes seul
Parmi les maîtres de ces temps vils
A connaître les devoirs de la Puissance !
. . . .
Je t'appelle au milieu des fléaux,
Comme le fléau suprême qui détruira les autres,
Comme le dernier coup de tonnerre qui laisse voir l'arc-en-ciel.

Viens ainsi qu'un feu nous purifier de la peste,
Viens comme une grande flamme vengeresse
Viens détruire pour le compte de Dieu !

Que restent seuls debout les hommes de foi et de sang
Capables de procréer une race
Et d'élever des enfants forts !
Que restent seules
Les intelligences claires comme l'eau de sources
Dont nul n'a encore souillé la lumière ;
Que restent seules
Les Volontés capables de fonder un pouvoir
Et de mettre l'Autorité au-dessus des foules.
De dire à l'Esprit : « Commande ! »
Et à la Force : « Agis ! »
Vous seules avez le droit de faire la Loi
Vous seules êtes la Justice !

Comme *le Voleur, l'Épaulette* est un livre de *désespoir et de suicide, de rancune recuite et de larmes cristallisées,* comme l'était, au sentiment de Charles Maurras, un autre livre, *l'Absolu,* d'Urbain Gohier, mais le futur auteur de *l'Avenir de l'Intelligence* n'eût sans doute pas repris Darien sur son optimisme, *ses accès d'indignation, ses cris de protestation, tous ces témoignages de fiévreuse colère devant les spectacles de ce monde injuste et cruel, ne découlant pas d'une conception délicieuse du genre humain,* qu'il résumait ainsi : « Quelques sots et quelques coquins attentent tous les jours à la conscience de l'humanité ; mais laissez faire la force salutaire du peuple et laissez agir les énergies de la vérité, éliminez les sots, châtiez les coquins, vous verrez le bonheur nous descendre du haut des astres. »

Darien, non moins que Gohier, attribuait certes « la responsabilité de la guerre, à certains corps particuliers de la nation : la guerre est appelée par tous ceux qui en profitent : par les dynasties, par les gouvernements et par les politiciens, par les grands manieurs d'argent, les capitalistes et les fournisseurs d'armée, par les militaires de métier », mais il ne croyait pas, pas plus au reste que Gohier, comme l'imaginait quelque peu gratuitement Maurras « que ces professions supprimées, ces intéressés disparus, on aurait supprimé la guerre ». Il pensait au contraire, tout comme lui, qu'il faudrait d'abord « supprimer les forces vitales et les naturelles ardeurs (elles naissent, elles se forment à chaque enfant conçu, à chaque enfant venu au monde) forces, ardeurs, besoins qui ont déterminé l'institution de ces métiers et l'apparition d'intérêts de ce genre, qu'on supprime les gouvernements et les diplomates et que les peuples soient directement mis en contact : ou ils auront perdu leurs passions naturelles (ce qui se conçoit au moins difficilement) ou les cas de querelles, n'ayant pas disparu, seront envenimées encore par toutes les passions inhérentes à la multitude ».

Seulement, partisan de la monarchie, il ne l'entendait pas comme Maurras.

Comme Randal, le capitaine Maubert pourrait se poser, aux dernières pages de ses souvenirs, l'angoissante question :

« Que faire de son cœur ? Que faire de son énergie ? Que faire de sa force ? »

Cependant, il ne quittera pas l'Armée.

« Le sabre que je traîne inutilement depuis des années, dit-il, qui sait s'il ne servira pas un de ces jours — un de ces jours où l'on se réjouit d'être resté libre... Quelque chose me dit que de grandes convulsions sont proches, et qu'avant longtemps, au-delà et en deçà des frontières, on entendra pas mal résonner le Brutal. »

Les temps qu'il présidait, où de grands bouleversements s'accompliraient sont arrivés qui, en éprouvant ses théories, donneront sa conclusion à *l'Épaulette*.

Bien que certains gouvernements — celui du czar, par exemple — n'aient aucun intérêt à la guerre, et cherchent à l'éviter, elle éclate enfin.

Colonel comme feu son père, Jean Maubert part le 2 août, avec l'illusion qu'elle réalisera les espoirs qu'il a placés en elle. Tout semble d'abord le présager. Les choses se déroulent selon qu'il l'avait envisagé, paraissent même tourner à une débâcle pire que celle de 1870, quand, brusquement, après la bataille de la Marne qui enraye la ruée allemande, la guerre de tranchée succède à la guerre de mouvement.

« Fouir le sol, le travailler et le retourner, rapprocherait sans doute, moralement, intellectuellement et en fait, l'homme de la terre », s'était-il dit en lisant le livre d'Hoenig qui annonçait quinze ans plus tôt cette façon de combattre. Cela lui ferait comprendre que « cette terre est le patrimoine de tous les Français, qu'il est abominable et impossible qu'elle appartienne seulement à quelques-uns et qu'elle constitue la Patrie — toute la Patrie. »

Cela avait rapproché l'homme de la terre, mais il n'y vit et ne lui demanda qu'un abri contre les balles et les obus.

Le *brutal* n'avait pas réveillé les masses, arrachées à leurs champs, à leurs usines, à leurs ateliers, et dont il éclaircissait chaque jour les rangs. Le peu de foi qu'il avait conservé, en dépit de son scepticisme, abandonne le colonel Maubert, la rage au cœur, désespérant de tout, il affronte le danger avec une imprudence délibérée. Il est tué. On le cite à l'ordre de l'Armée. Les bourreurs de crâne de l'arrière exaltent sa bravoure. « Il est mort en héros, s'écrie Maurice Barrès, dans *l'Echo de Paris,* au champ d'honneur, en digne fils du général Maubart, le héros de Nourhas ! » (Et peut-être lui élèvera-t-on à lui aussi une statue?)

Ainsi, malgré qu'il en eût, il aura contribué à la pérennité et à la glorification du Mensonge.

Telles eussent été la suite et la fin logiques de *l'Épaulette.*

La guerre de 1914-1918 sembla pourtant donner raison à Darien et confirmer la justesse de ses déductions. Les grands bouleversements qu'il avait prévus et annoncés devinrent une réalité, non en France, mais en Russie. La guerre tourna mal pour celle-ci, lâchant ses alliés, elle signa une paix séparée avec l'Allemagne, et ce fut bientôt la Révolution avec *sa grande gueule large ouverte;* l'Allemagne, vaincue, se prit à imiter l'exemple de la Russie et il s'en fallut de peu que la Révolution ne la gagnât à son tour...

Lénine reconnaissait que *les Réflexions sur la Violence* de Georges Sorel avaient exercé en théorie et en pratique une influence déterminante sur ses idées. S'il n'a pas lu *l'Épaulette,* dont les camarades français évitaient de parler, il est fort possible qu'il ait connu *l'Ennemi du Peuple* où Darien prêchait la violence avec plus de violence encore que Sorel et avait même anticipé sur les événements d'octobre 1917.

Ses idées n'étaient donc pas si chimériques, puisqu'elles avaient reçu un commencement d'exécution. Il semble qu'il en ait eu conscience, bien qu'il n'ait pas revendiqué l'honneur que ne lui faisaient pas ceux qui s'en étaient inspirés. Il est vrai que s'il eût vécu deux ou trois lustres de plus, il eût déchanté, l'application qu'en faisaient les *bolcheviks* s'écartant du but qu'il se proposait. Cette évolution, cette déviation, il l'avait aussi prévue :

« Le développement industriel et scientifique mettra de puissants moyens d'action aux mains de la Révolution une fois faite. Mais il ne conduit pas une Révolution, bien au contraire. Son action, si elle n'est point entravée ou supprimée, mènerait à la domination d'une classe de travailleurs privilégiés admettant et englobant avec respect MM. les capitalistes. Une partie seule du travail humain, la moins nécessaire, est maintenant rémunérée, la tendance s'accuse. En même temps grandit le dogme monstrueux de la beauté, de la sainteté du travail. Une grande partie de l'espèce humaine est rejetée au néant social — c'est-à-dire au communisme (si blafard soit-il), à l'individualisme (si vagissant qu'il soit encore). Ce sont les Hors-Peuple, conscients et inconscients qui détermineront la Révolution, qui forceront le Peuple à se couper la gorge — enfin !

« En tout cas ce ne sera pas une « victoire prolétarienne ». Cela n'est pas possible. Le Prolétariat, riche ou pauvre, le Peuple pondeur d'enfants, le Peuple qui se perpétue en petits millionnaires et en petits meurt-de-faim — ce Prolétariat de l'Autorité et de l'Obéissance — *a déjà eu sa victoire*. Il a eu totalement la victoire qu'il pouvait espérer. Il en abuse. Il n'a plus que la Défaite à attendre. Et il est bon qu'il sache qu'elle est souhaitée, cette Défaite, par des gens qui n'ont pour lui que de la haine et qui lui refusent une sympathie qu'ils considéraient comme de la complicité !

« Nous ne voulons pas libérer l'humanité, avait-il écrit, nous voulons affirmer l'Homme. »

Comme Adèle Curmont, cette jeune femme pratique, il était, lui, le réaliste, un idéologue, une idéologie vivante.

Paul Arène rapporte un propos que lui tint un jour son ami Jules Gros qui rêvait d'une République idéale, où il n'y aurait plus de pauvres, où tout le monde serait heureux.

« Et il s'écriait, vibrant d'enthousiasme : « Quelle grande et sainte chose, moyennant un peu de sagesse, on pourrait faire de l'humanité ! »

« Puis un découragement le prenait, il baissait la tête et soupirait :

« Malheureusement, il y a l'homme. »

« Paroles profondes, commentait Paul Arène, qui explique l'histoire et donne le pourquoi de tant de révolutions inutiles, suivies de si douloureux avortements. »

AURIANT.

Achevé d'imprimer le 8 mai 1978
sur les presses de l'Imprimerie Bussière
à Saint-Amand (Cher)

— N° d'édit. 583. — N° d'imp. 462. —
Dépôt légal : 2e trimestre 1973.
Imprimé en France